Joan Aiken

Du bist ich

Die Geschichte einer Täuschung

Roman

Aus dem Englischen von Renate Orth-Guttmann

Diogenes

Titel der Originalausgabe:
›Deception‹

Umschlagillustration:
Jacques Joseph Tissot,
›October‹, 1887
(Ausschnitt)

200/89/8/1
ISBN 3 257 01814 2

Allen schreibenden Frauen
in Vergangenheit und Gegenwart
sei dieses kleine Werk
in Liebe zugeeignet

I

An einem warmen Juniabend saßen zwei in ein lebhaftes Gespräch vertiefte junge Damen in der Torhausstube der Abbey School von Reading. Dieser Raum, über dem gewölbten Torweg gelegen, der zum Haupteingang und zum Schulhof führte, wurde des Lärms und der Ablenkung halber nur selten zu Unterrichtszwecken benutzt, da er Fenster nach beiden Seiten hatte und jeder Reiter, jede Kutsche, die der Schule zustrebten, von dort beobachtet werden konnten. Er blieb deshalb gewöhnlich weniger wichtigen Beschäftigungen, wie dem Handarbeiten, Zeichnen, der Erledigung von Schulaufgaben und dem Klavierüben, vorbehalten. Etliche Hilfsmittel für diese Tätigkeiten hatten ihren Weg hierher gefunden: zwei Globen, eine mit Fries bespannte Schneiderpuppe, eine Schachtel weißer Kreiden und ein Pianoforte. An den Wänden hingen von früheren Schülerinnen in Chenille gestickte Bilder, auf denen man Vasen und Trauerweiden bewundern konnte.

Es muß jedoch eingeräumt werden, daß sich die jungen Damen in die Torhausstube vornehmlich zurückzogen, um ein Plauderstündchen abzuhalten. Dazu war der Raum, fern vom Hauptstrom des gelehrsamen Treibens, trefflich geeignet. Nicht, daß man in den übrigen Bereichen des Pensionats gegen einen Schwatz geradezu etwas einzuwenden gehabt hätte. Die Abbey School war ein angenehmes, beschauliches Institut, in dem man danach trachtete, auch den trägsten Geist nicht über Gebühr zu beanspruchen, wenn auch Schülerinnen, die sich ehrlich interessiert zeigten, an allen Vormittagen der Woche bei den dort wirkenden Lehrern ein durchaus ansehnliches Wissen erwerben konnten. Mrs. Latournelle, die Begründerin der Schule, eine Dame mit mütterlichem Wesen, flinker Zunge, einem Korkbein und einer Theatervergangenheit, über die nichts Näheres bekannt war, hatte 1805, vor zehn Jahren also, die Leitung des Instituts niedergelegt, um sich fürderhin dem Trinken von Portwein zu widmen und ihr Korkbein auf einem Sofa zu lagern. Mrs. Latournelles Platz war von ihrer Nichte, Mrs. Camperdowne, eingenommen worden, die von ebenso liebenswürdiger und duldsamer Veranlagung war. Unter ihrer Ägide stand es den Schülerinnen – vorausgesetzt, sie waren manierlich und stritten sich nicht – weitgehend frei, Romane zu lesen, im Garten herumzustreifen, Obst zu pflücken, sich an Spielen zu erfreuen, miteinander zu schwatzen oder in aller Ruhe ihren Studien nachzugehen, ganz wie die Lust sie ankam.

Die beiden jungen Damen, die derzeit behaglich auf der gepolsterten Fensterbank der Torhausstube saßen, betrieben keine Studien; dennoch war zumindest eine von ihnen überaus ernst und gesammelt.

»Es ist mir so sehr, sehr wichtig. Ich *muß* einfach jetzt aufbrechen, verstehen Sie? Es könnte womöglich meine einzige Chance sein. Wenn Sie mir nicht helfen, verurteilen Sie mich zu einem hoffnungslosen ... engen ... provinziellen ...«

»Ich bitte Sie, liebe Miss Winship! Was für große Worte! Verurteilen? Warum, wenn ich fragen darf, sollte *mir* die Verantwortung für Ihr künftiges Leben zufallen?«

»Das wissen Sie ganz genau.«

»Es dürfte schwerlich meine Schuld sein, wenn Ihr Vater nicht damit einverstanden ist, daß Sie sich in ferne Länder begeben, um die Heiden zu bekehren«, war die nüchterne Antwort.

»Und doch ist es Ihre Schuld. Begreifen Sie denn nicht ... dies alles ist eine *Fügung* ... Daß die große Schlacht gegen die Franzosen in Brüssel gewonnen wurde ... daß der Krieg zu Ende ist ... daß Mr. und Mrs. Tothill nächsten Monat ihre Reise nach Indien antreten ...«

»Wollen Sie damit sagen«, meinte die andere ziemlich trocken, »daß der Allmächtige den Franzosen eine Niederlage beschert hat, nur damit Mr. und Mrs. Tothill Sie nach Indien mitnehmen können?«

»Seien Sie nicht so sarkastisch, Alvey. Und ... und blasphemisch. Sie wissen sehr wohl, was ich meine.«

Die beiden jungen Damen musterten sich mit gegenseitiger Abneigung. Es gab einen guten Grund für diese Antipathie. Sie waren keine nahen Verwandten, ja, sie waren überhaupt nicht miteinander verwandt. Die eine kam aus Northumberland in England, die andere aus New Bedford in Massachusetts. Dennoch sahen sie sich so ähnlich, daß man sie ständig für Schwestern oder gar für eineiige Zwillinge hielt.

Beider Gesicht war lang und oval, beider Teint klar. Beide hatten sie dunkelbraunes, leicht gewelltes Haar, schön geschnittene Lippen und kleine, gerade Nasen. Sarah Alvey Clement aus New Bedford mochte einen halben Zoll größer sein, aber sofern die beiden Mädchen sich nicht Rücken an Rücken stellten, merkte man nichts von dem Größenunterschied, besonders da Louisa Winship die zur Zeit so beliebten griechischen Locken verschmähte und ihr Haar zu einer an Quäkerfrisuren erinnernden Zopfkrone hochgesteckt trug. Es war dies kennzeichnend für Louisa, die es sich angelegen sein ließ, bei jeder sich bietenden Gelegenheit ihre Verachtung für hübsche Kleidung oder modisches Aussehen darzutun, im Grunde ihres Herzens aber äußerst konkurrenzbewußt war und es nicht ertragen konnte, wenn jemand sie in irgendeiner Hinsicht – und sei es nur in Kleinigkeiten – überflügelte.

Es ist ein eigentümliches, recht schockierendes Erlebnis, dem Doppelgänger, dem eigenen Spiegelbild zu begegnen. Dann bleibt es nicht aus, daß Groll sich regt, wenn eine andere, wildfremde Person so frei war, sich des eigenen Aussehens zu bedienen. Daß eine andere Person das gleiche Kleid, den gleichen Umhang, die gleiche Schute trägt wie man selbst, mag schlimm genug sein. Daß die Person sich mit deinen eigenen Augen, deinem eigenen Haar, deiner eigenen Nase, deinen Zähnen und Lippen ziert, ist schier unerträglich. Du bist sogleich entwertet, zu einer Abnormität, einer Kopie herabgewürdigt.

In den drei gemeinsam an der Abbey School verbrachten Jahren hatten sich die beiden jungen Mädchen deshalb nie näher aneinander angeschlossen oder waren gar Freundinnen geworden, sondern hatten stets geflissentlich Distanz gewahrt. Über die mit neuen Pensionärinnen und Tagesschülerinnen immer wiederkehrenden Witzeleien und Vermutungen, dummen Redensarten und befremdeten Betrachtungen, zu denen ihre zum Verwechseln ähnlichen Erscheinungen unweigerlich Anlaß gaben, hatten sie nie lachen können. Hin und wieder ließen sie sich widerstrebend in eine ärgerliche Partnerschaft zwingen, spielten die Rollen von Viola und Sebastian, Castor und Pollux, Antipholus oder Dromio bei den Schulaufführungen. Ansonsten aber blieben sie einander so fern, wie das im Schulbereich nur möglich war, denn sie hatten einen unterschiedlichen Geschmack, einen unterschiedlichen Freundeskreis und unterschiedliche Temperamente.

Miss Winship war eine gottesfürchtige junge Dame, deren Frömmigkeit etwas Eiferndes hatte. Am Sonntag besuchte sie dreimal die Kirche, unter der Woche so oft, wie es sich eben machen ließ. Ihr Großvater mütterlicherseits war Bischof gewesen, und sie hatte seine Neigungen geerbt. Der Sinn für Humor fehlte ihr fast ganz, dafür war sie überaus fleißig und gewissenhaft und widmete sich sämtlichen Fächern des Curriculums sowie etlichen zusätzlichen Gegenständen mit Intelligenz und Gründlichkeit. Als einzige unter allen jungen Damen an der Abbey School nahm sie nie einen Roman – nicht einmal die Werke der Maria Edgeworth – zur Hand, denn sie betrachtete all diese frivolen, unnützen Produkte der Phantasie, ob es sich nun um Erzählungen, Gedichte oder Theaterstücke handelte, mit tiefstem Argwohn. Shakespeare mußte man über sich ergehen lassen, da der Lehrplan ihn vorsah, doch nicht einmal die lehrreichen Bücher des Herrn Walter Scott rührte sie an. Und was Byron betraf, den die anderen Mädchen voller Hingabe verschlangen, wenn sie ihn zu fassen bekamen, hätte Miss Winship lieber mit bloßen Händen glühende Kohlenbrocken angefaßt, als auch nur einen flüchtigen Blick in *Junker Haralds Pilgerfahrt* zu werfen.

»Mein Vater im Himmel ruft mich. Man *braucht* mich dort bei den Heiden«, sagte sie jetzt, mit geballten Fäusten aufs Fensterbrett trommelnd, um ihren Worten noch mehr Nachdruck zu verleihen. »Ich *weiß*, daß es Sein Wille ist.«

»Finden Sie nicht, daß Er ein wenig verschlungene Wege geht, um Sie an Ihr Ziel zu bringen? Indem er zahlreiche Menschen dazu veranlaßt, zahlreiche Unwahrheiten zu sagen?«

»Sie scheinen es noch zu genießen, sich so ... so ungefällig, so verständnislos zu zeigen.«

»Sie irren. Ich lege Ihnen nicht aus purem Zeitvertreib Steine in den Weg. Warum auch? Sind Sie denn ganz sicher, daß Ihr Vater Ihnen die Reise nicht gestatten würde?«

»Das würde er nie, nie tun. Weder er noch meine Mutter würden meine Pläne auch nur im entferntesten gutheißen. Warum, glauben Sie, hätte man mich hier in den Süden ins Pensionat geschickt, ans andere Ende des Landes, so weit wie möglich von meinem Elternhaus entfernt, wenn man nicht hoffte, mich zu einem Sinneswandel zu bewegen? Als könnte etwas so Belangloses wie ein Ortswechsel auch nur die mindeste Wirkung auf mich haben.« Miss Winship preßte starrsinnig die feingeschwungenen Lippen zusammen. Es war dies ein Ausdruck, der Phemie, die Kinderfrau, zu der Bemerkung über die dreijährige Louisa veranlaßt hatte: »Wenn die der Bock stößt, bringt kein Teufel sie vom Fleck.«

»Haben Sie auch in den Briefen an Ihre Eltern Ihre Pläne erwähnt?«

»Natürlich, ich kann gar nicht sagen wie oft. Die Antwort war stets ein glattes Nein. Deshalb durfte ich in den Ferien auch nie heim ... Freilich hieß es, die Reise nach Northumberland sei zu weit, zu lang und zu kostspielig, aber das war nicht der wahre Grund. Ich weiß, daß es eine Strafe für mich sein sollte. Seit meinem sechsten Lebensjahr habe ich kein Geheimnis aus meinen Wünschen gemacht...«

Das glaube ich dir aufs Wort, dachte die Mitschülerin, die sie mit distanziertem Interesse musterte. Miss Winships Augen blitzten, das bleiche Gesicht bezeugte die Intensität ihrer Empfindungen.

»Und nachdem Sie nun volljährig sind, haben Sie jede Hoffnung aufgegeben, ihre Eltern umstimmen zu können?«

»Jede! Meine Mutter ist eine sehr, sehr willensstarke Persönlichkeit...«

»In der Tat? Was für ein eigentümlicher Umstand.«

»Weshalb sagen Sie das? Sie kennen sie ja gar nicht«, sagte Miss Winship überrascht, wartete aber die Antwort nicht ab. »Mein Vater... er ist im allgemeinen eher unentschlossen, kann aber auch recht eigensinnig sein. Und nach einem Jagdunfall hat er ständig Schmerzen, schreibt meine Schwester, und verträgt weder Verdruß noch Widerrede, denn seine Stimmung ist sehr schwankend. Und seine Gesundheit ist nicht die beste. Heftige Erregung könnte zu einem Schlaganfall und zu seinem Tod führen.«

»Gewiß, das ist alles recht schwierig, und er befindet sich dadurch in einer starken Position. Doch sterben müssen wir ja alle früher oder später«, sagte Alvey gedankenvoll. »Sind sie Ihnen sehr widerwärtig, Ihre Eltern – abgesehen davon, daß sie Ihnen verboten haben, den Heiden zu predigen?«

»Das wohl nicht gerade«, sagte Miss Winship verstimmt, »aber ich stehe ihnen nicht nah. Wie denn auch? Ich habe sie seit vier Jahren nicht mehr gesehen. Meine Mutter und ich haben kaum Gemeinsamkeiten, sie war immer mit den kleinen Geschwistern beschäftigt oder mit ihrem Garten...«

»Wie viele Kinder sind Sie insgesamt?«

»Neun.«

»Eine große Familie, das muß man schon sagen.« Alvey Clement hatte, wie ihre Mitschülerinnen wußten, keine Geschwister, keine Angehörigen, die sich für ihre Zukunft interessiert hätten. Das Schulgeld hatte eine inzwischen verstorbene bejahrte Base gezahlt. »Und sie wohnen alle zu Hause?«

»James ist bei seinem Regiment. Ich glaube, er wurde bei der letzten Schlacht verwundet, wie ernst es um ihn steht, wissen wir nicht. Wenn es Gott gefällt, James zu sich zu nehmen, wird er es zweifellos tun«, erklärte Miss Winship mit einer Abgeklärtheit, aus der sich unschwer folgern ließ, daß sie und ihr Bruder einander nicht in besonders herzlicher Liebe anhingen. »James ist der Älteste und natürlich meines Vaters Liebling. Papa interessiert sich nur für die Jungen, seine Töchter sind ihm gleichgültig.«

»Außer insoweit, daß er ihnen nicht gestattet, ihr Elternhaus zu verlassen, um die Heiden zu bekehren. Erzählen Sie weiter.« Obgleich ihr Entschluß feststand, regte sich in Alvey allmählich Neugier auf diese große unerforschte Familie Winship.

»James und Papa standen einander früher sehr nah. Das Dritte Schottische war Papas altes Regiment. Als mein Bruder Birkland verließ, versuchte Papa seine Zuneigung Tot – Thomas, meine ich – zuzuwenden.«

»Und wie alt ist der?«

»Das vergesse ich immer wieder.« Louisa nahm zum Zählen die Finger zu Hilfe. »Er mag fünf gewesen sein, als ich ins Pensionat kam, ein armseliger, kränklicher kleiner Wurm. Jetzt müßte er also neun sein. Er hat eine enttäuschende Entwicklung hinter sich, schreibt Meg, mag Papas Liebhabereien nicht teilen, schleicht sich lieber mit Nish davon –«

»Die anderen Kinder sind alle Mädchen?«

»Ja. Meg ist einundzwanzig, ein Jahr älter als ich. Sie wird im Oktober einen Nachbarn heiraten, einen gewissen John Chibburn, einen Bauerntölpel mit rotem Gesicht und lauter Stimme«, sagte Miss Winship bitter, »der nur von der Otter- und Lachsjagd und von der Gerstenernte reden kann. Man stelle sich vor, den Rest seines Lebens mit so einem Menschen zu verbringen!«

»Mag Meg ihn nicht?«

Miss Winship schnaubte verächtlich.

»Sie ist viel zu gut für ihn. Sie kam mit sechzehn hierher – Mrs. Camperdowne sagt, sie sei sehr aufgeweckt gewesen –, aber nach einem halben Jahr wurde sie vom Heimweh übermannt und flehte, nach Birkland zurückkehren zu dürfen. Das hat man ihr gestattet. Sie hilft beim Unterricht der jüngeren Geschwister. Wenn sie heiratet, würden Sie an ihre Stelle treten.«

Miss Clement hob die Augenbrauen, sagte aber nur: »Das wäre also Meg. Erzählen Sie weiter.«

»Nach mir kommt Isabel oder Isa. Ihre geistigen Gaben sind eher bescheiden. Sie ist eine Weile in Hexham zur Schule gegangen, hat aber nie Gefallen daran gefunden. Miss Waskerley hat sie zu Hause unterrichtet.«

»Miss Waskerley?«

»Die Gouvernante. Aber sie will uns jetzt verlassen. Allmählich kommt sie in die Jahre, und anscheinend ist sie den jüngeren Geschwistern nicht gewachsen.«

»Die jüngeren Geschwister sind –«

»Tot, Parthie und Nish.«

»Parthie und Nish ... was für eigenartige Namen.«

»Parthie ist die Abkürzung für Parthenope. Sie muß vierzehn oder fünfzehn sein. Nish, eine Abkürzung für Annis, acht. Sie und Tot sind unter Miss Waskerleys Führung schändlich verwildert.«

»Dann ist es wohl nur gut, daß sie das Haus verläßt.«

»Schließlich sind da noch Klein-Betsey und Kate, das Baby, die ich beide noch nicht gesehen habe. Ja, es ist sehr gut, daß Miss Waskerley geht«, bestätigte die zielstrebige Louisa, »denn sie hätte als einzige die Täuschung durchschauen und es für ihre Pflicht halten können, meine Eltern davon in Kenntnis zu setzen. Sie hatte nie Verständnis für meine Ziele und Ideale.«

»Miss Winship … Louisa …« sagte Miss Clement energisch, »bitte begreifen Sie ein für allemal, daß es *nicht* zu dieser Täuschung kommen wird, daß es *nichts* geben wird, worüber Ihre Eltern in Kenntnis gesetzt werden müßten. Dieser Plan, den Sie da ersonnen haben, ist so übereilt, so toll, so phantastisch, so ganz und gar unvorstellbar, daß ich einfach nicht zu verstehen vermag, wie ein nüchterner Mensch Ihrer Art je darauf kommen konnte.«

»Gott hat ihn mir eingegeben. ER ruft mich«, sagte Miss Winship starrsinnig. »Und ich muß gehen.«

»Soso … Und was ist mit den Hausmädchen, der Köchin, dem Kutscher, dem Gärtner? Den Nachbarn? Wie könnte ein solcher Rollentausch auch nur für einen einzigen Tag in Erwägung gezogen, geschweige denn ausgeführt werden?«

»Sehr einfach.« Miss Winship war anzumerken, daß sie nicht nur bereits Einzelheiten des Rollentausches bedacht, sondern dem Plan über viele Tage, ja vermutlich sogar Wochen und Monate ihre ganze Aufmerksamkeit geschenkt hatte.

»Ich war jetzt fast vier Jahre lang nicht mehr zu Hause. Mädchen – junge Damen – in unserem Alter verändern sich in einem solchen Zeitraum ganz beträchtlich. Bei mir zumindest war es so. Ich bin gewachsen, mein Aussehen, meine Stimme sind anders geworden. Wer würde argwöhnen, wenn Sie an meiner Stelle in Birkland Hall erschienen, Sie könnten nicht Louisa Winship sein?«

»Aber es gäbe so viele kleine und große Dinge, an denen ich mich unweigerlich verraten müßte, Einzelheiten aus der Familiengeschichte … Menschen, Orte, Erinnerungen …«

»Meine Schwestern Meg und Isa wären stets zur Stelle, um Ihre Fehler zu decken, sich Ihrer anzunehmen. Meg und Isa hatten stets aufrichtigstes Verständnis für meine Bestrebungen, wenngleich sie nicht so denken wie ich. Und den Jüngeren brauchte man nichts zu erzählen, sie würden einfach dem Beispiel der Älteren folgen. Wenn die Geschwister Sie akzeptieren, weshalb sollten meine Eltern Zweifel hegen? Besonders da Papa nie das mindeste Interesse für mich an den Tag gelegt hat. Mama wäre mit dem Baby beschäftigt...«

»Dem Baby?«

»Der kleinen Kate. Sie ist noch nicht ein Jahr alt. Eine bittere Enttäuschung für meinen Vater, der sich noch einen Sohn erhoffte, da Tot kränklich und unbelehrbar ist, wie Meg schreibt.«

»Aber es wäre unrecht! Ich käme in den Genuß von Fürsorge, Bequemlichkeit, Zuwendung, Nahrung und Behausung, von Dingen, auf die ich nicht das mindeste Recht hätte. Und Ihre Schwestern wären genötigt, meinetwegen die Unwahrheit zu sagen...«

»Ich glaube kaum, daß ihnen das sehr schwer auf der Seele liegen würde«, sagte Miss Winship säuerlich. »Sie sind von leichtfertigem Wesen und nicht übermäßig von moralischen Skrupeln geplagt. Was die Fürsorge, Bequemlichkeit, Nahrung und so weiter betrifft, so sind das Dinge, die mir zukommen, auf die ich aber nicht den mindesten Wert lege. Wenn ich beliebe, all dies auf Sie zu übertragen, ist das mein gutes Recht.«

Dies zeugte in Alveys Augen von so viel grotesker Torheit, daß sie keine rationale Möglichkeit sah, Louisas Behauptung zu widerlegen. Zudem fuhr ihre Mitschülerin schon mit einigem Nachdruck fort: »Miss Clement, ich habe es mir angelegen sein lassen, mich mit Ihrer Lage und Ihren Aussichten vertraut zu machen. Sie sind, soweit ich weiß, Waise, und wurden von Ihrem Vormund ins Pensionat geschickt, um sich in England Wissen zu erwerben mit dem Ziel, später nach Amerika zurückzukehren und dort zu unterrichten. Ihr Wunsch hingegen ist es – ich weiß das von Harriet Utterley –, Schriftstellerin zu werden, Romane zu schreiben wie Maria Edgeworth oder Fanny Burney. Das ist, ich gestehe es, in meinen Augen ein eigentümliches, oberflächliches Lebensziel...« – Miss Winships Stimme war nur zu deutlich anzuhören, wie gering sie von dieser Absicht dachte – »... aber ich frage Sie: Könnten Sie sich, um Ihr Ziel zu erreichen, etwas Besseres wünschen als einen Aufenthalt auf Birkland Hall? Es ist ein großes Haus, Sie werden Zeit in Fülle für ihr Geschreibsel haben ...«

»Sagten Sie nicht, man würde von mir erwarten, daß ich die jüngeren Geschwister unterrichte? Not und Tish und ... und Parthie ...«

»Mit einer Stunde am Vormittag wäre dem Genüge getan. Mama kümmert sich nicht um ihre Ausbildung, wenn die Kinder sie nur in Ruhe lassen. Ich habe, wie gesagt, keinerlei Verständnis für diesen Wunsch, erfundene Geschichten zu schreiben – ich kann mir auch nicht denken, worüber Sie schreiben würden –, aber ich nehme an, Sie werden sicher bestimmte Vorstellungen haben ...«

Alvey nickte. Daß sie einen Roman bereits zu zwei Dritteln beendet hatte, gab sie nicht preis.

»Das Haus liegt einsam, die Nachbarn leben weit verstreut, damit verbieten sich gegenseitige Besuche von selbst. Würden Sie hingegen nach Amerika zurückkehren, wären Sie vermutlich genötigt, an einer Schule zu unterrichten, Ihre Zeit wäre weitgehend von beruflichen Erfordernissen in Anspruch genommen ... soweit ich weiß, haben Sie keine Mittel, kein Einkommen ...«

All das war so unwiderlegbar, daß Alvey sich beeilte, dem Gespräch eine andere Richtung zu geben. »Falls Sie nun aber nach Ihrer Ankunft in Indien merken, daß Sie in einem Irrtum befangen waren? Daß Sie Heimweh haben, enttäuscht sind? Daß das Leben in der Mission Ihnen doch nicht gefällt? Was dann?«

»Das ist gänzlich ausgeschlossen.«

»Angenommen, Sie werden krank, sind genötigt, Ihre Pläne aufzugeben und in die Heimat zurückzukehren? Angenommen, Sie stellen fest, daß Sie Sehnsucht nach Ihren Eltern, Ihrer Familie haben?«

Miss Winships unbewegter Miene war anzusehen, daß sie dies für äußerst unwahrscheinlich hielt.

»Gut, aber nehmen wir einmal an, Ihr Vater oder Ihre Mutter werden krank ... Wie alt sind die beiden?«

»Meine Mutter geht auf die Fünfzig zu, genau weiß ich ihr Alter nicht, und erfreut sich ausgezeichneter Gesundheit, Papa ist etwa fünfzehn Jahre älter. Sie ist nicht seine erste Frau«, erläuterte Miss Winship. »James' Mutter starb im Kindbett.«

»Ihr Papa ist also Mitte sechzig. Angenommen, er wird lebensgefährlich krank, Sie sehen ihn vielleicht nie wieder?«

»Dann wäre er in der Hand seines Schöpfers«, sagte Miss Winship kurz und bündig. Ihr Gesicht trug einen Ausdruck unumstößlicher Entschlossenheit, ihre Augen blickten starr und fanatisch.

Miss Clement betrachtete sie mit einer Mischung aus Scheu und Ungeduld. Was ließ sich gegen eine solche Bastion blinden Eigenwillens ausrichten?

»Noch eine Frage gilt es zu bedenken, Louisa«, sagte sie. »Waren Sie jemals ... ich meine, sind Sie ... hatten Sie Verehrer, ehe Sie Ihr Elternhaus verließen? Haben Sie je an Heirat gedacht?«

»*Natürlich* nicht.« Louisa bedachte sie mit einem ungeduldigen Blick. »Sagte ich nicht, daß ich seit meinem sechsten Lebensjahr –«

»Ja, ja, ich weiß. Seit Ihrem sechsten Lebensjahr stand für Sie fest, daß Sie Missionarin werden würden. Damals lernten Sie eine alte Dame kennen, die vierzig Jahre zuvor in Felton eine aufwühlende Rede John Wesleys gehört hatte und seither nur den einen Wunsch hatte, nach Serampore zu gehen. Diesen Wunsch haben Sie sich nun zu eigen gemacht. Sie haben also nie mit dem Gedanken an Heirat gespielt?«

»Niemals.«

»Dennoch wäre es ja denkbar, daß es den einen oder anderen Verehrer gegeben hätte. Sie waren ... warten Sie ... sechzehn, als Sie Ihr Elternhaus verließen. Hatten Sie als Kind keine Spielkameraden unter den Knaben der Umgebung, keine Tanzpartner bei ländlichen Bällen?«

Miss Winships Lippen kräuselten sich verächtlich.

»Wir besuchten die Assembleen in Hexham, dort traf man junge Burschen aus der Gegend, rotgesichtige Bauerntölpel. Einer von ihnen, John Chibbur, trat an mich heran, ehe er Meg seinen Antrag machte. Dann war da noch Robbie Carey, aber dem habe ich sehr bald den Kopf zurechtgesetzt.«

»Soso. Wenn aber nun neue Verehrer auf den Plan treten?«

»Neue Verehrer?« wiederholte Miss Winship unbestimmt. Offenkundig war es ihr so gut wie unmöglich, ihre Phantasie soweit zu bemühen, daß sie sich in einen anderen Menschen hineinversetzen konnte. Das Ersinnen dieses Planes mußte sie tagelange geistige Mühen und über Wochen schlaflose Nächte gekostet haben. Kein Wunder, daß sie so bleich und abgespannt aussah. Sie bringt beste Voraussetzungen für den Missionarsberuf mit, dachte Alvey, denn es fällt ihr leicht, etwaige Gegenargumente der Heiden zu ignorieren.

»Es ist doch so, Louisa, daß Sie und ich – ich darf das ohne Eitelkeit feststellen, da die Gabe so gerecht verteilt wurde –, daß Sie und ich ein recht gefälliges Äußeres besitzen. Daß weitere Bewerber um Ihre Hand anhalten werden, ist schon deshalb möglich, ja, wahrscheinlich. Ihre Eltern rechnen gewiß damit, daß Sie eines Tages heiraten?«

»Sie hoffen es natürlich. Aber ich habe wiederholt – wann immer das Thema zur Sprache kam – deutlich gemacht, daß ich unwiderruflich entschlossen bin, nie in den Stand der Ehe zu treten. Mein Leben ist einem Höheren geweiht. Ich ermächtige Sie hiermit, alle Anträge dieser Art abzulehnen, solange Sie auf Birkland weilen.«

»Ergebensten Dank. Aber was wäre, wenn mich die Lust ankäme, einen solchen Antrag anzunehmen?«

Miss Winship machte ein recht verständnisloses Gesicht.

»Ich denke, Sie streben den Beruf der Schriftstellerin an? Weshalb sollten Sie den Wunsch haben, sich zu verehelichen?«

»Das eine und das andere ist nicht von vornherein unvereinbar«, stellte Alvey ihr vor. »Wir wissen von verheirateten Schriftstellerinnen. Madame d'Arblay beispielsweise, Mrs. Radcliffe...«

»Je nun... darüber müssen Sie natürlich selbst entscheiden, ich werde mich nicht einmischen, falls Sie eine Bindung eingehen... wenngleich ich sagen muß, daß ich gedacht hätte...«

»Aber begreifen Sie denn nicht«, sagte Alvey ungeduldig, »daß in so einem Fall, im Fall einer Verlobung, eine Fülle moralischer wie juristischer Probleme auftauchen würde? Sie hätten von Ihrem Vater zweifellos eine Mitgift zu erwarten...«

»Meg bekommt fünftausend Pfund mit, wenn sie sich mit John Chibburn vermählt, und ich glaube, diese Summe hat Papa für alle seine Töchter vorgesehen.«

Demnach, überlegte Alvey, lebt Mr. Winship offenbar in recht angenehmen Verhältnissen.

Louisa fuhr fort: »Aber ich verzichte auf das Geld. Bedenkenlos. Geld bedeutet mir nichts. Ebensowenig wie erfreulicherweise meinen Mitstreitern auf dem Felde der Mission, die bereit sind, mich ohne einen Penny in ihren Kreis aufzunehmen.«

»Aber ich kann doch unmöglich das Geld Ihres Vaters annehmen, auf das ich auch nicht den mindesten Anspruch habe.«

»Wenn *ich* es nicht haben will, warum sollten Sie es nicht nehmen?«

»Dann wollen wir uns zumindest darauf einigen, daß ich es auch nicht will«, sagte Alvey. »Ich mag mit Ihnen darüber nicht streiten, Louisa. Doch falls ich mich an Ihrem tollen Plan beteiligen sollte – was ich wohlgemerkt noch lange nicht zugesagt habe! –, dann nur für einen bestimmten Zeitraum.«

»Einen bestimmten Zeitraum?« wiederholte Miss Winship im Tone stärksten Mißfallens.

»Einen bestimmten Zeitraum«, bekräftigte Alvey. »Sagen wir ein Jahr. Nach Ablauf dieses Jahres stünde es mir frei, Ihren Eltern die wahre Sachlage zu enthüllen.«

»Das wäre heller Wahnsinn.« Der Gedanke brachte selbst Miss Winship ein wenig aus der Fassung. »Es wäre ziemlich wahrscheinlich Papas Tod. Und meine Mutter... ich... ich weiß beileibe nicht, was sie tun würde. Überdies würde man Ihnen nicht glauben, man würde Sie vermutlich nach Bedlam bringen, in die Irrenanstalt.«

»Nicht, wenn Ihre Schwestern meine Darstellung bestätigten«, erklärte Alvey.

»Ja so...« Louisa verarbeitete dies einen Augenblick schweigend. Halb zu sich sagte sie: »Ich würde es meinen Eltern durchaus zutrauen, daß sie in so einem Fall auch meine Schwestern ärztlichem Gewahrsam unterstellen würden...«

Lieber Himmel, dachte Alvey, was für ein Hauswesen erwartet mich da? Doch halt, ich habe ja gar nicht die Absicht, in diesem tollen Stück mitzuspielen. Wie konnte das Gespräch nur so weit kommen... Ich war wohl einfach neugierig, es reizte mich zu erfahren, wie weit ihre Pläne schon gediehen sind.

Neugier war in der Tat Alveys Gewohnheitssünde. Trotz ihrer festen Vorsätze konnte sie nicht verhindern, daß sie sich auf Spekulationen über diese unbekannte Familie Winship einließ – die Stellvertretereltern, -schwestern, -brüder... jenes Haus im fernen Norden, der unbekannte Lebensraum, der sich ihr öffnen würde, als stünde er ihr zu... ihre Wirkung auf die Familie, jener Wirkung auf sie...

»Auf keinen Fall länger als ein Jahr«, wiederholte sie fest. »Bis dahin dürfte ich meinen Roman beendet und festgestellt haben, ob ich das erforderliche Talent für eine literarische Laufbahn besitze.« (Alvey hatte, gleich allen Anfängern, nicht die geringste Vorstellung davon, wie lange es häufig dauert, bis ein Verleger sich für oder gegen ein ihm unterbreitetes Manuskript entschieden hat.) »Inzwischen werden auch Sie zu entsprechenden Schlüssen hinsichtlich Ihrer Eignung als Missionarin gekommen sein.«

»Daran besteht schon heute nicht der mindeste Zweifel«, erklärte Miss Winship. »Ich habe mich, wie ich bereits mehrmals bemerkte, in dieser Sache ein für allemal entschieden, abgesehen davon, daß ich bereits zahlreiche Lehrbücher für Hindustani erworben habe.«

»So, haben Sie das? Nun, das war zweifellos praktisch gedacht.« Alveys Tonfall mochte einen leisen Zweifel an Louisas Befähigung verraten haben, ihren Plan durchzuführen. Miss Winship, überaus empfindlich wie alle Egoisten, brauste sogleich auf.

»Für Sie ist das alles eine Grille, eine kindische Laune, nicht wahr? Ein Märchentraum, der sich unter der heißen Sonne Bengalens in nichts auflösen wird. Doch da befinden Sie sich im Irrtum. Sie kennen sich in der menschlichen Natur nicht so gut aus, wie Sie sich einbilden, wenn Sie Tag für Tag mäuschenstill in Ihrer Ecke sitzen, mit dem harmlosesten Gesicht von der Welt, uns beobachten und sich über uns erheben. Mein Elternhaus, Birkland Hall, wäre genau das richtige für Sie. Da könnten Sie nach Herzenslust beobachten und sich Geschichten in Fülle ausdenken. Mag sein, daß das Leben dort Sie befriedigt. Mich jedenfalls kann und wird es nie befriedigen. Müßte ich noch einen Monat, nein, auch nur eine einzige Woche dort verbringen – ich würde mich in den Fluß stürzen.«

Sie war den Tränen nah vor Zorn. Alvey hatte die gewöhnlich so gefaßte Louisa noch nie in so heftiger Erregung gesehen.

»Nur ruhig. Erregen Sie sich nicht so, ich bitte Sie. Weshalb um des Himmels willen meinen Sie, ich wollte mich über meine Mitmenschen erheben? Es ist gerade umgekehrt, glauben Sie mir. Ich verhalte mich still, weil ich es mir nicht zutraue, andere im Gespräch zu fesseln. Englische Mädchen lernen das schon von ihren Erzieherinnen. Ich hatte keine Erzieherin.«

»Schon gut«, sagte Louisa, noch immer zitternd und weinerlich. »Aber Sie werden mir helfen, nicht wahr? Sie können doch... können doch nicht so weit gehen, mir Hoffnungen machen und dann... Sie *können* jetzt nicht mehr zurück. Das wäre gar zu grausam und böse, wäre abscheulich und unchristlich.«

Ihre Lippen bebten, die Augen flehten. Und plötzlich sah sie nicht mehr wie zwanzig aus, sondern viel, viel jünger.

2

Die Reise in Englands Norden währte vier Tage. Sie ging zu Schiff vonstatten, und das gemächliche Tempo wurde noch verlangsamt durch das Anlaufen etlicher Häfen – Yarmouth, Grimsby, Hull und Whitby – und streckenweise durch frühherbstliche Stürme, die ohne die Munterkeit und gute Laune der Winship-Schwestern die Seefahrt höchst unerfreulich gestaltet hätten.

Meg und Isa waren, chaperoniert von der scheidenden Miss Waskerley, gen Süden gefahren, um ihre Schwester Louisa abzuholen und nach Hause zu bringen. Überdies hatte Meg sich in London für ihre im kommenden Monat stattfindende Hochzeit mit Garderobe versorgt, und Isa hatte so viele Museen und Kunstausstellungen besucht, wie ihre Gastgeberin, Lady Matfen, eine Base von Mrs. Winship, ihr zu bewilligen bereit gewesen war.

»Und das wären allenfalls drei gewesen«, sagte Isa schmunzelnd. »Glücklicherweise war Brierley, die Zofe meiner Base, gutem Zureden eher zugänglich...«

»Gutem Trinkgeld, meinst du«, bemerkte Meg.

»Je nun, ich habe ihr zwei Spitzenkragen und drei kleine Zeichnungen geschenkt, unter anderem ihr Porträt, und ich glaube, dafür hätte sie mich auch in die Kerker der Bastille begleitet. An den Elgin Marbles fand sie bedauerlicherweise keinen Gefallen, ansonsten aber war ihr Geschmack dem von Base Caroline weit überlegen.«

»– die nur Mode im Kopf hat – zu meinem Glück. Wenigstens drei Jahre werde ich in Northumberland in Modefragen tonangebend sein.« Meg sah zufrieden an dem neuen gelbgrünen Mantel herunter, der Teil ihres Trousseaus war und von Rechts wegen in ihren Reisekoffer gehört hätte, wäre nicht der scharfe Wind ein willkommener Vorwand gewesen, ihn umzulegen.

»Doch jetzt hört mir einmal zu«, sagte Isa.

Die drei Mädchen standen auf dem vollgepackten Deck des Küstenfrachters *Bethia* und sahen zu, wie die Klippen von Whitby langsam dem Blick entschwanden, während das Schiff sich durch die kabbelige Nordsee kämpfte. Mrs. Girvan, ihre Anstandsdame, eine Freundin Lady Matfens, deren Reiseziel Newcastle war, lag unten in der Kajüte, wo die Zofe ihr Riechsalz und Magentropfen verabreichte.

»Es trifft sich gut, daß Mrs. Girvan alles andere als seefest ist«, fuhr Isa fort, »denn wir müssen etwas überaus Wichtiges besprechen. Wie sollen wir Alvey nennen, wenn wir wieder auf Birkland sind? Schwerlich Louisa, das wäre ihr gewiß nicht recht, nicht wahr, Alvey? Und ich selbst fände mich recht peinlich an unsere Täuschung erinnert ...«

»Sonderbar, daß du die Täuschung selbst nicht scheust, dir aber aus einer solchen Kleinigkeit ein Gewissen machst«, wunderte sich Meg.

Alvey musterte sie nachdenklich.

Meg war entschieden hübscher als ihre Schwestern, schlanker und kleiner als Louisa, mit dem gleichen dunklen Haar, den gleichen dunklen Augen, aber zarterer Haut, weicheren Zügen, alles in allem weiblicher in Gesichtsschnitt und -ausdruck. Die glänzenden Haare waren über der Stirn zu einem Lockentuff frisiert, sie hatte eine kurze, zierliche Nase und ein leises, verschwörerisches Lächeln. Dennoch besaß auch sie etwas von Louisas Zielstrebigkeit und Schärfe, was sie allerdings meist, wie Alvey schon gemerkt hatte, zu verbergen trachtete. So, wie Meg aussah, nahm es nicht wunder, daß sie als erste der Winship-Töchter einen Mann gefunden hatte. Um die Heiratschancen der armen Isa war es wohl recht traurig bestellt, das hatte sie selbst mit einem etwas kläglichen Lächeln bestätigt.

»Ich bin das Aschenputtel, weißt du, von mir wird erwartet, daß ich brav zu Hause bleibe und all die Aufgaben übernehme, für die Mama keine Zeit hat. Deshalb hat man mir eine Reise nach London bewilligt und etwas Geld für Zeichenmaterial, anstelle einer Hochzeit ...«

Dabei, dachte Alvey ärgerlich, brauchte Isa gar nicht einmal so unscheinbar auszusehen, wenn man etwas für ihren Teint täte, der in der Tat eine Katastrophe war. Und für ihre schlechte Haltung, die runden Schultern ... und wenn man ihr Haar anders frisierte ... Denn die braunen Augen blickten herzlich und offen, die Stimme war leise und melodisch, sie verriet Humor und eine überraschende Sicherheit. Vielleicht eben deshalb, weil ihr Schicksal so klar vorgezeichnet schien?

»Du kannst leicht moralische Reden führen, was den Rollentausch angeht«, sagte sie zu Meg. »Bald bist du uns alle los und kannst dir Birkland und unsere Gewissen aus dem Kopf schlagen.«

Alvey überlegte, daß ihre Lage noch viel peinlicher und verdrießlicher gewesen wäre, hätten die beiden Schwestern sie nicht so leidenschaftslos erörtert. Sie hatten Louisas Mitteilung, daß sie fest entschlossen sei, sich unverzüglich mit Mr. und Mrs. Tothill nach Indien einzuschiffen, ohne die mindeste Überraschung aufgenommen, hatten für lange Zeit, vielleicht für immer Abschied von ihrer Schwester genommen und Alvey mit jener Gefaßtheit, die Zeichen einer bewunderungswürdigen Kinderstube ist, an Louisas Statt angenommen. Louisa mochte sie wohl, dachte Alvey bei sich, durch Andeutungen in ihren Briefen seit einiger Zeit auf einen solchen Schritt vorbereitet haben.

»Ich habe nicht den Eindruck«, sagte Meg zu Isa, »daß dein Gewissen dich in dieser Sache allzusehr plagt.«

»Ja, weißt du, wenn ich mir überlege, was für ein Gewinn es ist, wenn Louisa nun in die weite Welt hinausgehen kann, um die Heiden zu bekehren, ist doch wohl *mein* Gewissen ein recht geringer Preis. Und denke, wie lästig uns eine übellaunige, unzufriedene Louisa daheim gefallen wäre. Den Kleinen brauchen wir wohl gar nichts zu erzählen, was meinst du? Nish und Betsey und Tot haben Louisa schwerlich noch in Erinnerung, und wenn wir Parthie einweihen, könnte es sein, daß sie eine ihrer scheinheilig-zuträgerischen Anwandlungen bekommt...«

»Wie damals, als das Gewissen sie trieb, Mama zu verraten, daß James zu den Rennen nach Blaydon gefahren war. Wir werden Parthie im Auge behalten müssen, soviel ist sicher. Es trifft sich gut, daß sie danach giert, beachtet und anerkannt zu werden...«

»... da sie für Mama zeitlebens Luft gewesen ist...«

»... wie wir alle, aber Parthie hat es härter getroffen. Vielleicht wegen ihrer Beine. Armes Kind. Wenn wir ihr ein wenig schöntun, ihr Gelegenheit geben, hin und wieder mit ›den Großen‹ gemeinsame Sache zu machen, können wir ihrer Gefälligkeit gewiß sein.«

Alvey hörte sich diese erhellenden Äußerungen über ihre Ersatzfamilie mit großem Interesse an. Die Distanz in der Stimme der sanften Isa machte sie ein wenig betroffen, und das sah man ihr an.

»Laß dich nicht schrecken, Alvey. Du darfst mir glauben, daß wir sehr glücklich über unsere neue Schwester sind.« Isa schob freundschaftlich ihre Hand unter Alveys Arm. »Die Frage ist nur: Wie sollen wir dich nennen?«

»Louisa wurde von ihren Freundinnen im Pensionat Emily genannt, das ist ihr zweiter Name, nicht wahr? Könntet ihr vielleicht Emily zu mir sagen? Das wäre ein vertrauter Klang, Emily war auch der zweite Name meiner Mutter.«

»Das trifft sich gut. Die Großtante unserer Mutter hieß Emily. Mama wird sich freuen, wenn der Name wieder bei uns auftaucht. ›Louisa‹ kam aus der Familie meines Vaters.«

»Wir werden Emmy zu dir sagen«, entschied Isa. »In unserer Familie liebt man Abkürzungen.«

In diesem Augenblick erklomm Mrs. Girvans Zofe die Kajüttreppe und rief: »Miss Winship, Miss Winship, könnten Sie wohl mal eben nach der gnä' Frau sehen? Sie fühlt sich recht elend und verlangt nach Ihnen.«

Seufzend folgte Meg ihr nach unten in die stickige Kajüte.

»Arme Meg«, sagte Isa munter. »Weil sie so hübsch ist, meinen alle, sie sei auch gutherzig.«

»Ist sie das nicht?« fragte Alvey überrascht. »Zu mir ist sie immer äußerst liebenswürdig.«

»Ja, freilich, weil sie sich genötigt sieht, entsprechende Erwartungen, die in sie gesetzt werden, zu erfüllen. Aber es ist ihr nicht angeboren.«

Während Alvey dies noch verarbeitete, rüttelte Isa sie sanft am Arm.

»Schau nicht so niedergeschlagen drein. Louisa hat dich in ihrer Selbstsucht in eine recht zweifelhafte Lage gebracht. Du fragst dich vermutlich, warum sie nicht einfach mit den Tothills durchgebrannt ist. Doch dann hätte es Prozesse gegeben, einen Skandal, man hätte sie mit Schimpf und Schande zurückgeholt, und das hätte ihr ganz und gar nicht gepaßt. Hab keine Angst, mit vereinten Kräften wird es uns gelingen. Und ich freue mich wirklich sehr, daß du nach Birkland kommst. Wie schön für mich, eine neue Gefährtin zu haben. Lou und ich haben uns nie verstanden, du und ich aber werden gute Freundinnen werden, das spüre ich. Ich stelle mir vor, daß es viele Dinge gibt, die du zum Lachen findest?«

Wie mochte sie das erraten haben?

»Meine Schwester Maria – sie war mir vom Alter her am nächsten – und ich haben immer vieles gefunden, worüber wir zusammen lachen konnten, aber sie ist vor zwei Jahren am Typhus gestorben, in der Schule von Hexham war eine Epidemie ausgebrochen.« Isas Stimme klang fast unbeteiligt, aber es war ihr anzumerken, daß diese äußere Ruhe ein Ergebnis der Selbstbeherrschung war und nicht einem Mangel an Gefühl entsprang. »Meg hat nie Zeit zum Scherzen, sie schlägt unserer Mutter nach. Und Louisa ... aber Louisa kennst du ja ...«

»Eine junge Dame mit hehren Grundsätzen«, sagte Alvey halblaut.

»So hehr, daß einem in ihren erhabenen Höhen nur zu leicht schwindlig werden kann. Ohne Zweifel wird sie sich in Serampore bewähren. Für sie war es ein beispielloser Glücksfall, daß du in die Abbey School kamst und deine Bedürfnisse sich so gut mit den ihren in Einklang bringen ließen.«

»Meine Käuflichkeit«, murmelte Alvey.

»Papperlapapp. Louisa freilich schreibt diesen Gang der Ereignisse dem unmittelbaren Eingreifen der Vorsehung zu. Ich wünschte, *mein* Selbstbewußtsein erlaubte es mir zu glauben, die Vorsehung nähme derart lebhaften Anteil an meinen Angelegenheiten.«

»Waren deine Eltern nicht überrascht, als Louisa ihnen schrieb, sie würde am Ende des Schuljahrs heimkommen, und nichts mehr von ihrem Wunsch verlauten ließ, Missionarin zu werden?«

»Nicht im mindesten. Mein Vater und meine Mutter haben Louisas Wünsche nie ernst genommen. Mama interessiert sich überhaupt nicht für die Wünsche und Ziele anderer, und mein Vater hielt die Sache natürlich von Anfang an für eine törichte weibliche Laune, die von selbst vergehen würde, wenn man sie unbeachtet ließe. Der Brief war im übrigen äußerst geschickt formuliert – er enthielt von Anfang bis Ende keine einzige Lüge. Gehe ich recht in der Annahme, daß du ihn konzipiert hast? So erfinderisch könnte Louisa nie sein.«

»Ich habe ihn nicht nur konzipiert, sondern sogar geschrieben«, gestand Alvey. »Zum Glück legt Mrs. Camperdowne so großen Wert auf eine gestochene Handschrift, daß sich unsere Schriften kaum voneinander unterscheiden.«

»Und du willst wirklich Schriftstellerin werden, willst Romane schreiben? Das ist ein großes Ziel. Jetzt, da ich dich allmählich ein bißchen näher kennenlerne, glaube ich wohl, daß du es erreichen könntest. Mir scheint, du hast eine gute Beobachtungsgabe und ein großes Maß an Selbstbeherrschung. Hast du schon viel geschrieben?«

»Nie etwas Längeres. In der Abbey School hatte ich wenig Zeit, ich habe nicht nur selbst gelernt, sondern auch schon unterrichtet. Ein paar Gedichte, Erzählungen und Aufsätze, wie es alle Mädchen machen ...«

»Nicht in unserer Familie«, lachte Isa.

»Wären deine Eltern über eine solche Entdeckung sehr schokkiert? Werden sie ebenso schlecht darüber denken wie über Louisas Drang, die Heiden zu bekehren?«

»Nein, nein, bei weitem nicht. Daß es schriftstellernde Damen gibt, ist mittlerweile ja bekannt. Ich erinnere an Madame de Genlis, Miss Owenson, Miss Sykes, Hannah More ... Miss Waskerley hat eifrig die Romane aus der Leihbücherei in Hexham gelesen – *Leiden einer Erbin, Der Schwarze Räuber, Der geheimnisvolle Baron, Die Todeskammer, Die deutsche Hexe, Die Schrecken von Oakendale Abbey* –, und wenngleich Mama so etwas nie las, ja, solche Bücher als Firlefanz abtat, hat sie es uns nie untersagt, wenn wir unbedingt unsere Zeit damit vergeuden wollten.«

Sehr ermutigend fand Alvey das nun gerade nicht, doch sie tröstete sich damit, daß ihr Werk auf einer sehr viel höheren Stufe stand als Miss Waskerleys Lektüre.

»Du glaubst also nicht, daß deine Eltern allzu betrübt, allzu böse wären, wenn ein Roman von mir gedruckt erscheinen würde?«

»Je nun«, sagte Isa zurückhaltend, »das läßt sich so natürlich nicht sagen. Dieser Fall wäre, ehrlich gesagt, in unserer Familie so unerhört, daß ich unmöglich voraussagen kann, wie man reagieren würde. Aber du würdest doch dein Buch ohnehin unter einem Pseudonym veröffentlichen, nicht wahr? Dann könnte ja auch kein Schatten auf die Familienehre fallen.«

»Ja, natürlich«, lachte Alvey. »Falls ich überhaupt einen Verleger finde.«

»Wenn ich es recht überlege«, fuhr Isa fort, »brauchen sie von deiner Schriftstellerei zunächst überhaupt nichts zu erfahren. Du könntest deine Korrespondenz über Mr. Allgood leiten, dem die Buchhandlung von Hexham gehört, er ist ein guter Freund unserer Familie, von dem wir weit mehr über gute Literatur gelernt haben als von Miss Waskerley. Louisa hat gelegentlich Briefe an mich und Meg zu seinen Händen gesandt. Doch da langweile ich dich mit meinem Gerede über die Winships, dabei weiß ich so gar nichts über dich. Sei so lieb und erzähle mir deine Geschichte, sie ist gewiß sehr aufregend im Vergleich mit unserem eintönigen ländlichen Dasein an der nördlichen Grenze. Von Louisa weiß ich, daß du aus New Bedford in Massachusetts stammst. Hast du dein ganzes Leben dort verbracht? Ist es eine hübsche Stadt?«

Alvey dachte an das Städtchen am Berghang, die grasbewachsenen Sträßchen, die Holzhäuser, von denen nur einige wenige geteert, die anderen schutzlos den Unbilden der Witterung ausgesetzt waren, das Gewirr der Masten unten im Hafen. Das größte und schönste Haus dort schien klein und bescheiden im Vergleich mit der englischen Architektur, den Stein- oder Ziegelbauten, bemoost, efeuberankt, seit Hunderten von Jahren der Landschaft angepaßt. Sie dachte an die kurvenreichen englischen Straßen zwischen den kleinen Feldern, die alle so eigenartig geformt, wahrscheinlich nach irgendwelchen alten, wohl bis in angelsächsische Zeit zurückreichenden Besitzrechten zugeschnitten waren, an die sechs bis zehn Fuß hohen Böschungen und die dazwischen unter dem Schritt von Generationen immer tiefer eingesunkenen Wege. »Warum habt ihr eure Straßen so tief in den Boden gegraben?« hatte sie in der ersten Zeit im Pensionat eine Mitschülerin gefragt und hatte die Erklärung zunächst kaum glauben mögen: »Sie sind nicht eingegraben, sondern ausgetreten.« Die amerikanischen Knüppeldämme waren flach und gerade, sie lagen in der Landschaft wie Lineale.

Wie sollte man auch nur annähernd den Unterschied zwischen dem guten alten England und dem Neu-England dort über dem Meer beschreiben?

Doch Isa fuhr fort: »Und erzähl mir von deinen Eltern. Wie alt warst du, als du sie verlorst? Louisa schrieb uns, ein Vormund hätte dich erzogen und an die Abbey School geschickt. War es ein Verwandter? Oder ein Freund der Familie?«

»Ich ... ich habe meine Eltern verloren, als ich zehn war.« Dankbar griff Alvey Isas Wortwahl auf, die ihr die Antwort erleichterte. Es war ein schmerzliches Thema für sie, das sie nach Möglichkeit mied.

»Aber du kannst dich deutlich an sie erinnern?«

»Gewiß. Sie waren sehr ... sehr anspruchslos. Sehr fromm. Sie hatten zunächst der Gesellschaft der Freunde, den Quäkern, angehört, waren danach Unitarier gewesen und schlossen sich dann einer Sekte an, den sogenannten Universalisten.«

»Einer christlichen Sekte?« fragte Isa leicht besorgt.

»Ja, gewiß. Sie waren sehr gläubig. Sehr liebe, selbstlose Menschen.« Alvey hielt inne, überlegte und setzte hinzu: »Aber von jener großen inneren Kraft beseelt, die dem festen Glauben an die eigenen Grundsätze entspringt.«

»Wie Louisa«, sagte Isa schmunzelnd. »Und das hat es dir sicher leichter gemacht, dir über ihren Charakter klarzuwerden.«

»Mag sein. Der Gedanke war mir noch gar nicht gekommen.«

Kein Wunder, daß ihr Louisa irgendwie vertraut vorgekommen war. Doch hatten Mutter und Vater – oder Sarah und Paul, wie sie sich von der Tochter nennen ließen – viel mehr echtes Gefühl, wahre Frömmigkeit besessen als Louisa, die Alvey immer oberflächlich und egoistisch vorgekommen war. Wie tief ihr Kummer – oder zumindest der Mutter Kummer – gewesen war, als ...

»Aber das Leben in einer Missionsstation wird vermutlich Louisa bald genug lehren, ihre Grundsätze den Notwendigkeiten des Alltags anzupassen«, fuhr Isa vergnügt fort. »In Serampore dürften ihr noch einige Überraschungen bevorstehen. Jetzt erzähl mir von deinem Vormund, Alvey.«

»Es war eine Frau, meine Base Hepzibah Babcock. Meine Eltern waren beide Einzelkinder, und ihre Eltern waren jung gestorben, so daß ich nur wenige Angehörige habe. Die Familie meines Vaters, die Clements, kam aus Devon, einer meiner Ahnen ist John Clement, ein Schützling von Sir Thomas More. Er wurde Präsident des Royal College of Physicians, flüchtete später ins Exil nach Louvain und rettete dorthin auch etliche von Mores Abhandlungen und Briefen, unter anderem *A Dialogue of Comfort against Tribulation*. Er starb im Exil.«

»Ein imponierender Vorfahre. Kein Wunder, daß deine Eltern fromme Menschen waren.«

»Die Alveys, meine Verwandten mütterlicherseits, kamen aus Lincolnshire, aber von ihnen ist mir weiter nichts bekannt.«

»Und deine Base Hepzibah?«

»Eine respekteinflößende Dame.« Alvey lächelte ein wenig, als sie an die Atmosphäre eisiger Mißbilligung dachte, in der sie aufgewachsen war. Drei Jahre hatte es gedauert, bis sie begriff, daß diese Mißbilligung nicht ihr, sondern ihren Eltern galt. »Aber sie hat es sehr gut mit mir gemeint und keine Mühe gescheut, mir eine gute Ausbildung zu ermöglichen.«

»War sie wohlhabend?«

»Keineswegs. Ihr Mann, ein leichtsinniger Mensch, war mit großen Erwartungen in die Neue Welt ausgewandert und vergeudete sein ganzes Vermögen an Unternehmungen, denen kein

Erfolg beschieden war. Sie waren schon fast völlig verarmt, da legte meine Tante den bescheidenen Rest der gemeinsamen Ersparnisse in einer Fuhre Krämerwaren an, die sie in ihrem Haus verkaufte. Mein Großonkel war zutiefst in seiner Ehre getroffen und ging an der Schmach zugrunde, doch Base Hepzies Geschäfte florierten, und aus den Erträgen des Krämerladens konnte sie mein Schulgeld bezahlen. ›Den Stolz hat man umsonst, das Brot muß man kaufen, Sarah‹, pflegte sie zu sagen.«

»Ist sie noch am Leben?«

»Nein, sie starb vor zwei Jahren. Ich war damals schon an der Abbey School. Mein Schulgeld war bis zum Ende jenes Jahres bezahlt, und Mrs. Camperdowne bot mir freundlicherweise an, mich zu behalten, wenn ich gegen Kost und Logis den jüngeren Mädchen Unterricht gäbe.«

»Du hast also Base Hepzie nie wiedergesehen«, sagte Isa nachdenklich.

»Nein, und das ging mir recht ans Herz. Mittlerweile waren wir einander sehr gut.«

Voller Betrübnis erinnerte sich Alvey an den Abschied. Sie sah die unbeugsame alte Dame im Schneetreiben zwischen dem Gewirr von Fässern und Seilrollen am Kai von New Bedford stehen, klein und zart, aber kerzengerade unter ihrem alten Regenschirm, in verblichenes Schwarz gekleidet, mit blitzenden blauen Augen. »Sieh zu, daß du genug lernst, um eine unabhängige Frau zu werden, Sarah«, hatte sie ihr zugerufen, dann hatte sie sich umgedreht und war in das Schneetreiben hineingestapft. Ein Hafenarbeiter rief ihr etwas Despektierliches nach, und sie schoß eine so vernichtende Antwort zurück, daß er dunkelrot wurde und ihr mit offenem Mund nachsah. Noch heute tat es Alvey leid, daß sie nicht wußte, was Base Hepzie zu ihm gesagt hatte.

Sie stieß einen tiefen Seufzer aus und fröstelte ein wenig.

»Es wird kalt«, sagte Isa. »Jetzt müssen wir wohl in diese abscheulich stickige Kajüte hinuntergehen. Es wird Mitternacht werden, bis wir in Tynemouth einlaufen.«

»Und was fangen wir dort an?«

»Mrs. Girvan übernachtet im Dean Gate Hotel und reist dann nach Morpeth weiter. So werden wir es wohl auch machen, wenn uns Papa nicht Archie mit der Kutsche geschickt hat. An solche Kleinigkeiten denkt Papa nicht immer, wenn es um uns Mädchen geht.«

Doch diesmal hatte Sir Aydon daran gedacht. Als die Passagiere der *Bethia* steif, verschlafen und verfroren an Land gerudert worden waren (denn die Untiefen vor der Mündung des Tyne waren so gefährlich, daß die Schiffe in der Fahrrinne ankern mußten, Waren und Passagiere wurden in flachen Kähnen ausgeschifft), rief Meg, die schärfere Augen hatte als Isa: »Da ist Archie, ich sehe ihn. Archie, Archie, hier sind wir mit Miss Louisa und einer ganzen Ladung Gepäck. Beeil dich, wir sind halbtot vor Kälte.«

Ein Mann in schwerem Mantel stapfte zu ihnen herüber und überschüttete Meg mit einer Flut knurriger Vorwürfe, von denen Alvey nicht ein Wort verstand.

O Himmel, dachte sie, wie soll ich mich je mit den Dienstboten unterhalten oder sie auch nur verstehen, wenn sie alle so reden wie der da? Ein unerwartetes Hindernis, in der Tat! Was ist das aber auch für eine Mundart! So etwas habe ich in meinem ganzen Leben noch nicht gehört.

Meg und Isa schienen keine Mühe zu haben, Archies Vorhaltungen zu verstehen, nahmen sie sich aber offenbar nicht sonderlich zu Herzen.

»Er hat fünf Stunden warten müssen, sagt er, aber schließlich ist es ja nicht unsere Schuld, wenn das Schiff Verspätung hatte. Und er hat sich die Zeit nicht lang werden lassen, der Geruch nach Porter ist unverkennbar. Knurre nicht, Archie. Das da drüben sind alles unsere Sachen. Komm in die Chaise, Alv – Emmy, du mußt halb erfroren sein.«

»Und Mrs. Girvan?«

»Befindet sich wohl, die Zofe hat ihr eine Mietkutsche geholt. Wie gut, daß wir das alte Klageweib los sind. Meg wird, wenn wir daheim sind, einen höflichen Dankesbrief verfassen, und wir werden alle unterschreiben. Rasch, nimm das Schaffell um, Archie kümmert sich um die Koffer.«

»Wie soll ich je verstehen, was er sagt?«

Isa lachte. »Ja, dieses kleine Problem hatte ich ganz übersehen. Es heißt, dem Teufel selbst habe es so viel Mühe gemacht, den Tyneside-Dialekt zu erlernen, daß er schließlich daran verzweifelt sei. Du wirst verbreiten müssen, du hättest ihn in den Jahren im Süden verlernt. Aber du wirst dich bald hineinhören. Die Dienerschaft spricht die Mundart im allgemeinen nicht ganz so breit wie Archie.«

Nach langer, ermüdender Wartezeit war das Gepäck zusammengesucht und verstaut, Archie schwang sich auf den Bock und ließ die Peitsche knallen, und dann rumpelten sie über das Kopfsteinpflaster davon. Alvey nahm von der Stadt Newcastle kaum etwas wahr außer einer schwarzen Masse von Gebäuden, in denen zu dieser fahlen, frühen Stunde kein Licht brannte. Bald hatten sie die Stadt hinter sich gelassen und rollten zwischen dunklen, stillen Feldern dahin. Die trotz der geschlossenen Wagenfenster hereindrängende Luft war bitter kalt, viel kälter als im Süden, Alvey war froh um das dicke Schaffell, in dem sie steckte. Meg hatte sich in ihre Ecke gelehnt und schien zu schlafen, Isa aber, die den Platz zwischen ihr und Alvey hatte, saß kerzengerade da und spähte erwartungsvoll in die Dunkelheit hinein.

»Ich freue mich so auf daheim!« gestand sie. »Wie Louisa es all die Jahre in der Fremde ausgehalten hat... und dann nach Indien zu reisen, ohne noch einmal nach Birkland zu kommen ... Mir wäre es unerträglich, an einem anderen Ort als in Northumberland zu leben.«

»Ist Northumberland denn etwas so Besonderes? In welcher Hinsicht?«

»Du wirst schon sehen. In jeder Hinsicht. Die Luft, die Bäume, die Landschaft. Da unten im Süden«, sagte Isa verächtlich, »wirkt alles so verschwommen und formlos. Und die Luft ist dumpf und stickig, als sei sie schon tausendmal geatmet worden. Hier im Norden aber ... Du als Schriftstellerin wirst die Unterschiede so viel besser darstellen können als ich. Wie ich mich darauf freue, das alles mit deinen Augen zu sehen. Und die Mitglieder unserer Familie ... du wirst sie gewiß alle porträtieren? Das mag lustig werden! Wirst du Geschichten über uns schreiben?«

»Gewiß nicht.« Alvey mußte insgeheim über diese Naivität lächeln. Gewöhnliche Menschen konnten offenbar nicht begreifen, daß Schriftsteller nicht wie Elstern nach allem picken, was herumliegt und es so, wie es ist, in eine Erzählung übernehmen. Wie sollte sie Isa erklären, ohne sie zu kränken, daß die köstliche, komische, romantische Geschichte, die in ihrem Kopf bereits feste Formen angenommen hatte, mit dem alltäglichen (wenn auch für sie selbst zweifellos überaus fesselnden) Tun und Treiben der Winship-Sippe nicht das mindeste zu tun hatte, zu tun haben durfte?

»Denk doch nur, wie gefährlich es wäre, wenn ich euch alle so beschreiben wollte, daß ihr mühelos wiederzuerkennen wärt«, fügte sie hinzu. »Dann hätten deine Eltern guten Grund, mir zu grollen.«

»Aber wenn du nicht über uns schreibst«, sagte Isa verwundert, »worüber willst du denn dann schreiben?«

»Einfälle habe ich genug.« Alvey dachte liebevoll an ihren Helden. Seine Liebenden, der lockere Lord ... Ihre letzten Worte endeten in einem Gähnen, und auch sie lehnte sich in ihre Ecke zurück, eingelullt durch das Schwanken der Kutsche und das eintönige

Trappeln der Hufe auf der steinigen Straße. Isa aber blieb aufrecht sitzen und spähte begierig ins Land hinein, während hinter ihnen im Osten der Himmel allmählich blasser wurde und vor ihnen eine karge, schroffe Landschaft aus dem Dunkel auftauchte.

Als es heller geworden war, wandte Archie sich um und warf ihnen ein paar knurrig-gutturale Worte zu, wie man Hunden einen Knochen zuwerfen mag, den sie eigentlich nicht verdienen.

»Was sagt er?« flüsterte Alvey.

Meg murrte nur ärgerlich und rückte sich zurecht, um weiterzuschlafen.

»Meg ist es gleich, sie haben sich immer gestritten, aber ich finde es wunderschön«, gab Isa in freudigem Flüsterton zurück, und durch das offene Fensterchen rief sie: »Ist das wirklich wahr, Archie? Du hältst uns nicht zum Besten?«

»Ne, ne, hat er nich eigens n Brief an den Herrn geschrieben?«

»Wann kommt er, Archie?«

»Samstag in ner Woche.«

»So bald? Wie ich mich freue!«

»Wer kommt?« wollte Alvey wissen.

»*Du* wirst so tun müssen, als ob du ihn nicht magst, er und Louisa lagen sich ständig in den Haaren. Auf keinen Fall darfst du zu freundlich zu ihm sein, das würde alle sehr befremden und ihn auch, und er und mein Vater stehen sich so nah, daß wir ihn besser nicht in die Täuschung einweihen. Es wäre zu schwierig für ihn ...«

»Ja, für wen denn nur, Isa?«

»Für unseren Bruder James. Eigentlich ist er unser Halbbruder, seine Mutter starb bei der Geburt, und im Jahr darauf nahm Papa Mama zur Frau, weil er eine Mutter für ihn haben wollte, aber sie hat James nie sehr gemocht.«

»Sie zieht ihre eigenen Kinder vor?«

»Sie interessiert sich überhaupt nicht für Kinder, nur wenn sie ganz klein sind, und so hat sie ja James nie erlebt.«

Vor ihnen – jetzt in hellem Tageslicht – lag eine gebirgige Landschaft mit sacht ansteigenden und jäh abfallenden Höhenzügen. Auf den Höhen standen Gehölze mit krummen, windgezausten Bäumen, die bereits ihre Blätter verloren hatten, und von Höhe zu Höhe lief eine hohe steinerne Befestigung, eine Palisade aus bröckelndem grauem Granit, verschwand hinter dem einen Gipfel, kam hinter dem nächsten wieder hervor, zog sich in kühnen Steigungen an fast senkrechten Hängen hinauf.

»Was in aller Welt ist das?« staunte Alvey.

»Pst, du mußt lernen, deine Zunge im Zaum zu halten«, mahnte Isa und deutete auf Archie.

»O Himmel, ja, du hast ganz recht. Und ich war so stolz auf meine Besonnenheit.« Alvey errötete beschämt.

»Laß gut sein, Archie ist stocktaub.«

»Aber was ist das für ein erstaunliches Bauwerk?«

»Das ist der Römerwall. Kaiser Hadrian hat ihn zum Schutz vor den Pikten und Schotten gebaut. Er steht seit zweitausend Jahren.«

3

Nish und Tot waren immer früh auf, aber am Morgen des Tages, an dem ihre Schwester Louisa zurückkommen sollte, erwachten sie noch früher als gewöhnlich, noch ehe es hell geworden war.

Nish öffnete zuerst die Augen und horchte dem Wasser des Hungry Burn nach, der auf Birkland Hall des Nachts, wenn die anderen Geräusche verstummt waren, immer zu hören war, ein stetiges einlullendes Gemurmel, eine nimmer endende, natürliche Melodie. Heute, nach den nächtlichen Regenfällen, war sie besonders laut. Das Wasser wird bis an die Wurzeln der Weiden und Erlen heranreichen, dachte Nish, und unsere Inseln werden halb untergegangen sein, wir werden sie wieder herrichten müssen. Es wird dunkelbraunes Wasser sein, dunkler als Tee, das allerlei Zweige und Treibgut mitgebracht hat, vielleicht sogar ein totes Schaf. Und das Ufergras wird seitlich im Wasser treiben, und nur die Oberseite der Trittsteine wird herausschauen.

Sie holte ihr Tagebuch unter dem Kopfkissen hervor und notierte mit dem Datum des Vortages:

»Disen Tack recht wol verbracht mit der Inspexion unserer Gühter. Den gantzen Tag hart gearbeittet.« Ihre Orthographie war äußerst eigenwillig.

Dann lehnte sie sich zu ihrem Bruder herüber und gab ihm einen Stups. »Wach auf.«

»Ich bin schon wach«, sagte er und öffnete die Augen.

»Wir müssen aufstehn. Heut kommt Louisa.«

»Ich weiß. Deshalb war ich ja wach.«

Die beiden hatten ein gemeinsames Zimmer am Ende des Hauses im zweiten Stock. Es traf sich gut für sie, daß an der nächsten Ecke eine Dienstbotentreppe zu einem Seiteneingang im Erdgeschoß führte, was ihnen schon so manchen unbemerkten Ausflug zu früher Stunde oder eine späte Heimkehr ermöglicht hatte.

Sie fuhren rasch in ihre Sachen, wobei Tot hin und wieder seiner Schwester mit freundlicher Ungeduld zur Hand ging, beim Schnüren der Unterrockbänder im Rücken etwa oder beim Befestigen des Brusttuchs. »Zieh die Schuhe nicht an, das macht zu viel Lärm, nimm sie so mit nach unten. Eil dich, ich höre schon Annie kommen.«

Barfuß, die Schuhe in der Hand, stahlen sich die Kinder die gescheuerte Holztreppe hinunter und über einen mit Steinplatten ausgelegten Gang, vorbei an Vorratskammern und Servierräumen, in die große warme Küche. An einer Wand standen mehrere Herde, zwei Feuer waren sorgfältig mit Asche zugedeckt, um die Glut über Nacht zu bewahren. Hier war schon jemand am Werk gewesen. Eine Portion dünner Haferkuchen lag zum Trocknen und Härten auf Rosten. In Schüsseln ruhten runde Teiglaibe, die vor der Esse aufgehen sollten. Es roch anheimelnd nach Hefe und Teig.

Den Kindern lief das Wasser im Mund zusammen, aber sie hatten es eilig, aus dem Haus zu kommen, und hielten sich nicht in der Küche auf. Immerhin griffen sie sich ein paar knusprige Haferkuchenkrusten, die niemand vermissen würde.

»Rasch«, zischelte Tot. »Jemand kommt über den Gang.«

Sie huschten zu einer Tür, die zum Hinterausgang führte, und traten auf den Stallvorplatz. Im Winter wurde er zu einem Morast, den man nur mit Schaftstiefeln oder Holzpantinen bewältigen konnte. Im Augenblick lag ein Netzwerk sommerlicher Unkräuter – Rainfarn, Ampfer und Wegerich – wie eine Plattform über dem Schlamm. Hühner pickten darin herum, und auf dem Stalldach flatterten und gurrten Tauben. Die Kinder spürten mit Vergnügen die Nässe unter den nackten Sohlen und gaben sich keine Mühe, der feuchtweichen Masse aus dem Weg zu gehen, obschon sie nach dem nächtlichen Regen eiskalt war.

An der Hofecke, wo ein Tor und ein Pfad auf das Weideland und hinunter zum Bach führten, liefen sie der rothaarigen Annie Herdman in die Arme, der Amme ihrer Schwester Katie.

»Schnell in die Geschirrkammer«, flüsterte Tot, aber Nish sagte: »Annie verklagt uns nicht!« und ging zuversichtlich weiter. Annie zeigte sich in der Tat nicht überrascht darüber, die beiden schon so früh auf zu sehen, sondern sagte: »Habt ihr nich Klein Geordie gesehn, Kinder? Eben hat er hier noch gespielt, an der Pferdetränke. Ich war nur eben ne Minute weg, um nen Krug Milch zu holen...«

»Nee, wir haben ihn nich gesehn, Annie«, erwiderte Tot, wie von selbst in ihre Mundart verfallend.

»Ich hab so Angst, daß er ans Wasser gegangen is«, meinte Annie besorgt. »Ganz wild is er mit seiner Wasserplanscherei.«

»Wenn wir ihn sehen, schicken wir ihn zurück«, versprach Nish.

»Ja, holt ihn mir zurück, Mädchen, er is man noch so klein und soll nich allein draußen rumlaufen.«

Sie nickten und liefen weiter und hatten, sobald sie um die Ecke waren, Annie und ihren Sohn schon vergessen. Der ausgefahrene Fahrweg zog sich zwischen dem Obstgarten und dem Weideland hin. Die Kinder wandten sich dem Obstgarten zu, kletterten ein paar in die Trockenmauer eingelassene Stufen hinauf und stopften sich die Taschen mit kleinen Äpfeln voll. Dann eilten sie weiter zu einer Furt durch das Bächlein, einen Nebenlauf des Hungry Water. Hohe lohfarbene Gräser und dunkelgrüner Ginster säumten die steinigen Ufer. Von hier aus war das Haus nicht mehr zu sehen, die Wirtschaftsgebäude und ein Eschen- und Platanengehölz verdeckten es.

Am Bach stellten sie wie erwartet fest, daß die an der Furt für die Gespanne gelegten Trittsteine nahezu unter Wasser standen, nur die Oberfläche schaute aus der strudelnden, klaren, dunkelbraunen Flut hervor. Nish benutzte aus Prinzip die Trittsteine, geschickt mit bloßen Füßen von einem Stein zum nächsten springend. Tot watete ins Wasser, das ihm bis an die Schenkel reichte. Er blieb einen Augenblick stehen, um die Nankinghosen hochzuziehen und die Schnallen festzuzurren.

»Ist es kalt?« rief Nish, die in dem silbrig betauten Gras am anderen Ufer herumhüpfte.

»Nicht gerade warm, aber es geht.«

Sie überquerten den Landzwickel zwischen Bach und Fluß und traten hinaus in die Sonne, die bisher ein steiler, heidekrautbewachsener Hang oberhalb des Herrenhauses verdeckt hatte. Sofort wirkte die Welt freundlicher. Das nasse Gras glitzerte, ein paar Vögel begannen sanfte Herbstlieder zu zwitschern, die Kinder hörten den langgezogenen, flötenden Ruf eines Brachvogels.

»Hier kann Klein Geordie nicht gewesen sein.« Nish betrachtete ihre deutlich sichtbaren schwarzen Fußabdrücke im Gras. »Wir hätten seine Spur gesehen.«

»Wahrscheinlich ist er am Löwenteich«, sagte ihr Bruder. »Dort ist er öfter.«

»O weh! *Mithras*!« stieß Nish bestürzt hervor und blieb stehen.

»Was ist denn?«

»Es ist der erste Oktober. Ich wollte zum Löwenteich und mir etwas wünschen. Die gebogene Nadel hatte ich mir schon an den Kragen gesteckt.«

»Jetzt kannst du nicht mehr zurück«, versetzte ihr Bruder. »Mrs. Slaley oder Surtees oder Parthie würden rauskommen und uns abfangen.«

»Aber ich wollte mir wünschen, daß Louisa nie wieder herkommt.«

»Und du glaubst, das hätte was genutzt? Die sitzen inzwischen schon in der Kutsche, ich hab gehört, wie Papa zu Archie gesagt hat, er sollte gestern abend zeitig genug losfahren ...«

»Zu dumm, daß ich es vergessen hab. Bloß, weil uns die dumme Annie über den Weg gelaufen ist.«

»Geholfen hätte es sowieso nichts«, sagte Tot. »Ich glaube, die Gebete zu Mithras sind nicht mehr wert, als was man sonst so betet.«

»Und doch hilft er! Er hat mir geholfen, als ich mein Band mit den Blümchen verloren hatte. Ich hab gebetet und gebetet und zwei gebogene Nadeln in den Löwenteich getan, und schon am nächsten Tag hab ich das Band in der Geschirrkammer gefunden.«

»Du kannst ja jetzt beten«, meinte ihr Bruder, »an der Quelle, und kannst dort deine gebogene Nadel hineinwerfen. Mithras kümmert es wohl nicht, wo du sie hintust.«

»Ja, vielleicht hast du recht«, meinte Nish ein wenig zweifelnd. »Es ist wohl besser als gar nichts.«

Sie war rasch den alten Schafpfad entlanggehüpft, der zwischen Erlenbüschen und hohen Binsen am Ufer des Hungry Water entlangführte. Jetzt aber verlangsamte sie das Tempo, sah im Gehen nach rechts und nach links und pflückte ein paar späte Herbstblumen – ein, zwei Glockenblumen, eine purpurne Skabiosenblüte und gelbes Leinkraut, dazu einen Zweig mit roten Hagebutten und eine Rispe Immergrün, eine rote Pimpernelle und ein winziges blaues Stiefmütterchen. Nachdem sie dies alles mit einem Rohrkolben zu einem Sträußchen gebunden hatte, folgte sie Tot auf einer schmalen hölzernen Fußbrücke über den Bach, der hoch und glucksend zwischen dunkelgrauen Steinen und kleinen grasigen Inseln dahinfloß. Am anderen Ufer hielten sich die beiden Kinder rechts und kamen bald zu einer Quelle, die aus einem Felsspalt in ein kleines natürliches Becken sprudelte und von dort in den Strom sickerte.

Die Kinder blieben stehen und tranken feierlich, wie nach einem alten Brauch, aus der hohlen Hand. Dazu stellten sie sich auf eine flache Steinplatte, die offenbar zu diesem Zweck dort lag. Nish warf, nachdem sie getrunken hatte, ihr Sträußchen und die gebogene Nadel, die sie vom Kragen genommen hatte, in den Bach, wobei sie laut, aber ehrfurchtsvoll sprach: »O Herr Mithras, so es Euer Wille sei, nehmt diese Gaben von Eurer Dienerin an und macht, daß heute mein Bruder und ich nicht in Gefahr geraten und nichts tun, was Euren Zorn verdiente. Und bitte macht, daß unsere Schwester Louisa nicht nach Hause kommt, darum bitten wir Euch recht sehr. Und helft auch Annie Herdman Klein Geordie finden und macht, daß ihr Vater nicht mehr so häßlich zu ihm ist. Eure ergebene Nish Winship.«

»Amen«, ergänzte ihr Bruder, aber ohne ihre Zuversicht, sondern gedämpft und fast nebenher, als handele es sich um eine notwendige, aber peinliche gesellschaftliche Formalität. Dann fügte er hinzu: »Ich meine, du solltest Mithras nicht wegen Annie und Klein Geordie belästigen. Soll doch Annie selber zu Mithras beten.«

»Aber sie weiß doch nichts von ihm.«

»Jetzt komm«, sagte Tot in plötzlicher Ungeduld. »Wir haben

noch einen weiten Weg zu unserer letzten Stelle. Am besten bleiben wir am Ufer. Wenn wir in dem tiefen Wasser waten, brauchen wir den ganzen Tag.«

Nish machte ein enttäuschtes Gesicht, beugte sich aber seiner Entscheidung.

»Nur – was wird aus unseren Inseln, die das Hochwasser zerstört hat? Von hier aus sehe ich drei – Madagaskar und Krakotoa und das Große Eiland. Die müssen wir wieder in Ordnung bringen.«

»Zwecklos, solange das Wasser nicht zurückgegangen ist. Außerdem kriegen wir dann eine Menge neues Baumaterial.«

Während sie an dem holprigen Ufer entlanggingen, sahen sie prüfend zu den steinigen Inseln hinüber – die meisten hatten die Größe kleiner Kartentische, einige waren aber auch viel kleiner –, die sie mit Moos, Blumen, Zweigen, glitzernden Quarzbrocken und winzigen Steingartenpflanzen geschmückt hatten. Etwa eine Meile des Wasserlaufs war schon auf diese Weise verschönt, und sie mußten jetzt immer weitere Strecken zurücklegen, um neue Gebiete zu erschließen. Der nächtliche Wolkenbruch hatte viel von ihrem Werk zunichte gemacht.

»Wir müssen noch einmal ganz von vorn anfangen«, sagte Nish bekümmert, aber auch mit einer gewissen Befriedigung über die Aufgabe, die vor ihnen lag. »Das wird uns viele Tage kosten.«

»Erst müssen wir Korsika und Sardinien fertigmachen, die sollten stehen, ehe wir mit den Reparaturen anfangen.«

Eroberung und Neuerwerb waren Tot lieber als bloßes Bewahren. »Außerdem«, fuhr er fort, »sieht uns am Ende jemand, wenn wir zu nah beim Haus sind, und holt uns zurück, sobald Louisa kommt.«

»Wie abscheulich war sie eigentlich?« fragte Nish besorgt.

»*Sehr* abscheulich. Du kannst dich nicht mehr erinnern, du warst erst drei. Aber ich war vier, und ich weiß noch eine ganze Menge über sie. Sie hat ein ganz besonderes Gesicht gemacht, wenn ich nicht tat, was sie von mir verlangte – ein wütendes, grausliches Gesicht, alle Zähne hat sie dabei gezeigt, dann hab ich immer weinen müssen. Das würde ich jetzt natürlich nicht mehr tun, aber in Träumen seh ich es noch vor mir. Und wenn sie mich hüten sollte, hat sie mich immer in den Arm gekniffen, auf eine ganz besondere Weise. Und sie hat es der Mama gepetzt, wenn sie gesehen hat, daß du was Verbotenes gemacht hast...«

»Was für Sachen hat sie denn von dir verlangt?«

»Das weiß ich nicht mehr.«

»Vielleicht kann Mithras es so einrichten, daß die Kutsche kippt und sie herausfällt und tot ist«, meinte Nish, die nach diesen Erinnerungen recht verzagt dreinsah.

»Dann wären aber auch Meg und Isa tot, und das wäre nicht fair.«

»Vielleicht ist Fairness nicht gerade die Stärke von Mithras.«

Sie debattierten darüber, während sie ihren Weg am Flußufer fortsetzten. Götter, meinte Tot, müßten fair sein. Es sei aber doch möglich, hielt Nish dagegen, daß sie eine andere Auffassung von Fairness hätten als einfache Menschenwesen.

Inzwischen war die Herbstsonne höhergestiegen und verströmte einen warmen goldenen Glanz. Ein frischer Wind, der aber keine Kälte brachte, rüttelte an den Zweigen der Weiden und jagte Wolken über den Himmel. Der Fluß bewegte sich zunächst im Zickzackkurs durch ein Tal mit flachem Schwemmland rechts und links und einem breiten Kiesbett an der Innenseite jeder Biegung. Nish hätte gern Halt gemacht, um nach neuen, vom Hochwasser angetriebenen oder freigelegten Schätzen zu suchen – rundgeschliffenen Holzstückchen, entwurzelten Pflanzen oder glitzerndem Quarz in Weiß, Rosa und Purpur –, aber Tot trieb sie ungeduldig weiter. Er hatte es eilig, an den noch weitgehend unerforschten Oberlauf zu gelangen, wo das Tal sich verengte, die Uferböschungen steiler und die Steine größer wurden.

»Ich erzähle dir eine Geschichte, wenn du magst«, sagte er. »Ich erzähl dir was von Captain Cook.« Tot las gerade das Buch *Des Capitain Cook Reise in den Pazifik*, das er in der Bibliothek seines Vaters entdeckt hatte.

»Meinetwegen«, sagte Nish ohne große Begeisterung. Sie fand die Vorträge ihres Bruders entsetzlich langweilig, er erzählte langsam und umständlich und vergaß häufig etwas, so daß er später zurückgreifen mußte: »Ach so, ich hätte noch sagen sollen, daß sie vorher die Boote entladen und alle Vorräte an Land geschafft hatten.« Er redete mit lauter, monotoner Stimme, die das Weghören erschwerte. Nish ärgerte ihn ständig, indem sie störende Fragen stellte: »Wie groß war das Boot? Wieviel Mann waren sie? Von einem Gewitter hast du aber noch gar nichts gesagt...«

»Unterbrich mich nicht, sonst vergeß ich wieder was«, fuhr er sie dann ungeduldig an. Erfundene Geschichten waren Nish weit lieber, aber damit konnte ihr Bruder nicht aufwarten, wenngleich auch er sie gern hörte. Manchmal – leider nur zu selten – ließ sich Großmama Winship dazu herbei, Geschichten vom Schwarzen Douglas zu erzählen, der die Frau bei der Schulter gepackt und zu Tode erschreckt hatte, oder vom Armen Menschen von Hylton mit seiner herzerweichenden Klage: »Weh mir, weh mir, die Eichel ist noch nicht vom Ast gefallen, aus der der Baum wird, aus der sie die Wiege machen, in der das Kind schaukelt, das zu dem Manne werden soll, von dem ich einst erschlagen werde...« oder die schauerliche Mär von Abigail Featherstonehaugh, die ausritt »gar hochgemut mit ihren Damen, dem Bräutigam und all seinen Mannen«, aber keiner von ihnen kam zurück, nur ihre Geister zeigen sich blutüberströmt zur Zeit des Hahnenschreis. »Ach bitte, erzähl das doch noch mal, Großmama«, pflegte Nish zu betteln, aber auf die alte Dame war kein Verlaß. Manche Tage waren Geschichtentage, andere wieder nicht. Wenn Mrs. Slaley, die Köchin, in Stimmung war und nicht zu viel zu tun hatte, wußte sie von Zigeunerinnen oder schottischen Räubern oder den Reisighütten zu berichten, in denen man die Menschen hatte sterben lassen, damals, als der Schwarze Tod durchs Land gegangen war. Ihre Geschichten waren immer gruselig, aber spannend.

»Essen wir unsere Äpfel«, unterbrach Nish eine lange, besonders ermüdende Schilderung von Capitain Cooks Teilung der Rationen. »Es muß mittlerweile längst Mittagszeit sein.«

»Unsinn, noch lange nicht, schau doch nach der Sonne.« Tots Zeitgefühl war sehr viel sicherer als das seiner Schwester.

»Aber die Äpfel sind schwer, ich habe die meisten, und ich muß sie im Rock tragen.«

»Meinetwegen. Wir können uns auf den Stein da setzen.«

An dieser Stelle verengte sich der Bach zu einem kleinen Wasserfall zwischen hohen, klippengleichen Ufern, das Wasser teilte sich weiß und golden gischtend an einem großen flachen Felsen von der Größe eines Flügels.

Tot hüpfte leichtfüßig auf die Felsplatte hinüber. Nish, die schweren Äpfel im Rock, schätzte die Entfernung falsch ein, rutschte ab und riß sich das Bein auf. Schlimmer noch, die Äpfel entglitten ihr und fielen in die brodelnde Flut. Tot packte seine Schwester am Arm, brachte sie in Sicherheit und schüttelte sie ärgerlich.

»Schau, was du angestellt hast! Schon gut, weine nicht so, vielleicht kann ich sie zurückholen.«

Nish blieb bitterlich weinend mit fest geschlossenen Augen auf dem Stein sitzen, während er gewandt ins Wasser sprang und die zwischen den kleineren Steinen und Buchten herumhüpfenden Äpfel verfolgte. Als er die meisten wieder eingesammelt hatte und zurückkam, hockte sie noch immer jammernd in der gleichen Stellung.

»Schon gut, du kannst die Augen wieder aufmachen, ich hab unsere Äpfel.«

»Mein Bein ... ist es sehr schlimm?« fragte sie ängstlich und streckte es ihm mit noch immer geschlossenen Augen hin. Tot untersuchte die Schramme sorgfältig.

»Ich wasche die Wunde aus und binde mein Taschentuch darum, dann siehst du nichts davon.«

Erst als das nasse Leintuch fest um ihr Bein gewickelt war, geruhte Nish, die Augen wieder aufzumachen.

»Dank dir schön«, sagte sie, schluchzte noch ein letztes Mal auf und hatte den Zwischenfall gleich darauf vergessen. Warm beschien die Sonne den geschützten Einschnitt und den flachen Stein, auf dem sie lagen und ihr Obst aßen.

»Bis hierher würde Louisa nie im Leben kommen, nicht?« meinte Nish, und Tot schüttelte den Kopf.

Oberhalb der kleinen Schlucht leuchteten die heidebewachsenen Hänge magentarot in der Mittagssonne und verdunkelten sich schieferfarben, wenn eine Wolke über den Himmel zog.

Nachdem sie gegessen hatten, setzten die Kinder ihren Weg fort, bis sie zu einem ansehnlichen Wasserfall kamen, der sich in ein tiefes Becken mit dunkelbraunem Wasser stürzte. Das war der Pike Force. Am unteren Rand des Beckens lagen zwei Inseln, die sie Korsika und Sardinien genannt hatten und die sie an diesem Nachmittag verschönern wollten.

Nachdem sie etwa eine Stunde gewerkelt hatten, unterbrach Tot, der eifrig weiße Kiesel als Pflaster für Sardiniens Marktplatz herbeigetragen hatte, unvermittelt seine Arbeit. In tiefem, heiserem Ton, ganz unähnlich seiner üblichen Stimme, sagte er: »Hör mal, Nish. Ich krieg einen dieser Zustände, glaub ich ...«

»Ach, Tot ...«

Seine Schwester ließ die Pflanzen fallen, die sie in der Hand gehalten hatte, watete durch das Wasser, das ihr bis an die Knie ging, und packte ihn mit beiden Händen an einem Arm. Prüfend sah sie sich um.

»Da drüben ist es am besten, an dem flachen Ufer. Komm!«

Eine Seite des Beckens war von einem schmalen Kiesstreifen gesäumt, dem sie ihr Baumaterial entnommen hatten.

»Ich halte dich fest«, beruhigte Nish. »Komm jetzt, rasch!«

Sie zog den Bruder mit sich, und er folgte ihr stumm. Sein Mund stand offen, die Augen sahen blicklos ins Weite, er hatte angefangen zu zittern.

»Sei nicht bang, ich halte dich ganz fest«, wiederholte Nish.

An dem schmalen Uferstreifen hieß sie ihn niedersitzen, legte ihn flach und drehte seinen Kopf zur Seite. Sachlich steckte sie ihm einen Finger in den Mund, um sich zu überzeugen, daß seine Zunge freilag und ihn nicht ersticken konnte. Schon waren ihm die Augen zugefallen. Jetzt konnte Nish nichts mehr für ihn tun, als ihm den Hemdkragen zu lockern und achtzugeben, daß er in seinem tiefen Schlaf nicht in den Fluß rollte. Ganz gefaßt hockte sie sich im Schneidersitz neben ihn und ließ den Saum ihres Kleides im Wasser schleifen. Nach diesen Anfällen schlief er oft zwei, drei, ja, vier Stunden. Nish sah zur Sonne hoch. Hoffentlich wurde er wieder wach, ehe sie sank.

Das geht auf Louisas Konto, dachte Nish. Sie ist doch eine zu lästige Person. Bitte hilf uns, lieber Mithras. Ich hab dir die Nadel geopfert und die Blumen, und ein paar von unseren Äpfeln hast du auch bekommen. Und ein klein wenig von meinem Blut...

Sie tupfte mit dem Finger über das wunde Schienbein (das Wasser hatte das Taschentuch fortgespült, als sie Tot ans flache Ufer gebracht hatte) und malte einen kleinen Kreis aus Blut auf einen flachen Stein.

Könntest du es nicht so einrichten, Mithras, daß Coxons Bulle Louisa auf die Hörner nimmt?

Sie horchte, aber außer dem Rauschen des Wasserfalls war kein Laut zu vernehmen. Mithras schwieg.

Seufzend, das Kinn auf die Fäuste gestützt, nahm Nish die Geschichte wieder auf, die sie sich in täglichen Fortsetzungen zu erzählen pflegte.

»Dann ritten Nish und Tot auf ihren Schimmeln den Berg hinan zum Schloß Sewingshield, wo König Arthur und sein Hofstaat in der tiefen Höhle schlafen und warten, daß ein tapferer Ritter ins

Horn stößt und mit dem Schwert das weiße Strumpfband abschneidet, das im Eingang hängt. Nish versuchte aus Leibeskräften, in das Horn zu stoßen, aber es war mit Sand verstopft wie das Horn, das Mr. Thropton in seinem Garten ausgegraben hat. Dann ergriff Tot das Schwert, aber es war so schwer, daß er es kaum heben konnte. Sie brauchten Hilfe. ›Wer mag mir helfen, das Strumpfband abzuschneiden?‹ rief Tot, und eine Stimme aus dem Dunkel antwortete: ›Wartet, ich komme ...‹«

Grübelnd kaute sie an dem Mark ihrer Binse. Wen sollte sie nach diesem Ruf erscheinen lassen? In weiter Ferne sah sie die strahlende Vollendung ihrer Geschichte – einen zu glanzvoll neuem Leben und neuer Majestät erweckten König Arthur auf seinem goldenen Thron, indes seine Retter, Nish und Tot, in silberne Gewänder gehüllt, Rubinketten um den Hals, auf Samtkissen zu seinen Füßen ruhten. Wie aber ließ sich dieses Ende so weit wie möglich hinausschieben, so lange, bis die Sonne untergegangen und Tot aufgewacht war?

Ich brauche, so hätte Nish gesagt, wäre sie eine erfahrenere Schriftstellerin gewesen, eine Nebenhandlung. Ich will euch helfen, sagte die Stimme in der Höhle, nur bringt mir dafür ... ja, was? Was mochte diese Stimme fordern, was für eine schwierige Aufgabe verlangen? Und war es eine böse oder eine gute Stimme?

Stirnrunzelnd und kauend flocht Nish an ihrer Geschichte, und wie eine Kette, die an einem Schiffsanker befestigt ist, rollte sie in ihrem Innern ab und war, kaum daß sie Gestalt angenommen hatte, schon in der Dunkelheit verschwunden.

Endlich, kurz nach Sonnenuntergang, erwachte Tot, und sie traten den Heimweg an.

Nicht weit vom Wasserfall stand eine Schäferhütte.

»Der alte Amos wird immer wunderlicher«, sagte Nish und sah leicht fröstelnd zur Hütte hinüber. »Neulich, als ich vorbeiging, hat er seinen Hund ganz fürchterlich verprügelt, und wie er mich erkennt, schreit er, daß er viel lieber mich prügeln würde oder dich oder Klein Geordie, wenn er uns nur erwischen könnte.«

»Klein Geordie prügelt er tatsächlich, wenn er ihn zu fassen kriegt, deshalb hat Annie den Jungen bei uns im Haus und nicht im Dorf.«

»Ich weiß. Wer läuft denn da am Bach entlang?« Nish kniff die Augen zusammen, weil die sinkende Sonne sie blendete. »Schau, dort unten. Mit etwas Schwerem im Arm.«

Nish und Tot kamen ungewöhnlich spät zum Abendessen.

4

Im Zimmer der alten Dame herrschte peinliche Ordnung. Diesen Zustand zu erhalten war nicht schwer, denn sie besaß nur sehr wenig an beweglicher Habe. Je älter sie wurde und je stärker sich ihre Neigung bemerkbar machte, Gegenstände zu verlegen, desto leichteren Herzens trennte sie sich von ihrem Besitz. »Ich benötige keine Staubfänger«, sagte sie zu Charlotte, ihrer Schwiegertochter, und so wurden Kleider und Schals erbarmungslos zu Flicklappen zerschnitten, Federn verbrannt, ehe sich die Motten darin festsetzen konnten, und unerwünschte Möbelstücke auf den Boden verbannt. Charlotte wäre sich nicht zu fein gewesen, das eine oder andere abgelegte Kleidungsstück anzunehmen, hätte man es ihr angeboten (Meg und Parthie übrigens auch nicht). Die Stoffe waren oft von großer Pracht und sehr reichlich, denn Großmama Winship war seinerzeit eine gefeierte Schönheit und die Röcke in ihrer Jugend so weit gewesen, daß die Damen seitlich durch die Tür gehen mußten und man mit dem Material für einen Umhang ein kleines Kanapee hätte beziehen können. Aus einem solchen Kleid hätten sich leicht zwei oder drei der dürftigen Fähnchen schneidern lassen, mit denen die heutigen Frauenzimmer sich schmückten. Ein solches Angebot aber war nie erfolgt, und Duddy, die Kammerzofe der alten Dame, hatte mit grimmig-beifälliger Miene die Schere geschwungen. Duddy gehörte einer Glaubensrichtung an, die im Tragen von Putz in dieser Welt ein fast unüberwindliches Hindernis für den Eintritt in die nächste sah.

Parthie hielt sich gern im Schlafzimmer der alten Dame auf, trotz der kahlen gewachsten Dielen und trotz der Kargheit des Raumes. Ihre älteren Schwestern kamen nie hierher. Meg fand die alte Grizel zu scharfzüngig, der sanften Isa war sie zu spottlustig. Parthie hatte durchaus Spaß an den Bosheiten ihrer Großmutter, sofern sie sich nicht allzu oft gegen sie richteten. Doch auch in diesem Fall zuckte sie nicht mit der Wimper, und die meisten Pfeile flogen über ihren Kopf hinweg, ohne Schaden anzurichten, Parthie verstand sich vortrefflich darauf, über unangenehme oder unbequeme Dinge einfach hinwegzusehen, und Mrs. Winships Tiraden über andere Familienmitglieder waren ihr ein Hochgenuß.

»Deine Schwester Isa wird nie einen Mann bekommen, wenn sie stets und ständig in dieser kurzsichtigen Art die Augen zusammenkneift. Das sieht sehr häßlich aus. Sie wird Falten haben, noch ehe sie fünfundzwanzig ist. Und ihre Haltung ist skandalös. Ich muß mich doch sehr wundern, daß Charlotte nicht einen Geradehalter für sie durchgesetzt hat. Oder nein, eigentlich wundert es mich überhaupt nicht. Charlotte ist jede Mühe zuviel, wenn es nicht gerade um ihren Garten geht.«

»Hab ich nich ne gute Haltung, Großmama?« fragte Parthie selbstzufrieden. Sie straffte die dicklichen Schultern und begutachtete sich in dem Drehspiegel der alten Dame.

»Ich will nicht noch einmal hören, daß du ›nich‹ und ›ne‹ sagst, Kind. Und schau nicht so selbstverliebt in den Spiegel. Wenn Meg wieder da ist, wird uns wohl allabendlich wieder dieses Mondkalb John Chibburn heimsuchen. Der Mann ist ein richtiger Bauer.

Wie Aydon es zulassen konnte, daß die einzige seiner Töchter mit einem einigermaßen hübschen Lärvchen sich mit einem Mann verbindet, zu dessen Gunsten man allenfalls seine Äcker anführen kann, ist mir unerfindlich, aber das ist typisch für Aydon. Ich will froh sein, wenn wir die Hochzeit hinter uns haben.«

»Was für Stoffe wohl Meg für die Kleider der Kranzjungfern mitbringt?« seufzte Parthie, die der Monat bis zu Megs Hochzeit noch eine kleine Ewigkeit dünkte.

»Und diese Idee, Tot als Pagen zu verkleiden... Ihn und Nish für einen solchen Tag hinlänglich zu säubern, ist doch fast ein Ding der Unmöglichkeit. Ganz abgesehen davon, daß er uns vermutlich alle blamiert, indem er während der Trauung einen seiner Zustände bekommt. Wissen möchte ich wohl, warum deine Mutter es zuläßt, daß diese beiden tagtäglich wie die Zigeuner über Land streifen. Als ich so alt war wie Nish, hatte ich schon drei Mustertücher gestickt. Wie soll sie's lernen, wenn sie nicht früh genug anfängt?«

»Du hast ja immer so wunderschöne Handarbeiten gemacht, Großmama«, schwärmte Parthie und wandte sich in kriecherischer Bewunderung dem riesigen Gobelin zu, der an der hinteren Wand hing. »Wie alt warst du, als du das angefangen hast? Dreizehn, nicht? Und dreiundzwanzig Jahre hast du daran gearbeitet...«

»Laß das Schöntun, Kind. Hol mir das Sämischleder und mein Nagelstäbchen. Wenn du schon hier bist, kannst du dich auch nützlich machen. Und bring das Madagaskarduftwasser mit.«

Großmama Winship bevorzugte Parthie nicht gerade, aber eine bereitwillige Helferin für kleine Botengänge war ihr nicht unlieb, denn neuerdings verließ sie ihr Zimmer selten vor dem Abendessen, und Duddy wurde immer kratzbürstiger. Ganz abgesehen von dem Gefühl der Wichtigkeit und Verantwortung, das ihr diese Aufträge verliehen, genoß Parthie es stets, einen Blick in die Kästen und Schubläden der alten Dame zu werfen. Bereitwillig holte sie die erbetenen Toilettenartikel und ein in Rosenwasser getränktes Tuch. Sie hoffte immer auf einen Vorwand, das Wasserclosett der alten Dame benutzen zu können. Es war das einzige im ganzen Haus, Sir Aydon hatte es vor fünf Jahren für seine Mutter installieren lassen, danach aber aus Geiz oder Desinteresse seine baulichen Verbesserungen eingestellt, so daß sich die übrige Familie wie bisher mit Nachtgeschirr und Nachtstühlen behelfen mußte. Ein alter Turm, der in früheren Jahrhunderten, da man stets der Überfälle kriegerischer Schotten gewärtig sein mußte, Verteidigungszwecken gedient hatte, stand am nördlichen Ende des Herrenhauses, unmittelbar neben dem Zimmer von Großmama Winship, und ein Teil des Eckpfeilers war geschickt zu diesem praktischen Zweck umgebaut worden. Eine Wendeltreppe führte an der Tür des Kabinetts vorbei in die Turmgemächer. Es hieß, daß dort gelegentlich Gespenster ihr Unwesen trieben, so daß Parthie sie geflissentlich mied, obschon die jüngeren Geschwister Nish und Tot eins davon als Schulzimmer benutzten.

Parthies besondere Bewunderung dort erregten das viele Messing und Mahagoni, und jedesmal, wenn sie das Kabinett betrat, schwor sie, daß sie sich, wenn sie erst erwachsen wäre und einen Mann gefunden hätte, auch so eine Einrichtung anschaffen würde. Einmal hatte sie leichtfertigerweise ihrer Großmutter gegenüber eine entsprechende Andeutung gemacht. Ganz gegen ihre Gewohnheit war ihr diese nicht über den Mund gefahren, sondern hatte sie lange und unergründlich von oben bis unten gemustert und dann halblaut ein altes Sprichwort zitiert, das Parthie nicht verstanden hatte: »Gut Leben und gesunde Tage stehen nicht in einem Hage.«

Gewöhnlich kamen die beiden recht gut miteinander zurecht. »Wie schaut es draußen aus?« erkundigte sich die alte Dame, denn

Parthie war zur gleichen Zeit wie das Frühstück bei ihrer Großmutter eingetroffen. »Zieh die Vorhänge zurück, Kind, und laß mich einen Blick auf den Himmel werfen.«

Einst hatten auf den Chintzvorhängen leuchtendrote, blaue und grüne indische Papageien geprangt. Inzwischen war der Stoff so verblichen, daß das Muster kaum mehr zu erkennen war, und Parthie zog sie voller Verachtung zur Seite. Die Draperien in ihrem Zimmer, das sie mit Klein Betsey teilte, waren viel hübscher.

»Ein schöner Tag«, sagte sie, als sie hinausgesehen hatte. »Ein schöner Tag für die Heimkehr meiner Schwester Louisa.«

Die alte Dame zog die Nase hoch. »Lauten Jubel wird es kaum geben, denke ich mir, wenn sie wieder zu Hause ist. Nicht, wenn sie so halsstarrig und dünkelhaft ist wie früher. Und ich möchte wetten, daß sie sich nicht geändert hat. Den Dickkopf hat sie von Aydon, auch wenn er das niemals zugeben würde. Wie alt warst du, als sie aus dem Haus ging, Kind?«

»Elf, Großmama.«

»Hm, dann hast du sie ja noch gut in Erinnerung.«

»Ja, gewiß. Damals hatten wir ein gemeinsames Zimmer. Sie hat immer eine Stunde gebetet, morgens wie abends. Und gelesen hat sie nie etwas anderes als Auslegungen zur Bibel.«

»So etwas Scheinheiliges!« murrte die alte Dame ungehalten. »Wichtigmacherei. Hätte lieber die Bibel selbst lesen sollen.« Sie schlug mit der Hand auf ein abgegriffenes Neues Testament, das neben der Schale mit gesalzenem Porridge auf ihrem Nachttisch lag. »Schenk mir den Tee ein, Kind, und erzähle, was es draußen gibt. Kannst du den Wagen schon sehen?«

Mrs. Winships Fenster ging nach Osten, auf den bewaldeten Hang oberhalb des Hauses, von dem die Fahrstraße in Windungen bis zu der gekiesten Auffahrt vor dem Haus führte.

»Nein, Großmama, noch nicht.«

»Versuch es am Turmfenster, da sieht man mehr von der Auffahrt.«

Parthie gehorchte. Auf dem Weg nach oben huschte sie rasch in das Wasserclosett und rieb mit einem Finger genüßlich über Großmamas Rosenseife in der Handwaschschüssel. Dann stieg sie eine Viertelwindung die Treppe hinauf, stellte sich auf die Zehenspitzen und spähte aus dem Turmfenster. Da es höher lag, erfaßte der Blick einen anderen Straßenabschnitt, der sich zwischen den Fichtenstämmen bergauf wand, außerdem war von hier aus das farngesäumte Becken am Fuß des Hangs zu erkennen, das in der Familie der Löwenteich hieß.

»Nun?« rief Mrs. Winship, »kannst du die Kutsche sehen?«

»Nein«, erwiderte Parthie leicht verwundert. »Aber Annie Herdman kann ich sehen.«

»Annie Herdman? Was hat die um diese Zeit vor dem Haus zu suchen? Warum ist sie nicht im Kinderzimmer?«

Die alte Grizel hatte vierzig Jahre lang, bis zur Verehelichung ihres Sohnes und dann wieder zwischen seiner ersten und seiner zweiten Ehe, im Haus das Regiment geführt, sie wußte noch immer, wo sich die einzelnen Mitglieder des Hauswesens zu einer bestimmten Tageszeit aufzuhalten hatten.

»Sie holt irgendwas aus dem Löwenteich«, berichtete Parthie. »Aber ich kann nicht erkennen, was es ist, auch nicht, wenn ich mich auf die Zehenspitzen stelle.«

Ein durchdringender Schrei zerriß die Morgenstille. Selbst hier, hinter den dicken Mauern und massiven Fensterlaibungen, hörte man den Jammer, der sich darin Luft machte.

»Ojemine, oje, mein Kleiner, mein Kleiner, Klein Geordie . . .«

»Grundgütiger, was hat die Frau?« fragte Mrs. Winship scharf.

Wenig später erscholl lautes Stimmengewirr, viele Füße knirschten von der Haustür her über den Kies, Hunde bellten, aus einem anderen Teil des Hauses schellte eine Glocke.

Parthie lauschte. »Mama hat geklingelt, sie wird wissen wollen, was los ist.«

»Ja, das möchte ich freilich auch wissen . . . Liegt denn deine

Mutter noch im Bett? Als ich Herrin auf Birkland Hall war, machte ich um diese Zeit schon seit einer Stunde die Runde durch Küche und Vorratskammern...«

»Vor einiger Zeit war Mama auf, ich hab sie in den Garten gehen sehen...«

Parthie kehrte in das Zimmer der alten Dame zurück und sah dort aus dem Fenster.

»Rede, Kind, was siehst du?«

Was sie selbst nicht betraf, ließ Parthie sich gewöhnlich nicht nahegehen, aber als sie sich jetzt vom Fenster abwandte, schien sogar sie erschüttert.

»Ich glaube, Annie ist in Ohnmacht gefallen«, sagte sie zögernd. »Sie liegt am Boden... die anderen versuchen, sie wieder zu sich zu bringen. Ich glaube... ich glaube, es war Klein Geordie, den sie aus dem Teich geholt hat...«

»Ertrunken?« Die welken Lippen der alten Dame waren plötzlich fahler als die altersfleckigen Wangen. Scheppernd fiel der Löffel in die Porridgeschale. »Annie Herdmans Sohn? Von dem es heißt, dein Bruder –« Erst jetzt kam ihr zu Bewußtsein, daß Parthie, die sie mit großen Augen ansah, ja noch ein Kind war. Sie verstummte jäh, doch dann brach es wieder aus ihr heraus: »Ich habe Charlotte von Anfang an gesagt, daß es eine sträfliche Dummheit war, diese Frau zur Amme zu nehmen. Gewiß hätte sich hier in der Gegend noch ein anderes Mensch für Klein Katie finden lassen. Mach dich davon, Kind, und schick mir Duddy. Und geh zu deiner Mutter und richte ihr aus, daß ich sie sogleich sprechen will. Lauf, steh nicht da und halt Maulaffen feil. Lauf, sag ich.«

Parthie, die noch blasser geworden war als gewöhnlich, warf ihrer Großmutter einen verstörten Blick zu, dann stolperte sie auf ihren dicken, häßlichen Beinen aus dem Zimmer.

Den drei Mädchen schien es, als wollte die Reise kein Ende nehmen. Zweimal hatte Archie Halt gemacht, um die Pferde ausruhen zu lassen. Bei der ersten Pause hatte er aus einem Korb einen Imbiß, Haferkuchen und Käse, hervorgeholt, und sie hatten auf einer Bastion des Römerwalls, der sich rechts und links von ihnen wie eine granitene Schlange durch die hügelige Landschaft wand, ihr Frühstück eingenommen.

Die Luft hierzulande ist wie eisgekühlter Wein, dachte Alvey fröstelnd. Sie erfrischt und prickelt, läßt das Blut schneller strömen, wirbelt einem die Gedanken im Kopf durcheinander. Alvey hatte noch nie im Leben eisgekühlten Wein getrunken, fand den Vergleich aber so glücklich, daß sie beschloß, ihn bei nächster Gelegenheit zu künftiger Verwendung in ihrem Notizbuch festzuhalten.

»Geht die Mauer wirklich quer durchs ganze Reich?« fragte sie, an ihrem Haferkuchen knabbernd.

»Aber gewiß. Hast du bei Mrs. Camperdowne keine römische Geschichte gehabt?«

In Megs Antwort schwang eine deutliche Abfuhr mit. Sie sieht auf mich herab, dachte Alvey ohne Groll. Ich bin ein Mädchen aus Nirgendwo, das sich auf diesen hinterhältigen Streich eingelassen hat und sich anschickt, wie ein Parasit in ihrer Familie Fuß zu fassen, weil – ja, warum? Um romantische Erzählungen zu schreiben. Was für ein gewöhnlicher, trivialer Beweggrund, mag sie denken. Meg wird mich nicht verraten, weil sie damit auch ihre Schwester Louisa preisgeben würde. Nie aber wird sie mich als ebenbürtig anerkennen, und sie läßt mich das auch spüren, sie kann einfach nicht aus ihrer Haut. Nun, was Miss Meg Winship von mir denkt, soll mich nicht weiter kümmern, überdies verbringt sie ja nur noch einen Monat auf Birkland Hall. Deshalb erwiderte sie in freundlich-gelassenem Ton:

»Doch, Julius Cäsar haben wir durchgenommen. Und Nero und Claudius. Aber irgendwie ist mir vorher nie klargeworden, daß die Römer bis hierher gelangt sind. Wir sind ... so schrecklich weit von Rom entfernt.«

»Sie sind nicht nur bis hierher gelangt, sondern auch sehr lange geblieben. Mr. Thropton, unser Pfarrer, hat in seinem Garten eine alte römische Zisterne ausgegraben, es heißt, daß sein Haus auf dem Gelände eines römischen Kastells steht, ständig findet er römische Tonscherben zwischen seinen Kohlköpfen«, sagte Isa. »Die Zisterne, sagt er, hätte wohl ein Leck gehabt, deshalb haben die Römer sie nicht mehr als Wasserbehälter benutzt, sondern an der gemauerten Einfassung ihre Schwerter geschärft, so lange, daß die Einfassung jetzt ganz abgewetzt ist. Stell dir das einmal vor! Sie waren fast vierhundert Jahre hier.«

»Vierhundert Jahre«, wiederholte Alvey gedankenvoll und sah sich um, während sie wieder die Kutsche bestiegen. Sie befanden sich auf einer Anhöhe, man sah viele Meilen weit auf zahlreiche hoch in den Himmel ragende Bergketten. »Wo liegt Birkland Hall?«

»Dort drüben, im Nordwesten.« Meg deutete in die genannte Richtung. »Ganz dicht an der schottischen Grenze, unsere Vorfahren hatten ständig unter Plünderungen zu leiden.«

»Oder plünderten selbst«, sagte Isa.

»Wieviel Geschichte sich hier abgespielt hat.«

»Geschichte spielt sich überall ab«, erklärte Meg.

»Aber besonders im Grenzland«, sagte Isa.

Ihr nächster Halt war ein Dorfgasthof, in dem sie ein Mittagsmahl mit kaltem Fleisch, Buttermilch und Beeren einnahmen, die »Bickelbeeren« hießen und köstlicher mundeten als alle Früchte, die Alvey bisher gekostet hatte. Sie fragte, wo sie herkämen.

»Die findet man oben am Moor, es sind ganz gewöhnliche Bickelbeeren«, antwortete Isa unbestimmt.

Während sie den dritten Abschnitt ihrer Reise in Angriff nahmen, gab sich Isa immer mehr einer träumerisch-bewundernden Betrachtung der Landschaft hin.

»Schau nur«, sagte sie zu Alvey und deutete auf die schwarzen Reihen windgepeitschter Bäume, die sich dunkel vor der Silhouette einer Bergkette abhoben, oder: »Hast du schon einmal solche Wolken gesehen?«, indem sie auf eine dunkelgrau hochgetürmte Masse über einem fahl hingebreiteten Torfmoor zeigte, oder: »Sieh dir einmal die Form dieses Berges an«, wobei sie mit der Hand die Kurve des langgestreckten Gebirgskamms nachzeichnete, an dessen Ende ein schroffer Abhang stand. »All diese Formen sind so vertraut, so typisch für unsere Landschaft, daß du schwerlich irgendwo in der Welt etwas Ähnliches finden würdest. Arme, arme Louisa! Wie wird sie es ertragen, anderswo zu leben? Ich könnte das nie.«

»In Louisas Augen dürfte der Unterschied zwischen Newcastle und der Wüste Gobi nicht eben groß sein. Derlei Dinge interessieren sie nicht. Aber jetzt, Alvey – Emmy vielmehr – müssen wir dich ins Verhör nehmen, du bist lang genug müßig gewesen. Wie sieht mein Papa aus?«

»Er ist ein rotgesichtiger Herr in mittlerem Alter mit schon etwas spärlichem Haarwuchs, rötlichen Brauen und einem ergrauenden Backenbart. Nach einem Jagdunfall geht er an zwei Stöcken. Warum heißt er übrigens *Sir* Aydon? Ist es ein erblicher Titel?«

»Nein, er wurde ihm für Verdienste um den Herzog von York bei Willemstad verliehen.«

»Und Mama?«

»Groß und korpulent, ein angenehmes, stets gerötetes Gesicht, graue Augen. Dunkles Haar mit grauen Strähnen. Meist bei der Arbeit im Garten zu finden, in einem alten grünen Kleid und Hut«, antwortete Alvey prompt.

»Ihr Mädchenname?«

»Fenwick.«

»Sie war eine Erbin aus Yorkshire. Papa hat einen guten Griff mit ihr getan«, bemerkte Isa sachlich.

»Dafür ist Papa Bergwerksbesitzer«, sagte Meg und warf Alvey einen Blick zu, um festzustellen, wie sie diese Mitteilung aufnehmen mochte. »Großmama Winship?«

»Eine alte Dame, sehr blaß, Hakennase, blanke schwarze Augen. Wunderschön gepflegte Spitzenhäubchen. Ihre Kammerzofe heißt Duddy und hat eine Hasenscharte.«

»Großmamas Mädchenname?«

»Armstrong.«

»Parthie?«

»Fünfzehn Jahre alt. Glattes Flachshaar, blasses Gesicht, porzellanblaue Augen. Sie hat ein Beinleiden, deshalb sind ihre unteren Gliedmaßen dick und unansehnlich.«

»Sie will ständig wissen, wann sie längere Röcke tragen darf, das arme Kind«, warf Isa ein. »Es ist ein erbliches Leiden, von Seiten meiner Mutter. Bei Mama ist es nur nicht so stark ausgeprägt.«

»Meines Vaters Hunde?«

»Batty, Roan und Ginger, zwei Spaniels und ein Mops.«

»Großmutters Katze?«

»Maudge.«

»Mrs. Slaley?«

»Wartet, da muß ich mich besinnen. Jetzt hab ich's: Die Köchin. Nicht verheiratet. Gestreifte Schürze, rundes, rosiges Gesicht, braunes Kraushaar. Macht die köstlichsten Eintopfessen, Kalbsschnitzel und Kartoffelplätzchen.«

»Amble?«

»Der Butler. Sir Aydons Bursche vor Dünkirchen. Hat ihm in der Schlacht von … ja, in der Schlacht von Linselles das Leben gerettet. Das ganze Gesicht voller Pulvernarben. Eurem Vater rückhaltlos ergeben.«

»Mein Bruder James?«

»Den habt ihr mir nie beschrieben.«

»Das ist wahr. Man hatte so wenig mit seiner Heimkehr gerechnet. Er und meine Mutter …«

»Mögen sich nicht«, ergänzte Isa sanft.

»Schließlich ist er ja auch nicht ihr Sohn.«

»Wie sieht er aus?«

»Er hat dichtes, sehr helles Haar. Nicht groß, noch unter sechs Fuß, aber sehr rege. Ein guter Reiter. Papas Jagdleidenschaft teilt er freilich nicht.«

»Er geht gern fischen, und sein Lieblingsschriftsteller ist Sir Isaak Walton.«

»In der Schlacht von Waterloo wurde er verwundet; wie schwer, das wissen wir nicht, er ist sehr schreibfaul.«

»Er und Louisa konnten einander nicht ausstehen«, erklärte Isa unumwunden.

»Du hast also eine gute Ausrede, ihm aus dem Weg zu gehen«, ergänzte Meg.

Schau, schau, dachte Alvey, Meg fürchtet, ich könnte mich in Bruder James verlieben. Das wäre in der Tat eine schöne Geschichte. Aber ich habe ja nicht die Absicht, mich in irgendeiner Weise auf die Winships einzulassen. Kann Meg denn nicht begreifen, daß ich nur eine Beobachterin, eine distanzierte Zuschauerin bin?

Laut sagte sie: »Und hat euer Bruder einen Schatz? Eine örtliche Schöne, die er auf Bälle begleitet, der er sich anverlobt hat, ehe er in die Schlacht zog?«

Die Schwestern wechselten einen Blick, und Meg sagte: »Mit sechzehn hat er Maria Chibburn verehrt, sie war zwei Jahre älter als er und hat ihm keine Beachtung geschenkt. Als er aus Cambridge kam –«

»James hat ein sehr zurückhaltendes Naturell«, unterbrach Isa. »Seit der jugendlichen Schwärmerei für Maria hat er keine junge Dame mehr vor anderen bevorzugt und auch nie offen über seine Gefühle gesprochen. Als er im letzten Frühjahr auf Urlaub war, haben wir ihn kaum gesehen. Er sei fischen gewesen, sagte er, am Hungry Water. Doch als er schon längst wieder bei seinem Regiment war – sieben Monate nach seiner Abreise –, kam Annie Herdman, ein Mädchen aus dem Dorf, zu Mama und sagte, sie erwarte ein Kind von James. Sie verlangte Geld, um zu ihrer Niederkunft nach Alnwick zu fahren, wo sie Verwandte hatte, weil ihr Vater sie so streng hielt. Er ist ein garstiger alter Mann, Witwer –«

»Und war eure Mutter damit einverstanden?«

»Nein. Papa hätte wohl eingewilligt, aber Mama erwartete in einem Vierteljahr selbst ein Kind, die kleine Katie. Sie war natürlich sehr ungehalten«, erklärte Isa in gemäßigtem Ton.

Meg nahm den Faden auf. »Sie geriet in schreckliche Wut. Da Annie Schande über sich gebracht habe, sagte sie, könne man wohl zumindest von ihr verlangen, nach Birkland Hall zu kommen und sich als Amme nützlich zu machen, denn die letzten drei Kinder hat Mama nicht selbst stillen können.«

»Ja, und so zog sie in einen Speicherraum über dem Stall und brachte dort ihr Kind zur Welt, und jetzt betreut sie die kleine Katie.«

»Und was wurde aus ihrem eigenen Kind?«

»Zuerst hat Mama gemeint, sie dürfe den Kleinen nicht bei sich behalten, sondern müsse ihn bei Annies Vater oder bei Nachbarn unterbringen. Dagegen wehrte Annie sich heftig, nie würde sie das tun, ihr Vater würde den Kleinen quälen und die Nachbarn ihn als Kind der Liebe verachten, und so wurde ihr schließlich gestattet, ihn zu behalten. Zuerst war das auch nicht weiter schwierig, er lag den ganzen Tag in seinem Bettchen und schlief. Dann aber fing er an zu krabbeln und zu laufen, er ist ein aufgeweckter kleiner Wicht und fast ein Jahr alt. Er lernte bald, die Treppe hinunter in den Stall zu krabbeln.«

»Ins Haus läßt Mama ihn nicht«, sagte Meg. »Sie wies Annie, ihn oben auf dem Speicher einzuschließen.«

»Doch da war er schon im Stall Papa begegnet, und der meinte, er sei ein wackerer kleiner Kerl, und man dürfe ihn nicht einsperren«, ergänzte Isa.

»Annie hatte man damit keinen großen Gefallen getan, denn sie ist den ganzen Tag im Zimmer von Klein Kate beschäftigt, der Kleine streift herum, wo es ihm beliebt, und macht immer neue Dummheiten.«

»Papa bestärkt ihn noch darin und schenkt ihm Zuckerwerk.«

Alvey verschlug es die Sprache ob dieser seltsamen Verhältnisse und der kalten Gleichgültigkeit, mit der Sir Aydon und Lady Winship sich offenbar über die Gefühle der unglücklichen Annie hinwegsetzten. Lady Winship mußte eine sehr eigenartige Frau sein. Da ihr keine Bemerkung einfiel, die auf den Fall passen wollte, fragte Alvey schließlich: »Hat euer Bruder... weiß er von dieser Übereinkunft?«

»Wir nehmen es an. Papa hat ihm geschrieben. Aber das liegt schon etliche Monate zurück, damals war er noch auf dem Kontinent. Er hat nie auf Papas Brief geantwortet, vielleicht hat er ihn gar nicht erhalten.«

»Und... und Annie? Hat sie sich den Wünschen eurer Mutter gefügt?«

»Was blieb ihr übrig? Sie hatte keine andere Zuflucht. Und zumindest kann sie mit ihrem Sohn zusammen sein. Ich glaube, Papa hängt wirklich an dem kleinen Burschen«, sagte Meg ohne große Anteilnahme. »Papa hat, wir sagten es ja schon, mehr für Knaben übrig, und seine eigenen Söhne haben ihn enttäuscht. James hat sich nie für seine Liebhabereien interessiert, Tot geht, ein Herz und eine Seele mit Nish, stets seiner eigenen Wege und ist obendrein von zarter Konstitution. Vielleicht hofft Annie insgeheim, Papa werde sich ihres Sohnes annehmen...«

»Im vergangenen Jahrhundert waren Bastarde in unserer Familie nichts Ungewöhnliches«, fügte Isa hinzu. »Unser Großvater und unsere Großonkel hätten sie, so heißt es, zu Dutzenden gezeugt. Begegnen einem irgendwo eine lange Nase und ein blitzblaues Augenpaar, gehören sie mit großer Wahrscheinlichkeit einem Vetter oder einer Base zur linken Hand.«

»Wenn also James nach Birkland zurückkommt«, sagte Alvey, ihrem eigenen Gedankengang folgend, »könnte es – angenommen, daß durch einen unglücklichen Zufall der Brief eures Vaters ihn nie erreicht hat – für ihn eine recht unangenehme Überraschung sein festzustellen, daß sein Kind und seine Liebste über den Ställen einquartiert sind. Sofern Annie ihn nicht ins Bild gesetzt hat...«

»Annie kann weder lesen noch schreiben«, sagte Meg in aller Gemütsruhe und setzte mit einem gehörigen Schuß Bosheit hinzu: »Wäre das nicht ein geeignetes Thema für einen deiner Romane, Schwester Emmy?«

Das, dachte Alvey, konterte man wohl am besten mit hochgezogenen Augenbrauen und einem geheimnisvollen Lächeln. »Keine Sorge, Miss Winship. Meine Geschichten entstehen zur Gänze in meinem Kopf und haben keinerlei Beziehung zum wirklichen Leben.«

Und das ist die reine Wahrheit, fügte sie bei sich hinzu und gedachte liebevoll der unerhörten Eskapaden des lockeren Lord Love, der in Helm und Harnisch, Athene gleich, dem Hirn seiner Schöpferin entsprungen war – allenfalls mit einiger Hilfestellung durch die englische Literatur in Gestalt der Herren Walter Scott, Fielding, Richardson und Richard Brinsley Sheridan.

Jetzt, da die Pferde die vertraute Umgebung erkannt hatten, rollte der Wagen in schnellerem Tempo dahin. Hoch hinauf ging es über die heidebewachsenen Hänge, die lange, gerade Straße stieg und stieg und stürzte sich jenseits der Höhe wieder tief ins Tal.

»Wie auf einer Berg-und-Tal-Bahn«, sagte Alvey halblaut.

»Ja, weißt du, das sind noch die Römerstraßen«, gab Isa abwesend zurück, während ihr Blick jede Baumgruppe, jede Wolkenschattierung weit im Land registrierte. In den schmalen, bewaldeten Tälern überquerten sie auf uralten hohen Steinbrücken rasch dahinfließende, steinige Wasserläufe, hin und wieder stiegen sie aus, um beim Aufstieg über einen steilen Hang die Pferde zu entlasten.

An einem kahlen Kreuzweg auf einer baumlosen Höhe, von der man eine weitere bläulich-schroffe Bergkette erblickte, sagte Meg zufrieden: »Jetzt sind wir in einer halben Stunde daheim. Das ist der Worship Hill, dort drüben sind die Cheviots, und dahinter liegt Schottland.«

Alvey sah sich befremdet um. »Ich sehe keinerlei Anzeichen menschlicher Behausungen.«

»Birkland ist dort unten im Tal verborgen.«

Tatsächlich fiel die Straße jetzt gefährlich steil ab. Archie traf seine Vorkehrungen, indem er den Hemmschuh ansetzte und neben den Pferden herging, um ihr Tempo herabzumindern, und die keuchenden, rutschenden Vierbeiner den morastigen Hang herunterführte.

Alvey hatte den Blick erwartungsvoll nach vorn gerichtet, ihr Herz klopfte schneller. Es war eine weite Reise gewesen bis zu diesem Ort, an den sie sich gewissermaßen als freiwillige Gefangene begab. Was für Menschen würde sie dort vorfinden, welcher Art würde die Freistatt sein, die sich ihr bot? Wenn nun die Familie widerwärtig, die Lage unerträglich war? Sie tröstete sich mit dem Gedanken, daß Louisa keinerlei Begeisterung für ihr Heim hatte aufbringen können und daß ihre und Louisas Neigungen völlig entgegengesetzter Art waren. Was Louisa so aus tiefstem Herzen verachtet, dachte Alvey, müßte ich eigentlich entzückend finden.

Ein kalter Hauch überlief sie bei dem Gedanken, wie sonderbar es doch war, daß weder Vater noch Mutter sich die Mühe gemacht hatten, eine nach vier Jahren heimkehrende Tochter zumindest in Newcastle abzuholen. War das nicht recht fischblütig? Gewiß, Louisa ist kein besonders liebenswerter Mensch – ich selbst würde nicht mal die Straße überqueren, um ihre Bekanntschaft zu machen, überlegte Alvey –, aber sie ist immerhin ihre Tochter. Was mögen das für Eltern sein?

Vielleicht hat Meg recht, überlegte Alvey mit einem Anflug von Ärger. Vielleicht bietet das Tun und Treiben auf Birkland Hall dies und das, was ich als Mitglied der schreibenden Zunft versucht sein werde, meinen Zwecken nutzbar zu machen. Aber ich hoffe sehr, das wird nicht der Fall sein. Ich mag mich nicht ablenken lassen, ich wünsche mir nur Ruhe und Frieden, um die Geschichte vom lockeren Lord Love beenden zu können.

Jetzt machte die Straße eine scharfe Biegung und führte in ein Wäldchen mit hohen Fichten und Platanen.

»Papa hat die Bäume gepflanzt, als er das Gut erbte«, sagte Isa. »Sie versperren den Blick auf das Haus, wenn man sich ihm von der Straße nähert, schützen es aber vor den kalten nördlichen und östlichen Winden.«

Alvey stellte sich das Haus im Winter vor, von aller Welt abgeschnitten im unablässigen Fall der Flocken. Sie fröstelte.

Jetzt erhoben sich vor ihnen zwei hohe steinerne Säulen, auf denen steinerne Kugeln ruhten.

»Die Quadersteine sind aus dem Römerwall, und die Kugeln sind Kanonenkugeln aus einem der Kriege des Mittelalters.«

»Wie wirtschaftlich, für alles findet sich eine neue Verwendung.«

Sie rollten durch das Tor über die sacht abfallende Allee, und endlich kam jenseits der gekiesten Auffahrt und von Buchen umgeben das Haus in Sicht. Es war ein großer, weiträumiger Bau von drei Geschossen, an dem offenkundig über Generationen vieles umgebaut und zugefügt worden war. Die Grundkonstruktion aus hellem, gelblich-grauem Stein war E-förmig und mit einer überdachten Vorhalle versehen, die bis zur Hälfte des zweiten Stockwerks reichte. An der rechten oder Nordseite des Hauses erhob sich ein vierzig Fuß hoher Befestigungsturm.

»Von dem Turm haben wir dir ja schon erzählt«, sagte Meg, Alveys Blick folgend. »Er bot Schutz vor den Schotten. Die Bewohner aus der ganzen Gegend konnten sich mit ihrem Vieh hineinflüchten. O Himmel, da ist ja meine Mutter. Sie ist doch wirklich zu unserer Begrüßung aus dem Haus gekommen.«

»Wie eigenartig«, bemerkte Isa befremdet. »Zu soviel Entgegenkommen hat sie sich noch nie überwunden. Es ist wohl der geläuterten Louisa zu Ehren. Wappne dich, beste Freundin.«

Alvey tat dies nach besten Kräften, während sie aus der Kutsche stiegen. Lady Winships Anblick, die hochgewachsene, gewichtige Gestalt in den wallenden Gewändern, die ungeachtet ihres altmodischen Schnittes einen überaus imponierenden Eindruck machten, war durchaus dazu angetan, sie einzuschüchtern. Das großflächige, stark gerötete Gesicht mit den hohen Wangenknochen schien in einem Ausdruck abwesender Mißbilligung erstarrt zu sein, den ein gerader Mund mit schmalen Lippen und zwei ziemlich kleine graue Augen mit einem seltsam fernen Blick noch unterstrichen.

»Nun denn, Mama«, rief Meg ihr zu, »wie du siehst, haben wir dir eine erwachsene junge Dame mitgebracht, bei deren Anblick dir das Herz im Leibe lachen müßte. Würdest du in diesem eleganten Wesen Louisa wiedererkennen?«

Alvey, die die Gewandtheit dieser Einführung wohl zu schätzen wußte, trat näher, knickste und ließ sich einen formellen Kuß auf die Wange hauchen. Bei den anderen beiden Mädchen fiel die Begrüßung keineswegs herzlicher aus, und Lady Winship schickte sich sogleich an zu erläutern, weshalb sie unerhörterweise und gegen jede Gewohnheit und Tradition vors Haus getreten war, um ihre Töchter zu begrüßen.

»Ein höchst schockierendes Ereignis ... ich kam eigens, um euch zu warnen, damit ihr nichts sagt, was euren Papa bekümmern könnte ... die ganze Geschichte hat ihn so überaus getroffen ...«

»Ja, was ist denn geschehen, Madam?« rief Meg. »Was kann es nur sein? Es ist doch hoffentlich John Chibburn nichts zugestoßen?«

»Oder meinem Bruder James?«

»Nein, nein. Pst... tretet einen Augenblick zur Seite.«

Ein untersetztes Mädchen mit teigigem Gesicht war unter der Tür erschienen. Sie hatte helles Flachshaar und mochte fünfzehn oder sechzehn Jahre alt sein. Parthie?

»Geh ins Haus«, rief Lady Winship gereizt. »Ich habe dir ausdrücklich verboten, herauszukommen.«

»Aber Papa verlangt nach dir.«

»Sag ihm, daß ich in einer Minute bei ihm bin.«

Lady Winship winkte die Mädchen ein paar Schritte vom Haus weg und wandte sich an Archie. »Schaff den Wagen fort. Und laß das Gepäck der jungen Damen ins Haus bringen. Es geschah heute früh«, fuhr sie leiser fort. »Eine beklagenswerte Begebenheit. Wie das elende Kind es angestellt hat... Aber ich hätte ihr *nie* gestatten dürfen, ihn hierzubehalten. *Das* war der Fehler. Es war recht töricht, derart nachsichtig zu sein. Aydon wünschte es. Der alte Herdman, sagte er, habe das Kind gequält. Aber das hat er nun davon...«

Alvey begriff, daß Lady Winship zu den Menschen gehörte, denen es unmöglich ist, eine Geschichte folgerichtig von Anfang bis zu Ende zu erzählen.

»Was für ein Kind?« fragte Meg, aber Isa, die geistig Beweglichere, rief: »O Gott, ist Annie etwas passiert? Oder ihrem Jungen?«

Lady Winship rang die Hände. Sie standen jetzt alle auf der anderen Seite der gekiesten Auffahrt, die, halbmondförmig angelegt, vom Haus durch eine Pflanzung immergrüner Gehölze teilweise abgeschirmt war. Daneben, am Fuß des bewaldeten Hanges, sah Alvey einen bezaubernden kleinen Teich mit tiefem, klarem Wasser, umgeben von Hirschzungenfarn und gespeist von einer Quelle, die aus dem Maul eines steinernen Löwen sprudelte. Es war ein gefälliger Blickpunkt für die Auffahrt des Hauses, doch Alvey überlief bei dem Anblick ein ahnungsvoller Schauer.

»Ertrunken, heute am frühen Morgen«, brachte Lady Winship

endlich mit einer Art erstickter Empörung heraus. »Ja, Isa, Annies Sohn. Mag sein, daß er im Wasser etwas glitzern sah – das unwissende Gesinde wirft ständig Nadeln, Nägel, ja, sogar Münzen hinein –, da entdecke ich schon wieder etwas, obschon ich Carey angewiesen hatte, den Teich zu säubern ... euer Vater hat in seinem Zorn erklärt, er müsse zugeschüttet, zugemauert werden ...«

»Ertrunken? In diesem Teich? Nein, das darf nicht sein. Arme, arme Annie«, flüsterte Isa. »Wie kann sie es ertragen? Wer ist bei ihr?«

»Sie war ganz aus dem Häuschen, das versteht sich«, sagte Lady Winship. »Ich glaube, Mrs. Slaley hat ihr einen Kräutertee, irgendein Tränklein gegeben. Aber es ist euer Vater, der –« Sie holte scharf und zornig Luft. »Man könnte geradezu meinen, daß ... Ich jedenfalls tue mein Bestes ...«

Sie funkelte die drei erschrocken zuhörenden Mädchen an. Wenngleich sie müde und mitgenommen von der langen Reise waren, wirkten sie alle so frisch, so blühend mit ihrem glänzenden Haar, noch nicht gezeichnet von den Jahren. Lady Winship musterte sie voller Verbitterung.

»Wie schockiert und verständnislos ihr alle dreinschaut. Wartet nur ab, bis ihr so alt seid wie ich, dann mögt ihr begreifen, wie es ist, ein Kind zu tragen und zu verlieren.« Zornig auflachend fügte sie hinzu: »Ihr meint, ich sei herzlos, nicht wahr? Sei's drum ... Bring deine Schwester Louisa auf ihr Zimmer, Meg ... Ihr werdet euch umziehen und erfrischen wollen.«

»Sollen wir nicht meinen Vater begrüßen? Und die kleinen Geschwister?«

»Nicht jetzt. Papa ist in der Bibliothek, ihr werdet ihn wohl beim Abendessen sehen. Und die Kleinen? Betsey und Klein Kate sind mit Tushie im Kinderzimmer, sie wissen nichts. Es ist das beste, sie fernzuhalten, ihr Vater würde nicht ... Und bei Nish und Tot weiß man ja nie, wo sie stecken, sie waren den ganzen Tag nicht aufzufinden.«

Lady Winship wandte sich unvermittelt ab, doch sie ging nicht ins Haus, sondern schlug einen gepflasterten Weg ein und verschwand hinter dem Befestigungsturm.

Meg und Isa sahen sich zaudernd an, dann sagte Meg: »Ich glaube, hier können wir nichts tun. Am besten gehen wir nach oben, wie sie gesagt hat. Archie oder sonst jemand hat gewiß indessen unser Gepäck gebracht.«

Sie stiegen drei flache abgerundete Stufen hinauf und betraten durch die Eingangstür eine mit Fliesen ausgelegte Halle, die mit Hirschgeweihen und Marmorstatuen ausgeschmückt war. Vor ihnen führte eine stattliche steinerne Treppe nach oben. Meg, die vorausging, wandte sich nach links.

»Du wirst vorerst das Zimmer mit mir teilen, Emmy, aber sobald ich verheiratet und aus dem Haus bin, hast du es ganz für dich allein.« Sie öffnete eine Tür am Ende eines kurzen, breiten Ganges. »Dann kannst du den ganzen Tag hier oben sitzen und nach Herzenslust schreiben. Ah, vortrefflich, das Gesinde hat unsere Sachen gebracht. Und hier ist ja auch Grace. Hättest du meine Schwester wiedererkannt, Grace?« fügte Meg mit ihrem durchtriebenen Lächeln an, offenkundig sehr zufrieden mit dem Erfolg dieses Schachzugs.

»Aber ja, das hätt ich wohl, Miss Meg.« Grace, eine Frau mit wettergebräuntem Gesicht, in Schürze und Stoffhaube, machte den jungen Damen mehr der Form halber einen Knicks. Alvey hatte – ungeachtet des pflichtschuldigst nachgeschobenen: »Willkommen daheim, Miss Louisa« – den Eindruck, daß sie über Louisas Heimkehr wenig Freude empfand.

»Sie hat sich im Pensionat etwas Neues angewöhnt, Grace, sie möchte Miss Emily genannt werden.«

»Bitte um Entschuldigung. Miss Emily also . . .«

Grace sprach, wie Alvey erleichtert feststellte, sehr viel verständlicher als Archie, der Kutscher. Während die Zofe hin und herging, auspackte, was ihre jungen Damen sogleich brauchten, und ihnen heißes Wasser zum Waschen eingoß, sah sich Alvey mit großer Anteilnahme in dem Raum um, der in Kürze ganz ihr gehören würde. Es war bei weitem das größte Zimmer, das sie je bewohnt hatte. Allmählich ging ihr auf, daß die Winships sich offenbar eines größeren Wohlstands erfreuten, als sie bisher angenommen hatte. Vielleicht aber war das hier in Nordengland ganz allgemein der Fall?

Sie befanden sich in einem Eckzimmer mit Fenstern in zwei Richtungen. Als Alvey an das westliche Fenster trat, schnappte sie vor Freude und Überraschung nach Luft. Man sah viel weiter, als sie nach der Fahrt durch den Wald vermutet hätte. Gerade noch rechtzeitig besann sie sich darauf, daß Grace im Zimmer war, und unterdrückte den Ausruf der Verwunderung, während sie über die grasbewachsene Terrasse, den mit Eisenspitzen bewehrten Zaun vor dem versunkenen Graben und eine Weide blickte, die steil zu einem steinigen Flußbett abfiel. In einiger Entfernung erhoben sich die blauen Hügel der Cheviots. Die Anfahrt zum Haus hatte einen so weiten Blick nach Westen nicht ahnen lassen. Der Fluß war so nah, daß man deutlich vernahm, wie er über die Steine plätscherte.

»Du wirst des Nachts den Fluß rauschen hören«, hatte Isa gesagt.

»Wir brauchen dich nicht mehr, Grace. Miss Emmy und ich werden uns gegenseitig beim Schnüren helfen. Vielleicht benötigt Isa dich«, sagte Meg obenhin, und Grace sah sie verwundert an.

»Ganz gewiß, Miss Meg? Tja, dann will ich man zu Miss Isa gehn, die hat immer zwei linke Hände.«

»Schrecklich, die Sache mit Annies Sohn«, sagte Meg langsam. Grace warf ihr einen raschen, undeutbaren Blick zu, dann preßte sie die Lippen zusammen, schüttelte stirnrunzelnd den Kopf und verließ mit einem Knicks das Zimmer.

Meg nahm es mit dem Ankleiden genau und kam entsprechend langsam voran. Umständlich machte sie sich an ihrer Schärpe, ihren Bändern, ihren Schuhriemen, ihren Locken zu schaffen, rückte immer wieder an ihren Strümpfen, ihrem Brusttuch, ihrem Kleidersaum. Alvey faßte sich in Geduld und überlegte, wieviel lieber sie das Zimmer mit Isa geteilt hätte, die offenkundig nie einen Gedanken an ihr Aussehen verschwendete. Aber Isa, als die Jüngere, hatte ein weniger schönes Zimmer im Obergeschoß. Alvey, die sehr bald fertig war, musterte derweil ihre Umgebung. Außer den beiden Betten und einem verblaßten, aber dicken Orientteppich enthielt das Zimmer mit abgewetztem blauem Samt bezogene Sesselchen, einen Pfeilerspiegel, einen geräumigen Schrank für Garderobe und rechts und links vom Kamin Borde für Alveys Bücher. Unter dem Fenster, das nach Westen ging, stand ein Schreibtisch mit zwei Schubläden, die Ringgriffe aus Messing zierten.

Pudelwohl wirst du dich hier fühlen, mein lockerer Lord Love, dachte Alvey. Wohlgefällig musterte sie die bequemen Sitzgelegenheiten, die breiten, chintzbezogenen Fenstersitze. War der Raum im tiefsten Winter wohl eiskalt, oder gönnte man den jungen Damen ein Feuer im Schlafzimmer? Dann schlug ihr das Gewissen ob ihrer Selbstsucht und Leichtfertigkeit, denn hier stand sie und freute sich ihrer unverdient angenehmen Lage, während irgendwo ganz in der Nähe das unglückselige Kindermädchen – wie hieß sie noch ... ja, richtig, Annie ... ihr totes Kind betrauerte. Was würde Annie jetzt anfangen? Würde sie es fertigbringen, jenes andere Kind zu stillen, Lady Winships Jüngste, die – wie eigenartig – demnach die Tante des ertrunkenen Knaben war? Vorausgesetzt, Annies Geschichte entsprach der Wahrheit und ihr Liebster war tatsächlich James Winship gewesen woran niemand zu zweifeln schien. Eigenartig, überlegte Alvey. Nach dem, was ich bisher von James gehört habe, hatte ich eigentlich nicht den Eindruck, daß er jedem Weiberrock nachläuft ...

Alvey versuchte, die immer noch vor dem Spiegel beschäftigte

Meg nicht zu beachten, und schlenderte zu dem zweiten Fenster hinüber. Dort erwartete sie eine weitere Überraschung. Dieses Fenster ging nach Süden, man blickte nicht auf Weideland, sondern auf einen ummauerten Garten von höchst ungewöhnlicher Form – lang, schmal und unregelmäßig, dem Lauf eines Bächleins folgend, das im Zickzackkurs durch ein kleines Tal floß und wohl in den Fluß darunter mündete. Trotz der sich vertiefenden Dämmerung erkannte Alvey allerlei Ergötzliches in diesem Garten – Gruppen hoher Stauden, Büsche, Rasenflächen am Bach, einen kleinen Rosengarten, Steingärten und Terrassen, bepflanzte Inselchen, zu denen kleine Brücken führten, niedrige, mit Kletterpflanzen überwucherte Mauern.

Zwischen all dieser unvermuteten Fülle an Grün bewegte sich schattenhaft eine Gestalt, die lange Zeit reglos am Bach stehenblieb und sich dann langsam entfernte.

»Das arme Geschöpf«, entfuhr es Alvey, die der Meinung war, diese tragikumwitterte Erscheinung müsse die dort draußen mutterseelenallein umherirrende unglückselige Annie sein.

»Was ist?« fragte Meg, den Mund voller Haarnadeln.

»In dem schönen Garten dort drüben läuft eine Frau herum. Ich dachte, es könnte Annie sein.«

»Du lieber Himmel, nein, das Gesinde hat keinen Zutritt zu Mamas Garten – bis auf Carey natürlich. Und auch sonst ist dort eigentlich niemand gern gesehen. Wahrscheinlich ist es meine Mutter selbst, die sich da unten zu schaffen macht. Sie kommt fast immer zu spät zum Essen, weil sie unbedingt noch ein Unkraut zupfen oder einen Schößling beschneiden muß. Ich wette, daß sie wieder einmal vergessen hat, sich umzuziehen.«

Alvey fühlte sich erneut in ihre Schranken verwiesen. Sie setzte sich auf die Fensterbank und zog ein ledergebundenes Notizbuch hervor.

»Du hast wohl ständig deine Geschichten im Kopf«, meinte Meg nach einigen Minuten, indem sie eine letzte Haarnadel ins

Haar steckte, um den Zweig später Moosröschen festzuhalten, den sie aus der Vase auf dem Ankleidetisch genommen und sich zwischen die Locken geschoben hatte.

»Immer nur eine auf einmal. Wenn ich damit fertig bin, fange ich eine neue an.«

»Das stelle ich mir recht wunderlich vor. Wird es dir denn nie langweilig, da du doch im voraus weißt, wie die Geschichte ausgeht?«

»Nein, warum? Wenn du an einer Stickerei arbeitest oder... oder eine Sonate auf dem Pianoforte spielst, langweilst du dich doch auch nicht, obschon du weißt, wie du deine Arbeit fertigstellen willst oder wie das Stück endet.«

Meg schien ein wenig verstimmt. Widerworte mag sie nicht, dachte Alvey, darin ähnelt sie Louisa. Daß ihr eigener Standpunkt nicht der einzig richtige sein könnte, will ihr nicht in den Kopf.

»Gehen wir nach unten?« fragte Meg kühl und warf sich den Schal über den Arm.

Die beiden jungen Mädchen traten aus dem Zimmer auf den breiten Gang. Auf einem Marmortischchen, mit vornehmer Zurückhaltung über das Treppengeländer lugend, saß abgeklärt und voller Würde ein graugetigerter Kater – der größte Kater, den Alvey je gesehen hatte. Er war fast so groß wie ein kleiner Spaniel.

»Ei, du Schöner«, sagte Alvey leise und streckte lockend eine Hand aus, die der Kater zunächst reserviert inspizierte. Dann aber erhob er sich und geruhte als schmeichelhaftes Zeichen seiner Gunst Ohr und Kinn an Alveys Knöcheln zu reiben.

»Eh, da staun ich aber«, stieß die Zofe Grace hervor, die zufällig in diesem Augenblick vorüberging. In ihrer Verblüffung ließ sie das frisch gefältelte Brusttuch fallen, das sie in der Hand gehalten hatte, und blieb mit offenem Mund stehen. »So zutraulich hab ich den alten Maudge noch nie erlebt, besonders nicht bei Ihnen, Miss Lou – früher hätt das Vieh Ihnen doch am liebsten den Finger abgebissen.«

»Meine Schwester legt Wert darauf, Miss Emmy genannt zu werden«, sagte Meg scharf. »Und du hast Miss Isas Brusttuch fallenlassen.«

»Bitte um Entschuldigung, Miss Meg, Miss Emmy.« Grace rettete das Brusttuch und retirierte eiligst.

Die beiden Mädchen hatten sich kaum wieder in Bewegung gesetzt, als sie aus der anderen Richtung das jammervolle Geplärr eines Babys hörten und ein zweites Hausmädchen, das aus dem rechten Gang kam, ihnen zurief: »Miss Meg, Miss Meg, könnten Sie wohl mal kurz herkommen? Tushie ist ganz aus dem Häuschen ... und die gnädige Frau ist nicht aufzufinden ...«

»Geh nur vor, Emmy«, sagte Meg. »Parthie wird schon unten sein, ich komme gleich nach.« Sie wandte sich um und folgte dem Mädchen, einer dunkelhaarigen Person mit langgezogenem Gesicht, die Alvey nach kurzem Nachdenken als Ellen, Lady Winships Jungfer, einordnete.

Wie soll ich mich hier nur über Wasser halten? dachte sie und ging recht zögernd und voll inneren Widerstrebens die Treppe hinunter. Früher oder später werde ich mich durch Unwissenheit oder Dummheit selbst verraten. Man denke nur an die Katze! Was war ich für eine Närrin.

Unten stand sie vor vier geschlossenen Türen. In welche Zimmer sie führten, wußte Alvey. Meg und Isa hatten ihr Pläne gezeichnet, die sie sich sorgsam eingeprägt hatte. Hier unten befanden sich die Bibliothek, das Frühstückszimmer, der Salon und das Speisezimmer. Den für sie im Augenblick wichtigsten Punkt aber hatten ihre Betreuerinnen zu erwähnen vergessen. In welchem Zimmer versammelte sich zu dieser Stunde die Familie, ehe sie zum Essen gerufen wurde?

Euer Vater ist in der Bibliothek, hatte Lady Winship gesagt. Das war die erste Tür rechts von der Treppe. Müßte sie nicht ... würde nicht Louisa, diese pflichtbewußte Seele, dieser Ausbund an Sitte und Anstand, es für angebracht halten, hineinzugehen, den Vater zu begrüßen und ihm zu dem bedauerlichen Unglücksfall ihr Beileid auszusprechen?

Nicht jetzt, hatte Lady Winship gewarnt. Doch Louisa ließ sich nie von dem abbringen, was sie einmal für richtig befunden hatte...

Aber ich kenne den Mann doch gar nicht, widersprach Alvey innerlich. Und mit welchen Worten könnte ich ihm in dieser Lage überhaupt helfen? Freilich würden derlei Einwände bei Louisa wenig ausrichten. Louisa war fest davon überzeugt, für alle Lebenslagen die passenden Worte parat zu haben.

Ich kann nicht, stieß Alvey voller Verzweiflung hervor, aber die unsichtbare, unerbittliche Louisa erwiderte: Du mußt. Und ohne es auch nur im mindesten zu wollen, setzte Alvey sich wieder in Bewegung und öffnete die Tür zur Bibliothek.

Der Raum lag im Halbdunkel, nur zwei kleine Lampen – eine auf dem Kaminsims, eine auf dem Tisch in der Mitte – spendeten spärliches Licht. Alvey atmete auf, denn sekundenlang glaubte sie, das Zimmer sei leer. Doch dann sah sie die gebeugte Gestalt, die im Sessel am Kamin saß.

»Papa?« sagte sie schüchtern. Die sorgsam zurechtgelegten nichtssagenden Phrasen waren in alle Winde verweht. Er sah nicht auf, und sie trat auf Zehenspitzen näher. »Papa?«

Ein ganz neues, ungewohntes Gefühl hatte sie ergriffen. Beim Anblick dieses gramgebeugten älteren Mannes regte sich tiefes Mitleid in ihr, es wollte ihr schier das Herz zerbrechen. Sie trat noch näher heran und wagte es, seine Hand zu ergreifen, während sie die andere Hand auf seinen gesenkten Kopf, auf das borstige Haar legte. Er umklammerte mit beiden Händen die ihre, stumm, aber so fest zupackend, daß sie sich auf die Lippen beißen mußte.

Noch immer sagten sie beide nichts. Was hätte man auch sagen können? Louisa wäre gewiß eine passende fromme Tröstung verfügbar gewesen, Alvey hatte nichts dergleichen zu bieten.

Schließlich murmelte er, kaum verständlich, einen Namen...

Mary, Maria? Sie konnte nicht verstehen, was er sagte, und mochte die stille Nähe, den Frieden dieses Augenblicks nicht mit einer Frage beschweren. Sie blieb neben ihm stehen und strich ihm über den Kopf, bis der Frieden jäh durch Stimmen in der Halle und durch die plötzliche Ankunft von drei Personen gestört wurde. Eine dieser Personen hatte eine größere Lampe in der Hand, die den Raum hell beleuchtete.

»Da ist sie ja. Und euer Papa ebenfalls. Stell die Lampe auf den kleinen Tisch, Amble, nicht so schief, schau, wie sie blakt. Und sag Slaley, sie soll sich eilen, ich will mein Essen haben. Da bist du also, Louisa. Laß dich einmal anschauen. Mir scheint, wir haben richtige Rundungen bekommen, wie? Auf Ehre, da steht uns ein ausgewachsenes Stadtdämchen ins Haus. Gewachsen bist du, soviel steht fest, du mußt einen halben Kopf größer sein als Meg. Da schlägst du meiner Familie nach, die Armstrongs waren immer groß und schlank.«

Die alte Dame trat langsam vor und musterte Alvey mit beunruhigend scharfen dunklen Augen von Kopf bis Fuß. Auch sie war einmal groß gewesen, doch jetzt war sie gebeugt und in sich zusammengesunken. Das schmale, papierweiße Gesicht wurde von einer kühn gebogenen Wanderfalkennase beherrscht. Alvey hatte von den Frauen im Grenzland gelesen, die einstmals ihre Männer zu Ausfällen gegen die Schotten angestachelt und ihnen ein Paar Sporen auf den Frühstücksteller gelegt hatten als diskreten Hinweis darauf, daß die Vorratskammer einer Auffüllung bedurfte. Man konnte sich bei der alten Mrs. Winship gut vorstellen, daß sie die Männer in gleicher Weise ins Gefecht hätte schikken können.

Alvey selbst hatte sich schleunigst – wie ein beim heimlichen Turteln ertapptes Mädchen – von Sir Aydons Sessel entfernt und ließ jetzt die Musterung der alten Grizel so gelassen wie möglich über sich ergehen. Sie knickste. »Guten Abend, Großmama, ich hoffe, du befindest dich wohl?« Sie wagte nicht, in Sir Aydons

Richtung zu blicken, hörte ihn aber verwundert murmeln: »Louisa? *Louisa?* Und ich dachte ...«

Was hatte er gedacht, wen hatte er erwartet?

Alvey brannte das Blut in den Wangen, als er mit einem Ausdruck erstaunter Enttäuschung und deutlicher Abneigung zu ihr aufsah, aber Amble schürte gerade das Feuer, von dem eine plötzliche heiße Lohe aufstieg, so daß es gar nicht weiter auffiel, daß sie noch weiter zurücktrat.

»Nun, Kind, wie steht's? Du hast also endlich doch geruht, in den Schoß der Familie zurückzukehren?« fragte die alte Dame streng. »Und wir dürfen hoffen, daß du deine sentimentalen, unziemlichen Pläne, diese Grille, die Heiden zu bekehren, gänzlich aufgegeben hast? Sprich, wie steht es damit? Hast dich doch noch eines Besseren besonnen, was?«

Wie würde Louisa einer solchen Attacke begegnen?

»Die Bekehrung der Heiden ist schwerlich eine Grille, Großmama«, erwiderte Alvey mit frostiger Würde. »Doch natürlich bin ich genötigt zu berücksichtigen ... mich den Wünschen meiner Eltern in dieser Sache zu beugen ...«

»Papperlapapp. Mir imponierst du nicht mit diesem Parlamentariergewäsch, Kind. Genötigt zu berücksichtigen. Hübsch gesagt. Aber bist du auch bereit, den Worten die Tat folgen zu lassen, einen anständigen Nachbarn zum Mann zu nehmen und eine Familie zu gründen, wie es sich gehört? Du hast dich ganz tolerabel entwickelt, alles was recht ist. Meg wird's nicht gern hören, aber mir scheint, du bist mittlerweile genauso hübsch wie sie, und mehr noch, mir scheint, du hast sogar ein wenig Grütze im Kopf ...«

Darauf war Alvey nicht gefaßt. Sie überlegte gerade, wie sie kontern sollte, als sich zu ihrer Erleichterung das hinter Mrs. Winship stehende unschöne, dickliche Mädchen, das es offenbar müde war, unbeachtet zu bleiben, vordrängte und krähte: »Nun, Schwester? Weißt du, wer *ich* bin? Erinnerst du dich an mich?«

»Aber gewiß«, antwortete Alvey so kühl und ablehnend, wie es sicherlich auch Louisa getan hätte. »Du bist Parthie. Wie geht es dir, Schwester?« Sie küßte das Mädchen auf die blasse Wange.

»Findest du nicht, daß ich mich prächtig herausgemacht habe? Meinst du nicht auch, daß es an der Zeit ist, daß ich längere Röcke bekomme? Mama sagt, erst wenn ich sechzehn bin.«

»Das will ich meinen«, bestätigte die alte Dame. »Wenn mir eins zuwider ist, so sind es Schulmädchen, die Erwachsene nachzuäffen trachten. Halt den Schnabel, Kind, und betrag dich anständig. Wen kümmert dein Geschwätz?«

Alvey wurde das Herz schwer, denn während dieses Wortwechsels hatte der Mann im Sessel sich nicht geregt, nicht den Mund aufgetan. Er hatte, den Eintritt seiner Mutter ignorierend, den Kopf abgewandt und starrte in die Flammen. Es ist, dachte Alvey, als habe es diesen seltsamen Moment der Zärtlichkeit zwischen uns nie gegeben. Und in gewisser Weise stimmt das ja auch, es war nur eine Verwechslung.

Mit wem hat er mich verwechselt, überlegte sie ratlos und betroffen über ihre impulsive, täppische Regung. Und mit wem habe *ich* ihn verwechselt? Gewiß nicht mit meinem Vater, zu ihm wäre ich nie gelaufen, um ihn in die Arme zu nehmen oder zu trösten. Was ist nur in mich gefahren?

»Komm, komm, Aydon«, sagte die alte Dame in einer Art poltrig-widerstrebenden Mitgefühls. »Jetzt reiß dich zusammen. Die Welt geht nicht unter, nur weil ein Kind sie verlassen hat. Schau mich an. Vier hab ich verloren, eins nach dem anderen, keins älter als ein Jahr, ehe du geboren wurdest. Habe ich mich hingesetzt und gejammert? Bin ich in Melancholie verfallen? Gewiß, der Kleine war wacker und aufgeweckt, aber es wird andere Kinder geben. Hier steht deine Tochter Louisa, heimgekehrt aus der Fremde, geheilt von ihrem Spleen, wie wir hoffen, sie wird dir Enkel schenken ...«

»Kannst du nicht ruhig sein? Laßt mich in Frieden«, brach es grimmig aus ihm heraus. »Schluß mit diesem vermaledeiten selbstzufriedenen Gewäsch!«

Amble, der zurückgekehrt war und sich unauffällig im Zimmer zu schaffen machte, die Lampen putzte, das Kamingeschirr zurechtrückte und die Vorhänge dichter zusammenzog, griff an dieser Stelle geschickt ein.

»Bitte um Verzeihung, Ma'am... Ich glaube, ihre Ladyschaft rief in der Halle nach Ihnen.« Und leiser: »Überlassen Sie ihn mir, Ma'am, über eine Weile wird er sich besinnen.«

»Er *muß* etwas essen, Amble, er hat den ganzen Tag nichts zu sich genommen.«

»Ich werde dafür sorgen, Ma'am, es wird ihm bald wieder besser gehen.«

»Nun gut«, sagte Mrs. Winship. »Kommt, Louisa und Parthie.«

Was Amble gesagt hatte, entsprach der Wahrheit. In der Halle stand, verstört, erregt und mit hochrotem Gesicht, Lady Winship, flankiert von Meg und ihrer Zofe Ellen.

»Was gibt es jetzt schon wieder, Charlotte?« fragte ihre Schwiegermutter recht ungnädig. »Haben wir nicht für einen Tag genügend Drama über uns ergehen lassen?«

Mit einer gehetzten, verschwörerischen Geste zog Lady Winship die alte Dame quer durch die Halle, so wie sie vorhin die beiden Töchter vom Haus weggeführt hatte. Sie nickte mit gerunzelter Stirn zur Bibliothek hinüber und legte einen Finger an die Lippen.

»Nun? Sprich! Was soll diese Geheimnistuerei?«

»Jetzt ist das Mädchen verschwunden. Nicht aufzufinden! Und oben liegt die arme kleine Katie und schreit zum Gotterbarmen.«

»Welches Mäd – ach du Grundgütiger!« Schreckerfüllt sah die alte Dame ihre Schwiegertochter an. »Du meinst Annie H–«

»Pst! Ja, sie muß aufgestanden sein und das Haus verlassen haben, niemand hat sie gesehen, und die Stillzeit ist weit überschritten...«

»Ich bitte dich, Charlotte«, fuhr die alte Dame gereizt auf. »*Das* Unglück ist meiner Seel nicht gar so groß. Gebt dem Kind Milchbrei oder Haferschleim ...«

»Sie kann nur saugen, sie ist es nicht gewöhnt, mit einem Löffel gefüttert zu werden.«

»Dann laßt sie durch ein Mulltuch saugen. Schick nach Mrs. Umfry, sie wird einem der Mädchen bald gezeigt haben, wie man das zuwege bringt. Wer wird einen derartigen Tumult um eine Lappalie machen, Charlotte ... Aber wo kann das Mädchen stekken? Das ist in der Tat höchst besorgniserregend, und es wird das beste sein, wenn mein Sohn vorerst nichts davon erfährt. Hat man einen unserer Leute ausgeschickt, um festzustellen, ob sie sich im Haus ihres Vaters aufhält?«

»Ja, und dort ist sie nicht.«

»Hm. Wo kann sie sonst hingegangen sein?«

Während die beiden Frauen miteinander berieten, Meg und Ellen besorgt dabeistanden und Parthie unruhig in der zugigen Halle herumlief, konnte Alvey nicht umhin zu überlegen, daß dieses Drama, wie die alte Dame es genannt hatte, ihr selbst nicht ungelegen kam. Der Tod des Kindes war eine schlimme Sache, kein Wunder, daß die arme Mutter verzweifelt war. Alvey konnte nur hoffen, daß man die unglückliche Annie bald finden, versorgen und trösten würde. Doch da sie selbst weder Mutter noch Kind persönlich kannte, waren ihre Gefühle nur allgemeiner Art. Die Tatsache indes, daß die Winships ganz und gar von dem schrecklichen Unglück in Anspruch genommen waren, hatte dafür gesorgt, daß ihre Ankunft sehr viel weniger Aufmerksamkeit erregte, als dies möglicherweise sonst der Fall gewesen wäre.

Das war für mich ein glücklicher Umstand, dachte Alvey, entschuldigte sich insgeheim bei der verschwundenen Annie und hielt höflich Abstand zu den beratschlagenden älteren Frauen. Jetzt habe ich eine vortreffliche Gelegenheit, mich unauffällig ins Familienleben einzugliedern.

Sie sah sich in der Halle um. Ungeachtet der augenblicklichen Aufregungen und Sorgen atmete das Haus unverkennbar Komfort und Wohlbehagen. Das Mobiliar war nicht neu, ja, es war, um der Wahrheit die Ehre zu geben, schon ein wenig hergenommen, aber solide und von guter Qualität. Die Räume waren zugig, aber warm. Kohle und Holz, folgerte Alvey, mußten in dieser Gegend wohlfeil und reichlich vorhanden sein, denn in der Bibliothek hatte ein hochgetürmtes Feuer gebrannt, und ein ebensolches war jetzt durch die ein wenig geöffnete Tür des Speisezimmers zu erkennen, das ein warmes Licht auf einen mit schneeweißem Leinen, blitzendem Kristall und schwerem Silber gedeckten Tisch warf. Ein angenehmer Duft nach Bienenwachs und getrockneten Blütenblättern hing in der Luft, daneben roch man Holzrauch und in einiger Entfernung Bratendüfte. Alvey schluckte. Etliche Stunden waren seit dem Imbiß in der Dorfschenke vergangen. Dienstboten – alle nicht mehr ganz jung – kamen und gingen ohne Hast, sie steckten nicht in Phantasielivreen oder mit Goldlitzen aufgeputzten Gewändern, aber sie waren gut und manierlich gekleidet und sichtlich genauestens mit den Aufgaben vertraut, die sie voller Stolz erfüllten. Es war ein großer Kontrast zu Mrs. Camperdowns liebenswürdiger, aber ein wenig spartanischer Anstalt oder Base Hepzies kahlem, bescheidenem Häuschen.

Wenn ich hier nichts Gutes zu schreiben vermag, sagte sich Alvey, kann ich jede Hoffnung aufgeben, Schriftstellerin zu werden. Und der lockere Lord Love zwinkerte ihr aus einem Winkel ihres Kopfes zu und sprach: »Wir beide werden uns hier vortrefflich einrichten, ganz vortrefflich. Nur sieh zu, daß du dich nicht zu sehr in die Sorgen dieser Winships verstrickst. Denk daran, daß du am Ende des Jahres das Haus verlassen mußt.«

Plötzlich erschien ihr das Jahresende recht düster, wie eine Tür, die sich aus einer warmen, geschäftigen Küche in einen kalten, frostigen Hof öffnet.

Parthie schlängelte sich an Alvey heran und flüsterte: »Höre,

Schwester Louisa ... Hast du mir was Hübsches aus London mitgebracht? Du hast es mir versprochen, weißt du's noch?«

Die Pest über dieses Kind, dachte Alvey, die Parthie gegenüber bereits eine Abneigung gefaßt hatte. Wie ein hellrosa Schweinchen sieht sie aus, dachte sie, mit ihrem porzellanfarbenen Teint, den wimpernlosen blauen Augen, dem glatten Flachshaar. Hätte Louisa sich wirklich zu einer derartigen Zusage verleiten lassen?

»Habe ich das wirklich getan?« fragte sie hinhaltend zurück.

»Aber ja, Schwester. Bestimmt.«

»Halt den Mund, Parthie«, befahl Lady Winship. »Wie oft soll ich dir noch sagen, daß es eine große Unart ist zu flüstern, wenn ältere Personen miteinander reden.«

Parthie ließ schmollend den Kopf hängen. In diesem Moment traf schnaufend und knicksend eine alte, in ein schwarzes Umschlagetuch gehüllte Frau ein. Sie wurde als Mrs. Umfry begrüßt und nach oben geführt, um in der Sache des armen hungrigen Säuglings ihren Rat beizusteuern.

Sogleich fing Parthie noch einmal an.

»Schwester Louisa!«

Zum Glück war Alvey inzwischen die Bernsteinkette eingefallen, die sich als bestes Stück unter der bescheidenen Sammlung von Schmuck befand, den Louisa mit ins Pensionat genommen und beim Abschied Alvey aufgedrängt hatte.

»Dort, wo ich hingehe, brauche ich solchen Tand nicht, und Mama würde sich gewiß wundern, wenn ich nicht mit Großtante Marias Medaillon und den Korallen und meinem Taufring und der Zuchtperlenbrosche zurückkommen würde.«

Alvey hatte diese Gegenstände höchst widerstrebend entgegengenommen und beschlossen, sie bei nächster Gelegenheit wieder in die Hände der Familie Winship zu legen. Dies war ein solcher Anlaß.

»Nach dem Abendessen vielleicht«, sagte sie halblaut, und Parthies Gesicht hellte sich auf.

Meg und Isa kamen eilig die Treppe herunter. Trotz der Hilfe der Zofe beim Toilettemachen sah Isa unordentlich und erhitzt aus. Das Haar war aus dem Band gerutscht, das weiße Kleid zerknittert und feucht. Doch sie begrüßte Alvey mit freundlichem Lächeln.

»Da bist du ja, Emmy. Du mußt ebenso hungrig sein wie ich. Parthie, lauf zu Amble und sag ihm, er soll den Gong schlagen, Mama und Großmama kommen gleich.«

»Aber was ist mit Nish und Tot? Sie sind noch nicht zu Hause«, verkündete Parthie dramatisch. Alvey hatte das deutliche Gefühl, daß sie sich diese Bemerkung für einen Augenblick aufgespart hatte, in dem sie den größten Effekt damit erzielen konnte, denn oben an der Treppe tauchten jetzt ihre Mutter und Großmutter auf, und Sir Aydon war schon, auf zwei Stöcke gestützt, bis zur Tür der Bibliothek gehinkt.

Amble aber, der bereits die Hand nach dem filzbezogenen Trommelschlegel mit dem langen Griff ausgestreckt hatte, gelang es, Parthies Ankündigung ihrer Wirkung zu berauben, indem er nüchtern bemerkte: »Doch, Miss Parthie, sie befinden sich im Haus, sie sind seit zehn Minuten in der Küche und ziehen sich am Feuer die nassen Schuhe und Strümpfe aus!« Dann schlug er ein donnerndes Signal auf dem Messinggong.

Die Familie zog mit einiger Feierlichkeit in den Speisesaal ein, Sir Aydon voran, rechts und links von seiner Frau und seiner Mutter gestützt, dann Meg und Alvey, danach Isa und – mit einem Schritt Abstand – Parthie. Amble war Sir Aydon dabei behilflich, in dem schweren Sessel am Kopf der Tafel Platz zu nehmen, die anderen setzten sich rechts und links von ihm. Sie senkten die Köpfe und verharrten einen Augenblick in Schweigen, aber sobald die Pause für das Tischgebet verstrichen war und Amble aus der Porzellanterrine auf der Anrichte die Suppe ausgab, fragte Lady Winship scharf: »Habe ich recht gehört, Amble? Nish und Tot sind gerade erst gekommen?«

»Ja, Ma'am.«

»Wo sind sie jetzt?«

»Mrs. Slaley gibt ihnen ihr Abendessen in der Küche, Ma'am.«

»Um diese Zeit? Man sollte sie ohne Essen ins Bett schicken«, erklärte die alte Mrs. Winship mit äußerstem Mißfallen. »Nach Anbruch der Dunkelheit zurückkommen ... Eine Schande!«

Sir Aydon hob den Kopf und sagte mit einiger Mühe: »Nein, nicht ohne Abendessen, etwas sollten sie schon haben.«

Seine Frau und seine Mutter wechselten einen Blick.

»Nun gut«, gab Lady Winship nach. »Aber sagen Sie Mrs. Slaley, Amble, daß sie nach dem Essen hereinkommen sollen.«

»Ja, Mylady.«

Das Essen verlief fast wortlos. Daß Sir Aydon stumm wie ein Gespenst, mit gesenktem Haupt und jeden Teller nach wenigen Bissen beiseiteschiebend, am Kopf der Tafel saß, war dem Aufkommen leichter Gespräche nicht förderlich. Meg und Isa übermittelten ihrer Mutter die neuesten Nachrichten von ihrer Base Lady Matfen, und alle drei erzählten ein paar Einzelheiten von der Schiffsreise.

Die einzige, die Alvey über die Abbey School befragte, war die alte Mrs. Winship, die strenge Erkundigungen über Mrs. Camperdownes Lehrplan und ihre Arbeitsweise anstellte. Alvey wußte ihre Fragen gelassen und genau zu beantworten. Ein wenig schlug ihr das Gewissen ob ihres guten Appetits, dennoch griff sie tüchtig zu, als Forelle, Hammelbraten, Gemüse und ein ihr unbekannter Wildvogel auf- und wieder abgetragen wurden, und stellte zu ihrer Erleichterung fest, daß auch Meg und Isa es sich schmecken ließen. Als das Tischtuch abgenommen worden war und silberne Schalen mit Nüssen, Äpfeln und getrockneten Pflaumen auf dem Tisch standen, zog Amble sich zurück.

Alvey, die der Tür zum Küchenbereich am nächsten saß, hörte Bruchstücke eines leise, aber heftig geführten Streitgesprächs unmittelbar vor der Tür und sacht scharrende Geräusche.

»He da, hiergeblieben ... Ihr sollt hinein und eurer Ma und eurem Pa guten Tag sagen, ihre Ladyschaft hat's gesagt.«

»Aber –«

»Ich werd euch mit Aber ... Jetzt kommt schon.«

Zwei Kinder schoben sich mit scheu gesenktem Kopf durch die Tür, die im Schatten lag, so daß Alvey nur den vagen Eindruck von Kleinheit und Magerkeit hatte. Sie rief sich in Erinnerung, daß Nish und Tot acht und neun waren, fand aber, daß sie kleiner aussahen, abgerissen und unterernährt, gar nicht recht wie Kinder eines so reichen, wohlhabenden Hauses.

»Seid ihr das, Nish und Tot? Kommt her«, befahl Lady Winship, und sie kamen, langsam und widerstrebend, einander fest an der Hand haltend und gegeneinander stolpernd. Auf halber Höhe zwischen ihrem Vater und ihrer Mutter blieben sie stehen und sahen zu Boden. Der Junge war dunkler, stellte Alvey fest, er hatte weiches, stumpfes schwarzes Haar und ein blasses ovales Gesicht. Das Gesicht des Mädchens war runder, das zerzauste Haar haselnußbraun und hell gesträhnt vom häufigen Aufenthalt im Freien. Die Augenfarbe war nicht zu erkennen, denn sie starrte unentwegt auf ihre Füße und umklammerte trostsuchend die Hand ihres Bruders.

»Köpfe hoch und die Füße nach außen gedreht«, kommandierte ihre Großmutter, denn Lady Winship schwieg. Der Anblick der Kinder schien sie gänzlich niedergedrückt zu haben, sie stieß einen tiefen Seufzer aus und verfiel in eine Art melancholischer Träumerei. Wie Isa, dachte Alvey.

»Jetzt schaut euch einmal an«, schalt die alte Mrs. Winship. »Nasse Beinkleider ... zerrissener Rocksaum ... Wie die Zigeunerkinder seht ihr aus. Und barfuß. Wo sind deine Strümpfe, Miss?« Die Kleine flüsterte etwas Unverständliches.

»Du *weißt* es nicht? Wie soll denn das angehen?«

»Mrs. Slaley hat sie, zum Waschen«, erläuterte der Junge beklommen.

»Du redest, wenn du gefragt wirst, nicht vorher.«

Sir Aydon raffte sich mühsam zu einer Frage auf. »Wo habt ihr denn den ganzen Tag gesteckt?«

»Oben am Hungry Water«, nuschelte Tot.

»Und wer hat euch erlaubt, von euren Büchern fortzulaufen?« wollte ihre Großmutter wissen.

Die Kinder gaben keine Antwort, und da die Eltern nicht geneigt schienen, der Sache weiter nachzugehen, drohte Mrs. Winship ihnen mit dem Finger und erklärte: »Brot und Wasser hättet ihr verdient und Karzer, bis ihr Besserung versprecht, ihr Unbande...«

Doch jetzt hatte Lady Winship sich aus ihren offenkundig betrüblichen Gedanken aufgerafft und sagte: »Kommt her, ihr beiden. Ihr habt eure Schwester noch nicht begrüßt, die so lange fern war. Habt ihr Louisa denn gar nichts zu sagen?«

Alvey sah, daß die Kinder sich auf diese scheinbar harmlose Bemerkung hin nur noch dichter aneinanderschmiegten. Sie machten keine Anstalten, zu ihr zu kommen oder sie zu begrüßen. Hatten sie so unerfreuliche – oder so beängstigende – Erinnerungen an Louisa? Vergeblich zermarterte sie sich den Kopf, um ihnen ein paar freundliche Worte zu sagen – Alvey hatte bisher sehr wenig Kontakt mit Kindern gehabt –, doch da fragte Sir Aydon, der in seinem Kummer und seiner Erschöpfung offenbar mehrere Minuten brauchte, um auf eine neue Mitteilung zu reagieren, mit schleppender Stimme: »Habt ihr draußen Annie Herdman gesehen?«

Es schien, als berieten die Kinder wortlos darüber, ob es diplomatisch sei, diese Frage zu beantworten. Dann, als hätten sie sich gesagt, daß eine Antwort sie vielleicht der Notwendigkeit enthob, die heimgekehrte Schwester zu begrüßen, sagte der Knabe: »Ja, wir haben sie gesehen.«

»Zweimal«, fügte das Mädchen leise hinzu, »wir haben sie zweimal gesehen.«

»*Zweimal?*«

»Heute morgen, ganz früh, hat sie im Hof nach Klein Geordie gesucht«, sagte Tot.

Alvey überlegte, ob die beiden wußten, was dem Kind zugestoßen war.

»Und wo habt ihr Annie noch gesehen?« wollte ihre Großmutter wissen. »Und wann?«

»Heute abend, auf dem Heimweg. Es war schon fast dunkel.«

»Wo habt ihr sie gesehen? Was hat sie gemacht?«

»An der Blinkbonny Height. Sie ist sehr schnell gegangen und hat ein schweres Bündel geschleppt. Wir haben ihren Namen gerufen, sie hat uns gesehen, aber sie ist nicht stehengeblieben. Sie war ziemlich weit weg, auf der anderen Seite vom Hungry Water.«

»Und in welche Richtung ist sie gegangen?«

»Den Pfad zum Wasserfall hinauf.«

Nish machte den Mund auf, überlegte einen Augenblick und machte ihn wieder zu, was außer Alvey niemandem aufzufallen schien. Was hatte die Kleine wohl sagen wollen? Hatte sie bei dieser Begegnung irgend etwas von Annie erfahren? Alvey sah zu Nish hinüber, die rasch die Augen niederschlug. Doch ihr schien, als sei ein Fünkchen Vertrauen zwischen ihnen aufgesprungen – oder bildete sie sich das nur ein?

Sir Aydon hatte sich umgewandt und rief nach Amble.

»Dürfen wir zu Bett gehen, Mama?« fragte Tot leise und gedrückt. »Wir sind sehr müde.«

»Müde? Kein Wunder! Und Recht geschieht euch, wenn ihr den lieben langen Tag herumlauft wie Kesselflickerskinder«, schalt ihre Großmutter, aber die Schwiegertochter sagte halblaut: »Ja, ja, lauft nur.« Ihre Stimme war fadendünn vor Erschöpfung. »Ellen soll darauf schauen, daß ihr euch gründlich wascht. Bestellt ihr, ich hätte es angeordnet. Sagt jetzt euren Schwestern gute Nacht.«

»Gute Nacht« nuschelten Nish und Tot, dann flitzten sie wie

zwei der Falle entkommene Tierchen an Meg, Isa, Alvey und Parthie vorbei. Tot sah nicht auf, aber Nish, die hinter ihm ging und seine Hand festhielt, hob die Augen und musterte Alvey noch einmal mit einem raschen, furchtsamen Blick, dem nichts zu entgehen schien. Alvey beschlich plötzlich das seltsame Gefühl eines gegenseitigen Wiedererkennens.

Sobald die jüngeren Geschwister aus dem Zimmer waren, ereiferte sich Parthie: »Das ist ungerecht, Mama. Wär ich weggelaufen in diesem Alter, hätt ich die Peitsche zu spüren bekommen.« Ihre Stimme bebte vor Empörung.

»Still, Parthie. Ich will nicht noch einmal hören, daß du dir deiner Mutter gegenüber solche Freiheiten herausnimmst«, fuhr Mrs. Winship auf. »Charlotte! Wie kannst du zulassen, daß deine Kinder so außer Rand und Band geraten?« Aber Lady Winship erhob sich mit einer müden Handbewegung und verließ stolpernden Schrittes das Zimmer.

Ihr Mann raffte sich auf und rief ihr nach:

»Charlotte! Sag bitte Amble, die Leute sollen aufwärts in Richtung Pike Force suchen.«

»Ja, das werde ich tun«, kam ihre Stimme zurück.

Steif und knurrig erhob sich die alte Dame von ihrem Stuhl.

»Kommt in den Salon, ihr Mädchen. Wir werden euren Papa in Ruhe lassen. Bleib aber nicht zu lange hier, Aydon«, mahnte sie und tippte ihm mit einer klauengleichen Hand auf die Schulter. Was sie eigentlich meint, dachte Alvey, ist wahrscheinlich: Trink nicht zu viel Portwein. Er zuckte vor ihrer Berührung zurück und schüttelte gereizt den Kopf.

Als die vier Mädchen den Salon betraten, wurde Alvey von neuem die Stattlichkeit der Einrichtung von Birkland Hall vor Augen geführt. Das Zimmer war niedrig, aber geräumig, rechts und links vom Kamin waren ovale Spiegel in Stuckrahmen angebracht, viele Familienbilder hingen an den Wänden. Ein großer, etwas abgetretener Orientteppich bedeckte den Boden, chintzbezogene Sofas und Kanapees umstanden ein auch hier hell loderndes Feuer, der Flügel war geöffnet, und Töpfe mit blühenden Zimmerpflanzen verströmten einen angenehmen Duft.

Die alte Mrs. Winship war, etwas von Klein Katie und Mrs. Umfry murmelnd, davongehumpelt. Parthie ergriff die Gelegenheit, Meg am Ärmel zu zupfen. »Wie steht es mit den Kleidern für die Brautjungfern, Schwester Meg? Hast du den Stoff bekommen? Ist er hübsch? Wann darf ich ihn sehen?«

»Plag uns nicht so, Parthie. Ja, ich habe den Stoff gekauft, aber morgen ist immer noch Zeit, ihn anzuschauen. Grace hat noch nicht alle Koffer ausgepackt. Was ist mit John Chibburn? Habt ihr keine Nachricht, keine Zeile von ihm?«

»Ach ja, das hab ich ganz vergessen. Er ritt heute früh bei uns vorbei und ließ sagen, daß er heute abend nicht kommen kann, seine Tante Clara ist auf Tinnis Hall zu Besuch.«

»Was nicht gar!« versetzte Meg sehr verstimmt. »Man sollte doch meinen, daß ich an dem Abend, an dem ich aus London zurückkomme, für ihn wichtiger wäre als seine Tante.«

»Vielleicht denken sie, daß die alte Mrs. Forbes John später mal ihr ganzes Geld vermacht«, meinte Parthie listig. »Hast du neue Lieder aus London mitgebracht, Isa? Oder hast du die *ganze* Zeit nur Bilder angeschaut?«

»Ja, ich habe ein paar neue Lieder mitgebracht, aber ich denke mir, daß es Mama nicht recht wäre, wenn wir heute abend spielen und singen würden. Morgen zeige ich sie dir.«

»Morgen, immer nur morgen«, quengelte Parthie. Sie gähnte laut und betrachtete sich, an ihrem glatten Flachshaar zupfend, in einem der ovalen Spiegel. »Meinst du, Mama würde mir gestatten, das Haar wie du zu frisieren, Meg? Ist das eine neue Londoner Mode?«

»Ja, Base Matfens Zofe hat mir diese Frisur beigebracht. Aber wahrscheinlich findet Mama sie zu erwachsen für dich.«

»Papperlapapp.«

»Vielleicht zur Hochzeit«, sagte Isa freundlich. »Und Meg wird fragen, ob du nicht ein langes Brautjungfernkleid haben darfst, nicht wahr, Meg?«

»Nur wenn du aufhörst mich zu plagen und auszufragen, wo wir doch alle todmüde sind«, gab Meg unmutig zurück, die recht übler Laune war, nachdem sich ihr Verlobter nicht eingestellt hatte. Stirnrunzelnd griff sie nach einem Album mit Kupferstichen.

Parthie schob die Unterlippe vor und zog einen Flunsch wie eine Zwölfjährige.

»Also das will ich euch sagen, ich freu mich überhaupt nicht, daß ihr wieder heimgekommen seid, du und Isa und Schwester Lou, wenn nicht erzählt und gesungen werden darf und wir alle stumm und steif dasitzen müssen wie bei einer Beerdigung.«

»Jetzt sei vernünftig, Parthie«, sprach Isa ihr gut zu. »Unser Vater ist sehr bekümmert um der armen Annie und ihres Kindes willen, wir müssen Rücksicht auf seine Gefühle nehmen ...«

»Warum?« fragte Parthie rebellisch. »Als unsere Schwester Maria gestorben ist, schien es, als bemerke er es kaum. Warum ist er bloß so aus dem Häuschen?«

Die Schwestern sahen sich an. »Das Thema taugt nicht für deine Ohren«, sagte Meg.

»Ich bin nur drei Jahre jünger als Isa. Und ich weiß doch ohnehin Bescheid. Es ist wohl«, fuhr Parthie verdrossen fort, »weil man sagt, daß unser Bruder James Klein Geordies Vater war.«

»*Parthie*! Über so etwas spricht man nicht!«

»Aber warum bekümmert sich Papa so, wenn das Kind von James gestorben ist? Er ist recht unzufrieden mit James«, wandte Parthie ein. »Ich erinnere mich noch an letztes Jahr, als James auf Urlaub kam, da wurde Papa schrecklich zornig, weil James gesagt hat, er wolle seinen Abschied nehmen. Papa mochte es nicht zulassen, er sagte, kein Winship täte so etwas, ein solches Verhalten verriete den jämmerlichen Feigling. Ich glaube, Papa hat James überhaupt nicht lieb. Wieso macht er dann soviel Aufhebens um dieses Kind?«

»Es ist recht taktlos, über solche Dinge – von denen wir nichts, aber auch gar nichts wissen können – zu sprechen, und wenn du darauf bestehst, mußt du das Zimmer verlassen«, begann Meg, aber in diesem Augenblick erschien Lady Winship in der Tür.

Wortlos-vage sah sie einen Augenblick zu den Mädchen hinüber, dann trat sie an ein Tischchen mit Zimmerpflanzen und begann mit einer kleinen vergoldeten Schere, die sie an einer Kette am Gürtel trug, welke Blätter und Blüten abzuschneiden. Die Mädchen schwiegen. Für eine kleine Weile schien ihre Mutter, in diese Arbeit vertieft, träumerisch zufrieden in einem eigenen fernen Reich zu weilen. Als Isa sie ansprach, fuhr sie zusammen, und ihre Miene wurde sogleich traurig und gehetzt.

»Noch nichts Neues von Annie, Mama?«

»Nein.« Lady Winship seufzte. »Die Leute sind den Pfad zum Wasserfall hochgegangen. Aber die Nacht ist so dunkel...« Ihre Stimme erstarb.

Meg überkam ein großes Gähnen. Sie entschuldigte sich rasch und sagte: »Wenn ich darf, gehe ich gleich zu Bett – das heißt, sobald Amble den Tee gebracht hat. Ich bin sehr müde. Du nicht, Emmy?« Alvey nickte. Sie hatte immer größere Mühe, die Augen offenzuhalten. Es kam ihr vor, als habe der Tag eine ganze Woche gedauert.

»Soll ich Amble bitten, daß er sich mit dem Tee eilt?« fragte Isa und griff, das abwesende, andeutungsweise Nicken ihrer Mutter als Zustimmung auslegend, zur Klingel.

Die flüchtige Teezeremonie war bald überstanden. Mrs. Winship kam dazu, Sir Aydon aber ließ sich nicht sehen, und gleich darauf gingen die Mädchen nach oben zu Bett.

»Gute Nacht, Schwester Emmy, ich bin froh, daß wir dich bei uns haben«, sagte Isa auf dem breiten Gang herzlich. Ihr freundschaftlicher Kuß, dachte Alvey dankbar, scheint wirklich ehrlich gemeint zu sein.

Die Kerzen in der Hand, schickten Isa und Parthie sich an, die Treppe hinaufzugehen, die zum nächsten Stockwerk und zu ihren Zimmern führte. Auf dem dunklen Treppenabsatz hörte Alvey leises Rascheln. Isa schnappte nach Luft.

»Ja, sagt mal, was tut ihr beide denn noch hier draußen?«

Keine Antwort – nur das hastige Trappeln nackter Füßchen die Treppe hinauf.

»Die kleinen Schlingel«, rief Isa lachend. »Sie wollten sich wohl Emmy noch einmal ansehen.«

Warum wollten sie das wohl, dachte Alvey, während sie verschlafen ihr Haar für die Nacht richtete. Vorhin haben sie keine große Neigung gezeigt, mich zu begrüßen.

Alvey, die vom Schlafsaal des Pensionats her gewöhnt war, sich mit ihrer Toilette zu eilen, lag schon lange im Bett, als auch Meg endlich ihre langwierigen Vorbereitungen beendet und ihre Kerze ausgeblasen hatte.

Das Bett war alt, breit und bequem, die Decken dick und warm. Draußen war, wie Isa vorausgesagt hatte, die Stimme des Flusses zu hören, der über die Steine rauschte.

Niemand hat mich genau angesehen, dachte Alvey schlaftrunken, über all der Aufregung, die im Haus herrscht, haben sie mich anstandslos akzeptiert.

Mit diesem Gedanken schlief sie friedlich ein, ohne zu ahnen, daß sie sich im Irrtum befand.

5

»Findest du, daß unsere Schwester besser ist als früher, Großmama?«

»Besser? Was meinst du damit, Kind? Möchtest du das *besser* auf ihre Gesundheit bezogen sehen, ihren Teint, ihre Stimmung, ihr Betragen, ihre Moral? Lerne gefälligst, dich einer genauen Ausdrucksweise zu befleißigen. Jetzt reich mir das Orangenblütenwasser und ein sauberes Handtuch.«

Parthie gehorchte und nahm den zweiten Auftrag zum Anlaß für einen längeren Besuch auf dem unwiderstehlichen Wasserclosett.

»Eil dich, Miss, laß das Getrödel.«

»Sag, Großmama«, fragte Parthie, als sie gemächlich mit dem Handtuch zurückkehrte, »warum will Mr. Thropton Annie nicht auf dem Kirchhof beerdigen?«

»Weil sie eine Selbstmörderin war, Kind. Sie hat sich das Leben genommen, und die Bibel sagt, daß das eine Sünde ist, weil man sich damit der Gnade Gottes entäußert.«

»*Sie* muß also am Kreuzweg von Worship Hill begraben werden, und Klein Geordie kommt auf den Kirchhof«, stellte Parthie nachdenklich fest. »Das würde Annie sicher nicht behagen, wo sie eigens Klein Geordie den weiten Weg über das Moor getragen hat, um sich vom Pike's Force zu stürzen.«

»Daran hätte sie denken sollen, ehe sie ihrem Leben ein Ende setzte«, sagte die alte Dame kurz angebunden. »Andererseits«, setzte sie wie im Selbstgespräch hinzu, »gilt es nicht eigentlich gleich, wo unsere Knochen ruhen? Mich soll es einmal nicht kümmern, was sie mit den meinen machen.«

»Aber Großmama, wie *kannst* du nur?« Parthie hatte sehr genaue Vorstellungen davon, wie groß und prächtig ihr Grabmal und wie die Beschriftung beschaffen sein sollte, die der Nachwelt Kunde davon gab, daß PARTHENOPE, geliebte und zutiefst betrauerte Ehefrau, Tochter, Schwester, Mutter etcetera etcetera darunter zur ewigen Ruhe gebettet war. Sie hatte eifrig die Steine auf dem Friedhof von Birkland studiert und voll geringschätzigen Mitleids jene Inschrift gelesen, derzufolge hier John Surtees, sein Sohn Jack, seine Ehefrau Hester *und neun weitere* namenlose kleine Kinder ruhten. Eine schöne Art, aus der Welt entlassen zu werden! Für ihr Leichenbegängnis und zur Wahrung ihres Andenkens wünschte sich Parthie möglichst viel Pomp und Gepränge.

»Höre, Großmama, was Annie betrifft...« begann sie in der Hoffnung, der alten Dame die Auskunft zu entlocken, die ihr die Schwestern verweigert hatten. »Weshalb war wohl mein Vater so schrecklich bekümmert? Man könnte schier denken, daß Klein Geordie *sein* Kind war, hab ich Mrs. Umfry sagen hören.«

Die hellen Augen waren unschuldsvoll auf die alte Mrs. Winship gerichtet.

»Wenn Mrs. Umfry das gesagt hat«, versetzte diese, »ist sie ein dummes, garstiges altes Weib, und dir kam es nicht zu, auf Gesindeklatsch zu hören.«

»Mrs. Umfry gehört nicht zum Gesinde.«

»Nein, sie ist eine boshafte alte Bauersfrau, und ich bin froh und dankbar, daß unsere Dienerschaft brav und verständig genug ist, nicht so schändlich daherzureden«, erklärte Mrs. Winship und beschloß, Charlotte nahezulegen, die Frau sogleich wegzuschikken, da Klein Kate sich inzwischen mit dem Löffel füttern ließ.

»Dein Vater war bekümmert, weil Klein Geordie das erste Kind war, das er jemals aufrichtig geliebt und beachtet hat«, fuhr die alte Dame fort. Ein Teil der Wahrheit, sagte sie sich, mochte Parthie zufriedenstellen und ihre bohrende Neugier in andere Bahnen lenken. »Als James ein kleiner Junge war, widmete dein Papa seine ganze Zeit dem Regiment. Später, in Tots Kleinkinderjahren, hatte ihn die Jagdleidenschaft gepackt. Er hat deshalb für seine Söhne nie so viel Zeit oder Fürsorge aufbringen können wie jetzt für Klein Geordie. Und für euch Mädchen hat er sich ja ohnehin nicht interessiert...«

»Ja, ich weiß«, bemerkte Parthie.

»Annies Sohn kam ihm durch Zufall in einer Phase seines Lebens unter die Augen, da er durch seinen Jagdunfall und zunehmende Gichtbeschwerden wirklich einmal Zeit hatte, so daß er eine Zuneigung zu dem Kind faßte ...«

»Und schließlich war ja Geordie sein Enkel, nicht wahr, Großmama? Alle sagen, daß Großeltern in ihre Enkel vernarrt sind und sie manchmal viel, viel mehr lieben als früher ihre Söhne und Töchter, das sieht man ja bei dir und mir«, erklärte Parthie mit so verdächtiger Geläufigkeit, daß Mrs. Winship sie mit einem durchdringenden Blick bedachte und nur trocken entgegnete: »Das mag verschieden sein. Und jetzt genug davon.«

In den ersten Wochen ihres Aufenthaltes auf Birkland Hall befand sich Alvey in einem ständigen Zustand benommenen Entzückens, in das sich Beängstigung und Scham mischten. Wie konnte sie zulassen, daß sie sich in diesen Ort verliebte, da sie sich in einer so beneidenswerten, so unverdienten, so ungewissen Lage befand? Je mehr ihr Birkland Hall ans Herz wuchs, desto stärker schlug ihr das Gewissen. Wie konnte sie glücklich träumend auf Birkland Hall umhergehen, da andere Mitglieder des Haushaltes ganz offenkundig von schweren Schuldgefühlen geplagt, tief bekümmert, unsicher waren? Dennoch gelang es ihr nicht, ihre Gefühle zu mäßigen oder willentlich dieser Liebe zu entsagen.

Noch nie zuvor war sie von Schönheit umgeben gewesen. New Bedford war angenehm, das Pensionat in Reading freundlich und behaglich gewesen, ein Mangel war ihr nicht bewußt geworden. Jetzt aber begann sie Isas Worte zu verstehen und nachzuempfinden: »Arme Louisa, wie wird sie es ertragen, anderswo zu leben? Ich könnte das nie.«

Allein das Haus war so reizvoll, so anmutig, zur Einrichtung gehörten viele schöne, langgebrauchte Dinge – Damast, Mahagoni, Vergoldungen, Schnitzereien –, die vor fünfzig oder hundert Jahren das Beste ihrer Art gewesen waren, und viele Ahnenbilder, die Alvey, wenn niemand in der Nähe war, mit dem allergrößten Interesse und voller Verwunderung betrachtete, weil einige der

Gesichter dem ihren so ähnlich waren. Doch lag der Reiz des Hauses für sie nicht allein in seiner Einrichtung, seiner Größe und Weitläufigkeit oder seinem Luxus, sondern in seiner stillen Belebtheit, der menschlichen Wärme eines großen, gut geleiteten, harmonisch zusammengefügten Hauswesens, in dem ein jeder zufrieden war mit dem Platz, an den das Schicksal ihn gestellt hatte. Woher diese Harmonie eigentlich kam, konnte sie kaum sagen, denn die einzelnen Mitglieder des Haushaltes waren durchaus nicht ohne Fehl. Sir Aydon neigte zum Jähzorn und war derzeit in Melancholie und Trübsal versunken. Er stieß lautstark seinen Stock auf den Boden, schrie die Hunde an, klapperte mit Schubladen und knallte Türen zu. Seine Frau ließ sich im Haus allenfalls zur Essenszeit blicken, und dann wirkte sie bekümmert und verstört und machte kaum einmal den Mund auf. Wenn man eine Frage an sie richtete, fuhr sie zusammen, als habe man sie aus einem bösen Traum geweckt. Die Bemerkungen der alten Dame waren gewöhnlich scharf und beißend, ihr durchdringender Blick verursachte Alvey oft genug Unbehagen. Und dennoch war es diesem eigenartigen Trio gelungen, um sich herum ein heiter-stilles, reibungslos funktionierendes Hauswesen zu schaffen.

Und nun gar draußen ... Nachdem sie erst einmal den Kälteschock überwunden hatte – sobald sie sich hinauswagte, war es, als tauche sie in Eiswasser ein –, war Alvey wie bezaubert von allem, was sie sah. Dies ist der Ort, das Land für mich, die Landschaft meiner Wahl, dachte sie immer wieder. Die klaren Linien der hohen Berge, die windgezausten Umrisse struppiger Dornenhecken, die Alleen mit den hohen Buchen, die festen grauen Mauern aus geschichtetem Granit, die Felder und Straßen abgrenzten, die purpurne Weite des Moores, die glitzernd zwischen Steinen dahinrauschenden Ströme und Bäche, die Weiden, die Gruppen von Binsen- und Stechginsterbüschen an ihren Ufern – all das erfüllte sie mit tiefem, unerklärlichem Entzücken. Es war, als reiche man ihr Nahrung, ohne daß sie gemerkt hatte, daß sie hungrig war. Hierher gehöre ich, dachte sie.

Am ersten Morgen hatte Isa gesagt: »Komm, du willst dir gewiß alles anschauen. Aber du mußt einen warmen Mantel anziehen.«

Da sich unter Alveys Sachen nichts Passendes fand, nahm Isa einen Umhang von dem Ständer an der Tür. »Hier ist ein alter Überwurf von Mama, er ist zu kurz, aber fürs erste wird er es tun.«

»Wird sie nicht –«

»Nein, sie trägt für die Gartenarbeit immer das alte grüne Kleid, und sie geht nicht aus. Wir werden unsere liebe Not haben, sie zu Megs Hochzeit manierlich herzurichten. Es trifft sich gut, daß Strother, der Schneider aus Hexham, auf ein paar Tage herkommt, er kann dir einen dicken Mantel nähen.«

»Das kann ich auch selber, Base Hepsie und ich haben uns alle Sachen selbst genäht.«

»Vergiß nicht, daß Louisa das nie tun würde.«

Die beiden Mädchen folgten dem kopfsteingepflasterten Weg, der um den Befestigungsturm herumführte und den Lady Winship am Vorabend eingeschlagen hatte. Man gelangte darauf zum Ende der Terrasse, die Alvey von ihrem Fenster aus gesehen hatte und die sich über die ganze Rückseite des Hauses erstreckte. Am anderen Ende der Terrasse war in eine Mauer ein schmiedeeisernes Tor eingelassen. Isa zögerte.

»Ich denke, wir gehen noch nicht gleich in Mamas Garten. Erst zeige ich dir unseren Fluß, den Hungry Water.« Sie hielten sich rechts, überquerten einen großen Stallvorplatz, durchschritten ein Tor und folgten einem Fuhrweg, der vorbei an Obstgärten und einer Wiese, auf der schwarzgesichtige Schafe und struppige Pferde grasten, bergab führte.

»Das vergaß ich zu fragen«, sagte Isa leise lachend. »Kannst du eigentlich reiten?«

»Ja, wenn man es reiten nennen will... Wir haben uns

manchmal Pferde geliehen, um eine alte Bekannte meiner Base in West Point zu besuchen.«

»Gottseidank! Zu erklären, wieso du das Reiten verlernt hast, wäre doch ein wenig mühsam gewesen. Und in dieser Gegend sind wir auf Pferde angewiesen, wenn wir beweglich sein wollen.«

»Wie weit ist es bis zur nächsten Stadt?«

»Bis Hexham? Etwa zwanzig Meilen in südlicher Richtung.«

Am Flußufer wandte Isa sich nach links.

»Ein andermal mache ich mit dir eine Kletterpartie auf den Blackshaw Craig.« Sie deutete auf den heidebewachsenen Hang auf der anderen Flußseite mit seiner charakteristischen dunklen Bewaldung. »Heute bist du müde und für einen Fußmarsch von zehn Meilen noch nicht gerüstet. Überdies werden die Dienstboten mit dir sprechen wollen, du hast Mrs. Slaley, Carey und Janet noch nicht begrüßt.«

»Was soll ich zu ihnen sagen?« fragte Alvey unruhig, während sie in das strudelnde, mit kaffeefarbenem Schaum bedeckte dunkelbraune Wasser blickte.

»Du erkundigst dich einfach nach ihrem Befinden. Janet kannst du nach ihrer Tante Alice fragen, sie hat uns immer Sirupkonfekt gemacht. Leider ist sie letzten Winter gestorben.«

Sie folgten einem im Zickzackkurs verlaufenden Schafpfad am Fluß. Das Glitzern der Sonne auf dem bewegten Wasser und der Ruf der Vögel trösteten Alvey ein wenig über den Gedanken an die bevorstehenden Prüfungen hinweg.

»Was ist das für ein Vogel, der mal hoch, mal tief ruft?«

»Der Brachvogel.«

»Ein wunderschöner Ton. Als jubelte jemand laut heraus vor Herzensfreude.«

Isa lachte. »Laß solche Bemerkungen nur ja niemand anders hören. Louisa interessierte sich nicht für Vögel.«

»Schau, Isa, diese Inselchen, mit Moos und Blumen und glitzernden Steinen bedeckt. Sie sehen fast aus wie von Menschenhand verschönt.«

»Das sind sie auch. Es ist das Werk von Tot und Nish, sie verbringen die meiste Zeit mit diesem Spiel am Fluß.«

»Was haben sie sich für Arbeit gemacht!«

Alvey betrachtete die liebevoll ausgeschmückten Inseln und war seltsam bewegt. Wieviel Sorgfalt, wieviel Zeit war auf dieses Werk verwendet worden.

»Warum sind sie jetzt nicht hier?«

»Papa sagt, sie hätten für ihr gestriges Ausreißen Strafe verdient. Es war der Tag, an dem sie zu Mr. Thropton zur Lateinstunde hätte gehen sollen. Deshalb haben sie Stubenarrest und müssen ein Kirchenlied auswendig lernen.«

»Die Ärmsten. Aber sollte nicht eigentlich ich ihnen Unterricht geben?«

»Doch nicht an deinem ersten Tag hier! Schau, das ist das untere Ende von Mamas ummauertem Garten, und da ist auch meine Mutter, fleißig wie immer.«

Über das vom Haus her steil abfallende Gelände zog sich eine Mauer bis zum Fluß, die mit einem steinernen Bogen einen in den Fluß mündenden Bach überspannte. Mit Hilfe eines Bretterstegs gelangte man über den Bach zu einer hölzernen Pforte, die in den Garten führte und die Alvey vom Schlafzimmerfenster aus gesehen hatte. Lady Winship stand, einen Schäferhut auf dem Kopf, das alte grüne Kleid hochgeschürzt, ein Paar klobige Fischerstiefel an den Füßen, bis zu den Knien im Wasser und steckte am Bachrand Blumenzwiebeln. Sie sah auf und nahm den Eintritt der Mädchen mit kurzem Nicken zur Kenntnis.

»Dürfen wir durch den Garten zum Haus zurückgehen, Mama?« rief Isa.

»Ja, gewiß.« Lady Winship richtete sich langsam auf. Ihr großflächiges Gesicht war vom Bücken gerötet, aber sie wirkte liebenswürdiger, als Alvey sie bisher erlebt hatte. »Geht bei Carey vorbei – er müßte im Gemüsegarten sein – und sagt ihm, er soll mit einem Schubkarren für mein Unkraut herkommen. Und er soll noch hundert gelbe Irisknollen mitbringen.« Sie fuhr sich, eine erdige Spur hinterlassend, mit dem Rücken der behandschuhten Hand über die Wange. »Wie gefällt dir das?« wandte sie sich ziemlich kurz angebunden an Alvey und nickte zu dem bepflanzten Hang hinüber. »Es ist alles neu entstanden, während du im Pensionat warst.«

»Es ist wunderschön«, erwiderte Alvey wahrheitsgemäß.

Der Hang war mit glattem Gras bewachsen, auf dem so geschickt Steine der verschiedensten Größen verteilt waren, daß man den Eindruck gewann, als sei dies ein Werk der Natur. Vielleicht war es das auch. Dazwischen standen Gruppen von Blumen, die hier, in diesem geschützten, nach Süden hin offenen Einschnitt, trotz der fortgeschrittenen Jahreszeit noch Blüten trugen: Astern, widerstandsfähige kleine Rosen, Geranien, Baldrian, Glockenblumen und duftendes Buschwerk. Abwesend pflückte Isa einen Zweig von einem niedrigen, fedrigen Busch und hielt ihn Alvey unter die Nase. Er verströmte einen durchdringenden, aromatischen Duft.

»Köstlich. Was ist das?«

»Kennst du den Stabwurz, die Eberraute nicht mehr? Es war einer deiner Lieblingssträucher.« Lady Winship runzelte die Stirn.

»Ja, gewiß. Ich ... ich habe sie so lange nicht mehr gerochen.«

»Was hattet ihr denn im Garten der Abbey School?«

»Nicht viel, die Schülerinnen zertreten doch alles. Ein paar Blumen und Kletterpflanzen, eine Mispel – Mrs. Camperdowne machte Mispelgelee ...« Hier hatte Alvey wieder festen Boden unter den Füßen.

»Soso, eine Mispel, die habe ich mir immer gewünscht, aber sie gedeihen hier nicht. Gut denn, sagt Carey, er soll sich mit den Zwiebeln eilen.«

Solcherart unmißverständlich entlassen, schlenderten sie den gewundenen Pfad entlang, der auf kleinen Brücken immer wieder den Bach überspannte. Wiederholt stieß Alvey leise Freudenrufe aus beim Anblick einer kleinen leuchtenden Blume oder einer großen, prächtigen Pflanze.

»Noch hatten wir keinen Frost«, sagte Isa. »Aber in ein, zwei Wochen ...«

»Kann deine Mutter den ganzen Winter hier arbeiten?«

»Nein, nein. Im Herbst gibt es für sie am meisten zu tun, bis zum ersten Schnee. Danach wird sie recht unleidlich.«

Es war interessant, dachte Alvey, daß diese große Liebe zur Natur sich von Lady Winship auf Isa in Form einer tiefen Leidenschaft für die heimatliche Landschaft vererbt hatte und auf die jüngeren Geschwister als der Wunsch, Miniaturinseln zu verschönern.

Sie machte eine entsprechende Bemerkung, und Isa lachte.

»Da spricht die Schriftstellerin! Immer auf der Suche nach Querverbindungen.«

»Aber es stimmt doch.«

»Gewiß. Du wirst diese Neigung auch bei meinem Bruder James finden, übrigens auch bei Papa, wir haben sie von beiden Elternteilen. Papas lebenslange Leidenschaft für die Jagd erklärt sich daraus, daß sie ihm einen Vorwand lieferte, sechs Tage in der Woche durch die Lande zu galoppieren.«

»Wann ist er denn verunglückt?«

»Vor etwas über einem Jahr, genau zu Beginn der Saison. Der Ärmste! Er ritt ein noch ungeschultes junges Pferd, das beim Sprung über eine Mauer stolperte und auf ihn fiel. Das Pferd war so schwer verletzt, daß man es erschießen mußte, und mein Vater brach sich beide Beine, sie sind nicht ordentlich zusammengewachsen, und seither ist er so, wie du ihn erlebt hast.«

»Wie schlimm für ihn.«

»Ja, es ist in der Tat schlimm«, versetzte Isa ziemlich gelassen, »denn er hat es nicht gelernt, sich in sein Schicksal zu fügen, er findet keinen Trost in der Religion, hat keine geistigen Interessen, kann sich nicht im Haus beschäftigen. Denkarbeit ist seine Sache nicht. Und meine Mutter ist ihm keine Hilfe. Im Grunde muß man ihn bewundern, daß er trotz allem an seinem gewohnten Leben festhält ...«

Sie standen vor dem oberen Tor und verließen den Garten. Isa wandte sich nach rechts zu einem ummauerten Geviert, in dem sich Beete mit in Reih und Glied ausgerichteten Kartoffelpflanzen und Kohlköpfen, Lauch, Beerenbüschen, Petersilie, Meerrettich, Sellerie und Blumenkohl befanden. An der Mauer standen Treibhäuser, und dort fanden sie einen Mann in sackleinener Schürze, der Sämlinge in Kistchen pikierte.

»Carey, meine Mutter verlangt nach dir und hundert Irisknollen – im Schnellschritt marsch!«

»Ihrer Ladyschaft kann es nie schnell genug gehen«, sagte Carey gutgelaunt und begrüßte Alvey mit einem Griff an seine Tolle. »Willkommen daheim, Miss Lou. Is man schön, daß Sie wieder da sind.«

»Danke, Carey, ich freue mich sehr, wieder zu Hause zu sein.«

»Wir gehen durch die Küche.« Isa führte Alvey über die breite Terrasse zum Stallvorplatz und durch einen Hintereingang, vorbei an Vorratskammern und Servierräumen, in eine große, üppig ausgestattete Küche, die nach der prickelnd kühlen Luft draußen warm wie ein Backhaus schien.

Alvey betrachtete die blitzenden, weißgekachelten Wände, die sorgsam geweißten Scheuersteine, zwei lange gescheuerte Tische, Backöfen und Herde an einer Wand, über denen genug blinkende Kupfertiegel und -pfannen für eine ganze Armee sowie Kräuter und Speckseiten hingen. Ein köstlicher Duft nach Gebackenem stieg ihnen in die Nase, dann wurden sie von einer lächelnden Frau mit rundem Gesicht begrüßt. Das war offenbar Mrs. Slaley, die Köchin.

»Nee, Miss Lou, was sind Sie für n sauberes Mädchen geworden. Da werden Vater und Mutter mächtig stolz auf Sie sein. Is wohl schön, daß Sie wieder zu Hause sind?«

»Ich kann gar nicht sagen, wie schön.« Alvey war so gerührt von dieser freundschaftlichen Begrüßung, daß sie, Louisas wenig zuvorkommendes Wesen völlig vergessend, impulsiv einen Schritt vortrat und der fröhlichen Frau einen herzlichen Kuß gab, der ebenso herzlich erwidert wurde.

»Ei, hab ich's nich gesagt, Becky? Hab ich's nich gesagt, Janet? Man los, schickt das Mädchen zur Schule, hab ich gesagt«, wandte sich Mrs. Slaley an zwei Küchenmädchen, von denen die eine eifrig Eier schlug und die andere etwas in einer Handmühle bearbeitete.

»Nee, wenn das dort Mode geworden is, will ich auch was abhaben«, sagte die als Janet Angeredete lachend und bekam, ebenso wie Becky, von Alvey ebenfalls einen Kuß.

»So is es in der Welt«, sagte Janet. »Das hätten Sie früher nie nich gemacht, Miss Lou, da warn Sie immer mächtig zurückhaltend.«

Alvey warf Isa einen schuldbewußten Blick zu, die in mildem Tadel die Brauen hob, aber ebenfalls lächelte.

»Der junge Chibburn is oben bei Miss Meg«, verkündete Becky. »Geht ihr man stracks ins Damenzimmer. Miss Parthie is mit drin, und so, wie ich das Mädchen kenn, macht sie die beiden ganz dämlich im Kopf.«

»Die arme Meg. Da wollen wir gleich gehen. Komm, Alvey.«

»Wildpastete ham wir heut zum Abendessen, Miss Lou.«

»Wildpastete?« wiederholte Alvey unvorsichtig. »Was –«

»Dat war früher Ihr Lieblingsgericht, Mädchen, wissen Sie's nicht mehr? Ich hab extra was von dem Hirsch aufgehoben, den wir letzthin bekommen ham.«

»Aber natürlich erinnert Louisa sich an Ihre Wildpastete, Mrs. Slaley, erst gestern in der Kutsche haben wir noch darüber gesprochen.« Isa kniff Alvey in den Arm. »Mit der köstlichen Soße aus Organen- und Zitronensaft und Canary ... Sie kann's gar nicht mehr erwarten. Komm jetzt, Emmy.«

Als sie die Küche verließen, wurden die Mienen der Zurückbleibenden wieder ernst. Annie Herdmans trauriges Los, dachte Alvey, hat offenbar seinen Schatten über das ganze Hauswesen geworfen.

»Grundgütiger, wie soll ich diese Komödie je durchhalten«, stöhnte sie, während sie Isa über einen breiten, mit Steinplatten belegten Gang folgte. »Ständig verplappere ich mich.«

»Unsinn, du machst deine Sache sehr gut. Was liegt an solchen Kleinigkeiten, die merkt doch keiner.«

»Am Ende aber erinnert man sich ihrer doch, wenn sie sich häufen. Und früher oder später mache ich einen ganz schlimmen Fehler, wart's nur ab. Es fällt mir sehr schwer, Louisas Charakter angemessen darzustellen.«

»Das macht nichts. Alle sind nur zu glücklich, daß das Pensionat und die Jahre Louisa menschlicher gemacht haben«, sagte die scharfsichtige Isa. »Doch jetzt paß gut auf: Du darfst nicht vergessen, daß John Chibburn einmal *dein* Verehrer war. Hier freilich, das will ich zugeben, ist ein wenig Finesse gefragt.«

Alvey begriff, was Isa gemeint hatte, sobald sie das Damenzimmer betreten hatten. Meg, die sich bisher der vertauschten Schwester gegenüber durchaus ungezwungen und liebenswürdig gegeben hatte, war sehr nervös, ihre Haltung verriet Anmaßung, Stolz und rastlose Wachsamkeit, während John Chibburn, ein junger Mann mit frischem, rosigem Gesicht, ohne Anspruch auf gutes Aussehen, aber mit angenehmen, unkomplizierten Manieren, in den ersten Minuten ein wenig verwirrt schien, als wisse er kaum, wie er sich zwischen seiner alten und seiner neuen Flamme verhalten solle. Freilich hatte Louisa bewußt nie irgendwelche Hoffnungen in ihm geweckt. »Ich habe kurzen Prozeß mit ihm gemacht«, hatte sie einmal zu Alvey gesagt. Wenn ich mir einen

Anstrich hochmütig-karger Gelehrsamkeit gebe, überlegte Alvey, wird das den jungen Mann sehr bald in der Überzeugung bestärken, daß er eine kluge Wahl getroffen hat. Und sie begann unverzüglich, sich so überaus gelehrt zu gebärden, so viele französische, lateinische und deutsche Brocken ins Gespräch zu werfen, ihre Bemerkungen mit so vielen literarischen und historischen Anspielungen zu schmücken, daß Mr. Chibburns Gesicht zu gleichen Teilen Bestürzung und ungeheure Erleichterung darüber ausdrückte, daß er einer Zukunft mit Louisa entronnen war, während Parthie, die das Brautpaar mit ihrer Zappelei und Aufdringlichkeit zur Verzweiflung gebracht hatte, ein unbezähmbares Gähnen ankam und sie die erstbeste Gelegenheit ergriff, sich aus dem Staub zu machen. Meg atmete sichtlich auf, und ihre Laune hob sich schlagartig.

Man sprach über die Hochzeitsvorbereitungen, und da Lady Winship dafür so wenig Interesse aufbrachte, daß sie als Ratgeberin nicht taugte, wartete man sehnlichst auf die alte Mrs. Winship, die drei jüngere Schwestern von Sir Aydon unter die Haube gebracht hatte und sich daher mit Fug und Recht als Expertin betrachten durfte.

Als sie schließlich erschien, ließ sie es sich zunächst angelegen sein, Megs Besorgnis zu zerstreuen, die Hochzeit müsse womöglich wegen des Trauerfalls im Haus verschoben werden.

»Auf keinen Fall, Kind«, sagte sie nachdrücklich. »Damit würden wir von der Sache viel zu viel Wesens machen und dem Gerede der Nachbarn erst recht Nahrung geben. Nein, es ist viel besser, mit den Vorbereitungen wie geplant fortzufahren. Gewiß, das Schicksal der armen Annie und ihres Kleinen macht uns großen Kummer, das versteht sich, aber allen – besonders deinen Eltern – wird es gut tun, ihre Gedanken auf etwas Neues, Erfreulicheres zu richten, und deshalb sollte an dem einmal Vorgesehenen festgehalten werden.«

Meg war die Zufriedenheit über diese Entscheidung anzumerken, dennoch sagte sie zweifelnd: »Was ist mit meinem Bruder James, Ma'am? Wird er nicht betrübt sein?«

»Falls das der Fall sein sollte, muß er wegbleiben.«

»Ach, ich hoffe so sehr, daß er kommt«, rief Isa und fügte hinzu: »Außerdem hat Papa ihm vor einiger Zeit wegen der Hochzeit geschrieben, und er soll bereits unterwegs sein. Ich weiß nicht, ob man ihm noch Bescheid geben könnte...«

»Derlei Dinge sprechen sich schnell genug herum«, sagte die alte Dame und runzelte leicht die Stirn. »Wie dem auch sei, James muß sehen, wie er zurechtkommt.«

Mrs. Winship, fand Alvey, hatte einen Zug von Skrupellosigkeit an sich, sie schien sich wenig Gedanken darüber zu machen, was für ein Schrecken es für den armen Jungen sein mußte, bei der Heimkehr zu erfahren, daß sein Schatz und sein Kind allzu früh zu Tode gekommen waren.

Die alte Dame schien etwas von diesen kritischen Überlegungen zu spüren. Sie sah kurz in Alveys Richtung und versetzte knapp: »Im übrigen, Louisa, erwarten Tot und Nish dich im Schulzimmer. Aydon wünscht, daß du ihnen das Kirchenlied abhörst. Da du so gelehrt geworden bist, solltest du sobald als möglich einen vernünftigen Studienplan für sie aufstellen. Es ist wahrhaftig höchste Zeit«, fügte sie halblaut hinzu.

»Ja, Großmama, gewiß.« Alvey sprang eilfertig auf und war schon halb an der Tür, als ihr einfiel, daß sie nicht genau wußte, wo das Schulzimmer war, doch Isa kam ihr zu Hilfe. »Sie erhalten ihren Unterricht noch immer im Turm, wie wir damals bei Miss Waskerley«, sagte sie halblaut.

Alvey nickte dankbar. Erst als sie die Tür zum Damenzimmer hinter sich geschlossen hatte, ging ihr auf, daß sie auch den Weg zum Turm nicht kannte. Daß er am nördlichen Ende des Hauses lag, wußte sie, aber wo war der Eingang? Sie bog in einen Gang ein, der in diese Richtung führte, und hoffte, irgendwo eine Treppe zu finden, doch sie stieß nur auf einen Ausgang ins Freie. Dort blieb sie zaudernd stehen, bis ein Gärtnerbursche sie ansprach, der einen Korb Brennholz ins Haus brachte.

»Suchen Sie was, Miss Lou?«

Nein, so ging das nicht.

»Ja, ich ... ich habe eine Nadel fallenlassen.« Es traf sich gut, daß Alvey eine auf dem kopfsteingepflasterten Weg blitzen sah. Sie hob die Nadel auf und steckte sie sich gleichmütig an den Kragen. »Kannst du mir sagen, wo Master Tot und Miss Nish stekken?« fügte sie hinzu.

Er griente. »Aber ja. Der Herr hat sie in den Turm gesteckt.« Er wies mit einer Kopfbewegung auf eine Tür hinter sich. »Hab grad Holz ins Zimmer von der alten Herrin gebracht, da hab ich's gesehn.« Er ging mit seinem Korb hinein.

Erleichtert öffnete sie die von dem Jungen bezeichnete Tür, die zu einer steinernen Wendeltreppe führte. Nach drei Absätzen gelangte sie zunächst zu einem Schlafzimmer; der altertümlichen Einrichtung nach mußte es das Zimmer der alten Dame sein. Die nächste Tür gab ein gut ausgestattetes Wasserclosett frei, einen Absatz höher führte eine dritte in ein rundes Zimmer mit Tischen, Büchern und Landkarten. Hier fand sie die beiden Kinder.

Argwöhnisch sahen sie von ihren Schreibheften auf und beäugten Alvey, wie es Gefangene tun mögen, wenn der Folterknecht naht.

»Könnt ihr vielleicht eine Nadel gebrauchen?« fragte Alvey munter. »Ich hab gerade unten eine aufgehoben.« Sie nahm die Nadel aus dem Kragen und reichte sie dem kleinen Mädchen, das sie so fassungslos ansah, als habe man ihm soeben den Heiligen Gral geschenkt.

Nish zögerte, die Nadel entgegenzunehmen. »Komm, ich steck sie dir an dein Tuch«, sagte Alvey und ließ den Worten die Tat folgen. »Sie ist krumm, aber irgendwie kann man sie sicher mal gebrauchen.«

Alvey merkte, wie das Kind wie gebannt der Bewegung der Nadel und ihrer Hand folgte.

»So, das hätten wir«, sagte sie. »Ich soll euer Kirchenlied abhören, aber vielleicht könnt ihr es noch nicht auswendig?«

Sie schüttelten bestätigend den Kopf, ihre Blicke bohrten sich in sie hinein wie Spechtschnäbel. Die Augen des Jungen waren dunkelgrau, fast schwarz, und lagen dicht beieinander. Wenn er älter ist, dachte Alvey, wird er einmal seiner Großmutter erstaunlich ähnlich sehen. Die Augen des Mädchens waren um einige Schattierungen heller und hatten einen grünlichen Schimmer.

»Wenn ihr den Choral noch nicht könnt, ist es sinnlos, euch abzuhören«, fuhr Alvey in nüchternem Ton fort. Die Stille begann ihr etwas an die Nerven zu gehen. »Statt dessen werde ich euch etwas vorlesen, ein Gedicht, an dem ich selbst viel Freude habe.«

Die vier Augen berieten sich stumm, die Gesichter, die sich bei dem Wort »vorlesen« ein wenig erhellt hatten, verdüsterten sich bei dem Wort »Gedicht« wieder. Alvey zog einen kleinen ledergebundenen Band aus der Tasche. »Habt ihr schon einmal von Mr. Walter Scott gehört?« Sie verneinten stumm. »Was? Dabei wohnt ihr fast in seiner Gegend. Nun, dann hört schön zu. Es ist aus einem längeren Gedicht, das *Marmion* heißt.« Und sie begann zu lesen. »Jung Lochinvar kam von Westen her...«

Reglos, mit leicht geöffnetem Mund saßen die Kinder da, ganz hingegeben, sie schienen kaum zu atmen, bis Alvey bei der letzten Zeile angelangt war: »Hat die Welt je gehört von einem der war so wacker wie Jung Lochinvar?« Sie klappte das Buch zu.

Es gab eine Pause. Dann fragte der Knabe leise und zutiefst erstaunt: »Ist das eine wahre Geschichte?«

»Bestimmt«, ereiferte sich seine Schwester, »ganz bestimmt. Es ist ja alles von hier. Der Fluß Esk ist gar nicht weit weg, in Longtown... und Canonbie... und der Solway... es ist alles hier in der Gegend passiert. Aber wer war Jung Lochinvar?«

Alvey war genötigt zuzugeben, daß sie keine Ahnung hatte. »Vielleicht weiß es euer Vater?«

»Das kann ich mir nicht vorstellen. Aber vielleicht die Großmama«, sagte der Junge.

»Ja, wir werden sie fragen, sie weiß solche Sachen«, meinte seine Schwester zustimmend.

Alvey freute sich über die Wirkung, die das Gedicht hervorgerufen hatte. Apathie und Argwohn waren wie weggeblasen. Sie bettelten um mehr, und sie las ihnen ein Stück aus *Des letzten fahrenden Sängers Lied*. Sie waren entzückt über Lord Cranstouns zwergischen Pagen, dessen teuflisch-übernatürliche Gepflogenheiten und seinen Hang, bei jeder Gelegenheit »Verloren, verloren, verloren!« zu rufen. Nachdem dieser den Erben von Buccleuch entführt hatte, unterbrach Alvey die Lesung.

»Aber wie ging es weiter?« fragte Tot. »Ist der Junge wieder nach Hause gekommen?«

»Was ist aus dem Pagen geworden? Wer war er?«

»Das könnt ihr selbst herausfinden, ich lasse euch das Buch hier«, sagte Alvey freundlich. »Und jetzt sollten wir eine Schreibübung machen, ihr könnt gewiß sehr gut schreiben, wenn ihr Geschichten so gern habt.«

»Können wir nicht«, sagte Tot unverblümt.

»Nein? Nun, das macht nichts. Schreibt mir auf einer Seite auf, was man benötigt, um eine Insel im Fluß zu verschönern, und macht mir eine Zeichnung dazu.«

Keine Reaktion. Wieder tauschten die beiden einen Blick. »Habt ihr Papier?« Alvey sah sich unter den Vorräten um. »Ja, da sehe ich welches, und Malfarben auch, die sind freilich recht trokken und verstaubt. Gleichviel, wir werden uns die Farben eben vorstellen müssen.«

Sie gab den Kindern Papier, Farben und Schreibmaterial. Ein bedrücktes Schweigen trat ein, das nur von schweren Atemzügen unterbrochen wurde. Alvey schlenderte zum Fenster und ließ den

Blick über ein Gewirr spitzer Schieferdächer und dicker steinerner Schornsteine bis zu der fernen Erhebung schweifen, die Isa Blackshaw Crag genannt hatte. Man konnte sich gut vorstellen, daß hier einstmals ein Gewaffneter gestanden hatte, um nach plündernden Schotten Ausschau zu halten.

»Führt die Treppe weiter zum Dach?« Die Frage lag Alvey auf der Zunge; gerade noch rechtzeitig fiel ihr ein, daß dies der Fall war und daß sie es eigentlich wissen müßte. »Erlaubt Papa nach wie vor, daß wir das Dach betreten?« fragte sie statt dessen.

Die Kinder nickten, und sie stieg die Treppe hinauf, die um den runden Raum herum zu einigen Stufen führte, von denen aus man in ein kleines, düsteres Gemach gelangte. Eine weitere Tür öffnete sich von dort auf das Bleidach.

Hier bot sich ein Blick von überwältigender Schönheit: Nach Osten sah man auf den bewaldeten Hang, über den sie gestern hinuntergefahren waren; nach Norden auf ein sich verengendes Tal und den Lauf des Hungry Water bis zu den blauen Bergen dahinter; nach Westen zum Blackshaw Crag; nach Süden auf weitere Berge. Nicht ein Dach, nicht eine Behausung war weit und breit zu sehen und bis auf ein paar grasende Schafe keine lebende Kreatur. Zu hören war nur das Krächzen der Raben und der ferne Ruf eines Brachvogels. Du wirst dich prächtig entwickeln an diesem Ort, geliebter lockerer Lord, dachte Alvey, obschon dir wohl nichts ferner läge, als dich hier niederzulassen. Sie gedachte zärtlich ihres Phantasiegeschöpfes, das eine Vorliebe für Bälle, Spielhöllen, Soireen und die Freuden des Stadtlebens hatte – Freuden, die Alvey mit der unbekümmerten Freiheit eines Menschenkindes schilderte, das sie nie erfahren hat und auch nie damit rechnet, sie zu erfahren. Ob wohl die Kinder dort unten Spaß an den Abenteuern des Lord Love hätten? Im Grunde waren seine Eskapaden recht harmloser Natur verglichen mit denen der Wüstlinge aus den Romanheftchen der Minerva Press, die Alvey in ziemlich zerfleddertem Zustand in den Regalen des Schulzimmers hatte liegen sehen – zweifellos eine Hinterlassenschaft der entschwundenen Miss Waskerley – und denen, wie Alvey nicht umhin konnte zu denken, Lord Love und seine Abenteuer weit überlegen waren. Wenn das alles war, was den armen Kindern als Lektüre zur Verfügung gestanden hatte, waren sie in der Tat aufs Schändlichste vernachlässigt worden, und es wurde wahrhaftig Zeit, daß sich jemand um sie kümmerte.

Der eisige Wind drang ihr durch das dünne Kleid bis auf die Haut. Mit einem leisen Seufzer kehrte sie ins Haus zurück und sicherte die Tür. Vorsichtig stieg sie die geländerlose Treppe hinunter und trat an den Tisch, um die Aufsätze der Kinder durchzusehen.

»Ich flanze flantzen auff die inssel«, hatte Tot geschrieben, und Nish: »ich hap fiele sachen auff gantz fiele inseln gemacht.mit schöne steine geschmükt und feine bluhmen und mos und bleter. ich hap ein tifen kanahl gebuttelt und bote wetrennen lasen und hap eine heke aus hasselzweig gemacht.ich hap ein klein teich gebuttelt unt gartenbehte gemacht mit fehdern. der tag ist guht gewesn aber wir wahren ser mühde.«

Beider Zeichnungen waren vortrefflich. »Bei wem habt ihr das Zeichnen gelernt?« fragte Alvey.

»Bei Isa.«

Schon während der Reise hatte Alvey beobachtet, wie gut Isa sich darauf verstand, geschwinde kleine Skizzen auf ihren Block zu werfen – von ihrem Schiff, der Mannschaft, dem Ufer, den Docks und woran sie sonst noch Gefallen fand.

»Sobald ihr so gut schreiben könnt, wie ihr zeichnet«, sagte Alvey zu den Kindern, »dürft ihr jeder ein Geschichtenbuch schreiben und mit euren Bildern schmücken, ich werde euch zeigen, wie man das macht. Jetzt habe ich für einen Tag genug geschulmeistert, und ihr habt sicher auch genug vom Unterricht. Lauft hinaus, aber schaut, daß ihr zeitig genug nach Hause kommt, um euren Choral zu lernen, morgen höre ich euch ab.«

»Aber Papa hat gesagt –«

»Papa hat nicht gemeint, daß ihr den ganzen Tag im Haus hocken sollt«, meinte Alvey, überzeugt davon, daß Sir Aydon nicht zu Ohren kommen würde, wie lange der Stubenarrest gedauert hatte, und daß ihn derlei Dinge auch herzlich wenig kümmerten. Eine scheue Freude glomm in den Augen der Kinder auf.

»Dürfen wir wirklich gehen?« fragte Tot und verschwand wie ein von der Schlinge schnellender Stein, ehe es ihr womöglich einfiel, die Erlaubnis wieder zurückzunehmen. Nish blieb noch einen Augenblick und betrachtete Alvey ernsthaft.

»Du bist doch gar nicht unsere Schwester Louisa«, sagte sie.

»Wie kommst du darauf?« fragte Alvey erschrocken.

»Ich *weiß*, daß du es nicht sein kannst. Wer bist du dann?«

»Wollen wir uns zunächst darauf einigen, daß ich eure gute Fee bin?« meinte Alvey vorsichtig.

Nish preßte die Lippen zusammen, runzelte die Stirn und nickte ein wenig, dann verließ sie nach einem letzten, langen und unbefriedigten Blick ebenfalls das Turmzimmer.

Alvey wartete einen Augenblick, bis sie die Fassung wiedergewonnen hatte.

Was sollte sie jetzt machen? Alles Isa erzählen? Oder erst einmal abwarten?

Sie spürte deutlich, daß ihr durch die Kinder keine Bloßstellung drohte. Wer würde dem, was sie sagten, auch Glauben schenken, – falls die Kinder überhaupt die Absicht hatten, etwas zu sagen, was Alvey stark bezweifelte. Sie schienen ein eigenes Leben zu führen und sich nicht um die Erwachsenen zu scheren.

Schlimm, wie man die beiden vernachlässigt hat, dachte Alvey. Hätte ich mit acht oder neun Jahren einen solchen Aufsatz geschrieben, hätte ich von der Mama schön etwas zu hören bekommen! Immerhin – an Lochinvar und dem Pagen haben sie ihren Spaß gehabt.

Aufgeheitert durch diese Überlegung verließ sie das Schulzimmer und stieg die Wendeltreppe hinab. Da die Tür zu Mrs. Winships Zimmer offenstand und es, soweit sie sehen konnte, leer war, ging sie hinein, um den Weg zum ersten Stock abzukürzen.

Wie groß aber war ihre Verblüffung, als sie dort auf die halb in einem Alkoven verborgene Parthie stieß, die sich mit geröteten Wangen an einem Bündel mit braunem Band zusammengehaltener Papiere in einem kleinen Rosenholzschreibtisch zu schaffen machte.

»Ach, du bist's, Schwester Louisa«, stotterte Parthie. »Du – du hast mich richtig erschreckt. Ich hab nicht gedacht, daß jemand ... ich meine ... Großmama hat mich gebeten, das Rezept für die Hochzeitstorte herauszusuchen ...«

»Ich verstehe«, sagte Alvey gelassen und entfernte sich durch die andere Tür. Sie hatte es eilig, in das Zimmer zu kommen, das sie mit Meg teilte. Auf dem Dach war ihr eine neue, geniale Idee für die Abenteuer des lockeren Lord Love gekommen, die sie rasch notieren wollte, solange sie noch frisch war.

Das Zimmer war leer und aufgeräumt, die Betten geglättet, die getrockneten Rosenblätter und der Lavendel in der großen Porzellanschale auf dem Chiffonier gelockert. Im Kamin glomm ein sanftes Torffeuer.

Welch unerhörter Luxus, dachte Alvey und setzte sich an den Schreibtisch unter dem Fenster.

Erst zwanzig Minuten später fiel ihr ein, daß die Papiere, die Parthie durchgesehen hatte, sehr viel mehr nach Briefen als nach Rezepten ausgesehen hatten und die Schrift auffallende Ähnlichkeit mit der von Louisa gehabt hatte.

Nish stürzte aus der Turmtür auf den kopfsteingepflasterten Weg und lief ihrem Bruder in die Arme, der draußen wartete.

»Komm rasch«, sagte er. »Mrs. Slaley hat mir Pfeffernüsse geschenkt und ein ganzes Bündel Haferkuchen. Und sie sagt, daß

Schwester Lou n richtig nettes Mädchen geworden ist. Komm, wir gehen zum Hungry Water.«

»Wart noch einen Augenblick.«

Nish huschte um die Ecke und über die Auffahrt zum Löwenteich. (Sir Aydons Befehl, ihn zuzuschütten, hatte niemand ernst genommen). Sie holte die Nadel aus ihrem Tuch, warf sie ins Wasser und flüsterte: »Lieber Herr Mithras, ich danke Euch, daß Ihr mein Gebet erhört habt, Ihr seid ein großer Gott. Immer Euch zu Diensten, Annis Winship.«

Dann folgte sie ihrem Bruder über den Fuhrweg. Im Laufen verfiel sie in eine Art Sprechgesang, und das klang so:

Wenn du zum Whittingham-Jahrmarkt gehst,
Petersill und Thymian, Salbei, Rosmarin,
dann grüß mir einen, den du dort siehst,
lang, lang ist's her, da liebt ich ihn.

Ein feines Hemde ich ihm einst gab,
Petersill und Thymian, Salbei, Rosmarin,
ich webte es ihm ohne Saum und Naht,
lang, lang ist's her, da liebt ich ihn.

6

Alvey hatte erwartet, irgendwann einmal zu Sir Aydon gerufen zu werden, zu einem Gespräch, bei dem er ihr Vorhaltungen über die Vergangenheit machen und gute Lehren für die Zukunft geben würde, aber sie wartete vergebens. Sir Aydon sah keine Notwendigkeit für eine solche Unterredung. Von der Veranlagung her war er weder charakterstark noch optimistisch. Unter günstigen Umständen konnte er so aufgeräumt und regsam sein wie nur einer, doch das Unglück, das über sein Hauswesen gekommen war, hatte ihn bis in die Grundfesten seines Wesens erschüttert, und es konnte Monate dauern, bis er sich davon erholt hatte. Indessen war ja Louisa wieder daheim, schien sich brav zu betragen, machte keinerlei Schwierigkeiten. Nur zu gut hatte er die stürmischen Szenen früherer Jahre in Erinnerung, ehe man sie nach Südengland ins Pensionat geschickt hatte, und wünschte keine Wiederholung. Er war heilfroh, daß sie offenbar diese Allüren aufgegeben hatte. Für seine Töchter vermochte Sir Aydon keinerlei Interesse aufzubringen. Töchter hatten lenksam, still und fleißig zu sein; wich ihr Verhalten von diesen Forderungen ab, dann war etwas nicht in Ordnung mit ihnen, dann waren sie krank an Geist oder Gemüt, und dafür hatte er weder Verständnis, noch mochte er sich in so einem Falle mit ihnen abgeben. Sir Aydon war in gewissen Grenzen durchaus gutherzig, er konnte – im Rahmen seiner Möglichkeiten – großzügig sein, besaß körperlichen Mut, hatte seine Brigade mit beträchtlichem Elan angeführt und war verdientermaßen nach der Schlacht von Willemstad, die der Herzog von York befehligt hatte, geadelt worden. Wenig später, nach dem Tode seines Vaters, war er zu seinem Leidwesen genötigt gewesen, die Militärlaufbahn aufzugeben und sich um seine Güter zu kümmern. Die nachfolgenden zwanzig Jahre verbrachte er zum größten Teil auf der Jagd. Sein Anwesen war dadurch etwas heruntergekommen, dafür bezog er ein ansehnliches Einkommen aus der Kohle, die sich unter einem abgelegenen Teil seiner Ländereien befand, und verfügte deshalb über ausreichende Mittel, um die Zukunft seiner Kinder zu sichern und ihm selbst das Leben seiner Wahl zu ermöglichen. Durch die Verbindung mit Charlotte Fenwick, einer Erbin aus Yorkshire, die er nach dem Tode seiner ersten Frau Maria geehelicht hatte, war sein Vermögen noch beträchtlich angewachsen, und seine Töchter würden jede eine stattliche Mitgift erhalten. Die eigentliche Heimsuchung seines Lebens waren seine Söhne, und da er Heimsuchungen verabscheute und sich nicht mit ihnen auseinanderzusetzen wußte, verschwendete er möglichst wenig Gedanken an seine männlichen Nachkommen. Die bevorstehende Rückkehr seines Sohnes James zu Megs Hochzeit war ein unumgängliches Übel, er empfand es wie eine schwarze Wolke, die bereits den halben Himmel verdunkelte. Ein Gespräch mit dem Jungen war ihm einfach nicht möglich, er hatte ihm nichts zu sagen, punktum. Mit dem Jungen? James war dem Alter und der Statur nach bereits ein Mann. Freilich hatten sich, nachdem er ins Internat gekommen und später, als er in Cambridge sein Studium absolviert hatte, seine Ansichten und Neigungen so sehr von denen des Vaters entfernt, daß die beiden einer unterschiedlichen Spezies anzugehören schienen. Und mit Tot ging es, so wollte es Sir Aydon scheinen, schon ebenso – er war duckmäuserisch, verschlagen, geheimnistuerisch, halsstarrig, wunderlich. Gott mochte wissen, woher er das hatte, gewiß nicht von den Winships, soviel stand fest. Der einzige, der ihm Freude gemacht hatte, war der Kleine... aber was nützte es, darüber nachzudenken? Nein, der Gedanke verursachte ihm so viel Schmerz, so viel Bedrängnis nie gekannter Art, daß man sogleich eine Tür im Kopf zuschlagen mußte. Da griff man gern nach jeder Ablenkung, und mochte es auch nur irgendeine belanglose, aufreizende Frage sein, die die eigene Frau einem stellte.

Sie waren im Frühstücksraum versammelt, die warmen Gerichte standen auf der Anrichte, und Sir Aydon aß unbeholfen im Auf- und Abgehen seine Hafergrütze, ein Ritual, das ihn – wegen der beiden Stöcke, die er zur Stütze benötigte – nicht wenig Mühe kostete. Dieses feierliche Kunststück zu beobachten war für Alvey ein Schauspiel, das sie allmorgendlich halb amüsiert, halb mitleidig genoß, der Geschicklichkeit des Hausherrn aber mußte man unumschränkten Beifall zollen.

»Warum geht eigentlich dein Vater ständig im Zimmer herum, wenn er seinen Porridge ißt?« fragte sie Isa.

»Aus Achtung. Weil Hafergrütze hier im Norden das Nationalgericht ist, die Männer essen es deshalb im Stehen.«

»Du lieber Himmel! So, als ob die Kapelle ›Gott schütze den König!‹ spielt?«

»Ganz recht.«

»Warum müssen die Frauen nicht auch stehen?«

»Das weiß ich nicht«, versetzte Isa, nachdem sie einen Augenblick überlegt, die Stirn gerunzelt und die Augen zusammengekniffen hatte. »Darüber habe ich noch nie nachgedacht. Ich nehme an, es ist nicht von Belang, ob die Frauen diesem Brauch folgen oder nicht.«

Was würde der lockere Lord wohl dazu sagen, fragte sich Alvey, während sie zusah, wie Sir Aydon Sahne und Salz in seine Hafergrütze gab. Die Schale, in der sie sich befand, war aus zerbrechlichem japanischem Porzellan, das Lady Winships Großvater, ein weitgereister Mann, im vergangenen Jahrhundert mitgebracht hatte.

»Eh?« Sir Aydon fuhr, mit dem unbestimmten Eindruck, seine Frau habe ihn bereits mehrmals angesprochen, jäh aus seiner Versunkenheit auf. »Ich bitte um Vergebung, meine Liebe, was sagtest du soeben?«

Er behandelt sie mit herzzerreißend sanfter Höflichkeit, dachte Alvey, wie einen Menschen, der sterbenskrank ist, ohne es zu wissen. *Ist* sie vielleicht sterbenskrank?

»Mr. Thropton«, sagte Lady Winship geduldig zum dritten

Mal, »wird dich heute vormittag erneut aufsuchen, um über die Vorkehrungen für Megs Hochzeit zu sprechen. Und ...« Ihre Stimme kam ins Schwanken und sank zu einem Flüstern herab – »... und über den Kleinen ... über das Kind ...«

Er machte eine zornige, abweisende Handbewegung. Amble verließ rasch seinen Posten an der Anrichte und nahm ihm die leere Schale ab.

»Nieren, Sir Aydon?«

»Nein, Fisch. Nein, ein paar Eier und ein Stück Schinken. Kannst *du* nicht mit diesem Menschen sprechen, Charlotte? Nein, es ist wohl doch meine Sache«, knurrte er. Sir Aydon pflegte vormittags das Haus zu verlassen und sich mühevoll über das Gut zu schleppen, um mit dem Verwalter, dem Inspektor und dem Gärtner zu sprechen, die am Vortag gegebenen Anweisungen zurückzunehmen und überall ein Wörtchen mitzureden, so daß seine Untergebenen sehnsüchtig jener Tage gedachten, da er bereits ein paar Stunden vor Tagesanbruch zur Jagd geritten war.

»Um welche Zeit will der Mann kommen?«

»Gegen Mittag.«

Alvey rief sich in Erinnerung, daß Mr. Thropton der Pfarrer war, der James Privatstunden in Griechisch und Latein gegeben und jetzt einmal in der Woche Tot und Nish unter seine Fittiche genommen hatte. Viel scheint er ihnen nicht beigebracht zu haben, dachte Alvey. Sie hatten ein paar Verben und Deklinationen auswendig gelernt, die sie ohne jedes Verständnis herunterleierten. Allerdings war Miss Waskerley noch nicht lange fort, vielleicht waltete Mr. Thropton bei den Kindern erst seit kurzem seines Amtes.

»Einen Haferkuchen, Emmy?«

»Danke, ein kleines Stück.«

Alvey hatte eine Leidenschaft für den knusprig-nussigen Haferkuchen entwickelt, der dünn wie eine Waffel und zerbrechlich wie Biskuitporzellan war und regelmäßig bei jeder Mahlzeit aufgetragen wurde, manchmal neben, manchmal anstelle von Brot.

Sie bestrich ihren Haferkuchen mit Honig und aß ihn mit Genuß.

Wie überaus erfreulich ist doch diese Frühstückszeremonie, dachte sie. So mußevoll. So kultiviert. Dicker, glatter Damast auf dem Tisch. Schweres Silber. Astern in einer geschliffenen Kristallschale. Amble, würdevoll über die Wärmeplatten gebietend. Der Glanz einer blassen Sonne auf roten Blättern, die um die Fenster ranken. Der in der Ferne leuchtende Cloudhaugh (Alvey fing an, sich die Namen der Berge einzuprägen).

»Früher hast du Haferkuchen nicht gemocht, Schwester«, sagte Parthie vorlaut. »Du konntest ihn nicht ausstehen.«

»Der Geschmack ändert sich.« Alvey hob die Brauen und begegnete kühl dem unschuldsvollen Blick der farblosen Augen. »Vier Jahre lang mußte ich auf Haferkuchen verzichten, jetzt mundet er wie Ambrosia.«

»Was ist Ambrosia, Schwester?«

»Nimm dir das Lexikon und schlag das Wort nach.«

Ich darf Parthie nicht so oft verprellen, dachte sie reuig, ich muß einen Weg finden, ihre Zuneigung zu gewinnen oder zumindest ihre Achtung. Wenn sie nur nicht so ein lästiges kleines Wesen wäre.

Einer der Hunde, Ginger, der Spaniel, lehnte sich schwer gegen Alveys Bein und sah, auf Brosamen hoffend, mit seelenvoll-gelben Augen zu ihr auf. Alvey, die Hunde nicht mochte, zog heimlich ihr Bein weg, doch er drückte sich nur noch enger dagegen.

»Es ist so traurig, daß der alte Gelert tot ist«, sagte Parthie mit geheucheltem Kummer in der Stimme.

Zunächst ging darauf niemand ein, bis Isa von einem Brief aufsah, den sie gerade gelesen hatte, und freundlich sagte: »Warum denn, Parthie? Alle Hunde müssen sterben, und Gelert war siebzehn, seine Zeit war gekommen.«

»Gelert hätte sich so gefreut, Schwester Lou – Schwester Emmy wiederzusehen. Er hat sie schrecklich gern gehabt. Wie glücklich wäre er gewesen, wenn er das noch erlebt hätte ...«

»Er hat es aber nicht erlebt«, fuhr Sir Aydon sie an.

»Rede nicht so viel, Parthie. Mädchen soll man sehen, nicht hören. Halt den Mund und frühstücke.«

»Ich bin fertig. Darf ich aufstehen, Mama?«

»Ja.«

»Ich will schauen, ob Großmama mich braucht«, verkündete Parthie tugendhaft und hopste schwerfällig aus dem Zimmer, während Alvey sich zum Tod des alten Gelert beglückwünschte, für den ihre Ankunft eine bittere Enttäuschung gewesen wäre.

»Es wird am besten sein, wenn du bei dem Gespräch zwischen deinem Vater und Mr. Thropton zugegen bist, Meg, es gibt da gewiß vielerlei zu erwägen und zu besprechen«, bemerkte Lady Winship und schickte sich an, das Frühstückszimmer zu verlassen.

»Muß ich, Mama? Ist das wirklich nötig?« fragte Meg, aus anmutiger Zerstreutheit hochschreckend. Den Uneingeweihten mochte es dünken, daß sie ihres Herzallerliebsten gedacht hatte. Alvey allerdings wußte, daß in Wirklichkeit ihre Gedanken um Chemisetten, Krausen, Rüschen, Halstücher und hohlsaumgestickte Schnupftücher kreisten. »Muß ich?« versuchte sie es noch einmal. »Ich habe so viel mit Grace und Mrs. Galt zu erledigen.«

»Ja, du mußt«, lautete Lady Winships vage, aber unwiderlegliche Antwort, während sie selbst in ihren Garten flüchtete.

»Zu dumm«, murrte Meg und fügte an: »Vorerst gehe ich ins Nähzimmer, ich komme dann herunter, wenn Mr. Thropton da ist. Darf ich aufstehen, Papa?«

Isa sagte: »Fanny Beaumont hat Meg und Emmy und mich eingeladen, an dem Abend der Assemblee von Hexham im Haus ihres Vaters zu übernachten. Dürfen wir, Papa? Es ist sehr liebenswürdig von dem Kanonikus –«

Sir Aydon machte ein gepeinigtes Gesicht. »Ihr wollt zur Assemblee von Hexham? Gerade jetzt? Und im Haus von Kanonikus Beaumont übernachten?« Es klang, als sei von einer Reise in den Südpazifik die Rede.

Geduldig erwiderte Isa: »Meg und Fanny Beaumont hängen sehr aneinander, Papa. Und wenn Meg erst verheiratet ist und auf Tinnis Hall wohnt, das so viel weiter von Hexham entfernt ist, werden sie sich sehr viel weniger sehen können. Und es wäre eine hübsche Gelegenheit für Emmy, unsere Nachbarn kennen – ich meine, die Bekanntschaft mit unseren Nachbarn aufzufrischen. Überdies hat gewiß unsere Mutter die eine oder andere Besorgung für die Hochzeit, die wir für sie in Hexham erledigen könnten.«

Alvey, der eingefallen war, daß Hexham über eine Leihbücherei und eine Schreibwarenhandlung verfügte, nahm ihren ganzen Mut zusammen.

»Ich könnte Bücher für die Kinder kaufen«, meinte sie.

»Bücher?«

»Lehrbücher«, ergänzte sie eilig. »Sie haben so wenige.« Und diese wenigen sind für ihr Alter viel zu primitiv und seit Jahren unmodern, hätte sie hinzufügen können.

»Bücher«, brummelte Sir Aydon erneut, und sein rotes, wettergegerbtes Gesicht verzog sich, als habe er auf eine Zitrone gebissen. Nicht eigentlich der Gedanke an die Bücher beunruhigte ihn, sondern es verhielt sich einfach so, daß jede Neuerung, daß die Anstrengung, eine Entscheidung zu treffen, ihm fast körperliche Schmerzen bereitete. Amble warf den jungen Damen einen mißbilligenden Blick zu, während er die Tasse seines Herrn füllte. »Frag deine Mutter«, sagte Sir Aydon und hinkte, die nachgeschenkte Tasse ignorierend, schleunigst aus dem Zimmer. »Wenn Mr. Thropton kommt, Amble«, fügte er an, »ich bin irgendwo in den Stallungen.«

Zu Tot und Nish, die sich anschickten, unauffällig das Frühstückszimmer zu verlassen, sagte Alvey: »Ich komme in zehn

Minuten ins Turmzimmer, um euren Choral abzuhören.« Die Gesichter der Kinder wurden lang, sie nickten bekümmert, aber ergeben und entschwanden. Isa sah ihnen leicht überrascht nach.

»Sie scheinen ungewöhnlich lenksam. Wie in aller Welt hast du das zustandegebracht?«

Alvey überlegte einen Augenblick. »Ich glaube, es war ein glücklicher Zufall.«

Dann lief sie in das Zimmer hinauf, das sie mit Meg teilte. In der Schublade des kleinen Schreibtischs am Fenster bewahrte sie neben dem Manuskript des lockeren Lord Love ein kleines Notizbuch auf, in dem sie ihre Überlegungen und Eindrücke festzuhalten pflegte, was sie am liebsten möglichst rasch nach dem Ereignis tat, das sie dazu angeregt hatte. Jetzt notierte sie ihre Gedanken zu Sir Aydon und fügte an: »Wie ist es nur möglich, daß er einen Orden für Tapferkeit vor dem Feind bekommen hat? Aber das liegt zwanzig Jahre zurück. Was hat ihn indessen verändert? War es wirklich der Jagdunfall?«

Die Zofe Grace, die gerade Megs Bettdecke ausschüttelte, sagte: »Die alte Dame hat nach Ihnen gefragt, Miss Emmy, Deern. Sie sollten wohl bei ihr vorbeischauen und ein Wort mit ihr reden, wenn Sie zu den Kleinen raufgehn.«

Damit erspare ich mir den Weg nach unten und das Erklimmen der äußeren Stiege, dachte Alvey. Doch sah sie, als sie sich auf den Weg machte, dem bevorstehenden Gespräch nicht ohne Bangen entgegen. Die tiefliegenden Augen der alten Mrs. Winship blickten zuweilen unangenehm scharf.

Als Alvey nach kurzem Klopfen eintrat, fand sie die Großmutter noch im Bett, in ein wollenes Nachtgewand gehüllt, eine unter dem Kinn gebundene warme Nachthaube über den dünnen weißen Locken, denn am Morgen wurde es jetzt merklich kühler. Heute war die Auffahrt, die bis zum Mittag im Schatten des bewaldeten Hanges lag, mit einer dicken weißen Reifschicht bedeckt. Alvey trat ans Fenster der alten Dame. Noch hatte keine

Fußspur das reine Weiß verunziert, nur Vogelspuren waren zu sehen.

Parthie, mit silbernen Stöpseln gezierte und mit Primelessig und Mandelöl gefüllte Toilettenflacons in der Hand, eilte gewichtig in dem großen kahlen Zimmer hin und her.

»Stell das weg, Kind, und bring mir meine Brille. Und dann mach dich davon«, befahl die alte Dame. »Du kannst deiner Schwester Meg helfen, sie hat gewiß Stoff genug zu säumen.«

Parthie zog mit beleidigter Miene ab. Kater Maudge, der sich auf den gewachsten Dielen in einem Sonnenflecken gewärmt hatte, rieb sich an Alveys Bein, und sie kraulte ihn unter dem Kinn.

Die alte Grizel betrachtete sie einen Augenblick nachdenklich. »Hör zu, Miss. Du scheinst um einiges vernünftiger heimgekommen zu sein, als du ausgezogen bist. Das ist nicht schlecht. Hier geht, wie jeder Dummkopf sehen kann, alles drunter und drüber. Es kommen wohl auch wieder bessere Tage, aber ohne eigene Mühe werden wir sie kaum erreichen. Da ist ein kühler Kopf vonnöten. Alles, was du tun kannst, um Besserung zu schaffen und deine Eltern von dieser schlimmen Geschichte mit Annie Herdman und ihrem Kind abzulenken, wird dem ganzen Haushalt zugutekommen. Du siehst, ich behandele dich fast wie eine Fremde, eine unbeteiligte Zuschauerin... Das kommt, weil du so lange fort warst.«

»Ja, aber...« begann Alvey überrumpelt. »Was kann denn ich...«

Ich bin nicht hier, um die Angelegenheiten der Winships zurechtzurücken, dachte sie. Ich bin hier, um mein Buch zu schreiben.

»Stille, Kind. Keine larmoyante Heuchelei, wenn ich bitten darf. Ich habe mit Wohlgefallen bemerkt, daß dir kaum etwas geblieben ist von deiner Wichtigtuerei und Überhebung, von deinem morbiden Verlangen, dich durch Märtyrerschaft auszuzeichnen – alles Dinge, die dich als Sechzehnjährige so unleidlich machten.«

Und als Zwanzigjährige nicht minder, dachte Alvey. Wie gut sie Louisa kennt.

»Verdirb den Neubeginn nicht durch falsche Selbstbescheidung«, fuhr Mrs. Winship fort und bedachte Alvey wiederum mit einem Basiliskenblick. Wie viele etwas schwerhörige Menschen hatte sie eine volltönende, herrische Stimme. Im Verein mit der starken Brille, die auf ihrer Adlernase saß, und der geisterhaften Blässe ihres Runzelgesichtes ergab sich der Effekt einer Bildsäule, die unvermutet zu sprechen anhebt, eines furchterregenden Orakels oder einer delphischen Sibylle. Alvey stand stumm und wie gelähmt da.

»In mancher Hinsicht«, sagte die alte Dame nachdenklich, »ist es freilich ein Jammer, daß du keinen Staub aufwirbelst, daß du nicht verlangst, den Sumerern oder sonstwem das Evangelium zu bringen.« Sie zog die Nase hoch. »Das hätte einen Tumult anderer Art gegeben und sie vielleicht ihren Trübsinn vergessen lassen.«

»Es tut mir leid, aber das liegt nicht mehr in meiner Absicht«, sagte Alvey sehr bestimmt. Eine schöne Bescherung wäre das, dachte sie, wenn sie mich plötzlich doch freigeben würden und wir zu zweit die Heiden bekehren müßten. »Wenn mein Bruder James heimkommt, wird die Tragödie gewiß noch einmal aufgerührt.«

Ihr schien, als schenke die alte Dame ihr einen besonders penetranten Blick. »Ganz recht, Miss, und gerade deshalb wünschte ich dich zu sprechen. Wenn James kommt, wird es ganz gewiß Verdruß geben. Und dabei sind deine Schwestern nicht zu gebrauchen, das waren sie noch nie. Meg ist zu sehr mit sich selbst beschäftigt –«

»Es ist ja schließlich ihre Hochzeit.«

»Unterbrich mich nicht. Freilich ist es ihre Hochzeit, und etwas Besseres könnten wir uns gar nicht wünschen. Da sie uns ohnehin nichts nützen kann, ist es besser, wenn sie aus dem Haus ist. Mag dieser schafsmäßige Chibburn glücklich mit ihr werden. Und Isa mit ihrer mystischen Naturschwärmerei hat den Kopf zu weit in den Wolken, um handfeste Hilfe leisten zu können.«

»Das ist nicht wahr«, widersprach Alvey und dachte an Isas viele Freundlichkeiten und ihr rechtzeitiges Eingreifen bei zahlreichen Gelegenheiten.

»O doch. Und widersprich mir nicht. Auf Parthie hört niemand – was ein Glück ist –, und die jüngeren Geschwister sind noch zu klein. Bleibst du, Miss.«

»Ich verstehe nicht ganz, Ma'am ...«

»Papperlapapp. Red keinen Unsinn.«

»Was wünschst du denn von mir, Großmama?«

Wie eigenartig, dachte Alvey, ich hatte nie eine Großmutter, der ich mich hätte anvertrauen können. Hätte ich Mutters – oder Vaters – Mutter noch erlebt, wäre die eine oder andere für mich dagewesen, vielleicht wäre manches anders gekommen ...

»Du weißt recht wohl, was ich wünsche, Kind. An Verstand fehlt es dir nicht. Ich habe dich in den letzten Tagen beobachtet. Du sitzest ganz still und sittsam da, und doch entgeht dir so leicht nichts, aber wenn du dann einmal den Mund aufmachst, hast du sehr wohl etwas zu sagen. Ich wünsche, daß du dir diese Sache recht angelegen sein läßt. Wenn James kommt, versuche einen leidlichen Einklang zwischen ihm und Aydon herzustellen, oder versuche zumindest, einen unseligen Bruch zu vermeiden ...«

Aber ich kenne diesen James doch nicht einmal, hätte Alvey am liebsten gerufen.

»Es ist mir freilich klar, daß ihr nie gut Freund miteinander wart, du und James«, fuhr Mrs. Winship fort, Alvey wiederum einen durchdringenden Blick zuwerfend. »Um so mehr Grund hat er, sich jetzt dir zuzuwenden, findet er dich freundlich gesonnen und bereit, seine Partei zu ergreifen und ihm gute Ratschläge zu geben. Denn Parteigänger wird er gewiß brauchen.«

Vielleicht aber wären die für seine Eltern noch dringender vonnöten, überlegte Alvey, als sie sich James voraussehbare Verachtung und Empörung vorstellte angesichts eines Elternpaares, dessen selbstsüchtiges, gleichgültiges und gedankenloses Betragen seine Liebste mit ihrem Kind in einen sinnlosen Tod getrieben hatte.

»Das Kind... Klein Geordie...«

»Nein, nicht nur das. Es wird weitere Reibungspunkte geben. Ich habe von James gehört... er schreibt mir zuweilen...« Sie sah zu dem Rosenholzsekretär hinüber. »Da fällt mir etwas ein. Bring mir die Papiere dort, Kind. Das Bündel mit dem braunen Band.«

Alvey trat an den Sekretär und brachte Mrs. Winship etliche Pakete ans Bett. Es mochte auch das Bündel darunter sein, das Parthie kürzlich inspiziert hatte. Bei näherer Betrachtung handelte es sich ohne Zweifel um Briefe in Louisas damenhaft gestochener Schrift.

»Charlotte... deine Mutter... hält nichts davon, Briefe aufzubewahren. Ich meine fast, sie liest an sie gerichtete Schreiben überhaupt nicht«, bemerkte Mrs. Winship spitz. »Seit sie deinen Vater geheiratet hat, obliegt es mir, die Verbindung mit anderen Zweigen der Familie aufrechtzuerhalten.«

Alvey fiel ein, daß Louisa Neuigkeiten von daheim stets von ihrer Großmutter oder ihren Schwestern, nie direkt von den Eltern erhalten hatte.

»Laß sehen... Hier sind die Briefe von Base Matfen in London, die da sind von deiner Tante Mary in Rom, jene von deiner Tante Caroline in Shropshire... die da von deiner armen Tante Elinor in Bath... diese von James. Ja«, sagte sie halblaut, »ich fürchte sehr, es wird sehr viel Verdruß und Zwietracht geben, wenn er hier ist, du mußt alles tun, was in deiner Macht steht, um das Schlimmste zu verhüten. Aber da fällt mir ein...« Mit den knotig-dürren, braungefleckten Fingern hatte die alte Dame das Paket mit Louisas Briefen aufgeschnürt und überflog kurzsichtig die früheren

Schreiben, die durch ihre verblaßte Tinte und die kindlichere Schrift leicht kenntlich waren. Ratlos und zunehmend gereizt ging sie ein-, zweimal das Päckchen durch, dann blickte sie auf, sah aber nicht Alvey an, sondern – offenkundig angestrengt nachdenkend – an ihr vorbei. Schließlich sagte sie im Tone strenger Mißbilligung: »Er ist nicht dabei. Der Brief, den ich suche, ist nicht dabei.«

»Welcher ist das, Ma'am?«

Die alte Dame faßte sich wieder und sah Alvey scharf an.

»Gleichviel. Geh jetzt hinauf zu den Kindern und trichtere ihnen ein wenig Wissen ein. Klingele nach Duddy.«

Und zu der Zofe, die unverzüglich dem Ruf folgte, sagte sie: »Geh zu Miss Parthie, Duddy, und schicke sie mir sogleich her.«

Alvey las Tot und Nish die Ballade von Christie's Will vor.

»Christie's Will war unser Ahne, ist dir das klar?« unterbrach Tot. »Großmama hat es mir erzählt. Er war ihr Ururgroßvater.«

»Ur-ur-ur-ur...«, verbesserte Nish.

»Was macht das aus? Lies weiter, Emmy.«

»Er glaubt', die Hexer vom rosigen Kreuze
ihn hätten in ihre Netze verstrickt...«

»Wer waren die Hexer vom rosigen Kreuze, Emmy?«

»Deutsche Zauberer, die sich Rosenkreuzler nannten.« Alvey lächelte ein wenig in Gedanken an ihren gelehrten Vater, der ihr dieses Wissen vermittelt hatte – in einem anderen Leben, einem anderen Jahrhundert, so schien es ihr.

Grace klopfte. »Sir Aydon läßt Sie bitten, herunterzukommen, Miss Lou, Deern, er ist mit Mr. Thropton in der Bibliothek.«

Die Kinder verzogen angewidert das Gesicht.

»Laßt nur, ich lese das Gedicht später zu Ende. Oder du kannst es Nish vorlesen, Tot. Und *Der getreue Thomas*, das nächste, ebenfalls. Und dann schreibt ihr einen Aufsatz über eine der Spinnen, die in den Löchern am Flußufer wohnen. Danach dürft ihr hinaus ... Warum schneidet ihr so fürchterliche Grimassen, wenn von Mr. Thropton die Rede ist?«

»Das wirst du schon merken.« Nish war immer schneller mit einer Antwort bei der Hand als ihr Bruder. »Er war noch nicht hier, als Lou – ich meine, als du fortgingst. Damals hatten wir den alten Mr. Newbury, an den kann ich mich grad noch erinnern. Er hat uns nach dem Sonntagsgottesdienst Pfefferminzbonbons geschenkt. Mr. Thropton ist ekelhaft. Er nimmt mit uns das griechische Lesebuch durch –«

»– und lateinische Deklinationen. Er ist abscheulich«, sagte Tot aus tiefstem Herzen.

»Ich werde mir darüber mein eigenes Urteil bilden«, sagte Alvey und überließ sie der Lektüre von Sir Walter Scott.

Nach ihrem ersten Eindruck von Mr. Thropton schien es ihr, als spräche nicht wenig für die Meinung der Kinder. Der Gemeindepfarrer war ein großer, breiter Mann Anfang Vierzig mit zurückweichendem Haaransatz, spärlichen rötlichblonden Strähnen, einem Mehrfachkinn und großen, vorstehenden, farblosen Augen. Zwar handelte es sich offenkundig um einen Gentleman, aber sein blütenreicher Stil, sein wichtigtuerisches und dabei einschmeichelndes Gehabe waren nicht sehr angenehm.

»Ah, Miss Louisa persönlich«, sagte er und rieb sich die Hände. »Ich habe so viel von der gelehrten Dame gehört, daß ich überglücklich bin, meine Wißbegier endlich befriedigen zu können.«

Er mustert mich, dachte Alvey empört, wie ein appetitliches Gericht, von dem er allzu gern kosten würde.

Indessen saß Sir Aydon in düstere Gedanken versunken da und schenkte seinem geistlichen Besucher so gut wie keine Beachtung.

Mr. Thropton, der offenbar von Louisas religiösen Neigungen gehört hatte, begann zu Alveys Bestürzung sogleich, ein umfangreiches Programm mildtätiger Beschäftigungen für sie aufzustellen: das Absolvieren von Krankenbesuchen, die Oberaufsicht über ein Ritual, das sich Armenkorb nannte, die Leitung der Sonntagsschule und einer Mädchenschule und die Vorbereitung des alljährlichen Schulausflugs.

Ihre erste Regung, all diese Obliegenheiten in Bausch und Bogen abzulehnen mit der Begründung, sie habe nach dem Unterricht bei Nish und Tot und der Arbeit an ihrem Buch keine Zeit mehr dafür, unterdrückte sie, wenn auch erst nach einigem Zögern. Dies war nicht der geeignete Augenblick, den unglücklichen Sir Aydon mit der Mitteilung zu überraschen, sie habe die Literatur zu ihrem Beruf erkoren. Er hatte schon so genug Sorgen. Daher konterte sie vorerst jeden Vorschlag mit der gelassenen Antwort, alle derartigen Pläne müßten bis nach Megs Hochzeit zurückgestellt werden. Sie könne derzeit nichts versprechen, ihre Zeit und Arbeitskraft stünden zur Gänze ihrer Schwester zur Verfügung.

Enttäuscht von dieser Reaktion, versuchte Mr. Thropton den Angriff an einer anderen Front.

»Mir ist von Miss Louisas gelehrter Bildung als Geschichtskundige berichtet worden«, sagte er neckisch und zwinkerte ihr, wie Alvey fand, in höchst abstoßender Weise zu. »Ich hörte von ihren Exkursionen in das Reich Clios, von ihren interessanten Entdekkungen in diesem zauberischen Revier. Es wird mir ein Vergnügen sein, Miss Louisa, mehr als ein Vergnügen, Ihnen mein eigenes geringes Wissen auf diesem Gebiet zugänglich zu machen sowie die Bände meiner bescheidenen Bibliothek, die zwar begrenzt in der Zahl, doch, so schmeichele ich mir, von auserlesener Qualität sind, ja, sehr wohl auserlesen. Ich habe es mir angelegen sein lassen, die Worte edler Geister, die erhabenen Ausführungen der bedeutendsten Denker der Welt um mich zu versammeln.«

Mit einem leicht abschätzigen Blick streifte er Sir Aydons Bibliothek, die wohl eine ansehnliche Zahl von früheren Winship-Generationen zusammengetragener, alt und modrig aussehender

Bände enthielt, aber bemerkenswert wenige Bücher, die der derzeitige Besitzer erworben hatte, wenn man von etlichen Werken über Wildbestand und das eine oder andere Buch über die Geschichte der Grafschaft absah. Alvey hatte, wenn der Hausherr in den Stallungen beschäftigt war, die Bibliothek bereits mit recht entmutigendem Ergebnis durchforscht und war zu dem Schluß gekommen, daß sie eine andere Möglichkeit finden müsse, sich mit moderner Literatur zu versorgen. Freilich nicht über Mr. Thropton.

Sie gab eine höfliche, aber unverbindliche Antwort, dann entschuldigte sie sich mit dem Vorwand, sie müsse wieder zu den Kindern, um deren Studien zu überwachen.

Mr. Thropton lächelte beifällig, hielt sie aber zurück, indem er ihren Arm faßte.

»Noch einen Augenblick, Miss Louisa, einen Augenblick Ihrer kostbaren Zeit.« Er wußte mit der Betonung des Adjektivs einen sowohl kosenden als auch ungläubigen Ton zu erzeugen. »Kosstbaaar.« Er zog das Wort liebevoll in die Länge und schenkte ihr ein offenbar gewinnend gemeintes Lächeln. »Möglicherweise hat man Ihnen noch nicht von einem anderen von mir betriebenen Unternehmen berichtet, das Sie sicherlich mit großem und anteilnehmendem Interesse betrachten werden ...«

»Ja?« fragte Alvey kalt und bemühte sich nach Kräften, ihren Arm aus seiner feuchten Umklammerung zu lösen, doch er hielt sie nur um so fester.

»Ich bin – man mag Ihnen darüber noch nichts erzählt haben – ein begeisterter Amateurarchäologe. Eine meiner größten Freuden über die Berufung in diese reizvolle Gegend war es, daß sie so reich an Schätzen der Vergangenheit ist. Mein eigener Garten, mein eigener Grund und Boden hat, wie ich feststellen konnte, einen Fund aufzuweisen, der mit zu den bedeutendsten Entdeckungen der jüngsten Zeit zählen dürfte – einen vollständigen Mithrastempel, der, nur zwei oder drei Fuß unter den Kohlköpfen des Pfarrgartens, seit zweitausend Jahren dort verborgen lag. Ist das nicht bemerkenswert?«

»Ja«, räumte Alvey ein. »Das ist es in der Tat.« Sie versuchte erneut, doch ebenso erfolglos, ihren Arm zu befreien.

»Und so hoffe ich, verehrte Miss Louisa, daß Sie – eine Schwester im Geiste der Gelehrsamkeit – sich in allernächster Zukunft entschließen können, ihre Schritte zum Pfarrhaus zu lenken – die Entfernung ist nicht groß –, um meine Funde zu besichtigen.«

Alvey antwortete unbestimmt und mit Wendungen wie »... sehr liebenswürdig ...«, »... kann im Augenblick nicht über meine Zeit verfügen ...«, «... später vielleicht, nach der Hochzeit ...«, mit denen sie den Besuch auf eine ferne Zukunft zu verschieben gedachte. Zwar hatte der Hinweis auf den Mithrastempel echtes Interesse bei ihr geweckt, aber ihre Abneigung gegen Mr. Thropton wuchs unablässig, und sie war fest entschlossen, sich so wenig wie nur irgend möglich mit ihm einzulassen.

»Ja, aber ...« Endlich gab Mr. Thropton sie frei, um ihr mit dem Finger zu drohen. Alvey atmete auf, spannte unauffällig die Muskeln und wünschte sehr, sie könnte den feuchten Fleck mit einem Schnupftuch abreiben. »Aber verehrteste Miss Louisa, ich muß Sie drängen, noch *vor* der Hochzeit eine freie Minute zu finden, denn Ihr armer Vater sieht sich derzeit nicht in der Lage, eine Entscheidung im Hinblick auf den Grabstein des Kindes, im Grunde eine Angelegenheit von minderer Bedeutung, zu treffen. Ich möchte Sie deshalb bitten, Miss Louisa, die Kinder zu begleiten, wenn sie morgen zum Unterricht zu mir kommen, und mir die Entscheidung Ihres Herrn Papa zu überbringen.«

Alvey warf einen Blick auf Sir Aydon, um zu sehen, wie er über diesen Vorschlag dachte, den sie für ein diskretes Druckmittel hielt, sich endlich zu einer Entscheidung durchzuringen. Doch da muß man bei Sir Aydon schon schwereres Geschütz auffahren, dachte Alvey und verspürte Mitleid mit ihm. Er hatte, offenbar tief in Lethargie und Düsternis versunken, kaum auf das Gespräch geachtet, sondern saß grübelnd und in sich gekehrt da, während sein Blick gedankenverloren durch das Fenster schweifte, hinter dem die Auffahrt und der bewaldete Hang lag sowie der farnbestandene Teich, in dem sich das Unglück zugetragen hatte.

Mr. Thropton schüttelte verweisend den Kopf.

»Ich darf doch sehr bitten, Verehrtester... Wir müssen uns ermannen, in der Tat, das müssen wir. Fruchtloses Jammern wird vom Allmächtigen nicht gutgeheißen, wie Sie wohl wissen. Ich will mich für jetzt von Ihnen verabschieden, doch hoffe ich sehr, meine Worte möchten nicht auf steinigen Boden gefallen sein...«

Sir Aydon klingelte wortlos nach Amble, der sogleich erschien.

»Amble, bring Mr. Thropton hinaus. Und schick Lumley mit den Papieren über Shapely Dene zu mir.«

Der gekränkte Mr. Thropton zog sich mit tiefen Bücklingen aus der Bibliothek zurück, doch in der Halle blieb er noch einmal stehen und beschwor Alvey: »Ich baue auf Sie, Miss Louisa, Sie müssen Ihren Herrn Vater aus dieser gefährlichen Melancholie herausführen, die bekanntlich eine Todsünde ist. Doch glaube ich wohl, daß seine Gedanken sich, wenn erst die Frage des Grabsteins für das Kind geklärt ist und hinter ihm liegt, zum Besseren wenden mögen. Denken Sie immer daran: Ich verlasse mich auf Sie.«

Mit einem letzten neckischen Blick, einem letzten Zwinkern ging er davon. Alvey sah ihm mit einer Art widerwilligen Respekts nach. So abstoßend er auch sein mochte – dumm war er nicht. Einen gewissen Scharfblick konnte man ihm nicht absprechen.

Meg lugte vorsichtig aus dem Frühstückszimmer.

»Ist das alte Ekel endlich fort? Pfui Spinne! Ich danke dem Himmel, daß ich ihn nicht mehr zu Gesicht bekomme, wenn ich erst einmal verheiratet bin. Erfreulicherweise haben die Chibburns in Tinnis einen sehr manierlichen Pfarrer, einen echten Gentleman, erst um die dreißig, er jagt und hat einen recht respektablen Weinkeller, sagt John. Ist Mr. Thropton nicht eine richtige Kröte?«

»Oder eine Eidechse«, meinte Alvey. »Diese Augen mit den schweren Lidern . . .«

»Oder ein Krokodil. In jedem Fall irgendein scheußliches Reptil. Er verlangt, daß ich ihn vor der Hochzeit zu einem kurzen belehrenden Gespräch aufsuche. Igitt! Du mußt unbedingt mitkommen, Al – Emmy. Isa will nicht, sie verabscheut ihn, und allein gehe ich auf keinen Fall. Schon bei dem Gedanken an ein solches Gespräch graust mir. Vielleicht verbietet John Chibburn, daß ich hingehe.« Sie kicherte, dann setzte sie ernster hinzu: »Du mußt ihn dir vom Leibe halten, Emmy. Er war kaum hier, da hat er sich schon an mich herangemacht, und als er hörte, daß ich versprochen bin, wollte er sein Glück bei Isa versuchen, aber die hat ihm sehr schnell klargemacht, daß sie nichts von ihm wissen will. Jetzt hat er also dich ins Visier genommen. Es ist eine nichtswürdige Frechheit. Jeder andere Vater hätte ihm, sobald klar war, woher der Wind weht, kräftig die Meinung gesagt. Aber Papa ist es gleich, was aus uns wird und wen wir heiraten, ob ich John Chibburn zum Mann bekomme oder Lumley, seinen Inspektor, könnte ihm nicht gleichgültiger sein.«

Damit lief sie die Treppe hinauf.

So war denn Alvey am nächsten Tag ganz gegen ihren Willen genötigt, dem Pfarrhaus von Birkland einen Besuch abzustatten. Sir Aydon hatte endlich eingewilligt, die Worte: »Geordie, Sohn der Annie Herdman« in den kleinen Stein meißeln zu lassen. Diese Nachricht sollte überbracht werden, und Meg hatte darauf bestanden, Alvey als Anstandsdame zu dem Eheberatungsgespräch des Pfarrers mitzunehmen. So machten sich denn im Laufe des Vormittags die beiden Mädchen auf den Weg. Es war ein prickelnd-kalter, klarer Herbsttag mit taufunkelnden Spinnweben an jedem Zweig und Blatt.

»Stell dir vor, in zwei Wochen bin ich in Brighton«, sagte Meg, die flotten Schrittes über einen steilen, schmalen, mit Fichtennadeln bedeckten Pfad voranging, der sich von der Auffahrt durch das Wäldchen und weiter über eine heidebewachsene Hügelkuppe hinzog.

»Das ist die Abkürzung zum Dorf. Über die Fahrstraße sind es zwei Meilen, auf diesem Weg haben wir nur eine Dreiviertelmeile. Im Winter freilich ist er nicht immer passierbar, der Wind weht den Schnee über den Hang hierher.«

Unterwegs plauderte Meg unbekümmert, erzählte die Lebensgeschichte der Dorfbewohner und schwärmte im voraus von den Freuden ihrer Hochzeitsreise nach Brighton. Alvey war schweigsam. Beglückt genoß sie den sich weitenden Blick ins Flußtal, auf die Kuppen der fernen lavendelfarbenen Berge und die unebenen, ummauerten Weideflächen, die sich an den Tälern hochzogen.

Das Dorf, eigentlich nicht mehr als ein Weiler, bestand aus fünf, sechs Häusern aus grauem Stein, die sich im Schutze von Eschen und Platanen an den Fuß der Berge schmiegten. In einiger Entfernung stand das Pfarrhaus, ein größerer, modernerer Bau, umgeben von Obstgärten und Koppeln.

»Hier hat Mr. Thropton die römischen Ruinen entdeckt.« Meg deutete auf ein geräumtes Stück Land, auf dem man rechteckige Ausgrabungen und niedrige Ziegeltrennwände erkennen konnte. »Ständig langweilt er einen mit seinen römischen Bräuchen und dem Mithraskult. Eine solche Betätigung, meint Papa, sei eines Gentleman nicht würdig.«

»Irgendwie müssen ja auch Geistliche ihre Zeit hinbringen«, wandte Alvey ein. »Die Betreuung einer so kleinen Gemeinde kann ihn schwerlich ausfüllen.«

»Mr. Newbury pflegte dreimal in der Woche zur Jagd zu reiten, und damit ist er in Papas Achtung nur gestiegen. Jetzt merk auf, Alv – Emmy. Du darfst mich mit diesem Menschen nicht eine einzige Minute alleinlassen, hörst du?« sagte Meg eindringlich, während sie in der Vorhalle den Klingelzug betätigte.

Alvey versprach es und vermochte ihr Versprechen auch zu halten, denn da das Pfarrhaus über durchaus geräumige Zimmer verfügte, konnte sie sich an einem Ende des Salons niederlassen, während am anderen Ende der geistliche Herr seine Homilie über eheliche Pflichten hielt. Sie hörte Bruchteile der Unterhaltung, hörte den Pfarrer mit salbungsvoller Ausführlichkeit seine Fragen stellen und Meg sehr kurz, knapp und gelangweilt antworten.

»Sie wissen, verehrte Miss Meg, daß die Ehe nicht dazu da ist, des Menschen fleischliche Gelüste zu befriedigen, sondern um Kinder in die Welt zu setzen *und* fleischliche Nöte zu verhüten. Verstehen Sie, was das bedeutet?«

»Bei acht Geschwistern? Ich denke schon, Sir.«

»Gut, gut. Und Sie erfassen die Bedeutung des Bibelwortes, daß der Mann wird Vater und Mutter verlassen und an seinem Weibe hangen, und sie werden sein ein Fleisch?«

»Ja, es bedeutet, daß sie einander beiwohnen«, fuhr Meg ungeduldig auf. Der Pfarrer machte ein etwas enttäuschtes Gesicht, als habe er gehofft, diesen Punkt ausführlicher erläutern zu können.

»Und Sie wissen, daß der Apostel Paulus in seinem Brief an die Epheser bestimmt: ›Die Weiber seien untertan den Männern als ihrem Herrn.‹ Und der Apostel Petrus sie ermahnt: ›Desselbigengleichen sollen die Weiber ihren Männern untertan sein, auf daß auch die, so nicht glauben an das Wort, ohne Wort gewonnen werden, wenn sie ansehen euren keuschen Wandel in der Furcht.‹ Sie wissen, was die Apostel damit meinen, daß Sie Ihrem Ehemann untertan seien?«

»Selbstverständlich«, versetzte Meg ärgerlich. »Aber nur ein Narr kann von mir verlangen, John Chibburn zu fürchten.«

Der Pastor wirkte verstimmt und begann eine langwierige Ausführung über Schmuck und das Flechten des Haares und das Tragen von Silber und Putz, die Meg sehr bald zu unverhohlenem Gähnen reizte. Mr. Thropton verlor den Schwung und kürzte seine erbauliche Rede ab. Alvey hatte den Eindruck, daß sie ohne ihre hemmende Gegenwart wesentlich länger gewährt hätte. Dann bot er den jungen Damen ein Glas Wein und ein Biskuit an, was sie höflich ablehnten, und Meg sagte, sie hätten den Auftrag, die jüngeren Geschwister von der Lateinstunde abzuholen, da sie zu einer Anprobe des Hochzeitsstaats benötigt würden.

Mr. Thropton schüttelte nachsichtig den Kopf.

»Meine liebe junge Dame, wie sollen diese Kinder jemals ihr Griechisch und ihre unregelmäßigen Verben lernen, wenn man sie wegen jeder häuslichen Grille aus dem Studium reißt?«

»Meine Hochzeit ist schwerlich eine häusliche Grille«, sagte Meg, aber sie sagte es nur halblaut, und die Kinder wurden aus dem Speisezimmer geholt. Sie kamen bereitwilligst. Es war ihnen deutlich anzumerken, daß sie nicht im mindesten darauf erpicht waren, ihre Köpfe mit Griechisch und mit unregelmäßigen lateinischen Verben vollzustopfen, und angesichts ihrer dürftigen Allgemeinbildung konnte Alvey nicht umhin sich zu fragen, welchen Nutzen Mr. Throptons Unterricht für sie haben konnte.

Der Pfarrer geleitete die kleine Gesellschaft zu seinen Ausgrabungen. Dort machte er halt und erzählte ihnen mehr, als sie zu wissen wünschten, über das religiöse Brauchtum der Römer. Einer der auf dem Grabfeld beschäftigten Männer tippte an seine Stirnlocke und sagte: »Bitte um Verzeihung, Herr Pfarrer, aber das da ham wir gefunden. Vielleicht daß Sie's selber aufmachen wolln ...« Damit reichte er Mr. Thropton einen schmutzstarrenden Gegenstand, der ein Kästchen oder eine Schatulle aus Metall sein mochte. Der Geistliche unterbrach seinen Vortrag mitten im Satz. Er schien vergessen zu haben, was er gerade hatte sagen wollen.

»Wir sehen Sie dann bei der Trauung am Samstag«, sagte Meg, da ihm seine Besucher offenbar gänzlich aus dem Sinn geschwunden waren.

»Ja, ja, Miss Winship«, erwiderte er abwesend. »Pünktlich sieben Uhr vor der Kirche, das heißt ... äh, bitte um Verzeihung ... zehn Uhr.«

»Leben Sie wohl, Sir, und besten Dank für die gütige Belehrung«, sagte Meg anmutig, aber sie hätte sich die Worte sparen können. Mr. Thropton hatte nur Augen für die Schatulle und gönnte den scheidenden Gästen kaum mehr als einen Blick.

Sie hielten sich noch eine Viertelstunde im Dorf auf, damit die alte Mrs. Colville, die alte Mrs. Thew, Mrs. Beall, Mr. und Mrs. Gill, Mr. Ruddock, Mr. Gibson und Mrs. Leadbitter Gelegenheit hatten, Alvey zu begrüßen und ihr zu sagen, wie sie gewachsen war und sich herausgemacht hatte und daß sie von ihnen natürlich auf den ersten Blick wiedererkannt worden war.

Als sie auf dem Heimweg am Friedhof vorbeikamen, ließ ein wüstes Geschrei sie zusammenfahren.

Über dem Gottesacker erhob sich eine steile, mit Dorngestrüpp überwucherte Kuppe, die in ein dichtes Waldstück mit Eschen und Platanen überging, das sich am Tal hochzog. Zwischen den Dornbüschen war undeutlich die Gestalt eines alten, hageren Mannes mit weißem Haar zu erkennen, der ihnen mit der Faust drohte und sie mit einer Flut zorniger Worte überschüttete, von denen Alvey kein einziges verstand.

»Wer ist das?« fragte sie erschrocken. »Was will er? Ist er toll?«

»Nein, toll gerade nicht. Komm«, sagte Meg. »Achte nicht auf ihn.«

Sie eilten weiter und waren bald außer Hörweite.

»Er sah aus wie einer der Propheten aus dem Alten Testament«, sagte Alvey. »Wer war denn das?«

»Der alte Herdman, Annies Vater. Er hegt seit jeher einen Groll gegen unsere Familie, es geht um einen Graben, der umgeleitet wurde und ihm angeblich einen Meter von seinem eigenen Graben nahm, und dann war da noch eine Sache mit seinem Bruder, glaube ich. Und jetzt wird es wohl noch schlimmer werden. Er ist ein garstiger alter Geselle. Hoffentlich wird er uns nicht bei meiner Hochzeit lästig. Pfui, ist Mr. Thropton nicht ein widerlicher Heuchler? Ich schätze mich wahrhaft glücklich, daß ich ihn am Samstag zum letzten Mal sehen werde.«

Nish und Tot waren, nachdem sie das Dorf hinter sich gelassen hatten, vorausgesprungen, und Meg fuhr kichernd fort: »Thropton hat mir erklärt, ich könne nur dann eine gute Ehefrau werden, wenn ich meinem Mann in allen Dingen aufs Wort gehorche; in Hexham aber heißt es, er sei schuld am Tode seiner Gemahlin, weil er sie so schlecht behandelt hat. Sie sei halb verhungert, erzählt man sich, sie mußte sich in Baumwollgewänder kleiden und im ungeheizten Zimmer sitzen. Die arme Frau ist schon seit vielen Jahren tot, und seither sucht er eine neue, sagt Fanny Beaumont, eine mit Geld, damit er nach Herzenslust in der Erde herumwühlen kann. Aber keine will ihn haben.«

»Warum nicht?«

»Da fragst du noch? Weil er Hände hat wie feuchte Pilze, weil sein Atem riecht, weil er dich beim Sprechen mit Speichel einnebelt...«

»Ich möchte wohl wissen, was in diesem Kasten war.«

»Ich auch! Er konnte es ja kaum erwarten, bis wir gegangen waren, um ihn aufzubrechen. Mag er mit dem schmutzigen Ding glücklich werden«, sagte Meg.

7

James Winship befand sich in Begleitung seines langjährigen Schulfreundes und Regimentskameraden Major Guy Fenway auf der Reise gen Norden. Das Reiseziel des Majors war Edinburgh, es hatte deshalb nicht schwergehalten, ihn zu bewegen, einen kleinen Umweg über Birkland Hall zu machen. Tatsächlich hätte er, wäre er nicht ein so überaus taktvoller Mensch gewesen, diesen Umweg selbst vorgeschlagen. James, der lange Rekonvaleszent gewesen und gerade erst so weit wiederhergestellt war, daß er es wagen konnte, eine so weite Reise zu unternehmen, war froh um diesen sachverständigen, teilnehmenden und kundigen Begleiter, denn der Major war Mediziner. Sein Freund wiederum machte keinen Hehl daraus, daß er überaus begierig war, James' Familie kennenzulernen.

»Seit vielen Jahren höre ich dich von ihnen sprechen, von Großmama und den Kleinen und den vielen Schwestern. Doch hast du dich stets so schnöde darum gedrückt, eine Einladung auszusprechen, daß ich schon dachte, ich sei nicht gut genug für deine Freunde, du schämtest dich meiner.«

»Grundgütiger, nein! Es war gerade umgekehrt.«

James bemerkte, aus düsterem Grübeln aufschreckend, das neckende Lächeln seines Freundes, das er ein wenig zögernd zurückgab. »Nun ja, du weißt, wie es geht... Als Knabe schämt man sich zuweilen seiner Familie. Mein Vater hat an nichts Interesse außer an der Jagd...«

»Prächtig, wir werden viele Gemeinsamkeiten entdecken.«

»Und meine Stiefmutter...«

»Ah ja, die freilich muß dich hassen. Und du wiederum verabscheust sie?«

James zog die blonden Brauen zusammen. »Nein«, sagte er nach einer nachdenklichen Pause. »Ich glaube nicht, daß sie mich haßt, wenngleich sie mich zweifellos nicht liebt. Freilich liebt sie niemanden, zumindest nicht ihre eigenen Kinder. Allenfalls wenn sie ganz klein, noch Säuglinge sind... Und es trifft auch nicht zu, daß ich sie verabscheue. Wie kann man jemanden verabscheuen, der so wenig da ist? Mit ihren Gedanken ist sie immer in ihrem Garten, und auch sie selbst ist meist dort anzutreffen.«

»Liebt sie deinen Vater nicht?«

»Ich habe meine Zweifel. Sie kommen leidlich miteinander aus, denke ich. Aber ihre wahre Liebe gilt dem Garten. Schon als ich noch ein kleiner Junge war, hat sie ständig in ihrem grünen Kittel und ihrem alten Hut draußen herumgearbeitet... Ist das eine Mutter, die man Schulfreunden vorzeigen kann?«

»So hast du denn niemanden nach Hause eingeladen.«

»Außerdem ist es eine so verteufelt weite Reise nach Northumberland.«

»Und deine Stiefschwestern? Sind sie alle bildschön und talentiert? Doch das ist wohl selbstverständlich. ›Alle fein gebildet und angenehm, und *eine* sehr hübsch.‹ Welche ist es? An welche werde ich mein Herz verlieren?«

»Es sind ungewöhnlich langweilige Frauenzimmer«, sagte James. »Ich würde dir nicht empfehlen, dein Herz an eine von ihnen zu verlieren. Du tust besser daran zu warten, bis du dich unter den Schönen Edinburghs umsehen kannst.«

»Komm, komm, es muß sich wohl auch etwas zugunsten der armen Mädchen sagen lassen. Immerhin steht die eine kurz vor der Eheschließung.«

»Ja, Meg. Freilich ist sie die Hübscheste, das ist wohl wahr, aber sie ist voller Eigensucht und hat nichts als Stroh im Kopf...«

»Pfui. Gewiß ist sie so verständig wie je ein Mädchen, das Schuhe an den Füßen trug. Und die anderen... wie heißen sie doch gleich?«

»Isa ist ein gutherziges Geschöpf, aber furchtbar unscheinbar. Und sie schlägt ihrer Mutter nach, ihr Interesse gilt nicht Menschen, sondern Landschaften. Louisa habe ich seit Jahren nicht mehr gesehen, früher war sie unerträglich – eine Frömmlerin, affektiert und eingebildet...«

»Ihr Aussehen?«

»Ganz leidlich, aber nicht bemerkenswert. Und stets blickte sie dich an, als wärst du ein unwissender Flegel, der nicht wert war, ihr die Stiefel zu putzen...«

»Das soll ein Spaß werden«, sagte sein Freund.

»Parthie... das ist die, nach der du dich erkundigtest...«

»Ja, richtig, die Vierzehnjährige«, nickte Guy.

»Ebenso unerträglich wie Louisa: vorlaut, selbstzufrieden, händelsüchtig, stets in den Mittelpunkt drängend. Von den vier

Jüngeren, Tot, Nish, Betsey und Klein Kate, weiß ich wenig, ich habe sie kaum gesehen. Was hätten sie auch für Möglichkeiten, Interesse zu wecken? Niemand schenkt ihnen Beachtung.«

»Für mich werden sie alle überaus interessant sein«, versicherte Guy. »Eine ganze Familie ... Ich hingegen habe nur eine ältere Schwester. Es ist eine ganz neue Erfahrung. Aber jetzt zu dir. Wie fühlst du dich, alter Junge? Was macht das Bein? Schmerzt es sehr?«

»Nein, nein«, sagte James ungeduldig, »ich spüre kaum etwas.«

»Ich glaube, das ist geflunkert. Am besten übernachten wir in Durham.«

»Es geht nicht um mein Bein«, sagte James. »Wenn es nur das wäre. Ich fühle mich so verloren ... so leer ... das ganze Leben ist plötzlich so sinnlos. Hol's der Teufel«, stieß er mit wütender Ungeduld hervor, »und zu allem Überfluß kann ich alles, was ich zu sagen wünsche, nur in der abgeschmacktesten Sprache ausdrücken, der Sprache dieser sentimentalen Minerva-Romanwerke, in denen die Gouvernante der Kinder zu lesen pflegte.«

»Mein lieber alter Junge«, sagte Guy mit beispielhafter Geduld, denn das Nämliche hatte er im Laufe der Reise schon an die zwanzig- oder dreißigmal gesagt, »glaube mir, es wird nicht allzu lange dauern, bis du dich wieder besser fühlst, laß dir das von einem Mann versichern, dessen Herz schon an die zehn Mal gebrochen ist. Auch kannst du dich zumindest damit trösten, daß du dich verhalten hast wie ein Ehrenmann. Überdies wird dich sehr bald die Überlegung aufrichten, daß meine unglückselige Schwester, hätte sie auch nur einen Funken Verstand besessen, wäre sie deiner auch nur annähernd würdig gewesen, dich nicht freigegeben hätte, dich nie hätte gehenlassen, im Gegenteil, sie hätte sich angesichts deiner veränderten Aussichten nur noch enger an dich gebunden. Du darfst mir also glauben, daß du dich freuen kannst, so billig davongekommen zu sein. Meta selbst wird es eines Tages, an der Seite ihres Marquis, bitter bereuen. Dann wird sie bedauernd an das Juwel zurückdenken, das sie in dir verloren hat.«

»Aber ich liebe sie so sehr«, sagte James trostlos. »Und sie sagte ... sie versicherte mir, daß sie selbst sich nicht an meinen veränderten Aussichten gestört hätte ... daß es ihre Pflicht sei, sich den Wünschen ihres Vater zu fügen ...«

»Ja, freilich«, sagte sein Freund nicht ohne Ironie. »Welch pflichtbewußte Tochter! Papa dürfte keine zwei Worte über diesen Gegenstand verloren haben. Er mag dich sehr gern, alter Junge. Er meint, daß du zehn Alderneys aufwiegst und daß du, um der Wahrheit die Ehre zu geben, zu gut für sie bist. Sie ist liebreizend, aber oberflächlich, und du bist ohne sie besser dran. Ich bedaure es nicht einmal, in dir einen Bruder verloren zu haben, denn wir werden immer Freunde bleiben, während Meta im Lauf der Zeit diese Beziehung schwer belastet hätte. Nach einem herzhaften Mahl wird dir gleich besser werden – und mir auch. Laß uns hier in den Drei Tonnen einkehren, und ich werde dein Bein baden, während das Essen bereitet wird. Mein Onkel Griswold, der hier einst Bischof war, sagte mir, daß man in den Drei Tonnen einen exzellenten Hammelrücken bekommt ...«

Am Tage der Assemblee machten sich die Mädchen zeitig auf den Weg nach Hexham, denn sie hatten, wie Isa vorausgesagt hatte, eine Reihe Besorgungen zu erledigen, von denen die meisten im Zusammenhang mit Megs nunmehr in wenigen Tagen bevorstehender Hochzeit standen.

Parthie hatte flehentlich gebeten, mitgenommen zu werden. »Es wäre noch Platz für mich in der Kutsche, ganz gewiß ...«

»Wo denkst du hin!« widersprach Meg. »Zu viert zusammengedrängt, samt unseren Hutschachteln? Außerdem bist du zu jung für eine Assemblee. Und überdies haben die Beaumonts dich nicht eingeladen.«

Lady Winship bestätigte diesen Einspruch in vager, aber endgültiger Weise. Parthie mußte sich zufriedengeben, aber sie war bitterböse.

»Ihr seid allesamt gemein und niederträchtig. Hoffentlich schneit es, und der Wagen gerät in eine Schneewehe und stürzt um.«

Nach etlichen Sturm- und Regentagen war es sehr kalt geworden, und für die Fahrt nach Hexham mußten die Damen sich in vielfache Schichten von Capes und Schals hüllen.

»Meine Locken werden aufgehen«, sagte Meg besorgt, während sie eine Pelzhaube aufsetzte.

»Isa, sitz gerade und nimm die Schultern zurück«, befahl Alvey, als sie sich in den Wagen gezwängt hatten.

Isa lachte. »Tüchtige Schwester! Du läßt doch nie die Hoffnung fahren ...«

In der vergangenen Woche hatte Alvey einen Feldzug zur Verbesserung von Isas Aussehen geführt. Sie hatte das stumpfe Haar in Ei und Rosmarinwasser gewaschen und mit einer mit Mrs. Slaleys Hilfe aus Rum und Tragant zusammengerührten Pomade gefestigt. Sie hatte Isa täglich eine Stunde den Geradehalter verordnet, um die gerundeten Schultern zu straffen, hatte eine Paste aus Bleicherde und Zitronensaft auf den unreinen Teint aufgetragen und Isa gezwungen, zahlreiche Anproben über sich ergehen zu lassen, bei denen unter den Händen von Mrs. Galt, der Näherin, nach Alveys Rat und mit ihrer tätigen Unterstützung ein schlichteres und weit eleganteres Ballkleid entstanden war als das ursprünglich für sie vorgesehene.

Isa hatte sich diesem Drill gutmütig gebeugt, aber Grace, die Zofe, hatte Alveys Bemühungen mit grimmig-ironischem Blick verfolgt.

»Miss Isa werden Sie nie umkrempeln, Mädchen, die ist störrisch wie 'n Ziegenbock.«

»Das ist leider wahr«, seufzte Isa. »Ich habe ja den ehrlichen

Willen, alles zu tun, was ihr von mir verlangt, aber dann vergesse ich es wieder, es gibt so vieles, was mir wichtiger ist.«

»Dummes Zeug. Das ist alles nur eine Sache der Gewohnheit. Atme tief ein und steh gerade, während ich das hier feststecke. So, nun siehst du zumindest wie eine Dame aus, was in dem weiten Schlotterding mit den Fransen durchaus nicht der Fall war.«

»Was tut das schon«, sagte Meg, während die Kutsche mit ihnen gen Hexham rollte. »Von Isas Haltung hängt es nicht ab, ob sie Tanzpartner bekommt oder nicht. Man wird sie schon deshalb auffordern, weil sie Miss Winship auf Birkland ist.«

In Megs Worten drückte sich das Selbstvertrauen aus, das ein Londoner Ballkleid im Reisekorb sowie das Wissen verleiht, daß sie als künftige Braut die unbestrittene Ballkönigin sein würde. Alvey warf ihr einen leicht gereizten Blick zu.

Doch Isa sagte: »Es ist überaus gütig von dir, Schwester Emmy (wenn auch nicht so recht mit deinem bisherigen Wesen vereinbar), daß du dir so viel Mühe mit mir gibst, und ich verspreche dir hiermit, daß ich zumindest versuchen werde, mich an deine Weisungen zu halten, um dir keine Schande zu machen. Schaut euch den Tyne an, wieviel Wasser er führt! Es sind nur noch vier Fuß bis zur Straße. Hoffentlich geht er morgen zurück und steigt nicht weiter, sonst sind wir in Hexham abgeschnitten, und Meg muß ihre Hochzeit verschieben.«

Der Tyne führte in der Tat Hochwasser, dunkel wie braunes Bier und laut dahinrauschend, sie hatten den Fluß schon aus einer Viertelmeile Entfernung gehört.

»Ich könnte mich in der Abteikirche trauen lassen«, sagte Meg rasch. »Auch John wohnt auf dieser Seite.«

»In den letzten vierzig Jahren ist die Brücke von Hexham zweimal weggespült worden«, sagte Isa zu Alvey, als sie hinüberrollten. »Diese hier wurde 1793 neu gebaut und hat bisher gehalten. Die Stadt liegt glücklicherweise auf einer Anhöhe außerhalb der Hochwasserzone.«

Alvey sah voller Interesse zu den Häusern am Hang hinauf, die von der schönen Abtei überragt wurden. Hexham war eine lebhafte Marktstadt mittlerer Größe. Fünf Minuten später hatte Archie die steile Straße zum Platz vor der aus dunkelbraunem Stein erbauten Abteikirche bewältigt.

Auf dem Kirchplatz fand gerade ein großer Viehmarkt statt, man sah Verschläge mit Vierbeinern und Geflügel, Buden, in denen Getreide, Eier, Butter und Fleisch feilgeboten wurden, ein paar Stände mit Gemüse und Fischen sowie anderen Waren wie Leder, Handschuhen, Werkzeugen, Tuchen, Steinzeug und Holzschuhen. Das Markttreiben hatte sich über den Kirchplatz hinaus bis in die angrenzenden Straßen ausgebreitet.

In der schiebenden, stoßenden Menge kam die Kutsche nur langsam voran, und Meg sagte: »Am besten läßt du uns hier aussteigen, Archie, und bringst unser Gepäck zum Haus des Kanonikus, sonst vertrödeln wir den halben Vormittag.«

Zögernd stimmte er zu, und die drei Mädchen stürzten sich eifrig ins Getümmel, um Lady Winships Aufträge auszuführen.

Als die Einkäufe für den Haushalt erledigt waren, unternahm es Meg, die Sachen zum Haus des Kanonikus zu bringen und sie Archie zu übergeben, der vor der Rückfahrt den Pferden eine kurze Rast gönnen wollte.

»Wirst du das auch allein schaffen?« fragte Isa.

»Ja, gewiß. Ich habe genug von der Kälte und dem Gedränge. Und ich möchte mit Fanny plaudern.«

So setzten Alvey und Isa denn zu zweit ihren Weg zur Leihbibliothek fort. Sie bestand aus zwei weitläufigen Räumen in der Priestpopple-Street. Der Besitzer war ein angenehmer, gelehrsam dreinblickender Mann mit spärlichem Haarwuchs, der um die vierzig sein mochte und Isa mit einem unverhohlen hingebungsvollen Blick in den braunen Augen betrachtete.

»Guten Tag, Mr. Allgood! Sie erinnern sich gewiß an meine Schwester Louisa«, sagte Isa munter.

Er verbeugte sich. »Ich müßte lügen, wenn ich behaupten wollte, ich hätte die elegante Dame, die vor mir steht, wiedererkannt, aber ich hoffe sehr, daß wir auch jetzt so gute Freunde sein werden wie damals, als Sie mit dreizehn Jahren Heiligengeschichten und Reiseberichte von Missionaren ausliehen. Ich freue mich, Sie bei uns willkommen zu heißen, Miss Winship.«

»Verbindlichen Dank«, sagte Alvey. »Ich gedenke, als Kundin noch eifriger und anspruchsvoller zu werden als die Louisa früherer Jahre. Zunächst möchte ich gern etliche Lehrbücher für die Kinder kaufen.«

Eilfertig führte er sie zu einem runden Tisch am hinteren Ende des zweiten Raums, auf dem sich die Bücher türmten und wo sie, selig stöbernd und blätternd, bald Morans *Rechtschreibung* gefunden hatte, Goldsmiths *Englische Geschichte*, Rollins *Geschichte der Antike*, Lindley Murrays *Grammatik* und Mrs. Chapones *Briefe zur Belehrung des Gemüts*. Um die Lektionen zu versüßen, wählte sie außerdem noch Dorothy Kilners *Leben und Wanderschaft einer Maus* und Sarah Trimmers *Geschichte des Rotkehlchens*; das waren Bücher, die eine freundliche Nachbarin ihr einst geschenkt und die sie als Kind heiß geliebt hatte. Außerdem entschied sie sich für *Rokeby* und *Waverley* von Scott und bezahlte den ansehnlichen Stoß aus ihrer eigenen Tasche.

»Sie müssen mich für eine große Verschwenderin halten, aber ich denke an die langen Wintertage, in denen die Kinder mehr an Unterhaltung brauchen werden, als man Blairs *Predigten* und der *Geschichte Northumberlands* füglich abgewinnen kann«, sagte sie zu Mr. Allgood, der im Vorzimmer, wo die Zeitschriften ausgelegt waren, mit Isa geplaudert hatte.

Er wickelte die Bücher ein und erwiderte: »Meine liebe Miss Louisa, weshalb sollte ich eine meiner besten Kundinnen so ungünstig beurteilen wollen? Wünschten Sie noch ein Dutzend Bücher zu kaufen, würde ich nur um so besser von Ihnen denken. Hier habe ich übrigens eine Abhandlung über Steingärten, die

Lady Winship bestellt hat. Und hier ist auch ein Brief für die jungen Damen aus Übersee. Der Absender mag Ihrer Anschrift nicht ganz gewiß gewesen sein und sagte sich wohl, daß sein Schreiben so fleißige Leserinnen unter dieser Adresse gewiß erreichen würde.«

Er reichte Isa ein gelbes, mit Salzwasserflecken geziertes Päckchen.

»Wie freundlich von Ihnen«, sagte Isa leicht errötend. »Ja, eine ... eine Schulfreundin meiner Schwester befindet sich auf der Reise nach Indien ... es ist ihre Handschrift ... aber wir wagten nicht zu hoffen, daß wir schon so bald von ihr hören würden. Wir sind Ihnen außerordentlich verbunden, Mr. Allgood. Wenn ... wenn weitere Briefe von ihr kommen ... Würde es Ihnen etwas ausmachen, sie aufzubewahren, bis wir sie abholen können?«

»Natürlich nicht, Miss Isa!« Falls dieser Abmachung ein Ruch des Romantisch-Verbotenen anhaftete, ließ Mr. Allgoods menschenfreundliche Miene dies auch nicht andeutungsweise erkennen. »Wenn es in meiner Macht steht, Ihnen und Ihren Schwestern einen Dienst zu erweisen, tue ich das mit dem größten Vergnügen.«

Aber mit beträchtlich größerem Vergnügen, wenn es sich um Isa und nicht um ihre Schwestern handelt, dachte Alvey, während sie dem sehnsüchtigen Blick folgte, mit dem er diese musterte.

Einem plötzlichen Einfall folgend sagte sie: »Ich möchte Sie, wenn ich darf, in der Tat um einen weiteren Gefallen bitten, Mr. Allgood. Im Pensionat hat sich ... hat sich das Ziel meiner Wünsche ein wenig geändert. Ich strebe an, Schriftstellerin zu werden ...«

»In der Tat, Miss Louisa?« sagte er mit höflicher Anteilnahme.

»... und habe ein Werk, einen Roman, bereits zur Hälfte beendet. Von Isa hörte ich, daß Sie jetzt Verbindungen zum Verlagswesen haben ...«

»... und Sie möchten sich gern meinen Rat nutzbar machen,

wenn Sie Ihr Werk vollendet haben. Sie können über mich verfügen, Ma'am«, erwiderte er prompt. »Es trifft sich glücklich, daß mein Vetter Malcolm kürzlich eine Stellung bei der Caledonian Press in Edinburgh angenommen hat. Er bat mich sogar, ihm Mitteilung zu machen, falls mir etwas Interessantes unter die Augen kommen sollte. So ließe sich das Vergnügen mit geschäftlichem Nutzen verbinden.«

»Es könnte natürlich sein, daß mein Werk einer ernsthaften Betrachtung gar nicht würdig ist«, sagte Alvey bescheiden.

»Was Sie im Grunde Ihres Herzens freilich nicht glauben«, bemerkte er zu ihrer Überraschung.

Isa schenkte Mr. Allgood ihr unerwartet verschwörerisches Lächeln und sagte: »Wir rechnen fest damit, daß meine Schwester die Welt mit ihrer Schöpfung in Erstaunen setzen wird. Doch bis zur Fertigstellung ihres Werkes, Mr. Allgood, wären wir Ihnen sehr verbunden, wenn die Sache unter uns bleiben könnte. Unsere Eltern sollen nichts davon erfahren, bis sich herausgestellt hat, daß sie ein Wunderkind hervorbrachten.«

»Sie können sich auf meine Diskretion voll und ganz verlassen«, erklärte er und begleitete sie unter Bücklingen zur Tür.

»Ist er nicht ein lieber Mensch?« sagte Isa zerstreut, als sie den Hügel hinaufeilten. »Was jetzt? ... Richtig, ein Band für Parthie ...« Bei einem Tuchhändler erstand sie ein breites weißes Band mit einem sehr hübschen rosa-grünen Heideröschenmuster. »Es ist schöner, als sie es verdient, aber sie war so enttäuscht. Sie hat kein leichtes Leben zwischen uns und den Kleinen. Und ihre Behinderung –«

»Haben wir Zeit, uns kurz auf den Friedhof zurückzuziehen, um Louisas Brief zu lesen?« Alvey vermochte keinerlei Interesse für Parthie aufzubringen, das Kind war ihr äußerst unsympathisch.

»Nein, das wäre wohl nicht ratsam, die Beaumonts warten gewiß schon auf uns. Überdies sind wir, die Winships meine ich, in Hexham so bekannt, daß wir ständig damit rechnen müssen, angesprochen und nach dem Absender des Briefes gefragt zu werden.«

Dies war nur zu wahr. Isa hatte, seit sie sich in der Stadt aufhielten, ständig irgendwelche Leute begrüßt ... »Guten Tag, Mrs. Coxon, wie geht es Ihnen, Mr. MacDonald? Ah, Miss Ogle, meine Mutter läßt Ihnen vielmals für die Pflanzen danken ... Sie erinnern sich noch an meine Schwester Louisa?« Wie soll ich mir nur diese vielen Namen merken, dachte Alvey bestürzt. Die eine Hälfte der Bekannten, denen sie begegneten, versicherte ihnen, man hätte Louisa überall wiedererkannt, die andere Hälfte behauptete, sie habe sich bis zur Unkenntlichkeit verändert.

»Kommen all diese Leute zu der Assemblee?« fragte Alvey.

»Nein, nicht einer. Die Assembleen sind sehr exklusiv. Städter, Kaufleute, Handwerker und Offiziere der Infanterie werden nicht zugelassen. Wer teilnehmen will, muß aus einer untadeligen Familie des Landadels mit ellenlanger Ahnenreihe stammen.«

»Du lieber Himmel! Da würde man mich, wenn meine Herkunft bekannt würde, vermutlich wegen Vorspiegelung falscher Tatsachen in den Kerker werfen.«

Isa lachte, und dann schlenderten sie zum Haus des Kanonikus hinüber, einem ruhig gelegenen, altmodischen Wohnsitz, nur einen Steinwurf von der Abteikirche entfernt. Die holzgetäfelten Stuben, die Flügelfenster mit den Butzenscheiben und die kahlen gewachsten Böden erinnerten Alvey an die Abbey School. Sie machte die Bekanntschaft des Kanonikus, eines gebrechlichen alten Herrn von offenbar angegriffener Gesundheit, und seiner Schwester Miss Beaumont, einer hageren Dame Mitte sechzig, die vornehmlich damit beschäftigt schien, ihren Bruder zu umsorgen, ihn durch einen Paravent vor möglicher Zugluft zu schützen, den Schal um seinen Hals oder den Schemel für seine Füße zurechtzurücken. Nachdem dies zu ihrer Zufriedenheit geregelt war, begrüßte sie Alvey mit großer Herzlichkeit und erkundigte sich nach Mrs. Camperdowne. Es war, wie Alvey von Isa wußte, Miss

Beaumonts Empfehlung zu verdanken, daß man Louisa in die Abbey School geschickt hatte, denn Miss Beaumont war eine alte Bekannte von Mrs. Latournelle, der Begründerin des Instituts, das vor etwa zwölf Jahren auch ihre Nichte Fanny besucht hatte. Die jetzt etwa dreißigjährige Miss Fanny Beaumont war, wie man Alvey erzählt hatte, mit einem jungen Mann verlobt gewesen, der im Dienste der Ostindischen Gesellschaft nach Indien gereist war, sich in Kalkutta ein Fieber zugezogen und dort den Tod gefunden hatte. Fanny war eine unscheinbare Frau mit gütigem Gesicht in streng geschnittenem grauem Kleid und einem Musselinhäubchen auf dem straff gezopften Haar, die sich mittlerweile mit ihrem künftigen Geschick als alte Jungfer abgefunden hatte. An Megs Hochzeitsvorbereitungen zeigte sie jedoch lebhaftes Interesse, hielt mit Ratschlägen für Einzelheiten des Brautjungfernstaates nicht hinter dem Berg. ... »Mit weißem Samt wirkt es unendlich viel besser, Liebchen ...« und schien sich unverhohlen auf die abendliche Assemblee zu freuen, obschon sie selbst nicht die Absicht hatte zu tanzen. Sie begrüßte Alvey ein wenig zurückhaltend, und diese hatte das deutliche Gefühl, daß Louisa früher Miss Beaumont als eine Person von inferiorem Rang gern brüskiert und herabgesetzt hatte.

Das muß anders werden, dachte Alvey, beeindruckt durch Miss Fannys bescheidene Güte, mit kämpferischer Entschlossenheit und gebot gleich darauf ihren Gedanken, wie wohl zwanzigmal am Tag, Einhalt mit der Frage: Welches Recht habe ich, Louisas Verhalten ihren Mitmenschen gegenüber umzumodeln? Doch sie konnte einfach nicht anders. Louisa, überlegte sie, wird aller Wahrscheinlichkeit nach doch nie wieder in ihre Heimat zurückkehren, ein Vergleich zwischen ihrem Benehmen und dem meinen wird deshalb gar nicht möglich sein. Ich werde Birkland bald wieder verlassen, und wer fragt dann schon danach, ob ich Louisas Verhalten getreulich kopiert habe oder meine Handlungsweise nicht mit ihrem Charakter in Einklang stand? Ende des Jahres läuft meine Zeit hier ab. Der Gedanke an dieses Schlupfloch, das sie sich seinerzeit so nachdrücklich offengehalten hatte, tat jetzt sonderbar weh.

Dann fiel ihr Louisas Brief wieder ein. Sie konnte es kaum mehr erwarten, seinen Inhalt zu erfahren, doch würde sie sich gedulden müssen, bis sich die Mädchen nach dem Abendessen auf ihre Zimmer zurückziehen konnten, um sich für den Ball umzukleiden.

Das Abendessen – ein sehr frugales Mahl – wurde früh eingenommen und war bald vorbei, und die jungen Damen begaben sich auf ihre Zimmer. Meg als alte Freundin schlief bei Fanny, Isa und Alvey teilten sich einen Raum. Im Nu hatte Isa ihrem Retikül den Brief entnommen und löste mit der Schere sorgsam die Oblate.

»Oh«, stieß sie enttäuscht hervor, »er kommt aus Cadiz. Sie war noch gar nicht in Indien, als er auf den Weg gebracht wurde.«

»Wie könnte sie auch, du Gänschen. Die Reise dauert Monate, und ebenso viele Monate braucht der Brief für den Rückweg.«

»Ja, richtig, das hatte ich nicht bedacht.« Sie überflog das eng beschriebene Blatt: »... ergreife diese Gelegenheit ... mit dem Postschiff zurückzuschicken ... versichere Euch, daß ich mich wohl befinde und sehr glücklich bin ... fest überzeugt, meine Pflicht zu tun ... Mr. & Mrs. Tothill sehr angenehme Gesellschafter und überaus rücksichtsvoll ... große Frömmigkeit ... etliche gleichgesinnte Freunde an Bord ... ein, zwei treffliche junge Geistliche ... die Marineoffiziere ebenfalls äußerst hilfsbereit und entgegenkommend ... Kapitän Middlemass ein wahrhaft achtbarer und gottesfürchtiger Mann ... in Eile, der Bootsführer ruft ... von Eurer Schwester in Gott ... L. Winship. P. S. Hoffe, daß meine Eltern wohlauf sind.«

»Die Nachschrift hätte sie um ein Haar vergessen«, bemerkte Alvey sarkastisch, die Isa über die Schulter geschaut hatte. Man glaubt den Brief eines Kindes zu lesen, dachte sie, das so ganz von seinem neuen Abenteuer erfüllt ist, daß ihm keine Zeit bleibt, auch nur einen Gedanken an andere Menschen zu verschwenden.

»Sie hätte dir ein Wort des Dankes schreiben können, daß du es ihr ermöglicht hast, diese Erfahrung zu machen«, erklärte Isa recht verstimmt, indem sie das Blatt faltete und zwischen ihre sauberen Taschentücher schob.

»Vielleicht hatte sie Angst, der Brief könne in falsche Hände kommen, und mochte sich deshalb nicht deutlicher ausdrücken.«

»Nun, ich glaube, sie hat gar nicht daran gedacht.«

»Solltest du den Brief nicht besser vernichten, nachdem Meg ihn gelesen hat?«

»Nein, warum? Wer sollte ihn finden? Und irgendwie ... ich weiß nicht ... vielleicht aus juristischen Gründen ... wäre es wohl klüger, ihn aufzubewahren.«

»Ganz wie du meinst. Isa! Willst du mit dieser Frisur auf die Assemblee?«

»Warum, was hast du gegen meine Frisur?«

»Sehr viel. Komm her und halt still.«

Geschickt brachte Alvey Isas Haar in Ordnung und schmückte den Lockentuff in ihrem Nacken mit zwei weißen Geranien, die sie dem *beau-pot* auf dem altmodischen Ankleidetisch entnahm. »So, jetzt siehst du schon eher einer modischen jungen Dame gleich. Vergiß nicht, die Schultern zurückzunehmen ... mach keinen Buckel ... und immer schön tief atmen ...«

»Wie kann man nur in einer so unnatürlichen Haltung tanzen«, murrte Isa, während die beiden jungen Damen, ihre Schals über die Schultern legend, die flachen, glatten Stufen hinuntereilten.

Die an den Gasthof zum Schwarzen Stier angrenzenden Assembleeräume schienen der ländlichen Geruhsamkeit des Ortes durchaus gemäß mit ihren hohen Decken im Rautenmuster, den scharlachroten Samtvorhängen, den dünnbeinigen vergoldeten Directoirestühlen an der Wand und einem vergoldeten Podestchen, auf dem gerade zwei Fiedler und ein Cellospieler Platz fanden. Es gab einen separaten sechseckigen Raum für die Anstandsdamen und zum Kartenspielen sowie eine Galerie, die wenig Zuspruch fand, weil sie so zugig war. Da es zum Schwarzen Stier nur zwei Minuten zu Fuß über den Kirchplatz waren, begaben sich die jungen Damen in Schals, Hauben und Stiefeln zu Fuß zum Ort der Festlichkeit, eskortiert vom Diener des Kanonikus, der Anweisung hatte, sie mit einer Laterne pünktlich um elf dort wieder abzuholen.

»Mein Bruder wartet nämlich auf uns und würde sich sorgen, wenn wir später kämen«, erläuterte Miss Beaumont.

Alvey tanzte sehr gern. Es war dies ein Vergnügen, das, wie sie feststellte, bei den Hexhamer Assembleen recht gemäßigt vonstatten ging – Quadrillen, Kontertänze und Menuette waren zugelassen, doch der Walzer galt noch als äußerst unschicklich –, und sie hatte das Glück, für die ersten beiden Tänze einen Partner zu bekommen. Meg und Isa waren ebenfalls untergebracht, Meg tanzte mit John Chibburn. Eine ganze Reihe junger Herren war mit der Bitte an Miss Beaumont herangetreten, mit den Miss Winships tanzen zu dürfen. Doch war die Runde nicht groß, sie mochte an die zwanzig Paare umfassen. Alvey konnte, Louisas kritische Bemerkungen über »rotgesichtige Bauerntölpel« im Ohr, nicht umhin zuzugeben, daß diese mit ihrem vernichtenden Urteil über die hiesige Gesellschaft nicht ganz unrecht gehabt hatte.

Alveys erster Partner, ein Mr. Fenwick, sprach ausschließlich von der Jagd, ihr zweiter, ein Mr. Forster, ausschließlich vom Fischfang, und der dritte, ein Mr. Clavering, schien von ihr so eingeschüchtert zu sein, daß er überhaupt kein Wort herausbrachte. Offensichtlich hatte er den Blaustrumpf Miss Louisa Winship auf Befehl der Frau Mama aufgefordert und meinte wohl, mit diesem

Auftrag nicht auch noch eine Verpflichtung zur Konversation übernehmen zu müssen. Da er aber recht passabel tanzte, war Alvey es durchaus zufrieden. Isas Partner schienen nicht weniger unbedarft zu sein, und Alvey hatte allmählich Verständnis dafür, daß sie die Notwendigkeit, einige Mühen auf ihr Äußeres zu verwenden, nicht recht einsehen wollte.

Beim Abendimbiß saßen sie mit Meg und John Chibburn zusammen. Meg, unangefochtene Hauptperson auf dieser Festlichkeit, war bester Laune und schmollte ein wenig, als Miss Beaumont wenig später andeutete, es sei Zeit für ihre jungen Gäste, sich zu verabschieden. Da aber ihre aufopfernde Gastgeberin und deren Nichte den ganzen Abend auf harten Anstandsdamenstühlen an der Wand verbracht hatten, konnte Alvey es den Beaumont-Damen nicht verdenken, daß sie sich frühzeitig zurückzogen. Für die beiden muß das Fest recht langweilig gewesen sein, dachte sie. Zu ihrer Überraschung stellte sie fest, daß dem nicht so war.

»Welch schöner Abend«, seufzte Fanny Beaumont. »Ich glaube, ich könnte bis in alle Ewigkeit der Musik lauschen und dem Tanz zusehen.«

Und ihre Tante bemerkte: »Eine sehr angenehme Geselligkeit, in der Tat. Es würde mich nicht wundern, Fanny, wenn Hauptmann Campbell Hertie Musgrave einen Antrag machen würde. Ich sah, daß er sie vor allen anderen auszeichnete. Und der jüngere Musgrave hat *zweimal* mit Sophia Elliott getanzt. Wäre ich ihre Mama gewesen, ich hätte es nicht erlaubt. Und Tom Bamborough hat Mary Armstrong auf eine Weise hofiert, die ihre Tante gewiß nicht gutgeheißen hätte, wären seine Absichten nicht ernsthafter Art.«

Anscheinend war Miss Beaumonts aufmerksamem Blick kein Lächeln, keine Bewegung, kein Fächerklappen entgangen. Sie ist wie ein lebendes Archiv für Anstand und gute Sitten, dachte Alvey nicht wenig beunruhigt und gleichzeitig sehr erleichtert darüber, daß die Gespräche mit ihren Partnern sich auf so alltäglichem Niveau bewegt hatten.

»Wenn Meg verheiratet ist, werdet ihr wohl Parthie zu den Assembleen mitbringen«, sagte Miss Beaumont zu Isa.

»Ja, das möchte ich annehmen. Das arme Kind ... Tanzen ist zwar nicht ihre Stärke, aber natürlich brennt sie schon darauf, lange Kleider tragen und Bälle besuchen zu dürfen.«

»Und wie steht es mir dir, Isa? Wann dürfen wir dir zu deiner Verlobung Glück wünschen?« fuhr Miss Beaumont forschend fort. »Nachdem deine Schwester Louisa wieder daheim ist, mußt du dich beeilen. Junge Damen haben die Pflicht, sich zu verehelichen.«

Doch Isa lachte nur und erklärte, diese Absicht läge ihr völlig fern. »Meg ist eine so hochachtbare Verbindung eingegangen, daß ich es mir leisten kann, ledig zu bleiben.«

»So darf man als junges Frauenzimmer nicht daherreden, meine Liebe«, tadelte Miss Beaumont. »Aber es war wohl auch nur ein Scherz.«

Dann waren sie wieder im Haus des Kanonikus, der an einem erlöschenden Feuer beim Licht einer flackernden Kerze schlaftrunken ihrer harrte, und begaben sich schleunigst in ihre eiskalten Schlafkammern. Alvey war recht froh, mit Isa das Bett zu teilen, und überlegte ein wenig schuldbewußt, daß sie sich gefährlich schnell an ein Leben in Bequemlichkeit und Wohlbehagen gewöhnt hatte. Selbst in den Schlafzimmern wurde auf Birkland Hall an Heizmaterial nicht gespart.

Am nächsten Morgen stellte sich pünktlich um halb zehn Archie ein, um die jungen Damen abzuholen. Seit einer Stunde fielen einige Flocken, und Meg erschauerte ängstlich.

»Wenn es nur nicht so stark schneit, daß wir am Samstag nicht wegfahren können.«

»Keine Bange, Miss Meg, die nächsten zwei, drei Wochen gibt's noch keinen richtigen Schnee nich.«

Meg und John wollten Isa zur Gesellschaft für ihre Schwester auf die Hochzeitsreise mitnehmen. Für Isa, die an einem Aufenthalt in Brighton nichts Verlockendes zu sehen vermochte, war das ein großes Opfer, und es schmerzte sie, so bald nach ihrer letzten Reise das Elternhaus schon wieder verlassen zu müssen. Doch Meg argwöhnte, vielleicht zu Recht, daß ihr frisch angetrauter Ehemann allein ihr recht wenig Anregung würde bieten können. Isa hatte nur unter der Bedingung zugestimmt, daß sie in Brighton den berühmten Palast des Prinzregenten, den Brighton Pavilion, und auf der Rückreise nach Northumberland einige landschaftlich besonders reizvolle Orte besichtigen durfte. Sie wollten die Reise nach Südengland zu Schiff unternehmen, sich einige Wochen in Brighton aufhalten und dann in Etappen nach Norden zurückkehren. Dabei waren Verwandtenbesuche in Winchester und Warwick sowie Zwischenstationen in Oxford, York, Matlock, Dovedale und im Seengebiet Nordwestenglands, dem Lake District, vorgesehen. Nur die Aussicht, diese Plätze kennenzulernen, hatte Isa schließlich dazu bewogen, widerwillig einer so langen Abwesenheit von daheim zuzustimmen. Alvey sah der Abreise der Schwestern mit beträchtlicher Unruhe entgegen. Bisher hatte sie keinen größeren Fehler begangen, aber sehr häufig war sie noch immer genötigt, Isa oder Meg um Auskunft anzugehen, und sie konnte sich nicht vorstellen, wie sie ohne die beiden zurechtkommen sollte.

Es war bitter kalt, als sie die Heimfahrt antraten. Auf den Gipfeln der schroffen Hänge lag der Schnee in Streifen und Strängen, vor diesem hellen Hintergrund teilten die Steinmauern und die Reihen der windgezausten Buchen die Landschaft wie Markierungen auf einer Landkarte. »Das Schönste am Winter wird mir diesmal entgehen. Es ist eine so wunderbare Jahreszeit.« Und sie sog mit großem Genuß die eisige Luft ein.

Alvey fröstelte ein wenig im Gedanken an die Abgeschiedenheit von Birkland nach starken Schneefällen.

»Oho«, sagte Archie, als sie im Dorf um eine Kurve bogen. »Da vor uns war jemand auf de Straat.« Er deutete mit seiner Peitsche auf die Wagenspuren vor ihnen. »Das muß Master James sein.«

»O Himmel«, sagte Meg halblaut. »Es wird einen schrecklichen Tumult geben, wenn James von Annie Herdman und ihrem Baby erfährt. Ich wünschte fast, er wäre nicht zu meiner Hochzeit heimgekommen.«

»Aber Meg, du weißt doch, daß er zu Hause ein wenig ausruhen soll, um sich von seiner Verletzung zu erholen. Wie kannst du so gefühllos sein«, widersprach Isa.

»Und an mich denkst du gar nicht? Ich heirate nur einmal. Es ist recht hart, wenn einem der Tag durch solche Mißhelligkeiten vergällt wird.«

Meg ist wirklich eine eigensüchtige Person, dachte Alvey.

Archie führte die Pferde am Zügel die Allee herunter, damit sie auf der steilen, vereisten Strecke nicht ins Rutschen kamen.

Zum ersten Mal seit ihrer Ankunft auf Birkland Hall hatte Alvey eine Nacht außer Haus verbracht, und leicht schuldbewußt dachte sie, wie schön es doch war, wieder hier zu sein, trotz des unabwendbaren Familienzwistes, trotz der zusätzlichen Schwierigkeiten, die sich durch die Ankunft von James ergeben würden, trotz der Aussicht auf die vielen neugierigen Fremden, denen sie bei der Hochzeit begegnen würde. Ja, trotz all dieser Erwägungen spürte sie nicht wenig überrascht, daß sie das Gefühl hatte, nach Hause zu kommen, als zwischen den schlanken Fichtenstämmen die grauen Mauern und der dicke Befestigungsturm vor dem hellen Himmel auftauchten. In fast herzlicher Sorge gedachte sie Sir Aydons und Lady Winships. Wie schrecklich mußte es den Ärmsten gewesen sein, dem Sohn eine solche Nachricht zu überbringen ...

Alvey begriff, daß sie für diese Fremden mehr Fürsorge empfand, als ihre eigenen Eltern ihr je abverlangt hatten. Mit dieser recht betrüblichen Entdeckung beschäftigt, verharrte sie in

Schweigen, als die Kutsche in der Auffahrt hielt und Archie den Tritt herunterklappte.

Sobald sie im Haus waren, schlugen ihnen aus der Bibliothek laute Stimmen entgegen. Meg und Isa wandten sich automatisch in diese Richtung. Alvey aber, von einer plötzlichen Scheu übermannt, sich dieser ersten Zusammenkunft der wiedervereinigten Familie zuzugesellen, bemerkte, sie habe ein Päckchen für die alte Dame abzuliefern, und ging rasch die Treppe hinauf. Dies entsprach durchaus der Wahrheit, sie hatte Mrs. Winship Crabbes Gedichte gekauft. Nachdem sie die anderen Bücher in ihrem Schlafzimmer abgelegt hatte, begab sie sich mit dem Gedichtband in das Zimmer der alten Dame. Mrs. Winship war mit Duddys Hilfe noch dabei, Toilette zu machen, und nahm das Geschenk mit knurriger Überraschung entgegen.

»Das ist ja recht freundlich von dir...« Die alte Grizel warf Alvey einen scharfen Blick zu, als überlege sie, ob diese sich damit ihre Gunst für kommende Gelegenheiten habe erkaufen wollen. »*Das Dorf*. Hm... Scheint von einfachen Leuten zu handeln. Parthie soll es mir vorlesen, das ist sehr schicklich und wird ihr gut tun.« Alvey überlegte, ob nicht vielleicht Lord Byrons *Korsar* angebrachter gewesen wäre. »Parthie ist natürlich unten und wird, wie ich sie kenne, schon um deinen Bruder und seinen Freund herumscharwenzeln, die vor einer halben Stunde eingetroffen sind. Hast du sie nicht gesehen?«

Wieder ein scharfer Blick.

»Ach ja?« fragte Alvey obenhin. »Nein, ich bin gleich hergekommen.«

»Da unten mag es schon knistern«, bemerkte die alte Dame nicht ohne Bosheit. »Möchtest du nicht dabeisein?«

»Nichts läge mir ferner. Wer ist der Freund von James? Ich wußte nicht, daß man noch einen Gast erwartet.«

»Oho, da regt sich denn doch die Neugier, wie? Der Mann ist Wundarzt und Major. Er und James kennen sich seit der Schulzeit, trafen sich, wie ich hörte, in Brüssel wieder und haben enge Freundschaft geschlossen. Es war die Rede von einer Verbindung zwischen James und Major Fenways Schwester.«

»In der Tat? Ich dachte, James –«

»Nun, das wird sich alles weisen«, sagte die alte Dame ungeduldig, als fände sie es zu lästig, sich näher mit den verworrenen Angelegenheiten der heutigen Jugend zu beschäftigen. »Komm, Duddy, eile dich. Es ist wohl besser, wenn ich mich sehen lasse, ehe es zu Blutvergießen kommt. Dabei hört auf mich ja doch kein Mensch. Lauf jetzt, Kind, du brennst gewiß darauf festzustellen, welche Vorzüge der Major besitzt.«

Gehorsam verließ Alvey das Zimmer, aber nicht, um sich der Runde in der Bibliothek anzuschließen. Sie überlegte, was wohl Louisa in so einem Moment getan hätte. Louisa, die sich stets so überlegen Dünkende, würde sich fernhalten. Louisa hatte nie viel für ihren Bruder James übriggehabt, sie hätte sich gewiß nicht übermäßig beeilt, den heimgekehrten Helden zu begrüßen.

Alvey nahm einen alten Mantel um und lief leise über die Hintertreppe in den klirrendkalten, grauen Tag hinein. Während sie über den buckelpflastrigen Weg ging, beobachtete sie mit Entzücken, daß eine Eiskruste das Moor zwischen den Katzenkopfsteinen in ein Netzwerk glitzernder Smaragde verwandelt hatte. Sie überquerte den schlüpfrigen Stallvorplatz und betrat die breite Terrasse an der Südseite des Hauses. Hier würde niemand sie sehen, denn die Familie war in der Bibliothek versammelt, die nach Norden hinausging. Sie konnte ungestört promenieren, über ihren lockeren Lord nachdenken und den Blick über das Tal zu den blau-weißen Cheviotbergen schweifen lassen. Unter ihr strömte breit und brüllend der Hungry Water, ganz deutlich war er zu vernehmen über dem Ruf des Brachvogels und dem verlorenen Blöken eines Schafes. Nächste Woche um diese Zeit, dachte sie, sind alle fort, die

Hochzeit ist überstanden – und jetzt hatte selbst der Gedanke an Megs und Isas Abreise etwas Befriedigendes.

Alvey sog die scharfe, nach Gras und Holzrauch duftende Luft ein und dachte: Ich werde schon wie Isa. Nach einem einzigen Abend in der Stadt, umgeben von anderen Leuten, komme ich mir beengt und eingesperrt vor.

Sie begann, die Arme unter dem Mantel übereinandergeschlagen, rasch auf der Terrasse hin und her zu gehen und das nächste Abenteuer ihres Helden zu planen, den sie in der vergangenen Woche ein wenig vernachlässigt hatte. Was ist das nur für dummes Zeug, dachte sie, aber welche Freude habe ich doch daran! Wie ist es anderen Menschen möglich, die Monotonie des täglichen Lebens auszuhalten, wenn sie keinen Roman im Kopf haben?

In ihrer Geschichte vertieft, hatte sie wohl fünf- oder sechsmal die Terrasse abgeschritten, als sie zu ihrer nicht geringen Überraschung eine Gestalt bemerkte, die durch das zu Lady Winships Garten führende schmiedeeiserne Tor trat. Es war die Gestalt eines Mannes, eines Unbekannten, er war barhäuptig, trug aber einen Mantel mit Pelerine. Alvey war ihm schon zu nah gekommen, um sich noch zurückziehen zu können, ohne den Anschein der Unhöflichkeit zu erwecken. Sie machte deshalb vor dem Fremden eine distanziert-herablassende Verbeugung, ohne etwas zu sagen.

Der aber trat an sie heran und begann höflich: »Guten Morgen. Es sieht so aus, als müßte ich mich selbst vorstellen: Ich bin Guy Fenway, der Freund von James. Sir Aydon, Lady Winship und die jüngeren Kinder habe ich bereits kennengelernt, Sie müssen demnach Miss Meg, Miss Isabel oder Miss Louisa sein.« Er musterte sie. »Nach James Beschreibung möchte ich meinen, Miss Louisa vor mir zu sehen. Habe ich richtig geraten?«

»Durchaus«, sagte Alvey frostig. »Guten Tag, Sir.«

Sie hatte sich schon halb abgewandt und hoffte, er würde dies als Wink auffassen, daß ihr seine Gesellschaft nicht willkommen war, doch er drehte sich mit einem völligen Mangel an Feingefühl um und ging auf der Terrasse neben ihr her.

»Sie fragen sich vermutlich, wie es kommt, daß ich Lady Winships Garten besichtigte, was, wie ich wohl weiß, eine Ehre ist, die wenigen zuteil wird«, fuhr er in umgänglichem Ton fort. »Dazu muß ich wohl erklären, daß meine Mutter eine ebenso begeisterte Gärtnerin ist und mir etliche Christrosen als Geschenk für Ihre Frau Mama anvertraute sowie den dringenden Wunsch äußerte, von mir eine genau Beschreibung des Gartens ihrer Ladyschaft zu erhalten. In Anbetracht der Möglichkeit, daß ein früher Schneefall dieses Ziel zunichte machen und mir die Reize des Gartens verbergen könnte, erbat ich die Erlaubnis, ihn unverzüglich besuchen zu dürfen.«

»Soso«, versetzte Alvey unbewegt. »Wie ich höre, ist in den nächsten Wochen noch kaum mit Schnee zu rechnen. Und es nimmt mich wunder, daß meine Mutter nicht den Wunsch hatte, Sie persönlich zu führen.«

Verstohlen musterte sie diesen zungenfertigen Menschen, der so unerschütterlich neben ihr herlief, als seien sie alte Bekannte. Er war nicht sehr groß, nicht größer als sie selbst, sein Haar hatte eine unauffällige Farbe zwischen Braun und Blond und war militärisch kurz geschnitten. Er war glattrasiert und von durchaus nicht bemerkenswertem Aussehen, mit blassem Teint und unscheinbaren, wenn auch lebhaften Zügen. Was ihn aus dem Mittelmaß heraushob, waren die hellen, auffallend klugen grünblauen Augen. Glasklar, dachte Alvey, klar wie Eis. Und dann schalt sie sich wegen dieser abgeschmackten Vergleiche und versuchte gleichzeitig, eine weniger platte Beschreibung für Major Fenways ungewöhnlich durchdringenden Blick zu finden. Dieser Mann müßte sich vortrefflich mit der alten Mrs. Winship verstehen, dachte sie, er ist gewiß kein Narr. Unwillkürlich verglich sie seine Konduite aufs vorteilhafteste mit der ihrer Partner bei der gestrigen Hexhamer Assemblee.

»Ich verstehe«, sagte er lächelnd. »Sie staunen über die Unverfrorenheit, die mich veranlaßte, mich kaum eine halbe Stunde nach der Ankunft in einem völlig fremden Hause hinauszubegeben und umherzugehen, als sei ich hier zuhause.«

»Nicht im mindesten, Sir. Wie käme ich dazu?«

»Es verhält sich so«, vertraute er ihr an, »daß es nicht nur mein Wunsch war, den Garten zu besichtigen, sondern daß sich im Haus eine Familienszene abspielt, bei der ich, wie ich meine, als Außenseiter nichts zu suchen habe, so daß es mir schicklicher erschien, mich zurückzuziehen.«

»Ihre Empfindungen sind aller Ehre wert, Sir«, versetzte Alvey so kühl und gemessen, wie Louisa es sich in ihrer hochfahrendsten Stimmung nur hätte wünschen können, doch in diesem Augenblick hatte sie das Mißgeschick, auf einer vereisten Stelle der Steinplatten auszugleiten. Hätte Major Fenway nicht rasch ihren Arm ergriffen, hätte sie einen beschämenden Fall getan.

»Geben Sie acht. Das ist das gefährliche an diesen Steinen, sie sehen trocken aus, doch viele sind ganz mit Eis überzogen.«

»Verbindlichen Dank, aber es ist weiter keine Gefahr, ich komme schon zurecht.«

Er überhörte den Wink und bestand darauf, ihren Arm festzuhalten, während er sie über die Terrasse und den kopfsteingepflasterten Weg geleitete, bis sie wohlbehalten auf der Zufahrt vor dem Haus stand.

»Ich bin Ihnen sehr verbunden«, sagte Alvey so kalt wie zuvor und befreite sich aus seinem Griff. »Hier trennen sich unsere Wege. Amble hat Ihnen Ihr Zimmer gezeigt?«

»Ja, gewiß. Ich werde draußen noch eine Runde machen.«

Während sie ins Haus ging, spürte Alvey, daß er ihr einen belustigten, leicht erstaunten Blick nachschickte. Hatte ihre Darstellung ihn nicht überzeugt?

Die Auseinandersetzung in der Bibliothek dauerte offenbar noch an, und Alvey gedachte nicht, sich dort sehenzulassen. Sie schlug sich James' Freund aus dem Kopf und eilte nach oben in ihr Zimmer, in dem ein lustiges Feuer im Kamin knisterte, zog die Schublade auf, in der sie ihr Lord-Love-Notizbuch aufbewahrte, und griff nach Papier und Feder. Mehrere vortreffliche Ideen waren ihr während ihrer zehnminütigen Promenade über die Terrasse gekommen. Sie hatte bereits die Erfahrung gemacht, daß es bei einem schöpferischen Prozeß häufig vorkam, daß nach einer Phase erzwungener Untätigkeit neuer Stoff in einem jähen Schwall hervorbrach. Sie spürte, wie ihre Geschichte sich einem großen Zelt gleich über ihr entfaltete, als sie das Spannseil anzog, wie es schwankte, ein wenig einsank, sich dann höher und höher hob und endlich in seiner Spitzform fertig dastand. Bedacht, so rasch wie möglich die neuen Handlungselemente festzuhalten, ehe sie daranging, die nächste Szene zu schreiben, begann sie zu kritzeln, ohne der leicht veränderten Lage der Gegenstände in der Schublade Aufmerksamkeit zu schenken; Bleistifte, Wachs, Notizbücher und Streusandbüchse befanden sich an ungewohnter Stelle. Hatte Grace aufgeräumt? Doch Grace rührte niemals an diese Schublade, sie hatte strenge Anweisung, sie ganz in Ruhe zu lassen. Gleichviel, es war gewiß nicht von Bedeutung. Eben stand Lord Love Auge in Auge jenem raffinierten Paar gegenüber, der Herzogin von Smithfield, Urheberin eines schändlichen Planes, ihn zu diskreditieren, obschon sie selbst eine Betrügerin war, und der falschen Nonne Lutilla, bei der es sich in Wirklichkeit um einen verkleideten Attentäter handelte –

Schüchtern klopfte es an die Tür.

»Wer ist da?« fragte Alvey gereizt und notierte: »Die Mutter Oberin geht jeden Abend in Quinceys Spielhölle ...«

Doch das Pochen war sehr schüchtern und bittend gewesen und wiederholte sich nicht. Äußerst ungehalten stand Alvey auf, ging rasch zur Tür und riß sie auf.

Draußen standen Nish und Tot.

»Ihr?« sagte Alvey erstaunt. »Und ich dachte, ihr seid unten und begrüßt euren – unseren Bruder James.«

»Das haben wir auch«, sagte Tot unglücklich. »Aber Mama hat uns und Parthie aus dem Zimmer geschickt, es kämen Dinge zur Sprache, die für unsere Ohren nicht geeignet seien, hat sie gesagt...«

»Die Sache mit Annie Herdman und ihrem Baby, du weißt schon«, ergänzte Nish.

»Papa hat gesagt, wir sollen ins Turmzimmer gehen und Latein lernen. Aber wir haben dich kommen sehen...«

»Und da haben wir gedacht...«

»Wir hofften, du würdest uns vielleicht etwas vorlesen.«

Ungläubig staunend blickten sie zum Schreibtisch hinüber, auf dem sich neue Bücher häuften. Stumm, mit geweiteten Augen blieben sie stehen.

»Soso.« Alvey seufzte. »Das habt ihr euch also gedacht. Nun denn...« Sie hielt inne, holte tief und ergeben Luft. »Also gut. Aber nur für eine halbe Stunde, hört ihr?«

Die Augen begannen zu strahlen, Nish führte einen kleinen Freudentanz auf.

»Bleiben wir hier?« fragten sie hoffnungsvoll. »Das Feuer bei dir ist besser als das im Turm, das ist vorhin ausgegangen, als wir unten waren.«

8

Nach den jüngeren Geschwistern waren auch Meg und Isa aus der Bibliothek gewiesen worden, und Sir Aydon erklärte gramvoll und wohl zum zehnten Mal: »Aber Annie Herdman selbst hat gesagt –«

»Es ist mir gleich, was sie gesagt hat. Wenn sie –«

»James! Das arme Mädchen ist tot!«

»Ich wäre Ihnen sehr verbunden, Ma'am, wenn Sie mich nicht unterbrechen würden.«

»Aydon! Würdest du wohl freundlicherweise deinen Sohn ersuchen, nicht in diesem Ton mit mir zu sprechen?«

»Um des Himmels willen!« Mit einer wütenden Bewegung fegte Sir Aydon einen ganzen Stoß von Papieren, die das Gut betrafen, vom Schreibtisch. Vater und Sohn waren aschfahl, in auffallendem Gegensatz zu Lady Winship, deren Gesicht noch stärker gerötet war als gewöhnlich.

»Du hast James unterbrochen, Charlotte. Es wäre meiner Meinung nach besser, wenn du dich bei diesem Gespräch mehr zurückhieltest. Da du –«

»Gestatte, daß ich dir widerspreche, Vater«, versetzte James stürmisch. »Da Lady Winship die Entscheidung – die unheilvolle Entscheidung –, das unglückselige Mädchen ins Haus zu nehmen, einzig und allein um ihrer Bequemlichkeit willen getroffen hat, halte ich es für durchaus angemessen, daß sie an dem Gespräch beteiligt wird und hört, was ich zu sagen habe. Wenn Lady Winship mir nur hin und wieder Gelegenheit gibt, das Wort zu ergreifen, will ich schon zufrieden sein.«

»O nein!« stieß seine Stiefmutter empört hervor, doch ihr Mann hob gebieterisch die Hand.

»Nun, James?«

»Sir, es tut mir unsäglich leid, daß die arme Frau und ihr Kind tot sind. Das sagte ich bereits und wiederhole es hiermit. Aber ich versichere erneut, daß ich mich niemals mit ihr eingelassen habe, daß ihr Kind nicht das meine war. Wie kann ich euch nur davon überzeugen?« rief er erregt und sah in ungläubige Gesichter. Lady Winship machte schmale Lippen, ihre Miene verriet Entrüstung und tiefen Zweifel. Sir Aydon, vergrämt und elend, war, so schien es seinem Sohn, in zehn Minuten um ebenso viele Jahre gealtert.

»Ich finde es recht feige, eine Anklage abzustreiten, wenn es keinen Ankläger mehr gibt, der dich Lügen strafen könnte.«

»Ich würde sie ebenso abstreiten, wenn Annie Herdman hier wäre. Großer Gott, ich kannte das Mädchen ja kaum vom Sehen. Vermutlich hat sie mich zum Vater erkoren, weil ich weit weg und mit meiner Rückkehr, meinem Protest nicht so schnell zu rechnen war. Oder weil ...« Weil die Neigungen meines Großvaters und meiner Großonkel bekannt waren, hätte er vielleicht hinzugesetzt, aber Lady Winship unterbrach ihn erneut.

»Es tut mir leid, James, aber wir haben bedauerlicherweise wenig Anlaß, dir Glauben zu schenken. Ich erinnere mich nur zu gut an den Tort, den du als Knabe deiner armen Schwester Louisa angetan hast ... Der Streich mit dem Eimer Wasser ... du hättest ihr eine schwere Verletzung zufügen können ... und daß du dich danach starrsinnig weigertest, ein Geständnis abzulegen und um Entschuldigung zu bitten. Damals hast du die Unwahrheit gesagt. Wie kannst du erwarten, daß wir dir diesmal glauben?«

»Was, das wird jetzt wieder hervorgeholt? Der Dummejungenstreich eines Vierzehnjährigen? Ich muß doch sehr bitten, Ma'am ...«

»Wie der Schößling, so der Baum.«

»Für diesen Beitrag darf ich mich wohl bei meiner Schwester Louisa bedanken«, knurrte James, ohne auf den gärtnerischen Sinnspruch seiner Stiefmutter einzugehen. »Kaum ist sie wieder zu Hause, macht sie sich daran, alte Rechnungen zu begleichen. Es überrascht mich, daß sie nicht hier ist, um sich mit ihrer frömmlerischen Stimme an dem Rundgesang zu beteiligen.«

»Am besten beenden wir die Debatte, wenn du in diesen alten Geschichten derart obstinat und unausstehlich bist, daß du es nicht über dich bringst, deine Schuld zuzugeben«, versetzte die Dame des Hauses. »Für deinen Vater ist das Gespräch überaus schmerzlich und offenbar noch dazu sinnlos. Aber da dein Entschluß anscheinend gefaßt ist, gibt es wohl nichts mehr zu sagen.«

Langsam und würdevoll verließ Lady Winship das Zimmer.

James ballte die Fäuste, als müsse er an sich halten, um der sich entfernenden kerzengeraden Gestalt nicht ein Buch hinterherzuschleudern. Mit einer automatisch-höflichen Bewegung hatte er sich erhoben, als Lady Winship sich zurückzog, doch jetzt war er genötigt, krampfhaft die Tischkante umklammernd und noch bleicher als zuvor, sich wieder auf seinen Stuhl sinken zu lassen.

»Du bist bei weitem noch nicht wiederhergestellt, mein Junge«, sagte sein Vater besorgt. »Dein Bein ...«

»Kaum der Rede wert, Vater.«

»Das alles ist eine schlimme Geschichte, eine sehr, sehr schlimme Geschichte«, sagte Sir Aydon halblaut. »Wenn du nur zugeben könntest, daß –«

»Ich habe nicht die mindeste Absicht, etwas zuzugeben, was ich nicht getan habe, Sir, so gelegen das Lady Winship und dir auch gekommen wäre ... Ach, Teufel, verzeih mir, Vater ...« So sehr ihn diese schmerzliche Szene auch mitgenommen hatte, der er sich durchaus nicht gewachsen fühlte, verspürte doch James nicht wenig Mitleid mit seinem Vater, dessen körperlicher Zustand sich, wie er fand, seit seinem letzten Besuch wesentlich verschlechtert hatte. Und er dachte an das, was er ihm früher oder später obendrein noch würde beibringen müssen ...

»Es tut mir wirklich sehr leid für dich«, sagte James milder. »Ich weiß – Lady Winship sagte es –, wie sehr dir der Kleine ans Herz gewachsen war.«

Sir Aydon machte eine abwehrende Handbewegung. »Reden wir nicht davon. Es ist ja nicht nur das, es ist alles so ... alles ... Charlotte selbst ... Wie entsetzlich das alles ist ...« stieß er zur Bestürzung seines Sohnes mit schwankender Stimme hervor. »Viel, viel schlimmer, als du ahnen kannst. Und jetzt kommst du nach Hause, hast nur noch ein Bein, und sogleich beginnt dieser Zwist ... Wie soll ich das nur aushalten?«

Und vor James' entsetzten Augen legte Sir Aydon den grauen Kopf in die Hände und fing an zu weinen. Heftige Schluchzer schüttelten ihn, Tränen quollen zwischen seinen Fingern hervor.

»Bitte, Vater, fasse dich doch ... ich bitte dich sehr ...! Es wird sich alles wieder einrenken, ganz gewiß ...« Nur für die arme Annie Herdman nicht mehr, dachte James, während er diese und ähnliche Platitüden hervorbrachte. Und vielleicht auch nicht für meine gefühllose Stiefmutter, deren Hartherzigkeit indirekt zum Tod der beiden geführt hat. Hätte man dem Mädchen gestattet, ihr Kind bei sich zu behalten, hätte es nie so weit zu kommen brauchen. Der Gedanke mag Lady Winship noch so manches Jahr verfolgen. Und diesen armen alten Mann hier ebenfalls.

Zum ersten Mal sah James seinen Vater als alten Mann. Herrgott, dachte er, der arme Teufel hat sein Leben nahezu hinter sich. Und dieser Überlegung folgte eine zweite: Vater ist so plötzlich gealtert, er hat sich so heftig um das Kind gegrämt – wäre es möglich, daß der Kleine sein Sohn war?

Lag ihm deshalb so viel daran, daß ich die Vaterschaft anerkenne?

Und *ihr* womöglich noch mehr?

Abgesehen vielleicht von meinem Vater, dachte James, bin ich der einzige, der sicher sein kann, daß Klein Geordie nicht mein Sohn war. Aber ich bin nicht bereit, in dieser Sache die Unwahrheit zu sagen, auch nicht, um meinem Vater und seiner Frau eine Last von der Seele zu nehmen.

Die Frage ist, ob ich es übers Herz bringe, ihm in diesem Augenblick zu sagen, was gesagt werden muß ...

Unentschlossen erhob er sich, hinkte auf seinen Krücken zum Fenster und sah hinaus, Sir Aydon den Rücken zuwendend.

Nach einer Weile wurden die schmerzlichen Laute hinter ihm schwächer. Sir Aydon richtete sich auf, schüttelte den Kopf, als könne er dadurch seine Gedanken klären, und schneuzte sich.

»Bemühe dich, nicht mehr daran zu denken, Vater, versuch dich nicht zu grämen. Was geschehen ist, ist geschehen. Wir haben Megs Hochzeit vor uns, da wird Frohsinn und Feierlaune von uns erwartet.«

James sah seinem Vater in die geröteten Augen und brachte mit einiger Mühe so etwas wie ein ermutigendes Lächeln zustande. Nein, dachte er, ich kann es ihm nicht sagen. Nach der Hochzeit ist immer noch Zeit genug.

Sir Aydon gab einen unbeschreiblichen Laut von sich, der wohl eine Erwiderung auf den gut gemeinten Zuspruch seines Sohnes darstellen sollte. Dann ging die Tür auf. James wandte sich erleichtert um, in diesem Moment war ihm jede Ablenkung recht.

Es war seine Großmutter, ungewohnt prächtig angetan mit einem altertümlich geschnittenen schwarzen Satinkleid, Mechlinspitzen und einem Paisley-Schal.

»Nun, James«, sagte sie barsch, während er auf sie zuhinkte, um ihr einen Kuß zu geben. »Du hast also ein Bein in Waterloo gelassen. Das ist freilich ein großes Unglück, doch immer noch besser, als wärst du selbst dort geblieben. Wir freuen uns sehr, dich wieder daheim zu sehen, auch wenn du nur auf einem Bein daherkommst. Carey würde dir gewiß bald ein neues verfertigen, eins aus Eibenholz. Eibe, so sagte man mir, sei am haltbarsten.«

»Wohlinformiert wie immer, Großmama, du hast dich nicht verändert.« James sah die alte Dame voller Zuneigung an. »Ich werde mich unverzüglich an Carey wenden.«

»Wo sind deine Schwestern?« fragte Mrs. Winship, die nach einem raschen Blick auf Sir Aydon ihren Sohn in Ruhe ließ, um ihm Gelegenheit zu geben, sich wieder halbwegs zu fassen. »Haben die Mädchen dich noch nicht begrüßt?«

»Ja, Meg, Isa und Parthie und auch die Kleinen. Aber Mrs. Galt hat sie zu sich gerufen, wegen der Kleider für die Brautjungfern.«

Sir Aydon erhob sich und ging mit unsicherem Schritt zur Tür. Von dort aus sagte er mit matter Stimme: »Veranlasse, was du für nötig hältst, James, damit es deinem Freund nicht an Bequemlichkeit fehlt. Major Fenway scheint ein sehr angenehmer Mensch zu sein, ein echter Gentleman. Er gehört wohl zu dem Leicestershire-Zweig der Familie?«

Damit ging er hinaus.

»War es sein Kind, Großmama?« fragte James leise und drängend. »Das Kind, das ertrunken ist?«

»Hm. Überraschen würde es mich nicht. Aber ich weiß nichts Genaues«, versetzte die alte Dame schroff. Es war ihr anzumerken, daß ihr das Eingeständnis schwerfiel. »Ich halte es für möglich, daß *sie* es glaubte.«

»Meine Stiefmutter?«

Sie nickte.

Er stieß einen leisen Pfiff aus, in dem sich Bestürzung, Verstehen und Mitgefühl ausdrückten.

»Jetzt begreife ich. Dann –«

»Pst.«

Die Tür, die Sir Aydon nur halb geschlossen hatte, öffnete sich weiter, und Parthie kam hereingestelzt. Sie trug ein Brautjungfernkleid aus weißem, mit scharlachroten Bändern besetztem Samt. Die Farbzusammenstellung, ersonnen, um Megs dunkle, pikante Schönheit zu unterstreichen, rief im Verein mit dem strähnigen Flachshaar, der fahlen Haut, den blauen, wimperlosen Augen bei ihrer jüngeren Schwester eine ganz entgegengesetzte, höchst unglückliche Wirkung hervor. Das hübsche Kleid hing an ihr herunter wie ein bunt herausgeputztes Leichentuch. Erfreulicherweise schien sie nichts von diesem Effekt zu ahnen, denn sie verkündete freudig: »Schau her, Großmama, schau her, James. Bin ich nicht fein? Schaut mich an, ihr beiden.«

Stolz schüttelte sie die langen Röcke aus.

»Sehr hübsch«, versetzte ihre Großmutter unbewegt. »Wie kommt es, daß Mrs. Galt dich aus dem Nähzimmer hat entwischen lassen?«

»Ich habe mich davongemacht, auf Zehenspitzen, als sie den Rücken wandte, um Isa abzustecken. Sie haben nichts gehört.«

»Recht geschähe dir, wenn du dich noch vor der Hochzeit auf den Tod erkälten würdest. Und jetzt gehst du augenblicklich wieder dahin, wo du hergekommen bist, ziehst Schuhe und Strümpfe an und legst das schöne Kleid ab, ehe du es zerknitterst oder schmutzig machst. Fort mit dir.«

Langsam und widerstrebend ging Parthie zur Tür, immer wieder einen enttäuschten Blick auf James werfend, dem sie eine bewundernde Bemerkung zu entlocken gehofft hatte. Doch er sah schon wieder aus dem Fenster, blickte über die Auffahrt zu dem bewaldeten Hang und den hohen Farnen am Löwenteich hinüber.

Auf dem Weg zum Turm waren soeben drei Personen erschienen, die dem Teich zustrebten. Jetzt umstanden sie ihn, offenbar um irgendein Ritual zu vollführen. Sie hatten Blumen und Beerenzweige in der Hand. Es waren zwei Kinder und eine Erwachsene.

»Wer ist denn das dort bei Nish und Tot?« fragte James neugierig.

»Wo denn?«

Die alte Mrs. Winship trat hinkend zu ihm und sah aus dem Fenster, dann lachte sie gackernd auf.

»Das ist niemand, das heißt keine Fremde. Was hast du denn gedacht? Das ist deine Schwester Louisa.«

»Was wollen sie mit den Blumen?« erkundigte sich James, den Blick noch immer auf die Gruppe gerichtet.

»Ach, dabei habe ich die Kinder schon öfter beobachtet. Es ist eine ihrer Zeremonien, wohl eine Art Trauerfeier. Für den toten Jungen, weißt du. Ich erinnere mich, daß sie heute vormittag nach einem Spielzeug von ihm gesucht haben . . .«

»Hingen sie denn so sehr an ihm?«

»Nicht daß ich wüßte. Aber sie denken sich wohl«, sagte die alte Dame nüchtern, »daß bei all dem Staub, der in dieser Sache aufgewirbelt wurde, das eigentlich Tragische an der Geschichte ziemlich unbeachtet blieb, und da wollen sie offenbar Abhilfe schaffen.«

Parthie zog mit einem unüberhörbaren und beleidigten Schniefen die Nase hoch und verließ das Zimmer. Die anderen beiden achteten nicht auf sie.

»Und Louisa?« fragte James ratlos. »Stand sie Klein Geordie denn so nah?«

»O Himmel, nein. Sie war ja noch nicht einmal hier, als sich das Unglück zutrug.«

Parthie, jetzt wieder in ihren Alltagssachen, machte sich auf die Suche nach ihren jüngeren Geschwistern und fand sie in der Geschirrkammer.

Neuerdings hielt man auf Birkland Hall weniger Pferde als in jenen Tagen, da Sir Aydon noch zur Jagd geritten war, und das geräumige Gelaß neben der Remise beherbergte jetzt neben den zu seiner normalen Ausstattung gehörenden Wischlappen, Wagenhebern, Striegeln, Mistgabeln, Pferdedecken, Stiefelknechten und Laternen sowie den an Haken hängenden Geschirren auch allerlei abgelegtes Spielzeug, Schießscheiben, Krockethämmer und hölzerne Schläger. Die Geschirrkammer verfügte über einen Kamin und einen Kocher, um Kleiebrei zuzubereiten. In Wandschränken standen Dosen mit Geschirrpaste, Wichse, Guttapercha, Salmiaksalz und Lederseife. Der Raum war behaglich warm und roch nach Leinsamen und Teer.

»Schau mal«, sagte Tot, der in einem geräumigen Besenschrank gekramt hatte, »da ist der Schlitten, den Sim für uns gemacht hat. Der arme Sim, ein Jammer, daß er nicht wiedergekommen ist. Sonst wär' jetzt vielleicht alles ganz anders ...«

»Hier ist das Steckenpferd!« verkündete Nish triumphierend. »Es hat die ganze Zeit unter dem Sattelbaum gelegen. Ich wußte doch, daß er damit hier war ...«

Dann verstummten beide. In der Tür stand ihre Schwester Parthie, die sie mit der gewohnten Mischung aus Feindseligkeit und Verachtung musterte.

»Was macht ihr mit dem Steckenpferd?« Sie trat einen Schritt näher. »Gebt es mir.«

»Es gehört dir nicht.« Nish wich, Parthies ausgestreckte Hand übersehend, ein wenig zurück.

Das Steckenpferd war ein ansehnliches Spielzeug mit einem geschnitzten Kopf aus Buchenholz an einem kurzen Schaft, an dem stabile Holzrädchen angebracht waren. Kleine Zügel aus rotem Leder waren an einer gemalten Trense befestigt.

»Gib es her«, wiederholte Parthie.

»Warum? Es gehört nicht dir, Papa hat es von Surtees für Klein Geordie machen lassen.«

»Und jetzt, wo Geordie tot ist, nehmt ihr es euch«, sagte Parthie giftig, »habgierige kleine Ungeheuer, die ihr seid. Eifersüchtig auf einen kleinen Jungen! Nur weil Papa ihn lieber hatte als euch.«

»Das ist nicht wahr.«

»Warum wollt ihr dann das Steckenpferd haben?«

»Wir verbrennen es«, sagte Tot frostig. »Damit Papa sich nicht grämt, wenn er in die Geschirrkammer kommt und es sieht.«

»Das soll ich euch glauben?« Parthie machte einen entschlossenen Satz, aber die raschere, wendigere Nish entkam ihr.

»Warum soll ich es dir geben?« stieß sie hervor und warf über den Sattelbaum hinweg das Steckenpferd Tot zu. »Du kannst ja doch nicht darauf reiten.« Sie warf einen anzüglichen Blick auf Parthies unförmig dicke Fesseln und Beine.

Parthie war rot angelaufen vor Zorn.

»Ich wollte es Mr. Thropton für ein armes Kind im Dorf geben«, sagte sie. »Und das tu ich auch. Bloß weil eure große Schwester Emmy jetzt für euch Partei nimmt, glaubt ihr wohl, ihr könnt zu mir so ungezogen sein, wie ihr wollt. Aber da irrt ihr euch. Emmy wird nicht lange auf Birkland bleiben.«

»Warum nicht?«

»Es ist euch doch klar, daß sie in Wirklichkeit gar nicht eure Schwester ist?«

»Natürlich«, sagte Tot kühl und abschließend, aber Nish, immer die Impulsivere, stieß hervor: »Wer ist sie dann?«

»Wahrscheinlich eine Hexe, die euch eines Nachts das Mark aus den Knochen saugen wird.«

»Glaub ich nicht«, sagte Tot, der Skeptiker. »Das ist nur ein Märchen, mit dem du uns bange machen willst.«

»Was wolltet ihr mit den Blumen am Löwenteich?«

»Geht dich nichts an, es ist etwas, was wir mit Emmy machen.«

»Es ist Hexerei. Blasphemie. Ihr werdet in die Hölle kommen.«

»Die gibt es nicht, sagt Emmy.«

»An diese Worte werdet ihr noch denken, wenn ihr erst schreit und euch windet und brennt und brutzelt.«

Parthie griff noch einmal zu, aber Tot setzte mit einem Sprung über den Sattelbaum und rannte ins Freie, ehe sie ihn zu fassen bekam.

Sie lief rasch und unbeholfen hinter ihm her, aber er war schon zwischen den Büschen verschwunden, ehe sie um die Ecke bog. Nish floh inzwischen in eine andere Richtung.

Als sie das Steckenpferd später über einem Feuer aus Dornengeäst feierlich verbrannten, sagte Tot zu Nish: »Was meinst du, warum hat Parthie das Steckenpferd wirklich haben wollen?«

Wenn es um die Beurteilung von Menschen ging, ließ er häufig die Meinung seiner jüngeren Schwester gelten, die in diesen Dingen einen sehr viel schärferen Blick hatte.

»Um sich bei Mr. Thropton einzuschmeicheln«, sagte Nish, ohne zu zögern. »Vielleicht auch nur, weil sie eine Diebin ist. Sie bestiehlt auch die Großmama. Und weil...« Nish runzelte die Stirn. »Weil *sie* auf Klein Geordie eifersüchtig war. Sie hat sich darüber geärgert, daß Papa ihn so lieb gehabt hat. Was sie uns vorgeworfen hat, gilt eigentlich für sie.«

»Parthie hat mal zu mir gesagt, daß Papa Klein Geordies Vater war«, bemerkte Tot und schürte nachdenklich mit einem Zweig das Feuer. »Glaubst du das?«

»Nein.«

»Warum nicht?«

»Papa mochte Annie nicht leiden. Ich hab mal gehört, wie er gesagt hat, sie sei ein dralles Mädchen, aber zum Verzweifeln obstinat.«

»Hm. Ich denke schon, daß Parthie geglaubt hat, was sie sagte.«

»Parthie glaubt gern Schlechtes über andere Menschen.«

Während die Flammen hochstiegen und den Kopf des Pferdchens schwärzten, verbeugten sich die beiden Kinder tief und sprachen halblaut: »O Mithras, da wir Euch dieses Opfer darbringen, nehmt in Eure gütige Obhut unseren kleinen Bruder Geordie und seine Mutter Annie. Wachet über ihre Schritte in der Unterwelt und führet sie in Euer helles Reich. In großer Ehrfurcht Nish und Tot. Amen.«

Meg und Isa hatten sich in Isas Schlafzimmer zurückgezogen, wo Meg sich die Locken mit der Bandolin-Pomade salbte, die Alvey und die Köchin für ihre Schwester gemischt hatten.

»Es ist recht töricht, daß du dieses Mittel nicht öfter anwendest, es macht die Haare herrlich dicht und üppig.«

»Ich mag mir das Haar nicht mit einer künstlichen Salbe verkleben«, sagte Isa ungeduldig. »Wozu auch? Wer verschwendet schon einen zweiten Blick auf mich?«

»Major Fenway. Er sieht freilich recht schmal und kümmerlich aus, aber er ist ein vernünftiger Mensch, ein Gentleman, all diesen Forsters und Musgraves und Fenwicks turmhoch überlegen. Gewiß würde er stundenlang mit dir über Bücher und Landschaften sprechen. Und ich hatte den Eindruck, daß du nicht unbeeindruckt von ihm warst.« Meg warf ihrer Schwester einen verschmitzten Blick zu.

Isa lief rot an.

»So etwas sagt man nicht, Meg, das ist vulgär. Und ... und es entspricht durchaus nicht den Tatsachen. Du kennst meine

Ansichten über Männer und über die Ehe. Ich werde sie nicht ändern.«

»Bisher hattest du dazu ja auch keinen Anlaß. Aber in den kommenden Monaten wirst du zahlreiche neue Bekanntschaften, neue Erfahrungen machen ... es ist unsinnig, unwiderrufliche Entscheidungen zu treffen, ehe du auch nur einmal über Birkland hinausgekommen bist. Nun gut, wenn du es nicht magst, brauche ich das Bandolin auf. Stell dir vor, heute in einer Woche sind wir schon in Brighthelmstone ...«

»Höre, Meg, schlag dir jetzt einmal Brighthelmstone aus dem Kopf. Was sollen wir wegen James und Alvey unternehmen?«

»Wegen James und Alvey?« wiederholte Meg etwas zerstreut. Sie sah in Isas kleinen Spiegel und legte ihr dunkles Haar in Locken.

»Die Frage ist, ob wir ihm etwas von dem Tausch erzählen sollen. Er ist schließlich unser Bruder, müßten wir ihn nicht in das Geheimnis einweihen?«

»Wozu?« fragte Meg gleichmütig zurück. »Er erzählt uns ja auch so gut wie nichts von seinem Privatleben.«

»Ja, aber wenn ... wenn uns nun auf der Reise etwas zustößt ... Angenommen, unser Schiff sinkt ... oder es gibt ein Unglück mit der Equipage ...«

»Gänschen! Weshalb sollte es dazu kommen? Und selbst wenn das der Fall wäre und wir beide das Zeitliche segnen müßten, ist ja immer noch Louisa da, um Alvey ans Messer zu liefern, wenn sie das wünscht. Ich für mein Teil hätte nichts dagegen, wenn Alvey hierbleibt, bis sie so alt ist wie Großmama. Uns James zu offenbaren halte ich nicht für notwendig.«

»Ja, dann ... wenn du meinst ...« Isas Gesicht hellte sich auf. »Der arme James ... ich wäre ihm ehrlich gesagt nicht gern mit dieser Geschichte lästig gefallen, er hat Sorgen genug. Mit seinem einen Bein ... und mit der ganzen Aufregung um Annies Baby ...«

»Annies Baby, Annies Baby...« wiederholte Meg gereizt. »Ich wünschte nur, unsere Mutter hätte Annie, dieses unglückselige Mensch, nie ins Haus gebracht. Dem Himmel sei Dank, daß ich nach Ablauf der nächsten Woche ihren Namen nie mehr zu hören brauche.«

»Ich werde also Alvey sagen«, schloß Isa, »daß wir es für das beste halten, James nicht aufzuklären.«

Die ganze Gesellschaft fand sich erst zum Dinner zusammen, und inzwischen war es Sir Aydon gelungen, sich leidlich zu beruhigen. Seine Frau sah aus wie immer – streng, vage und zerstreut. Beim Hallen des Gongs gingen Meg, Isa und Alvey zusammen die Treppe hinunter, Parthie trödelte hinterher. James und sein Freund standen mit John Chibburn, der zum Essen herübergeritten war, in der Halle.

»Hast du deinen Freund Major Fenway schon mit deinen Schwestern bekanntgemacht, James?« fragte sein Vater, der sehr auf äußere Formen hielt.

»Ja, das heißt, ich habe ihn Meg und Isa vorgestellt –«

»– und ich war dreist genug, mich selbst mit Miss Louisa Winship bekanntzumachen«, sagte Major Fenway mit einer förmlichen kleinen Verbeugung, als die jungen Damen am Fuße der Treppe angekommen waren.

»Guten Abend, Louisa. Wir haben uns mindestens fünf Jahre nicht mehr gesehen«, sagte James frostig und machte keine Anstalten, Alvey mit einem Händedruck zu begrüßen.

Und sie gab ebenso frostig zurück: »Mindestens, James. Wir stehen uns wahrhaftig ganz wie Fremde gegenüber.«

Isa warf Alvey einen verblüfften und besorgten Blick zu, dann schob sie ihren Arm unter den des Bruders und sagte herzlich: »Ich hoffe sehr, daß ihr nicht Fremde bleiben werdet. Führ mich bitte hinein, lieber James. Dein Freund, der Major, wird sich um Emmy kümmern, wie wir Louisa neuerdings nennen.«

Bei Tisch saß Alvey James fast unmittelbar gegenüber und hatte oft die Möglichkeit, ihn ungestört zu beobachten, denn er sah beharrlich auf die Tafel hinunter und saß manchmal minutenlang stumm da, mit dem Entfalten und Zusammenfalten seiner Serviette beschäftigt, ohne auf das zu achten, was um ihn her geschah. Armer Junge, dachte Alvey, und ihr Herz tat ihr weh vor Mitleid. Was für eine Heimkehr. Jetzt mußte er obendrein noch drei Tage lang so tun, als sei er bester Laune, mußte den braven Sohn und guten Bruder spielen, den Nachbarn die angemessenen Höflichkeiten erweisen und bei Megs Hochzeit das Passende sagen.

Sein Aussehen hatte für sie etwas zutiefst Rührendes, einen bewegenden Reiz. Er war blond wie Parthie, aber sein Haar war viel dichter und heller als das seiner Schwester. Das Gesicht war schmal und sanft, wenngleich sein Mund und sein Kinn Anzeichen von Festigkeit, ja, Starrsinn erkennen ließen. Im Augenblick stand so viel Leid in den dunkelgrauen Augen, daß Alvey es kaum ertragen konnte, aber sie waren groß, schön und gut geschnitten. Sir Aydon mag in James' Alter so ausgesehen haben, überlegte Alvey und sah zum Kopf der Tafel hinauf. Ja, das ist durchaus möglich, die Knochenstruktur ist die gleiche, wiewohl James gewiß mehr Intelligenz besitzt als sein Vater. Und er sieht aus, als habe er auch Phantasie, von der bei Sir Aydon ganz gewiß keine Spur vorhanden ist.

»Woran denken Sie, Miss Louisa?« erkundigte sich ihr Nachbar, und sie erwiderte abwesend: »Ich überlegte, daß James den Eindruck macht, als leide er an Phantasie.«

»Da haben Sie ganz recht, daran leidet er in erheblichem Maße. Für eine Schwester ist das freilich eine erstaunliche Bemerkung«, stellte der Major fest. Alvey errötete.

»Sie müssen bedenken, daß wir in jüngeren Jahren nur wenig zusammen waren. Wir... wir harmonierten vom Wesen her nicht miteinander. Der arme James, er sieht gar nicht wohl aus.«

»Das ist er auch nicht. Er trägt sein Schicksal tapfer, aber eine lange Zeit der Ruhe und der Pflege in diesem schönen Haus ist genau das Richtige für ihn, damit er wieder auf die Beine kommt. Verwünscht! Wie doch immer wieder die Zunge mit einem durchgeht! Vergeben Sie mir, Miss Louisa. James selbst würde über so einen Schnitzer zum Glück lachen, aber zum Lachen ist die Sache nun doch nicht.«

»Nein, das ist mir klar«, erwiderte Alvey stirnrunzelnd. »Und ich fürchte, die Lage hier im Haus ist auch nicht zum Lachen. Es ist noch sehr die Frage, ob es James so zuträglich wäre, wie Sie hoffen, länger hier zu verweilen.«

»In der Tat?« Der Major hob die blonden Brauen und sah Alvey durchdringend an. »Vermutlich sehen Sie sich im Augenblick nicht in der Lage, sich näher zu diesem Thema zu äußern, aber später vielleicht, wenn wir mehr unter uns sind ...«

»Je nun ... was das betrifft ...« Alvey wußte kaum, wie sie sich verhalten sollte. Hatte dieser Mensch die Absicht, sie im Hinblick auf James' Probleme ins Vertrauen zu ziehen?

Doch in diesem Augenblick schaltete sich Mrs. Winship ein, die sich bei dem jungen Mann nach seinen Feldzügen und nach der Stadt Brüssel erkundigte, die sie auf der Hochzeitsreise besucht hatte. »In Paris waren wir auch, aber das war vor vierzig Jahren, als der König und die Königin noch auf dem Thron saßen, vor all diesen ungeheuerlichen Umwälzungen. Und ist dieser Napoleon Bonaparte nun sicher aufgehoben? Wie gut entsinne ich mich noch des Tumults – zwölf Jahre muß es her sein –, als Gerüchte wissen wollten, er sei an der schottischen Küste gelandet, und als sie den Leuchtturm auf dem Schloß in Chillingham Park anzündeten.«

»Ja, er ist sicher aufgehoben, Ma'am, und wir Soldaten stehen sämtlich wie vor einer Mauer und fragen uns, wie es nun mit den Beförderungen steht, nachdem unsere vorgesetzten Offiziere nicht mehr Gefahr laufen, auf dem Felde der Ehre zu sterben.«

»Ja, das ist wahr, der Frieden ist kein Segen für aktive

Offiziere«, sagte Sir Aydon nachdrücklich, offenkundig froh darüber, ein Gesprächsthema gefunden zu haben, an dem auch er sich beteiligen konnte. »Wer will schon in der Kaserne herumhocken? Das ist kein Leben für einen Soldaten.«

James öffnete den Mund, zögerte einen Augenblick und schloß ihn wieder.

»Und wie gedenken Sie Ihre Angelegenheiten weiterzuführen, Major Fenway?« wollte die alte Dame wissen.

»Mein Regiment, Ma'am – ein Infanterieregiment –, wird in Kürze nach Übersee verlegt, um sich an der Befriedung Zentralindiens zu beteiligen. Vor meiner Einschiffung möchte ich jedoch meine allgemeinmedizinischen und chirurgischen Kenntnisse erweitern. In Cambridge habe ich mit großem Interesse medizinische Studien betrieben, und das dort erworbene, freilich eher dürftige Wissen hat mir bei den Kampagnen, die hinter uns liegen, gute Dienste geleistet.«

»*Mir* haben sie gute Dienste geleistet«, warf James ein. »Ohne Guys kundige Pflege wäre ich gestorben ...«

»Dann ist Major Fenway in diesem Haus doppelt willkommen«, sagte Sir Aydon, aber es klang wenig teilnehmend und seltsam ratlos. Medizinische Studien? Eigenartige Beschäftigung für einen Gentleman, schien er zu denken. Was ist das wohl für ein Mensch?

»Als Soldat *und* Mediziner sind Sie eine Anomalie, Mr. Fenway«, bemerkte die alte Mrs. Winship. »Mit der einen Hand nehmen Sie Leben, mit der anderen schenken Sie es neu.«

»Ich habe so viel unnötiges Leiden auf dem Schlachtfeld beobachtet, Ma'am, Männer, die an Blutverlust starben, obschon man ihr Leben hätte retten können, Wunden, die anfingen zu eitern, wiewohl ein paar grundlegende Vorkehrungen eine saubere Heilung ermöglicht hätten ... Aber ich erschrecke vielleicht die jungen Damen ...«

»Das will ich meinen«, erklärte Meg im Ton anmutiger Entrüstung. »Sparen Sie sich diesen Gegenstand auf, bis Sie mit den anderen Herren beim Wein sitzen. Erzählen Sie uns lieber von den Bällen in Brüssel und vom Herzog von Wellington. Ist er wirklich so schroff und wunderlich, wie es immer heißt?«

Höflich wechselte der Major das Thema und sprach statt dessen von Abendgesellschaften und Vergnügungen. Alvey bedauerte dies, sie hätte gern mehr von seinen Plänen gehört und erfahren, wo er das Medizinstudium fortzusetzen gedachte. Doch hatte sie bemerkt, daß James – der bereits erschöpft zum Essen gekommen war, kaum einen Bissen zu sich genommen und so gut wie nichts zum Gespräch beigetragen hatte – bei der Erwähnung der Schlachtfelder totenbleich geworden war. Er sah so unwohl aus, daß Alvey kaum begriff, wie seiner Familie dieser Zustand entgehen konnte. Um seinetwillen war sie froh, daß man von anderen Dingen sprach.

Wenig später stand Lady Winship auf, nickte ihren Töchtern und ihrer Schwiegermutter unbestimmt, aber hoheitsvoll zu und rauschte in den Salon wie ein von wechselnden Winden bewegtes Schiff. Die alte Mrs. Winship hinkte rasch hinterher, und die Mädchen folgten ihnen.

Was mag sich bei dieser langen, offenbar schmerzlichen Unterredung in der Bibliothek abgespielt haben, dachte Alvey, während sie sich in eine Ecke setzte und ein Buch über die Flüsse Englands zur Hand nahm, ohne seinen Inhalt in sich aufzunehmen. Offenkundig nichts Erfreuliches.

Sie sollte es bald erfahren. Das laute Stakkato einer italienischen Sonate nutzend, die Meg auf dem Klavier herunterrasselte, um ihrer Ungeduld Luft zu machen, während die Herren ihren Wein austranken, setzte sich Isa neben Alvey und sagte leise. »Es scheint, daß unsere Spekulationen völlig irrig waren. James hat kategorisch jede Verbindung mit der unglücklichen Annie geleugnet und will sich ihr Kind nicht unterschieben lassen.«

»Ich bitte dich, Isa! Dämpfe deine Stimme.« Erschrocken sah

Alvey sich um, doch die beiden älteren Damen waren – in sicherer Entfernung von ihnen – in ein leises Gespräch vertieft, während Parthie Meg und das Klavier umschlich, Meg die Noten umblätterte und um ein Lieblingsstück bettelte.

Isa war verärgert und erzürnt. »Der arme James! Es ist sehr hart für ihn – mit nur einem Bein, und wo er ohnehin so dünn und elend aussieht. Hätte dieser freundliche Major Fenway ihn nicht so rührend umsorgt, hätte er gewiß nicht überlebt. Und dann heimzukehren und mit unwahren Anschuldigungen überhäuft zu werden... Im übrigen scheint es, als sei der arme James mit der Schwester des Majors verlobt gewesen, habe es aber für seine Pflicht gehalten, sie wegen seiner Behinderung freizugeben.«

»Mit der Schwester des Majors? Und sie hat ihn gehen lassen? Sie kann ihn schwerlich geliebt haben.«

»Das denke ich auch. Wer sich aus diesem Grund von James trennt, muß ein Herz aus Stein haben.«

»Er ist ohne sie besser dran«, erklärte Alvey.

»Mag sein. Aber bedenke nur seine Lage. Er ist so unglücklich, Alvey! Er kam auf mein Zimmer und erzählte mir alles.«

Alvey war überrascht und peinlich berührt, als sie merkte, daß sich unverkennbar Eifersucht in ihr regte. Auf wen aber war sie eigentlich eifersüchtig, auf Isa oder auf James? Wie albern, wie beschämend, sich gekränkt und abgesondert zu fühlen, weil ein Bruder natürlicherweise den Wunsch hatte, sich der Lieblingsschwester anzuvertrauen! Du bist eine Törin, schalt Alvey sich, eine Törin und eine herzlose Person. Wie kannst du Isa, der lieben, hilfsbereiten Isa gegenüber so besitzergreifende, unfreundliche Empfindungen hegen? Und was nun gar jenen Mann angeht, den du eben erst kennengelernt, mit dem du noch kein halbes Dutzend Worte gewechselt hast... Es ist kindisch... demütigend... lächerlich und verabscheuenswürdig!

»Wie hieß sie... die Schwester des Majors, meine ich?«

»Meta. Lady Meta Fenway. Der Major ist ein jüngerer Sohn von Lord Farne. Und kaum hatte sie unserem armen James den Laufpaß gegeben, verband sie sich dem Marquis von Alderney.«

»Das klingt recht großartig«, sagte Alvey mit nicht ganz sicherer Stimme. »Gewiß wird James früher oder später erleichtert sein, daß sie ihn sitzenließ. Hätten sich durch so eine Verbindung nicht zahlreiche Schwierigkeiten ergeben?«

»Ja, freilich. Die Fenways stehen gesellschaftlich ganz ohne Zweifel über uns. Der Major allerdings macht nicht den Eindruck, als sei er dieser Meinung. Findest du nicht auch, daß sich sehr leicht und angenehm mit ihm plaudern läßt?«

»Wir haben nur wenige Worte miteinander gewechselt. Er scheint seiner selbst sehr sicher zu sein. Doch ist er, das will ich gern zugeben, ein echter Gentleman.«

»Er war so gut zu James. Von Gent an hat er ihn ständig begleitet und sich auf der Reise um ihn gekümmert wie ein Bruder, sagt James.« Isas Augen glänzten, ihr unscheinbares Gesicht war völlig verwandelt. »Ich kann nur hoffen, daß Papa und Mama ihm ihren Dank angemessen ausgesprochen haben ... sie sind so völlig durch diese Geschichte mit Annies Baby in Anspruch genommen ...«

»Sie waren offenkundig fest entschlossen, James zum Sündenbock zu machen«, sagte Alvey nachdenklich. »Daß er es abgelehnt hat, die ihm zugedachte Rolle zu spielen, muß sie aufs äußerste erbittert haben. Jetzt tut es ihnen womöglich schon leid, daß er heimgekommen ist und ihre Vermutungen energisch zurückgewiesen hat. Wäre er ferngeblieben, hätte man die ganze Angelegenheit in der Schwebe halten können.«

»Armer James! Es ist alles so traurig und beängstigend. Wo soll das einmal enden?«

Indessen hatten die Herren den Salon betreten, John Chibburn als erster, begierig, sich wieder seiner Herzallerliebsten zuzugesellen, hinter ihm James und sein Freund in gedämpftem Gespräch, als letzter Sir Aydon, stumm und mit umwölkter Stirn.

Nein, dachte Alvey mit einem Seufzer, während Isa ihrem Bruder entgegenging und ihn zu einem bequemen Sessel führte, ich kann mir auch nicht vorstellen, wo das enden soll. Wie unordentlich, wie betrüblich ist doch das wirkliche Leben im Vergleich zu meinem heiteren, geliebten Roman! Die Menschen werden in ihren Handlungen von dunklen Zwängen bestimmt, sie verweigern die ihnen zugeschriebenen Rollen, verhalten sich völlig konträr zu ihrem eigenen Charakter. Nehmen wir nur James, der es ablehnt, sich als Lüstling und Lebemann einstufen zu lassen, der einem statt dessen ohnmächtiges Mitleid abverlangt mit seinem unglücklichen, verlorenen Knabengesicht ...

Major Fenway kam zu Alvey hinüber und setzte sich auf den Platz neben ihr, den Isa soeben freigegeben hatte.

»Sie lassen sich von den Flüssen Englands fesseln?« erkundigte er sich und griff nach dem Band, der neben ihr lag.

»Nein, nicht im mindesten.«

»Sie haben demnach nicht allzuviel mit Büchern im Sinn?«

Da irren Sie sich aber gewaltig in mir, wollte die gekränkte Alvey auffahren, doch er sprach weiter, ohne ihre Antwort abzuwarten.

»Ich schließe daraus, daß Sie dem Studium der menschlichen Natur den Vorzug geben, und das ist sehr klug von Ihnen, da sie sich uns hier in so verschwenderischer und vielfältiger Form darbietet. Jetzt sollen Sie mir etwas über Ihre Familie erzählen, denn ich weiß von Ihrem Bruder, daß Sie eine äußerst kluge und gebildete junge Dame sind. James sagte mir, daß Sie die Absicht hatten, sich der Mission zu verschreiben, daß diese Absicht jedoch am elterlichen Einspruch scheiterte. Ich fühle mit Ihnen« – das klang durchaus nicht mitfühlend – ». . . hoffe aber, daß das Verbot vielleicht nur vorübergehend verhängt wurde. Fürs erste ist es aber eine glückliche Fügung für mich, denn gewiß kann mir Ihr Scharfsinn zu Antworten auf zahlreiche Fragen über Ihre spannungsreichen Beziehungen untereinander verhelfen.«

Diese Worte wurden so behende und mit einer solchen Zungenfertigkeit geäußert, daß Alvey nicht recht wußte, ob er sich über sie lustig machen wollte. Doch die auf sie gerichteten Augen waren aufmerksam und ohne Falsch, er war offenbar begierig zu hören, was sie von sich aus preiszugeben bereit war.

Alvey versetzte zurückhaltend: »Was ich kann, will ich Ihnen gern erzählen, obschon ich – da ich nach vierjähriger Abwesenheit im Pensionat soeben erst zurückgekehrt bin – über die Gruppe, die sich hier zusammengefunden hat, vielleicht weniger gut im Bilde bin als fast alle anderen, auf die Ihre Wahl hätte fallen können. Ich würde Ihnen raten, sich an meine Schwester Isa zu wenden.«

»Das habe ich bereits getan«, erwiderte er prompt, »doch sie läßt im Augenblick ihrem Bruder dringend benötigten Trost angedeihen. Überdies habe ich festgestellt, daß das Interesse Ihrer Schwester Isa weniger menschlichen Wesen als geologischen Formationen gilt. Sie hingegen sind, wie sie mir sagte, eine scharfblickende Beobachterin der Gesellschaft und ihrer Eigenheiten.«

Oho, sagte sie das, dachte Alvey, doch laut versetzte sie nur: »Fragen Sie nur immerhin, Sir, wenn ich nicht zu antworten weiß, will ich es Ihnen frei heraus sagen.«

»Gut. Zunächst zu Ihrem Vater. Ich bemerke an ihm eine starke Ähnlichkeit mit seinem Sohn James. Er scheint mir ein guter, schlichter Mensch zu sein, dem es große Schwierigkeiten macht, mit Situationen fertig zu werden, die in irgendeiner Weise ungewöhnlich sind.«

»Ja, das stimmt wohl. Er meint es gewiß gut ... Ich glaube, Entscheidungen fallen ihm stets schwer, von ganz alltäglichen Dingen einmal abgesehen ... wenngleich ich davon überzeugt bin, daß er immer das Rechte tun möchte ...«

»Das versteht sich. Würden Sie sagen, daß diese Tendenz sich durch seinen Jagdunfall verstärkte, daß er als gesunder, kräftiger Mann das Leben nicht so kompliziert fand, seinen Weg klarer vor sich sah?«

Jetzt steckte Alvey in einer Zwickmühle. Wie konnte sie vorgeben, Sir Aydons Verhalten in einer Zeit beurteilen zu können, da sie ihn noch gar nicht gekannt hatte? Dann erinnerte sie sich etlicher Bemerkungen, die Isa hatte fallenlassen, sann eine Weile nach und erwiderte: »Ich glaube, alle über das Allereinfachste hinausgehenden Entscheidungen waren für ihn *nie* mühelos oder erfreulich. Vor seinem Unfall war seine Zeit fast ganz durch seinen Dienst im Heer in Anspruch genommen ... dann durch die Jagd ...«

»Als Flucht vor häuslichen Sorgen?«

»Darauf«, meinte Alvey nachdenklich, »lief es wohl hinaus. Freilich glaube ich nicht, daß er Problemen aus dem Weg ging, wenn sie sich stellten. Das Gut, die Pächter, der Hausstand ... diese Pflichten scheut er nicht, er genießt hohe Achtung als Guts- und Pachtherr, mehr als Achtung, seine Pächter und Bediensteten sind ihm sehr ergeben.«

»Soso. Ist er –«

»Überdies«, fuhr Alvey fort, entschlossen, jetzt auch einmal zu Wort zu kommen, »habe ich den Eindruck, daß er zur Zeit fast ständig starke Schmerzen hat. Ich habe sein Gesicht beobachtet, wenn er sich unbemerkt glaubte, er sieht nicht aus wie ein gesunder Mann. Ich bin überzeugt davon, daß er sehr viel mehr leidet, als er zugeben will.«

Und daß er von seiner Frau erstaunlich wenig Mitgefühl oder Unterstützung erfährt, hätte sie am liebsten angefügt, unterdrückte aber die Bemerkung.

Fenway nickte gedankenvoll.

»Wer immer es unternommen hat, nach dem Sturz seine Knochen zu richten –«

»Es war der hiesige Apotheker und Wundarzt, ein gewisser Tarset. Er ist Anfang des Jahres dem Trunk erlegen.«

Dies war ein Tatbestand, den Alvey mit erheblicher Erleichterung zur Kenntnis genommen hatte. Da besagter Tarset Louisa in die Welt befördert, sie bei etlichen Kinderkrankheiten wie Mumps und Windpocken behandelt hatte, wäre er als Nachbar lästig und gefährlich gewesen.

»Ich glaube kaum, daß er ein großer Verlust für den Bezirk war. Daß er die Beine Ihres Vaters verpfuscht hat, ist einmal sicher. Es wundert mich nicht, daß Sir Aydon ständig Schmerzen hat.«

»Wie schrecklich. Wollen Sie damit sagen, es hätte eine bessere Behandlung geben können, geben müssen?«

»Ganz gewiß. So ein ländlicher Knochenflicker ist nicht besser als ein Zimmermann ...«

Der Major trommelte mit den Fingern auf *Die Flüsse Englands* und richtete stirnrunzelnd den Blick auf seinen Gastgeber, der ausnahmsweise friedlich in die Lektüre eines von den jungen Herren mitgebrachten Packens Londoner Zeitungen vertieft war.

»Was möchten Sie mich noch fragen, Major Fenway?« fragte Alvey.

»Ich interessiere mich für Ihren jüngeren Bruder. Er war nicht beim Abendessen?«

»Nein. Gewöhnlich essen er und seine nächstjüngere Schwester mit uns, aber da wir Gäste hatten ...«

»Der Knabe ... Thomas, nicht wahr?«

»Ja, aber wir nennen ihn Tot.«

»Er leidet unter epileptischen Anfällen?«

»Wie haben Sie das erraten?« fragte Alvey erschrocken. »Oder hat James es Ihnen gesagt?«

»Nein, es würde mich nicht wundern, wenn James gar nichts davon wüßte. Aber ich habe recht, nicht wahr?«

»Ich glaube fast, es weiß sonst niemand davon. Und ich habe schon hin und her überlegt, was da zu tun ist ...«

Alvey war erst an diesem Tag der Sache auf die Spur gekommen, als die Aufregung über die Heimkehr des bewunderten älteren Bruders einen von Tots Krampfanfällen ausgelöst hatte. Sie hatte ihn im Turmzimmer vorgefunden, wo ihn Nish mit gewohnter Umsicht betreute und ihr gestand, wieviel fast verzweifelte Mühe die beiden darauf verwandten, Tots Gebrechen vor der übrigen Familie geheimzuhalten.

»Sie haben schreckliche Angst, man könnte ihnen das Leben, das sie lieben, das stundenlange Umherstreifen auf dem Moor, verbieten. Auch zittert der arme Junge davor, daß man ihn verlacht, als gefährlichen Irren oder Schwachsinnigen brandmarkt und ihm vielleicht Laudanum oder ein ähnliches Mittel verabreicht. Er erzählte mir von der Tochter des Pfarrers – er war Vorgänger des jetzigen Amtsinhabers –, einem armen kleinen Geschöpf, das häufig unter Krämpfen litt und dem man täglich Opium gab, bis das Hirn völlig abgestumpft war und die Kleine an der Behandlung starb. Die Kinder haben mich angefleht, es nicht Sir Aydon zu sagen. Und ich habe ihnen versprochen, daß ich schweigen würde, zumindest bis ich die Sache gründlich überdacht habe. Sir Aydon verachtet ohnehin den Jungen, weil er so schwächlich und zurückgeblieben wirkt... und wenn er es erführe...«

»Sie glauben nicht, daß er etwas Zweckmäßiges unternehmen würde?«

»Nein, das glaube ich nicht. Außerdem hat er zur Zeit so viele Sorgen, daß ich zögere, ihn noch mehr zu betrüben...«

»Sie haben völlig recht, das hätte überhaupt keinen praktischen Wert.«

»Aber wie um alles in der Welt haben Sie es dem Jungen angemerkt?«

»Man sieht es an den Augen, der Haut, den Reaktionen. Es war nur eine Vermutung. Gab es schon ähnliche Fälle in der Familie? Es kann ein Erbleiden sein...«

Alvey hatte nichts dergleichen gehört. »Danach müßte man meine Großmutter fragen«, sagte sie zögernd. »Aber was machen wir nun mit dem armen Kind?«

»Die Krankheit kann sich verwachsen. Im Augenblick würde ich gar nichts unternehmen. Achten Sie auf gesunde Ernährung – Fleisch, gutes dunkles Brot, frisches Gemüse, Obst –, genügend Ruhe und generell ein vernünftiges, geregeltes Leben. Sie unterrichten die Kinder selbst?«

»Ja, außerdem haben sie beim Pfarrer Unterricht in Latein und Griechisch.«

»Ist der Knabe intelligent? Sitzt er fleißig über seinen Büchern?«

»Er war für sein Alter ziemlich langsam und weit zurück, doch schreibe ich das vornehmlich dem schlechten Unterricht einer ältlichen Gouvernante zu, die kürzlich das Haus verlassen hat. Die beiden Kinder waren gleichgültig geworden, hatten sehr wenig bei ihr gelernt und waren überzeugt davon, daß Schulunterricht langweilig sein muß. Ich gestehe allerdings, daß ich sehr erstaunt darüber bin, wie rasch ihr Interesse und ihre Aufmerksamkeit zugenommen haben.«

Wenn er lächelt, sieht er gleich nicht mehr so streng und inquisitorisch aus, dachte Alvey und betrachtete den Major.

»Wenn der Knabe ins Internat muß, ist es an der Zeit, sich ausführlicher mit dem Problem zu beschäftigen«, sagte er. »Ob seine Mutter wirklich ahnungslos ist?«

Nachdenklich musterte er Lady Winship, die aufgestanden war und sich in der gewohnten ziellosen Art nach Schere, Arbeitskorb und Fingerhut umsah, Requisiten, die nur dann gebraucht wurden, wenn die Anwesenheit von Gästen es ihr unmöglich machte, sich in die Treibhäuser oder in den Garten zu flüchten.

Alvey, die durchaus nicht den Wunsch hatte, sich an eine Analyse von Lady Winships Denkungsweise zu wagen, erhob sich ebenfalls.

»Ich darf Ihnen eine angenehme Nacht wünschen, Major Fenway. Hoffentlich konnten Sie mit meinen Antworten etwas anfangen.«

»Durchaus. Bitte seien Sie versichert, Miss Louisa, daß ich meine Fragen nicht aus purer Neugier gestellt habe. Ich hoffe, James noch besser zu Diensten sein zu können, wenn ich mehr über seinen Vater und seinen Bruder weiß.«

»Armer James«, sagte Alvey und dachte an die Schwester des Majors. »Er sieht so schrecklich unglücklich aus. Aber da jetzt sein Bein offenbar allmählich heilt...«

»Es dürfte Ihnen wohl klar sein, daß dies nicht seine einzige Sorge ist...«

Nicht wenig erschrocken darüber, daß der Major, wie es schien, ihre Gedanken lesen konnte, trennte Alvey sich von ihm und ging mit Isa nach oben. »Du warst ja ganz vertieft in deine Unterhaltung mit Major Fenway. Ist er nicht ein kluger, gebildeter Mensch?«

»Mir ist er etwas zu neugierig.«

»Da bin ich anderer Meinung. Einen besseren Freund, meine ich, könnte James gar nicht haben.«

9

Die letzten Tage vor Megs Hochzeit vergingen ohne besondere Vorkommnisse. Meg war damit beschäftigt, ihre Kleidung und ihre sonstigen Habseligkeiten einzupacken, Isa machte Abschiedsbesuche an ihren verschiedenen Lieblingsplätzen, die sie nun viele Monate lang nicht mehr sehen würde. Wenn es sich um längere Expeditionen handelte, mußte der alte Phantom herhalten, eins der Jagdpferde, das Sir Aydon nicht mehr benötigte und das so steif und langsam war, daß ein Verkauf nicht gelohnt hätte. Auf den kürzeren Ausflügen begleiteten sie Alvey, manchmal auch Nish und Tot. Doch hauptsächlich hatte Alvey jetzt damit zu tun, sich mit Mrs. Slaley wegen der Vorbereitungen für den Hochzeitsempfang zu beraten und ihr tatkräftig dabei zu helfen. Denn »die gnä Frau«, wie die würdige Küchenmamsell sich ausdrückte, »lauft rum un is ganz dösig, da tut sich nix mit sie«. Die alte Dame indes führte mit James stundenlange Gespräche unter vier Augen, bei denen sie ihm offenbar gute Ratschläge gab oder Trost spendete. So fand sich Alvey, die sich derlei Tätigkeiten nie hätte träumen lassen, für die Herstellung eines Kuchens eingespannt, der sechs Pfund Rosinen, zwanzig Eier, einen Viertelliter Brandy und drei Pfund Butter enthielt. Sie wurde in die Geheimnisse von »Zitterpuddings« eingeweiht, im Rupfen und Dressieren von Krickente und Wildente, von Truthahn, Taube und Mastgans und dem Häuten von Hasen unterwiesen. Die Tauben wurden zu einer gewaltigen Pastete, Meister Lampe zu Hasenpfeffer verarbeitet. Manchmal erschienen Tot und Nish und drückten sich mit hungrigen Augen in der Küche herum, während Köstlichkeiten wie Karolinenäpfel und Zitronenbiskuit verfertigt wurden. »Packt euch, Kinder, hier is kein Platz nich für kleine Leute«, sagte Mrs. Slaley, versüßte aber diesen Befehl durch die eine oder andere Handvoll Ingwerplätzchen. Alvey gedachte ihrer Mutter und Base Hepzies und wünschte, sie hätten die große, warme Küche mit ihrer Heiterkeit und ihrem Überfluß sehen können. Nach der Trauung sollte für den Landadel ein Frühstück gegeben werden, die Dorfbewohner waren zu einem Schmaus in die Pfarrscheune geladen. Beide Festlichkeiten betreute Mrs. Slaley mit ihrem Gefolge, und es gab ein großes Kommen und Gehen zwischen Herrenhaus und Dorf mit Körben voller Weißzeug und Karrenladungen mit Bänken.

»Also 'n klaren Kopf ham Sie ja nu mal, Miss Emmy«, sagte Mrs. Slaley. »Miss Meg und Miss Isa, die ham andere Sachen zu denken, das weiß ich schon, abers Miss Parthie dürft gut und gern mal 'n bißchen aushelfen. Bloß die denkt nich dran, an der ham wir nich mehr Hilfe as an nem kaputten Sieb.«

Parthie hatte sich augenscheinlich heftig in Major Fenway verliebt und suchte bei jeder sich bietenden Gelegenheit seine Nähe. Er hatte eine Engelsgeduld mit ihr – völlig unverdient, dachte Alvey bei sich –, ließ sich von ihr in Haus und Garten herumführen und hörte sich mit scheinbarem Interesse ihre langen, von Selbstlob strotzenden Monologe an.

James beteiligte sich kaum an den Unternehmungen der Familie und ließ sich selten sehen. Manchmal leistete er seinem Freund beim Billardspiel Gesellschaft, er hörte Meg zu, wenn sie Klavier spielte oder sang und verbrachte viele Stunden bei Isa und sah ihre Zeichnungen und Skizzen durch.

»Das ist Haughton Mains, nicht?«

»Ja, und das ist Green Law, und das der Thrang Stones.«

»Wann ich den wohl wieder besteigen kann«, sagte James bedrückt, und Isa meinte: »Bald wirst du wieder im Sattel sitzen. Du könntest es mit dem alten Phantom versuchen, er hat eine so schön gemächliche Gangart.« Alvey aber sah, wie sie mit einer krampfhaften Bewegung die Hände zusammendrückte. Ein- oder zweimal machte James zu Alveys freudiger Überraschung vom Zimmer der alten Dame aus einen Abstecher in den Turm, wo er seine Verwunderung über die Zahl neuer Bücher und das erweiterte Arbeitsfeld der Kinder zum Ausdruck brachte.

»Unter Miss Waskerley gab es für uns so etwas nicht«, sagte er mit leichtem Lächeln.

»Schau mal, Bruder James, unsere Tagebücher! Emmy hat jedem von uns ein richtiges Buch dafür geschenkt, und wir dürfen Bilder hineinmalen oder was wir wollen, aber sie sagt, wir müssen jeden Tag mindestens zehn Zeilen schreiben. Emmy schreibt selbst ein Buch, einen Roman, aber den sollen wir erst sehen, wenn er fertig ist. Und Nish schreibt eine Geschichte über König Arthur, und Emmy hilft ihr dabei.«

»Die Bilder sind prächtig, Tots Forelle gefällt mir sehr. Und wann wird Schwester Emmys Buch fertig sein?« erkundigte James sich höflich.

»Erst beträchtliche Zeit nach der Hochzeit.« Auch Alvey lächelte und überlegte, welche Vorstellung James sich von ihren literarischen Fertigkeiten machen mochte. Sie hütete sich, ihn aufzuklären.

Eine fürsorgliche Regung veranlaßte sie, das Zimmer zu räumen und James mit seinen jüngeren Geschwistern alleinzulassen, deren bewundernde Gesellschaft ihm gewiß gut tun würde. Man merkte, daß eine schwere Last ihn niederdrückte. Er war unruhig und zerstreut und durchstreifte das Haus und die Ländereien mit einem traurig-sehnsüchtigen Gesichtsausdruck wie einer, der Abschied nehmen muß.

»James liebt dies alles hier ebenso wie ich«, sagte Isa zu Alvey, die ihr beim Packen half. »Ich glaube, Männer haben es schwerer als Frauen, sie müssen hinaus in die weite Welt –«

»Halt, Isa! Man legt doch nicht einen ganzen Haufen Skizzenblöcke auf ein Musselinkleid. Komm, laß mich das machen. Aber warum muß ein Mann hinaus in die weite Welt? Warum kann James nicht zu Hause bleiben und deinem Vater bei der Bewirtschaftung des Gutes helfen?«

»Ja, weißt du«, sagt Isa ein wenig unbestimmt, »die Winships waren immer Soldaten, das ist eine jahrhundertealte Familientradition. Du schreibst mir, Alvey, nicht wahr? Und berichtest, wie hier zu Hause alles abläuft?«

»Natürlich, du Gänschen. Sieh zu, daß du mir immer rechtzeitig von eurer jeweiligen Adresse Kenntnis gibst. Wann wir wohl wieder von Louisa hören werden?«

»Ich wette«, sagte Isa, die gelegentlich Anwandlungen von Zynismus hatte, »sie ist so sehr von ihrem neuen Leben in Anspruch genommen, daß sie zum Schreiben keine Zeit mehr hat.«

Die schlichte Trauung, von Mr. Thropton mit sehr viel Salbung vollzogen, war bald vorbei. Sein Fischmaul öffnet und schließt sich wie bei einer Forelle, die nach Fliegen schnappt, dachte Alvey, während er seine Predigt herunterleierte. Meg wirkte überaus selbstzufrieden in ihrem Hochzeitsstaat, John Chibburn steif, unbehaglich und recht ernst. Die unverändert freudlosen Mienen der älteren Winships wollten nicht recht zu dem Anlaß passen.

Nach der Trauung stand man auf dem Friedhof herum, schüttelte Hände, tauschte Küsse, begrüßte Nachbarn und Gäste aus weiter entfernten Orten, denn die frisch Vermählten konnten, wenn sie mit auslaufender Flut in Newcastle sein wollten, nicht nach Birkland Hall zurückfahren, um an dem Frühstück teilzunehmen, sondern mußten sich unverzüglich auf die Reise machen. Ein Zimmer im Pfarrhaus stand bereit, in dem die junge Frau mit Hilfe ihrer Schwestern das Brautkleid ablegen konnte. Auch Parthie und Nish, ja, selbst Klein Betsey waren dabei, es bot sich keine Möglichkeit zu Ermahnungen in letzter Minute.

»Ich ... ich hoffe, daß alles gutgeht, liebste Emmy«, sagte Isa an der Tür zur Kutsche, von plötzlicher Wehmut bei dem Gedanken an die kommenden Monate erfaßt. »Kümmere dich um Mama und Papa, sei so lieb. Und auch um James.«

John half ihr beim Einsteigen. Meg ließ mit strahlendem Gesicht ihr Taschentuch am Fenster flattern, die Menge drängte sich näher heran, ein paar Hände voll Reis und späte Rosenblätter flogen durch die Luft.

Der Kutscher ließ die Peitsche knallen, und die frischen Pferde setzten sich in Trab.

In diesem Moment erscholl ein heiserer Ruf, ein über die Köpfe der Menge hinweggeschleuderter Stein verfehlte die Kutsche, die offenbar sein Ziel gewesen war, und traf Parthies Gesicht. Es gab Gekreisch, Flüche und allgemeine Aufregung. Niemand hatte gesehen, wer den Stein geworfen hatte, er war aus dem Buschwerk oberhalb des Kirchhofs gekommen. Gäste und Gaffer liefen rufend und schreiend ziellos umher. Parthie selbst stand halb benommen da, hysterisch schluchzend, mit blutender Wange und einem großen Schmutzfleck auf dem weißen Samtkleid, bis Major Fenway das Kommando übernahm und sie ins Pfarrhaus tragen ließ. Die Brautkutsche war längst verschwunden, ihre Insassen hatten nichts von dem Vorfall bemerkt.

Langsam und unter der Nachwirkung der Verblüffung und des Schrecks erregt durcheinanderrennend, zerstreute sich die Menge, der Landadel zog ins Herrenhaus, die Dorfbewohner in die Scheune.

»Wer macht wohl so was Niederträchtiges?«

»Ein Skandal ... empörend ... unerhört ... Auspeitschen sollte man den Kerl.«

»Wer könnte es gewesen sein?« fragten die Herrschaften einander. »Vielleicht ein Wilddieb, der einen Groll gegen Sir Aydon hegt?«

»Sehr bedauerlich, so ein Zwischenfall bei der Hochzeit ... das arme Mädchen ...«

Während Alvey sich sehr bemühte, höflich zu etlichen Dutzend Gästen zu sein, überlegte sie, daß es Meg wieder einmal gelungen war, sich der Unerquicklichkeit zu entziehen, während ihre unglückselige jüngere Schwester mit einem angeschlagenen Zahn und bereits blau anlaufendem Auge auf die Festlichkeit verzichten und mit Hirschhorn und Spiritus aetherus behandelt werden mußte.

Armes Kind, dachte Alvey, wie muß ihr zumute sein, da sie sich doch schon seit Monaten auf diesen Tag gefreut hat. Gleichzeitig versuchte sie sich zu erinnern, wer Lady Edmondbyers, wer Brigadier Henshawe und wer Oberst Espershields sein mochten. »Vielen Dank, Ma'am, ja, in der Tat, ich freue mich sehr, wieder zu Hause zu sein. Ein empörender Vorfall, gewiß ... vielleicht ein Schlingel, der irgendwann einmal widerrechtlich unser Land betreten und dafür Prügel bezogen hat ... Guten Tag, Oberst, nein, ich habe den Wunsch, Missionarin in Indien zu werden, gänzlich aufgegeben, Mama und Papa waren so sehr dagegen ...«

Sie warf einen Blick zu Sir Aydon und Lady Winship hinüber, die beide von Gästen umringt waren, und fragte sich, woher sie wohl die Kraft nahmen, den Anforderungen dieses Tages gerecht zu werden. Beide wirkten verstört und bekümmert. Sir Aydon rieb sich immer wieder die Stirn, die Wangen seiner Frau waren dunkelrot gefleckt.

Auch für James, der sich in gleicher Weise quälen mußte, unerschütterlich die gleichen Bemerkungen quittierte, die gleichen Fragen beantwortete, empfand Alvey tiefes Mitgefühl. Er war noch bleicher als sonst, ein zuckender Wangenmuskel verriet seine Schmerzen und seine Erschöpfung. Zumindest aber ist dem Ärmsten wegen seines Beins das Mitgefühl der Gäste sicher, und er kennt diese Leute wenigstens ...

»Ah, liebste Louisa! Wie schön, daß du wieder zu Hause bist. Du mußt bald einmal nach Robinstock kommen, ehe der Winter Einzug hält ...«

»Herzlichen Dank, sehr liebenswürdig, aber ich glaube, daß ich Mama und Papa im Augenblick nicht alleinlassen kann. Nachdem sie soeben Meg und Isa verloren haben ...«

Wer sind nur diese Leute?

»Ja, gewiß, ganz recht. Nun ja, sobald du kannst.« Ein freundliches Nicken, und zum Glück waren sie vorbei.

Oder, noch schlimmer: »Nun, Louisa, kennst du uns noch?«

»Es tut mir wirklich leid, aber Sie müssen Nachsicht üben ... wenn man so lange nicht mehr im Lande war ...«

»Gott bewahre, weißt du nicht mehr, wie du als Kind nach Simonburn gekommen bist und mit unserer Polly gespielt hast? Sie läßt herzlich grüßen, aber da sie eine Woche vor der Niederkunft steht ...«

Zum Glück waren viele Gäste von weither gekommen, manchmal quer durchs Land, und die frühe herbstliche Dunkelheit erzwang einen raschen Aufbruch. Nach und nach verabschiedeten sich alle. Schließlich war nur noch Mr. Thropton übrig, der bewegte Klage über Parthies Mißgeschick führte.

»Das arme, arme Kind. Ich war ja völlig fassungslos. Wer kann das nur getan haben, Sir Aydon?«

»Woher soll ich das wissen?« Sir Aydon war, wie seine Frau, sichtlich zum Umfallen müde. »Es hat nichts weiter zu bedeuten, schätze ich. Irgendein unzufriedener Kesselflicker oder Besenbinder. Ist das Mädchen versorgt?«

»Ja, Sir, man hat sie mit einem Schlaftrunk zu Bett gelegt, und Tushie, Ihre Jungfer, ist bei ihr.«

Major Fenway hatte Parthies Beförderung aus der Pfarrei zum Herrenhaus beaufsichtigt.

»Wir sind Ihnen wirklich sehr verbunden, Major.«

Es war Mr. Thropton anzumerken, daß er gern noch länger verweilt wäre, um den Zwischenfall ausführlich zu erörtern, aber Major Fenway gelang es, den Pfarrer loszuwerden, indem er seine Autorität als Mediziner ins Spiel brachte und energisch erklärte, Sir Aydon mache einen völlig erschöpften Eindruck und müsse ruhen. Sichtlich dankbar folgte sein Gastgeber dieser Empfehlung und zog sich zurück. Mr. Thropton verabschiedete sich widerstrebend, fügte aber hinzu, indem er sich sehr tief über Alveys Hand beugte, wie sehr er sich darauf freue, sie am nächsten Morgen in der Kirche zu sehen. Endlich ging auch er. Lady Winship hatte sich schon längst davongemacht. Tot und Nish hatten sich ebenfalls entfernt und ein paar Essensreste mitgenommen, wahrscheinlich wollten sie aufs Moor. »Daß ihr mir die guten Sachen auszieht, ehe ihr davonlauft«, rief Alvey ihnen nach, und sie nickten rasch und obenhin.

Plötzlich fand sich Alvey allein in dem großen leeren Raum, umgeben von schmutzigen Tellern, Champagnergläsern und benutzten Servietten. Allein mit James und dem Major.

»Dem Himmel sei Dank, daß wenigstens *das* überstanden ist«, sagte James. »Noch eine Viertelstunde, und ich wäre zusammengebrochen.«

»Was? Dabei mußt du noch sechs Schwestern unter die Haube bringen. Wie kann man nur so zagherzig sein.«

»Sind es wahrhaftig sechs? Nun, Parthie wird Vater bestimmt nicht los, das ist einmal sicher.«

»Ich sollte wohl nach dem armen Kind sehen«, sagte Alvey, der eingefallen war, daß ihre Pflichten ja mit der Hochzeit nicht zu Ende waren.

»Keine Sorge, sie schläft fest. Gehen Sie nicht«, bat Major Fenway. »Lassen Sie sich ein Glas Champagner einschenken. Sie haben den ganzen Nachmittag nichts getrunken, nicht einen Tropfen. Ich habe Sie nämlich beobachtet.«

»Vielen Dank, Sie sind sehr liebenswürdig. Nein, ich habe nicht gewagt, Wein zu trinken, ich mußte ja einen klaren Kopf behalten.« Mit mattem Lächeln nahm Alvey das Glas entgegen und nippte daran.

James raffte sich aus seiner trübsinnigen Benommenheit auf. »Du solltest was dazu essen, sonst steigt er dir sofort zu Kopf, du siehst nämlich ziemlich erledigt aus.«

»Ach ja? Ich habe noch nie Champagner getrunken.«

»Red keinen Unsinn. Du hast ihn sogar schon sehr oft getrunken. Erinnerst du dich nicht mehr an die Großjährigkeitsfeier von Vetter Patrick?«

»Ach ja, richtig.« Alvey spürte den belustigten Blick des Majors. Er muß mich für eine dumme Trine halten, dachte sie, als er ihr die Platte mit kaltem Geflügel reichte.

Amble kam mit zwei Hausmädchen herein und begann leise, das schmutzige Geschirr abzuräumen. Stridge, der Hausdiener, entzündete das Feuer im Kamin.

»Ich denke doch, es ist alles zufriedenstellend abgelaufen, Miss Emmy«, sagte Amble. »Nur sieben Gläser zerbrochen und von dem besten Champagner des Herrn noch über drei Dutzend

Flaschen übrig. Mrs. Slaleys Kuchen ist bis auf den letzten Krümel verputzt worden.«

»Das war *mein* Kuchen, nicht der von Mrs. Slaley«, sagte Alvey. »Aber bitte richten Sie ihr aus, daß die Teigtaschen mit Hasenpfeffer vorzüglich waren und die Taubenpastete ebenfalls. Ich habe viele lobende Worte von den Gästen gehört, und Lady Edmondbyers bat mich um das Rezept, ich versprach, es ihr zu schicken. Ich komme auch noch selbst zu Mrs. Slaley, um sie zu beglückwünschen, nur gerade jetzt bin ich ein bißchen müde.«

»Wundert mich gar nicht, Miss Emmy, wo Sie seit früh um sechs auf den Beinen sind. Keine Bange, ich sag's ihr.«

Alvey ließ sich auf ein Sofa sinken und hörte ohne allzu große Aufmerksamkeit zu, wie die beiden jungen Männer angenehm planlos über das Fest plauderten. Wie hübsch das ist, dachte sie schläfrig. Hätte ich Brüder gehabt, wäre mein Leben vielleicht ähnlich verlaufen. Hätte ich Brüder gehabt ...

Schon fast schlafend merkte sie, daß Major Fenway Klavier spielte, nicht in Megs eitlem Klimperstil, sondern mit Kraft und Meisterschaft. Sie öffnete die Augen und betrachtete James' schönes, klares Profil, das sich vor der matten Glut des erlöschenden Feuers abzeichnete.

Wie schade, dachte Alvey bedauernd, daß ich Seine Liebden, den lockeren Lord zu einem schwarzhaarig-melancholischen Helden gemacht habe. Ein blonder Mann mit Adlernase ist so viel interessanter und distinguierter.

Aber das ist jetzt nicht mehr zu ändern.

Plötzlich wurde ihr bewußt, wie spät es war. Sie erhob sich leicht schwankend, wünschte den beiden jungen Männern freundlich eine gute Nacht und begab sich schlaftrunken hinauf in das Zimmer, das von jetzt an unbestritten ihr Reich sein würde.

Nach dem Hochzeitstrubel schien das Haus am nächsten Morgen seltsam still. Und unser Haushalt ist kleiner geworden, dachte

Alvey, während sie ihr Haar bürstete. Nicht, daß Meg und Isa störende Hausgenossinnen gewesen wären... Aber wie herrlich ist es doch, schweigend aufzustehen, ungehindert den eigenen Gedanken nachhängen zu können, während man die Schuhriemen bindet und den Kragen umlegt, ohne auf eine zweite Person Rücksicht nehmen zu müssen.

Ehe sie nach unten ging, stattete sie Parthie einen Besuch in dem Zimmer ab, das sie mit Klein Betsey teilte. Erstaunlicherweise hatte Parthie die Chance, im Bett zu bleiben und sich verwöhnen zu lassen, nicht genutzt, sondern war schon auf und ließ sich im Morgenrock die Dienste von Tushie, der Kinderfrau der Kleinsten, gefallen, die den gestrigen Verband abgenommen hatte und gerade sorgsam ein Pflaster über der Wunde befestigte.

»Wie fühlst du dich?« fragte Alvey. »Es war wirklich Pech, daß dir der Empfang entgangen ist, aber vielleicht wäre er dir auch recht langweilig geworden. Die meisten Gäste schienen um die sechzig zu sein.«

Parthie warf ihr einen grollenden, zweifelnden Blick zu und sagte, daß sie sich furchtbar steif und wund fühle und arge Kopfschmerzen habe. »Aber Major Fenway hat mir einen Trank versprochen und hat gesagt, ich würde nicht so viel von den Schmerzen merken, wenn ich meinen üblichen Beschäftigungen nachginge.«

Oho, dachte Alvey, hier haben wir also den Grund für ihr unerwartet abgeklärtes Verhalten.

Eierschalen und Schinkenknochen im Frühstücksraum ließen erkennen, daß die beiden jungen Herren bereits gegessen und das Haus verlassen hatten. Alvey frühstückte hastig, denn eine Vielzahl von Aufgaben lag vor ihr, sie mußte aufräumen und den Dienstboten ein paar angemessene Worte sagen, sie mußte den Kindern ihren Unterricht geben, und sie hatte Meg versprochen, einige Briefe für sie zu schreiben. »Da du dich ja so gut aufs Schreiben verstehst«, hatte Meg leichthin gesagt und ihr die Liste in die Hand gedrückt.

»Wie geht es Lady Winship?« fragte sie Amble.

»Ihre Ladyschaft hütet heute vormittag das Bett. Sie ist zu Tode erschöpft. Aber Sir Aydon kommt gerade hinunter.«

Sir Aydon trat ein und verzehrte seinen Porridge in gewohntem düsterem Schweigen, woran Alvey sich diesmal jedoch nicht störte. Sie hatte sich in einen Brief Mr. Allgoods von der Hexhamer Leihbücherei vertieft, der mit einer Büchersendung eingetroffen war.

»Ich schicke das Beiliegende mit Boten«, schrieb Mr. Allgood, »denn Whin Bob, der Uhrmacher, sagte mir, daß er heute nach Birkland kommt, und ich weiß, daß er ein verläßlicher Besorger ist. Ich freue mich, Ihnen mitteilen zu können, daß die von Ihnen bestellten Schönschreibbücher eingetroffen sind. Ich lege auch eine weitere Mitteilung Ihrer Korrespondentin in den Tropen bei. Da ich weiß, daß Sie durch die Hochzeit Ihrer Schwester möglicherweise in naher Zukunft nicht nach Hexham kommen werden, hielt ich es für besser ...«

Das Paket enthielt einen weiteren Brief Louisas.

Wie schade, daß Meg und Isa ihn knapp verfehlt haben, dachte Alvey, und schnitt das meerwasserverfleckte Papier auf. Doch mußte sie bald zugeben, daß Louisas zweiter Brief, in Kapstadt datiert, kaum fesselnder war als der erste. Viele Einzelheiten waren eine Wiederholung – die Mäßigkeit und Gottesfurcht Mr. und Mrs. Tothills, die Achtbarkeit von Kapitän Middlemass, die Zuvorkommenheit der Mannschaft. Dazu gab es kritische Anmerkungen über die Schönheit Kapstadts, wo sie bedauerlicherweise wegen günstiger Winde nur eineinhalb Tage hatten Station machen können. Es gab Anspielungen auf die Tugendhaftigkeit und Hilfsbereitschaft etlicher Offiziere, insbesondere eines Leutnant Dunnifage, und etliche Sätze über die Bequemlichkeit der Schiffsräume, wenngleich man, wie Louisa gestand, mit der Zeit in einem so kleinen Fahrzeug ein wenig eng untergebracht war. Sie würde froh sein, wenn ihr Ziel in Sicht kam. Sie hoffte, daß sich ihre Eltern weiterhin wohl befänden, und verblieb ihre liebende Schwester Louisa Winship.

Parthie betrat mit leidendem Gesicht das Frühstückszimmer und registrierte enttäuscht die Anzeichen des Aufbruchs.

»Das Kauen tut ganz schrecklich weh«, seufzte sie und biß in ein dickes Butterbrot.

»Unsinn, Kind«, knurrte Sir Aydon. »Auf der Jagd erwischt es jeden Tag die Leute viel schlimmer, und sie machen kein solches Getue darum. Iß jetzt und maule nicht herum.«

»Papa hat recht«, meinte Alvey. »Es wird dir guttun, etwas zu dir zu nehmen.« Sie reichte Parthie eine Tasse Kaffee und schenkte ihr ein mitfühlendes Lächeln, das mit unbewegtem Gesicht quittiert wurde. Parthie fand offenbar, daß das Schicksal ihr recht übel mitgespielt hatte.

In diesem Moment kamen James und Major Fenway wieder herein. Sie sahen sehr ernst aus.

»Ich habe leider eine überaus besorgniserregende Nachricht für dich, Vater«, sagte James.

»Wie? Was? Heraus damit.«

»Der Garten meiner Stiefmutter ist auf... auf sehr unerfreuliche Weise beschädigt worden.«

»Verwüstet«, ergänzte der Major unumwunden.

»Pflanzen wurden herausgerissen, abgeschnitten, grausam zugerichtet...«

»Was redest du da?«

»Am besten siehst du es dir wohl selbst einmal an.«

»Amble! Meinen Überrock!«

Die drei Männer gingen hinaus, Alvey folgte ihnen, da sie mit eigenen Augen sehen wollte, was geschehen war.

In Lady Winships ummauertem Garten bot sich ihnen das von James beschriebene Bild. Pflanzen waren mit den Wurzeln herausgerissen, Büsche zerhackt, Steine aus dem Boden gewühlt und dazu benutzt worden, Glasglocken einzuschlagen, die zarte Pflänzchen hatten schützen sollen. Das bezaubernde Tal war völlig verwüstet, und zwar, wie James gesagt hatte, auf sehr unerfreuliche Weise. Nicht allein sinnlose Zerstörungswut, sondern blanker Haß schien hier am Werk gewesen zu sein.

»Barmherziger Himmel.« Entgeistert ließ Sir Aydon seinen Blick über die Wüstenei gehen. »Das ist pure Bosheit... Barbarei... Charlotte darf das um keinen Preis sehen, es könnte sie umbringen.«

Auch Carey, der Gärtner, hatte sich eingefunden und besah sich ingrimmig den angerichteten Schaden. Er und Sir Aydon berieten sich leise miteinander.

»Kannst du dir vorstellen, wer diese mutwillige Zerstörung angerichtet haben könnte?« wandte Fenway sich an James. »Ich denke, dein Vater ist in der ganzen Gegend so hochgeachtet?«

»Ja, das meinte ich bisher. So etwas ist hier noch nie vorgekommen. Und ich selbst habe dergleichen in meinem Leben noch nicht gesehen. Meine arme Stiefmutter... dieser Garten ist ihr Lebensinhalt...«

Tot und Nish waren mit ernstem Gesicht herangekommen und sahen sich fassungslos um.

»Da hat jemand lange dran arbeiten müssen«, stellte Tot fest.

Das hatte sich auch Alvey schon gedacht. Irgend jemand mußte mehrere Stunden lang mit nimmermüder Bosheit im Garten herumgehackt, -gerupft, -gewütet haben. Die Vorstellung war ebenso unerfreulich wie beängstigend.

»Es ist bedauerlich, daß der Garten so weit vom Haus entfernt ist.«

»Aber gerade das gefällt Mama so an ihm, weil sie sicher sein kann, hier nicht belästigt zu werden.«

Nish starrte auf einen zermalmten Steinbrechbusch und begann zu weinen.

»Es ist wie ein Mord«, schluchzte sie.

»Kommt mit, Kinder«, sagte Alvey besorgt. »Hier können wir nichts tun.«

Sie brachte die Kinder zurück ins Haus. »Seht, ich habe neue Schönschreibbücher für euch, am besten gehen wir hinauf ins Turmzimmer, und ihr könnt euch eine Übung daraus vornehmen. Das wird euch beruhigen und auf andere Gedanken bringen.«

Im Schulzimmer schnitt sie ihnen die Federn zurecht, zog ihnen die Linien und setzte sie an die Arbeit. Die Kinder machten recht gern Schreibübungen und gingen bereitwillig ans Werk. Einmal nur hielt Tot inne und fragte: »Wer wird meiner Mutter das mit dem Garten sagen?«

»Euer Vater, nehme ich an.«

Sie arbeiteten friedlich weiter, doch Alveys Gedanken kamen nicht zur Ruhe. Noch immer sah sie den verwüsteten Garten vor sich. Wer hatte ihn auf dem Gewissen? Derselbe Täter, der den Stein nach der Hochzeitsgesellschaft geschleudert hatte? Und wie konnte man den Unhold fassen? Oder wäre es besser, ihn nicht zu fassen? Ein unbehaglicher Verdacht schoß ihr durch den Kopf, den sie rasch wieder verdrängte. Das war einfach nicht möglich... Wenn aber nun die Familie noch weitere bösartige Anschläge zu erwarten hatte?

»Ich muß euch ein Weilchen alleinlassen«, sagte sie zu den Kindern. »Auf mich warten noch andere Aufgaben. Briefe müssen geschrieben werden, und ich habe Mrs. Slaley versprochen, mit ihr das Silber wegzuräumen. Ich komme aber später wieder und lese euch etwas von den Prinzen im Tower vor.«

Der Nutzen von Schauergeschichten aus alter Zeit liegt darin, dachte sie, daß sie uns von unseren eigenen Ängsten ablenken.

Erst jetzt fiel ihr Louisas Brief wieder ein, den sie zwischen die Schönschreibbücher der Kinder geschoben hatte. Sie sah den Stapel durch, doch der Brief war nicht da.

»Habt ihr einen Brief gesehen – oder vielmehr ein zerknittertes Blatt Papier mit Meerwasserflecken?«

Die Kinder schüttelten den Kopf.

»Vielleicht habe ich ihn auf dem Frühstückstisch liegen lassen.«

Alvey lief nach unten. Doch der Tisch war abgeräumt und frisch poliert, und auf ihre Frage verneinte Amble, etwas von einem Brief zu wissen, desgleichen Janet, das Hausmädchen, das dabei war, das Zimmer zu fegen und in Ordnung zu bringen.

Zum zweiten Mal begab sich Alvey ins Turmzimmer und durchsuchte erneut und mit noch größerer Sorgfalt, aber ebenso erfolglos die Bücher der Kinder. Der Brief fand sich nicht.

Duddy betrat das Schulzimmer, während Alvey noch mit ihrer fruchtlosen Suche beschäftigt war.

»Die gnä' Frau möcht Sie mal kurz sprechen, Miss Emmy.«

»Die gnä' Frau« war in Duddys Sprachgebrauch die alte Dame, und Alvey folgte ihr über die Wendeltreppe nach unten. Die alte Mrs. Winship lag, auf Kissen gestützt und in ihren Kaschmirschal gehüllt, noch im Bett. Sie sah Alvey über ihre dicken Brillengläser hinweg an.

»Was höre ich da von Charlottes Garten? Ich habe nach James geschickt, ich habe nach Aydon geschickt, aber die sind draußen oder kommen nicht, sie kümmern sich nicht um mich. Ich zähle in diesem Haus nicht mehr. Mach dich fort, Duddy, und schau, ob du nicht einen von ihnen beibringen kannst.«

Es muß hart sein, dachte Alvey, wenn man mit zunehmendem Alter merkt, daß die Zügel schlaff werden und einem zu entgleiten drohen. Besonders wenn man das Gebieten gewöhnt ist. Irgendwann, nahm sie sich vor, werde ich die alte Dame über ihre Vergangenheit befragen, über ihre Jugend, die Jahre, da sie in diesem Haus das Kommando führte. Gewiß hat sie viele Geschichten zu erzählen. Doch jetzt war dazu keine Zeit.

Mrs. Winship sah nicht wohl aus, ihre Blässe wirkte noch geisterhafter als gewöhnlich, und Kopf und Hände zitterten leicht.

Der Hochzeitsempfang mußte auch für sie eine ungeheuerliche Anstrengung gewesen sein, wenngleich sie anscheinend mehr Freude daran gehabt hatte als ihr Sohn und dessen Frau.

Die alte Grizel hörte mit schmalen Lippen zu, die Brille in der Hand, die Augen kurzsichtig ins Leere gerichtet, während Alvey die Verwüstungen im Garten schilderte.

»Irgend jemand haßt meine Schwiegertochter«, bemerkte sie nüchtern, als Alvey geendet hatte.

Genau wie Nish und Tot, dachte Alvey, schnurstracks zum Kernpunkt der Dinge, kein unnötiges Gezeter.

»Wer könnte das getan haben, Großmama, was meinst du?«

Die alte Grizel ging auf die Frage nicht ein. »Es wird schlimm für Charlotte sein«, sagte sie halb zu sich selbst. »Wenn man nichts besitzt außer einem Garten und der einem genommen wird, ist man für so einen Schicksalsschlag besonders schlecht gerüstet. Andere Menschen bedeuten einem nichts, sie können einen deshalb auch nicht trösten.«

»Bedeutet *niemand* hier im Haus ihr etwas, Großmutter?«

Mrs. Winship setzte die Brille wieder auf die Nase und sah Alvey über ihren Rand hinweg an. Auch auf diese Frage gab sie keine Antwort.

»Wo ist Parthie?« fragte sie statt dessen quengelig.

»Vielleicht hat sie sich wieder niedergelegt. Ihr blaues Auge und die Wunde an der Wange machen ihr Kummer, und sie klagt über Kopfschmerzen.«

Es ist allerdings auch denkbar, überlegte Alvey, daß Parthie beharrlich Major Fenway verfolgt.

Die alte Dame sprach laut aus, was Alvey gedacht hatte. »Ich glaube eher, daß sie um James' Freund herumscharwenzelt. Ein kluger, manierlicher Mensch, schade, daß er so unscheinbar und dürftig von Gestalt ist. Nein, ich werde heute nicht aufstehen. Hol mir die Gedichte von Crabbe, Kind, und den Walrat und das Haselnußöl und meinen kleinen Elfenbeinspiegel. Und meine

Bibel. Ach ja, und die Briefe deiner armen Tante Elinor aus Bath, ich möchte sie noch einmal lesen.«

Während sie diese Aufträge ausführte, überlegte Alvey, ob es Sinn hätte, die alte Mrs. Winhsip nach Louisas Brief zu fragen. War es denkbar, daß Parthie ihn vom Frühstückstisch genommen hatte? Sie war, nachdem Alvey hinausgegangen war, allein im Frühstückszimmer gewesen, wenn man von Amble einmal absah. Oder hatte einer der Dienstboten das Blatt für ein altes, schmutziges Stück Papier gehalten und ins Feuer geworfen?

»Ich kann die Gedichte nicht finden, Großmutter. Hast du sie mit nach unten genommen? Das Walratöl ist auch verschwunden.«

»Hast du in allen Schubladen nachgesehen, Kind?«

»Ja, in jeder einzelnen. Und auch an allen anderen Stellen habe ich gesucht.«

Allzu viele Aufbewahrungsorte gab es in dem kahlen Zimmer nicht.

»Ich weiß wirklich nicht, wie das kommt«, sagte die alte Dame verdrießlich. »Täglich geht mehr verloren. Und wenn ich mir eine Liste mache, wo ich die einzelnen Gegenstände hinlege, verlege ich die Liste. Der liebe Gott möchte offenbar nicht, daß ich mich noch meiner irdischen Güter erfreue, er erinnert mich daran, daß es für mich hohe Zeit ist, für die letzte Reise zu rüsten, auf der es keine Träger und keine Koffer gibt... Am besten macht ihr Parthie einen Leinsamenumschlag, das ist gut gegen die Entzündung. Und schicke mir Aydon hinauf und auch James, wenn du ihn siehst.«

Solcherart entlassen, wandte sich Alvey ihren übrigen Pflichten zu. Parthie hatte sich, in Schals und Selbstmitleid gehüllt, tatsächlich wieder in ihr Zimmer zurückgezogen. Als Alvey nach kurzem Klopfen eintrat, schob sie schleunigst irgend etwas unter den hochgetürmten Kissenberg und legte sich mit einem gequälten Seufzer und hinsterbendem Gesichtsausdruck zurück. Das Angebot eines Leinsamumschlags lehnte sie grollend ab, die Wunde sei unter Tushies Pflaster gut versorgt, erklärte sie.

»Und wie steht es mit dem angeschlagenen Zahn? Schmerzt er sehr? Am besten gehst du wohl zu einem Zahnarzt. Gibt es einen in Hexham?«

»Nein, das mag ich nicht...«

»Kann ich sonst noch etwas für dich tun? Möchtest du ein warmes Getränk? Soll ich dir etwas vorlesen?«

»*Vorlesen*? Nein, besten Dank.« Mit theatralischem Aufschluchzen sank Parthie tiefer in die Kissen. »Hier im Haus kümmert es niemanden, ob ich tot oder lebendig bin, und du... du willst mir etwas vorlesen!«

»Ja, weißt du«, sagte Alvey in gütlich zuredendem Ton, »schließlich sind hier im Haus andere schlimmer dran als du. Denk nur an den armen James mit seinem Bein, an deine Großmutter, die stark überanstrengt ist, und deine Mutter, die eine so schlimme Nachricht erhalten hat... Wie geht es ihr übrigens?«

»Mama? Ach, die ist in Ohnmacht gefallen«, versetzte Parthie, ohne das mindeste Mitgefühl an den Tag zu legen. »Als mein Vater ihr von der Verwüstung ihres Gartens erzählte, verfiel sie in eine so tiefe Bewußtlosigkeit, daß Major Fenway Anweisungen gegeben hat, sie zu Bett zu bringen und die Schnürung ihres Korsetts aufzuschneiden. Er ist jetzt bei ihr und verabreicht ihr beruhigende Mittel, seit einer Stunde schon.«

»O Gott! Arme Lady... arme Mama...« Geflissentlich den boshaft-feindlichen Blick übersehend, den Parthie ihr aus farblosen Augen zuwarf, dachte Alvey: Und deshalb hast du dich zu Bett gelegt, mein Kind, und hoffst, daß der Major auch dir eine Visite abstattet.

»Ich werde in Kürze Tushie mit einem Imbiß zu dir schicken«, sagte sie freundlich, ging hinaus und machte die Tür hinter sich zu.

Jetzt müßte ich wohl zu Lady Winship gehen und meine Hilfe anbieten, dachte sie mit einigem Widerstreben.

So locker war das Band zwischen Lady Winship und ihren erwachsenen Töchtern, daß weder Meg noch Isa je auf den Gedanken verfallen wären, das Zimmer ihrer Mutter zu betreten, und Alvey war nicht einmal die genaue Lage des Raums bekannt. Sie wußte nur soviel, daß er sich in der Zimmerflucht befand, die sich oberhalb des Salons über die Ostfront des Hauses erstreckte. Zögernd blieb sie vor der Reihe nebeneinanderliegender Türen stehen. Als sie aus einer Ellen herauskommen sah, fiel ihr ein Stein vom Herzen.

»Wie geht es ihr... meiner Mutter, meine ich? Darf ich zu ihr?«

»Sie ist immer noch nicht bei sich, Miss Emmy. Eine schlimme Geschichte war das, mit Krämpfen und allem. Der Major hat ihr eine Arznei gegeben und ist noch bei ihr...« Sie nickte zu der Tür hin, aus der sie getreten war. »Im Augenblick, sagt er, können wir nichts für sie tun, aber gehn Sie man ruhig rein, Miss, schaden kann's gewiß nicht.«

»Wo ist Sir Aydon?«

»Hat sich davongemacht, in die Bibliothek, der arme Herr. Möglich, daß Master James bei ihm ist.«

Ermutigt durch diese eingeschränkte Erlaubnis betrat Alvey auf Zehenspitzen das Zimmer.

Major Fenway, der am Bett gesessen hatte, erhob sich und legte einen Finger an die Lippen, dann zog er Alvey zum Fenster, das einen überaus reizlosen Blick auf die Büsche der Auffahrt bot. Wie seltsam, dachte Alvey, auf Birkland Hall gibt es so viele Räume mit wunderschönem Panorama, und die Herrin des Hauses bewohnt ein Zimmer, das überhaupt keine Aussicht hat.

Dafür war der Raum groß und ansehnlich, üppig möbliert und reich dekoriert. Vielleicht war dies immer das Elternschlafzimmer gewesen, so daß Lady Winship keine eigene Wahl hatte treffen können. Rechts und links führten Türen zum Ankleidezimmer und zur Puderkammer.

»Wie geht es ihr?« fragte Alvey halblaut. »Kann ich mich irgendwie nützlich machen?«

»Nein, ich danke Ihnen«, erwiderte er ebenso leise, aber mit einem sehr gütigen Blick. »Es ist eine tiefe Bewußtlosigkeit, wahrscheinlich hat Thomas die Anlage zu epileptischen Anfällen von der Familie mütterlicherseits geerbt. Es kann noch etliche Stunden dauern, bis sie wieder zu sich kommt, und dann möchte ich gern zugegen sein. Ich habe einige Erfahrungen mit Kollapsen dieser Art. Doch für Sie besteht kein Grund, ebenfalls hierzubleiben. Gewiß rufen Sie vielfältige Pflichten ...«

»Vor allem muß ich die armen Kinder beschäftigen ...«

»Wenn Sie für Ihren Bruder James auch irgendeine Ablenkung finden könnten, wäre das eine gute Tat«, sagte Fenway leise. »Er ist sehr niedergeschlagen.«

»Ich glaube nicht, daß er sich von mir etwas sagen läßt, aber ich werde es versuchen.«

Alvey lächelte dem Major zu und warf einen raschen, besorgten Blick auf das breite Bett, auf dem Lady Winships schwerer Körper völlig reglos hingestreckt lag wie eine gemeißelte Figur auf einem Sarkophag. Es war seltsam und recht beängstigend, das gewöhnlich hochrote Gesicht so blaß und grau, die großen schwimmenden Augen geschlossen zu sehen. Fenway hat wohl recht, dachte sie, das ist keine gewöhnliche Ohnmacht.

Nachdem sie noch einmal schnell und neugierig musternd in die Runde geblickt hatte, zog Alvey sich leise zurück.

Es ist schon eine rechte Plage, dachte sie mit einem Anflug von Selbstmitleid, daß ich just in dem Moment, da ich ein Zimmer für mich allein habe, in dem ich den ganzen Tag ungestört sitzen könnte, just in dem Moment, da mir ein so unerhörter Luxus zugefallen ist, durch so viele Ablenkungen und Desaster daran gehindert werde, dieses Vorrecht aus vollem Herzen zu genießen. Dabei hatte sie sich eine Unzahl neuer Eskapaden für ihren lockeren Lord ausgedacht! Doch da erwartete Mrs. Slaley sie zum Silberzählen ... und sie hatte den Kindern versprochen, ihnen etwas über die Prinzen im Tower vorzulesen ... jetzt hatte Major Fenway ihr auch noch die Verantwortung für James aufgebürdet ... und zu allem Überfluß lag ihr der Gedanke an den einsam und unglücklich in seiner Bibliothek sitzenden Sir Aydon wie ein Schatten auf der Seele ...

Alvey gab sich einen Ruck und lief rasch die Treppe hinunter.

10

»Mach dich fort, Kind«, sagte Mrs. Winship unwirsch zu Parthie. »Du bietest einen abschreckenden Anblick. Ich wünsche dich nicht um mich zu haben, bis man dich wieder ansehen kann.«

»Aber ich muß dir was sagen, Großmama ...«

»Nicht jetzt, Miss. Man hat mir heute schon mehr als genug gesagt, es verlangt mich nicht nach weiteren Skandalgeschichten oder Hiobsbotschaften. Lauf jetzt und belästige Major Fenway, gewiß hört er dir bereitwilliger zu.«

Hochrot im Gesicht, schlug Parthie die Tür zum Zimmer ihrer Großmutter zu. Sie wußte wohl, daß es zwecklos war, sich auf die Suche nach dem Major zu begeben; er war noch immer bei Lady Winship.

»Was gedenkst du zu unternehmen, um den Schurken ausfindig zu machen, der den Schaden im Garten meiner Stiefmutter angerichtet hat?« sagte James unten in der Bibliothek.

»Wie? Was? Hm ... da läßt sich herzlich wenig tun. Was erwartest du von mir? Daß ich die Polizeijäger kommen lasse? Nein, nein, da ist wohl kaum etwas zu machen, abgesehen davon, daß ich der armen Charlotte die Mittel zur Verfügung stelle, alles wieder in Ordnung zu bringen. Ich wüßte nicht, was ich darüber hinaus unternehmen könnte ...«

»Aber soll denn der Bursche nicht zur Rechenschaft gezogen werden?«

Sir Aydons Gesicht verschloß sich – wie eine Auster, hätte Alvey gesagt, wäre sie zugegen gewesen, um sich den Vergleich zu notieren.

»Damit gäbe man dem Skandal nur noch mehr Nahrung. Ich bin sicher, daß dies durchaus nicht den Wünschen Lady Winships entspräche. Selbstverständlich«, schob er etwas verspätet nach, »werde ich sie befragen, wenn sie ... wenn sie wiederhergestellt ist. Es trifft sich gut, daß dein Freund Fenway gerade hier ist. Ansonsten bin ich ja der Meinung, daß sich solcherart medizinische Betätigungen für einen Gentleman keineswegs schicken ... ähem ... verteufelt wunderliche Neigung ... ganz unverständlich, kommt nämlich aus einer sehr honorigen Familie ... nur gut, daß *du* nicht in diese Richtung tendierst ... doch sei dem, wie ihm wolle, für uns ist es ein recht glücklicher Umstand ...«

»Vater –«

»Wobei mir eine andere Sache einfällt, mein Junge. Wann werden die Schröpfköpfe und Medikaster dich wieder zu deinem Regiment lassen? Natürlich freuen wir uns, dich eine Weile bei uns zu haben, keine Frage«, fügte er eiligst an, »aber es kann dir schwerlich daran gelegen sein, länger als nötig daheim herumzusitzen.«

»Je nun, was das betrifft –«

Zu James' Glück – oder Unglück – wurde in diesem Moment Mr. Thropton gemeldet.

Der Pfarrer wußte sich kaum zu lassen vor mitleidsvoller Bekümmernis. »Da ich kein Mitglied der Familie beim Frühgottesdienst sah ... und als ich im Laufe des Vormittags von dieser neuen Heimsuchung hörte, die Sie betroffen hat ... hielt ich es für meine Pflicht, persönlich ...«

Er hofft auf eine Einladung zum Dinner und auf ein Stück von der kalten Taubenpastete, dachte James säuerlich, wenngleich er insgeheim so etwas wie schuldbewußte Erleichterung über den Besuch des Geistlichen empfand.

»Ah, guten Morgen, Mr. Thropton, wie Sie sehen, geht es bei uns zur Zeit leider drunter und drüber...«

Und dein Besuch hat uns gerade noch gefehlt, besagte Sir Aydons Miene so deutlich, daß Amble, der sich noch unauffällig im Zimmer aufhielt, halblaut fragte: »Wünschen Sie, daß ich nach Miss Louisa schicke, Sir Aydon?«

»Tun Sie das, Amble, tun Sie das. Ich kann mich Ihnen leider im Augenblick nicht widmen, Mr. Thropton, ich muß nach meiner armen Frau sehen, dieser neue Schicksalsschlag hat sie völlig niedergeworfen. Da fällt mir ein, Amble, sag den Dienstboten, sie sollen sich nach Lady Winships Ring umsehen. Als sie auf dem Bett lag, fiel mir auf, daß sie ihn nicht am Finger trug. Vielleicht ist er heruntergerutscht, als die Ohnmacht sie ankam, sie würde sich womöglich beunruhigen, wenn sie zu sich kommt und ihn nicht vorfindet.«

Amble versprach, die Suche nach dem Ring einzuleiten, erlaubte sich aber die Bemerkung, er glaube, der Ring sei schon länger verschwunden, er könne sich nicht erinnern, ihn in letzter Zeit am Finger ihrer Ladyschaft gesehen zu haben.

Sir Aydon begab sich, um Mr. Thropton zu entkommen, zwar ein Stockwerk höher, aber nicht ins Zimmer seiner Frau, sondern in das danebenliegende Ankleidezimmer, das er seit seinem Jagdunfall gelegentlich benutzte.

Alvey hörte, als sie die Treppe hinunterging, Mr. Throptons salbungsvolle Stimme aus der Bibliothek schallen und zauderte, doch sie vernahm auch die Stimme von James, die angestrengt und ablehnend klang.

»...überaus schwer für meine Eltern... mein Vater noch immer nicht darüber hinweg... der Tod des Kindes...«

James versucht, nach Kräften deutlich zu machen, daß der Tod des Kindes für ihn persönlich keine besondere Bedeutung hat.

Amble fing sie ab und flüsterte ihr ins Ohr: »Sir Aydon läßt bitten, Miss Emmy, daß Sie sich des geistlichen Herrn annehmen, er selbst fühlt sich ein wenig angestrengt ...«

Ihre Blicke trafen sich in schönstem Einverständnis. Alvey nickte ergeben.

»Bringen Sie eine Flasche Madeira in die Bibliothek, Amble.«

»Noch eins, Miss Emmy: Haben Sie den Ring Ihrer Ladyschaft irgendwo gesehen? Ihren Siegelring?«

Alvey verneinte. Sie konnte sich nicht erinnern, je einen Siegelring an Lady Winships Hand gesehen zu haben. Eigenartig, was alles auf Birkland Hall abhanden kommt, dachte sie. Das ist wohl einer der Nachteile einer hochherrschaftlichen Behausung. In Base Hepzies Häuschen könnte nichts lange verschwunden bleiben.

»Oho, wen sehe ich denn da ... die liebreizende Miss Louisa! Ich war untröstlich, verehrte Miss Louisa, daß keiner von Ihnen dem Gottesdienst beiwohnte ...«

O Himmel, wie peinlich, dachte Alvey. Es ist ja Sonntag!

»Sie werden gewiß Nachsicht mit uns üben, Mr. Thropton«, versetzte sie gewandt. »Der gestrige Tag hat meine Mutter und meine Großmutter sehr ermüdet und meinen Vater ebenfalls ... und nun diese empörende Schandtat ... Ich hatte die Absicht, später ins Pfarrhaus zu kommen, um Ihnen für die große und wichtige Rolle zu danken, die Sie bei der gestrigen Feier gespielt haben.«

Zum Glück bleibt mir das jetzt erspart, dachte sie, während sie ihre Hand aus seinem kaltfeuchten Griff löste. Über seine Schulter sah sie James an, den ihre Ankunft zu erleichtern schien; er warf ihr einen dankbaren Blick zu, und ihr dummes Herz schlug ein wenig schneller.

Amble brachte den Madeira und schenkte ein, während Mr. Thropton sich in längeren Ausführungen über die Hochzeit erging, die, wie er sich schmeichelte, aufs geschmackvollste verlaufen war – dank der herausragenden Stellung der Familie und ihrer hochmögenden Freunde, der Würde und Achtbarkeit der Gemeinde, des bezaubernden Aussehens der Braut – hier wartete er auf ein Kompliment über die Eloquenz seiner Predigt, und als es ausblieb, erwähnte er ein sehr bewegendes Lob, das »meine alte Freundin Lady Edmondbyers« ihm gespendet hatte – und der zu Herzen gehenden Natürlichkeit, die »unsere Jugend an den Tag legte«. Er meint Tot, als er über Megs Schleppe gestolpert ist, dachte Alvey und nötigte Mr. Thropton noch ein Glas Madeira auf. Von der Hochzeit wechselte er zu seinen römischen Ausgrabungen über. »Ich schmeichele mir, daß Sie nicht uninteressiert daran wären, Mr. Winship ... Ich gehe wohl nicht fehl in der Annahme, daß Sie an Ihrer Alma mater historische Studien getrieben haben? Wann immer es Ihnen gefällt, eine Besichtigung vorzunehmen, wird es mir eine große Ehre sein ... und Miss Louisa weiß ohnehin, daß sie stets willkommen ist ...« Und dann gelang es ihm irgendwie, das Gespräch von den Ausgrabungen wieder auf das Thema Annie Herdman zu bringen.

»Zwei so bedauerliche Todesfälle ... besonders in einer so kleinen, abgelegenen Gemeinde ... verständlich, daß sich eine gewisse Animosität Ihrer Familie gegenüber regt ...«

»Sie wollen damit sagen«, meinte James, den Redefluß abschneidend (als durchtrennte er, dachte Alvey, mit einer scharfen Schere ein widerspenstiges Brombeergestrüpp, wie sie es vor zwei Tagen Carey hatte tun sehen), »Sie wollen damit sagen, Mr. Thropton, daß die beiden Anschläge, der Steinwurf und die Verwüstungen im Garten meiner Stiefmutter, eine Vergeltung für den Tod dieser beiden unglücklichen Menschen darstellen? Denkbar wäre das natürlich, freilich könnte es auch sein, daß mein Vater in seiner Eigenschaft als Friedensrichter letzthin irgendeinen Wilddieb hat deportieren oder auspeitschen lassen ...«

Daß James eine so kalte Kontenance an den Tag legte, verdroß Mr. Thropton sichtlich, die Röte in seinem Gesicht vertiefte sich noch.

Etwas verbindlicher könnte James schon sein, dachte Alvey, aber verargen kann ich es ihm im Grunde nicht. Mr. Thropton ist wirklich ein schrecklicher Mensch.

»Haben Sie einen bestimmten Verdacht im Hinblick auf den Täter, Mr. Thropton? Birkland ist ja ein sehr kleiner Ort.«

»Sie meinen einen Freund, Angehörigen oder früheren Verehrer des unglücklichen Mädchens?« versetzte Mr. Thropton taktvoll. »Von einem Verehrer ist nichts bekannt, und ihr einziger Blutsverwandter, ihr Vater, ein höchst unangenehmer, ungehobelter Bursche, dem sonst der Part des Bösewichts durchaus zuzutrauen wäre, ist zur Zeit bei einem Bruder in Riding Mill zu Besuch. Doch natürlich hängen all diese Familien irgendwie zusammen, nicht nur in der eigenen Sippe, sondern durch Familienbande quer durch die ganze Grafschaft. Ich muß gestehen, daß ich es von Anfang an für äußerst unklug hielt, das Mädchen hier im Haus aufzunehmen, ihren Fehltritt zu verzeihen, ja, gewissermaßen noch zu belohnen ...«

»Annie muß einen Verehrer gehabt haben«, bemerkte James, »sonst wäre sie ja wohl nicht zu einem Kind gekommen.«

»Mr. Winship, ich darf doch bitten! Bedenken Sie die Anwesenheit Ihrer Schwester.«

James und Alvey wechselten einen ausdruckslosen Blick, und Alvey sagte: »Bedenken Sie, Mr. Thropton, wie häufig ich über das bewußte Thema in diesem Haus habe sprechen hören. Sie dürfen davon ausgehen, daß mich nichts mehr erschüttern kann.«

Mr. Throptons Augen quollen vor Empörung aus den Höhlen. »Dennoch sehe ich diese Bemerkung als äußerst unpassend an, Miss Louisa, als in höchstem Maße unpassend für die Ohren einer reinen, unberührten jungen Dame wie Sie.« Daraufhin bedachte er sie mit einem so langen, vielsagenden und lüsternen Blick, daß der zu Tode erschrockenen Alvey plötzlich der Gedanke kam: Könnte es sein, daß Mr. Thropton Klein Geordies Vater war? Wenn ich es recht bedenke, wäre ihm die Verführung eines Dorfmädchens durchaus zuzutrauen. Und dann, da er selbst die Vaterschaft nie hätte zugeben oder Annie hätte ernähren können, ist er auf den Gedanken gekommen, ihr einzureden, sie solle den Kleinen als James' Kind ausgeben. Wenn man ihr die Geschichte im Herrenhaus abnahm, war ihnen beiden geholfen ...

»Jammerschade, daß der alte Herdman nicht da war«, meinte James nachdenklich. »Denn er ist, wie Sie ganz richtig sagten, ein sehr naheliegender Verdächtiger.« Und das, schien sein Ton anzudeuten, ist das einzig Vernünftige, was du bisher gesagt hast.

Nachdem Mr. Thropton vier Glas Madeira getrunken und die Hoffnung auf eine Einladung zum Dinner notgedrungen aufgegeben hatte, erhob er sich endlich, um sich zu verabschieden.

»Ich bin gern bereit, einen Besuch am Krankenbett Ihrer Frau Mutter zu machen«, erbot er sich.

»Soweit ich weiß, ist sie noch bewußtlos. Mein Freund, Major Fenway, der Mediziner ist, wacht bei ihr. Ein solcher Besuch hätte nicht viel Zweck. Vielleicht später«, sagte James sehr bestimmt, und Alvey setzte energisch hinzu: »Mein Bruder hat ganz recht, Mr. Thropton.«

»Aber ein anderes Familienmitglied bedarf meines Zuspruchs, die arme kleine Miss Parthenope, die Opfer eines so grausamen und niederträchtigen Angriffs wurde. Darf ich ihr nicht meinen seelsorgerlichen Trost bringen?«

Wieder wechselten James und Alvey einen Blick, doch stand in dem seinen diesmal eine Frage.

»Warum nicht?« versetzte Alvey nachdenklich. »Ich könnte mir denken, daß es sie freut.« In Ermangelung des Majors, fügte sie bei sich hinzu.

»Ja, sicher, besuchen Sie nur Parthie«, meinte James zustimmend. »Die arme Kleine war untröstlich, daß ihr der Hochzeitsempfang entgangen ist, sie ist Ihnen sicher sehr verbunden. Amble, eins der Mädchen soll Mr. Thropton auf Miss Parthies Zimmer bringen.«

Während Mr. Throptons gewichtige Gestalt sich hinter Tushie die Treppe hinaufbewegte, fuhr sich James mit der Hand über die Stirn und stieß einen tiefen Seufzer der Erleichterung aus.

»Was für ein Widerling«, sagte er halblaut. »Kein Wunder, daß mein Vater sich abgesetzt hat.«

Und als er Alvey ansah, lag um seinen Mund fast so etwas wie ein Lächeln.

Major Fenway saß schon über drei Stunden an Lady Winships Bett, als sie sich endlich rührte und leise stöhnte. Er hielt ihr ein Riechsalzfläschchen unter die Nase, spritzte ihr ein wenig kaltes Wasser ins Gesicht, und als sie schließlich die Augen aufschlug, gab er ihr einen Löffel Hirschhornsalz ein.

Er wandte den Kopf und rief leise Ellen, die Zofe, heran, die in einer Ecke gewartet hatte und jetzt rasch ans Bett trat.

»Fühlen Sie sich besser, Ma'am? Sie haben uns einen schönen Schrecken eingejagt! Kann ich Ihnen etwas bringen? Ein Glas Wein? Oder Tee?«

»Nein, nein, nichts, man soll mir meine Ruhe lassen.«

»Ihre Gliedmaßen sind sehr kalt«, sagte Fenway. »Holen Sie Wärmflaschen und einen heißen Backstein für ihre Füße.«

Der Auftrag wurde ausgeführt, und Lady Winship ließ es sich gefallen, daß man ihr die Hände rieb, ihr ein Kissen unter den Kopf und einen Wollschal um den Hals legte. Doch dann begann sie zu schluchzen und wiederholte: »Laßt mich in Ruhe, laßt mir meinen Frieden.«

»Aber wir wollen Ihnen doch nur helfen, Ma'am.«

»Das könnt ihr nicht. Fort mit dir. Nein, gehen Sie nicht«, sagte sie, zu dem Major gewandt. »Bleiben Sie bitte. Sie haben meinen Garten gesehen, Sie wissen, was ich verloren habe. Hinaus, Ellen. Mach die Tür hinter dir zu.«

»Aber Ma'am ...« Fenway nickte Ellen zu, und sie tat wie geheißen.

»Sie möchten über den Garten sprechen, Lady Winship?« fragte Fenway. »Ich glaube wohl, daß Ihnen danach leichter wäre ...«

»Nein ... ja ... nicht über den Garten, ich weiß wohl, daß ich seinen Verlust verdient habe ...«

»Warum denn das?« fragte er sanft.

Sie schluchzte jäh auf. »Ich bin eine schlechte Frau. Hören Sie mich an ...«

Als Alvey sich auf die Suche nach den Kindern machte, fand sie das Turmzimmer leer. Die beiden hatten ihre Aufgaben sorgfältig und offenbar ungewöhnlich rasch erledigt. Im Hinuntergehen warf sie einen Blick durch das Fenster bei der Wendeltreppe; die beiden standen am Löwenteich, offenbar mit einer ihrer Zeremonien beschäftigt. Sie hatten die Köpfe gesenkt und psalmodierten.

Alvey kämpfte einen kurzen Kampf mit sich. Einerseits winkte der lockere Lord dringlicher denn je. Nach den Sorgen und Spannungen, von denen niemand im Haus verschont geblieben war, hatte sie besonders große Sehnsucht nach einer von ihr selbst geschaffenen, wohlgeordneten Welt. Andererseits hatte sie mehr und mehr das Gefühl, als seien die beiden Kinder in ihre spezielle Obhut gegeben, und gerade jetzt fühlte sie sich besonders für sie verantwortlich. Das Pflichtgefühl trug den Sieg davon. Seufzend ging sie die Treppe hinunter und schritt über die Auffahrt zum Teich.

Sie hatten einen Korb mit gequetschten, zertretenen Blüten aus Lady Winships Garten gefüllt und streuten sie unter Absingen einer Art Litanei über die Wasserfläche.

»Erlöse uns von uns selbst, o Mithras, Gott der Ernten, Feind der bösen Geister, Herr des Lichts, Herr der Heere, Beschützer der Seelen.«

»Und nimm unser Opfer an.«

»Erlöse uns auch von anderen Menschen.«

»Und nimm unser Opfer an.«

»Erlöse uns von Menschen, die unsere Familie hassen.«

»Und nimm unser Opfer an.«

»Erlöse uns insonderheit von Mr. Thropton.«

»Und nimm unser Opfer an.«

»Erlöse uns von uns selbst, falls wir dich beleidigt haben.«

»Und nimm unser Opfer an.«

Alvey wartete, bis sie fertig waren. Dann sagte Nish: »Mama wird doch nicht böse sein, weil wir die Blumen aus ihrem Garten geholt haben? Sie waren ohnehin alle abgebrochen, sie wären nur verwelkt.«

»Nein, sie hätte sicher nichts dagegen. Derzeit ist sie sehr krank, kaum bei sich. Major Fenway kümmert sich um sie.«

»Wir haben uns schon gedacht, daß es ihr nichts ausmachen würde«, sagte Tot, und schroff fügte er an: »Vielleicht hilft Mithras ihr, einen neuen Garten zu machen.«

»Wie hat das bloß jemand tun können«, stieß Nish hervor. »Glaubst du, es war wegen Annie und Klein Geordie?« Sie sah Alvey ängstlich an. »Ob das noch mal passiert?«

»Das wollen wir nicht hoffen«, gab Alvey so ruhig wie möglich zurück. »Hoffen wir, daß der Schuldige jetzt meint, das ... das Unrecht gerächt zu haben, das ihm angetan worden ist.«

Die Kinder schwiegen, offenbar über den grausamen Racheakt nachsinnend, wenn es denn einer gewesen war.

»Zu denken, daß jemand das mit unseren Inseln gemacht hätte«, sagte Nish. »Wenn der Fluß sie wegreißt, stört uns das nicht, das ist etwas anderes, aber stell dir einmal vor, ein Mensch kommt daher und schlägt das alles *absichtlich* kaputt ...«

Um ihre Gedanken in eine weniger unerfreuliche Richtung zu lenken, sagte Alvey: »Erzählt mir von Mithras, ihr scheint ja gut Freund mit ihm zu sein. Woher wißt ihr, daß der Löwenteich ihm gehört? Und woher habt ihr all eure Kenntnisse über den Mithraskult?«

»Aus einer lateinischen Übersetzung, die Mr. Thropton uns aufgegeben hat. Da war von den unterirdischen Tempeln die Rede und von dem, was die Leute beim Gottesdienst gesagt haben ...«

»Und von den Stieren ...« ergänzte Tot.

»Es gibt sieben verschiedene Gruppen, die dem Mithras dienen ...«

»Die Raben, die Geister, die Soldaten, die Löwen, die Perser ...«

»Der Botschafter der Sonne und der Vater.«

»Nish ist ein Geist, und ich bin ein Soldat. Du kannst ein Rabe sein, Schwester Emmy, wenn du magst ...«

Was würde wohl Mr. Thropton sagen, wenn er wüßte, wie begeistert seine Schüler den Mithraskult angenommen haben, überlegte Alvey.

»Habt ihr mit Mr. Thropton darüber gesprochen?«

»Wo denkst du hin«, wehrte Tot empört ab.

»Pst, da kommt er«, sagte Nish. »Er darf nicht merken, was wir machen. Außerdem möchte ich dich was wegen meiner Geschichte fragen, Emmy. Ich bin da steckengeblieben, wo die Seehunde aus dem Wasser kommen, und jetzt weiß ich nicht, was sie sagen sollen.«

Sie faßten Alvey bei der Hand und zogen sie vom Teich weg auf die gebuckelten Pflastersteine des Weges, der sich an dem Befestigungsturm hinzog.

Mr. Thropton sah sie, sagte aber nichts. Alvey hatte eigentlich damit gerechnet, daß er sie wieder ansprechen würde, aber zu ihrer Erleichterung blieb er weder stehen, noch winkte er ihr, sondern warf ihr nur einen sehr eigenartigen Blick zu, in dem Feindseligkeit, Skepsis, Argwohn und Zorn lagen, ehe er durch das Fichtenwäldchen die Schritte heimwärts lenkte.

Was hatte Parthie ihm erzählt?

In Vaters Augen, dachte Alvey, habe ich wohl die Kinder noch in ihrem Götzendienst bestärkt, er wäre gewiß der Meinung, daß ich ihnen eine Standpauke halten und ihnen das Versprechen abnehmen müßte, die Mithrasverehrung aufzugeben.

Aber erstens würden die Kinder bestimmt meine Weisungen in den Wind schlagen, und das gute Verhältnis, das sich zwischen uns anbahnt, wäre in Gefahr, und zweitens glaube ich, es ist besser, daß sie die Zeremonien fortsetzen, wenn sie ihnen ein Trost sind. Sobald sie älter sind, gibt sich das schon von selbst.

Tröstliches gibt es in diesem Haus weiß Gott zur Zeit wenig genug.

Nish hat erstaunliches Talent im Ersinnen von Geschichten, dachte Alvey und unterdrückte eine leise Regung des Neids. Würde sie mit dieser selbstentwickelten, spontanen Gabe eines Tages ihre Lehrerin in den Schatten stellen?

Alvey war nicht wenig überrascht, als die alte Dame zum Dinner herunterkam, doch war Mrs. Winship kaum wiederzuerkennen. Sie wirkte fahrig und zerstreut und war nachlässig gekleidet. Sie sprach wenig und aß praktisch nichts.

Auf Weisung Sir Aydons sollten Nish und Tot ihr Abendessen vor dem Dinner der Erwachsenen in der Küche bekommen und früh zu Bett gehen. Er sei müde, sagte er, und könne Kinderlärm und Kindergeschwätz heute nicht ertragen. Parthie hätte sich über so einen Befehl geärgert und gekränkt, doch die Nish und Tot erst neuerdings gewährte Teilnahme am Dinner im Speisesaal war für sie keine reine Freude, und sie fügten sich den Anordnungen ihres Vaters ohne erkennbares Bedauern. »Mrs. Slaleys Essen in der Küche ist viel besser«, sagte Nish.

Parthie blieb auf ihrem Zimmer und ließ kläglich in der Küche ausrichten, sie wünsche »etwas Leichtes«.

»Ich hab ihr eine große Schüssel Gemüseeintopf mit Fleisch gebracht, Miss Emmy, und drei Stück Käsekuchen, und das hat sie alles aufgegessen. Ihr Appetit hat nicht gelitten. Aber ihr Auge schillert jetzt in allen Farben, grün und gelb und orange, so mochte sie sich wohl vor dem Major nicht sehenlassen«, berichtete Ellen.

Die dezimierte Gesellschaft am Eßtisch war recht schweigsam, das Gespräch kreiste ausschließlich um oberflächliche, nichtssagende Themen. Alvey fand, daß es nicht zu ihren Pflichten als Tochter des Hauses gehörte, sich in einem solchen Moment um leichte Konversation zu bemühen. Sie sann über ihren Roman nach und antwortete aufmerksam, aber knapp, als Major Fenway ihr die eine oder andere höfliche Frage nach ihrer Schulzeit und dem Unterricht der Kinder stellte.

Sir Aydon war in einer selbst für ihn und in Anbetracht der traurigen Umstände ungewöhnlich düsteren Stimmung.

Als der Major ihm in freundlich-behutsamem Ton berichtet hatte, daß seine Frau das Bewußtsein wiedererlangt, ein wenig Hirschhornsalz und einen Trunk aus Würzwein mit einem Sedativum eingenommen, eine Weile durchaus vernünftig geredet, aber den Wunsch ausgesprochen habe, derzeit noch nicht mit Besuchen der Familie behelligt zu werden, hatte Sir Aydon nur geknurrt. Ob dies eine Äußerung des Glaubens oder des Unglaubens, des Gefallens oder Mißfallens war, hatte Alvey nicht entscheiden können. Er ist wirklich sehr unhöflich zu dem Major, dachte sie, der seiner Frau so gute Pflege angedeihen läßt, obschon er doch nur Gast im Haus ist. Und sie hatte Mitleid mit James, dem das ungehobelte Benehmen seines Vaters peinlich sein mußte. James aber zerkrümelte sein Brot, ohne es zu essen, und hing offenbar seinen eigenen Gedanken nach, ohne viel von dem zu merken, was um ihn her vorging.

»Ja, hm. Ähem«, sagte Sir Aydon schließlich, »bedaure unendlich, daß Sie das Pech hatten, in einem solchen Moment in mein Haus zu geraten, Major Fenway.«

»Machen Sie sich darum keine Gedanken, Sir. Ich freue mich, wenn ich Ihnen von Nutzen sein konnte.«

»Ähem. Ja. Sehr verbunden, in der Tat. Weiß nicht mehr...

habe vergessen, wann Sie in Edinburgh sein wollten. Habe nach dem Arzt meiner Frau geschickt, Dr. Cunningham aus Newcastle, der Mann muß morgen hier eintreffen. Möchte Sie nicht über Gebühr aufhalten ... müssen sich wohl um Ihre eigenen Geschäfte kümmern ...«

Jetzt will Sir Aydon den Major gar ganz loswerden, dachte Alvey empört. Er deutet an – und zwar nicht gerade auf sehr zartfühlende und taktvolle Weise –, daß Fenway schon länger geblieben ist, als ihm lieb war.

Vor Ärger errötend öffnete sie schon den Mund, um eine entsprechende Bemerkung zu machen, doch da sah sie, daß die beiden jungen Männer vielsagend-bedenkliche Blicke tauschten. Es geht mich nichts an, sagte sie sich. Soll James die Sache ausfechten. Major Fenway ist schließlich sein Freund.

»Je eher ich meine Studien dort aufnehme, desto besser«, gab Fenway gelassen zurück. »Nachdem ich mich von James' Wohlergehen überzeugt habe ... und da ich nun weiß, daß Lady Winship auf dem Wege der Besserung und in fachkundiger Hand ist ...«

»Jawohl, versteht sich. Wird sich jetzt bestimmt bald wieder aufrappeln, gewiß. Schlimme Sache, das mit dem Garten ... aber was hilft's? Hoffe, ihn zu gegebener Zeit zu ersetzen. Halte es für das beste, daß der Sache so wenig wie möglich Erwähnung getan wird ... je weniger man sie daran erinnert ...«

Nein, dachte Alvey aufbegehrend, das ist ganz gewiß nicht das beste. Und doch verspürte sie so etwas wie Mitgefühl für Sir Aydon und erinnerte sich ihrer seltsamen Empfindungen bei der ersten Begegnung mit ihm, die sich fast völlig verloren hatten, nachdem sie ihn nun genauer kannte. Er will seinen Sohn, sein Haus für sich haben, in dieser kritischen Situation stört ihn die Anwesenheit von Fremden, besonders dieses Freundes von James, von dem er vielleicht vermutet, er habe sich insgeheim mit seinem Sohn gegen ihn verbündet. Der Ärmste, er sehnt die alte

Ordnung in seinem Hauswesen wieder herbei. Doch darauf hofft er wohl vergeblich. Ein Hauswesen ist ein wachsender, sich wandelnder Organismus wie jeder andere auch.

»Möchtest du dich auch bestimmt nicht zurückziehen, Großmutter?« fragte Alvey im Salon nach dem Abendessen. Die alte Dame wirkte so bekümmert und unruhig, so gebrechlich und matt. Ein- oder zweimal versuchte sie erfolglos, an ihrer Stickerei zu arbeiten, legte sie dann beiseite und zog statt dessen einen Zettel aus ihrem Retikül, auf dem sie mit zitternder Hand ein paar Worte vermerkte.

»Zu Bett gehen? Nein, nein, ich sollte wohl hierbleiben... sollte wohl hierbleiben... Für den Fall...« Doch sie brachte den Satz nicht zu Ende.

Als die Herren den Salon betraten, winkte Mrs. Winship ihrem Sohn, neben ihr Platz zu nehmen, was er sichtlich widerstrebend tat.

Die jungen Herren setzten sich zu Alvey, und ihr Gespräch berührte die verschiedensten Themen, von den rapide fallenden Getreidepreisen über Aufstände, die Zerschlagung von Webstühlen und das Treiben des radikalen Volksredners Hunt bis zu den Gedichten Lord Byrons und verschiedene Theaterstücke in der Drury Lane und Covent Garden. Sowohl James als auch Fenway hatten mehrmals den Schauspieler Kean auf der Bühne erlebt und waren einer Meinung mit dem Dichter Coleridge, daß seine Kunst phantastisch und dämonisch sei, einem Blitz gleich, der über den Himmel zuckt. Alvey hatte von ihm gelesen und war begierig, Schilderungen seiner Darstellung des Shylock, Richard des Dritten oder Jago zu hören. Sie lauschte aufmerksam und sagte wenig.

»Sie haben nie in London das Theater besucht, Miss Louisa?« fragte Fenway.

»Nein.« Sie seufzte. »Wenn es nur möglich wäre...«

Sie besaß ein minimales Einkommen aus dem Nachlaß ihrer Base Hepzie und eine geringe Summe, die sie sich mit Privatstunden an der Abbey School verdient hatte, aber angesichts ihrer ungewissen Zukunft war sie der Meinung gewesen, daß Theaterbesuche in London eine nicht zu verantwortende Extravaganz gewesen wären.

»Kean wird nicht mehr lange in London spielen, er geht nach New York«, bemerkte Fenway und setzte zu Alveys nicht geringer Überraschung hinzu: »Die New Yorker werden ihm gewiß zu Füßen liegen. Als ich dort war, boten die dortigen Bühnen nur die armseligsten Machwerke.«

»Wann warst du drüben, Guy?« fragte James.

»Laß sehen ... es muß an die fünf Jahre her sein, vor diesem dummen Krieg mit den Amerikanern. Mein Vater schickte mich hin, um ihre Methoden im Bergbau und im Transportwesen zu studieren. Ich lebte in verschiedenen infernalisch kleinen Bergbaunestern in Pennsylvania und bin hin und wieder in die Stadt geflohen, um den Geschmack von Kohlenstaub und Sauerteigbrot aus dem Mund zu bekommen. Philadelphia freilich war durchaus angenehm – Backsteinhäuser und Fliederbäume, es erinnerte mich an Ramsgate oder Deal.«

Alvey saß wie auf Kohlen. Zu gern hätte sie sich bei dem Major nach seinen Erlebnissen in Amerika, seinen Ansichten über das Land erkundigt, hätte ihn gefragt, ob er in nördlicher Richtung über New York hinausgekommen war und auch Städte in Massachusetts besucht hatte, aber sie getraute sich nicht aus Angst, die Zunge könne ihr ausrutschen und sie könne verraten, daß sie mehr über diese Gegend wußte, als man füglich von ihr erwarten durfte. Doch weckte die Erwähnung ihres Geburtslandes in ihr Heimwehgefühle, derer sie sich kaum bewußt gewesen war.

James fragte nach den Kohlegruben. Alvey wußte bereits von seinen Schwestern, daß Sir Aydon – wie auch Major Fenways Vater – Land besaß, auf dem Kohle abgebaut wurde, und weniger dem etwas heruntergewirtschafteten Gut als diesem Tatbestand sowie dem Vermögen seiner Frau verdankte er es, daß er für jede seiner Töchter eine Mitgift von fünftausend Pfund hatte festsetzen können.

»Das würde gewiß meinen Vater interessieren«, sagte James gerade, als die Stimmen auf der anderen Seite des Zimmers lauter wurden, so daß er sich mit besorgt gefurchter Stirn ihnen zuwandte.

»Du lebst in der Vergangenheit, Aydon, das ist nicht recht, das ist feige«, erklärte die alte Dame mit ihrer lauten, harschen Stimme. In ihrem Unmut hatte sie offenbar die matte, wirre Stimmung des frühen Abends überwunden.

Ihr Sohn murmelte etwas Unverständliches und sah vielsagend zu den jungen Leuten hin.

»Dummes Zeug, Aydon. Das behauptet jede Generation, aber es ist nicht wahr. Du darfst nicht zugeben, daß die Vergangenheit dir wichtiger wird als die Gegenwart, für so etwas bist du bei weitem noch nicht alt genug. Schau mich an, Junge. Zweiundzwanzig Jahre älter als du, und noch immer vermag ich mich mit dem zu zerstreuen, was ich um mich herum sehe. Es ist falsch, die Vergangenheit zu deinem einzigen Gut zu machen, das ist, als ließest du Teile deines Körpers, deine Gliedmaßen eintrocknen, verfaulen, brandig werden ...«

Alvey spürte, wie den neben ihr sitzenden James ein Schauder überlief.

»Du mußt aus der Welt um dich her etwas Nützliches machen, das heißt, du mußt ihr einen Teil von dir geben. Wenn du das unterläßt, verschleuderst du das dir anvertraute Gut ...«

Alvey hatte die alte Dame noch nie mit solcher Vehemenz sprechen hören. War es die Abwesenheit ihrer Schwiegertochter, die sie befreit, beflügelt hatte? Wenn ich eine Großmutter gehabt hätte, die mit meinem Vater, mit meiner Mutter auf diese Weise ins Gericht gegangen wäre, dachte Alvey, hätte das vielleicht ihre Handlungsweise beeinflußt, wäre vielleicht alles anders gekommen ... Aber ist es denn überhaupt möglich, die Handlungsweise anderer Menschen zu beeinflussen? Ich finde, die alte Dame richtet bei Sir Aydon nicht viel aus.

Sie merkte, daß Guy Fenway gespannt das Gespräch zwischen Mrs. Winship und ihrem Sohn verfolgte.

»Welches Gut?« murrte Sir Aydon. »Habe ich mir einen Haufen schwatzhafter Mädchen gewünscht? Oder einen verdrießlichen, kränklichen Tölpel von Sohn, der nicht mal einen Fisch aus einem Bach ziehen kann?«

Alvey stand auf. Das Taktgefühl verlangte, fand sie, daß ein solches Gespräch ohne Zeugen geführt wurde. Sie konnte nicht, wie Meg, Klavier spielen und war nicht in der Stimmung, ein anderes Thema anzuschneiden.

»Es war ein trauriger, ermüdender Tag«, sagte sie zu James. »Ich werde hinaufgehen und nachsehen, ob Parthie etwas braucht und ... und die arme Mama, und danach ziehe ich mich zurück.«

James nickte ohne besondere Anteilnahme. Es war Guy Fenways Blick, der ihr folgte, und es war Guy, der enttäuscht darüber schien, daß sie sich so bald entfernte. Alvey knickste vor der alten Dame, was diese mit einem zerstreuten Nicken quittierte, und vor Sir Aydon, der sie kaum zu beachten schien.

»Du hast deinen Zettel fallen lassen, Großmutter.« Alvey hob das zerknitterte Blatt vom Boden auf und gab es Mrs. Winship zurück. Als sie nach Parthie gesehen hatte, die schlief (oder schmollte), und nach Lady Winship, die ebenfalls schlummerte, eilte sie in ihr Refugium, und sobald sie die schützende Tür hinter sich geschlossen hatte, wurde ihr, wie stets, leichter ums Herz. Ein eigenes Zimmer – welch seltene Vergünstigung! Nicht einmal Lady Winship, überlegte sie, war dies Glück beschieden. Sir Aydon konnte, wann immer er wollte, in ihr Territorium eindringen, ihre Gedanken stören. Die Ärmste hatte keinen Zufluchtsort außer ihrem Garten. Ihr Garten ...

In gedrückter Stimmung machte Alvey Toilette und setzte sich an ihre Notizen. Es gab ihr einen leisen Stich, wenn sie an den Zettel der alten Dame dachte. Darauf standen, viele Male wiederholt, immer wieder die gleichen Worte: »Listen machen, Listen machen, Listen machen ...« Ein überaus widersprüchliches Wesen war diese alte Grizel – eben noch so wirr, gleich darauf klar und bestimmt.

Alvey blies die Kerze aus. In der schützenden Dunkelheit erschien ihr, wie schon seit einigen Nächten, ein Antlitz, das ihr den Schlaf raubte. Nicht das vertraute ironische Gesicht von Seiner Liebden, dem lockeren Lord, sondern das Gesicht von James, hager, unglücklich, mit breitem, sinnlichem Mund und suchenden Augen.

Am nächsten Morgen war Alvey mit den Kindern und deren Unterricht beschäftigt, als Guy Fenway sich im Turmzimmer einfand.

»Hier also hat die Göttin der Gelehrsamkeit ihren Tempel«, bemerkte er und inspizierte die Globen, die Landkarten, die Bücher und die Blumen- und Tierzeichnungen, mit denen die Kinder unter Alveys Anleitung die Wände hatten dekorieren dürfen.

»Wie geht es heute Lady ... ich meine meiner Mutter?« fragte Alvey, die wußte, daß der Major nach dem Frühstück Lady Winship einen Besuch abgestattet hatte.

»Ihre Temperatur ist gesunken.«

»Ihre Temperatur?«

»Ich besitze ein Thermometer zum Messen der Körpertemperatur.« Er zog das Instrument in seinem kleinen Lederfutteral hervor und zeigte es den interessierten Kindern. »Das ist Ihnen neu? Ein gewisser Dr. Currie aus Liverpool hat das Fieberthermometer vor etwa zwanzig Jahren erfunden, aber es ist noch nicht sehr weit verbreitet.«

»Dr. Cunningham, der Mama behandelt, hat so was nicht«, sagte Tot, »der legt einem nur die Hand auf den Kopf.«

»Und wenn er ein erfahrener Arzt ist, sind seine Folgerungen vermutlich ebenso zutreffend wie die eines medizinischen Anfängers, wie ich einer bin«, sagte Guy munter. »Darf ich vom Dach aus die Aussicht bewundern? James sagte, daß sich der Blick lohnt, aber ich möchte um keinen Preis den Unterricht stören.«

Natürlich begleiteten die Kinder ihn nur zu gern und wiesen ihn auf Besonderheiten der vom Turm aus sichtbaren Landschaft hin, auf den 576 Fuß hohen Hammerton Craig etwa, von dem schottische Angreifer etliche Mitglieder der Familie Winship zu Tode gestürzt hatten, auf den Crampton Cleugh, von dem aus andere Winships, ihren Schlachtruf »Dennoch! Dennoch! Dennoch!« ausstoßend, blutige Rache an den Schotten genommen und siebzehn von ihnen ins Jenseits befördert hatten, und auf das Gehölz auf der anderen Seite des Tals, das sich Michael Scotts Wald nannte.

»Wer ist Michael Scott?«

»Ein Zauberer, ein Freund des Bösen. Er hat den Römerwall gemacht.«

»Ich denke, der stammt von den Römern.«

»Na ja, das ist wohl Ansichtssache.«

»Eigentlich ist mir eure Version lieber«, sagte Guy. »Ich wünschte, ihr könntet mir den einen oder anderen dieser Plätze zeigen. Euer Bruder läßt sich heute sein Holzbein anpassen –« Alvey zuckte ein wenig, aber die Kinder nahmen die Nachricht ebenso gelassen entgegen, wie sie kundgetan wurde »– er kann mich also nicht herumführen, und morgen muß ich weiter nach Edinburgh. Wie wäre es, Miss Louisa, würden Sie Ihren Schutzbefohlenen einen halben Tag freigeben, wenn ich Sie schön darum bäte?«

Alvey lächelte. »Sie merken gewiß selbst, daß es jetzt mit dem Lernen nicht mehr viel werden würde. Meist beanspruche ich die Kinder ohnehin nur bis zur Mittagszeit. Und Sie werden sicherlich den Ausflug durch lehrreiche und bildende Gespräche zu beleben wissen.«

»Sie wollen uns nicht begleiten?« fragte er enttäuscht, während die Kinder davonliefen, um Jacken und Mützen zu holen, denn es wurde nun täglich kälter.

»Ich? Nein, leider fesseln mich zahlreiche Pflichten ans Haus. Und die Kinder kennen sich viel besser aus.« Sie tat, als habe sie den Ausdruck der Enttäuschung auf seinem Gesicht nicht gesehen, und wandte sich ab, denn Duddy, die Zofe der alten Dame, hatte an die Tür des Turmzimmers geklopft und fragte, ob Alvey ein wenig Zeit für Mrs. Winship erübrigen könne.

»Sie fühlt sich nicht besonders heut früh, Miss Emmy, wär schön, wenn Sie mal eben nach ihr sehen könnten.«

Duddys Einstellung zu Alvey hatte sich in den letzten Wochen von mürrischem Argwohn zu widerstrebendem Respekt gewandelt. Diese Bitte war das höchste Zeichen der Anerkennung, das sie ihr bisher gezollt hatte, und Alvey freute sich darüber, auch wenn sie sich einigermaßen besorgt fragte, wie es um die alte Dame bestellt sein mochte, wenn Duddy, die sonst jeder Lage gewachsen war, eine solche Unruhe an den Tag legte.

»Wir sehen uns später, zur Essenszeit«, sagte sie, schon nicht mehr ganz bei der Sache, zu dem Major. »Lassen Sie sich von den Kindern nicht in einen Sumpf führen. Es gibt viele davon, und sie sind nicht ungefährlich.« Dann folgte sie Duddy die Wendeltreppe hinunter.

Die alte Mrs. Winship war recht zittrig und wirr. Sie lag im Bett und drehte und wendete ein paar samtene Flicken zwischen den dünnen Fingern. Offenbar war sie wieder in derselben Verfassung wie am vergangenen Abend, ehe sie nach dem Dinner so unerwartet energisch ihrem Sohn ins Gewissen geredet hatte.

»Da ist jetzt nichts mehr zu machen«, sagte sie in verdrießlichem Ton zu Alvey. »Was nützen alle Vorwürfe? Was geschehen ist, ist geschehen und ist gerächt.«

»Was denn, Großmutter?«

»Es hat keinen Zweck, die Sache noch weiterzutreiben, und das habe ich auch zu Aydon gesagt. Auge um Auge, Zahn um Zahn ... ein Mensch hat schließlich nur zwei Augen ...«

»Ich kann dir nicht ganz folgen ...«

»Sei nicht töricht, Kind«, sagte die alte Dame verärgert. »Hat denn hier keiner einen Funken Verstand im Kopf? James, blindlings auf sein Ziel starrend ... Aydon, der das, was er besitzt, nicht zu schätzen weiß ... und was aus Charlotte werden soll, das mag der Himmel wissen ...«

»Ich bitte dich, Großmutter... Willst du mir nicht sagen, was ich für dich tun soll?«

Endlich richteten sich die funkelnden, kurzsichtigen Augen auf Alvey.

»Ja, du ...« sagte sie matt. »Du, das Sandkorn in der Auster. Ist es deinetwegen so weit gekommen?«

»Aber nein, Großmutter, meinetwegen? Was meinst du nur?« fragte Alvey mit einem plötzlichen hohlen Gefühl der Furcht.

»Gleichviel, gleichviel. Ich habe meine Verfügungen getroffen. Viel ist es nicht. Aber du solltest ... im Fall ... ehe ich es vergesse ... ich verlege neuerdings so viel ... und was ich nicht verlege, übersehe ich ... Duddy, gib es ihr, du weißt schon was.«

»Den Ring, Ma'am?« Duddy hatte sich während dieses Zwiegesprächs mit grimmigem Gesicht, die Arme unter der Schürze gekreuzt, am Fußende des Bettes postiert.

»Natürlich den Ring, was sonst, Weib?«

Duddy warf Mrs. Winship einen zweifelnden Blick zu, der ihre abweichende Meinung deutlich machte, doch dann fügte sie sich dem wiederholten energischen Nicken ihrer Herrin, ging zum Kamin, kramte zu Alveys nicht geringer Überraschung in dem Korb mit den Holzscheiten und holte ein kleines, in ein Samtläppchen gehülltes und mit Schnur umwickeltes Päckchen hervor.

Alvey nahm es ratlos entgegen. »Was ist das? Soll ich es aufmachen?«

Die alte Dame nickte erneut, und sie zerriß die Schnur. In der

Samthülle fand sich ein goldener Ring mit einem Siegel aus dunkler Jade, in dem sie das Wappen der Winships erkannte: Eine Pinasse unter Segeln.

»Aber das ist... kann das Lady Win... ich meine meiner Mutter Siegelring sein, der als verschwunden galt? Ich hörte, wie Sir Aydon davon sprach.«

»Sorg dafür, daß sie ihn zurückbekommt, das ist alles. Mach kein Aufhebens davon.«

»Ich werde ihr den Ring sogleich bringen.«

»Kein Gerede«, sagte die alte Dame, und dann rollte sie sich plötzlich im Bett zusammen wie ein müdes Kind.

Duddy nickte bedrückt. »Damit nehmen Sie ihr eine Last von der Seele, Miss Emmy, das ist mal sicher.«

Alvey hielt sich an ihr Versprechen. Unverzüglich begab sie sich in Lady Winships Zimmer. Welch ein Kontrast, dachte sie, bildeten diese Teppiche und die üppige Möblierung zu dem kahl-asketischen Refugium der alten Dame. Und doch legte die jüngere Frau vermutlich ebensowenig Wert auf diese Dinge wie die ältere, es war ihr wohl gleich, ob sie da waren oder nicht. Es war so Sitte, das war alles.

Dr. Cunningham, der Arzt aus Newcastle, war eingetroffen und beriet sich in gedämpftem Ton mit Sir Aydon, der in seiner Unentschlossenheit wie so oft grau und leidvoll aussah.

»Ihre Ladyschaft ist durch die Erschütterungen der vergangenen Tage mitgenommen. Sehr mitgenommen. Ich würde vorschlagen, verehrter Sir Aydon, daß man sie schröpft und zur Ader läßt und vielleicht ein Klistier verabreicht.«

»Und Sie glauben nicht«, meinte Sir Aydon zaudernd, »daß so eine Behandlung sie noch mehr mitnehmen wird?«

»Mylady gehört zu jenen korpulenten, dickblütigen Menschen, denen derlei Maßnahmen nur zum Nutzen gereichen können«, erwiderte der Arzt geduldig. Alvey faßte sogleich eine

Abneigung gegen ihn. Er war ein kleiner, dicker Mann mit schwarzem Haar und selbst hochrot im Gesicht, was auf einen nicht geringen Alkoholkonsum schließen ließ. Doch schien sein selbstsicheres Gebaren Eindruck auf Sir Aydon zu machen.

Alvey ging leise an den beiden vorbei zum Bett. Auf Lady Winships Gesicht lag ein seltsam stumpfer Ausdruck von Leid und Hinnahme, ihrer gewohnten unbestimmt-abwesenden Miene nicht unähnlich und doch wieder ganz anders. Alvey empfand tiefes Mitleid für die arme Frau, die – ihres kostbaren Gartens beraubt – sich jetzt einer so rigorosen ärztlichen Behandlung unterziehen mußte.

»Ich habe dir etwas mitgebracht«, sagte sie halblaut. »Man hat mich gebeten, es dir zu geben ...« Behutsam ergriff sie die ihr zunächst liegende Hand und schob den Siegelring an den vierten Finger. Er glitt ganz leicht hinauf. Lady Winship hob die Hand und betrachtete den Ring verwundert.

»Mein Ring. Wie ... wie eigenartig.« Ihr Gesicht erhellte sich ein wenig. »Danke, Louisa«, sagte sie matt. »Ich bin sehr froh, ihn wieder zu haben. Doch dieser Finger ist nicht der rechte, der Ring sitzt zu locker, so muß ich ihn verloren haben.« Sie setzte den Ring sorgsam auf den Mittelfinger. »Hier sitzt er fest, ich werde trachten, ihn nicht wieder zu verlieren.«

»Das wird gut sein, Mama. Ich hoffe, es geht dir bald wieder besser. Du ... du fehlst uns unten.«

Erneut streifte Lady Winship sie mit diesem unbestimmt-ratlosen Blick. Sie fragte nicht, wie Alvey an den Ring gekommen war, sie stellte überhaupt keine Fragen. Tief aufseufzend schob sie die Hände unter die Bettdecke, krauste ein wenig die Stirn und schloß dann die Augen, als lohne es die Mühe nicht, sie offenzuhalten.

Alvey schaute bei Parthie herein. Ein richtiges Krankenhaus sind wir geworden, dachte sie. Das ist doch recht seltsam, wenn man bedenkt, daß wir Nahrungsmittel in Fülle haben, eine gesunde Lage, Komfort und Wärme. Hat die alte Dame recht, bin ich das Sandkorn in der Auster, war es meine Ankunft, die diesen Wandel beschleunigt hat? Aber nein, das war reiner Zufall, die Kette von Ereignissen wurde schon lange vorher in Gang gesetzt. Pfui über diese gemischten Metaphern – wie kann man eine Kette in Gang setzen ... Ich muß mehr auf meinen Stil achten.

Parthie war matt und quengelig, sie langweilte sich im Bett und war dennoch nicht bereit, aufzustehen und ihre gewohnten Pflichten und Tätigkeiten wieder aufzunehmen. Das Auge schillerte jetzt orangefarben und grün und war noch immer sehr auffällig.

»Kann ich dir Bücher bringen? Deinen Arbeitskorb? Schreibmaterial?« fragte Alvey.

Parthie funkelte sie feindselig an. »Nein, besten Dank. Bücher und Schreibmaterial mögen für gewisse Leute das richtige sein, aber ich bin kein Bücherwurm, Bücher langweilen mich schier zu Tode.«

»Wie möchtest du dich dann zerstreuen? Mit Kartenspielen vielleicht?«

»Es gibt Menschen hier, Emmy, die Höheres anstreben als bloße Zerstreuung. Bedenke, daß ich kein Kind mehr bin, sondern eine erwachsene Frau, die ebensogut in der Lage ist, einen Haushalt zu führen wie du.«

»Dann wäre es wohl besser«, versetzte Alvey mit einiger Schärfe, »wenn du aufstehen würdest, statt hier herumzuliegen und die Leidende zu spielen.« Rasch verließ sie das Zimmer und ging hinunter, um einen Imbiß für den Arzt zu bestellen, der, nachdem er seine Patientin geschröpft und zur Ader gelassen hatte, sogleich den ersten Teil seiner Rückreise nach Newcastle anzutreten gedachte. Manchmal hat Parthie erstaunliche Ähnlichkeit mit ihrer Schwester Louisa, dachte Alvey. Woher mag dieser Zug von Selbstgefälligkeit kommen? Bei den Eltern ist er eigentlich nicht ausgeprägt, und bei der alten Mrs. Winship erst recht nicht.

Major Fenway und die Kinder kehrten in bester Stimmung von ihrer Exkursion zurück. Er scheint eine besondere Gabe zu haben, das Vertrauen seiner Mitmenschen zu gewinnen, überlegte Alvey und dachte daran, wie ungezwungen und fröhlich Isa mit ihm geplaudert hatte und wie herzlich James seinem Freund zugetan war. Nish und Tot schien der Ausflug sehr gut getan zu haben, beim Essen glühten ihre Wangen, die Augen blitzten, und beiden war anzumerken, daß sie viel zu erzählen hatten, doch schwiegen sie aus Rücksicht auf Sir Aydons ausdrücklichen Befehl. Er verharrte fast die ganze Zeit in düsterem Schweigen. Zu Alveys nicht geringer Überraschung hatte sich die alte Dame wiederum die Mühe gemacht, aufzustehen, sich anzukleiden und zum Essen herunterzukommen. Doch auch sie schwieg beharrlich und stocherte nur in ihrem Essen herum, während die Augen hinter der dicken Brille langsam von James zu seinem Vater und wieder zurück wanderten.

Nachdem die Kinder zu Bett gegangen waren und die übrige Gesellschaft sich in den Salon begeben hatte, erkundigte sich Sir Aydon: »Wann wollen Sie morgen früh aufbrechen, Major Fenway?«

Er kann es gar nicht erwarten, ihn loszuwerden, dachte Alvey, und macht kein Hehl daraus.

»Gegen acht, Sir, wenn nicht noch früher«, versetzte sein Gast. »Dank Ihres vortrefflichen Stallknechts sind meine Pferde aufs beste ausgeruht, und gute Straßen und erträgliches Wetter vorausgesetzt, hoffe ich Edinburgh morgen abend zu erreichen.«

James, der sehr bleich geworden war, räusperte sich angestrengt, als sei ihm die Kehle fast zugeschnürt. »Ähem. Ich werde Guy morgen nach Edinburgh begleiten, Vater.«

»Was? Wie? Was ist das für eine Grille? Edinburgh? Was zum Teufel willst du dort? Du bist noch nicht reisefähig, erst heute ist dir dein Bein angepaßt worden. Nein, nein, nein, mein

Junge, diesen dummen Gedanken schlag dir nur gleich aus dem Kopf. Daheim bist du im Augenblick am besten aufgehoben. Du wirst gut daran tun, dich hier zu erholen, bis du dich wieder deinem Regiment anschließen kannst.«

»Aber ich werde mich meinem Regiment nicht wieder anschließen.«

»Wie bitte?«

»Ich gehe nicht zu meinem Regiment zurück.«

»Ich kann nur hoffen, daß ich mich verhört habe«, sagte Sir Aydon, nachdem er sehr tief Luft geschöpft hatte.

»Nein, Vater, du hast dich nicht verhört.«

»Dann ist dies wohl ein schlechter Scherz ... Nicht? Ja, was um alles in der Welt fällt dir denn da ein?« Sir Aydons Stimme war bedrohlich laut geworden.

»Ich –«

»Du meinst wohl, du wärst der einzige Soldat, der je ein Bein verlor?«

»Ich weiß nur zu gut, daß dem nicht so ist.« James war womöglich noch bleicher geworden. »Auf jenem Feld ... an jener Hecke, wo Pictons Fünfte das Corps von d'Erlon in die Flucht schlug ... da lagen Arme und Beine herum wie ... wie Äste nach einem Sturm. Die ... die Leichen lagen sechs Fuß hoch ...« Er schauerte heftig zusammen, und Alvey tat es ihm nach. Sie sah, daß Guy Fenway sich fester auf seinem Stuhl zurechtgesetzt hatte wie jemand, der ein Erdbeben erwartet.

»Davon möchte ich kein Wort mehr hören«, sagte Sir Aydon. »Abscheulicher ... widerwärtiger ... wirrer Unfug. Aber ich merke, woher der Wind weht. Du bist noch krank, du fieberst, bist nicht ganz wohl. Sei's drum ... Ich bin gern bereit, zu übergehen, ja, zu vergessen, was du gesagt hast. Nur gut, daß deine Mutter das nicht erlebt hat.«

»Lady Winship ist meine Stiefmutter«, sagte James, der blaß und elend aussah.

»Ich meinte Maria«, schrie Sir Aydon ihn plötzlich an. »*Sie* kam aus einer kämpferischen Sippe.«

James holte tief und zornig Luft und erhob sich, die Stuhllehne umklammernd.

Sir Aydon fuhr fort: »Bei Gott, dein Großvater hat unter Clive gedient ... in der Schlacht von Plassey gekämpft ... dein Großonkel Charles war in Malplaquet dabei ... Ich selbst weiß, wie es tut, verwundet zu werden ... trage noch immer Schrapnell aus den französischen Kanonen von Willemstad in mir herum ... eine Bajonettnarbe aus dem Sturm bei Linselles ...«

»Das war mittelalterliche Kriegführung«, sagte James verächtlich. »Fäuste und Degen ...«

»Bajonette, Sir, Bajonette. Einen kühneren Sturm gab es so bald nicht wieder. Die Männer unserer Grafschaften waren Helden, Sir, Helden. Und bei der Belagerung von Dünkirchen ...«

»– die der Herzog von York aufgeben mußte ... Er war nichts anderes als ein junger Geck, ein Laie, der es mit Fachleuten zu tun bekam. Carnot verstand mehr von der Kriegskunst als der Herzog je –«

»Schweig«, donnerte Sir Aydon, den jetzt ernstlich die Wut gepackt hatte.

»Warte, du fängst das falsch an«, sagte Major Fenway leise zu seinem Freund. »Es ist doch sinnlos, deinen Vater zu verärgern.«

Doch James, der jetzt ebenso wütend war wie sein Vater, schrie zurück: »Was weißt du von moderner Kriegsführung? Du hast '94 deinen Abschied genommen ... da haben sie noch mit Pfeil und Bogen geschossen. Was weißt du über die Wirkung einer Kanonade? Ist dir klar ... hast du dir einmal überlegt, welche Verluste wir in Brüssel erlitten haben? Dreißigtausend Gefallene auf beiden Seiten. Hast du je dreißigtausend zerstückelte Soldaten an einer Hecke liegen sehen? Verwundete, Verstümmelte, Sterbende? Die Straße waren verstopft, stöhnend und blutend und jammernd lagen sie auf dem Boden oder auf Karren ... wir mußten zu Fuß gehen, im Schritt die zwölf langen Meilen bis nach Brüssel ... zuerst fuhr Guy mich in einem Handkarren, den er gefunden hatte, bis wir das Glück hatten, auf ein Fuhrwerk zu stoßen. Hätte Guy mich nicht entdeckt, ich wäre heute nicht hier – und ich wünschte, ich wäre es nicht! –, sondern läge in jenem Haufen an der Hecke ...«

Er blickte mit weit geöffneten Augen ins Weite, als sähe er das Bild noch immer vor sich.

»Du ekelst mich an«, sagte sein Vater. »Aber wenn du erst wieder bei deinem Regiment bist, werde ich trachten, dieses Gespräch aus meinem Gedächtnis zu löschen, ich werde mein möglichstes tun, es zu vergessen ...«

»Da wirst du hübsch lange warten müssen. Ich gehe nicht zurück zu meinem Regiment, ich bin bereits um meinen Abschied eingekommen.«

»Was sagst du da?«

»Ich bin um meinen Abschied eingekommen«, wiederholte James. »Es führt kein Weg zurück. Ich habe keine Lust, Menschen in Stücke zu schießen und zu blutigem Brei zu zermalmen, ich will statt dessen versuchen, sie zu heilen. In dem Chaos nach der Schlacht kam ein Wundarzt auf fünfhundert, ja, vielleicht auf tausend Mann. Ich werde Guys Beispiel folgen und Medizin studieren, zumindest bin ich dann in der Welt zu etwas nütze und tauge nicht nur zum Schlächter.«

»Medizin studieren? Habe ich recht gehört?«

»Jawohl, du hast recht gehört. Es tut mir leid, wenn das nicht deinen Vorstellungen von der Tätigkeit eines Gentleman entspricht, aber mein Entschluß steht fest, ein für allemal.«

Alvey hätte am liebsten Beifall geklatscht. James war noch immer bleich und erschüttert, aber in seinen Augen stand ein Glanz, den sie seit seiner Ankunft in Birkland noch nicht darin gesehen hatte. Sir Aydon hingegen sah aus, als sei er noch immer in einem rasenden Sturz von einer Klippe begriffen. Alvey überlegte nüchtern, ob ihn wohl der Schlag treffen würde, seine Augen traten hervor, sein Gesicht war burgunderrot angelaufen.

»Dann hast du in Zukunft auch nicht einen Penny von meinem Geld zu erwarten«, sagte er heiser. »Für... für diese heillose Narretei bekommst du keinen Penny von mir, keinen Penny...«

»Errege dich nicht, Vater, ich werde keinen Penny von dir verlangen...«

»Von mir aus kannst du verhungern, ich werde dich enterben...«

Doch hier meldete sich zu aller Überraschung die alte Mrs. Winship zu Wort.

»Nein, er wird nicht verhungern, Aydon, bitte alteriere dich nicht. Dieses Melodram ist durchaus überflüssig. Ich habe dem Jungen gesagt, daß ich ihm das Geld zur Verfügung stellen werde, das er braucht, und damit können wir das Thema wohl abschließen. Ich betrachte seine Pläne nicht als heillose Narretei, ganz im Gegenteil. Ich wünschte nur, er wäre nicht der einzige in dieser Familie, der sich zu so praktischem Tun versteht.«

Sir Aydon fuhr herum und sah seine Mutter fassungslos an.

»Du hast die Absicht, ihn zu finanzieren?«

Er sieht aus wie der lahme Vulkan, der sich anschickt, seinen Hammer zu schwingen, dachte Alvey.

Unter Sir Aydons Blick schien die alte Dame zu schrumpfen und sich zusammenzuziehen wie ein dürres Blatt in feuriger Lohe.

»Jawohl, Aydon. Sieh mich nicht so böse an, ich –«

Ihr Mund blieb offen stehen, sie sank in ihrem Sessel zusammen, fiel zur Seite und wäre gestürzt, hätte der Major sich nicht rasch erhoben, um sie aufzufangen.

»Wir müssen sie zu Bett bringen. Ich fürchte, sie hat einen Schlaganfall erlitten«, sagte er.

»Da siehst du, was du angerichtet hast«, sagte Sir Aydon zu seinem Sohn.

»Es macht mir großen Kummer, daß ich abreisen muß, während die Sorgen eines so schwer heimgesuchten Hauses hauptsächlich auf Ihren Schultern lasten«, sagte Guy Fenway am nächsten Morgen zu Alvey.

Sie befanden sich im Zimmer der alten Mrs. Winship, die stumm und reglos in ihrem Bett lag. Ihre Augen standen offen, ob sie aber die Besucher erkannte, stand dahin. Überdies, dachte Alvey, sieht sie ohne Brille alles, was mehr als vier Fuß von ihr entfernt vorgeht, ohnehin nur verschwommen.

»Es ist sehr liebenswürdig, daß Sie sich meinetwegen sorgen«, sagte Alvey. »Aber ich komme schon zurecht. Die Dienstboten sind in allen Fragen des Hauswesens wohltuend bewandert und so hilfsbereit und freundlich.« Eigentlich wäre es ja an James gewesen, brüderliche Besorgnis für mich an den Tag zu legen, dachte sie. Aber er war – verständlicherweise – derart erleichtert, daß er endlich dem Vater sein Ultimatum gestellt hatte, und derart entsetzt über die Folgen seiner Handlungsweise für seine Großmutter, daß er keinen Gedanken mehr für die anderen Familienmitglieder übrig hatte.

»Glauben Sie, daß sie sich wieder erholt?« Alvey betrachtete das blutleere Greisinnengesicht in den Kissen, die kleinen fleckigen Hände, die müßig auf der einstmals in wochen- und monatelanger Arbeit emsig zusammengenähten Patchworkdecke lagen.

»Ja, ich denke, daß sie gute Aussichten hat, wieder zu genesen«, erwiderte Guy zu ihrer Überraschung. »Ich habe sie gründlich untersucht, sie besitzt eine erstaunlich kräftige Konstitution. Ihr Herz ist gesund. Die Belastung der letzten Tage war für die alte Dame fast unerträglich. James hat sie natürlich mit seinen Absichten bekannt gemacht und versucht, sie für seine Sache zu gewinnen. Und dann hat dieser Unglücksmensch die Mitteilung immer wieder hinausgezögert, bis zum letztmöglichen Augenblick ...«

»Darin ist er wie sein … wie mein Vater«, sagte Alvey. »Sir Aydon wird nur dann eine Entscheidung treffen oder etwas unternehmen, wenn die Umstände ihn mit aller Gewalt dazu zwingen.«

»Ganz recht.« Der Major bedachte sie mit einem durchdringenden, forschenden Blick.

»Was können wir für meine Großmutter tun?«

»Sorgen Sie für eine gute, aber leichte Ernährung. Suppen, verschlagenes Ei, Brandy. Massieren Sie die Patientin, halten Sie sie warm, bewegen Sie ihre Gliedmaßen. Fördern Sie jedes Anzeichen einer geistigen oder körperlichen Regung. Wenn sie anfängt zu sprechen, üben Sie fleißig mit ihr. Die mentalen und motorischen Fähigkeiten sind wie eine Maschine, die regelmäßig geölt und betätigt werden muß, wenn sie ordentlich laufen soll.«

»Und meine Mutter?«

Er hob die Schultern. »Auch sie hat eine kräftige Konstitution. Wenn sie Dr. Cunninghams Behandlung überlebt, muß sie eine Amazone sein. Aber keine Sorge, sie kommt schon durch.«

»Sie besitzt wirklich sehr viel Kraft«, sagte Alvey nachdenklich. »Das kommt wohl daher, daß sie täglich viele Stunden an der frischen Luft verbringt, bei der Gartenarbeit … die Ärmste.«

Major Fenway trat an Mrs. Winships Fenster und sah hinaus, während er mit den Fingern aufs Fensterbrett trommelte. Es schien, als blicke er über die Auffahrt zum Löwenteich, doch sein Gesichtsausdruck war besorgt und in sich gekehrt. Alvey kam ihm nach, und er warf ihr erneut einen scharfen, prüfenden Blick zu.

»Ich rechne damit, daß Ihre Mutter in etwa einer Woche bis zu einem gewissen Grad wiederhergestellt sein wird. Danach sollten Sie ihr soviel Zeit und Anteilnahme als nur irgend möglich schenken.«

»Meinen Sie?« gab Alvey recht verzagt zurück. Der alten Dame die Hände zu reiben und sie zu ermutigen, wieder sprechen zu lernen, war ein Werk der Liebe, das sie mit Freuden auf sich nehmen wollte. Doch den so wenig anregenden Umgang mit Lady Winship zu pflegen, stellte sie sich recht unbefriedigend vor. »Ich hatte nie den Eindruck, daß Mama viel an meiner Gesellschaft gelegen ist«, versetzte sie zweifelnd.

»Könnte man vielleicht Ihre Schwester Isa dazu bewegen, ihre Reise zu unterbrechen und nach Hause zurückzukehren?«

»Isa? Nein, das wäre nicht recht, wäre ein unbilliges Verlangen. Für sie mag es die einzige Gelegenheit sein, dem Elternhaus einmal zu entkommen.« Alvey war selbst überrascht, wie heftig ihre Antwort auf Major Fenways Vorschlag ausgefallen war. Sie wußte, daß Isa bereitwillig nach Hause kommen, daß sie wahrscheinlich nur zu gern ihrem Ruf Folge leisten würde. Aber man durfte sie nicht noch ermutigen, ihren einzigen Ausflug in die große weite Welt zu opfern. Wer weiß, wo ich am Jahresende sein werde, dachte Alvey. Mir steht der ganze Erdball offen. Nein, nein, Isa soll ihre Reise haben und soll sie nach Kräften nutzen.

»Wir werden uns zu helfen wissen«, sagte sie. »Ich kann Nish und Tot zur Pflege ihrer Großmutter heranziehen. Es sind liebe Kinder, wenn es gelingt, ihr Interesse an einem Vorhaben zu wekken, gehen sie mit viel Tatkraft und Einfallsreichtum an die Sache heran. Und was Lady ... was meine Mutter betrifft, werde ich natürlich mein möglichstes tun.«

»Dabei wird aber Ihre eigene Arbeit zu kurz kommen, nicht wahr?« Wieder ein prüfender Blick. »Ihre Schwester Isa sagte mir, daß Sie an einem Buch schreiben.«

Schau, schau, dachte Alvey. Und wer hat Schwester Isa erlaubt, ihm das zu verraten? »Mein Buch macht zur Zeit gute Fortschritte«, gab sie zurück. »Das Ende ist bereits in Sicht, und es tut mir gut, mich nach den häuslichen Pflichten dieser Arbeit zuwenden zu können.«

»Ah, das erklärt, daß Sie aussehen, als ...«

»Als ...«

»Als hätten Sie andere Hilfsquellen zur Verfügung. Welch ein Glück für Sie.«

»Ja, das weiß ich wohl. Wenn nur Sir Aydon ... mein Vater ... mehr Interesse für die Familie aufbringen könnte ... Er ist derzeit in einer sehr üblen Gemütsverfassung, niedergeschlagen, mutlos, gereizt ... Jede Kleinigkeit erzürnt ihn, und in letzter Zeit haben den Ärmsten ja auch etliche Schicksalsschläge betroffen. Die Mitteilung meines Bruders ... gewiß, James hatte völlig recht mit seiner Entscheidung, ich kann seinen Mut, seinen klaren Blick nur gutheißen, aber es war und ist ein harter Schlag für seinen Vater. Eine Demütigung, eine Schmach, ein tiefer Kummer, besonders jetzt. Ich weiß kaum, wie er es ertragen soll.«

»Darüber habe ich lange nachgedacht«, erklärte Major Fenway zu ihrer Überraschung. »Und ich habe mir für Sir Aydon auch schon einen Plan zurechtgelegt. Aber er ist so ausgefallen ... so toll, könnte man sagen ... daß ich mich darüber im Augenblick noch nicht näher äußern möchte, sondern erst dann, wenn zumindest eine gewisse Hoffnung, eine gewisse Erwartung auf Gelingen besteht.«

»Grundgütiger, was haben Sie vor?«

Allerlei unwahrscheinliche Vorstellungen schossen Alvey durch den Kopf, die sich aber alle nicht recht mit dem vertragen wollten, was sie von Sir Aydon und dem Major wußte. »Ich habe leider den Eindruck, daß Sir Aydon Ihnen eher abgeneigt ist«, meinte sie schüchtern. »Und nach dem gestrigen Abend glaube ich fast, daß nichts, was Sie im Hinblick auf seine künftige Lebensgestaltung vorschlagen könnten, seinen Beifall finden würde.«

Fenway lachte. »Da bin ich ganz Ihrer Meinung. Er kann es kaum noch erwarten, mich loszuwerden – und das erinnert mich nachdrücklich daran, daß ich James sagen muß, er solle sich mit dem Packen beeilen, damit wir aufbrechen können.«

Duddy kam mit einer irdenen Wärmflasche herein, die sie sorgsam ihrer Herrin unter die Füße legte.

»So ist es recht«, sagte Guy. »Achten Sie darauf, daß sie es immer schön warm hat. Doch das brauche ich Ihnen nicht zu sagen, Sie werden Ihre Herrin kundiger pflegen, als ich es je könnte.«

Duddy lächelte trüb. »Der alten Duddy brauchst du keinen Honig ums Maul zu schmieren, mein Junge.«

Er gab ihr Lächeln zurück. »Das war nicht meine Absicht. Sie tun es aus Liebe, das macht den Unterschied.« Dann wandte er sich wieder an Alvey. »Noch ein Letztes lassen Sie mich sagen. Als ich gestern mit den Kindern auf dem Moor unterwegs war – auf dem Gilcastle Fell, wenn ich mich recht erinnere –, begegneten wir einem alten Schäfer, der Ihnen, ja, Ihrer ganzen Familie, offenbar nicht wohlgesinnt ist. Er schleuderte uns allerlei Beschimpfungen entgegen. Ich konnte kaum etwas davon verstehen, doch die Kinder begriffen sehr wohl, was er sagte, und erklärten, er habe alle möglichen unbestimmten Drohungen ausgestoßen.«

»Wer mag das sein?« fragte Alvey erschrocken, doch Duddy erklärte: »Das muß der alte Herdman sin. Ein wilder alter Kerl mit weißem Bart?«

»Ganz recht. Ja, Herdman war sein Name. Ich denke, man sollte Sir Aydon Bescheid geben, es kann nicht schaden, ihn im Auge zu behalten.«

»Könnte er die Zerstörung des Gartens auf dem Gewissen haben?« überlegte Alvey. »Aber nein, er war angeblich zu jener Zeit gar nicht hier in der Gegend. Aber vielleicht ein Freund von ihm ...«

»Der hat keinen Freund nich«, versetzte Duddy. »Ein muffiger alter Griesgram, verkriecht sich den ganzen Sommer lang in ner Hütte auf dem Moor wie der Dachs im Bau, bloß seine Schafe laufen um ihn rum, weil die im Dorf, die können ihn all nich leiden.«

Deshalb also konnte Annie ihr Kind nicht daheim lassen, dachte Alvey. Es war ein großer Fehler von Lady Winship gewesen, sich seine Tochter und seinen Enkel ins Haus zu holen. Doch wer den ganzen Tag im Garten verbringt, von dem kann man wohl nicht erwarten, daß er sich mit Menschen auskennt...

Major Fenwicks Kutsche fuhr vor, Archie führte die Pferde am Zügel.

»Himmel, es ist schon halb acht, und ich habe Ihnen gepredigt, Miss Winship, als ... als wäre ich Ihr Pfarrer Thropton. Verzeihen Sie mir. Es steht mir nicht zu, Ihnen Ihre Pflichten ans Herz zu legen, und es ist auch ganz gewiß nicht nötig. Ich ... ich schätze Ihre Fähigkeiten hoch. Gestatten Sie mir, mich zu verabschieden.«

Unter Mrs. Winships leerem und Duddys unbewegtem Blick nahm der Major Alveys Hand, drückte sie und hob sie kurz an die Lippen.

»Aber ich komme ja noch mit herunter, um James Lebewohl zu sagen«, versetzte Alvey rasch.

Nish und Tot und sogar Klein Betsey hüpften auf der Auffahrt herum und waren Amble und dem Hausdiener Stridge im Wege, der die Koffer der jungen Herren brachte.

»Adieu, adieu, Major Fenway, adieu, Bruder James«, erscholl ihr trauriger Chor. Besonders Nish und Tot brachten dem älteren Bruder große Bewunderung entgegen, die sich angesichts seiner tapferen Versuche, auf dem neu erworbenen Holzbein vorwärtszukommen, zu wahrer Heldenverehrung gesteigert hatte.

»Am besten setzt du dich in die Chaise, alter Junge«, sagte Fenway.

»Dummes Zeug. Ich komme zu dir auf den Kutschbock.«

Der Major schüttelte den Kopf, erhob aber keinen weiteren Widerspruch.

»Adieu, James«, sagte Alvey. »Ich ... ich wünsche dir alles Gute für dein Studium.«

»Hallo, Louisa, so früh schon auf? Adieu denn«, sagte James

und legte leicht sein Gesicht an das ihre. »Du hältst mich auf dem laufenden, wie es hier geht, nicht wahr?«

»Natürlich, wenn du mir deine Adresse schickst.«

»Ja, ja«, sagte er ungeduldig und schwang sich mit Ambles Hilfe auf den Bock. Das ausgeruhte Gespann trabte in flottem Tempo bergauf.

»Es ist eine Freude, Major Fenway kutschieren zu sehen«, bemerkte Amble, als Alvey sich dem Haus zuwandte. Am Fenster der Bibliothek meinte sie ein Gesicht zu sehen, das rasch wieder im Schatten verschwand. Sir Aydon hatte sich nicht blicken lassen, um den jungen Herren Lebewohl zu sagen. Auch Parthie war nicht erschienen, anders als Sir Aydon aber stellte sie sich später im Speisezimmer ein und nahm ein herzhaftes Frühstück zu sich. Alvey nutzte die Gelegenheit, um Major Fenways Weisungen für die Pflege der alten Mrs. Winship weiterzugeben.

»Wir müssen uns viel mit ihr beschäftigen und ihre Fähigkeiten nach Kräften fördern.«

»Warum?« fragte Parthie verdrossen. »Wozu soll das gut sein?«

»Um ihr wieder zu einem normalen Leben zu verhelfen natürlich. Ich dächte, das wäre eine Aufgabe nach deinem Herzen, da du sie doch so gern hast.«

»Ich finde, es ist eine große Zeitverschwendung, wenn sie künftig doch nur sabbernd und blöd herumliegt wie ein kleines Kind. So wird es nämlich kommen, sagt Ellen. Wozu die Mühe?«

»Major Fenway glaubt, daß sie gute Aussichten hat, sich wieder zu erholen«, sagte Alvey recht erstaunt. Doch Parthie schien von dieser Voraussage keineswegs erbaut. Sie beugte den Kopf über den Teller und murmelte etwas von James und Geld.

»Du mißgönnst James die Zuwendung, die er von seiner Großmutter zum Medizinstudium bekommt? Das ist nicht sehr großherzig gedacht.«

»Sie hat Angst, daß Großmama nicht mehr genug Geld bleibt, um Parthie in ihrem Testament zu bedenken«, erläuterte Nish sachlich. Parthie warf der Jüngeren einen bösen Blick zu und wandte sich an Alvey. »*Du* kannst es dir jedenfalls nicht erlauben, dich zu dem Gegenstand zu äußern oder uns Vorschriften zu machen«, ließ sie sich ebenso gehässig wie kühn vernehmen.

»Genug von Geld und Testamenten«, entschied Alvey, Parthies letzte Bemerkung geflissentlich überhörend. »Diese Themen sind für keinen von uns schicklich. Wir sind alle bekümmert und aus der Bahn geworfen. Um so wichtiger ist es, daß wir unser möglichstes für die Kranken tun, damit sie sich bald erholen und im Haus alles wieder seinen gewohnten Gang gehen kann. Setzt euch vor dem Unterricht eine halbe Stunde zu eurer Großmutter, Nish und Tot, versucht, ihr Interesse zu wecken. Ich werde mich indessen nach dem Befinden von ... von Mama erkundigen.«

Parthie ist wie eine glimmende Lunte, dachte Alvey, während sie die Treppe hinaufstieg. Früher oder später zündet der Funke, und es kommt zur Explosion. Derzeit habe ich freilich so viele andere Sorgen, daß mich der Gedanke an sie nicht sonderlich beunruhigt.

Was konnte Major Fenway mit dem Vater seines Freundes vorhaben? So sehr sie ihre Phantasie auch bemühte – es wollte ihr nicht gelingen, einen Plan zur Läuterung von Sir Aydons Wesen zu ersinnen. Man kann einen Menschen nicht ummodeln, dachte sie. Wie sollte so eine Wandlung vor sich gehen? Und doch hatte auch er sich gewandelt – zum Schlechteren. Früher war er nach allem, was sie gehört hatte, ein regsamer, munterer, tatkräftiger Offizier gewesen, später dann ein kühner, unermüdlicher Jäger. Deshalb sein Zorn, seine Enttäuschung wegen James und Tot ...

Mach dir nichts vor, sagte sich Alvey. Du hast dich elendiglich in James verliebt. Sein Gesicht verfolgt dich, ständig hast du seine Stimme im Ohr. Wäre niemand in der Nähe, würdest du sogar ins Speisezimmer zurückgehen und die Eierschalen auf seinem Teller anhimmeln, nur weil er es war, der sie hinterließ, der auf jenem Stuhl dort saß. Du bist in eine beklagenswerte, schimpfliche Jungmädchenschwärmerei verfallen. Du hast die Bleichsucht, armes Kind, und der einzige Trost ist, daß dies außer dir niemand weiß. Vielleicht mit Ausnahme von James' Freund, dem Major, der dich bei James' flüchtigem Abschied mit diesem eigenartig aufmerksamen, mitleidsvollen Blick gestreift hat.

James wird nie von mir Notiz nehmen. Für ihn bin ich seine Stiefschwester Louisa, eine unangenehme, frömmelnde Verwandte, die ihm zu nahe steht, um als Person Beachtung zu finden. Und wüßte er, daß ich *nicht* seine Schwester bin, wäre meine Lage um nichts gebessert. Ich wäre nach wie vor mit Louisas unerfreulichem Steckbrief behaftet, ja, schlimmer noch, mit dem Stigma einer Betrügerin, einer schleimig-verlogenen Schmarotzerin, die sich arglistig Zugang zu dem Familienverband verschafft hat. Er würde mich als Verräterin, als Hochstaplerin verabscheuen, würde mich zutiefst verachten.

Ich muß mir sein Bild aus dem Kopf schlagen.

Leichter gesagt als getan.

Was täte der lockere Lord in einem solchen Fall?

Lord Loves geistige Ziehmutter wußte wohl, was ihr Geschöpf tun würde: Seine Liebden würden nach seinen Stiefeln rufen, sich auf irgendeine unübertreffliche Art die Krawatte binden und sich zu Watier begeben oder in den Cocoa Tree. Der lockere Lord würde sich an einem Kampf zwischen dem Panther von Putney und dem Battersea-Bullen erfreuen. Er würde bei White fünfundzwanzig Pfund Sterling auf einen Renner von Rasse setzen, mit den Abingdons ausreiten oder die Postchaise nach Newmarket besteigen, wo seine Stute als Favoritin im Rennen lag. Er würde ... doch wozu das alles? Keine dieser Möglichkeiten stand seiner Urheberin offen.

Statt dessen klopfte sie bei Lady Winship und betrat leise das große, düstere, üppig ausgestattete Zimmer.

Lady Winship lag, gegen einen hohen Kissenberg gelehnt, im Bett. Sie wirkte wacher, aufmerksamer als ihre Schwiegermutter, man sah ihr an, daß sie zu denken, daß sie sich mit Vergangenheit und Zukunft zu beschäftigen vermochte, und ebenso unübersehbar war es, daß sie all dies auch tat und nicht die mindeste Freude darüber empfand.

»Wie geht es dir heute?« fragte Alvey freundlich.

»Sie will schon raus, Miss Emmy«, sagte Ellen, die Zofe, die auf einem Tisch am Fenster Nachthauben tollte.

»Ins Freie? So bald schon? Hat Dr. Cunningham das erlaubt, Mama?«

Lady Winship schüttelte langsam den Kopf. Sie war noch immer ungewöhnlich blaß, aber das war wohl eine Folge des sehr reichlichen Aderlasses.

»Luft«, sagte sie. »Ich brauche Luft. Zu stickig hier. Wie in einer Gruft.«

Alvey musterte sie zweifelnd. Die arme Frau hatte ihre fünf Sinne beisammen, sie wußte wohl selbst, was gut für sie war. Warum sollte man ihr etwas verweigern, wovon sie sich eine günstige Wirkung versprach?

»Es ist heute vormittag sehr kalt draußen, eigentlich zu kalt für einen Menschen, der durch Erschütterungen und ... und eine anstrengende Behandlung so geschwächt ist wie du. Wenn aber morgen die Sonne scheint, sehe ich keinen Grund, dich in deinen vier Wänden einzusperren. Haben wir im Haus einen Rollstuhl oder einen Korbsessel?« fragte sie Ellen, wobei sie ganz vergaß, daß sie davon eigentlich wissen müßte.

Doch die Zofe erwiderte: »Ja, Miss Emmy, den Rollstuhl, in dem der Herr gesessen hat, als er sich die Beine gebrochen hatte. Amble hat ihn damit auf dem Grundstück herumgefahren.«

»Vortrefflich. Ich verspreche dir, Mama, dich zu fahren, soweit du willst, wenn du dafür noch einen Tag brav in deinem Zimmer bleibst. Kann ich dir inzwischen irgend etwas zum Zeitvertreib bringen?«

»Du bist ein gutes Kind«, sagte Lady Winship unbestimmt. Die großen, schwimmenden grauen Augen richteten sich zum erstenmal mit Anzeichen des Wiedererkennens auf Alvey. Holla, wir machen Fortschritte, dachte diese.

»Es ist lieb von dir«, fuhr Lady Winship fort. »Aber ich brauche nichts. Außer vielleicht ... du könntest mir Papier und Bleistift bringen. Und die Werke von Sir Thomas Browne, du findest sie in der Bibliothek ... ich erinnere mich, daß er etwas über eine Quincunx geschrieben hat ...«

Schon schien sie Pläne zur Erneuerung ihres zerstörten Reiches zu machen. Doch dann besann sie sich.

»Nein, es geht doch nicht an. Nein, nein, es geht nicht. Gib mir meine Bibel.«

Als man ihr aber das Gewünschte gebracht hatte, machte sie keine Anstalten, das Buch aufzuschlagen.

Der Unterricht mit den Kindern verlief ohne Störungen. Alvey hatte sich bereit erklärt, auch Klein Betsey zu übernehmen, da Tushie, die sonst die beiden Kleinsten betreute, sich mit Duddy und Grace die Pflege der alten Mrs. Winship teilte. Betsey war ein liebes, fügsames kleines Mädchen, das es zufrieden war, eine Stunde vor den Farbtöpfen zu sitzen und Bäume und Häuser, Enten und Hühner, Schafe und Pferde auszumalen, die ihr von den älteren Geschwistern vorgezeichnet wurden. In dieser Kinderzimmeratmosphäre versuchte Alvey gar nicht erst, ernsthaftere Studien zu betreiben, sondern las einige Kapitel aus einem Geschichtswerk und etwas aus *Waverley* vor. Daß weder Nish noch Tot auf Parthies boshafte Bemerkung am Frühstückstisch zurückkamen, gab ihr zu denken. Sicherlich war das Motiv der beiden nicht Mangel an Interesse, sondern ein seltsam erwachsen anmutendes, angeborenes Gefühl für Takt und Respekt, das in ihrer Beziehung zu Alvey fast immer zu spüren war.

Dagegen wollten sie ganz genau wissen, wie es sich mit James verhielt, und Alvey sah keinen Grund, ihre Neugier nicht zu befriedigen.

»Warum ist Papa so böse auf James?«

»Weil er nicht ins Heer zurückgehen, sondern Arzt werden will wie Major Fenway. Er will die Menschen nicht totschießen, sondern will lernen, sie wieder zusammenzuflicken.«

»Da hat er ganz recht«, befand Nish. »Wie kann er auch mit einem Bein Soldat sein?«

»Nelson hatte nur einen Arm«, wandte Tot ein. »Und ein Auge.«

»Der war Seemann, die brauchen nicht zu marschieren oder zu reiten.«

»Aber in der Takelage müssen sie herumklettern.«

»Nicht die Admiräle. Und Nelson war Admiral.«

»Gleichviel«, sagte Alvey, die eine stundenlange Fortsetzung dieses Streitgesprächs vermeiden wollte. »Euer Papa war böse, weil er selbst Soldat war – und sein Vater ebenfalls –, und weil er sicherlich gehofft hat, James würde General werden oder sich auszeichnen und einen Orden bekommen. Es war eine große Enttäuschung für ihn, aber mit der Zeit wird er sie gewiß verwinden. Es war töricht von James, daß er so lange damit gezögert hat, Papa in seine Pläne einzuweihen. Er ließ Sir Aydon keine Zeit, sich mit dem Gedanken vertraut zu machen, deshalb ist er so in Wut geraten. Und das hat eure Großmutter derart aufgeregt, daß sie einen Schlaganfall erlitt.«

»Wird sie wieder gesund?«

»Major Fenway glaubt, daß sie sich wieder erholen wird. Wenn wir uns große Mühe mit ihr geben. Ich gehe jetzt zu ihr und reibe ihr ein Weilchen die Hände und spreche mit ihr. Kümmert ihr euch um Betsey, bis Grace sie holen kommt.«

»Wir lesen ihr das Gedicht von Jung Lochinvar vor«, sagte Nish. »Das wird dir gefallen, Bet, paß nur auf.«

Am Nachmittag des folgenden Tages herrschte ungewohnt warmes, sonniges Wetter, und halb geführt, halb getragen von Alvey und Ellen wurde Lady Winship nach unten gebracht, in ein halbes Dutzend Schals und Mäntel gewickelt und in den Rollstuhl gesetzt.

»Ich schiebe sie eine halbe Stunde auf der Terrasse hin und her, Ellen«, sagte Alvey. »Dann kannst du mich abholen und uns wieder hineinhelfen.«

»Eine halbe Stunde ist nicht lang genug«, erklärte Lady Winship.

»Wenn du danach immer noch dieser Meinung bist, können wir länger draußen bleiben. Aber nachmittags wird es jetzt schnell kühl.«

In gleichmäßigem Auf und Ab schob Alvey den Korbsessel über die Terrasse. Immer, wenn sie ans südliche Ende kamen, sahen sie die Pforte zu Lady Winships Garten vor sich, doch Lady Winship äußerte nicht den Wunsch, ihn zu betreten, vielleicht wagte sie es nicht. Alvey war sehr froh darüber. Zu viele heftige Emotionen waren in der vergangenen Woche freigesetzt worden, zu viele erschütternde Szenen hatten sich abgespielt. Sie bewunderte die klaglose Geduld, mit der Lady Winship auf die Pforte sah, wenn sie sich näherten, und dann gemessen den Kopf abwandte. An Mut mangelte es ihr nicht – Charlotte war nicht feige –, sie wartete nur, bis sie wieder zu Kräften gekommen war.

»Hast du den Garten hinterher gesehen?« fragte sie einmal.

»Ja«, erwiderte Alvey leise.

»Major Fenway ist ein guter Mensch«, bemerkte Lady Winship nach einer Weile scheinbar zusammenhanglos.

»Ja, das glaube ich auch«, sagte Alvey ruhig.

»James kann sich glücklich schätzen, daß er ihn zum Freund hat.«

»In der Tat. Ich hoffe, sie bleiben auch in Edinburgh Freunde.«

An einem Gespräch, das sich um James drehte, spann Alvey nur zu gern weiter.

»Ich würde mich freuen, den Major wieder als unseren Gast auf Birkland zu sehen. Ein Jammer, daß James seinen Vater derart gegen sich aufgebracht hat, nun wird wohl Aydon nicht wollen, daß die beiden kommen. Das ist sehr schade.« Lady Winship äußerte sich nicht zu dem Für und Wider des Zerwürfnisses, sie sprach so leidenschaftslos, als erörtere sie die Vor- und Nachteile verschiedener Sorten von Grassamen. »Wie geht es deiner Großmutter? Zu dumm, daß Dr. Cunningham bereits abgereist war, als sie den Anfall erlitt.«

Dem konnte Alvey nicht unbedingt zustimmen. Die alte Dame, fand sie, hatte ohne die drastischen Schröpfmaßnahmen des Arztes weit bessere Aussichten, wieder zu Kräften zu kommen.

»Major Fenway meint, daß wir uns sehr wohl Hoffnungen auf ihre Genesung machen können.«

Lady Winship stieß einen tiefen Seufzer aus. »Wie stark manche Menschen sind, wie sehr wir am Leben hängen.«

Anders als jenes unglückliche Mädchen und ihr Kind, dachte Alvey. Sie hatte das deutliche Gefühl, daß Lady Winships Gedanken in die gleiche Richtung gingen. Wie sonderbar, dachte Alvey. Ich brauchte nie eine Mutter in einer solchen Situation zu pflegen, ich kenne diese sonderbare Frau kaum, und doch kenne ich meine eigene Mutter im Grunde noch weniger. Ich hatte nie die Möglichkeit –

»Ich denke, es wird Zeit, ins Haus zu gehen«, sagte sie freundlich. »Es liegt kaum mehr Sonne auf den Steinplatten. Und da kommt auch schon Ellen, die dir helfen will.«

Während sie am Stallvorplatz entlangfuhren, dem kürzesten Weg zurück zum Haus, begegneten sie Sir Aydon, der mühselig mit Hilfe seiner beiden Stöcke über den kopfsteingepflasterten Weg hinkte. Zu Alveys Überraschung blieb er nicht stehen, um seine Frau zu begrüßen oder sich nach ihrem Befinden zu erkundigen; nicht einmal darüber, daß sie außer Haus war, verlor er eine Bemerkung. Alvey hatte mit Vorhaltungen, mit einem Tadel gerechnet. Daß er stumm, mit gesenktem Kopf, das rote Gesicht finster und verkniffen, an ihnen vorüberging, traf sie völlig unerwartet. Es war, als sei eine Winterwolke vorübergezogen. Wofür bestraft er sie denn, dachte Alvey empört. Sie ist doch nicht einmal James' richtige Mutter.

»Möchtest du dich ein wenig in den Salon setzen?« fragte sie Lady Winship. »Oder sollen wir dich in dein Zimmer zurückbringen?«

»Ich gehe am besten wieder zu Bett. Die Luft hat mir gut getan«, sagte Lady Winship gepreßt, »aber ich bin doch recht erschöpft. Merkwürdig, nur vom Hin-und-her-gefahren-Werden...«

Als Alvey zu Isa gesagt hatte, sie werde ihr fehlen, hatte sie auch nicht im entferntesten mit einer solchen Situation gerechnet. Sie hatte an die üblichen häuslichen Anlässe, Mahlzeiten im Kreis der Familie, zusammen mit den jüngeren Kindern, mit Parthie, der alten Dame, Sir Aydon und Lady Winship gedacht, an den normalen alltäglichen Ablauf. Nie hätte sie sich träumen lassen, daß sie einmal mit Sir Aydon und Parthie allein an der Tafel sitzen würde, rechts und links von frostig-weißem leerem Damast umgeben.

»Schick die Kinder zum Essen in die Küche«, hatte Sir Aydon gesagt. »Sie fallen mir lästig.« Die Kinder hatten sich das nicht zweimal sagen lassen. Jetzt kaute Sir Aydon schweigend an seinem Hammelbraten, und Parthie schnitt ihr Essen klein und schob es auf dem Teller hin und her, ohne es zum Mund zu führen.

»Wann wir wohl von Meg und Isa hören werden«, bemerkte Alvey.

Ihre Tischgenossen würdigten sie keiner Antwort. Doch nach

längerer Pause sagte Sir Aydon: »Du solltest wohl deinen Schwestern schreiben und sie von ... von dem Mißgeschick unterrichten, das ihre Mutter und Großmutter betroffen hat. Möglich, daß Isa den Wunsch hat, nach Hause zu kommen.«

»Bestimmt nicht«, versetzte Parthie keck.

»Du hältst den Schnabel, Miss.«

»Möchtest du nicht selbst an Meg schreiben?«

»Wozu? Fällt mir gar nicht ein.«

»Nun gut, dann werde ich es tun«, sagte Alvey ruhig.

Nach dem Essen hielt sie sich nicht im Salon auf. Falls Sir Aydon Tee wünschte, mochte Parthie ihn einschenken und Hausfrau spielen. Allerdings hatte Sir Aydon es sich neustens angewöhnt, mit der Portweinkaraffe im Speisesaal zu verweilen, bis die Karaffe leer war, und dann leicht schwankend in die Bibliothek zu hinken, wo er sich in einen Lehnsessel setzte und schnarchte, bis Amble und Stridge ihn nach oben schleppten und zu Bett brachten.

Er ist schlimm dran, dachte Alvey, aber ich kann ihm auch nicht helfen. Fast im Laufschritt flüchtete sie die Treppe hinauf in ihr Zimmer und zu ihrem lockeren Lord.

Die Ausfahrten mit Lady Winship erwiesen sich als so heilsam, daß sie zu Alveys nicht geringer Überraschung tägliche Gewohnheit wurden. Die beiden Beteiligten hatten eine Art Komplott geschmiedet. Lady Winship war nach etwa einer Woche wieder wohl genug, um aufzustehen und zumindest einen Teil ihrer häuslichen Pflichten zu übernehmen. Sie selbst wußte es, Ellen wußte es, Alvey wußte es. Dennoch wurde die Rückkehr zu normalen Verhältnissen immer von neuem hinausgeschoben. Die Zeit war noch nicht reif, und wann es soweit sein würde, wußte niemand zu sagen.

Indessen stellte Alvey unvermutet fest, daß sie die eigenartige, unerwartete Beziehung genoß, die sich bei den täglichen Spaziergängen zwischen ihr und der Älteren anbahnte.

Jemanden im Rollstuhl auszufahren ist eine besondere Sache. Es hat etwas von dem Verhältnis zwischen Beichtvater und Beichtkind, die im Beichtstuhl beieinander sitzen. Die Beteiligten können einander nicht ins Gesicht sehen, der eine hört nur des anderen Stimme. Erleichtert und gefördert wird das Zwiegespräch durch die stetige Bewegung, die frische Luft und die ständig wechselnde Szenerie. Freilich promenierten die beiden lediglich auf der Terrasse, Ausflüge in die Allee oder hinunter zum Fluß kamen nicht in Frage, beide Wege waren zu steil zum Schieben des schweren Stuhls und der noch gewichtigeren Lady.

Dennoch schienen diese Spazierfahrten, hin und her, hin und her auf immer gleicher Strecke, mit dem weiten Blick auf das Flußtal und die Cheviots, bei Lady Winship eine tiefsitzende Hemmung zu lösen. Sie begann zu reden. Und Alvey, lauschend, staunend, neugierig, sich jeden eigenen Urteils enthaltend, gab sich mit einer passiven Rolle zufrieden und half nur hin und wieder mit einer Frage nach.

»Als ich deinen Vater heiratete ... fünfundzwanzig Jahre ist es her, James ist jetzt sechsundzwanzig ... wußte ich genau, daß er mich nicht so liebte, wie er Maria geliebt hatte. Er hat mich überhaupt nicht geliebt«, sagte Lady Winship schlicht. »Er brauchte eine Mutter für seinen Sohn.«

»Hast du ihn geliebt?«

»Ich bildete es mir ein, gewiß. Was weiß ein Mädchen in diesem Alter von der Liebe? Nicht das mindeste. Ich hatte ein paar Romane gelesen, wie Mädchen es zu tun pflegen. Ich dachte, die Ehe sei das Ende vom Lied. Auf die Idee, daß das Leben nach der Hochzeit weitergeht, bin ich nie gekommen. Abgesehen davon, daß ich in Zukunft meine eigene Equipage haben würde und mir zum Dinner bestellen konnte, was ich wollte.«

Langsam, mit Abschweifungen und Wiederholungen, aber anscheinend, ohne etwas Wesentliches auszulassen, ohne Zaudern, ohne Beschönigungen streifte Lady Winship im Zickzackkurs durch die Geschichte ihres Ehelebens. »Das Gebären ist schlimm, laß dir da nichts erzählen. Wenn Isa unverheiratet bleiben und dem aus dem Weg gehen möchte, hat sie nicht die schlechteste Entscheidung getroffen. Die Geburt ist ein Schmerz, den Männer nicht nachempfinden können. Sie legen Regeln dafür fest, zu ihrer eigenen Zufriedenheit. Vielleicht empfinden sie auf ihre Art Zerknirschung? Wer weiß ... Ich habe es vierzehnmal durchgemacht.«

»Vierzehnmal?«

Nur gut, dachte Alvey, daß Lady Winship in diesem Augenblick nicht mein bestürztes Gesicht sehen kann. Meg, Louisa, Isa, Parthie, Tot, Nish, Klein Betsey, Kate ... Wo waren die anderen sechs?

»Vier sind bei der Geburt gestorben. Die ersten drei, ehe Meg zur Welt kam. Und eins danach, zwischen Meg und dir. Aydon war sehr verstimmt darüber. Und dann bekam ich vier Mädchen hintereinander ... er fürchtete schon, ich würde überhaupt keinen Sohn zur Welt bringen. Und als dann Tot kam, war er ein so kümmerliches Würmchen, daß keiner an sein Aufkommen glaubte. Auch darüber hat Aydon sich sehr gekränkt, besonders da er kurz zuvor seinen Abschied genommen hatte. Das Regiment, die Kameraden fehlten ihm. Das machte ihn unduldsam, er hatte es nicht gern, wenn etwas nicht nach seinem Willen ging.

Damals fing ich an, meinen Garten anzulegen ... das brachte mich auf andere Gedanken ...«

»Ich staune, daß du so viel im Garten tun konntest ... Diese große, schöne Leistung ... Du warst doch so häufig in der Hoffnung ...«

»Ja, es war oft schwierig. Denn anders als manche Frauen fühle ich mich gar nicht wohl, wenn ich in der Hoffnung bin. Manche sagen, es sei die beste Zeit für sie, das war bei mir nie der Fall. In den ersten vier, fünf Monaten war ich immer krank und elend, ich konnte nichts zu mir nehmen, fast alles Essen widerte mich an, ich hatte Kopfschmerzen, übergab mich ständig. Später dann litt ich stets an Stauungen der... der unteren Extremitäten... selbst kleinere Strecken zu Fuß zurückzulegen war äußerst schmerzhaft. Und auch das Sitzen«, fügte sie nach einigem Nachdenken nüchtern hinzu. »Und dann natürlich diese elenden Rückenschmerzen...«

Alvey überlief es kalt. Vierzehn Kinder – das bedeutete hundertsechsundzwanzig Monate Schwangerschaft, fast zehn Jahre Übelkeit, Rückenschmerzen, keine Aussicht, auch nur einigermaßen bequem gehen oder sitzen zu können.

»Ich staune, daß du nicht das Bett gehütet hast.«

»Nein, nein, ich war lieber draußen im Garten, an der frischen Luft. Wenn ich draußen war, wurde mir nicht so oft übel.«

»Aber die Rückenschmerzen. Und die... die Stauungen... Wie hast du es fertiggebracht, dich bei der Gartenarbeit zu bücken?«

»Ja, siehst du«, sagte Lady Winship, den Blick aufs Praktische gerichtet, »deshalb habe ich meinen Garten am Hang angelegt. Damit ich mich nicht so tief zu bücken brauchte. Die Idee stammt von Careys Vater, er war bis zu seinem Tod mein Gärtner. Erinnerst du dich noch an ihn? Als er starb, mußt du acht oder neun gewesen sein. So ein lieber alter Kerl... In gewisser Weise war er der beste Freund, den ich je hatte, er fehlt mir sehr. Aber auch Carey ist ein ausgezeichneter Gärtner.«

»Und Sir Aydon hat nie Einspruch gegen deine Gartenarbeit erhoben?«

»Doch, zuerst schon, sehr heftig sogar. Und seine Mutter auch. Sie meinten, der Garten würde meine Gebärfähigkeit beeinträchtigen, ich glaube, Mrs. Winship ist noch immer dieser Ansicht. Immerhin merkte Aydon, daß der Aufenthalt an der frischen Luft mir zuträglich war und meine Übelkeit seltener auftrat. So ließ man mir denn den Willen, wenn auch zunächst mit beträchtlichen Bedenken.«

Glücklich und verträumt setzte Lady Winship die Erinnerungen an ihren Garten fort.

»Kleine Kinder kann man natürlich nicht im Garten herumspringen lassen, sie zertreten die Sämlinge, reißen Blüten ab, richten in ihrer Unwissenheit oft unsäglichen Schaden an. Und natürlich hat man nicht die Zeit, ständig hinter ihnen herzulaufen und sie zurechtzuweisen, sonst wird man nie fertig. Und so ließ ich die Kinder nicht hinein, bis sie einigermaßen vernünftig waren. Später dann, wenn sie älter geworden waren und man sie hätte gebrauchen können, wollten sie nicht mehr kommen. Ich weiß noch, daß ich dich einmal fragte, ob du das Hexengras zwischen den Lilien jäten wolltest, aber du weigertest dich. Natürlich kann man Kindern nur mechanische Arbeiten übertragen, Aufgaben, die Fachwissen erfordern, sind sie nicht gewachsen. Nein, keins von euch hat je das mindeste Interesse für die Gartenarbeit an den Tag gelegt.«

Alvey dachte an Nish und Tot und ihre liebevoll angelegten kleinen Inselreiche.

»Und das ist schade«, fuhr Lady Winship nachdenklich fort. »Ein Garten ist so viel befriedigender, als Menschen es sind. Er streitet nicht, er gerät nicht in Wut oder zieht sich in einen Schmollwinkel zurück. Er arbeitet *mit* dir und nicht gegen dich ...«

»Die sechs Kinder, die gestorben sind«, sagte Alvey zaghaft, »hast du dich sehr um sie gegrämt? Und hat sich Sir... hat sich mein Vater gegrämt?«

»Ja, um die Knaben wohl. Sehr sogar. Drei der Kinder, die gestorben sind, waren Knaben. Das hat ihn sehr bedrückt. Und dann der kleine Junge, der ein Jahr geworden ist, Jasper. Er ist an der Diphtherie gestorben. Da warst du fünf, du erinnerst dich wahrscheinlich nicht mehr. Sein Tod hat Aydon sehr bekümmert.«

»Aber was hast du empfunden, Mama?«

»Natürlich war ich traurig«, sagte Lady Winship schroff. »Du kannst nicht neun Monate ein Kind tragen, dich endlos plagen und es dann verlieren, ohne daß dir der Verlust, die Vergeblichkeit zu schaffen macht. Aber du mußt dich davor hüten, zuviel zu empfinden, du könntest sonst den Verstand verlieren. Ich glaube, manche Frauen werden wirklich verrückt, wenn ihnen ein Kind stirbt.«

Ihre Stimme kam wie aus weiter Ferne und klang seltsam unbeteiligt.

»Ich habe mich zuweilen gefragt, ob ich wohl den Verstand verliere«, bemerkte sie nach einer kleinen Pause. »Manchmal fühlte ich mich seltsam weit weg. Und oft war ich zornig auf Aydon, haßte ihn gar. Das geschieht mir auch jetzt noch manchmal. Aber was nützt es? Er ist so, wie die Natur ihn geschaffen hat. Wenn die Wehen einsetzten, dachte ich: Bin das ich? Bin ich wirklich hier? Fängt tatsächlich alles wieder von vorn an? Oft kam ich mir vor wie ein Zuschauer, der vom anderen Ende des Zimmers aus das Geschehen verfolgt, und überlegte, ob ich vielleicht eines Tages auf immer zum Zuschauer werden würde.«

»Ich glaube, diesen Zustand kann ich dir nachfühlen«, sagte Alvey, die manchmal auf Birkland das gleiche Gefühl beschlichen hatte. Bin ich wirklich hier? Wo ist *hier*? Wer ist *ich*? Sie fügte hinzu: »Aber hast du nie gedacht, es sei unrecht, daß du so viele Kinder bekommen mußtest?«

»Unrecht? Auch andere Frauen bekommen viele Kinder und verlieren sie wieder. Was hätte es mir geholfen, ein Unrecht darin zu sehen? Es führt daran ja doch kein Weg vorbei.« Nach kurzem Besinnen aber fügte sie leidenschaftslos hinzu: »Nach Aydons Unfall, als er einige Monate lang große Schmerzen litt, war ich froh, weil ich dachte, mir wäre eine Pause im Gebären vergönnt. In dieser Zeit wünschte er mir nur selten beizuwohnen und war nachts so unruhig, daß er in einem anderen Bett schlafen mußte. Ja, das, so hoffte ich, würde mich freimachen. Aber es sollte nicht sein. Ich empfing die kleine Carrie, die mit zwei Monaten starb, sie war die letzte vor Kate. Und Kate ist nun endgültig die Letzte ...« Das klang triumphierend.

»Du meinst –«

»Aydon weiß es noch nicht. Er hofft vielleicht noch auf einen weiteren Sohn. Es soll ja Frauen geben, die über das fünfzigste Lebensjahr hinaus gebären können. Die Geschichte von Sarah und Isaak, nicht wahr... Aber gottlob gehöre ich wohl nicht dazu. Aydon wird vermutlich böse sein, wenn er es erfährt. Vielleicht schiebt er es auf meine Gartenarbeit ... und denkt, es sei eine gerechte Strafe. Und vielleicht... vielleicht stimmt das ja auch ...« Der ruhigen Stimme war etwas von ihrer Leidenschaftslosigkeit abhanden gekommen.

»Du warst so lange fort, Louisa, daß ich in dir mehr eine Bekannte sehe, eine Person, die von draußen kommt, und nicht so sehr die eigene Tochter. Ich spreche mit dir freimütiger, als ich es mit Meg oder Isa täte. Vielleicht wurde mir der Verlust des Gartens auferlegt, um mich zu gemahnen, daß ich mich nicht genügend um Aydon und die Kinder gekümmert, daß ich sie vernachlässigt habe. Was meinst du?«

»Nein, das glaube ich nicht. Du hast genug Kummer in deinem Leben gehabt. Was hier geschehen ist ...« Wieder standen sie vor dem schmiedeeisernen Tor, und Alvey wandte sich rasch um und schob den Rollstuhl in die Gegenrichtung. »Was hier geschehen ist, war ein Akt menschlicher Bosheit, und der Täter verdient strenge Bestrafung.«

»Das bringt mir meinen Garten nicht zurück«, ließ sich die Stimme aus dem Rollstuhl vernehmen.

»Nein, gewiß nicht. Aber müssen wir nicht, solange wir nicht wissen, wer die Tat begangen hat, mit ähnlichen Anschlägen, mit einer Wiederholung rechnen? Das macht mir große Sorgen.«

Ein schlimmer Verdacht war in ihr aufgekeimt. Angenommen, Sir Aydon selbst hatte den Garten verwüstet? In einem Anfall unbeherrschbaren Zorns auf seine Frau? Wäre so etwas denkbar?

Gelassen, als ziehe sie den Gedanken wie einen Splitter aus Alveys Bewußtsein, sagte Lady Winship: »Für mich steht fest, daß Amos Herdman dahintersteckt. Und bei aller Boshaftigkeit – ich glaube kaum, daß er die Energie hat, noch mehr anzustellen. Was denn auch? Nein, ich denke, er hat sein Pulver verschossen. Er hatte nur diesen einen Enkel. Und ich hatte nur einen Garten.«

»Aber warum, Mama, *warum*? Überdies heißt es, er sei gar nicht hier, sondern auf Besuch bei seinem Bruder gewesen.«

»Das sagt sich leicht. Sein Bruder würde ihn gewiß decken.«

»Aber ich denke, er haßte und mißhandelte seinen Enkel. Und war wütend auf seine Tochter, weil sie einen Bastard in die Welt gesetzt hatte.«

»Dennoch, die Tochter war sein Eigentum. Ebenso wie das Kind. Annie brachte ihm jede Woche ihren Lohn ...«

»Und das wäre genug?«

»O ja, durchaus. Das wäre genug.«

Als Alvey einige Stunden später in ihrem Zimmer saß und sich Aufzeichnungen machte, überlegte sie, daß Lady Winship über das Verhalten Sir Aydons und des alten Herdman im gleichen Ton gesprochen hatte – klaglos, mit philosophischem Gleichmut –, wie sie von einer Dürre hätte sprechen können oder von Frühlingsfrösten oder einem besonders strengen Winter.

Eigentlich kein Wunder bei einer Frau, die in ihrem Leben so viel Zeit in einem Garten verbracht hatte.

12

Etwa zwei Wochen, nachdem James Winship und sein Freund abgereist waren, traf ein an Lady Winship gerichteter Brief ein, der James' Handschrift trug.

Der Winter schickte sich bereits zu seiner langen Belagerung an.

Eisgraue Kälte lag über dem Land, die Vormittage waren still und dunkel, der Ruf der Vögel war verstummt. Der Wind hatte die letzten Blätter von den Laubbäumen geweht, und ein Ring aus weißem Eis lag um den Löwenteich. Schon war ein wenig Schnee gefallen, doch noch waren die Straßen offen; wie lange sie das bleiben würden, war freilich die Frage. Nish und Tot waren zu ihrem Bedauern genötigt gewesen, ihre Spiele am Hungry Water einzustellen, der Fluß war eiskalt und donnerte zornig brüllend zu Tal, nicht mehr der freundliche Spielgefährte vom Sommer, sondern unberechenbar, bedrohlich, womöglich lebensgefährlich. Statt dessen machten sie mit Alvey lange Wanderungen über das Moor, das nach den ersten Frösten gut begehbar war. Manchmal ritt Alvey jetzt, da sie sich nach und nach die Orientierungspunkte im Umkreis von zehn Meilen eingeprägt hatte, auch allein auf dem alten Phantom aus. Für den Fall, daß sie sich doch einmal verirrte, konnte sie darauf zählen, daß das Pferd den Heimweg finden würde.

Ehe die winterliche Witterung Birkland gänzlich zu isolieren drohte, hatte sie einen weiteren Ausflug nach Hexham unternommen. Für die alte Dame wurden Salben und Einreibungen benötigt, Mrs. Slaley hatte eine Liste von Besorgungen für die Milchkammer, für Ställe und Lager mußten Vorräte angeschafft werden.

Alvey hatte Parthie aufgefordert, sie zu begleiten, weil sie gehofft hatte, dieses gemeinsame Unternehmen könne zu einer Verbesserung ihrer Beziehungen führen, doch diese Hoffnung mußte sie sehr bald begraben. Parthie erwies sich als langsam, ungeschickt und vergeßlich bei den Einkäufen, mußte ständig beraten und erinnert werden und war zu keiner praktischen Entscheidung fähig. Alvey war ihrer Gesellschaft bald herzlich überdrüssig und dachte bei sich, daß sie die verschiedenen Aufträge allein ebenso schnell, wenn nicht schneller, hätte ausführen können.

Als die Hauptsachen erledigt waren, ließ sie Parthie aufatmend bei einem Tuchhändler zum Einkauf von Bändern zurück und betrat Mr. Allgoods Leihbücherei, wo sie neue Bücher und Zeichenmaterial für die Kinder erstehen wollte, die einen schier unersättlichen Wissensdurst an den Tag legten. Zusammen mit den Büchern überreichte Mr. Allgood ihr einen weiteren Brief von Louisa, diesmal aus Port Elizabeth, und zu ihrer Freude und Überraschung ein Schreiben von Isa.

Sie versenkte die Briefe, ihre Ungeduld bezähmend, in ihrem Retikül, um sie später ungestört auf ihrem Zimmer zu lesen, und machte sich auf die Suche nach Parthie, die sie auf dem Marktplatz entdeckte, wo sie mit großer Aufmerksamkeit ein an einer Mauer befestigtes Avertissement las:

»Andrew Lyon erlaubt sich darauf hinzuweisen, daß er jederzeit an seinem Wohnsitz, Coxon's Lane am Walken Gate, Larriston, zu finden ist, falls seine Dienste von Personen benötigt werden, die den Hochzeitsschrein an der schottischen Grenze aufzusuchen wünschen. Ausschank von Ingwerbier.«

»Trägst du dich mit Heiratsabsichten?« fragte Alvey leichthin, während sie mit ihren Bündeln die Kutsche bestiegen.

Parthie bedachte sie mit einem Blick abgrundtiefer Verachtung.

»Eine schäbige Grenztrauung, von einem Hufschmied ausgeführt? Nein, besten Dank. Wo bleibt da das Vergnügen? Keine Kranzjungfern, keine feinen Kleider, keine Gäste, keine Torte, keine Spitze, kein Schleier, kein Wein – es wäre eine recht jämmerliche Art, in den Ehestand zu treten. Du fändest womöglich Gefallen daran, Schwester Emmy, in einem Roman kommt so etwas zuweilen vor...«

»Zumindest ließe ich mir das Ingwerbier schmecken«, versetzte Alvey und hüllte sich fürderhin in Schweigen, während sie wieder einmal überlegte – wie wohl täglich an die zehnmal –, daß jeder

Versuch, Parthie versöhnlich zu stimmen, sinnlos war. Sie war offenbar zu einer Fortsetzung der Feindseligkeiten entschlossen.

In ihrem dritten Brief ließ sich Louisa zum wiederholten Male über die Freuden des Bordlebens und die ritterliche Haltung von Kapitän Middlemass und Leutnant Dunnifage aus, wobei die verdienstvollen Eigenschaften des letzteren ein wenig mehr Raum einnehmen mochten.

Isas Brief enthielt Wesentlicheres.

»Ich kann Dir nach Birkland nicht offen schreiben«, hieß es darin, »da ich die inquisitorischen Gewohnheiten der Familie nur zu gut kenne, das laute Vorlesen und Herumreichen jedes Briefes, der dort eintrifft. Ich vertraue dieses Schreiben daher dem wackeren Mr. Allgood an. Doch sag mir ehrlich, Alvey, wäre es Dir nicht lieber, wenn ich nach Hause käme? Meg und ich waren zutiefst betroffen von den Ereignissen, die sich nach unserer Abreise zugetragen haben ... die schreckliche Verwüstung des Gartens meiner armen Mutter, das Zerwürfnis meines Vaters mit James und die vernichtende Wirkung des Streits auf meine Großmutter. Ich finde es nicht recht, daß Du, eine Fremde, Dich ohne Hilfe mit diesen Heimsuchungen plagen mußt, und ich weiß gewiß, daß weder Parthie noch mein Vater den mindesten Versuch unternehmen werden, die übrigen Familienmitglieder aufzuheitern oder zu trösten ...«

Ein weiterer, von Meg und Isa gemeinsam verfaßter Brief kam direkt nach Birkland Hall und berichtete lediglich über die Sehenswürdigkeiten und Freuden von Brighton.

»Stellt euch vor«, schrieb Meg, »die Damen gehen hier noch immer in Flanellzeug und Öltuchschuten an den Strand. Ist das zu fassen? Um diese Jahreszeit! Aber es gilt als sehr gesund, und natürlich ist es hier wesentlich wärmer als in Northumberland. Wir haben den Prinzregenten gesehen, wie er einen Phaeton fuhr, er ist überaus korpulent und trägt eine blaue Jacke und einen Dreispitz. Isa sagt, daß sie sich einen Prinzen ganz anders vorgestellt hat. Doch alles schrie Vivat, und er nahm seinen Dreispitz ab und war sehr huldvoll.« Von Megs Ehemann war erst ganz zum Schluß die Rede. »John geht es gut, er übermittelt ebenfalls seine besten Grüße und Wünsche ...«

Alvey schickte ihre Antwort auf Isas Brief nach Winchester, wo sie Station machen wollten, um irgendwelche Chibburn-Vettern zu besuchen. »Fühle Dich auf keinen Fall verpflichtet, Deine Reise abzukürzen und nach Hause zu kommen. Deine Mama hat sich schon sehr gut erholt und trägt ihren Verlust mit bemerkenswerter Seelenstärke. Es bestehen gute Aussichten, daß auch bei Deiner Großmutter bald eine Wendung zum Besseren eintritt. Die Kinder sind rührend um sie besorgt. Was Deinen Papa und den Bruch mit James betrifft, so hat letzterer einen Vorschlag gemacht, über den ich im Augenblick noch nichts Genaueres äußern möchte für den Fall, daß nichts daraus wird, was eine große Enttäuschung wäre ... Ich hoffe, in meinem nächsten Brief Näheres berichten zu können. Mach Dir meinetwegen keine Sorgen, ich freue mich sehr, daß ich doch das eine oder andere tun kann, um der Familie zu helfen, die mich so freundlich aufgenommen hat ...«

Der Brief von James, den Whin Bob, der Uhrmacher, eines Nachmittags abgegeben und den Alvey sogleich Lady Winship aufs Zimmer gebracht hatte, lautete:

»Liebe Stiefmama,
ich wende mich an Dich und nicht an meinen Vater, weil er möglicherweise noch einen so großen Zorn auf mich hat, daß er versucht sein könnte, mein Schreiben ungelesen zu vernichten. Zweck meines Briefes ist, Dich um Unterstützung für einen Plan zu bitten, mit dem ihm geholfen werden soll. Mein guter Freund Guy Fenway hat die Bekanntschaft eines sehr fähigen Edinburgher Chirurgus gemacht, eines gewissen Phineas Harle, der schlecht gerichtete und daher mangelhaft verheilte Knochen noch einmal bricht

und neu einrichtet. Nachdem Guy ihm Papa beschrieben und ihm Zeichnungen von seinem Gang und seiner Haltung gemacht hat, glaubt Mr. Harle mit Bestimmtheit sagen zu können, daß er die Schmerzen meines Vaters wesentlich lindern und auch seine Gehfähigkeit verbessern könnte. Sein Honorar beträgt fünfzig Pfund. Die Operation würde nur zwei oder drei Tage in Anspruch nehmen, danach wäre eine drei- oder vierwöchige Rekonvaleszenz erforderlich. Könnte man meinen Vater zu diesem Schritt bewegen, würden er und die ganze Familie aus seinem verbesserten Gesundheits- und Gemütszustand gewiß großen Nutzen ziehen. Wenn aber diese Behandlung in Angriff genommen werden soll, müßte alles Notwendige unverzüglich in die Wege geleitet werden, ehe die Straßen zwischen Birkland und Edinburgh verschneit und unpassierbar geworden sind. (Mein Vater müßte während der Behandlung unter Mr. Harles Aufsicht hier in Edinburgh bleiben.) Sowohl Guy als auch Mr. Harle meinen, daß die Operation so schnell wie möglich durchgeführt werden sollte, denn so lange mein Vater auf den falsch gerichteten Knochen geht, ist jede Aussicht auf Besserung in Frage gestellt.

Ich hoffe von Herzen, daß es mit Deiner gütigen Unterstützung möglich sein wird, meinen Vater zu einem Schritt zu veranlassen, der zum Wohle seiner Gesundheit und seiner Gemütsverfassung und zur Verlängerung seines tätigen Lebens so notwendig und wichtig ist.

Dein ergebener Stiefsohn James Armstrong Winship.

Darunter stand in einer anderen Schrift:

Mit diesem Postskriptum soll das von Mr. Winship Gesagte nur noch einmal bestätigt und unterstrichen werden. Mr. Harle ist zuversichtlich, Sir Aydon helfen und ihm größere Bewegungsfreiheit und Schmerzlinderung verschaffen zu können. Inständig hoffend, daß Sir Aydon, dem ich meine ergebenste Hochachtung auszurichten bitte, bereit sein wird, sich diesem Eingriff zu unterziehen, verbleibe ich als Ihr Freund und ergebener Diener G. Fenway.

Bitte übermitteln Sie Miss Louisa Winship meine freundlichsten Grüße.

Mit der wiederholten Lektüre und Verarbeitung dieses Briefes samt Nachschrift waren Lady Winship und Alvey einen ganzen Vormittag beschäftigt.

»Könnte das wirklich sein? Wäre es denkbar, daß nach so langer Zeit eine Besserung seines Zustandes eintritt?« war die erste skeptische Reaktion von Lady Winship.

Alvey war von Anfang an hoffnungsfroher.

»Bedenke, Mama, was für ein vernünftiger, zuverlässiger Mann Major Fenway ist. Er weiß gewiß, wovon er spricht, und würde die Fertigkeiten dieses Mr. Harle nicht loben, wenn er sich nicht von der Wahrheit seiner Behauptung überzeugt hätte, indem er viele Personen aufsuchte, denen der Mann geholfen hat. Und dann kennen er und James ja Sir ... meinen Vater, sie wissen, wie schwer es hält, ihn zu überzeugen, wie argwöhnisch er jede Veränderung betrachtet, wie sehr er sich sträubt, Neues zu unternehmen. Sie müssen größtes Vertrauen in diese Behandlung setzen, sonst hätten sie es nie der Mühe wert erachtet, uns einen solchen Vorschlag zu unterbreiten.«

»Ja, das ist wohl wahr«, meinte Lady Winship, aber in ihrer Stimme schwangen Zweifel und Nachdenklichkeit.

Ob ihr am Ende gar nichts daran liegt, daß Sir Aydon geholfen werde, überlegte Alvey unglücklich und dachte an so manches Gespräch auf der Terrasse. (Ein Merkmal – und nicht das unwichtigste – dieser Gespräche war es, daß die Beteiligten niemals im Haus auf sie zurückkamen. Es war, als seien sie zwischen gänzlich anderen Menschen geführt worden. Nie spielte Alvey bei ihren alltäglichen Beratungen mit Lady Winship über Fragen des Haushalts auf Dinge an, die ihr durch diese stillen, gedankenvollen, an eine Beichte gemahnenden Äußerungen zur Kenntnis gekommen waren. Wie zum Beispiel auf die Tatsache, daß Sir Aydon in der Zeit der ärgsten Schmerzen das eheliche Lager verlassen hatte und sich seither nur hin und wieder dorthin begab. Wäre seiner Gattin diese Trennung als Dauerzustand vielleicht lieber?)

Würde sie es vorziehen, wenn sein körperlicher Zustand unverändert bliebe?

»Aydon ritt an dem Tag, an dem er verunglückte, ein junges, ungeschultes Pferd«, hatte seine Frau, wiederum auf einer dieser Ausfahrten, erzählt. »Ich hätte ihn davon abhalten müssen, das weiß ich wohl. Ich habe es nicht getan.«

Alvey versuchte nicht daran zu denken, wie unwahrscheinlich es war, daß es irgend jemandem gelingen könne, Sir Aydon von einem einmal eingeschlagenen Kurs abzubringen, und fragte sich statt dessen, ob seine Frau insgeheim auf einen Unfall gehofft hatte, der ihn verkrüppeln, ihm vielleicht gar den Tod bringen würde? Wenn wir einem uns nahestehenden Menschen leichtfertig ein Mißgeschick gewünscht haben und unser böser Wunsch in Erfüllung geht, erfahren wir, die wir den Blick nur auf das unmittelbare Ergebnis gerichtet hatten, auf schmerzliche Weise, was sich an langfristigen Folgen daraus ergeben kann.

Diesen Gedanken muß ich mir aufschreiben, überlegte Alvey, obgleich ich im Augenblick keine Möglichkeit sehe, ihn auf den lockeren Lord anzuwenden, dessen Sache die Vorausplanung durchaus nicht ist.

Allmählich aber schien zu Alveys nicht geringer Erleichterung Lady Winship ihre Bedenken zu überwinden und Gefallen an dem Vorschlag zu finden.

»Nur – wie soll ich einen solchen Plan je deinem Vater unterbreiten?« war ihr nächster Einwand. »Was meinst du, welche Tageszeit wäre wohl die günstigste?«

Als ausgesprochen günstig, dachte Alvey bei sich, konnte man eigentlich keine bezeichnen. Eine zusätzliche Schwierigkeit ergab sich aus dem Umstand, daß Sir Aydon aus nur ihm bekannten Gründen seit der Serie von Unglücksfällen offenbar seiner Frau unfreundliche, ja, feindselige Gefühle entgegenbrachte. Er sprach mit ihr nur, wenn es unbedingt notwendig war, sah nie in ihre Richtung und verbrachte möglichst wenig Zeit in ihrer Gesellschaft. Allein die Tatsache, daß James seine Mitteilung an Lady Winship gerichtet hatte, konnte für seinen Vater Anlaß sein, den Vorschlag zu verwerfen.

»Vielleicht mittags, wenn er sein Glas Malvasier in der Bibliothek trinkt?« meinte Alvey zaudernd. »Das Frühstück wäre nicht das richtige, denke ich. Und beim Dinner ist er immer ermüdet und ... und leidet Schmerzen ...« Die er vergeblich mit Wein herunterzuspülen sucht, dachte sie.

»Ich bin in seiner Bibliothek nicht gern gesehen«, sagte Lady Winship schlicht.

»Vielleicht wäre es am besten, einen Dritten um Vermittlung zu bitten. Mr. Thropton möglicherweise. Oder Amble? Mein Vater hängt sehr an ihm.«

»*Amble?* Nein, das wäre wohl kaum passend.«

»Dann bleibt nur Mr. Thropton. Soll ich Parthie mit einer Nachricht zu ihm schicken?«

Parthie bemühte sich nicht mehr um Alveys gute Meinung, und an Alveys Gesellschaft war ihr offenbar auch nichts mehr gelegen. Sie benahm sich rüde, feindselig und ungefällig. Dafür war sie, seit sich Mr. Thropton nach dem Steinwurf bei der Hochzeit um sie gekümmert hatte, mehrmals unter einem Vorwand bei ihm gewesen und brachte bei jeder Gelegenheit seinen Namen ins Gespräch.

»Parthie ist in Mr. Thropton verliebt«, hatte Tot eines Tages unverblümt festgestellt.

»Gar nicht wahr«, widersprach Nish. »Parthie hofft bloß, daß er eines Tages in seinem Garten einen Schatz ausgräbt und sie dabei ist, wenn er ihn findet, damit er ihn ihr schenken muß. Der Pfarrer von Corbridge hat einen ganzen Krug mit Goldmünzen und kostbarem Schmuck in seinem Garten entdeckt, und so was erwartet Thropton wohl auch. Denkt doch, wie enttäuscht er war, als sich in dem Kästchen, auf das seine Leute gestoßen waren, nur Asche fand.«

»Immerhin hat er Parthie eine Jett-Perle geschenkt.«

»Als ob sie darauf was gäbe! Sie träumt von Gold oder Rubinen. Ein schmutziges, murkliges Ding, hat sie gesagt.«

Parthie würde die Gelegenheit, einen Besuch im Pfarrhaus zu machen, gewiß nicht ausschlagen.

»Nun gut«, sagte Lady Winship nach einer weiteren gedankenschweren Pause. »Schicke nach Mr. Thropton, es mag das beste sein.«

Doch sie seufzte abermals, als setze sie keine allzu große Hoffnung in das Unternehmen.

Mr. Thropton war Lady Winship jederzeit gern gefällig und begab sich eilends zum Herrenhaus. Nach dem schnellen Lauf war sein Gesicht noch röter als gewöhnlich. Lady Winship, die jetzt fast den ganzen Tag in den unteren Räumen verbrachte, empfing ihn im Salon und machte ihn mit dem Inhalt von James' Brief bekannt.

Zu ihrer Bestürzung war er von dem Plan, Sir Aydon operieren zu lassen, durchaus nicht angetan.

»Woher wollen wir wissen, Verehrteste, daß dies Gottes Wille ist? Bekanntlich schenkt Leiden dem Menschen Läuterung und Stärke. Hätte unser Schöpfer gewollt, daß Sir Aydon ohne Leiden lebt, hätte er den Unfall gar nicht erst zugelassen.«

Diese Argumentation erschien Alvey recht suspekt. Sie konnte sich eine Zwischenbemerkung nicht versagen, denn Lady Winship zog ein gequältes Gesicht, und es war nicht auszuschließen, daß sie sich nach dieser unvermuteten Abfuhr womöglich noch anders besann.

»Aber Mr. Thropton, erstens ist doch ganz deutlich zu sehen, daß das Leiden meinen Vater weder geläutert noch gestärkt, sondern ihn ganz im Gegenteil unleidlich und elend gemacht hat. Und dann – warum sollte der Vorschlag, den James und sein Freund gemacht haben, nicht ebenso wie damals der Unfall ein Zeichen von Gottes Wille sein?«

Mr. Thropton, der bisher ihre Anwesenheit geflissentlich übersehen hatte, warf ihr einen recht frostigen Blick zu. »Ich glaube nicht, Miss... Miss Louisa, daß Ihre Meinung in dieser Angelegenheit gefragt ist. Hier eine Entscheidung zu treffen ist allein Sir Aydons Sache – mit Hilfe des Gebets und beraten durch mich und Lady Winship.«

»Ich hatte Louisa gebeten, mich zu beraten«, sagte Lady Winship. »Und das hat sie in sehr verständiger, gedeihlicher Weise getan.«

Dies brachte Mr. Thropton ein wenig aus der Fassung. »Ja, wenn dem so ist, Ma'am... Was wünschen Sie von mir?«

»Wenn Sie die Angelegenheit meinem Mann unterbreiten und ihm die Vorteile einer Operation vor Augen stellen könnten...« bat Lady Winship zaghaft.

Er war noch immer nicht erbaut, aber doch unwillkürlich geschmeichelt von der ihm zugedachten Vermittlerrolle.

»Nun gut, Ma'am. Soll ich gleich zu ihm gehen?«

Lady Winship klingelte nach Amble, der berichtete, Sir Aydon sei gerade aus den Stallungen gekommen und in die Bibliothek gegangen.

»Aber er hat eine rechte Gewitterlaune mitgebracht, Mylady, und nach Besuchen, scheint mir, steht ihm nicht grad der Sinn.«

»Gleichviel, Amble, sagen Sie ihm, daß Mr. Thropton hier ist und ihm eine wichtige Mitteilung zu machen hat.«

Amble zog sich kopfschüttelnd zurück, und gleich darauf hörte man in der Bibliothek Sir Aydon mit seinen Stöcken stampfen und wütend herumschreien, was nichts Gutes für Mr. Thromptons Mission verhieß. Selbst das rosige Gesicht des Geistlichen überkam eine leichte Blässe.

»Vielleicht ... sollten wir ... einen anderen Tag ...«

»Nein, nein, mein Stiefsohn schreibt, daß Eile geboten ist. Bitte gehen Sie, Mr. Thropton, und bringen Sie es hinter sich.«

»Sehr wohl, Ma'am.«

Mr. Thropton schickte sich nicht ohne Bedenken an, seinen Auftrag auszuführen. Bald gab Sir Aydon seinem Mißfallen in noch erheblich lauterem Ton Ausdruck. Alvey, die sich furchtlos in die Halle gewagt hatte, hörte – die Tür zur Bibliothek stand offen –, wie er donnerte: »Wie? Was? Von einem gottverfluchten schottischen Pferdedoktor soll ich mir nochmal die Knochen brechen lassen? Nein, danke bestens! Da biete ich doch gleich meinen Kadaver den Leichenschändern an und fertig. Mein Sohn, diese winselnde Memme, soll sich gefälligst um seine eigenen Angelegenheiten scheren, und sein sauberer Freund ebenfalls. Mir scheint, daß ich mich in ein krankes Bein, nein, in zwei kranke Beine besser zu schicken weiß als er.«

Über diese Erklärung geriet Alvey um James willen dermaßen in Zorn, daß sie ungebeten die Bibliothek betrat, um Sir Aydon endlich einmal die Meinung zu sagen.

Sie traf in einem kritischen Augenblick ein. Stridge, der Hausdiener, hatte Mr. Thropton gerade ein Glas Marsala reichen wollen, doch offenbar hatte Sir Aydon, der in wütender Bekräftigung seiner Worte mit den Stöcken herumfuchtelte, das Glas vom Tablett gefegt, und es war im Gesicht des unglückseligen Dieners gelandet, der jetzt stark aus einer tiefen Schnittwunde am Wangenknochen blutete.

»Rasch, legt ihn hin«, befahl Alvey. »Amble, holen Sie saubere Tücher, ich halte inzwischen die Wunde zu, um das Blut zum Stillstand zu bringen.« Amble warf ihr einen recht eigenartigen Blick zu, wie sie fand, doch er sagte nur »Ja, Miss Emmy« und entschwand eiligst, während Sir Aydon und Mr. Thropton, der eine fast ebenso erschrocken wie der andere, sich über den am Boden liegenden Stridge hinweg ansahen.

»Welch höchst bedauerliches Malheur«, brachte der Geistliche schließlich hervor und wandte sich an Stridge. »Alles in Ordnung, mein Guter?« Er selbst war beim Anblick des vielen Blutes ziemlich bleich geworden.

»Verteufelt ungeschickter Tropf«, knurrte Sir Aydon. Ob er sich oder den Hausdiener meinte, blieb offen.

»Haben Sie Glas ins Auge bekommen?« fragte Alvey den jungen Mann besorgt. »Tut es weh, können Sie blinzeln?«

»Ich ... ich glaub, mit dem Auge is weiter nichts, Miss Emmy, nur im Koppe is mir so komisch ...«

»Bleiben Sie liegen und reden Sie nicht«, sagte Alvey und stillte mit einem zusammengeknüllten Taschentuch, das sie fest auf die Wunde drückte, das hervorquellende Blut. Amble kam mit einer Handvoll leinener Servietten zurück, von denen Alvey eine dem Jungen um den Kopf legte und so fest wie möglich über ihrem Taschentuch zusammenzog. Unterdessen waren Mrs. Slaley und zwei Hausmädchen in der Halle aufgetaucht.

»Es wäre am besten, ihn hinzulegen«, sagte Alvey.

»Erlauben Sie, daß ich behilflich bin.« Mr. Thropton sprang dienstbeflissen hinzu.

Er, Amble und Mrs. Slaley trugen Stridge in das Gesindezimmer, und Mrs. Slaley schickte Janet um einen Eimer Wasser zum Löwenteich und Becky um eine Handvoll Spinnweben in die Stallungen. Dann schloß sich die grüne Friestür hinter ihnen.

Sir Aydon und Alvey sahen sich stumm und feindselig an. Er atmete schwer. Offenbar war er wütend, weil er sich so kräftig ins Unrecht gesetzt hatte, und wußte nicht recht, wie er sich helfen sollte.

In diesem Moment kam seine Frau herein. Sie war sehr blaß und sah sich mit großen Augen um.

»Was ist geschehen, Aydon?« Beim Anblick einer blutbefleckten Serviette stieß sie einen Schreckensschrei aus. »Grundgütiger! Was hat es hier gegeben?«

»Keine Sorge, Mama«, sagte Alvey rasch. »Es war nur ein Unfall, nichts Ernstes.«

»Dein Kleid ist voller Blut.«

»Es ist nicht mein Blut. Der arme Stridge hat geblutet, aber er wird bereits versorgt. Ich will mich umziehen.«

Alvey machte sich davon. Alles in allem war es nur gut, dachte sie, daß sie daran gehindert worden war, ihre zornige Tirade loszulassen. Wenn jetzt Lady Winship und Mr. Thropton nur ein wenig List, ein wenig Diplomatie ins Spiel brachten, konnte man Sir Aydon vielleicht dazu bewegen einzuräumen, daß James' Vorschlag durchaus seine Vorzüge hatte. Er befand sich in einer unvorteilhaften Position, was er gewiß auch wußte.

Sie zog sich um, übergab Grace das blutbefleckte Kleid und erklärte den gespannt zuhörenden Kindern, was es mit dem ganzen Tumult auf sich gehabt hatte. Sie hatten Sir Aydons aufgebrachte Stimme bis in das Zimmer seiner Mutter hinein gehört und vom Treppengeländer aus gesehen, wie der reglose Stridge weggetragen wurde.

»Ist Stridge tot?«

»Wollte Papa ihn totmachen?« erkundigte sich Nish in ängstlicher Scheu.

»Nein, nein, es war nur ein unglücklicher Zufall. Und er ist nicht schlimm verletzt. Wie geht es Großmama?«

»Noch genauso. Einmal hat sie die Augen aufgemacht, aber ich glaube, sie hat uns nicht erkannt.«

Grace nahm das blutbefleckte Kleid entgegen und sagte: »Der Junge ist Ihnen schrecklich dankbar, Miss Emmy. Erst hat er gedacht, sein Auge ist hin, bis sie ihm das Blut abgewischt und ihn beruhigt haben.«

»Ein dummer Zufall«, sagte Alvey. »Ich bin sehr froh, daß er nicht schlimmer dran ist.«

»Nein, es ist noch mal gutgegangen. Aber im Dorf sagen sie jetzt bestimmt, daß ein Fluch über dem Haus liegt. Es wird so schon genug geredet, jetzt wird's gewiß noch schlimmer.«

»So? Was redet man denn im Dorf?«

»Ach, nur dummes Zeug. Ich steck das Kleid am besten in kaltes Wasser, eh sich die Flecken festsetzen, Miss Emmy.« Sie nahm das Kleid über den Arm und verschwand eiligst.

Als Alvey wieder hinunterging, waren weder Sir Aydon noch Mr. Thropton zu sehen. Lady Winship war im Salon und schnitt lustlos an den verblühten Geranien herum. Sie wirkte sehr niedergeschlagen.

»Wollen wir jetzt unsere Ausfahrt machen?«

»Er läßt sich nicht dazu bewegen, Louisa. Er meint, wir hätten uns verschworen, ihn noch lahmer zu machen, als er schon ist, ja, er behauptet, es ginge uns darum, ihm ganz den Garaus zu machen.«

»Das ist aber sehr schade«, sagte Alvey ehrlichen Herzens. Sie hatte, wenn auch mit einigen Gewissensbissen, schon überlegt, wie angenehm es wäre, sich einen Monat von Sir Aydon erholen zu können, dessen Launen eine Belastung für die ganze Familie und dessen Gegenwart stets spürbar war wie leises Bauchgrimmen. Dabei war er ein wertvoller Mensch, er meinte es gut, hatte edle Grundsätze. Es war schon traurig ...

»Ein Jammer, daß meine Großmutter nicht ... nicht wohl ist. Ich glaube, sie hätte noch die besten Aussichten gehabt, ihn zu überreden.«

Lady Winship zuckte die Schultern. »Und Aydon hat höchstpersönlich an James geschrieben, er möge sich um seine eigenen Angelegenheiten kümmern und sich nicht in Fragen der Familie mischen, von der er sich durch seine Berufswahl aus freien Stükken separiert habe; von seinem Vater könne er weder Mitgefühl noch Unterstützung erwarten.«

Daß Sir Aydon sich freiwillig hinsetzte, um einen Brief zu schreiben, war ein beachtenswertes Vorkommnis. Meist überließ er die Korrespondenz einer seiner Töchter – in letzter Zeit war dies Isa gewesen – oder Lumley, seinem Verwalter. Alvey wertete es als ein ganz gutes Zeichen, denn es bedeutete doch, daß Sir Aydon James noch liebte, sonst wäre er nicht so darauf bedacht, mit ihm in Verbindung zu bleiben, und sei es auch nur, um mit ihm zu streiten.

»Und du glaubst nicht ... wenn James persönlich erschiene, um seinem Vater ernste Vorstellungen zu machen ...«

»Nein, das glaube ich nicht«, erklärte Lady Winship mit ungewohntem Nachdruck. »Dann wird alles nur noch schlimmer werden.«

Es war nicht James, sondern Guy Fenway, der eines Tages unvermutet und in aller Herrgottsfrühe persönlich erschien. Alvey und die Kinder waren zum Fluß gegangen, um die phantastischen Eisgebilde zu bestaunen, die aus dem über Steinen und Moos gefrorenen Gischt entstanden waren, und befanden sich, einen großen Bogen schlagend, auf dem Rückweg, als sie zu ihrer Überraschung eine Kutsche vorsichtig die eisglatte Straße herunterrollen sahen.

»Hurra, es ist Major Fenway«, rief Tot, der eine große Zuneigung zu dem Freund seines Bruders gefaßt hatte, und die Kinder liefen durch die Fichten hindurch auf die Kutsche zu und umsprangen sie aufgeregt. Der Fahrer hielt die Pferde an und stieg vom Bock, sichtlich sehr angetan von der Begegnung.

»Major Fenway! Welche Überraschung!«

»Guten Morgen, Miss Louisa. Und Sie befürchten, es könne eine durchaus unwillkommene Überraschung sein. Darf ich hoffen, daß Sie persönlich das nicht so sehen?«

»Nein, nein, nicht im mindesten. Doch ich fürchte in der Tat, mein Vater wird ... wird nicht erbaut sein.«

»Papa war furchtbar böse auf James, als sein Brief kam«, erläuterte Tot. »Er hat gesagt, daß er ein lästiger Milchbart ist.«

»Das ist freilich ein Jammer. Wir müssen sehen, was sich

dagegen tun läßt«, sagte der Major. »Traust du dir zu, meine Pferde den Berg hinunter auf den Stallvorplatz zu führen und sie Blackett zu übergeben?«

»Aber ja, natürlich«, sagte Tot, von freudigem Stolz über das in ihn gesetzte Vertrauen erfüllt.

»Vortrefflich. Deine Schwester hilft dir gewiß dabei, und ich freue mich schon darauf, später ein langes Gespräch mit euch zu führen. Jetzt möchte ich kurz mit Miss Louisa sprechen, wenn sie es erlaubt.«

»Natürlich«, sagte Alvey. »Wenn es Ihnen allerdings gelingen sollte, Sir... das heißt, meinen Vater zu bewegen, sich der vorgeschlagenen Behandlung zu unterziehen, sind Sie gewitzter als alle hier im Haus, Major Fenway, und müssen die Zunge eines Demosthenes besitzen. Aber wir sind Ihnen sehr verbunden für Ihre Güte, bei uns anzufragen und uns von den Fertigkeiten des Mr. Harle in Kenntnis zu setzen.«

»Die Sache ist die«, sagte Major Fenway, während sie in schweigender Übereinkunft kehrtmachten und einen durch das Fichtengehölz bergan führenden Weg einschlugen, »die Sache ist die, daß mir Pfuschwerk jeder Art von Herzen zuwider ist. Ich kann es nicht leiden, wenn Gegenstände falsch eingesetzt oder Menschen völlig unnötigerweise Schmerzen oder Ungelegenheiten bereitet werden. Es bringt mich auf. Die Dinge, die ich auf Birkland Hall hörte und sah, haben mich regelrecht enragiert.«

Alvey lächelte unwillkürlich, denn seine gelassene, ja, heitere Art wollte schlecht zu diesen Worten passen. Aber er fuhr ernsthaft fort: »So war es tatsächlich, mein Wort darauf. Ich meine nicht Sie oder Ihre Rolle in diesem Hause – wenngleich ich auf Sie gleich noch zu sprechen kommen möchte. Aber das Verhältnis zwischen Sir Aydon und seiner Ehehälfte ist so schlecht, so verbogen, daß es sich erkennbar ungünstig auf die übrige Familie auswirkt. Und das ist vor allem der Tatsache zuzuschreiben, daß Sir Aydon nicht wohl ist. Mich interessiert der Zusammenhang zwischen der körperlichen und der geistigen Gesundheit des Menschen, Miss Louisa, ich gedenke, mich späterhin näher damit zu befassen. Für mich steht fest, daß zwischen beidem eine enge Verbindung besteht.«

»Das glaube ich auch«, erklärte Alvey. »Ich selbst habe schon oft bemerkt, wie schwer es mir fällt, mich meinen Aufgaben zu widmen, meinen Verstand zu gebrauchen, wenn ich müde bin oder Schmerzen habe.«

»Ganz recht.« Er schenkte ihr einen seiner prüfenden Blicke. »Und bei Sir Aydon ist es zweifellos so, daß die falsche Funktion eines Körperteils allmählich den ganzen Menschen zu beeinträchtigen droht.«

»Aber wie können Sie ihn je dazu bringen, seine Zustimmung –«

»Nun, was das betrifft«, sagte er lächelnd, »habe ich mir etwas ausgedacht, was ich vielleicht besser im Augenblick noch für mich behalte, damit Sie später, falls Vorwürfe laut werden sollten, wahrheitsgemäß sagen können, daß Sie weder daran beteiligt waren noch Kenntnis davon hatten. Ich kenne nämlich Ihre etwas zweifelhafte Stellung im Haus. Ihre Schwester Isa – wenn ich sie so nennen darf – hat mir bei meinem letzten Besuch Ihre Lage dargelegt. Ich meine Ihre durchaus lobenswerte und selbstlose Substitution – den Austausch – mit der *anderen* Miss Louisa.«

Alveys Herz tat einen heftigen Sprung. Sie blieb stehen und sah ihn entgeistert an.

»Sie wissen Bescheid? Sie wußten es die ganze Zeit?«

»Nicht die ganze Zeit, aber nach Miss Isas Geständnis – ja, da wußte ich es. Am Tag vor der Hochzeit, auf einem Spaziergang, erzählte sie mir alles.«

»Isa hat Ihnen alles erzählt? Ohne mich zu fragen? Wie konnte sie!« stieß Alvey hervor. »Grundgütiger, ich verliere noch den Verstand.«

Was sie so tief traf, war nicht der Umstand, daß der Major nun ihr Geheimnis kannte – das war schon schlimm genug, doch irgendwie spürte sie, daß er sie nicht verraten würde. Nein, was sie bis in die Grundfesten ihres Wesens erschütterte, war die Tatsache, daß er es von Isa erfahren hatte. Von Isa, auf die, wie sie geglaubt hatte, felsenfest Verlaß war. Ausgerechnet Isa ...

War denn kein Mensch so, wie er schien?

Major Fenway sagte lächelnd: »Sie dürfen nicht allzu hart mit Isa ins Gericht gehen. Ich hatte schon eine leise Ahnung von der Wahrheit – und ich habe von Berufs wegen, so könnte man sagen, eine gewisse Fertigkeit, das Vertrauen meiner Mitmenschen zu gewinnen, sie aus ihrer Deckung zu locken. Immerhin ist das mein Metier, ich gedenke es zu meinem Lebenswerk zu machen.«

»Mag sein«, versetzte Alvey. »Trotzdem – ich hätte das Isa nie zugetraut.«

Bei sich dachte sie, daß Major Fenway neben der beruflichen Fertigkeit, derer er sich zweifellos zu Recht rühmte, in diesem Fall ein Umstand zu Hilfe gekommen war, bei dem sie nicht hätte sagen können, ob er James' Freund bewußt war oder nicht. Isa hatte ihn von Anfang an gut leiden können, sie war gern mit ihm zusammen und hatte beträchtliches Vertrauen zu ihm gefaßt. Alvey hatte schon hin und wieder überlegt, ob Isa nicht ein wenig in den Major verliebt war, und sich auch gesagt, wie adäquat und überaus erfreulich eine Verbindung zwischen zwei Menschen von so warmherzigem, menschenfreundlichem Wesen, beträchtlichen Geistesgaben und einigem Sinn für Humor doch wäre. Mit Schönheit gesegnet waren sie freilich beide nicht, aber vielleicht fühlten sie sich gerade deshalb zueinander hingezogen.

»Sie sind doch ein gefährlicher Mensch«, sagte sie und musterte den Major mit leiser Ironie. »Wie kann ich es nach all den Verlogenheiten, die Sie an mir entdeckt haben müssen, je wieder wagen, ein Gespräch mit Ihnen anzufangen? Das war wirklich zu arg von Isa.«

»Ganz im Gegenteil«, sagte er munter. »Ich hoffe sehr, daß

meine Offenbarung die Grundlage für eine ungezwungenere Beziehung zwischen uns geschaffen hat. Müßte es nicht eine Wohltat für Sie sein zu wissen, daß es einen Menschen gibt, vor dem Sie, nachdem Meg und Isa das Haus verlassen haben, nicht auf der Hut zu sein brauchen?«

»Das steht noch dahin. Generell fällt es mir am leichtesten, den Schein zu wahren, wenn ich immer und überall auf der Hut bin, selbst wenn ich mich unbeobachtet glaube.«

»War das der Grund, warum James nicht eingeweiht wurde?« fragte er neugierig.

»Zum Teil ... Aber nein, Meg und Isa hielten es für das beste, es hätte womöglich zu einer gewissen Peinlichkeit, einer Beklemmung zwischen James und mir kommen können«, erläuterte Alvey und schien mit ihrem gedrückten Ton geradezu den Beweis für die Richtigkeit dieser Vermutung zu erbringen. »Und mir selbst wäre es auch lieber, wenn er es nicht zu erfahren brauchte. Sie ... Sie haben es ihm doch nicht gesagt?« fragte sie erschrocken. »Ich würde es wirklich vorziehen, wenn er es nicht wüßte, er würde sehr schlecht von mir denken.«

»Nein, nein, beruhigen Sie sich. Von mir soll er es nicht erfahren, das verspreche ich Ihnen. Aber jetzt erzählen Sie mir von sich. Ich gestehe, daß ich sehr gespannt darauf bin, Ihre Geschichte zu hören. Daß Sie Schriftstellerin sind, weiß ich bereits, Isa sagte mir, daß Sie an einem Roman arbeiten. Und daß Sie aus Amerika kommen. Darüber hinaus tappe ich völlig im dunkeln.«

»Und in Ihrem beruflichen Wissensdrang fiebern Sie danach, mehr zu hören? Sie brennen darauf zu erfahren, was ein offenbar gut erzogenes, gebildetes, im Besitz ihrer fünf Sinne befindliches Frauenzimmer dazu bringen mag, sich auf einen so hinterhältigen, verwerflichen Plan einzulassen?«

»Legen Sie mir nicht solche Worte in den Mund! Ich sitze hier nicht zu Gericht. Was mich in der Tat höchlich interessiert, ist der starke schöpferische Impuls – der Drang, sich auszudrücken, sich mitzuteilen, ein eigenes Werk hervorzubringen –, der Sie zu so einem Schritt getrieben haben muß. Ich möchte soviel wie möglich über Ihre frühen Jahre und Ihre Familie, mit einem Wort, Ihre Vorgeschichte, erfahren.«

So einem Appell läßt sich kaum widerstehen. »Nun denn, ich sehe keinen Grund, Ihnen etwas zu verschweigen«, versetzte Alvey. »Aber müßten Sie sich nicht eigentlich im Haus melden?«

»Durchaus nicht«, erwiderte er. »Ich habe vor, mich erst zur Zeit des Dinners dort einzustellen, denn dann kann Sir Aydon mir entsprechend der hierzulande geltenden Gesetze der Gastfreundschaft unmöglich die Tür weisen. Sie merken schon – ich bin ein gewissenloser Mensch, der seine Schritte mit Bedacht geplant hat.«

»Warum sind Sie dann so früh gekommen?«

»Erstens, weil ich mit Ihnen sprechen wollte.«

»Das schmeichelt mir nicht, da ich weiß, daß der Beweggrund ausschließlich berufliches Interesse war. Und zweitens?«

»Ich will morgen sehr zeitig – gegen sechs, wenn nicht früher – aufbrechen und Sir Aydon mitnehmen, wenn meine Mission erfolgreich war, und deshalb wollte ich meinen Pferden eine lange Rast gönnen.«

»Sehr praktisch gedacht. Freilich kann ich mir beim besten Willen nicht vorstellen, wie Ihre Mission erfolgreich sein könnte – selbst ich, mit meiner fruchtbaren schriftstellerischen Phantasie vermag mir nicht auszumalen, wie Sie das Kunststück fertigbringen wollen. Aber wir werden sehen. Einstweilen dürfen Sie mich gern fragen, was Sie wollen.«

»Erzählen Sie mir zuerst ein wenig von Louisa. Ich habe sie mir von Isa, von James und von Meg beschreiben lassen, aber es würde mich interessieren, wie sie bei Ihnen vorgegangen ist, um den Tausch zustandezubringen, denn der Plan stammt gewiß nicht von Ihnen.«

»Nein, das ist wahr. Ich habe mich sehr gesträubt...«

Alvey berichtete von ihrem Gespräch mit Louisa und von der erstaunlichen, unbeirrbaren Beharrlichkeit dieser jungen Dame. »Sie ist ungeheuer energisch. Darin ist sie ein bißchen Ihnen ähnlich, Major Fenway – was sie sich einmal vorgenommen hat, führt sie auch durch. Als Missionarin wird sie bestimmt sehr tüchtig sein. Ich glaube, zum Schluß hat sie mich einfach zermürbt.«

»Und jetzt erzählen Sie mir von Ihren Eltern. Sind sie tot? Wer waren sie? Was waren sie?«

»Ja, da stoßen Sie wohl in gewisser Weise zum Kern der Dinge vor«, sagte Alvey. »Zumindest werden Sie es möglicherweise so sehen. Nein, meine Eltern sind nicht tot, aber sie sind für mich verloren.«

»Inwiefern? Schildern Sie mir die beiden.«

»Sie lebten in New Bedford. Die Familie meiner Mutter, die Alveys, stammten aus Lincolnshire, die meines Vaters, die Clements, aus Devon. Er war Lehrer und Prediger. Als ich zehn war – meine Eltern hatten sich wohl schon einige Zeit in New Bedford nicht wohlgefühlt, sie empfanden die Menschen dort als engstirnig, voreingenommen, bigott –, geriet mein Vater unter den Einfluß eines deutschen Predigers, eines Westfalen namens Friedrich Müller, der ihn einlud, in eine religiöse Gemeinschaft in einer von ihm in Union County, Indiana, gegründeten Stadt einzutreten, die sich Unison nannte.«

»Eine klösterliche Gemeinschaft?«

»Nicht ganz, aber zölibatär. Die Ehepaare lebten dort getrennt, und Kinder wuchsen, falls vorhanden, in einem separaten Camp auf und sahen ihre Eltern nur gelegentlich. Alle lebten wie Bruder und Schwester in Christo miteinander.«

»Und Sie waren damals zehn? Traten Sie der Gemeinschaft bei?«

»Nein«, erwiderte Alvey. »Der Gedanke war mir unerträglich. Ich konnte mich nicht damit abfinden, als das ... das ein wenig fragwürdige Produkt der Vereinigung meiner Eltern angesehen zu werden. Ich liebte sie, ich hatte geglaubt, daß auch sie einander liebten. Daß dies alles nun gewissermaßen null und nichtig sein sollte, war mir schrecklich. Ich hatte eine starke Abneigung gegen Herrn Müller gefaßt, und die Art, wie er mit mir umging, mißfiel mir sehr. Wenn ich schon meine Eltern verlieren sollte, sagte ich, so wollte ich sie lieber ganz verlieren, wollte eher in ein Waisenhaus gehen als an ihrer Seite in einer Art Gefängnis zu vegetieren, in dem wir uns alle anders geben mußten, als wir in Wirklichkeit waren.«

»Ein resoluter Standpunkt für eine Zehnjährige.«

»Mag sein. Doch meine Eltern hatten mir, seit ich lesen konnte, stets eingeprägt, ich müsse es lernen, selbständig zu urteilen und zu denken. Sie waren beide sehr fromm ... opferfreudig ... weltabgewandt ... Das mag die Trennung erleichtert haben. Leicht war sie trotzdem nicht. Zu meinem Glück blieb mir das Waisenhaus erspart. Eine ältere Base nahm mich auf und sorgte für meine Ausbildung. Sie war es, die mich ins Pensionat nach England schickte, denn ich sollte mich einmal als Lehrerin selbst durchbringen können. Doch sie starb, noch ehe ich meine Studien an der Abbey School abgeschlossen hatte. In den letzten beiden Jahren war ich dort Lehrerin und Schülerin zugleich. Haben Sie genug gehört?«

»Bei weitem noch nicht. Was wurde aus Ihren Eltern? Hören Sie hin und wieder noch von ihnen?«

»Nein, nie. Auch dies gehörte zu den Verpflichtungen, die man in Unison eingehen mußte: Daß die Mitglieder der Gemeinschaft keine der Verbindungen wieder aufnehmen durften, die sie bei ihrem Eintritt gelöst hatten. Ich könnte mit meinen Eltern nur dann wieder zusammenkommen, wenn ich in die Gemeinschaft einträte.«

»Und diese Absicht haben Sie nicht?«

»Nie und nimmer.«

»Es ist eine interessante Umkehrung«, sagte er. »Statt des Kindes, das von daheim ausreißt, sind es die Eltern, die sich davonmachen.«

»Sehr interessant«, sagte Alvey so trocken, daß er lachen mußte.

»Sie sind eine beängstigende junge Dame, Miss ... darf ich Sie Alvey nennen? Himmel, und Sie nennen mich gefährlich? Sie, so meine ich, sind es in weit höherem Maße.«

»Warum, wenn ich fragen darf?«

»Weil Sie erfuhren, welchen Schaden hehre Grundsätze anrichten können, und sich dagegen immunisierten. Jetzt begreife ich, weshalb Louisa Winships Berufung zur Missionsarbeit eine Saite in Ihnen zum Klingen brachte.«

»Ich weiß nicht einmal, ob es das war«, sagte Alvey ernst. »Vor allem reizten mich ihre hohen Ansprüche. Ich war so gut wie sicher, daß sie auf Scheinheiligkeit beruhten, daß sie sich, ließe man ihr nur den Willen, über Nacht in nichts auflösen würden.«

»Haben Sie deshalb beschlossen, ihr den Willen zu lassen?«

»Vielleicht. Ich wollte sehen, ob –«

»– ob sie in ihrer Entschlossenheit wankend werden würde?«

»Nein ... ja ... vielleicht. Ich wollte sehen, wie sie sich verhielt. Bisher, das gebe ich zu, haben sich meine Zweifel nicht bestätigt. Und natürlich wollte ich auch wissen, welcher Art ihre Schwestern und die übrigen Familienmitglieder waren, wollte Einblick nehmen –«

»Einblick nehmen, ganz recht. Sie und ich«, sagte Major Fenway, »haben viele Gemeinsamkeiten. Ich bin sehr gespannt auf den Roman, an dem Sie arbeiten. Kommen Sie gut voran?«

Alvey lachte. »Ja, danke der Nachfrage. Aber Sie würden nichts von ihm halten, Major Fenway, er ist ein höchst frivoles Machwerk, eine Läpperei, die Ihrer nicht würdig ist. Ein Gentleman liest so etwas nicht, Gentlemen lesen philosophische Traktate oder die Werke von Samuel Johnson.«

»Ich persönlich ziehe Shakespeare vor.«

»Sehen Sie! Dann ist mein Held gewiß nicht nach Ihrem Herzen.«

»Es überrascht mich, daß Sie die Stimmung auf Birkland Hall als kongenial für eine solche Betätigung empfinden, besonders da neuerdings so viele Haushaltspflichten auf Ihnen lasten.«

»Ja, und wenn es Ihnen gelingt, Sir Aydon zu entführen, werden es gewiß noch mehr. Lady Winship ist in einer recht sonderbaren Verfassung, sie trifft keine Anstalten, ihre Rechte und Pflichten in der Führung des Hauswesens wieder wahrzunehmen.«

»Die Ärmste, das ist kein Wunder. Nach dem, was sie durchgemacht hat...«

Er sah Alvey nachdenklich an, als sei er drauf und dran, ihr etwas anzuvertrauen, doch dann überlegte er es sich offenbar anders und fragte: »Und was hören Sie von der echten Louisa? Entspricht das Leben, das sie jetzt führt, ihren Erwartungen?«

»Sie hat ihr Reiseziel noch gar nicht erreicht. Den nächsten Brief erwarte ich aus Madagaskar. Aber sie kommt mir tatsächlich vor wie ein aus dem Käfig befreiter Vogel, die Mission war zweifellos die richtige Entscheidung für sie, und ich räume gern ein, daß ich mich geirrt habe. Doch jetzt erzählen Sie bitte von James. Gefällt ihm das Studium? Hat ihm Sir Aydons zorniger Brief großen Kummer gemacht? Hat er sich schon an sein Holzbein gewöhnt? Hat er den Verdruß über die ungerechtfertigten Vorwürfe im Hinblick auf das tote Kind leidlich überwunden?«

»Sie legen ein lebhaftes Interesse für James an den Tag.«

»Warum nicht... Er interessiert mich. Freilich nicht mehr als die anderen Familienmitglieder«, erwiderte Alvey frostig, obschon sie unter seinem Blick leicht errötete. Alle außer Meg und Parthie, dachte sie.

»Nun gut, ich will Ihre Fragen beantworten. Ja, James findet großen Gefallen am Studium. Er besitzt eine wache Intelligenz, bringt seinem Fach echtes Interesse entgegen und hat somit die besten Aussichten, die Hochschule erfolgreich zu absolvieren.

Nein, der Brief seines Vaters hat ihn nicht über Gebühr bekümmert, er hatte etwas in der Art erwartet und setzt große Hoffnungen in meinen Besuch. Ja, er hinkt ganz vergnügt auf seinem Holzbein umher und ist dank seines ansprechenden Äußeren und seines mitleiderweckenden Zustandes schon emsig dabei, etlichen Professorentöchterlein den Kopf zu verdrehen.«

»Ah so«, sagte Alvey.

»Ich halte es für meine Pflicht, Sie darauf hinzuweisen, damit Sie sich nicht allzu lebhaft für James interessieren, daß sein Herz nie gänzlich frei ist. Seit ich ihn kenne, hat er es fünf- oder sechsmal verloren, das letzte Mal an meine fast ebenso unbeständige Schwester. Glücklicherweise ist nichts daraus geworden. James ist einer meiner besten Freunde, er ist ein lieber, kluger Bursche, aber entschieden nicht der Stoff, aus dem man Ehemänner macht.«

»Sie wollen doch nicht etwa andeuten, daß er in der Tat der Vater von Annie Herdmans Kind war?« fragte Alvey empört.

»Nein, nein, erregen Sie sich nicht. Die Geschichte dieses armen Kindes ist ein trauriges Geknäuel, das nur die Zeit zu entwirren vermag – hoffentlich. Nein, ich bin ganz sicher, daß James mit diesem Unglück nicht das mindeste zu schaffen hatte ...«

»Dennoch halten Sie es für angebracht, mich vor ihm zu warnen. Warum eigentlich? Sie brauchen sich schließlich nicht für mich verantwortlich zu fühlen. Und ... und überhaupt werden James und ich uns vermutlich nie wiedersehen, wenn sein Vater sein Medizinstudium derart mißbilligt, daß er ihm das Haus verbietet. Überdies hat James nicht das mindeste Interesse an mir.«

Alvey konsultierte die Uhr an ihrem Gürtel, so daß ihr der mitfühlende Blick entging, mit dem ihr Begleiter sie musterte. »Die Zeit vergeht«, sagte sie. »Ich muß zurück und meine Mutter ... Lady Winship im Rollstuhl ausfahren, es ist eine tägliche Gewohnheit geworden. Was werden Sie mit Ihrer Zeit anfangen, bis Sie Sir Aydons Gastfreundschaft in Anspruch nehmen?«

»Ich werde ins Dorf hinuntergehen«, sagte er. »James hat mir erzählt, daß seine alte Kinderfrau dort wohnt, eine Mrs. Claver, der ich Grüße von ihm zu überbringen habe. Vielleicht weiß sie auch etwas über den Kleinen.«

»Das glaube ich kaum, sonst wäre es inzwischen schon herausgekommen. Wir sehen uns später, Major Fenway«, sagte Alvey rasch und wandte sich zurück zum Haus. Er sah ihr nach, und sein Blick verriet noch immer nachdenkliches Mitgefühl.

Alvey beschloß, im Lauf des Nachmittags Amble beiseitezunehmen und ihn von Major Fenways Absicht in Kenntnis zu setzen. Sie wußte, daß Amble sehr an Sir Aydon hing, und hatte von Anfang an bei sich gedacht, daß er weit besser als Mr. Thropton geeignet gewesen wäre, seinem Herrn die Vorteile von Mr. Harles Behandlung vor Augen zu führen.

Sie fand ihn im Anrichteraum, wo er mit einer Mischung aus frischer Milch und Hirschhornsalz das Silber putzte. Er stand auf. In seiner Begrüßung schwang neben der gewohnten Höflichkeit ein neuer Ton der Herzlichkeit und Hochachtung.

»Wie geht es Stridge, Amble?«

»Ganz gut, Miss Emmy, der Junge hat nur noch ein Pflaster auf der Backe, und auch das wird er in zwei, drei Tagen wieder los sein. Aber er hat jetzt Bange vor Sir Aydon, und wenn's nicht sein muß, läßt er sich unten nicht sehen.«

»Eben deshalb wollte ich mit Ihnen reden, Amble. Major Fenway ist wieder da, wie Sie sicher wissen.«

»Ja, Blackett hat mir gesagt, daß seine Kutsche im Stall steht und er selbst ins Dorf runter ist.«

Hier kann nichts geschehen, ohne daß es sich sogleich herumspricht, dachte Alvey. Es scheint fast unmöglich, daß nicht irgend jemand weiß, wer der Vater von Annies Kind war.

»Der Major wird zum Dinner kommen und hier übernachten. Ich fürchte, Sir Aydon wird nicht erbaut sein, aber... aber ich glaube, er wird keine Einwände erheben.«

»Ganz gewiß nicht, Miss. Im Grunde hält er den Major für einen wackeren Kerl, und da er einmal Brot und Salz von ihm genommen hat, kann er ihn nicht vor die Tür setzen.«

»Eben. Der Major hat mir erzählt, daß er einen neuen Plan ersonnen hat, um Sir Aydon zu der Reise nach Edinburgh zu bewegen, zur Heilung seiner Beine.«

Amble stieß einen tiefen Seufzer aus.

»Ach, wenn er's doch täte, Miss Emmy! Wie oft hab ich das nicht schon gesagt. Aber Sie kennen ja Sir Aydon, wenn der nicht will, ist ihm nicht zu raten und nicht zu helfen, er ist stur wie ein Bock. Wenn es dem Major gelingt, ihn umzustimmen, wär das die beste Tat seines Lebens.«

»Er hat es jedenfalls vor, Amble, und wenn Sie ihm dabei helfen können, sollten Sie es tun.«

»Was ich kann, das mach ich, Miss Emmy, da können Sie sich drauf verlassen.«

13

Das abendliche Dinner war eine recht ungemütliche Angelegenheit, aber Alvey hatte es nicht anders erwartet.

Sir Aydon erwies dem ungeladenen Gast die schickliche Höflichkeit, aber mehr auch nicht. Er sprach nicht von seinem Sohn, sondern ließ sich mit großer Ausführlichkeit über Helvoetsluys in Flandern und die Belagerung von Dünkirchen aus. »Das waren noch Zeiten«, sagte er immer wieder, den Krieg in Spanien und spätere Schlachten wie Waterloo entschlossen ignorierend. »Abercromby, *das* war ein General ...«

Lady Winship, der die Offenheit, mit der sie sich in ihrer ersten Verzweiflung nach der Verwüstung des Gartens James' Freund anvertraut hatte, peinlich sein mochte, saß schweigend und in sich gekehrt dabei und beteiligte sich nicht an dem Gespräch. Auch

Alvey war gehemmt in dem Bewußtsein, daß der Major von ihrer Täuschung Kenntnis hatte, versuchte aber, die Unterhaltung so gut wie möglich in Gang zu halten. Parthie ließ es sich, wie stets, trefflich schmecken, hüllte sich aber weitgehend in schmollendes Schweigen. Offenbar hatte sie dem Major immer noch nicht verziehen, daß er damals, als sie mit ihrem blauen Auge das Bett gehütet hatte, nicht bei ihr vorbeigekommen war. Er erkundigte sich wohl freundlich, ob sie inzwischen ganz wiederhergestellt sei, doch sie gab sich unversöhnlich und brummelte nur eine einsilbige Antwort. Nish und Tot erkundigten sich begierig nach ihrem Bruder, ihr Vater aber hieß sie schweigen und fügte, sich an Fenway wendend, hinzu: »Sollten Sie in der Erwartung hergekommen sein, mich zu diesem unsinnigen Plan zu überreden, den James da ausgeheckt hat, lassen Sie sich nur gleich sagen, daß Sie Ihre Zeit verschwenden. Fünfzig Pfund für ein derart hirnrissiges Unternehmen? Da wüßte ich bei Gott mein Geld besser anzulegen. Fünfzig Pfund! Davon könnte ich ein ganzes Jahr die Steuern für meine Kutsche und meine Pferde zahlen und den Kutscherlohn obendrein. Nein, den Gedanken schlagen Sie sich nur ganz schnell aus dem Kopf. Und sollten Sie gekommen sein, um sich für James zu verwenden, können Sie Ihren Atem sparen – ich will nichts hören.«

»Das verlange ich auch gar nicht, Sir«, versetzte Major Fenway und brachte das Gespräch auf die Fuchsjagd, womit er bedeutend mehr Glück hatte. Nachdem Sir Aydon nicht mehr selbst zur Jagd ritt, war auch die Verbindung zu seinen Jagdgefährten abgerissen, und er hatte niemanden mehr, mit dem er Reminiszenzen über die eine oder andere denkwürdige Hatz und verschlagene Füchse austauschen konnte. Bald schwelgte er in wehmütigen Erinnerungen. »Die Füchse von Simonside, so heißt es, sind die gerissensten im ganzen Land«, erklärte er stolz und erzählte in liebevollem Detail von einer staunenswürdigen

Jagd, bei der ein schwanzloser Fuchs die Hunde von Croppie's Hole auf Simonside bis ins Tal des Coquet in Amble Sands gelockt hatte.

»Über zwanzig Meilen. Alle Teufel, Füchse wie diese gibt es heutzutage gar nicht mehr.«

»Der arme Fuchs«, klagte Nish unvorsichtig. »Stellt euch vor, auf diese Art zu sterben, im Meer, so viele Meilen von zu Haus.« Sie wurde ganz blaß, und ihre Augen füllten sich mit Tränen.

Auch Tot war bleich geworden, er schluckte und sah auf seinen Teller herunter.

»Halt den Mund, Miss«, donnerte ihr Vater. »Marsch ins Bett, ihr zwei.«

Sie waren froh, so glimpflich davongekommen zu sein.

Lady Winship, Alvey und Parthie zogen sich frühzeitig in den Salon zurück, doch Alvey warf Major Fenway, der höflich aufgestanden war, als die Damen die Tafel aufhoben, einen ängstlichen Blick zu. Er lächelte begütigend, wandte sich um und setzte sich wieder, während Amble zwei Karaffen neben seinem Herrn abstellte.

»Man erzählte mir, daß Sie freiwillige Kavallerie hier in der Gegend stehen haben, Sir. Wie stark ist die Einheit?« hörte sie den Major fragen.

»Ganz recht. Die Coquetdale Rangers. Wackere Burschen, alles, was recht ist, und nicht übel beritten und ausgerüstet. Vor meiner Behinderung habe ich sie befehligt, aber damit ist es jetzt vorbei. Nachdem ja nun Napoleon besorgt und aufgehoben ist, werden sie auch nicht mehr benötigt, ich glaube gar, sie haben sich aufgelöst. Dabei wäre so eine Truppe in unserem Bezirk gewiß nicht das schlechteste, man hört doch jetzt so viel von Unruhen und verbrannten Heuschobern im Süden ...«

Die Damen verweilten lange und in beträchtlicher Unruhe im Salon, jeden Augenblick auf Geschrei, Gepolter oder Geklirr gefaßt. Doch im Speisezimmer plätscherten die Stimmen in unveränderter Lautstärke stetig dahin. Als Lady Winship schließlich nach Amble und dem Tee klingelte, fragte sie: »Was meinen Sie, Amble, ob die Herren bald kommen?«

»Das kann noch eine Weile dauern, Mylady. Sir Aydon hat gerade nach einer neuen Flasche geschickt, aber er ist nicht nervös oder verärgert dabei. Der Major weiß so still und behaglich zu erzählen, es ist eine Freude, ihm zuzuhören.«

Die Damen tranken schweigend ihren Tee, und danach begab sich Parthie gähnend zur Ruhe. Geraume Zeit später betrat Major Fenway leise den Salon.

»Ich weiß, es ist schändlich spät, und ich muß sehr um Entschuldigung bitten, Ma'am«, sagte er, »aber mit einer Tasse Tee könnten Sie mich jetzt zum glücklichsten aller Menschen machen.«

Er wirkte völlig nüchtern, heiter und ganz ungezwungen.

»Ist mein Mann... kommt er nicht?« fragte Lady Winship unruhig und reichte dem Major seine Tasse.

»Er ist ein wenig schläfrig... nach den vielen Jagdgeschichten. Amble hilft ihm auf sein Zimmer. Ich kann Ihnen berichten«, erklärte der Major, nachdem er seinen Tee in einem Zug getrunken und die Tasse auf das Tablett zurückgestellt hatte, »daß mein Vorhaben gelungen ist. Ich habe ihn dazu bewegt, mich morgen nach Edinburgh zu begleiten und sich in Mr. Harles Behandlung zu begeben.«

»Was?«

»Das ist doch nicht möglich!« erscholl es zweistimmig. Der Major lächelte milde.

»Doch, es ist wahr, Amble ist Zeuge. Weil es aber immerhin sein könnte, daß Sir Aydon es sich im Laufe der Nacht anders überlegt oder daß ihm beim Aufwachen seine Entscheidung entfallen ist, habe ich vor, morgen sehr früh, nämlich bereits um halb fünf, aufzubrechen. Amble billigt diese Entscheidung, und ich freue mich, Ihnen mitteilen zu können, daß er seinen Herrn begleiten und in Edinburgh bleiben wird, um ihn während der Behandlung zu betreuen.«

»O, das ist ...« sagte Lady Winship hilflos. »Wie sehr ... ja, eine vortreffliche Idee. Amble ist seinem Herrn so sehr ergeben, es wird ... Aber ist es auch gewiß wahr, Major Fenway? Sie irren sich nicht?«

»Nein, ich irre mich nicht.« Er lächelte. »Sie dürfen mir glauben, daß ich recht überzeugend zu reden verstehe. Doch wenn Sie mich jetzt entschuldigen wollen ... da wir so sehr früh aufbrechen werden ...«

»Aber ja, natürlich. Nun, ich muß schon sagen, eine solche Überraschung ist mir in meinem ganzen Leben noch nicht begegnet.«

»Und das geht alles mit rechten Dingen zu?« sagte Alvey leise zu Fenway, während sie ihn unter dem Vorwand, Kerzen für die Schlafzimmer anzünden zu wollen, in die Halle begleitete. »Dieser plötzliche Sinneswandel hat nichts Böses zu bedeuten?«

»Amble ist mein Zeuge«, beteuerte er tugendhaft, »daß ich Sir Aydon nur mit einem von mir beigestellten trefflichen Bordeaux versorgt und ihn ermutigt habe, mir von der Reiterei zu sprechen. Als der Abend zu Ende ging, war er so begierig, wieder im Sattel zu sitzen, daß eine Reise nach Edinburgh ihn eine Kleinigkeit dünkte, wenn sich damit dieses Ziel erreichen ließ. Ich glaube, er hätte mich bereitwillig bis nach Land's End begleitet. Doch möchte ich, wie gesagt, morgen schon sehr früh zum Aufbruch blasen, solange er noch schläfrig ist – für den Fall, daß sich Bedenken oder Anwandlungen von Wankelmut einstellen.«

»Soso ... Was war in dem Bordeaux?«

»Jetzt sehe ich einmal die dichterische Phantasie am Werk – stets nach Intrigen und bösen Absichten Ausschau haltend. Gute Nacht und angenehme Ruhe ...«

Er nahm ihr seine Kerze ab und lief leichtfüßig die Treppe hinauf.

Alvey hatte sich vorgenommen, rechtzeitig zur Verabschiedung der Reisenden aufzustehen, aber sie verschlief. Als sie um fünf hinunterkam, war die Kutsche des Majors verschwunden, und Stridge räumte gedankenverloren das Frühstücksgeschirr ab.

»Amble is mit dem Herrn mitgefahrn«, teilte er Alvey mit.

»Und Sir Aydon ist bereitwillig mitgegangen? Er war nicht... er hat es sich nicht anders überlegt?«

Stridge feixte, um die Narbe herum kräuselte sich seine glatte, junge Wange.

»Bißchen dösig war er wohl, aber dann hat er ne Tasse Kaffe getrunken und is bei dem Major mitgegangen wie'n Lamm. Der Major Fenway, der hat so 'ne beruhigende Art zu reden, der wär gut für die Gäule, wenner man nich'n Herr wär un'n Dokter noch dazu...«

Alvey nahm ein leichtes Frühstück zu sich, und sobald es hell wurde, machte sie, da weder Lady Winship noch die Kinder schon auf waren, einen kleinen Spaziergang zu dem stillen, bereiften Fichtenwäldchen hinüber.

Es herrschte klirrender Frost, außer dem Schnalzen eines Fasans war kein Vogellaut zu vernehmen. Wie weit mag die Kutsche schon sein, überlegte Alvey. Wann wird sie in Edinburgh eintreffen? Was um Himmels willen werden James und sein Vater einander zu sagen haben? Vielleicht aber begegnen sie sich auch gar nicht, vielleicht bringt Guy Sir Aydon auf dem schnellsten Wege zu diesem Phineas Harle.

Seit wann nannte sie den Major in Gedanken Guy? Vielleicht seit sie wußte, daß er ihr Geheimnis teilte. Er ist schon ein sonderbarer Mann, dachte Alvey. Mit seinen Mitmenschen zu reden, sie von seiner Vertrauenswürdigkeit zu überzeugen und ihnen ihre Geheimnisse zu entlocken, scheint seine Lieblingsbeschäftigung zu sein – eine Beschäftigung etwas fragwürdiger Art, möchte ich meinen. Vermutlich glaubt er noch, es sei zu ihrem Besten. Ob das aber immer der Fall ist, scheint mir doch die Frage.

Dennoch mußte sie zugeben, daß sie sich auf wunderbare Weise erleichtert und getröstet fühlte, nachdem sie die Geschichte ihrer Eltern vor diesem anteilnehmenden, klugen Zuhörer ausgebreitet hatte. Allzulange waren die beiden in ihrem Innern eingesperrt gewesen, es war eine Wohltat, mit einem Dritten – einem unbeteiligten Dritten! – über die Eltern auch nur sprechen zu können. Base Hepzie war nichts weniger als unbeteiligt gewesen, sie war so heftig gegen Herrn Müller und seine Gemeinschaft eingenommen, daß jedes Gespräch, das man mit ihr über dieses Thema begann, nur Kummer und Schmerz brachte. Wäre Mr. Thropton als geistlicher Beistand von anderem Kaliber, dachte Alvey, hätte ich mit ihm reden können, aber seine Auslassungen wären mir keine Hilfe gewesen, und überdies habe ich den Verdacht, daß er kein verläßlicher Mitwisser, daß er sogar übler Nachrede durchaus nicht abgeneigt ist. Nie würde ich ihm ein Geheimnis anvertrauen.

Als sie den Rückweg antrat – die Kinder waren inzwischen sicher auf –, war sie nicht wenig überrascht, Mr. Thropton – wie von ihren Überlegungen aus dem Boden gezaubert – leibhaftig zu erblicken, der eilig durch das Fichtengehölz gestolpert kam. Sie näherte sich dem Haus aus einer anderen Richtung, und sie trafen am Löwenteich zusammen, den jetzt von den Farnwedeln und vom Kopf des Löwen hängende Eiszapfen zierten.

Was um alles in der Welt hat den würdigen geistlichen Herrn so früh aus den Federn gelockt, überlegte Alvey, während sie ihm höflich einen guten Morgen wünschte.

Er schien von der Begegnung unangenehm berührt.

»Ah ... guten Morgen, Miss ... äh ... ja ... so früh schon auf? Ich komme, weil ... das heißt, ich hörte ... daß ... äh ... Mr. James Winships Freund Major Fenway Sir Aydon zu bewegen trachtet ...«

»Wie lieb von Ihnen«, sagte Alvey. »Sie kommen, um ebenfalls in den Chor der Überredung einzustimmen. Das war gutnachbarlich gedacht, Mr. Thropton.«

Belustigt stellte sie fest, daß ihre Anwesenheit ihm äußerst peinlich zu sein schien.

»Nein ... das heißt ... nun denn ... ich hielt es für überaus unwahrscheinlich, daß Sir Aydon sich würde überreden lassen ... aber es hieß im Dorf, Major Fenway habe die Absicht, heute beizeiten wieder aufzubrechen ... und ich wollte Sir Aydon gern in einer bestimmten Angelegenheit sprechen ...«

»Wie überaus bedauerlich«, sagte Alvey teilnehmend. »Leider haben Sie ihn verfehlt, Mr. Thropton. Major Fenway war sehr daran gelegen, so bald als möglich nach Edinburgh zu kommen, sie sind daher weit vor Tagesanbruch losgefahren.«

»Soll das heißen, daß sie ... sie sind fort? Sir Aydon auch? Er hat Birkland verlassen?«

Mr. Thropton war völlig fassungslos.

»Ja, so ist es. Leider.«

Wäre Mr. Thropton kein Mann der Kirche gewesen, hätte er gewiß einen herzhaften Fluch ausgestoßen. Seine Augen quollen aus den Höhlen, sein rotes Gesicht färbte sich noch um einige Schattierungen dunkler.

»Ganz fort?«

Alvey nickte. Sie sah, daß er ein gefaltetes Blatt Papier in der Hand hielt, das ihr irgendwie bekannt vorkam.

»Wann«, fragte Mr. Thropton, indem er sich mit sichtlicher Mühe zu fassen suchte, »wann erwarten Sie Sir Aydon zurück?«

»Darüber kann ich nur Vermutungen anstellen. Major Fenway sagte mir, daß Mr. Harle nach Möglichkeit die Operation umgehend, das heißt in den nächsten zwei Tagen, durchführen wird, aber das ist natürlich nur der kleinste Teil der Behandlung. Die längste Zeit wird die Rekonvaleszenz in Anspruch nehmen. Bei einem Mann, der in den Sechzigern ist wie mein Vater, heilen die Knochen nicht mehr so schnell, es kann etliche Monate dauern.«

Mr. Thropton richtete einen äußerst unfreundlichen, ja geradezu haßerfüllten Blick auf Alvey.

»Miss ... Ihren wahren Namen kenne ich nicht ... lassen Sie es mich geradeheraus sagen: Mir ist der Umstand, der empörende Umstand bekannt, daß Sie eine Betrügerin, eine Hochstaplerin sind, daß es Ihnen ebensowenig ansteht, Sir Aydon als Ihren Vater zu bezeichnen als ... als ...« Er rang nach Worten.

»Als diesen Löwenkopf zum Beispiel?« ergänzte Alvey liebenswürdig. »War es das, was Sie Sir Aydon mitteilen wollten? Dann können wir uns in der Tat glücklich schätzen, daß er bereits abgereist ist. Eine solche Nachricht unmittelbar vor einer schwierigen und schmerzhaften Operation hätte die Aussichten auf baldige Wiederherstellung mit ziemlicher Sicherheit beeinträchtigt.«

Sie lächelte dem Pfarrer zu. Was wird er jetzt machen, dachte sie. Wird er Lady Winship um eine Unterredung ersuchen? Oder verspricht er sich von ihr nicht so viel? Natürlich hat er seine Weisheit von Parthie, sie hat mich wohl schon länger im Verdacht ...

Plötzlich wußte Alvey auch, warum das Blatt in seiner Hand ihr bekannt vorkam. Es war der langgesuchte Brief von Louisa. Sie streckte die Hand aus und nahm ihm das Blatt ab, ehe er es in die Tasche stecken konnte.

»Das ist mein Eigentum, wenn ich nicht irre ... Ja, ganz recht, Louisas Brief. Sie scheint in dem von ihr gewählten Beruf sehr glücklich zu sein. Ich frage mich, wie Sie an diese private Mitteilung kamen, Mr. Thropton?«

Er versuchte, ihr das Blatt zu entwinden, es riß entzwei, und die beiden Hälften fielen in den Löwenteich.

»Wie schade, jetzt ist die Tinte ganz abgewaschen. Aber auf dem Brief stand keine Absenderadresse, nur Port Elizabeth, ich hätte ihr ohnehin nicht antworten können. Es heißt ja, dem Teich wohnten Zauberkräfte inne, nicht wahr? Wir wollen hoffen, daß sie Louisas Erfolgsaussichten auf dem Felde der Heidenmission nicht nachteilig beeinflussen. Die Kinder glauben, daß der Teich Mithras gehört. Sie, Mr. Thropton, sind, wenn ich nicht irre, ein Fachmann für Mithraskunde. Haben die Kinder das von Ihnen erfahren?«

Es ist recht unfreundlich, ihn zu foppen, dachte sie, aber mit seinem Besuch hatte er für mich gewiß nichts Gutes im Sinn. Was war seine Absicht, was hoffte er mit seiner Enthüllung zu erreichen? Oder hat ihn nur die Wahrheitsliebe hergetrieben?

»Möchten Sie ins Haus kommen und auf Lady Winship warten? Sie wird wohl noch eine Weile auf ihrem Zimmer bleiben, wir waren gestern abend recht lange auf und –«

»Nein, nein«, brummelte er. »Das hätte keinen Wert.«

»Damit haben Sie wohl recht. Ich bezweifele, daß sie einer solchen Enthüllung gewachsen wäre oder weitergehende Entscheidungen zu treffen wüßte.«

Wie würde Lady Winship sich verhalten, überlegte Alvey. Würde sie erneut in Ohnmacht fallen? Würde sie sich weigern, seiner Geschichte Glauben zu schenken? Oder würde sie versuchen Zeit zu gewinnen, indem sie sagte, die Angelegenheit könne erst nach Sir Aydons Rückkehr in Angriff genommen werden? Vielleicht würde sie das eine tun, ohne das andere zu lassen ...

»Ein Jammer, daß Ihr Beweisstück dahin ist«, sagte sie mitfühlend.

»Das ist bei weitem nicht das einzige ...« versetzte Mr. Thropton böse. »Ich meine ... Parthenope sagte mir, daß sie Notizen, Memoranden von Ihrer Hand gesehen hat, aus denen klar hervorgeht, daß Sie nicht die sind, die Sie zu sein vorgeben ...«

Die kleine Kröte, dachte Alvey, dachte ich's doch gleich, daß jemand in meinem Schreibtisch herumgekramt hat. Nun denn, der Lauscher an der Wand hört seine eigene Schand. Was sie gelesen hat, dürfte vielfach nicht gerade schmeichelhaft für sie gewesen sein.

»Sie müssen natürlich tun, was Sie für richtig halten, Mr. Thropton. Fürs erste wünsche ich Ihnen einen guten Morgen, es ist kühl hier draußen, und die Kinder warten gewiß schon auf mich.«

Sie nickte ihm förmlich zu und betrat das Haus.

Hinter dem Fenster der Bibliothek hatte ein blasses Gesicht ihre Unterredung beobachtet. Sobald Alvey die Halle betrat, kam Parthie eilig aus der Bibliothek, fein aufgeputzt, das Haar zu einem griechischen Knoten gesteckt im Sonntagsstaat statt des gewohnten Alltagskleides, den Saum ausgelassen, um ihre unschönen Fesseln zu verbergen.

»War das nicht Mr. Thropton, mit dem ich dich draußen habe sprechen sehen? Warum ist er nicht hereingekommen? Wo ist er hingegangen?«

»Als er erfuhr, daß Sir Aydon vor vier Stunden abgereist ist, sagte er, sein Besuch hätte wohl keinen Wert. Er wollte Sir Aydon sprechen. Ich nehme an, daß er nach Hause gegangen ist.«

»Abgereist? Mein Vater ist nicht mehr da?« Parthie zeigte sich ebenso fassungslos wie der Pfarrer.

»Ja, sie dürften inzwischen schon auf halbem Wege nach Edinburgh sein. Offenbar wollte Mr. Thropton deinem Vater einen Brief zeigen. Bedauerlicherweise fiel er in den Löwenteich ... sehr verdrießlich für den Ärmsten ..., und da hat er es sich anders überlegt«, sagte Alvey mit ausdrucksloser Miene und ebenso ausdrucksloser Stimme.

Parthie lief rot an, biß sich auf die Lippen, zögerte einen Augenblick, dann lief sie die Treppe hinauf. Geräuschvoll schlug die Tür zu ihrem Zimmer hinter ihr zu.

Nish und Tot saßen bei ihrer Großmutter. Alvey hatte ihnen zugeredet, sich vormittags und abends jeweils in der Zeit, die sie gewöhnlich mit Lesen oder Zeichnen oder Schularbeiten verbrachten, zu ihr zu setzen. Sie hoffte, die jungen Stimmen und das geschäftige Treiben würden im Lauf der Zeit bei der alten Dame wieder bewußte Anteilnahme wecken. Während das eine Kind laut las oder rezitierte, saß das andere am Bett, massierte und bewegte sorgsam die kalten Greisinnenhände und rieb sie warm.

»Damit sie erkennt, daß wir es sind«, sagte Nish, »auch wenn sie uns nicht sehen kann.«

Denn die früher so durchdringend blickenden, kurzsichtigen Augen standen zwar offen, sahen aber ins Leere.

Duddy, die mit dieser Regelung sehr einverstanden war, hatte von Stridge und Surtees einen Arbeitstisch aus einer der Anrichtekammern holen lassen, auf dem die Kinder ihre Bücher und ihr Zeichenmaterial ausbreiten konnten. Tot hatte noch eine gute Idee gehabt. Er schlug vor, der alten Dame verschiedene interessante Gegenstände zur Ansicht zu bringen, »damit sie an was Besonderes zu denken hat«.

»Wir wissen nicht, ob sie denkt«, wandte Nish ein.

»Na, dann kann sie sich's immerhin anschauen.«

In einem der oberen Räume hatte eine frühere Dame des Hauses Winship, die einen weitgereisten Ehemann und mehr Zeit gehabt hatte, als ihr lieb war, so etwas wie ein kleines Museum eingerichtet. Aus diesem kalten, staubigen, wenig besuchten Gelaß holten die Kinder die verschiedensten Schätze: Das Modell einer Brücke aus Kork, den Stoßzahn eines Narwals, ein riesiges Bienennest aus Brasilien, glücklicherweise ohne Bienen, einen prächtigen seidenen Wandbehang, auf dem in munteren Stellungen indische Götter und Göttinnen zu sehen waren, und ein großes ausgestopftes Stachelmonster aus Borneo.

Über diese Importe war Duddy weit weniger erbaut. »Sie sind nicht hygienisch«, sagte sie. »Und allerwegen muß abgestaubt werden.«

»Das Stachelmonster läßt sich gar nicht abstauben. Und bestimmt schaut Großmama sie gern an.«

Nachdem die Kinder es ein paar Tage so getrieben hatten, sah das Zimmer der alten Dame aus wie ein orientalischer Basar.

»Sie können nicht immer mehr Sachen anschleppen, Miss Emmy, so geht das nicht weiter. Reden Sie mal mit den Kleinen, auf Sie hören die ja ...«

»Wie Sie meinen, Duddy. Aber ich habe den Eindruck, daß es Großmama schon ein bißchen besser geht, seit die Kinder bei ihr sind. Und sie geben sich große Mühe mit ihr.«

»Gute Kinder sind's, alles, was recht ist«, sagte Duddy, und auf ihrem in letzter Zeit so grimmigen Gesicht erschien der Schatten eines Lächelns.

»Und Sie meinen nicht, daß wir Dr. Cunningham aus Newcastle zurückholen sollten?«

»Nee, nee, der soll man bleiben, wo er is. Gehn Sie mir weg mit dem sein Aderlaß und seiner Schröpferei, das is doch gegen die Natur. Major Fenway is neulich mal kurz hier vorbei und hat gesagt, daß wir's schon richtig machen.«

»Es kommt mir sehr still vor im Haus ohne Papa«, sagte Nish, während sie sanft die Finger ihrer Großmutter beugte und streckte und wie Brotteig knetete. »Wie lange er wohl fort sein wird?«

»Major Fenway meint, daß es mindestens zwei Monate dauern kann, bis die Beine geheilt sind, sagt Emmy.«

»Armer Papa, es ist schlimm, daß er noch einmal all die Schmerzen erdulden muß.«

»Immerhin sind diesmal die Aussichten besser für ihn«, sagte Tot. »Im Grunde geschieht es ihm recht, weil er damals den alten Knochenflicker aus High Haugh hat kommen lassen. Hätte er genug Verstand gehabt, einen richtigen Chirurgen zu nehmen, wäre uns allen viel Kummer erspart geblieben.«

»Er fehlt mir. Komisch, ich hab gedacht, ich würde froh sein, wenn er weg ist, denn er war jetzt immer so böse, aber ich bin gar nicht froh. Ich fühl mich sicherer, wenn er im Haus ist.«

»Sicherer? Wovor mußt du denn Angst haben, du Gänschen?« fragte ihr Bruder verächtlich.

»Ach, du weißt schon ... Denk nur an den schlimmen Menschen, der den Stein auf Parthie geworfen und Mamas Garten kaputtgemacht hat.«

»Das war bestimmt der alte Amos Herdman, und der richtet sicher keinen Schaden mehr an. Daß er den Garten kurz und klein geschlagen hat, war ihm Rache genug, möchte ich meinen. Und überhaupt – der jagt mir keine Angst ein.«

»Mir schon«, sagte Nish fröstelnd.

»Du bist ja auch bloß ein Mädchen.«

»Ob Mama einen neuen Garten macht? Wir könnten ihr vielleicht helfen.«

»Vor April kann sie nicht anfangen«, bemerkte Tot. »Schau, wie es schneit.«

»Wenn die Straßen blockiert sind, kann Papa nicht zurück, auch wenn seine Beine wieder heil sind. Es ist abscheulich, wenn Winter ist und wir nicht an den Fluß können.«

»Immerhin – dieser Winter ist besser als der letzte.«

Nish nickte. Dann stieß sie hervor: »Schau nur, Tot, schau! Großmama sieht dich an.«

Kein Zweifel, die Augen der alten Dame waren auf Tot gerichtet.

»Komm näher heran«, flüsterte Nish. »Komm zum Bett. Nimm ihre andere Hand.«

Er legte beide Hände um die ihre und fragte: »Kannst du mich sehen, Großmama?«

Die tiefliegenden Augen ruhten auf ihm, schlossen sich, öffneten sich wieder.

»Sie sieht mich«, sagte er. »Ganz gewiß. Höre, Großmama: Blinzele zweimal, wenn du verstehst, was ich sage.«

Eine Pause, dann zwei langsame Lidschläge.

»Sie hört uns, sie versteht uns«, rief Nish beglückt und küßte die papierweiße Wange. »Bald wirst du wieder mit uns reden, Großmama.«

»Und mit uns zanken«, ergänzte Tot.

Wieder hoben und senkten sich die Lider, und ein Wangenmuskel zuckte.

»Was meinst du, soll ich Duddy holen? Oder Emmy?« fragte Tot seine Schwester.

»Nein, nein, die kommen ohnehin bald. Lärm und Aufregung kann Großmama jetzt nicht haben, man darf sie nicht hetzen. Zeig ihr doch was, Tot! Ganz langsam, damit sie es sich genau ansehen kann.«

So brachte er denn nacheinander die Korkbrücke, das Narwalhorn, die Schnitzereien aus Böhmen, die griechischen Vasen und das Stachelmonster ans Bett, und die alten Augen nahmen die Gegenstände zur Kenntnis und betrachteten sie. Der Wangenmuskel zuckte stärker, als das Stachelmonster zum Vorschein kam.

»In einer Woche kannst du wieder reden, Großmama«, sagte Nish. »Jetzt hör zu, ich sing dir was vor.«

Wenn du zum Whittingham-Jahrmarkt gehst,
Petersill und Thymian, Salbei, Rosmarin,
Dann grüß mir einen, den du dort siehst,
Lang, lang ist's her, da liebt ich ihn ...

»Das singst du immer«, sagte Tot.

»Natürlich. Es ist doch wegen Annie«, gab Nish zurück.

Es war eine Qual, jetzt, da der Höhepunkt der Geschichte so nahe war, da sie den ganzen Ablauf klar vor sich sah, sich von dem lokkeren Lord zu trennen. Alvey war hin- und hergerissen. Sie hätte am liebsten immer weitergeschrieben, streichend, überspringend, verdichtend, verkürzend, so beglückend war die Erregung, die

Lust, in halsbrecherischer Fahrt den letzten steilen Hang hinunterzuschießen. Andererseits war der Gedanke an den Abschied von ihren geliebten Figuren, der in beängstigendem Tempo näherrückte, schier unerträglich. Immerhin werde ich das Vergnügen haben, meine Geschichte noch einmal durchzuarbeiten, dachte sie. Vielleicht ist das sogar das Schönste an der ganzen Arbeit, denn dann sind Schöpfungsangst und Schöpfungsschmerz überstanden, und es geht nur noch um Verfeinerungen und die Vervollkommnung des Ganzen.

Endlich legte sie die Seiten zusammen, wickelte sie in ein Blatt Löschpapier und schloß den Schreibtisch ab. Den kleinen Messingschlüssel schob sie in das Täschchen an ihrem Gürtel. Außer Parthie würde es niemandem einfallen, in ihrem Schreibtisch herumzuschnüffeln, und etwas Verdächtiges war dort nicht mehr zu finden, aber die Vorstellung, Parthie könne als erste ihren Roman lesen, mit ungeschickten Wurstfingern die Seiten umwenden und sich verständnislos mit den geschliffenen Wortspielen herumplagen, erfüllte sie mit Widerwillen.

Seit Sir Aydons Abreise war aus Parthie kaum noch ein Wort herauszubringen. Meist saß sie in ihrem Zimmer über einer Handarbeit oder stichelte in der Nähstube an einem Kleid herum, sie übte mit lobenswertem Fleiß auf dem Klavier und zeigte Alvey ein böses Gesicht, wenn sich zufällig einmal ihre Blicke trafen. Von mir aus kann das gern so bleiben, dachte Alvey und stieg in den Turm hinauf, um den Kindern eine Lateinstunde zu geben.

Mr. Thropton hatte durch einen Gärtnerburschen ausrichten lassen, er sei stark erkältet und müsse zunächst den Unterricht ausfallen lassen.

Im Schulzimmer mußte Alvey zu ihrer Bestürzung feststellen, daß Tot auf einer gefalteten Decke auf dem Boden lag, während seine Schwester ihm sorglich den Kragen lockerte und den Kopf zur Seite legte.

»O Himmel, ein Anfall? Wie leid mir das tut. Können wir noch etwas für ihn tun?«

»Es ist ziemlich kalt hier oben, eine zweite Decke wäre gut.«

»Ich hole eine.«

Als Alvey zurückkam und der Junge warm eingepackt war, sagte sie: »Woher kam es diesmal, kannst du es dir denken?«

»Ja, sicher«, sagte Nish sachlich. »Es war wegen Großmama. Sie hat uns plötzlich angesehen und erkannt.«

»Mein Gott, bestimmt? Das wäre ja wunderbar.«

»Ja, bestimmt.« Nish erzählte, was sich zugetragen hatte. »Und vor lauter Freude und Aufregung hat er wieder einen seiner Zustände bekommen. Als er es gemerkt hat, war zum Glück inzwischen Duddy gekommen, und wir sind hier hinauf...«

»Der arme Junge, er nimmt sich alles so zu Herzen...«

Alvey sah auf den schmalen kleinen Körper hinunter, der sich unter der Decke abzeichnete, an deren einem Ende nur ein schwarzer Schopf hervorlugte.

»Jetzt kann ihm nichts mehr geschehen«, sagte die praktische Nish. »Wir können ihn ruhig alleinlassen. Sollen wir wieder zu Großmama gehen? Soll ich dir meine neue Geschichte erzählen?«

Drei Tage später fing Mrs. Winship plötzlich an zu sprechen. Alvey und die Kinder waren bei ihr. Tot sagte eine Liste lateinischer Präpositionen auf, Nish zeichnete ein Bild für ihre Großmutter, und Alvey massierte der alten Dame sanft Arme, Nacken und Schultern.

»*A, ab, absque, coram, de, palam, clam* –«

»*Cum*«, soufflierte Nish vom Tisch her.

»*Cum, ex* und *e* –«

Ein ganz ungewöhnliches, völlig neuartiges Gefühl hatte Alvey erfaßt. Sie fühlte sich ausgehöhlt, entfremdet, fast benommen. Ihr Roman war fertig. Was um alles in der Welt soll ich jetzt anfangen, fragte sie sich immer wieder. Das Buch hatte in Wahrheit weniger als ein Zehntel ihrer Zeit in Anspruch genommen, doch als Idee, als Präsenz hatte es sie so unablässig und so lange begleitet, daß sie zu schwanken meinte, als habe sie ein Bein verloren. Jetzt kann ich mir in etwa vorstellen, wie der arme James ... Entschlossen schob sie den Gedanken an James beiseite. Das fehlte noch, daß ich mich um James gräme, nur weil ich meinen lockeren Lord nicht mehr habe. James bekomme ich doch nicht, ich muß mir etwas anderes suchen, um meine Gedanken in Bewegung zu halten.

Daran nun war gerade jetzt kein Mangel.

Nish hatte ihre Zeichnung fertiggestellt und streckte sie Mrs. Winship hin.

»Siehst du, Großmutter, es ist –«

»Berglorbeer«, verkündete die alte Dame unerwartet. »Brennholz. Winteräpfel.«

Alle sahen sie an wie vom Donner gerührt.

»Stämmig. Zart. Verkleidung.«

»Ja, Großmutter, sag noch mehr Wörter. Sag viele Wörter.«

»Heiderose. Trauern. Ziege.«

Die Tür ging auf, und Lady Winship kam herein, einen offenen Brief in der Hand.

»Ich habe eine gute Nachricht für euch, Kinder. Major Fenway schreibt, daß euer Papa die Operation gut überstanden hat und daß sie, soweit man das jetzt schon zu sagen vermag, gut verlaufen ist. Die Knochen sind gerichtet und wieder gerade.«

»Kann er gehen?« fragte Tot, aber Nish fuhr dazwischen.

»Großmama hat gesprochen, Mama. Sie hat Wörter gesagt.«

»Tatsächlich?«

»Glas. Papier. Rad. Kaskade.«

»Grundgütiger! Versteht sie uns?« fragte Lady Winship skeptisch. Sie trat, den Brief in der Hand, an das Bett heran. »Ich freue mich dir mitteilen zu können, daß Aydon ... daß die Beine deines Sohnes neu gerichtet worden sind. In Edinburgh. Es geht ihm den Umständen entsprechend gut.«

Die Augen weiteten sich. Eine nachdenkliche Pause trat ein, dann: »Ed –«

»Nein, *Aydon*. Dein Sohn Aydon ...«

»Ed –«

»Edinburgh« rief Nish dazwischen. »Edinburgh, Großmama.«

»Ed-in-burgh ...«

Duddy, die in diesem Moment das Zimmer betrat, ließ die Schüssel mit warmem Wasser fallen, die sie in der Hand gehalten hatte. Tränen rannen ihr über das verwitterte Gesicht.

»Ach, gnä Frau«, flüsterte sie. »Ach, gnä Frau ...«

Tot ließ nicht locker. »Kann Papa jetzt laufen?«

»Nein, nein, er wird es viele Wochen lang noch nicht einmal versuchen dürfen. Ich muß sogleich an Aydon schreiben und ihm von seiner Mutter berichten, es wird ihm eine so große Freude sein ...« Lady Winship unterbrach sich und überlegte einen Augenblick. Dann sagte sie mit völlig veränderter Stimme zu Alvey: »Nein, es wäre vielleicht besser, wenn du deinem Vater schriebest.«

»Natürlich, Mama, ganz wie du wünschst«, erwiderte Alvey ein wenig ratlos.

Einige friedliche Wochen folgten. Klein Katie bekam einen Zahn. Es schneite weiter. Doch über Weihnachten setzte Tauwetter ein, und Alvey fuhr mit einer ellenlangen Einkaufsliste nach Hexham. Sie forderte Parthie auf, mitzukommen und ihr behilflich zu sein, doch diese lehnte schroff ab. Ich habe getan, was ich konnte, dachte Alvey. Wenn sie mir nicht zur Hand gehen will und es sie selbst nicht nach Abwechslung verlangt, soll sie sehen, wo sie bleibt. Ohne noch einen Gedanken an Parthie zu verschwenden, machte sie sich an ihre Einkäufe: Lederstiefel für die drei Kinder, die in den letzten Monaten tüchtig gewachsen waren, Salzfisch, Zitronen, Rosinen, Muskatnüsse, Garn, Stoff, Stickseide, schwarzen Pfeffer und Reis. Dann brachte sie die Reinschrift ihres

Manuskripts zu Mr. Allgood, der ihr versprach, es sogleich zu lesen und ihr im Hinblick auf seine Absatzmöglichkeit seinen Rat zukommen zu lassen.

»Ich wäre Ihnen doch sehr verbunden, wenn Sie es unverzüglich an Ihren Vetter schicken könnten«, sagte Alvey bestimmt, »solange die Straßen vorübergehend frei sind und die Postkutschen verkehren. Denn wenn die Straßen erst wieder blockiert sind, dauert es womöglich viele Wochen, bis das Paket die Reise antreten kann.«

»Sie sind wie alle jungen Schriftsteller«, versetzte Mr. Allgood mit einem, wie Alvey fand, herablassend-überlegenen Lächeln. »Es kann Ihnen nicht schnell genug gehen, Ihr Werk lesen und begutachten zu lassen. Keine Sorge, ich werde es raschestens auf den Weg bringen.«

Er überflog nachsichtig die erste Seite, machte große Augen, las noch ein paar Zeilen, und sein Gesichtsausdruck änderte sich schlagartig. Sehr viel achtungsvoller zu Alvey aufsehend, fügte er an: »Ihr Roman soll heute noch expediert werden, das verspreche ich Ihnen. Und damit bringe ich kein geringes Opfer, denn ich werde keine Zeit haben, ihn zu lesen, was ich liebend gern getan hätte! Gibt es etwas Neues von Ihren Schwestern, Miss Winship?«

»Ja, Meg und Isa haben für einen Monat in Bath Quartier genommen. Meg findet Bath zum Entzücken.«

»Und Miss Isa?«

»Wie Sie wohl wissen«, sagte Alvey belustigt, »sind ihr alle Städte verhaßt, und sie findet Bath abscheulich laut, dunkel und beengend. Auch regnet es dort jeden Tag, wie sie schreibt. Doch muß sie einräumen, daß die Häuser stattlich und die Bibliotheken vortrefflich sind, und so hat sie sich wohl fürs erste mit ihrer Lage abgefunden.«

»Ob sie wohl je wieder zu uns zurückkommt? Vielleicht begegnet sie in Bath einem standesgemäßen Gentleman ...«

Plötzlich machte Mr. Allgood ein sehr betrübtes Gesicht.

Am Neujahrstag – der im Dorf mit einem Freudenfeuer und brennenden Teerfässern gefeiert wurde – konnte die alte Dame schon langsam und bedächtig ganze Sätze sprechen.

Ihr Gedächtnis war zurückgekehrt, und Nish redete ihr zu, auf dicken Holznadeln eine Strickarbeit anzufangen.

»Warum besuchst du jetzt so selten deine Großmutter, Parthie?« fragte Alvey. »Sie würde sich gewiß freuen, dich öfter zu sehen.«

»Fragt sie nach mir?«

»Sie fragt nie speziell nach einzelnen Personen, sie freut sich über jeden Besuch. Je mehr Gesichter, desto lieber ist es ihr. Und du warst doch früher ihr Liebling.«

»Das war einmal«, sagte Parthie verdrießlich. »Jetzt sind Nish und Tot ihre Goldkinder, die können nichts falsch machen.«

Ja, weil sie zur Stelle waren und ihr halfen, als sie Hilfe nötig hatte, dachte Alvey, aber sie sagte es nicht laut.

Wenn sie bei der alten Grizel saß, waren sie hauptsächlich damit beschäftigt, eine Art Anwesenheitsliste der Familie zu erstellen.

»Laß mich überlegen, wo sind Meg und Isa zur Zeit?«

»In Bath, Großmutter. Bis Ende Februar.«

»Und James studiert in Edinburgh?«

»Ja, und sein Freund, Major Fenway, schreibt, daß er überaus fleißig ist und seine Professoren sehr mit ihm zufrieden sind. Das hat er alles dir zu verdanken.«

Und seine Großmutter würde sich sehr freuen, einen Brief von James zu bekommen, hatte Alvey an Major Fenway geschrieben, doch Briefe von und nach Edinburgh waren rar und brauchten lange, bisher hatte James noch nichts von sich hören lassen.

»Und Aydon ... ist er auch in Edinburgh?«

»Ja, bis seine Beine soweit geheilt sind, daß er reisen kann. Aber Guy – Major Fenway sagt, daß er stetige Fortschritte macht.«

Dann wurden die Dienstboten aufgezählt.

»Ellen? Mrs. Slaley? Grace, Janet, Stridge, Surtees, Blackett, Carey?«

»Sie sind alle wohlauf, Großmama, und lassen ergebenst grüßen.«

»Das freut mich. Ich muß mir eine Liste machen, damit ich niemanden vergesse. Erinnere mich daran. Und Archie? Und Annie Herdman? Und Klein Geordie?«

»Annie ist tot, Großmutter, erinnerst du dich nicht?« sagte Alvey behutsam. »Der arme kleine Geordie wurde ertrunken im Löwenteich gefunden. Und Annie ...«

»Ja, richtig, jetzt fällt es mir wieder ein. War es nicht Charlotte, die Klein Geordie ertränkt hat? Hat mir das nicht jemand erzählt?«

Alvey wurde der Mund trocken, das Blut stockte ihr in den Adern. Sie schluckte. »Aber nein, Großmutter, gewiß nicht. Das kann dir niemand erzählt haben.«

»Im Löwenteich«, sagte die alte Grizel versonnen. »Dort hat Duddy Charlottes Ring gefunden.«

»So etwas darfst du nie sagen. Nie, hörst du? Es kann nicht wahr sein, du mußt es geträumt haben.«

»Mag sein ... Und was ist mit Parthie? Wo steckt sie?«

»Ich bin hier, Großmama«, ließ sich Parthie vernehmen. Alvey fuhr herum. Wie lange hatte das Mädchen dort schon gestanden? Ihr Gesicht war völlig ausdruckslos. Sie trat vor und gab der alten Dame einen respektvollen Kuß auf die Wange.

14

Alvey gelang, es, Parthie nach ihrem halbstündigen Besuch bei der alten Dame vor deren Zimmer abzufangen.

»Du weißt, daß es sehr unrecht wäre, etwas von dem zu wiederholen oder weiterzugeben, was deine Großmutter, wirr und krank wie sie ist, zu dir gesagt hat.«

»Wie käme ich dazu?« sagte Parthie frostig. »Du entschuldigst mich wohl – *Schwester* ...«

Mit dieser unbefriedigenden Antwort mußte Alvey sich bescheiden. Wenn sie nur nicht damit zu Mr. Thropton läuft, dachte sie. Außerdem ist das, was ich gesagt habe, gar nicht wahr. Die alte Dame ist durchaus nicht wirr, sie denkt langsam, aber klar.

In den nächsten Tagen fragte sich Alvey hin und wieder, warum Parthie mit der Geschichte von ihrem Betrug nicht zu Lady Winship ging. Doch dann gab sie sich selbst die Antwort: Weil Parthie – vermutlich zu Recht – argwöhnte, daß sich ihre Mutter daraus herzlich wenig machen würde. Lady Winship ist in der Tat in einer sehr sonderbaren Gemütsverfassung. Könnte in den Worten ihrer Schwiegermutter ein Körnchen Wahrheit stecken? Dann Gnade ihr Gott ... Aber es fällt mir schwer, es ist mir fast unmöglich, diese Vorstellung mit dem in Einklang zu bringen, was mir von der Frau bekannt ist, die ich so viele Male auf der Terrasse hin und hergerollt habe. Dabei weiß ich wohl, wie kalt und fühllos sie Annie Herdman behandelt, daß sie die Ärmste gezwungen hat, ihr Kind im Stall einzusperren. Und wie verhält es sich mit dem Ring? Wir haben nur Duddys Wort dafür, daß sie ihn in dem Teich fand, in dem das Kind ertrank. Welchen Nutzen aber hätte sich Duddy, hätte sich Mrs. Winship von so einer Lüge versprechen können? War es möglich, daß noch andere Personen den Ring im Teich gesehen hatten? Wie lange hatte er dort gelegen? Wie dem auch sei, der Ring ist inzwischen wieder da, wo er hingehört. Die beiden hätten ihn auch behalten können. Jetzt läßt sich – so oder so – nichts mehr beweisen.

Wie soll ich nur erkennen, was ich glauben darf?

Alvey war, da sie keinen erfundenen Roman mehr hatte, der ihre Gedanken in Anspruch nahm, jetzt solchen Spekulationen und Grübeleien in gefährlichem Maße zugänglich. Und ein Brief von Guy Fenway, der recht schmutzig und abgegriffen auf Birkland Hall eintraf, da er auf der Reise durch viele Hände gegangen war, machte die Sache nicht besser.

Für Postkutschen waren die Straßen zwar derzeit unpassierbar, aber einige wenige unerschrockene Reisende kamen immer noch zu Fuß oder zu Pferde durch. Meist waren es Roßhändler, Kesselflicker, Uhrmacher, »fahrendes Volk«, wie die Dienerschaft diese Wanderer mit ihren Bündeln und Mauleseln nannte. In den Wintermonaten waren sie im Herrenhaus mit ihren Neuigkeiten und Waren stets willkommen – Zigeuner mit Tongeschirr oder Körben, alte Männer mit Reisigbesen, Hausierer mit Zwirnen und Scheren und Kräutermixturen. Mr. Allgood hatte Alvey versprochen, ihr in Ermangelung normalen Postverkehrs auf diesem Wege eine Botschaft nach Birkland Hall zu übermitteln, wenn er etwas von seinem Vetter über ihr Buch gehört hatte. Eine alte Frau, Krug-Lizzie genannt, brachte Guy Fenways Brief und erhielt guten Lohn dafür. Von Mr. Allgood aber kam keine Nachricht.

»Sir Aydon befindet sich wohl«, schrieb Guy, »und hat bereits ein paar Schritte getan. Seine Genesung schreitet langsam, aber stetig fort. Besonders erfreulich ist es, daß er jetzt ganz ohne Schmerzen gehen kann, wenngleich die Beine noch schwach sind. Er selbst findet das geradezu erstaunenswürdig. Zunächst erholte er sich nur schwer und lag einige Tage im Delirium, während derer er unablässiger Aufmerksamkeit bedurfte, da er die Neigung zeigte, sich aus dem Bett zu stürzen und sich, wenn er nicht ununterbrochen beobachtet und zurückgehalten worden wäre, unermeßlichen Schaden hätte zufügen können. Glücklicherweise war diese Phase nur von kurzer Dauer. In dieser Zeit waren James, Mr. Harle oder ich selbst ständig an seiner Seite. Einmal sprach er des längeren mit mir, in heftig erregtem, zusammenhanglosem, wirrem Ton. Ich fühle mich nicht befugt, seine Mitteilungen im einzelnen weiterzugeben, doch sei soviel gesagt, daß er offenbar einen furchtbaren Verdacht seiner Frau gegenüber hegt. Ich hoffe ... ich wünsche ... ja, ich bin ziemlich gewiß, daß er unbegründet ist. Ich glaube nicht, daß er mit ihr darüber gesprochen hat, es ist aber durchaus möglich, daß sie errät, was ihn bewegt. Er hat diese Gedanken für sich behalten und darüber nachgegrübelt, bis er nichts anderes mehr zu denken wußte und sich eine schwere Zerrüttung in der Beziehung zwischen den Eheleuten einstellte; was sicherlich auch seinen schlechten Gemüts- und Gesundheitszustand mit verschuldete. Ich hoffe von ganzem Herzen, daß sich Wege finden lassen, diesen Verdacht zu zerstreuen ...«

Sir Aydon glaubt, daß seine Frau Klein Geordie umgebracht hat, sagte sich Alvey sofort. Irgend jemand muß ihn auf diese Idee gebracht haben. Seine Mutter vielleicht. Oder könnte Lady Winship Guy Fenway die Tat gebeichtet haben, als sie nach der Zerstörung des Gartens aus ihrer Ohnmacht erwachte, und ist vielleicht Sir Aydon nebenan im Ankleidezimmer gewesen und hat das Geständnis mit angehört? Guy schreibt nicht ausdrücklich, daß der Verdacht unbegründet ist, sondern nur: »Ich hoffe, daß sich Wege finden lassen, ihn zu zerstreuen ...« Wie aber soll das geschehen, wenn sie wirklich die Tat begangen hat? Und auch wenn der Verdacht nicht begründet ist, wenn die Unglückliche alles abstreitet – wie soll die Wahrheit je ans Licht kommen?

Natürlich glaubt Sir Aydon, daß sie Klein Geordie die Zuneigung neidete, die ihr Mann dem Kleinen entgegenbrachte. Vielleicht, weil sie glaubte, er sei der Kindsvater?

Welch unselige Verstrickung, dachte Alvey. Und ich sehe keine Lösung. Vielleicht wäre es besser, wenn sie getrennt blieben. Aber nein, er muß zurück nach Birkland. Alle vermissen ihn, so seltsam das klingen mag. Und wie sollte sie Birkland verlassen? Es ist ihr ganzes Leben. Wohin könnte sie gehen?

Ach, lockerer Lord, dachte Alvey traurig, wie glücklich-albern, unbeschwert und harmlos ist dein Leben im Vergleich zu dem dunklen, sumpfig-dickichten Land, in dem diese armen Seelen wohnen! Dabei hielt ich, als ich hierherkam, diesen Ort für eine wahre Freistatt. Und für mich ist er das ja auch.

Ich muß an Guy schreiben und versuchen, ihn zu beruhigen.

Doch diesen Plan konnte sie nicht gleich in die Tat umsetzen, denn Krug-Lizzie war inzwischen weitergezogen, und die Verbindung mit der Außenwelt jenseits des Dorfes war fürs erste wieder abgeschnitten.

Und was das Dorf betraf...

Eines Morgens machte sich Alvey auf die Suche nach Lady Winship, da Blackett, der Stallmeister, sich mit einer die Pferde betreffenden Frage an sie gewandt hatte, die sie beim besten Willen nicht entscheiden konnte.

Sie fand Lady Winship in der Bibliothek, wo sie neuerdings häufig saß und wehmütig auf den Löwenteich hinausblickte. Mrs. Slaley war bei ihr.

»Kannst du mir sagen, Mama, ob früher –« setzte Alvey an, unterbrach sich aber mitten im Satz, denn beiden hatten ihren Eintritt gar nicht bemerkt.

Mrs. Slaley, so blaß, wie es bei ihrem Teint überhaupt möglich war, zerknitterte bekümmert die Schürze zwischen den Fingern.

»Und da hab ich mir gedacht, ich sag, was die Leute reden. Es is nich recht, wenn sie das hinter dem Rücken von der gnä Frau erzählen, und sie weiß von nix.«

»Danke, Mrs. Slaley, Sie haben recht getan, es mir zu sagen. Und es war auch mutig von Ihnen«, sagte Lady Winship matt. »Es heißt also im Dorf, daß ich... daß ich Annie Herdmans Kind ermordet habe?«

»Tja, so sagen die Leute. Daß der Herr der Vater is, sagen die Leute, und daß die gnä Frau in ihrem Zorn den Kleinen um die Ecke gebracht hat.«

»Ich verstehe. Und glauben Sie selbst das auch, Mrs. Slaley?«

Die Köchin schluckte. Dann sagte sie fest: »Nee, das glaub ich nich. Sie warn manchmal n bißchen streng mit Annie, aber so was würden Sie nie nich tun. Ich glaub das nich.«

»Danke, Mrs. Slaley, Sie sind eine gute Seele.«

»Und Sie warn immer gut zu mir, gnä Frau, und ich kenn Sie jetzt man schon zwanzig Jahre.«

»Und was ist mit den anderen Bediensteten? Trauen die mir so eine Tat zu?«

»Nee, keiner von den andern glaubt das, nich die Ellen und die Grace, un nich der Blackett und der Carey. Die kennen die gnä Frau schon zu lange.«

»Das freut mich«, sagte die matte Stimme.

»Bei unsern jüngern Leuten, da weiß ich nich so recht...«

»Ja, ich verstehe. Ich frage mich, ob Mr. Thropton das weiß und was er denkt«, sagte Lady Winship halb zu sich selbst.

Mrs. Slaley gab mit einem unbeschreiblich hohnvollen Laut zu verstehen, daß das, was Mr. Thropton wissen oder denken mochte, von äußerst geringem Belang war. Dann knickste sie würdevoll und wandte sich zum Gehen.

Alvey war reglos, wie erstarrt, auf halbem Wege zwischen Tür und Kamin stehengeblieben. Mrs. Slaley nickte ihr im Vorübergehen bekümmert und mit schmalen Lippen zu, als wollte sie sagen: »Jetzt bist du an der Reihe, und ich beneide dich nicht.«

Lady Winship trat ans Fenster und sah hinaus. Alvey folgte ihr und überlegte, wie es wohl anzustellen sei, die Einsamkeit zu durchdringen, in der diese Frau gefangen war wie in einem Grab.

»Das Gerede wird verstummen, Mama... Es ist reine Gehässigkeit. Der Winter ist schuld daran, die Untätigkeit, der Mangel an Zerstreuungen, an anderen Neuigkeiten...«

Lady Winship schüttelte langsam den Kopf.

»Es wird nie ganz verstummen. Das Stigma wird mir anhaften, bis ich sterbe. Und je eher das geschieht, desto besser...«

»Nein, Mama, so darfst du nicht reden.« Jetzt bekam Alvey es ernstlich mit der Angst zu tun. Sie ergriff Lady Winships Arm, er fühlte sich an wie der Ast einer Eiche. »Solche Worte, solche Gedanken sind sündig und ... und auch feige.«

»Keine Sorge, ich gehöre nicht zu denen, die ihrem eigenen Leben ein Ende setzen. Früher einmal«, sagte Lady Winship nachdenklich, »früher hätte ich es schon deshalb nicht getan, weil ich hätte wissen wollen, wie es meinem jungen Nußbaum geht und wie die gelben Schwertlilien gedeihen und die neuen Rosenbüsche. Und sogar jetzt noch, nach dem Mord an meinem Garten, kann ich mich auf die Weidenkätzchen freuen und die ersten Primeln.«

»Nun, das hört sich schon besser an. Es muß doch eine Möglichkeit geben«, sagte Alvey aufgebracht, »diese Gerüchte aus der Welt zu schaffen, die boshaften Zungen zum Schweigen zu bringen. Wenn Mr. Thropton es wüßte ... er müßte etwas unternehmen ...«

»Mr. Thropton ... Wenn ich es recht bedenke«, sagte Lady Winship mit jener Hellsichtigkeit, die sie gelegentlich an den Tag legte und die Alvey immer wieder verblüffte, »ist es wahrscheinlicher, daß er die Gerüchte selbst in Umlauf gesetzt hat, als daß er etwas tun würde, um sie aus der Welt zu schaffen.«

»Was aber ist zu tun, Mama?«

»Vielleicht sollte man den Sheriff verständigen. Wenn Aydon hier wäre ...«

»Den Sheriff? Wer ist das? Was könnte er unternehmen?« Wie gut, daß Aydon nicht hier ist, dachte Alvey.

»Der alte Lord Linhope drüben in Watch. Er ist Tots Pate. Aber ich glaube, er ist recht krank ... Was er unternehmen könnte? Mich in Gewahrsam nehmen vermutlich. Mich verhaften und einkerkern lassen, bis mir der Prozeß gemacht und der Fall geklärt werden kann.«

»*Verhaften lassen* ...« Alvey wurde ganz übel. Es war wie ein Alptraum. »Aber es gibt keine Beweise, Mama. Du nimmst das alles viel zu schwer. Nur weil dumm und gehässig dahergeredet wird ...«

»Ich wünschte, Aydon wäre hier«, sagte Lady Winship schlicht. »Er wüßte die geeigneten Schritte zu unternehmen. Ich werde ihm schreiben.«

Wozu soll das gut sein, dachte Alvey hilflos. Er glaubt die Gerüchte ja selbst.

»In gewisser Weise habe ich das selbst verschuldet.« Lady Winship zog die Brauen zusammen und rieb sich die Stirn. »Ja, ich habe unrecht gehandelt.« Sie hob den Kopf und sah Alvey an. »Ich habe vorgegeben, ich hielte James für den Kindsvater, doch in Wirklichkeit habe ich das nie geglaubt. Schieben wir es auf James, dachte ich, er ist nicht hier, was kümmert es ihn. Ich dachte, wir wären sie längst los, wenn James wiederkäme. Ich habe den anderen etwas vorgemacht, und das war ein großes Unrecht. Und vielleicht ist dies meine Strafe.«

»Warum hast du das getan, Mutter?«

»Ich fürchtete, das Gerücht könne sich verbreiten, es sei Aydons Kind.«

Und war es sein Kind? Die Frage brannte Alvey auf der Zunge, aber sie brachte die Worte nicht heraus.

In der Tür erschien Grace. »Miss Emmy, könnten Sie mal kommen? Ich würd Sie nicht belästigen, aber Janet hat sich in der Milchkammer geschnitten, es sieht bös aus, und die andern sind alle bange ...«

Seit Alvey bei Stridge die Wunde versorgt hatte, wandte sich das Gesinde bei ähnlichen Unfällen stets an sie, und das war in den kalten, dunklen Wintermonaten, wenn das Werkzeug glitschig und die Hände froststarr waren, häufiger als sonst der Fall.

»Natürlich, Grace, ich komme sofort.«

Am nächsten Tag zog Lady Winship ins Turmzimmer.

»Bis die Fragen um Annies Kind geklärt sind«, teilte sie Alvey und Mrs. Slaley mit, »betrachte ich mich in diesem Raum unter Arrest.«

»Aber wie können sie je geklärt werden? Was ist, wenn die Wahrheit nie ans Licht kommt?«

Lady Winship zuckte die Schultern und sah unbeteiligt an Alvey vorbei aus dem Fenster.

»Dann bleibe ich eben hier. Falls nicht gerichtlich verfügt wird, mich an einen anderen Ort zu verbringen. Du kannst die Kinder in der Bibliothek unterrichten ...«

Mrs. Slaley und Alvey sahen sich bestürzt an, während die Tür sich hinter der Hausherrin schloß.

»Vielleicht daß ihr die Sach ausm Kopf gehn tut, Miss Emmy ... wenn's Frühjahr wird ... und sie die Vögel singen hört ... wenn der Herr wieder da is ...«

Alvey, die mittlerweile Lady Winships starrsinniges Wesen und ihre Hartnäckigkeit kannte, wagte das zu bezweifeln. Und wie sollte sie in ihrer Turmeinsamkeit je erfahren, ob das Gerede verstummt war oder nicht?

Überdies war es recht lästig, Lady Winship droben im Turm zu versorgen. Sie würde viel mehr Holz und Kohlen brauchen als die Kinder, die den Raum nur stundenweise und bei Tageslicht benützt hatten und denen die Kälte nicht viel ausmachte. Die Dienstboten würden Essen und Waschwasser hinauftragen und Eimer hinunterschleppen müssen. Auch die Kinder traf der Verlust ihres behagliches Nestes schwer.

Das Märtyrertum, dachte Alvey, bringt eine Art der Selbstsucht hervor. Das muß ich mir notieren. Nur – wozu? Ich habe keinen Roman, in dem ich es verarbeiten könnte. Ach, ich wünschte, die jungen Herren kämen mit Sir Aydon zurück.

Es war immerhin eine Erleichterung, daß die alte Dame inzwischen soweit wiederhergestellt war, daß man sie von dem Vorfall in Kenntnis setzen und sich sogar in Fragen, die den Hausstand betrafen, mit ihr beraten konnte.

»Hm. Charlotte ist störrisch wie ein Maulesel«, sagte die alte Mrs. Winship. »Nur gut, daß du hier bist und dich um den Haushalt kümmern kannst. Meiner Schwiegertochter ist es durchaus zuzutrauen, daß sie aus lauter Starrsinn zwanzig Jahre dort oben haust. Die obstinate Art hat Louisa von ihr und Meg auch, es ist purer Zufall, daß Meg noch nie was in die Quere gekommen ist.«

Alvey machte den Mund auf und machte ihn rasch wieder zu.

»Warten wir ab, welche Wendung die Dinge nehmen, wenn Aydon wieder da ist. Gibt es etwas Neues von ihm? Wie befindet er sich?«

Zum Glück konnte Alvey ihr darüber bald Erfreuliches berichten. Ein weiterer Brief von Guy Fenway war eingetroffen, Fisch-Benjie hatte ihn gebracht. Sir Aydon machte im Haus weitere Gehversuche, hatte sich aber noch nicht auf die Straße gewagt. Wie lange er noch in Edinburgh würde bleiben müssen, war allerdings ungewiß. Eine lange Kutschfahrt mit ihren Stößen und Erschütterungen war in den nächsten Monaten noch nicht ratsam. Das Leben und Treiben der Großstadt aber tat Sir Aydon zweifellos wohl. Etliche alte Freunde hatten ihm einen Besuch abgestattet. Zwar hatte er sich mit dem Berufswechsel des Sohnes noch nicht ausgesöhnt, immerhin aber gewöhnte er sich daran, darüber zu sprechen und mit James zusammenzutreffen. Die beiden, schrieb Guy, hätten eine Art Waffenstillstand geschlossen, aus dem sicherlich früher oder später eine herzlichere Beziehung erwachsen würde. James ließe im übrigen bestens grüßen, er hoffe, daß seine Großmutter weiterhin auf dem Wege der Besserung sei, habe versprochen, gleich heute, spätestens morgen an sie zu schreiben, zur Zeit sei er stark von seinem Studium in Anspruch genommen.

Von ihrem Roman hörte Alvey nichts.

Während einer kurzen Tauwetterperiode ritt sie in Begleitung von Surtees nach Hexham. Während Surtees einiges für Haus und Stallungen kaufte, machte Alvey einen Besuch bei Kanonikus

Beaumont und seiner Schwester, die gerüchtweise von Sir Aydons Reise nach Edinburgh gehört hatten und begierig auf einen genaueren Bericht warteten. Recht eigentlich ging es Alvey darum, in Erfahrung zu bringen, ob etwas von dem Gerede um Lady Winship bis Hexham durchgesickert war. Zu ihrer Erleichterung stellte sie fest, daß dies nicht der Fall zu sein schien, es sei denn, die Beaumonts übten erstaunliche Diskretion. Und in Anbetracht von Miss Beaumonts luchsäugiger Beobachtung und genußvoller Erörterung jeder noch so unbedeutenden Geste auf der Assemblee hielt Alvey es für unwahrscheinlich, daß sie, sollte ihr etwas von der Sache zu Ohren gekommen sein, nicht den Wunsch gehabt hätte, darüber zu sprechen.

»Willst du nicht bei uns übernachten, Louisa?« drängte Fanny Beaumont, aber Alvey lehnte dankend ab, sie müsse zurück. »Meine Mutter ist... ist nicht sehr wohl, sie leidet noch sehr unter dem Verlust ihres Gartens, und da meine Großmutter sich gerade erst langsam von ihrem Schlaganfall erholt...«

Die Damen Beaumont zeigten volles Verständnis und trugen ihr die herzlichsten Grüße auf.

Bevor sie den Heimweg antrat, ging Alvey zu Mr. Allgood und kaufte, in der leisen Hoffnung, vielleicht Parthie damit eine Freude zu machen, Lord Byrons *Hebräische Melodien*. Das arme Kind sah in letzter Zeit so gedrückt aus. Wie stets hatte Alvey gefragt, ob sie mit nach Hexham kommen wolle, doch Parthie, die sich mit dem Reiten schwertat, hatte brüsk abgelehnt. Trotz der Abneigung, die Alvey gegen Parthie hegte, tat ihr das Mädchen doch leid, sie hatte, wie es schien, so wenige Freuden, so wenig Zerstreuung. Vielleicht komme ich mit Lord Byron meinem Ziel näher, dachte sie. Überdies wollte sie natürlich Mr. Allgood sprechen, der ihr lächelnd einen Brief reichte.

Aus Edinburgh? Nein, es war ein Brief aus Bath, in Isas Schrift.

»Leider keine Nachricht von meinem Vetter«, sagte Mr. Allgood freundlich. »Aber Verleger sind bekanntlich sehr beanspruchte Menschen, sie haben so viele Geschäfte zu besorgen. Überdies ist in letzter Zeit sehr selten Post aus dem Norden gekommen, nur zweimal in den letzten sechs Wochen.«

»Ich weiß, ich darf nicht ungeduldig sein«, sagte Alvey.

Dennoch war sie zutiefst enttäuscht, als sie zu Surtees und den Pferden ging. Isas Brief hatte sie ungeöffnet in ihr Retikül gesteckt, der hatte Zeit, bis sie nach Hause kam.

Auf dem Rückweg war es bitter kalt. Ein beißender Nordost wehte ihnen ins Gesicht, die Pferde scheuten und wieherten und schüttelten zornig die Mähnen, als sie immer tiefer in den eisigen Sturm hineingetrieben wurden.

»Man weiter, Miss Emmy, es hängt 'n Haufen Schnee in der Luft.«

Tatsächlich begann es zu schneien, als sie noch eine Stunde zu reiten hatten. Der Schnee peitschte ihnen ins Gesicht, so daß sie absteigen und die Pferde am Zügel führen mußten. Aus der einen Stunde wurden drei, und Alvey atmete dankbar auf, als endlich das Fichtenwäldchen sie aufnahm und sie die Lichter des Herrenhauses im Tal erkannte.

»Ohne Sie wäre ich verloren gewesen, Surtees, in diesem Schneetreiben hätte ich nie heimgefunden.«

»Lassen Sie man, Sie sind doch ne ganz Couragierte, Miss Emmy.«

Die Begrüßung, die ihr in der Küche zuteil wurde, erwärmte Alveys Körper und auch ihr sprödes Herz. Mrs. Slaley setzte sie ans Feuer und machte ihr eine Schale Gerstensuppe mit Whisky und Ingwer.

»Wir dachten schon, ihr zwei seid verlorengegangen bei dem Schnee.«

»Die Suppe ist wunderbar, Mrs. Slaley, die würde sogar das Stachelmonster von Tot und Nish zu neuem Leben erwecken. Und jetzt muß ich rasch hinauf zu meiner Mutter und zur Großmutter, ich habe eine Neuigkeit für sie.«

Alvey hatte Isas Brief gelesen, während die Suppe kochte.

»Meg fühlt sich sehr verdrießlich und elend«, schrieb Isa bekümmert. »Sie ist in der Hoffnung und hat mir das Versprechen abgenommen, sie im April nach Tinnis Hall zu begleiten, sie kann es nicht ertragen, allein zu sein, wenn sie so übler Stimmung ist. John ist natürlich überglücklich. Ich denke oft an Euch dort im Schnee und hoffe, es geht Euch gut. Schreib mir bitte nach York, unserer nächsten Adresse, wenn es irgend geht. Und was macht Dein Roman?«

»Miss Meg erwartet ein Baby«, sagte Alvey zu Mrs. Slaley.

»Au, das is ja man schön. Der Herr wird sich bestimmt wünschen, daß es ein Junge wird.«

Ein Junge, ein Junge, dachte Alvey unwillig, während sie die Treppe hinaufstieg. Woher wohl rührt dieses Verlangen, dieser Anspruch auf männliche Nachkommen? Nach meiner bisherigen Erfahrung sind Frauen stärker als Männer, widerstandsfähiger und besser gerüstet, Leiden zu ertragen...

Sie hatte rasch die Treppe hinauflaufen wollen, denn sie fürchtete, die alte Dame könne wegen ihrer späten Rückkehr in Sorge gewesen sein. Doch nach dem mühseligen Marsch durch den Schnee, das widerspenstige Pferd am Zügel, ständig gegen den Sturm ankämpfend, waren ihre Beine so steif, daß sie, als sei sie selbst eine alte Frau, die Stufen nur langsam und mühevoll bewältigen konnte.

Sie wurde sogleich mit Vorwürfen überschüttet.

»Da bist du endlich! Daß du überhaupt noch geruhst zurückzukommen... Warum hast du nicht bei den Beaumonts übernachtet?«

»Schilt nicht«, sagte Alvey und küßte die kalte, papierne Wange. »Schau, ich habe dir ein Legespiel mitgebracht. Und einen Roman von Jane Austen, auf die Mr. Allgood große Stücke hält. Wo sind die Kinder?«

»Sie haben sich deinetwegen derart angestellt, daß sie mir lästig fielen und ich sie zu Bett geschickt habe. Inzwischen schlafen sie wohl.«

»Und Parthie? Hat sie sich nicht zu dir gesetzt?«

»Die hab ich seit dem Frühstück nicht mehr zu Gesicht bekommen. Sie ist sich wohl zu gut, mich zu besuchen, seit ich senil geworden bin.« Die alte Dame zog indigniert die Nase hoch.

Mit einer Kerze in der Hand stattete Alvey Lady Winship einen Besuch ab, die ihre Rückkehr gelassen und ohne große Anteilnahme zur Kenntnis nahm. Dann ging sie in das Zimmer der Kinder. Deren Kerze brannte noch, beleuchtete aber nur einen kleinen Ausschnitt des großen, dunklen Raumes im zweiten Obergeschoß, den selten eine erwachsene Person betrat mit Ausnahme von Grace, die es nicht einmal mit Schimpfen vermocht hatte, die Kinder zum Wegräumen der Schachteln mit Vogeleiern, der Säckchen mit Quarzgestein, des Hirschkopfes mit Geweih, des Puppenhauses aus hölzernen Kisten, des Bündels Kiebitzfedern, der Bogen, Pfeile und Speere zu bewegen. Der Weg durch das Zimmer, das einen Ausblick nach Norden und Westen bot, glich einem Hindernislauf. Durch die beiden Fenster hörte man über dem Heulen des Sturms das Rauschen des Hungry Water. Obschon die Erwachsenen es verboten hatten, standen die Betten unmittelbar unter den Fenstern. Alvey trat an Tots Lager, das der Tür näher war, und fand beide Kinder darin, in ihre Decken gewickelt wie in einen Kokon (denn es war eiskalt im Zimmer), und Kopf an Fuß aneinandergeschmiegt wie die Fische aus der Reihe der Tierkreiszeichen. Vielleicht schlafen sie, dachte Alvey, aber Tot fragte sofort: »Warum kommst du so spät?«

»Der Schneesturm war schuld. Wir mußten von Rivershield aus die Pferde führen.«

»Du hättest nicht gehen dürfen«, sagte er zornig. »Es war unverantwortlich.«

Wäre sie nicht so müde gewesen, hätte Alvey gelächelt; genau so hätte es auch Sir Aydon sagen können.

»Ich weiß, und es tut mir leid. Aber nicht einmal Surtees hat den Schneefall so bald und so heftig erwartet.«

Nish griff nach Alveys Hand und drückte sie schmerzhaft. »Es war nicht recht, daß du gegangen bist. Wir haben gedacht, du kommst überhaupt nicht zurück, es war bös von dir.«

Und alles vergeblich, dachte Alvey, keine Nachricht aus Edinburgh.

»Ich habe recht viel besorgen können«, sagte sie begütigend. »Ich habe Sachen für Großmama gekauft... und für Mama... euch habe ich neue Bücher und Buntstifte mitgebracht... und Tierbilder...«

»Auf die hätten wir verzichten können«, sagte Tot.

»Ja, aber Surtees brauchte Walratöl und... und noch andere Dinge...«

»Es war nicht recht, daß du gegangen bist«, wiederholte Nish. Sie ließ zornig Alveys Hand los und kuschelte sich wieder an ihren Bruder. »Mach dich fort. Wir haben geschlafen. Du hast uns gestört und geweckt.«

»Ist es hier unter dem Fenster nicht zu kalt für euch?« meinte Alvey. Was für eine kleinliche Erwachsenenfrage, mußte sie denken.

»Uns ist es gerade recht so«, sagte Tot patzig.

»Dann gute Nacht.«

Die Kinder gaben keine Antwort. Nish blies die Kerze aus, noch ehe Alvey sich zur Tür zurückgetastet hatte.

Sie sehnte sich nach ihrem Bett und der Wärmepfanne, die Grace vorhin zurechtgemacht hatte. Doch zuerst klopfte sie noch bei Parthie. Als niemand antwortete, öffnete sie behutsam die Tür und sah zu ihrer Bestürzung, daß das Zimmer leer, das Bett nicht benützt war. Saß Parthie womöglich noch im Salon?

Doch dann sah sie etwas Weißes auf dem Nadelkissen des Ankleidetisches – einen Brief.

»Da mich niemant in disem haus liept«, hatte Parthie geschrieben – ihre Orthographie ist nicht viel besser als die von Nish, überlegte Alvey –, »geh ich weck, mit Mr. Thropton nach Coldstream zum Heurathen. Er liept mich von hertzen und will das ich seine frau werde. Danach machen wir eine hochzeitsreisse, und wen es Papa beser get komen wir wieder und hohlen meine mitgifft. Lebt wol. Eure christliche Parthenope Winship (bald Thropton).«

Grundgütiger, dachte Alvey entsetzt. Wo können sie jetzt sein? Durchgebrannt – dabei ist sie doch erst fünfzehn. Was für eine haarsträubende Geschichte. Soll ich es Lady Winship sagen?

Doch zuerst lief sie wieder in die Küche, wo Mrs. Slaley und Surtees damit beschäftigt waren, Asche auf die Feuerstellen zu streuen und überall Ordnung zu schaffen.

»Miss Parthie ist mit Mr. Thropton durchgebrannt.«

»Au, das is ja man schön«, sagte Mrs. Slaley. »Hat der Paster doch noch eine von euch gekriegt.«

Sie schien nicht im mindesten überrascht zu sein. »Aber in diesem Schneesturm! Wann habt ihr sie zuletzt gesehen?«

Es stellte sich heraus, daß Parthie in äußerster Heimlichkeit und mit einer großen Reisetasche in der Hand kaum zehn Minuten, nachdem Alvey und Surtees nach Hexham aufgebrochen waren, das Haus verlassen hatte. Deshalb also schien sie fast erfreut, als ich mich auf den Weg machte, dachte Alvey.

»Ihr habt es Mrs. Winship nicht erzählt? Oder Lady Winship?«

»Tja, ging uns ja wohl nix an. Und wir haben gedacht, Sie brauchten es auch erst morgen zu erfahrn, so müd, wie Sie warn.«

Die Dienerschaft war offenbar der Meinung, daß Birkland Hall sich glücklich schätzen konnte, die übellaunige, quengelige Parthie, die sich ständig bedienen ließ, los zu sein.

»Soll der Thropton glücklich mit dem Mädchen werden, der wird sehr bald merken, was er an ihr hat.«

Und da Parthie so früh das Haus verlassen hatte, mußte man damit rechnen, daß die beiden ihr Ziel schon längst erreicht hatten.

»Wie weit ist es bis Coldstream?«

»Fünfzehn, zwanzig Meilen. Der Dorfschmied da, der Sandy Robson, traut welche, die in ihre eigene Gemeinde keine Eheleute nich werden können.«

Es mußte recht demütigend für Thropton sein, sich als Geistlicher von einem schottischen Dorfschmied trauen zu lassen. Doch war ihm wohl der Preis die Mühe wert gewesen.

»Sie ist noch so jung.«

»Andere Deerns heiraten schon mit vierzehn«, sagte Mrs. Slaley ungerührt.

»Was meint ihr, ob ich es ihnen heute abend noch sage?«

»Nee, nee, laß die Alten man schlafen. Das hat alles Zeit bis morgen früh.«

Alvey nickte und begab sich in ihr warmes, behagliches Bett. Dort aber fielen ganz unerwartet Kummer und verzweifelte Einsamkeit sie an. Warum eigentlich? Nicht aus Neid auf Parthie oder gar auf die unter ihrer Schwangerschaft leidende Meg – arme Parthie, so gehässig und wenig liebenswürdig sie sich auch benommen hatte, war es doch ein schweres Los, in diesem Alter an einen solchen Mann gefesselt zu sein –, auch nicht nur aus Enttäuschung darüber, daß sie nichts von ihrem Buch gehört hatte. Die Nachricht würde früher oder später kommen, die Anerkennung konnte nicht ausbleiben, das wußte sie gewiß. Auch die Vorwürfe von Mrs. Winship und den Kindern waren es nicht, die ihr Kummer machten, denn die waren in gewisser Weise verdient und zumindest ein Zeichen dafür, daß sie gebraucht wurde. Sie spürte noch die kühle, weiche Wange der alten Dame und Nishs zornig um ihre Hand gekrampfte magere Fingerchen.

Warum bin ich dann so unglücklich?

Ruhelos, zum zwanzigsten Mal die Stellung wechselnd, fand Alvey endlich eine Erklärung für ihr Gefühl des Verlustes und der Einsamkeit. Fand sie in dem Bild der beiden Kinder, die sich trostsuchend aneinanderkuschelten. In meinem ganzen Leben war mir niemand so nah, dachte sie. Und so, wie es aussieht, werde ich diese Nähe auch nie erfahren.

15

Der Ritt nach Hexham hatte zur Folge, daß Alvey mehrere Tage das Bett hüten mußte. Sie hatte ein recht schlechtes Gewissen dabei, da die beiden älteren Damen jetzt keine gewichtige Rolle mehr in der Führung des Haushalts spielten. Doch sie hatte sich stark erkältet, der Kopf tat ihr weh, Rücken und Glieder taten ihr weh, sie wurde abwechselnd von Schüttelfrösten und Hitzeschauern geplagt.

»Das geht vorbei«, sagte Ellen, die ihr Umschläge machte und Äther verabreichte. »Machen Sie sich keine Sorgen, Miss Emmy, wir werden hier zwei, drei Tage ganz gut allein fertig.«

Die Kinder, die ihr offenbar verziehen hatten, kümmerten sich rührend um sie und brachten ihr Äpfel, Zeichnungen und selbstverfaßte Geschichten ans Bett. Da sie ihre Gabe bei Parthie nicht mehr hatte anbringen können, schenkte Alvey ihnen die *Hebräischen Melodien*. Byron mochte ihnen nicht ganz so liegen wie Scott, aber immerhin ... Sie entdeckten *»Senheribs Untergang«* und lasen sich das Gedicht gegenseitig mit wachsender Begeisterung vor.

Parthies Flucht lieferte verständlicherweise reichlich Gesprächsstoff. Die beiden Kinder teilten Mrs. Slaleys Ansicht.

»Thropton soll nur sehen, wie er mit ihr zurechtkommt, so sauertöpfisch und selbstsüchtig und unerquicklich, wie sie ist. Mich wundert, daß er sie überhaupt haben wollte.«

»Er hat schon immer eine aus unserer Familie heiraten wollen«, sagte Nish.

»Warum hat er dann nicht Emmy einen Antrag gemacht?«

»Ich hätte ihm einen Korb gegeben. Und überhaupt –« Alvey zögerte.

Nish sprach aus, was sie gedacht hatte. »Wahrscheinlich hat Parthie Mr. Thropton verraten, daß Emmy nicht unsere richtige Schwester ist. Mit einer, die keine Winship ist, kann er doch nichts anfangen. Parthie hat uns ständig deinetwegen in den Ohren gelegen«, sagte sie zu Alvey. »Sie hat gemeint, du hättest Louisa wahrscheinlich ermordet und vergraben. Oder sie irgendwo in einem Turm versteckt.«

Früher hätte Alvey über solche Schauergeschichten gelacht. Jetzt aber dachte sie an Lady Winship und fröstelte. Dabei schienen die Kinder die freiwillige Haft ihrer Mutter recht gelassen hinzunehmen.

»Was habt ihr denn Parthie geantwortet, wenn sie solche Sachen erzählt hat?«

»Daß du uns tausendmal lieber bist als die richtige Louisa. Und da hat sie uns dann schließlich in Ruhe gelassen.«

»Woher wußtet ihr eigentlich, daß ich nicht die richtige Louisa bin?«

»Wegen der Narbe.«

»Der Narbe?«

»Louisa hatte eine schlimme Narbe am Handgelenk, da hat Tot sie mal gebissen, als sie ihn gezwickt hatte. Papa hat ihn zur Strafe für drei Tage ins Bett gesteckt«, erinnerte sich Nish. »Am rechten Handgelenk. Ist dir das nie aufgefallen?«

»Nein, niemals.«

»Wo ist Louisa jetzt?« fragte Tot ohne großes Interesse.

»In Indien, nehme ich an, als Missionarin, wie sie es sich immer gewünscht hat.«

»Gut, daß wir sie los sind. Vielleicht gehen Parthie und Mr. Thropton auch nach Indien. Hoffentlich bleiben sie nicht in Birkland.«

Arme Parthie, dachte Alvey. Zuerst hat sie wohl versucht, der alten Dame von dem Betrug zu erzählen, doch nach Mrs. Winships Schlaganfall kam sie bei ihr nicht weiter. Dann überredete sie Thropton, mit der Geschichte zu Sir Aydon zu gehen, aber er schob es zu lange auf. Sicher hatte er gehofft, sich mit dieser Mitteilung einzuschmeicheln und mit Parthies Hand belohnt zu werden. Alvey hatte das deutliche Gefühl, daß in diesem Geschäft Parthie die treibende Kraft gewesen war, sie konnte sich nicht vorstellen, daß der immer auf Ausgleich bedachte, servile Mr. Thropton einen so gewagten Schritt von sich aus unternommen hätte. Wie würde Sir Aydon die Nachricht aufnehmen? Man mußte ihm natürlich schreiben, sie würde sich sofort darum kümmern, wenn sie wieder auf war. Lady Winship, dachte sie, hat bestimmt nichts veranlaßt. Diese Vermutung bestätigte sich.

»Meinst du nicht, daß man es ihm mitteilen müßte?« fragte Alvey ein wenig zaghaft, sobald sie soweit wiederhergestellt war, daß sie die Treppe zum Turm erklimmen konnte.

»Ja, gewiß. Aber wenn ich ihm schriebe, würde ihn das nur noch mehr gegen mich aufbringen. Wenn du es ihm mitteilst, wird er es wohl nicht sehr schwer nehmen. Er hat Parthie nie leiden mögen, und Thropton wird noch mehr in seiner Achtung sinken.«

Niemand betrauerte die arme Parthie, nicht einmal die alte Dame, an der sie einst wie eine Klette gehangen hatte. Doch Mrs. Winship machte, als man es ihr sagte, ein recht nachdenkliches, düsteres Gesicht. »Es war Narretei, daß er sie genommen hat, ich hätte Thropton für verständiger gehalten. Warum hat er nicht auf Nish gewartet? Parthie wird er nicht lange behalten.«

»Um Gottes willen, wie meinst du das, Großmama?«

»Diese Beine ... Die wenigsten Frauen aus Charlottes Familie, die mit diesem Gebrechen zur Welt kamen, wurden älter als zwanzig. Und Parthie steckt seit jeher in keiner gesunden Haut. Es würde mich sehr wundern, wenn sie so lange am Leben bliebe, daß er ihre Mitgift einfordern kann.«

»Barmherziger Himmel«, sagte Alvey erschüttert. Sie dachte an

Parthies Ichbezogenheit, ihr ewiges Kränkeln, ihre schwermütige, verdrossen-freudlose Einstellung zum Leben. »Hat sie es gewußt?« fragte sie.

»Ausdrücklich gesagt hat es ihr wohl niemand, aber es hat ihr auch niemand verschwiegen.«

»Warst du deshalb immer so lieb zu Parthie, hast sie deshalb in deinem Zimmer aus- und eingehen lassen, sie den anderen scheinbar vorgezogen? Weil du Mitleid mit ihr hattest?«

Die alte Dame überlegte eine Weile. Schließlich sagte sie: »Vielleicht... Ein wenig hat sie mir wohl leid getan, das arme anfällige Ding. Niemand scherte sich um sie. Auch kam sie mir gelegen. Sie war fügsam und bemühte sich um meine gute Meinung. Wenn man alt ist, sind einem solche Dinge wichtig.«

Aber sie hat dich auch ausgenützt, dachte Alvey. Als sie mit Grace Parthies Zimmer in Ordnung gebracht und ihre Sachen zusammengepackt hatte – »Die wird sie brauchen, wenn sie als Frau Paster zurückkommt«, bemerkte die Zofe –, hatte Alvey allerlei Gegenstände gefunden, die offenbar aus Mrs. Winships Zimmer entwendet worden waren – Spitze, Toilettenartikel, Schmuck, Duftwässer, ja sogar Bücher.

»Kein Wunder, daß ich glaubte, ich sei wer weiß wie vergeßlich geworden«, meinte die alte Grizel trocken. »Eine wahre Elster war dieses Kind.«

Nicht alles, was abhanden gekommen war, fand sich wieder. Manches hatte Parthie wohl mit auf ihre überstürzte Hochzeitsreise genommen. Der Schrank in ihrem Zimmer enthielt auch eine erstaunliche Menge von Schauerromanen der Minerva Press, offenbar eine Hinterlassenschaft der Gouvernante Miss Waskerley.

Des lockeren Lords Abenteuer mußten Parthie – falls sie das eine oder andere gelesen hatte – im Vergleich zu diesen gruseligen Histörchen, in denen es auf jeder Seite von Entführungen, Notzucht, Duellen, Bauchaufschlitzen, von Bruder-, Mutter-, Vater-,

Kinder- und Schwestermorden nur so wimmelte, zahm und fade vorgekommen sein. »Die taugen nur noch zum Feuermachen«, sagte Alvey zu Grace und warf den ganzen Stoß in den Papierkorb, um nicht am Ende noch in Nish und Tot die Lust an solcher Lektüre zu wecken.

Doch dann besann sie sich, holte die Bändchen wieder heraus und schloß sie in eine Truhe. Was fällt dir ein, Parthies Bücher vernichten zu wollen, schalt sie sich. Vielleicht ist das arme Ding froh, sie zu haben, wenn sie erst mit Mr. Thropton in dem tristen Pfarrhaus wohnt. Besonders wenn sie krank werden sollte, wie Mrs. Winship vorausgesagt hat...

Alvey machte sich bittere Vorwürfe Parthies wegen. Ich habe sie völlig falsch behandelt, die Augen vor dem verschlossen, was sie ganz offenbar brauchte. Ich habe ein sehr, sehr schlechtes Gewissen, weil ich so abscheulich gefühllos, kurzsichtig und selbstgefällig war. Hoffentlich ist dieser abstoßende Mensch wenigstens leidlich gut zu ihr. Wie konnte ich nur so blind und töricht sein...

Alsbald brachte Fisch-Benjie einen Brief von Guy Fenway. Über die Nachricht, daß seine Tochter durchgebrannt war, schrieb Guy, sei Sir Aydon sehr betroffen gewesen – betroffen, empört und von tiefer Mißbilligung erfüllt. »Doch läßt sich Sir Aydons Wiederherstellung«, schrieb Guy, »daran messen, daß dieses Ereignis, das ihn vor einigen Monaten völlig vernichtet, ja, das möglicherweise eine Apoplexie herbeigeführt hätte, ihm jetzt nur ein zorniges Schnauben zu entlocken vermochte. Natürlich gilt sein Zorn in besonderem Maße Mr. Thropton, er hält ihn aber für mehr dumm als schlecht. Er selbst, sagt Sir Aydon, hätte Mr. T. keine Hindernisse in den Weg gelegt, hätte dieser den Wunsch geäußert, um Miss P. zu werben und sie zu ehelichen. Miss P., beteuert Sir Aydon, war seit jeher eine törichte Person mit einem Hühnerhirn, die er nicht einmal seinem schlimmsten Feind wünschen würde. ›Sie wird den Pfarrer in einem halben Jahr um den

Verstand gebracht haben‹, erklärte er wiederholt. ›Und recht geschieht es ihm, das hat er nun von seiner Habgier.‹

Auf James' Frage, ob Sir A. die Absicht habe, Miss P. ihre Mitgift zu entziehen, sagte Sir A., dies läge keinesfalls in seiner Absicht, aber er würde sie auf dreitausend Pfund herabsetzen, denn irgendwie müsse ein so unbesonnenes, schamloses Verhalten denn doch bestraft werden. Er wünsche nicht, daß ganz Northumberland sich das Maul darüber zerreiße, daß seine Töchter ihm nacheinander davonliefen.

Sir A. macht vortreffliche Fortschritte, und wir hoffen, ihn Anfang April heimbringen zu können, wenn die Wege wieder passierbar sind. Inzwischen lege ich Ihnen meine Ergebung zu Füßen. James sendet seiner Großmutter herzliche Grüße und hofft, daß sie den Brief erhalten hat, den er vor einigen Wochen an sie auf den Weg brachte. – Ich verbleibe usw.«

Ich glaube, James hat seiner Großmutter überhaupt nicht geschrieben, dachte Alvey verärgert. Seit seiner Abreise hat er es immer wieder versprochen. Ich bin herzlich froh, daß ich meine Schwärmerei für ihn jetzt überwunden habe – oder zumindest so weit überwunden habe, daß sie nicht mehr so weh tut, denn ich merke, daß man sich nicht auf ihn verlassen kann, seine Versprechungen sind nichts wert. Nur gut, daß Guy Fenway sich so fleißig um die Korrespondenz bekümmert.

Der Februar und der März gingen vorüber, kalt, trist und beengend. Es schneite unentwegt. Manchmal leuchteten die Cheviots in strahlendem Weiß, aber oft genug waren sie tagelang in Wolken gehüllt. Das Rauschen des Flusses wurde lauter und lauter. An den Rändern bildete sich eine dicke Eisschicht, aber die Strömung in der Mitte war so stark, daß sie dem Frost widerstand.

Bei schönem Wetter gingen die Kinder zum Schlittenfahren auf die Weide, die sich zum Fluß senkte. Klein Betsey war jetzt alt genug, sie auf kurze Zeit zu begleiten, aber sie wurde sehr bald naß und fror, und wenn ihre Stiefel voller Schnee waren, fing sie an zu weinen, so daß Alvey sie heimbringen mußte. Nish und Tot hingegen hielten es bei dieser Belustigung stundenlang aus und waren, wenn sie heimkamen, blau angelaufen, halb erfroren, aber belebt von der prickelnden Luft und der Bewegung.

»Wie gut, daß Annies Vetter uns den Schlitten gemacht hat, ehe er wegging«, sagte Tot. »So einen schönen hatten wir noch nie.«

»Ich wünschte, er wär hier und könnte mit uns fahren«, sagte Nish.

»Annies Vetter? Wer war denn das?«

»Er hieß Sim, und er ist fortgegangen. Es ist auch gut, daß du uns die Stiefel gekauft hast, Schwester Emmy, sonst hätten wir barfuß schlittenfahren müssen.«

Seit dem Schneesturm hatte das Wetter nie wieder eine Fahrt nach Hexham erlaubt; weder von Louisa noch von Parthie und Mr. Thropton oder von Mr. Allgoods Vetter war eine Nachricht gekommen.

Alvey bewegte sich zu dieser Zeit in einer seltsamen Leere. Ihres Romans ledig, drängte es sie, einen neuen zu beginnen, doch war ihr noch kein geeigneter Gegenstand dafür in den Sinn gekommen. Es verlangte sie nach dem Vorgang des Schreibens, sie war süchtig danach geworden, aber es gab keine Geschichte, die darauf wartete, erzählt zu werden. Dabei konnte sie sich über einen Mangel an Beschäftigung nicht beklagen. Da Lady Winship nach wie vor freiwillig im Turm saß, lag die Führung des Haushaltes, ja, des ganzen Anwesens fast ausschließlich in Alveys Händen. Nach Ablauf eines Vierteljahrs kannte sie sich recht gut in der Hauswirtschaft, in der Führung der Bücher und der Gutsverwaltung aus. Sie hielt sich häufig in der Bibliothek auf und las die dort vorhandenen Werke über Ackerbau, Forstwirtschaft und Viehzucht. Sie führte lange Gespräche mit Lumley, dem Gutsverwalter, einem älteren Mann, der sich als wohlwollend und verständig erwies. Wenn ihr nach diesen Tätigkeiten und dem Unterricht der Kinder noch Zeit blieb, las sie die von Honoratioren der Grafschaft verfaßten Erinnerungen und Chroniken aus der Gegend, die sie in der Bibliothek vorfand, denn ihr eigener Vorrat an Lesestoff war längst erschöpft.

»Wenn Sir Aydon wieder da ist, Miss Emmy, sollten Sie ihm zureden, mehr Schafe zu halten und weniger Weizen anzubauen«, war Lumleys ständige Rede. »Unser Boden ist elend schlecht für Weizen, aber Sir Aydon ist ganz versessen drauf, wie alle großen Gutsbesitzer. Gewiß, Schafe bringen keinen so großen Gewinn, Aber Sie solln mal sehn, nach zwei, drei Jahren hat sich der Boden prächtig erholt. Und es heißt, daß der Weizenpreis immer schneller fällt. Wenn man es recht betrachtet, ist es ein richtiges Hasardspiel.«

»Gewiß, Lumley, ich will gern mit ihm darüber sprechen, aber Sie wissen ja, wie Sir Aydon ist. Er hat seinen eigenen Kopf und läßt sich nicht gern von anderen Leuten raten, geschweige denn bloß von einer Frau.«

»Mir wär's schon recht, wenn er einen Kopf hätt wie Sie, Miss Emmy. Er will immer alles gleich übers Knie brechen.«

Alvey stutzte. Sie hätte eher gesagt, daß Sir Aydon zu langsam und zögerlich war, um eine Entscheidung zu fällen. Im Grunde aber kam es wohl auf dasselbe heraus. Er pflegte wochenlang über einem Problem zu grübeln, ohne eine Lösung zu finden, und faßte dann überstürzt einen Plan, in dem seine Überlegungen keinen Niederschlag fanden.

»Major Fenway schreibt, daß mein Vater wie umgewandelt ist, Lumley, nachdem ihm seine Beine nicht mehr so weh tun. Er ist ruhig und umsichtig und läßt mit sich reden.«

»Also das glaub ich erst, wenn ich ihn mit eigenen Augen gesehen hab.«

Endlich war der Tag der Rückkehr herangekommen. Seit zwei Wochen schien die Sonne, der Schnee zog sich auf die Berggipfel zurück, in den Tälern zeigte sich erstes Grün, und die Straßen trockneten allmählich ab. Die Vögel sangen aus Leibeskräften. Alvey brachte es nicht übers Herz, die Kinder stundenlang über den Büchern sitzen zu lassen. Das brennende Verlangen, einen ersten Erkundungsgang am Fluß zu machen und ihr so lang entbehrtes Reich zu inspizieren, war ihnen so deutlich anzumerken.

»Nach dem Winter ist es nämlich immer besonders aufregend, Emmy, weil alles sich verändert hat. Das Wasser hat Steine von den Bergen mitgebracht, Sandbänke haben sich verlagert, neue Inseln und Kanäle sind entstanden ...«

»Also meinetwegen, lauft nur, aber ihr seht euch vor, nicht wahr? Das Wasser steht noch sehr hoch, und es wird schon lange vor der Dämmerung kalt. Und da im Laufe des Nachmittags mit dem Eintreffen eures Vaters zu rechnen ist, wäre es sehr bedauerlich, wenn ihr nicht da wäret, um ihn zu begrüßen.«

Nish und Tot fanden offenbar, daß es von nur sehr untergeordneter Bedeutung war, ob sie bei Sir Aydons Heimkehr zugegen waren oder nicht, und hüpften davon, noch während Mrs. Slaley weitere Ermahnungen vom Stapel ließ, sie sollten auf keinen Fall die Stiefel ausziehen oder sich nasse Füße holen. Alvey beneidete sie sehr und wünschte, sie hätte mitgehen können, von Fels zu Fels springend, am Rande von Wasserfällen hochkletternd, auf Trittsteinen das Flußbett überquerend, Schätze in strömungsfreien Buchten entdeckend, Äste über Stromschnellen flußab expedierend ... Es war ein ganz dummer Gedanke, aber sie überlegte, wie schön es wäre, wenn eines der Kinder jetzt sagen würde: »Komm doch mit, Schwester Emmy!« Natürlich wäre ihr das nicht möglich gewesen, irgend jemand mußte schließlich zu Sir Aydons Begrüßung zur Stelle sein. Gleichwohl, ich wollte, die Kinder hätten es mir angeboten, dachte sie.

Im Lauf des Tages steigerte sich ihre Unruhe, die, wie sie sich sagte, nicht unbegründet war. Selbst wenn Sir Aydons Seelenlage sich so erheblich zum Besseren gewandelt hatte, wie Guy Fenway behauptete, erwartete ihn doch bei seiner Heimkehr eine seltsame, verdüsterte Stimmung, von der er sich nach Alveys und Lumleys Briefen wohl kaum eine Vorstellung gemacht hatte. Seine Frau hatte sich in den Turm zurückgezogen und quälte sich mit zum Teil offen eingestandenen, zum Teil noch unausgesprochenen Zweifeln und Schuldgefühlen. Die Empfindungen, die sie für ihren Mann hegte, waren durchaus nicht die einer liebenden Ehefrau. Sie grollte ihm wegen der toten und totgeborenen Kinder und wegen der anderen, an denen er so wenig Interesse gezeigt hatte. Sie hegte – noch immer? – den Verdacht, er sei der Vater von Annies Kind. Ihr selbst wurde vorgeworfen, dieses Kind beseitigt zu haben. Würde Sir Aydon den Gerüchten Glauben schenken? Wo lag die Lösung? War Sir Aydon jetzt, da seine Gesundheit bis zu einem gewissen Grade wiederhergestellt war, einer so schwierigen Situation gewachsen? Oder würde die Lethargie, die Verzweiflung sich wieder einstellen, die Alvey an ihm erlebt hatte, als sie nach Birkland gekommen war?

Nicht nur diese Fragen machten sie unruhig und mutlos. Da war neben der Beziehung zu seiner Frau auch die Beziehung zu ihr. War ihm etwas von der Täuschung zu Ohren gekommen? Hatte sich Mr. Thropton von der Hochzeitsreise aus – wo immer er und Parthie sie verbringen mochten – mit einem Brief an ihn gewandt und enthüllt, daß Alvey in die Rolle Louisas geschlüpft war? Hatte es Guy irgendwann für angebracht gehalten, James oder James' Vater davon in Kenntnis zu setzen?

Selbst ohne die drohende Enthüllung glaubte Alvey, genug Grund zur Sorge zu haben. Seit drei Monaten hatte sie ohne Vollmacht und Erfahrung praktisch selbständig dem Hauswesen dieses Mannes vorgestanden. Zwar schien es – wenn man von Parthies Flucht absah – zu keiner größeren Katastrophe gekommen zu sein, aber wer weiß, dachte sie, was er an der einen oder anderen meiner Unternehmungen oder Entscheidungen auszusetzen hat...

Als sie die Kutsche langsam durch das Fichtenwäldchen näherkommen sah, hätte sie sich am liebsten weggeschlichen und verborgen, bis die ersten Wogen der Wiedersehensfreude sich geglättet hatten. Aber nein, das wäre dumm und kindisch gewesen.

Sie legte ein sauberes Halstuch um, ordnete das Haar und ging in die Halle, wo die Reihe der höhergestellten Dienstboten, die in gemessener Freude zum Willkommen ihres Herrn Aufstellung genommen hatte, sich teilte, um sie passieren zu lassen.

Sie hätte den Mann, der aus der Kutsche stieg, kaum wiedererkannt. Er war von gerader, kräftiger Gestalt, seine Gesichtsfarbe war viel heller und gleichmäßiger, das Haar merklich dichter, zwar grau, aber mit einem rötlichen Glanz, nicht mehr der wirre, dürftige Flaum, den sie in Erinnerung hatte. Er sah sich mit wachem Blick um, offenkundig zutiefst beglückt, wieder daheim zu sein.

»Ah, die alte Blutbuche ist noch da, sie hat, wie ich sehe, die Winterstürme überstanden. Vortrefflich!«

Dann fiel sein Blick auf Alvey. »Da bist du, meine Liebe. Siehst ebenfalls wohl aus, das freut mich sehr.«

»Danke, Papa. Auch ich habe die Winterstürme überstanden.«

Er trat zu ihr, schüttelte ihr die Hand und gab ihr zu ihrer nicht geringen Überraschung einen herzhaften Kuß. Über seine Schulter traf Alvey der belustigte Blick Guy Fenways, der die Equipage zu Pferde begleitet hatte und jetzt absaß, um sie zu begrüßen.

»Sie sehen blühend aus, Miss Winship, wie ich hochbeglückt feststelle. Und hier kommt Ihr Bruder, auch er in sehr viel besserer Verfassung als bei Ihrer letzten Begegnung.«

James war ebenfalls zu Pferde gekommen, und Alvey bewunderte die Gewandtheit, mit der er sich aus dem Sattel schwang, wenngleich Surtees sogleich an seiner Seite war, um ihm behilflich zu sein. Er sah tatsächlich viel wohler aus, noch immer schmal, aber nicht mehr so durchsichtig, noch immer blaß, aber nicht so elend. Er begrüßte Alvey leicht befangen, wie sie fand, und fragte sofort nach seiner Großmutter.

»Sie sieht deinem Besuch ungeduldig entgegen, kann es kaum mehr erwarten.«

Sir Aydon begrüßte indessen die Kleinen, die herumtollende Betsey und Klein Katie, die inzwischen schon beinah laufen konnte, aber im Augenblick auf Tushies Arm saß. Alvey schickte sich schon an, Nish und Tot zu verwünschen, weil sie nie zur Stelle waren, wenn man sie brauchte, doch da kamen sie zum Glück angelaufen, waren offenbar über eine weite Strecke gerannt, puterrot im Gesicht, außer Atem, unordentlich und schmutzbedeckt, aber zumindest, sagte sich Alvey, kann kein Mensch behaupten, es seien schwächliche, anfällige Geschöpfe, mit denen nichts anzufangen sei. Sie wirkten munter und kerngesund und waren augenscheinlich froh, ihren Vater zu sehen. Auch bei ihm schien die Freude groß zu sein, er war sehr beeindruckt von der vorteilhaften Veränderung ihrer Erscheinung.

»Potztausend, ich hätte euch kaum wiedererkannt. Wie groß ihr geworden seid, bald werdet ihr mir über den Kopf gewachsen sein. Jetzt sagt einmal, tut es euch leid, daß euer alter Griesgram von Vater wieder im Lande ist?«

Damit geht er zu weit, dachte Alvey besorgt, aber Tot erwiderte sachlich: »Nein, Sir.«

Und Nish rief: »Geht es dir besser, Papa? Geht es dir wirklich besser?«

»Wir wollen es hoffen, Miss. Jetzt wird es aber Zeit, daß ich eure Mutter und eure Großmutter begrüße.«

»Machen wir einen Gang auf der Terrasse?« sagte Guy Fenway zu Alvey.

»Aber ich –«

»Sie werden im Augenblick nicht gebraucht. Sir Aydon ist bei seiner Frau, James bei seiner Großmutter . . .«

»Da gehört er auch hin«, erwiderte sie streng. »Nicht ein einziges Mal hat er ihr geschrieben ...«

»In der Tat? Ich dächte, er hätte ihr zumindest einen Brief gesandt.«

»Es ist keiner angekommen. Und dabei hätte er ihr damit eine so große Freude machen können, schließlich lebt er ja von ihrem Geld.«

»Ich vermerke mit Genugtuung, daß Ihre Verliebtheit offenbar ganz von selbst zum Erliegen kam ...«

»Ich war nicht in ihn verliebt.«

»Nein?« Er machte ein spöttisches Gesicht. »Aber sagen Sie, wie steht es um Lady Winship? Sie sehen entzückend aus. Noch entzückender, als ich Sie in Erinnerung hatte – und ich habe viel an Sie gedacht.«

Wie seltsam, dachte Alvey, und ich hatte ihn schon fast vergessen. Bis auf diese sonderbar durchdringenden Augen. Und seine Stimme ...

»Sie fragten nach Lady Winship. Es heißt im Dorf, sie habe das Kind ertränkt. Und deshalb habe sie sich in den Turm zurückgezogen. Als Buße gewissermaßen.«

»Hat sie sich Ihnen anvertraut? Hat sie den Mord gestanden? Ist das der Grund für ihre freiwillige Klausur?«

»Nein, nicht direkt. Viel schwerer scheint ihr auf der Seele zu liegen, daß sie James bezichtigt hat, der Vater des Kindes zu sein, obschon sie es von Anfang an nicht recht geglaubt hat. Ihr eigentlicher Verdacht richtete sich auf Sir Aydon.«

»Ja«, sagte er, »das erzählte sie mir.«

»Natürlich. Als sie nach der Verwüstung des Gartens mit Ihnen sprach, nicht wahr?«

»Es hat keine weiteren Vorfälle in dieser Richtung gegeben?«

»Nein, nur Klatsch und Gerede. Aber der Winter war hart, jedermann war ans Haus gefesselt. Wie wird es jetzt weitergehen, was meinen Sie?«

»Ich denke, die Wogen werden sich glätten. Vorausgesetzt, Sir Aydon und seine Gattin können miteinander ins reine kommen. Was macht Ihre Schriftstellerei? Haben Sie Ihr Buch beendet?«

»Ja, und abgeschickt.«

»An welchen Verleger?«

Sie nannte den Namen von Allgoods Vetter. »Aber zwei Monate, nein, drei sind schon vergangen, ohne daß ich etwas gehört habe«, sagte sie betrübt.

»Ich glaube, derlei Dinge dauern oft verteufelt lange«, tröstete er. »Verleger sind bekanntlich alt und graubärtig und sehr langsam. Einer allein braucht viele Wochen, um ein Manuskript durchzulesen. Und dann reicht er es an den nächsten weiter, vermutlich müssen fünf oder sechs es gelesen haben, bis eine Entscheidung getroffen werden kann.«

»Und wie steht es mit Ihnen, mit Ihrer Arbeit?«

»Vortrefflich. Ich hoffe, mich im Sommer nach Indien einschiffen zu können, um wieder zu meinem Regiment zu stoßen. Bis dahin werde ich sehr viel besser über Tropenkrankheiten im Bilde sein.«

Sie fröstelte ein wenig. »Tropenkrankheiten ... Wie unerfreulich. Und James? Was hat er vor?«

»James bleibt in Edinburgh, um ein berühmter Mann zu werden, Mitglied der Royal Society und so weiter. Früher oder später wird sich sein Vater mit dem Gedanken abfinden müssen, daß er einen bedeutenden Mediziner hervorgebracht hat.« Guys Miene wurde ernster. »Ich muß Ihnen bedauerlicherweise auch mitteilen, daß James sich wieder einmal verliebt hat.«

»Ah ja?« versetzte Alvey in bewußt leichterem Ton. »Und wer ist die Glückliche?«

»Eine gewisse Miss Jessie McLoughlin, Tochter des Pfarrers von St. Brendan. Sie ist sehr hübsch und besitzt nicht mehr Hirn als jene Lerche, die dort schlägt.«

»Und ist es diesmal ernst?«

»Wer wollte das entscheiden?« versetzte er ungeduldig. »James kann zur Zeit keine Frau ernähren, und das weiß er auch. Sprechen wir von Parthie. Waren Sie sehr überrascht, als sie davonlief?«

»Nein, eigentlich nicht.« Alvey berichtete, wie es zu Parthies Flucht gekommen war, und schloß: »Das Ende meines Aufenthaltes hier ist demnach abzusehen. Sobald Mr. Thropton und Parthie ins Pfarrhaus von Birkland zurückkehren, muß ich mit meiner Entlarvung rechnen.«

»Du meine Güte«, sagte Guy ganz bestürzt. »Und was wollen Sie dann anfangen?«

»Wohl oder übel das Weite suchen, nehme ich an. Hier jedenfalls kann ich nicht bleiben.«

»Sie sollten nach Edinburgh gehen. Viele junge Damen bringen sich dort allein durch. Sie könnten als Lehrerin oder in einem Verlag unterkommen. Arbeit als Korrektorin oder Kopistin findet sich gewiß immer.«

Alles in Alvey sträubte sich gegen einen solchen Vorschlag. Von einem Hungerlohn zu leben in einer Stadt, in der James Winship und Guy Fenway sich behaglich etabliert hatten und hohes Ansehen genossen? Nein, das konnte für sie nur der allerletzte Ausweg sein.

»Man wird abwarten müssen«, sagte sie deshalb nur.

Nachdem sie noch ein paaarmal auf der Terrasse auf und ab gegangen waren, fragte sie: »Wie lange werden Sie diesmal bleiben können, Sie und James?«

»Leider müssen wir zurück, sobald die Pferde sich erholt haben. Wahrscheinlich schon übermorgen.«

»Wie bedauerlich.«

Er schenkte ihr ein hoffnungsvolles Lächeln, versetzte aber in ironischem Ton: »Ich wäre hocherfreut, wenn ich mir einbilden dürfte, daß Ihr Bedauern mir gilt, weiß aber nur zu gut, daß Sie dabei an James denken.«

»Durchaus nicht. Ich schätze Ihre Ratschläge und Ihr Urteil

sehr hoch, Major Fenway, und bedaure es nur, daß ich nicht länger Gewinn daraus ziehen kann.«

»Sie wissen sich sehr gut zu helfen. Bei den Kindern haben Sie entschieden einen Wandel zum Besseren bewirkt. Was hört man übrigens von der weitgereisten Miss Louisa?«

Alvey runzelte die Stirn. »Zur Zeit gar nichts. Ihr letzter Brief liegt viele Wochen zurück. Ich hoffe nur, daß ihr kein Unglück zugestoßen ist...«

»Das wäre in der Tat mißlich. Wäre sie mit ihrem Schiff untergegangen, oder hätten erboste Hindu- oder Moslempriester sie ermordet, weil sie ihnen die Gläubigen abspenstig gemacht hat, – wie würden Sie je davon erfahren? Vielleicht niemals. Und dann, nicht wahr, wären Sie in einem schweren moralischen Dilemma und rechtlich in einer höchst zweifelhaften Lage. Theoretisch könnten Sie für immer hierbleiben.«

»Das möchte ich auf gar keinen Fall«, sagte Alvey. Sie sagte es laut und heftig, um jene leise Stimme in ihrem Innern zum Verstummen zu bringen, die ihr zuflüsterte, sie könne sich gar nichts Schöneres vorstellen.

Zwei Tage später traten die beiden jungen Herren die Rückreise nach Edinburgh an. James und Alvey hatten nur wenige belanglose Worte miteinander gewechselt. Stolz, wie sie war, hatte sie nach Möglichkeit Begegnungen mit ihm vermieden. Sie spürte Guys aufmerksamen Blick und wollte ihm nicht den mindesten Grund zu der Annahme geben, sie suche James' Gesellschaft, was auch nicht der Fall war. James war hauptsächlich mit den Kindern draußen herumgestreift, sie zu Fuß, er im Sattel des alten Phantom. Die drei verstanden sich offenbar prächtig, und die Kinder äußerten und empfanden echten Kummer über seine Abreise.

»Wenn nur James immer hierbleiben könnte«, seufzte Tot.

»Er muß hinaus in die Welt, um sein Glück zu machen. Bei

Jungen ist das so. Ich möchte wohl wissen warum«, sagte Nish. »*Ich* gehe nie weg von Birkland.«

»Meg und Isa und Parthie haben es getan.«

»Aber Isa kommt wieder.«

»Und wenn Papa stirbt«, sagte Tot nüchtern, »kommt James zurück und wird hier Gutsherr, so hat es Papa nach Großvaters Tod auch gemacht.«

»Irgendwann mußt du zur Schule, Tot, und einen Beruf erlernen.«

»Muß ich nicht«, erklärte Tot heftig. »Ich geh nie weg von Birkland.«

»Irgendwann wirst du es müssen«, sagte Nish traurig, aber resigniert.

»Nein, muß ich nicht, wegen meiner Anfälle. Ich bleib für immer hier und werde für James das Gut bewirtschaften.«

Zwischen den beiden Kindern und ihrem Vater herrschte jetzt ein bedeutend besseres Einvernehmen. Bei den Mahlzeiten sprachen sie ungezwungener mit ihm, und ihm wurde es nach und nach zur Gewohnheit, mit ihnen loszuziehen, er zu Pferde, sie zu Fuß, denn schnelles Gehen strengte ihn immer noch an. Da diese Ausflüge allen Beteiligten große Freude machten, schaffte er bald Ponys für die Kinder an, so daß sie längere Ausritte miteinander unternehmen konnten.

Lady Winship verblieb indessen in ihrer selbstauferlegten Haft. Manchmal ging Alvey traurig in dem zerstörten Garten umher. Frühlingsblumen – Schneeglöckchen, Narzissen und Krokusse – schoben sich durch das Gewirr geknickter Büsche und umgestürzter Steine. Schon ein paarmal hatte Carey bei Alvey angefragt, ob er nicht für die gnä' Frau alles ein bißchen richten solle, und Sir Aydon hatte nach seiner Rückkehr die Frage ins Turmzimmer übermittelt, war aber stets mit einer abschlägigen Antwort zurückgekommen.

»Solange sie unter Verdacht steht, sagt sie, habe sie nicht das Recht, ihren Garten wieder in Besitz zu nehmen«, berichtete Sir Aydon.

Alvey wußte, daß er mehrere Gespräche mit seiner Frau geführt hatte. Welchen Inhalts sie gewesen waren, konnte sie nur vermuten.

Hatte Charlotte ihm gesagt, daß sie ihn für den Vater des toten Jungen hielt? Und was mochte er ihr geantwortet haben?

Seltsam, dachte Alvey, als ich nach Birkland kam, hatte sich dieser Schleier aus Leid, Argwohn und Geheimnis gerade erst um die Familie gewoben. Und ich habe so wenig davon bemerkt. Was für ein schönes Heim, dachte ich nur. Weil ich in meinen Roman vertieft war, hatte ich keine Augen für meine Umgebung. Dabei ist die Ansicht weit verbreitet, Schriftsteller beobachteten schärfer als gewöhnliche Sterbliche. Mir scheint eher das Gegenteil der Fall zu sein. Ich glaube, von allen Mitgliedern des Hauswesens habe ich am wenigsten wahrgenommen. So habe ich auch Parthie falsch eingeschätzt – oder zumindest den wahren Grund für ihr ungutes Wesen nicht erkannt.

»Solange sie unter Verdacht steht«, wiederholte sie jetzt ratlos. »Aber das kann ja unendlich lange dauern. Wie ließe sich jetzt noch etwas beweisen oder widerlegen, da dies alles bereits Vergangenheit ist?«

Sir Aydon seufzte. Daß er über den derzeitigen Stand der Dinge nicht glücklich war, lag auf der Hand, zumindest aber trug er es besser, als dies vor einem halben Jahr der Fall gewesen wäre.

»Kannst du nicht mir ihr sprechen, Louisa? Sie aufheitern? Du bist so ein braves, kluges Mädchen. Ich bin sehr beeindruckt, wie vortrefflich du in meiner Abwesenheit hier alles besorgt hast. Du bist eine bessere Tochter, als ich sie je verdiente.«

»Bitte sag das nicht«, stieß Alvey hervor und wurde über und über rot. »Dieses Lob kommt mir nicht zu, wirklich nicht.«

»Doch, doch, es ist mir ernst. Aber kannst du nicht mit deiner

Mama reden und sie davon überzeugen, daß sie sich völlig sinnlos opfert?«

Alvey hatte das Gefühl, daß hier eine sehr viel radikalere Lösung vonnöten wäre, aber sie versprach, darüber nachzudenken.

»Ja, ja«, drängte er. »Irgendwann, wenn die Kinder und ich aus dem Haus sind, setzt ihr euch zusammen und plaudert einmal so recht nach Herzenslust miteinander...«

Alvey seufzte. Der Mensch ändert sich nicht von Grund auf, sagte sie sich. Das wäre einfach zu viel verlangt.

An einem Tag, an dem Sir Aydon und die Kinder frühzeitig das Haus verlassen hatten und Alvey sich gerade überlegte, ob sie zumindest den Versuch machen sollte, seinen hoffnungsvollen Vorschlag im Hinblick auf Lady Winship in die Tat umzusetzen, wurde ihr ein Brief gebracht, den, wie sie von Amble erfuhr, Whin Bob, der Uhrmacher, abgegeben hatte und der in einer ihr unbekannten männlichen Handschrift an sie adressiert war. In förmlichem, aber höflichem Ton wurde Alvey gebeten, sich nach Hexham zu begeben und sich dort im Gasthof zum Weißen Roß mit »einer Bekannten« zu treffen.

Verwundert und voller Neugier, indes sich in ihrem Kopf die ausgefallensten Mutmaßungen jagten, wies Alvey Surtees an, den alten Phantom zu satteln. Konnte es etwas mit ihrem Buch zu tun haben? Vielleicht eine Nachricht von Mr. Allgoods Vetter?

»Soll ich mitreiten, Miss Emmy?«

»Nein, danke, Surtees, das ist nicht notwendig. Es ist ein schöner warmer Tag, und Sie haben alle Hände voll zu tun, um Sir Aydons Weisungen auszuführen. Ich komme allein sehr gut zurecht.«

Während des ganzen Rittes beschäftigten sie hoffnungsvolle Wunschträume, die alle um ihr Buch kreisten. Überdies war es ein herrlicher Frühlingstag. Runde weiße Wolken zogen über einen strahlend-klaren Himmel, die fernen Berge leuchteten lila und lavendelfarben. Primeln, blankgewaschen vom nächtlichen Regen, prangten am Wegesrand.

In Hexham stellte Alvey ihr Pferd, wie es in der Familie Brauch war, im Schwarzen Stier unter und begab sich dann zu Fuß zu dem bescheideneren Weißen Roß am Markttor. Dort fragte sie, den Anweisungen des Briefes folgend, nach »Mrs. Armstrong« und wurde von einem Bedienten ins Obergeschoß geführt.

Es ist genau wie in den von Parthie gehorteten Bändchen der Minerva Press, dachte Alvey. Wird man mich entführen, werde ich nie nach Birkland zurückkehren, um zu berichten, was mir geschehen ist? Wird man meine Leiche mit dem Gesicht nach unten im Tyne treiben sehen?

Halb belustigt, halb beängstigt klopfte sie an eine Tür und trat ein, als eine Stimme von drinnen »Herein!« rief. Eine dicht verschleierte Dame saß am Fenster und blickte auf den Marktplatz hinunter.

»Wie Sie sehen«, sagte Alvey, »bin ich so schnell wie möglich Ihrem Ruf gefolgt. Womit kann ich Ihnen dienen? Allmächtiger! *Louisa*!«

Denn die Dame hatte den Schleier zurückgeschlagen und Louisas wohlbekannte Züge enthüllt.

»Louisa! Ich denke, Sie sind am anderen Ende der Welt! Was um Himmels willen tun Sie hier?«

»Haben Sie meinen Brief nicht bekommen?« fragte Louisa in dem nur zu vertrauten krittelnden Ton, so daß Alvey sich sogleich in die Torhausstube der Abbey School zurückversetzt fühlte.

»Nein. Ihr letzter Brief kam aus Port Elizabeth, darin schrieben Sie, die Reise ginge gut vonstatten. Ich ... ich bin ganz sprachlos, Sie wieder in England zu sehen. Was ist geschehen? Hat das Leben in der Mission seinen Reiz für Sie verloren?«

Alvey wußte kaum, was sie sagte. Die Welt schien sich auf beängstigende, schwindelerregende Weise um sie zu drehen.

»Ganz gewiß nicht«, sagte Louisa scharf. »Es war nur so,

daß ... Nun, wenn Sie meinen Brief nicht bekommen haben, muß ich wohl etwas weiter ausholen.«

»Ich bitte darum.«

»Leutnant Dunnifage hat mich gebeten, seine Frau zu werden. Wir haben auf Madagaskar geheiratet, Kapitän Middlemas hat uns getraut.«

»Soso«, sagte Alvey langsam. »Ich beginne zu verstehen.«

»Ja, und dann haben wir uns gesagt, es wäre wohl das beste, heimzufahren. Mit dem Schiff von Fort Dauphin nach Dschibouti und Suez, über Land nach Port Said und von dort aus wieder zu Schiff. Mein Gatte«, sagte Louisa stolz, »hat so viele gute Bekannte auf See, daß unsere Reise zügig vonstatten ging, wir brauchten vom Tag unserer Trauung an nur zehn Wochen.«

»Das freut mich zu hören, aber ich bin noch immer nicht wenig erstaunt über Ihre plötzliche Entscheidung, wieder nach Hause zu kommen. Hat Leutnant – hat Ihr Mann demnach kein Interesse für die Mission?«

»Doch, doch, sehr großes Interesse sogar«, beteuerte Louisa. »Nur meinte er – meinten wir, es wäre gut, wenn wir zunächst bei Papa meine Mitgift einforderten ...«

»Ah so ...«

»Und wenn wir das persönlich täten und nicht ... nicht brieflich aus so weiter Entfernung, wo es leicht zu Mißverständnissen hätte kommen können.«

»Da mögen Sie wohl recht haben.«

Zweitausend Pfund hat er Parthie von der Mitgift abgezogen, weil sie mit Thropton durchgebrannt ist, dachte Alvey. Wird Louisa mit der gleichen Buße zu rechnen haben? Oder wird die Strafe bei ihr gar höher ausfallen, weil sie weiter vom Wege abgewichen ist?

»Und dann meinte mein Gatte, Leutnant Dunnifage –« Louisa warf einen liebevollen Blick auf die trauringgeschmückte Hand, die in einem diskreten Glacéhandschuh steckte »– daß man hierzulande genausogut, wenn nicht besser, missionarisch tätig sein kann. Warum sollten wir uns plagen, die Heiden der schmutzigen, rückständigen Länder in Übersee zu bekehren, da doch die Arbeiter hierzulande in so hohem Maße unseres Rates und unserer Weisungen bedürftig sind? Mein Gatte hatte schon immer den Wunsch, in Liverpool, seiner Heimatstadt, eine Seemannsmission einzurichten und zu leiten, und ich folge ihm darin natürlich gern, da seine Wünsche den meinen so sehr entgegenkommen ...«

»Ja, sicher, das trifft sich in der Tat gut.«

Nur ist Liverpool schwerlich mit der heißen Sonne und den Palmen von Serampore zu vergleichen, dachte Alvey. Sie hatte Amble von Liverpool erzählen hören, der dort einen Vetter hatte, und stellte sich die Stadt recht düster vor. Doch vermutlich schenkte Louisa ihrer Umgebung ohnehin nur geringe Beachtung, womöglich fiel ihr der Unterschied kaum auf.

»Und so beschlossen wir«, fuhr Louisa fort, »Ihnen vor unserer Rückkehr Bescheid zu geben, damit Sie genügend Zeit hätten, Birkland zu verlassen. Denn es wäre doch überaus eigentümlich und peinlich, wenn wir beide zur gleichen Zeit dort wären. Nein, das geht keinesfalls an. Wir werden also diskret auf ein, zwei Tage hier logieren, als Mr. und Mrs. Armstrong, bis Sie fort sind ...«

»Bis ich fort bin«, wiederholte Alvey einigermaßen verdutzt.

»So hatten Sie es sich doch immer vorgestellt, nicht wahr?« sagte Louise mit leiser Ungeduld. »Ich erinnere mich genau, wie oft Sie zur Bedingung machten, nur auf begrenzte Zeit in Birkland Hall Aufenthalt zu nehmen. Sie haben diesen Punkt ganz besonders betont, das können Sie nicht leugnen. Haben Sie Ihre Schreiberei, die Sache, die Sie anfangen wollten, denn nicht zu Ende gebracht?«

»Doch, ich habe einen Roman fertiggestellt.«

»Nun denn, dann hält Sie ja wohl nichts mehr auf Birkland.«

»Aber –«

Alvey verstummte. Sie spürte eine seltsame Leere im Kopf. Für

Louisa war die Sache anscheinend ganz einfach. Der Ausflug in die weite Welt, ihre Ehe mit Leutnant Dunnifage hatte sie offenbar um keinen Deut geändert. Sie war das selbstbezogene, humorlose Geschöpf aus der Abbey School geblieben, sich an einem einzigen Gedanken festklammernd, ihr Ziel ansteuernd, ohne nach rechts und links zu sehen, ohne eine Überlegung daran zu verschwenden, was andere Menschen bewegen mochte.

Und was konnte Alvey ihren Plänen entgegensetzen? Ja, ich weiß, ich erinnere mich, ich habe in der Tat zur Bedingung gemacht, mich nicht zu binden, habe mir ausgebeten, Birkland nach Ablauf eines Jahres verlassen zu können. Und ich habe ja tatsächlich mein Buch beendet. Aber Menschen lassen sich nicht so einfach hin und her schieben wie Schachfiguren. Du kehrst zurück, ich reise ab. Ich gehe, du nimmst meinen Platz ein. Und die Familie in Birkland wird keinen Unterschied feststellen. Was ist mit deinem Mann, Louisa, wo ist sein Platz auf dem Spielbrett? Soll ich ihn vielleicht übernehmen?

Sie lächelte ein wenig bei dem Gedanken.

»Warum lächeln Sie?« fragte Louisa scharf.

»Nichts. Ein dummer Einfall ...«

Wie sollte sie Louisa erklären, daß einem jenseits aller sorgsamen Pläne und Berechnungen ein Haus und seine Bewohner so ans Herz wachsen können, daß sich dabei das Gewicht der Verantwortung völlig verschiebt, daß die Vorstellung, diese Menschen unvermittelt ihrem Schicksal zu überlassen, so grausam scheint, daß man sie weit von sich weisen möchte? Habe ich, haben sie bei diesem Geschäft denn gar nichts zu sagen?

Äußerlich hatte Louisa sich wesentlich verändert. An der Abbey School hatte sie sich stets quäkerhaft schlicht und streng gekleidet. Jetzt waren ihre Garderobe und ihre Aufmachung ausgesprochen elegant, ja, modisch. Irgend jemand, die Tothills vielleicht – oder, was wahrscheinlicher war, Leutnant Dunnifage – hatten ihr Mut gemacht, ihr gefälliges Äußeres möglichst geschickt zur Geltung zu bringen. Sie trug ein Seidenkleid und eine goldene Kette, ihr Haar war sorgfältig gelockt. Alvey kam sich neben ihr bäurisch und unmodern vor. Die auf Hochglanz gebrachte Fassade hatte Louisas schon vorher beträchtliches Selbstbewußtsein ganz offensichtlich noch gestärkt.

Sehr betont sah sie auf die Uhr, die an ihrem Gürtel hing.

»Nun? Wie bald können Sie Birkland verlassen?«

»Aber Louisa, dieser Gedanke ist völlig absurd. Haben Sie sich das alles auch wirklich überlegt? Wie können wir so einfach einen Tausch vornehmen wie ... wie bei zwei Puppen?«

»Ich sehe da keine Schwierigkeit, nicht die mindeste. Nein, wirklich, ich weiß überhaupt nicht, was Sie meinen. Wir haben schon einmal die Rollen getauscht, was spräche jetzt dagegen? Damals hat offenbar niemand den Tausch bemerkt, warum sollte das jetzt anders sein?«

Weil ich die bessere Schauspielerin bin, weil ich mit Intelligenz an meine Rolle herangehe. Weil –

»Aber das war etwas ganz anderes«, sagte Alvey. »Sie waren lange nicht mehr zuhause gewesen ...«

Und überdies, wollte sie hinzufügen, wurde der Tausch sehr wohl bemerkt. Von Tot und Nish, von Parthie, wohl auch noch von anderen ... Doch in diesem Augenblick flog die Tür auf, und ein junger Mann in Stiefeln und Überrock betrat flotten Schrittes das Zimmer und rief:

»Nun, ist alles geregelt? Habt ihr es unter euch besprochen?« Alvey erinnerte sich unbestimmt, ihn unten gesehen zu haben: Ein Mensch mit ziemlich öligem Teint, glänzenden Wangen, blondem Backenbart, mausbraunem Haar und Augen, die die Farbe von schwachem Tee hatten. Louisa betrachtete ihn voller Besitzerstolz.

»Dies«, sagte sie zu Alvey, »ist mein Gatte, Leutnant Dunnifage. Er hat Ihnen den Brief nach Birkland geschrieben. Damit niemand meine Handschrift erkennt und sich am Ende darüber wundert«, fügte sie mit Genugtuung über das Verschwörertalent ihres Mannes an.

»Es freut mich, Sie kennenzulernen, Sir«, sagte Alvey und dachte, wie wenig diese Feststellung doch der Wahrheit entsprach.

»B-bei G-gott, Ma'am, die Ähnlichkeit ist w-w-wirklich erstaunlich.« Er stotterte leicht. »H-hab Sie unten gesehen, w-wollte kaum meinen Augen trauen. Ihr könntet Zwillinge sein, ihr b-beiden H-hübschen.« Louisa runzelte die Stirn. Ihr Mann legte ihr einen Arm um die Taille und gab ihr einen ausgelassenen Klaps auf den Oberschenkel. »Nun, mein Schatz, a-alles erledigt?« Er warf Alvey einen schalkhaften Blick zu. »W-wechselt das Bäumchen, wie? Ablösung vor, haha. Nun, Sie können sich nicht beklagen, Ma'am, Sie h-haben K-kost und Logis gehabt, a-alles vom Feinsten, monatelang, nicht wahr?«

»Ich beklage mich nicht.«

»Aber Miss Clement macht Schwierigkeiten«, sagte Louisa verstimmt. »Mir scheint, daß sie nicht gehen will.«

»Wie? Was? Höre ich recht? S-so undankbar können Sie doch nicht sein ...«

»Ich bin nicht undankbar«, fuhr Alvey auf. »Davon kann überhaupt keine Rede sein. Aber begreifen Sie denn nicht ... Die Familie, das Hauswesen ... sie haben sich alle an mich gewöhnt. Während Sir Aydons Abwesenheit, als er operiert wurde, war ich ihnen in gewisser Weise sogar unentbehrlich ...«

»Ach, war Papa krank? Aber jetzt geht es ihm wohl wieder besser. Und meine Mutter war ja da.«

»Das ist ein weiteres Problem ...«

»Im übrigen ist es Unsinn anzudeuten, Sie seien ihnen unentbehrlich geworden. Das ist ja geradezu lächerlich.«

»B-bißchen stark, wie?« sagte Leutnant Dunnifage.

»Sie sind schließlich eine Außenseiterin, haben keine Ahnung von den Geschäften auf Birkland ...«

»Hübscher alter K-kasten«, sagte der Leutnant und nickte. »H-hab schon viel davon gehört.«

»Ja, ich –«

»Überdies«, fuhr Louisa rasch fort, »scheint ja Papa jetzt wieder daheim zu sein. Ihre Dienste werden daher nicht mehr benötigt. Die übrige Familie ist wohlauf?«

»Verzeihen Sie, Miss Winship – Mrs. Dunnifage...« – auf Louisas Zügen zeichnete sich deutliches Mißfallen auf – »aber haben Sie die Absicht, in Birkland aufzutreten, als – als seien Sie seit der Schulzeit nie fort gewesen? Sie wollen einfach daherkommen und meinen Platz einnehmen, mit anderen Worten so tun, als seien Sie ich?«

»So tun, als sei ich Sie?« Das Mißfallen wandelte sich zu unverhohlener Feindseligkeit. »Wie könnte ich oder weshalb sollte ich das tun? Sie sind der Eindringling, ich bin die rechtmäßige Tochter. Natürlich muß man auf Birkland Hall nach und nach begreifen, daß ein Rollentausch stattgefunden hat, doch da ich die echte Louisa bin, während Sie nur eine Fremde waren, eine Betrügerin, die sich eingeschlichen hat –«

»Jawohl, ganz recht, völlig richtig. Höchst anrüchig, das Ganze«, knurrte Leutnant Dunnifage.

»Es liegt auf der Hand«, fuhr Louisa fort, ohne ihren Mann zu beachten, »daß diese Veränderung von der Familie als Veränderung zum Besseren angesehen werden muß. Sie werden fort sein, ich werde mich auf Birkland etablieren, und das Familienleben wird wieder seinen normalen Gang gehen können.«

»Aber wie können Sie –«

»Mir für meinen Teil«, fügte Leutnant Dunnifage an, »ist es verteufelt schwergefallen zu begreifen, wie eine brave, wackere, gottesfürchtige Person wie meine kleine Frau hier sich derart einwikkeln, sich zu einem so riskanten Spiel beschwatzen lassen konnte. Hab ich immer wieder gesagt, als ich davon hörte, stimmt's, mein Schatz?«

Alvey hatte helle Empörung erfaßt. »Dabei war es doch ihre eigene –«

»Für Sie war die Sache natürlich ein gefundenes Fressen, völlig klar. Ein wa-warmer Regen, k-keine Frage. Und wahrscheinlich ha-haben Sie sich in der Hoffnung gewiegt, sich bis zum E-ende Ihrer Tage in Birkland einnisten zu können, wie?«

»Natürlich nicht«, fuhr Alvey ihn an und bemühte sich sehr zu vergessen, wie oft sie sich insgeheim und mit schlechtem Gewissen vorgestellt hatte, daß es doch einmal so kommen könnte. »Und im übrigen befinden Sie sich in dieser Sache völlig im Irrtum, Sir. Der Plan wurde von Ihrer Frau ersonnen und in allen Einzelheiten ausgearbeitet. Sie mußte viele Wochen lang auf mich einreden, ja, mich anflehen, ehe ich mich bereitfand, ihr zu helfen.«

»Oho, das sagt sich jetzt freilich leicht. Aber ich habe von ihr eine ganz andere Version gehört, und ich weiß wohl, welche glaubhafter klingt. Schätze, Sir Aydon wird da meiner Meinung sein.«

Louisa schwieg. Doch Alvey konnte sich, wenn sie ihre unerschütterlich selbstzufriedene, Wohlanständigkeit ausstrahlende Miene betrachtete, gut vorstellen, daß es ihr ein leichtes gewesen sein mußte, Dunnifage davon zu überzeugen, daß nicht sie, sondern Alvey die Idee zu der Täuschung gehabt und sie selbst zaudernd und voller Gewissensbisse nur deshalb mitgespielt hatte, weil sich ihr dadurch die Möglichkeit eröffnete, ihrer Berufung zu folgen. Vielleicht hatte sie sogar sich selbst davon zu überzeugen vermocht?

»Wenn ich wieder einmal ein Komplott schmiede«, sagte Alvey bitter, »muß ich mich der Zustimmung meiner Partnerin wohl schriftlich und mit Unterschrift und Siegel versichern.«

»Was soll das heißen, Miss Clement?«

»Gleichviel. Es ist alles so abstoßend und schmutzig ...«

»Ganz meine Meinung, Ma'am. Und was S-sir Aydon sagen

wird, wenn er die Geschichte hört ... na, also da-daran mag ich gar nicht denken. Ich an Ihrer Stelle würde darauf sehen, möglichst weit weg von Birkland zu sein, wenn er entdeckt, was für eine Schlange er an seinem Busen genährt hat.«

Alvey betrachtete das Paar staunend. »Wollen Sie allen Ernstes behaupten, Louisa, Sie hätten die Absicht, sich Sir Aydon als arme, ausgenutzte Unschuld zu präsentieren, die von einer Betrügerin von ihrem Platz verdrängt wurde – indes Sie selbst sich rein zufällig nach Indien einschifften? Und was ist mit dem Brief, den Sie an Papa geschrieben und in dem Sie ihm versprochen haben, ihm fürderhin zu gehorchen?«

»Den haben Sie geschrieben«, verkündete Louisa triumphierend. »Das können Sie nicht leugnen.«

»Wie wahr. Und dafür bin ich jetzt ja gestraft genug.« Alvey seufzte.

»G-gestraft genug? B-bei Gott, Ihre Strafe hat noch nicht einmal angefangen. Warten Sie nur, bis alles herauskommt. Auf einen Betrug dieser Art steht gewiß eine lange Kerkerhaft ...«

»Erregen Sie sich nicht«, sagte Alvey erschöpft. »Ich werde tun, was von mir verlangt wird – und sei es nur, um diesem ordinären, würdelosen Gefeilsche ein Ende zu machen.«

»Das möchte ich meinen. O-ordinär und abstoßend, in der Tat«, krähte der Leutnant.

Louisa warf ihrem Mann einen verweisenden Blick zu. Die Geschichte dieser Täuschung stand offenbar als dunkles Wölkchen am Himmel des Eheglücks. Trotz seiner Genugtuung, eine Frau gewonnen zu haben, auf die eine ansehnliche Mitgift wartete und die zudem, wie Alvey vermutete, gesellschaftlich um einige Stufen höher stand als er, war Leutnant Dunnifage ehrlich entrüstet darüber, welchen Weg Louisa gewählt hatte, um ihrem Elternhaus zu entkommen, und die beiden würden keine ruhige Minute haben, bis diese Eskapade und Louisas unbequeme Komplizin erledigt, vergessen und aus der Welt geschafft waren.

»Wie sehen also Ihre Pläne aus?« frage Alvey. »Wann soll ich Birkland verlassen?«

»Nun, einen Abend werden Sie wohl brauchen, um Ihre Habseligkeiten zusammenzupacken. Ich schlage vor, daß wir uns morgen wieder hier treffen. Wie sind Sie übrigens hergekommen? Mit der Kutsche?«

»Nein, zu Pferde.«

Louisa runzelte leicht die Stirn und überlegte einen Augenblick, doch dann meinte sie: »Es macht nichts, um so weniger fallen Sie wahrscheinlich auf. Sie kommen also morgen wieder her. Und dann? In Hexham können Sie nicht bleiben.«

»Das meine ich auch«, versetzte Alvey trocken. »Mr. Allgood und die Beaumonts würden es recht eigenartig finden, wenn ich mir hier ein möbliertes Zimmer nähme ...«

»Am besten fahren Sie mit der Postkutsche nach Newcastle, früher ging sie immer nachmittags ...«

»Um halb vier«, sagte Alvey zerstreut. Sie hatte so manches Mal die Abfahrt der Chaise beobachtet. Vielleicht kann mir einer der Dienstboten einen kleinen Gasthof in Newcastle empfehlen oder jemanden, der dort Zimmer vermietet.

Louisa fuhr fort, ihre Pläne zu entwickeln.

»Ich reite dann auf Ihrem Pferd nach Birkland zurück. Nach drei oder vier Tagen, wenn ich mich hinreichend in der Familie eingerichtet habe, kann Mr. Dunnifage nachkommen.«

Es muß sehr eigentümlich sein, überhaupt keine Phantasie zu haben, dachte Alvey und betrachtete Louisa gefesselt, während sie ihr Vorhaben erläuterte. In vieler Beziehung auch recht bequem. Wie gedachte Louisa ihre Bekanntschaft mit dem Leutnant zu erklären? Wann wollte sie damit herausrücken, daß sie verheiratet waren? Gleich? Oder erst nach einiger Zeit?

»So wäre das geregelt. Sie kommen morgen um diese Zeit?«

»Ja, es bleibt mir wohl nichts anderes übrig. Birkland Hall wäre gewiß nicht groß genug für uns beide.«

»Für *uns beide*? Haben Sie den Verstand verloren? Für uns beide? Dabei haben Sie nicht die Spur eines Anspruchs auf dieses Haus...«

»Nein? Aber ich muß gehen, es gibt noch viel zu tun. Ich wünsche Ihnen beiden einen guten Tag.«

Alvey ging die Treppe hinunter und über den Marktplatz zum Schwarzen Stier. Eigentlich hatte sie in der Buchhandlung vorbeigehen wollen, um die bestellten Bücher – *Alphonsine*, *Der weibliche Quixote*, *Margiana* und *Ida von Athen* – mitzunehmen, falls sie bereits eingetroffen waren. Sie hatte auch Mr. Allgood fragen wollen, ob er etwas von ihrem Roman gehört hatte, doch all das war jetzt vergessen. Sie hieß einen Stallknecht Phantom satteln und machte sich mechanisch auf den wohlbekannten Weg über die Tyne-Brücke zurück nach Birkland.

Ich muß es der Dienerschaft sagen, dachte sie. Ich könnte es nicht ertragen, daß sie mich für eine Betrügerin halten, die sich davonschleicht, ehe die Wahrheit ans Licht kommt. Aber die Familie? Die Kinder? Die alte Mrs. Winship? Sir Aydon? Wie kann ich es ihnen gestehen – gerade jetzt?

Es ist zu plötzlich, ich hätte eine Frist haben müssen, eine Vorwarnung. Immerhin hatte Louisa ihr in einem Brief die Änderung ihrer Pläne angekündigt, soviel mußte man ihr zugute halten. Wo mochte dieser Brief abgeblieben sein?

Es war ein Glück, daß der alte Phantom jeden Stein und jeden Heidekrautbusch auf dem Weg kannte, denn seine Reiterin ließ die Zügel schleifen und griff wiederholt zum Taschentuch.

Wenn ich nun morgen zum letzten Mal über diese Straßen reite? Wie soll ich das ertragen?

Der Kummer machte Alvey die Schönheit ringsum noch deutlicher als sonst bewußt. Selbst die Straße unter den Hufen des Pferdes schien auf eine Art zu leuchten, die sie nie zuvor bemerkt hatte. Die Granitsplitter glitzerten diamantengleich in den Strahlen der sinkenden Sonne. Als sie an den Bergkamm zwischen Hexham und Birkland kam, war die vertraute, weit hingebreitete Landschaft, die, so schien es, über mehr als siebzig Meilen, bis zu den Bergen Cumbrias und zum westlichen Meere in allen Einzelheiten deutlich zu erkennen war, von schwermütiger Klarheit überglänzt wie der Traum eines Gefangenen, der seine Hinrichtung erwartet.

Und hierher zieht es Louisa nicht zurück! Sie weiß ihre Heimat nicht zu schätzen. Ihr geht es nur um das Geld zur Gründung einer Seemannsmission in Liverpool.

Eigentlich müßte ich wohl dankbar sein, überlegte Alvey, ein paar Tränen aus den Augen schüttelnd, um die gebogten Fichtenwipfel im Wäldchen von Birkland erkennen zu können, indes Phantom vorsichtig den Abstieg in Angriff nahm – als Schriftstellerin müßte ich dankbar sein, daß es Louisa gibt. Was für eine Figur! Es tut mir jetzt recht leid, daß ich sie nicht in den Roman vom lockeren Lord eingewoben habe, sie hätte ihm gar prächtig die Leviten lesen können. Ob sie sich wirklich eingeredet hat, der Plan zu dem Rollentausch sei von mir ausgegangen? Eine solche geistige Transposition wäre ihr wohl zuzutrauen. Ihre eigenen Ziele sind ihr von so einzigartiger Wichtigkeit, daß sie jeden Stolperstein auf dem Weg dorthin – selbst das eigene Fehlverhalten – als unbedeutend, als kaum vorhanden ansieht. Bis es für sie tatsächlich nicht mehr vorhanden ist.

Bin ich feige, weil ich mich nicht zur Wehr setze, weil ich mich nicht sträube, Birkland brav und fügsam zu verlassen? Weil ich nicht bleibe und mich der bösen Szene stelle, zu der es kommen muß, wenn wir beide unsere unterschiedlichen Versionen vortragen?

Gut, wenn ich feige bin, dann nicht nur um meinetwillen. Es wäre kindisch und eigensüchtig, dazubleiben und über etwas zu streiten, was im Grunde unwichtig ist, da doch die Familie mit so vielen anderen, größeren Schwierigkeiten zu kämpfen hat.

Ich könnte an Sir Aydon schreiben, dachte sie wehmütig...

wenn ich mich in Newcastle eingerichtet habe vielleicht... Ich könnte ihm schreiben und erklären...

Der Anblick des alten grauen Hauses, das durch die Fichtenstämme schimmerte, gab ihr schier den Rest. So will ich es in Erinnerung behalten, nahm sie sich vor, mit den Sonnenstrahlen, die schräg auf rote Borke und graue Mauern fallen. Als sie näherkam, sah sie zu ihrer nicht geringen Überraschung eine Gruppe von Menschen in anscheinend erregtem Gespräch in der Auffahrt vor dem Haus stehen.

Alvey dachte einen Augenblick mit leiser Schwermut an ihre Ankunft auf Birkland zurück, als Lady Winship in ungewohnter Eile vor die Haustür getreten war, um die Töchter von dem Geschick des armen kleinen Geordie in Kenntnis zu setzen.

Wie habe ich damals gezittert, dachte Alvey. Und wie wünschte ich mir, die Zeit bis zu diesem Tag zurückdrehen zu können.

Aber was ist geschehen? Es muß etwas Unerhörtes sein, das sie alle hierhergelockt hat... Sir Aydon, Amble, Surtees, Blackett... Lumley... die Kinder... wer kann gekommen sein?

Dann bemerkte sie einen Fremden, einen jungen Mann mit gebräuntem, wettergegerbtem Gesicht, den sie bestimmt noch nie gesehen hatte, obschon seine Züge ihr seltsam bekannt vorkamen. Ein Vetter vielleicht, ein Neffe?

»Wer ist das?« fragte sie Surtees leise, der ihr aus dem Sattel half.

»Sim Whittingham, Miss Emmy, der Vetter von der armen Annie Herdman, grad aus dem Krieg zurück. Er hat Sir Aydon erzählt, wie die Werber ihn geschnappt und auf ein Schiff verfrachtet haben, achtzehn Monate ist's jetzt her, und erst wie's Frieden gab, ist er freigekommen, ganz weit weg war er, in Westindien, seine Passage hat er abarbeiten müssen, und gestern ist er erst im Hafen von Newcastle angekommen...«

»Der Ärmste«, sagte Alvey und fragte sich unwillkürlich, ob

er auf demselben Schiff nach Newcastle gekommen war wie Louisa und ihr Leutnant. »Das war schon eine böse Sache mit den Werbern ...«

»Da haben Sie wohl recht, Miss Emmy«, sagte Surtees und führte Phantom in den Stall.

Alvey ging rasch an der aufgeregten Gesellschaft vorbei ins Haus, froh darüber, daß sie unbemerkt auf ihr Zimmer gehen konnte, während die Aufmerksamkeit aller auf den Neuankömmling gerichtet war.

Seine Ankunft hatte sichtlich für ganz ungewöhnlichen Tumult gesorgt. War Sim Stallknecht gewesen, Gärtner, Hausdiener? Sie meinte seinen Namen nur ein paarmal beiläufig von den Kindern gehört zu haben. Welche Verbindung gab es da – abgesehen von der Beziehung zu Annie? Von einem Schlitten war die Rede gewesen ...

Die Seele war ihr von dem Zusammentreffen mit Louisa so matt und wund, daß sie nur wenig Kraft für derlei Überlegungen übrig hatte. Die volle Bedeutung seiner Rückkehr ging ihr erst beim Dinner auf, als die Kinder mit großen Augen berichteten: »Sim ist da. Wir hatten schon Angst, daß er tot ist, aber er ist wieder hier. Und er hat Papa gesagt, daß er der Vater von Annies Kind ist.«

»Was?«

»Wir haben es natürlich die ganze Zeit gewußt«, fügte Nish hinzu.

Alvey sah die Kleine einen Augenblick verständnislos an. Schließlich brachte sie mühsam heraus: »Ihr habt es die ganze Zeit gewußt?«

»Ja, als wir Annie getroffen haben, wie sie auf den Pike Force gelaufen ist, da hat sie gesagt, wir sollen Sim von ihr grüßen, wenn er wieder nach Hause kommt. Sie wußte nicht, wo er abgeblieben war. Er ist ihr lieber Schatz gewesen, hat sie gesagt. Und wir sollen sonst niemandem ein Wort davon verraten.«

»Und da habt ihr die ganze Zeit geschwiegen?«

»Natürlich«, sagte Tot. Und Nish nickte. »Sie hat uns doch darum gebeten.«

Was mögen diese Kinder sonst noch wissen und lieber nicht enthüllen, überlegte Alvey. Oder was hat man sie noch gebeten zu verschweigen?

Sir Aydon sagte bedrückt: »Ein wackerer, anständiger Bursche, der arme Sim. Er hat es wie ein Mann getragen, obschon ihm jeder ansehen konnte, daß es ein schwerer Schlag für ihn war. Er hat sehr an Annie gehangen. Nicht wie der alte Amos ... Sim hat früher in Tinnis gearbeitet, für Chibburn, aber wenn er will, kann er hier eine Stellung haben, vielleicht in der Gutsverwaltung unter Lumley. Lumley ist auch nicht mehr der Jüngste. Whittingham ist ein fixer Kerl, er hat bei der Marine allerlei dazugelernt, wie er mir sagte, hat sich weitergebildet. Jaja, das war eine schlimme Geschichte, eine ganz schlimme Geschichte ...«

»Er sieht ein bißchen aus wie James«, sagte Alvey abwesend. »Ich habe mir vor dem Dinner überlegt, an wen er mich erinnert. Natürlich an James ...« Sie war noch immer nicht ganz bei der Sache.

Sir Aydon räusperte sich. »Ja, also das ... du hast es wohl vergessen, vielleicht nie gewußt, aber es heißt, daß Sims Mutter die Tochter meines Onkels Robert war ...«

Wie aus einem anderen Leben hörte Alvey Isas Stimme: »Im vorigen Jahrhundert waren Bastarde in unserer Familie nichts Ungewöhnliches. Unser Großvater und unsere Großonkel hätten sie, so heißt es, zu Dutzenden gezeugt ...«

Wie dumm war meine Angst damals, als ich dem Glück entgegenfuhr.

Vielleicht finde ich ja in Newcastle ein neues Glück, sagte sie sich entschlossen. Wer weiß, was mich dort erwartet.

»Und das erklärt es natürlich«, erläuterte Sir Aydon umständlich ... wem eigentlich? Ich muß mich wirklich zusammennehmen, dachte Alvey ... »... die Ähnlichkeit über zwei Generationen hinweg ... daß die Leute auf die Idee gekommen sind, Klein Geordie wäre ein Kind von James ... oder ... oder von mir ...«

Und vielleicht, du Armer, hättest du dir das sogar gewünscht, dachte Alvey flüchtig. Was wird aus meinen Büchern? Muß ich sie hierlassen? Ein Stapel Bücher hinter dem Sattel – das geht wohl nicht an. Ich packe am besten eine Kiste und bitte Louisa, sie mir zu schicken, wenn ich eine feste Adresse habe. All das muß geregelt werden ...

Sie fühlte sich unendlich allein.

Nach dem Essen ging sie zu der alten Dame, die merklich aufgelebt war und großen Anteil an Sims Rückkehr nahm.

»Zumindest ist damit ein Strang des Geheimnisses entwirrt«, sagte sie. »Sim Whittingham ... Wieso bin ich eigentlich nie auf diese naheliegende Lösung gekommen? Gewiß, er war nicht oft hier, er arbeitete drüben in Tinnis und kam nur an Fest- und Feiertagen nach Birkland ... Hoffen wir, daß Charlotte, nachdem sie nun weiß, daß Aydon keine Schuld trifft, ihre Klausur aufzugeben geruht.«

Aber wenn nun sie das Kind getötet hatte?

Wer weiß, vielleicht ist auch das ein Geheimnis, über das Nish und Tot zu schweigen gelobt haben?

»Ich hoffe sehr, daß sie wieder herunterkommt, ich hoffe es von Herzen«, sagte Alvey. »Ich muß dir etwas sagen, Großmama.«

»Was ist, Kind. Du bist sehr blaß. Doch keine schlechte Nachricht von Meg? Oder von Parthie?«

»Nein, nein, nichts dergleichen, überhaupt keine schlechten Nachrichten. In gewisser Weise könnte man es als eine gute Nachricht bezeichnen. Ich glaube, du hast von Anfang an – oder ziemlich von Anfang an – gewußt, daß ich nicht Louisa bin, nicht wahr?«

»Hm«, sagte die alte Grizel, warf Alvey einen scharfen Blick zu und verzog die faltigen Lippen zu einem skeptischen Lächeln. »Erzähl mir nicht, daß dir deswegen jetzt plötzlich das Gewissen schlägt. Du hast Louisas Rolle sehr viel besser gespielt, als sie selbst das hätte tun können. Natürlich wußte ich es, hab dich von Anfang an durchschaut. Vor langer Zeit, noch aus dem Pensionat und wohl noch ehe sie auf den Rollentausch verfallen war, schrieb mir Louisa einen Brief, in dem sie von der erstaunlichen Ähnlichkeit zwischen ihr und einer ihrer Mitschülerinnen berichtete ... hab deshalb natürlich zwei und zwei zusammengezählt, als sie plötzlich so unvermutet fügsam war und auf ihre missionarische Grille verzichtete ... Heraus mit der Sprache, was gibt es? Louisa hat sich doch wohl keine Märtyrerkrone erworben, will sagen, ist von erbosten Hindus umgebracht worden?«

»Nein, nein ...«

»Was dann? Du steckst in einer Klemme, wie? Das hab ich kommen sehen. Du hast dich in James verliebt und möchtest ihn heiraten – liegt da der Hase im Pfeffer?«

»Nein, nein, es ist etwas ganz anderes.« Trotzdem krampfte Alvey unwillkürlich die Hände zusammen. Sie holte tief Atem. »Es ist nur ... Die echte Louisa ist wieder da.«

Später sagte sie es der Dienerschaft. Die Mitteilung überraschte, wie sie erwartet hatte, dort niemanden.

»Is ja klar, daß Sie nich Miss Lou sein konnten«, sagte Mrs. Slaley. »Wir ham's gleich gesehn. Na, vielleicht nich ganz gleich, aber bald genug, wo ihr zwei beide so ganz anders seid ...«

»Miss Lou ist regelmäßig in Ohnmacht gefallen, wenn sie Blut sah«, sagte Amble. »Ich hab mich immer gefragt, wie sie da draußen in der Wildnis zurechtkommen würde.«

»Und der Kater von der alten gnä Frau, der hat sie nie leiden können ...«

»Sie hat eben nicht Ihre Art gehabt, Miss Emmy, das war's.«

»Und müssen Sie nu wahraftig gehn, Mädchen? Können Sie

nich hierbleiben? Is doch Platz genug für euch zwei beide. Und Sie sin uns doch wirklich die Liebere. Die Miss Lou, die war schon immer 'n Sauertopf, schon damals, als sie noch in der Wiege lag.«

»Nein, nein, Mrs. Slaley, für uns beide ist kein Platz hier. Und sie ist schließlich die rechtmäßige Tochter des Hauses. Sie möchte zurückkommen und will, daß ich gehe. Ich werde nach Newcastle ziehen, vermutlich kann ich dort Klavierstunden oder Sprachunterricht geben.«

»Da wohnen Sie bei meiner Schwester Bessie«, bestimmte Mrs. Slaley. »Der wirds ne Ehre sein, Sie im Haus zu haben, und Sie kommen uns nicht ganz aus den Augen. Sie hat ne Bäckerei auf der Side, bei ner Schenke, dem Wappen von Collingwood ...«

Zuletzt sagte Alvey den Kindern gute Nacht.

»Ich habe euch heute den ganzen Tag kaum gesehen«, meinte sie.

»Wer ist denn nach Hexham geritten und hat uns keine Bücher mitgebracht? Wozu wolltest du überhaupt hin?«

Alvey brachte kein Wort heraus, aber Tot sagte tröstend: »Dafür arbeiten wir morgen vormittag ganz fest. Und vielleicht reiten wir nachmittags auch nicht mit Papa aus, er wird sich mit dem armen Sim besprechen wollen.«

Nish schlief schon halb. Sie murmelte: »Ob der alte Amos jetzt netter zu unserer Familie ist, nachdem Sim wieder da ist? Wo er doch jetzt weiß, daß Geordie nicht das Kind von James war und auch nicht das von Papa ...«

»Über so etwas spricht man nicht«, sagte Alvey abwesend. »Dafür seid ihr noch zu jung.«

»Warum? Wo doch alle im Bilde sind? Und wo wir es doch die ganze Zeit gewußt haben ...« wandte Tot ein.

Alvey saß auf Nishs Bett, in dem die beiden Kinder sich zusammengerollt hatten. Die Dunkelheit kam spät zu dieser

Jahreszeit, im Zimmer stand eine leuchtende Dämmerung, in der noch Gegenstände zu erkennen waren.

Sage ich es ihnen, dachte sie, sage ich es ihnen nicht? Nein, ich bringe es nicht fertig. Ich bin feige. Es ist zu schwierig, zu verwikkelt. Sie würden es mir ausreden wollen, und das wäre allzu schmerzlich.

Sie sagte gute Nacht und ging leise hinaus. Wie konnte ich es wagen, über James zu Gericht zu sitzen? Ich bin ebenso feige wie er.

»Schwatzt nicht mehr so lange, schlaft bald«, rief sie den Kindern noch zu.

Sie selbst war die halbe Nacht mit Packen beschäftigt und fand danach keinen Schlaf. Um fünf stand sie wieder auf.

Wir treffen uns morgen um diese Zeit, hatte Louisa gesagt, aber da nun die Verbannung einmal ausgesprochen war, konnte Alvey es nicht ertragen, eine halbe Stunde oder auch nur fünf Minuten länger als nötig in Birkland zu bleiben. Sie beschloß, nach Hexham zu reiten und dort in der Abteikirche auf die Postkutsche zu warten.

»Is ja man nich schön, daß Sie gehn, Miss Emmy«, sagte Surtees, als er Phantom vors Haus brachte.

Alvey nickte, sie traute ihrer Stimme nicht. Dann fiel ihr etwas ein.

»Noch einen Augenblick, Surtees.«

Sie löste eine gebogene Nadel von ihrem Kragen, schritt über die Auffahrt und warf sie in den Löwenteich. Dort lagen bereits mehrere und rosteten still vor sich hin. Die Farne ließen ihre Wedel in den Beckenrand hängen. Das klare Wasser sprudelte aus dem Löwenmaul und würde noch viele Jahrhunderte weitersprudeln.

Dann ließ sich Alvey von Surtees in den Sattel helfen und ritt in Richtung Hexham davon.

16

Mrs. Bessie Robson betrieb eine Pasteten- und Kuchenbäckerei auf der Side in Newcastle. In den beiden unteren Räumen war das florierende Geschäft untergebracht, die Zimmer darüber bewohnte sie selbst. Die beiden Bodenkammern aber mit den schrägen Wänden standen leer, und die könne Miss Clement gern haben, so lange sie wolle, sagte Mrs. Robson. Mrs. Robson war Witwe, seit bei einer schweren Epidemie vor fünf Jahren die Cholera ihren Mann, einen Getreidehändler, dahingerafft hatte.

»Danach hab ich zuerst Untermieter gehabt, aber wie dann das Geschäft so gut gegangen ist, hab ich mir gesagt, Bessie, hab ich gesagt, das hast du nicht nötig, du nimmst bloß noch ab und zu mal Leute, die sich anständig aufführen und mit denen du keinen Verdruß im Haus hast. Und so eine sind Sie, Miss Clement, das seh ich auf den ersten Blick, und wo meine Schwester Fanny Sie noch extra empfohlen hat...«

So hielt denn Alvey Einzug in den beiden sauberen Stübchen mit den weißgescheuerten Böden, den schrägen Wänden, einigen Haken an der Wand für ihre Kleider, einem Stuhl, einem Waschtisch mit Krug und Schüssel und dem schmalen Bett. Ein Tisch war nicht vorhanden, aber die Dachfenster hatten breite, tiefe Fensterbretter, nur einen Fuß vom Boden entfernt, eins ließ sich vielleicht als Schreibtisch nutzen. Hätte man beide Stuben in ihr Schlafzimmer in Birkland gepackt, wäre noch reichlich Platz geblieben. Nach hinten ging der Blick auf den Hof eines Sägewerkes, über dem sich in dem unablässigen Regen schwarz schimmernde Schieferdächer, einige höhere Gebäude, Kirchtürme und Schiffsmasten erhoben. Irgendwo im Westen mußten die Berge sein, die sie hinter sich gelassen hatte.

In den ersten beiden Wochen, die Alvey in Newcastle verbrachte, regnete es Tag für Tag fast ununterbrochen. »So was von Juni hab ich noch nicht erlebt«, sagte Mrs. Robson.

In Birkland war der Regen erträglich, fast vergnüglich gewesen, weil er so schön war. In Wolkenschichten kam er vom Tal herauf, in hellen Fetzen und schrägen grauen Streifen verhüllte er die Bäume oder verwandelte sie in Silber. Der Fluß sprach mit lauterer Stimme, das Gras wurde grüner. Hier in der Stadt aber brachte der Regen nur Häßlichkeit, Dunkel und Unbehagen. Dampfende Karrengäule stampften und schüttelten sich und ließen die Köpfe hängen. Schmutziges Wasser floß in breiten Strömen durch die kopfsteingepflasterten Straßen. Kohlenrauch hing dick und kratzig in der feuchten Luft. Düsternis hatte Dächer und Kamine der hohen Häuser verschluckt. Alvey, die an die tiefe Stille von Birkland gewöhnt war, dünkte der Stadtlärm ohrenbetäubend: Tagein, tagaus heulten Fabriksirenen, zischte Dampf, grölten Stimmen. Räder und Hufe klapperten unablässig über das Pflaster, Hämmer pochten, Sägen kreischten. Unter der schweren Regendecke schienen alle Geräusche doppelt laut. Alvey haßte die Stadt, die Schwärze, den Lärm und Schmutz, die harten häßlichen Silhouetten der Gebäude, die üblen Gerüche, vor allem das Gefühl, in allen Richtungen und über viele Meilen unentrinnbar von Menschenmassen und Häusergewirr eingeschlossen zu sein; qualvoll empfand sie die erstickende Atmosphäre, den Hunger nach Grünem. Weit und breit war kein Zweig, kein Blatt, kein Grashalm zu sehen. Zuerst wünschte sie sich nicht einmal schönes Wetter, mit dem sie ja doch nichts hätte anfangen können. Es gab keine Felder, durch die man streifen, keine Berge, die man besteigen konnte. Nachdem sie allerdings ein paarmal bis auf die Haut durchnäßt worden war, hatte sie den unaufhörlichen, wolkenbruchartigen Regen bald herzlich satt. Überdies stand ihr zum Aufhängen der nassen Sachen nur ihr kleines, klammes Zimmer zur Verfügung. Auf Birkland hatte man nach einem Spaziergang im Regen automatisch zuerst die große, heitere Küche betreten, wo zwei Herde, in denen das Feuer nie ausging, die Bodenplatten wärmten. Schuhe und Mäntel trockneten hier über Nacht, und am nächsten

Morgen hatten Ellen oder Stridge bereits alles gebürstet und gebügelt. Hier waren nach mehreren Tagen die Sachen noch ebenso feucht wie zu dem Zeitpunkt, da man sie abgelegt hatte.

Deshalb – oder vielleicht auch nur, weil sie so unglücklich war – zog sich Alvey eine heftige Erkältung zu. Zwei Tage schleppte sie sich noch mit schwerem, dröhnendem Kopf, mit Halsweh und schmerzendem Rücken und Beinen herum, dann legte sie sich in ihr schmales Bett und hatte nur noch den einen Wunsch, darin zu sterben.

»Es ist wirklich schrecklich feucht für die Jahreszeit«, sagte Mrs. Robson abgeklärt und brachte Alvey heiße, gewürzte Milch. »So 'n nassen Sommer hab ich noch nie erlebt. Und wo Sie von Birkland Hall kommen, sind Sie ja sicher auch Ihre Bequemlichkeit gewöhnt.«

Mrs. Robson hatte taktvollerweise nie gefragt, warum Alvey das stattliche Herrenhaus verlassen und sich in Newcastle eine bescheidene Unterkunft gesucht hatte; sie besaß Herzensgüte und Zartgefühl. Eine Untermieterin zu pflegen und ihr Krankenkost zu bringen – das war weit mehr, als man von einer Hauswirtin erwarten durfte, die selbst ein Geschäft betrieb, und Alvey protestierte heiser, doch die Gute sagte nur: »Da zerbrechen Sie sich man nich den Kopf über, Mädchen. Meine Schwester Fanny würd's mir nie verzeihen, wenn Sie bei mir totgehen möchten. So, nu trinken Sie man brav, es is Zitrone drin und Orange und Gerste, das rutscht schön.«

Am nächsten Tag erklärte Alvey, sie sei wiederhergestellt. Entschlossen stand sie auf, zog sich an, holte einen Besen und heißes Wasser aus der Küche, brachte ihr Zimmer in Ordnung und ließ nicht zu, daß die hinkende Mrs. Robson weiter für sie kochte oder mit Leckerbissen die steile Stiege erklomm. Noch über einen Monat aber spürte sie die üblen Nachwirkungen der Krankheit, sie war schmal und elend geworden, ermüdete leicht und war in einer tödlichen Mattheit und Teilnahmslosigkeit befangen. In der ersten Woche konnte sie sich kaum bis zur nächsten Ecke schleppen und mußte häufig gleich wieder umkehren und sich aufs Bett legen. Dort verbrachte sie lange, trübselige Stunden, die schrägen Wände anstarrend, so entschlußlos, daß sie sich nicht einmal dazu aufraffen konnte, ein Buch in die Hand zu nehmen, um zu lesen, gelähmt von einem drückenden Gewicht der Schwermut und des Leids, wie sie es nur einmal zuvor erfahren hatte.

Sie schrieb keinen einzigen Brief an die Familie in Birkland. Wozu auch? Ihr Leben dort war vorbei. Jeder Versuch einer Erklärung, Rechtfertigung, Entschuldigung wäre sinnlos gewesen. Die Scham drohte sie zu ersticken, wenn sie an die einzelnen Familienmitglieder dachte, schier unerträglich war der Gedanke, daß sie nun um ihren Betrug wußten. In einer Mitteilung an Mrs. Slaley, in der sie um Nachsendung ihrer Bücherkiste bat, fügte sie an: »*Bitte sagen Sie niemandem, wo ich bin.*« Ihr einziger Wunsch war es, zu verschwinden, sich zu verbergen, vergessen zu werden.

Während sie in diesem geschwächten Zustand und ohne Beschäftigung das Bett hütete, kehrte in quälend klaren Schüben die Erinnerung an jene Zeit vor zehn Jahren zurück, als sie ihr Elternhaus verloren hatte. Besonders des Nachts, wenn das Rattern und Heulen der Gewerbetätigkeit abflaute und von der Straße nur der Klang menschlicher Stimmen – trunken, ausgelassen oder auch streitsüchtig – zu ihr drang und sie stundenlang wachhielt, warf sich Alvey auf ihrem dünnen Lager herum, sah Lichter über die Wände flackern und durchlebte in allen Einzelheiten noch einmal jene schmerzlichen Wochen der Auflösung, als Paul und Sarah grimmig entschlossen die Trennung von Freunden und Bekannten, von ihrem Lebensunterhalt und schließlich von ihrem eigenen Kind vollzogen hatten, um sich der fernen Gemeinschaft in Indiana anzuschließen. Selbst das Wort »Indiana« hatte für Alvey noch immer einen unheilverkündenden Klang, einen Ruch des Bösen.

Die Entscheidung war nicht einfach gewesen, war ihnen nicht

leichtgefallen. Paul freilich hatte auf das neue Leben in Unison große Hoffnungen gesetzt, Sarah aber war von der Richtigkeit dieses Schrittes weit weniger überzeugt gewesen. Seiner Tochter hatte Paul nie besonders herzliche Gefühle entgegengebracht. Schon in seiner Jugend hatte sich dieser starke Charakter ganz der Religion verschrieben, menschliche Beziehungen dünkten ihn nur Zeitverschwendung. Sarah und ihre Tochter hingegen waren sich immer sehr nah gewesen. Nur im Glauben unterschieden sie sich voneinander. Von klein auf war Alvey eine demütige Skeptikerin gewesen, sie achtete die Überzeugungen anderer, während sie selbst ohne Gewißheit war. Sarah als fromme, geradlinige Christin fand sich bereit zu bedingungslosem Gehorsam ihrem Mann gegenüber, in den sie grenzenloses Vertrauen setzte. Sie achtete seine vielseitige Intelligenz, aber sein streitsüchtiges, schwieriges Wesen machte ihr Sorgen, hatte sie doch mit ansehen müssen, wie er nacheinander mit der Gesellschaft der Freunde, den Unitariern und der von ihm selbst gegründeten Splittergruppe wieder gebrochen hatte.

Was Alvey damals dunkel gespürt hatte, festigte sich später zur Gewißheit: Daß Sarah die geheime Angst plagte, Paul könne sich nach einer Weile von den Glaubenssätzen des Herrn Müller entfernen und Unison ebenso verlassen, wie er die anderen Glaubensgemeinschaften verlassen hatte. Dann aber hätte Sarah sich und ihr Kind umsonst geopfert.

Mit diesem nagenden, wenngleich unausgesprochenen Zweifel im Herzen war Alveys Mutter, als die Wochen vergingen und der Tag der Abreise herankam, immer stiller, in sich gekehrter und beklommener geworden. Gesprochen wurde nie darüber, aber Alvey wußte sehr wohl um ihren Kummer.

Als besonders deutliche Erinnerung verfolgte sie das Bild der kleinen, zierlichen Sarah, wie sie – mit ihren fünfunddreißig Jahren wie eine zwanzig Jahre ältere, abgearbeitete Frau aussehend – zum letzten Mal durch das leere Häuschen in New Bedford gegangen war unter dem Vorwand, nachzuschauen, ob man den Nachfolgern auch alles sauber und ordentlich hinterlassen habe; die Lippen hielt sie dabei fest zusammengepreßt, damit sie nicht zitterten. Wie sie sich danach noch einmal gründlich in dem Gärtchen umsah, in dem sie Petersilie und Lavendel gezogen hatte. Es mochte nicht Lady Winships Vorstellungen von einem Garten entsprechen, aber die Mutter hatte es geliebt und war in ihrer bescheidenen Art stolz darauf gewesen, wie ordentlich und gepflegt alles war. Frauen schlagen so leicht Wurzeln, sie können wohl nicht anders. Durch Vermittlung eines Quäkerfreundes, der aus England eingewandert war, hatten sie zwei Apfelbäume bekommen, an einem hingen in jenem Jahr zum ersten Mal Früchte, ein halbes Dutzend grüner Äpfelchen, die noch lange nicht reif waren, als Paul und Sarah abreisen sollten. Man schrieb August. Alvey sah, wie ihre Mutter behutsam einen der Äpfel mit dem Finger berührte, die Lippen noch fester zusammendrückte und rasch zum Haus zurückging.

Zu guter Letzt eine einzige, erdrückende Umarmung: »Lebwohl, mein geliebtes Kind. Sei brav – aber das brauche ich dir nicht zu sagen. Wir sehen uns wieder... in einer besseren Welt, wenn nicht in dieser...« Und dann hatte Paul seiner Frau ungeduldig in die Kutsche geholfen, mit der sie die erste Strecke der Reise zurücklegen wollten.

Nichts schmerzt mehr im Leben als ein Abschied, dachte Alvey. Was ist schlimmer – das Abreisen oder das Zurückbleiben? Jetzt begreife ich allmählich, wie Sarah zumute gewesen sein mag, als sie fortging und mich einer nahezu fremden Frau überlassen mußte. Zum ersten Mal glaube ich einen Hauch jener Qualen zu spüren, die sie durchgemacht hat. Und dabei bildete ich mir ein, ich hätte unter jener Trennung gelitten. Was ich damals empfand, war nicht ein Bruchteil dessen, was ich jetzt empfinde... Und doch, überlegte sie, der verlassenen Zehnjährigen gedenkend, der Schmerz war groß: Elternhaus,

Familie, meine ganze Welt war mir genommen, im Namen der Tugend und zur Ehre Gottes.

Ob Paul und Sarah Unison vielleicht doch wieder verlassen hatten? Wäre das der Fall gewesen, dachte Alvey, hätte Mutter eine Möglichkeit gefunden, mit mir Verbindung aufzunehmen. Sie muß sich danach gesehnt haben zu erfahren, wovon ich lebe, ob ich – wie ich es damals schon vorhatte – Schriftstellerin geworden bin. Sie setzte so große Hoffnungen in mich, war so stolz auf meine ersten Aufsätze. Und nur weil sie für mich so große Erwartungen hegte, hat sie meine Entscheidung akzeptiert, sie nicht zu begleiten.

Nein, gewiß sind sie noch dort. Falls Sarah noch am Leben ist. Sie war eine rastlose Arbeiterin, aber alles andere als kräftig. Gewiß gab es dort viele Entbehrungen, harte körperliche Arbeit, strenge Winter, vielleicht sogar Kämpfe mit feindlichen Eingeborenen ...

Alvey konnte kaum daran zweifeln, daß ihre Mutter schon vor Jahren gestorben war.

Zumindest, versuchte sie sich zu trösten, verlieren Nish und Tot ihre Heimat nicht. Sie haben die Berge, den Fluß, das Haus, die Natur in all ihrer Schönheit, die für sie immer wichtiger war als menschliche Zuwendung, all ihre vertrauten, geliebten Plätze und Gewohnheiten.

Doch eine vorwurfsvolle innere Stimme wandte ein: Daß Menschen wenig Bedeutung für diese Kinder hatten, lag daran, daß sich ihrer nie jemand angenommen hat. Du hattest angefangen, ihnen zu geben, was sie brauchten. Und deshalb war es unsäglich grausam und verantwortungslos, sie ohne ein Wort zu verlassen.

Und wie steht es mit Großmutter? Mit Sir Aydon? Mit seiner unglückseligen Gattin? Darf eine pflichtbewußte erwachsene Frau, wenn sie erst einmal diese Menschen in ihre Obhut genommen hat, so einfach davongehen und sie wieder ihrem Schicksal überlassen?

Vater würde diese Frage bejahen, würde mir Dünkel und Eitelkeit vorwerfen, weil ich mir einbilde, sie brauchten mich. Er würde sagen, daß es dem Menschen nicht aufgegeben ist, anderen eine Stütze zu sein oder ihnen den Weg zu weisen. Daß jeder von uns eine Seele für sich ist, die allein vor Gottes Angesicht treten muß. Daß wir auf unsere eigene Erlösung hinarbeiten müssen und nicht so anmaßend sein dürfen zu glauben, wir könnten andere führen.

Da wäre Louisa gewiß ganz anderer Meinung, und ausnahmsweise schlage ich mich diesmal auf ihre Seite. In meinen Augen sind Vaters Ansichten bigotter Unfug, der vielleicht nur seine Selbstsucht bemänteln soll.

Louisa ... Wird sie sich nicht um diese Kinder kümmern, ihnen beistehen, sie unterrichten? Und ... und vielleicht ihre Mutter zur Vernunft bringen, Sir Aydon Ratschläge zur Gutsverwaltung geben, sich der alten Dame annehmen?

Du weißt sehr wohl, daß sie nichts dergleichen tun wird. Sie wird ihre Mitgift nehmen, sobald ihr Vater sie herausrückt, und ihrer Wege gehen. Wird Birkland verlassen, ohne sich zu besinnen und ohne sich auch nur einen Tag länger als nötig aufzuhalten.

Wenigstens kann sie die Kinder nicht mehr drangsalieren oder ängstigen, sie sind zu vernünftig geworden, um noch vor ihr Angst zu haben. Dazu habe ich mein Teil beigetragen.

Mit einem tiefen Seufzer stand Alvey auf und ging steifbeinig ans Fenster. Mühsam hockte sie sich auf den Boden, stützte die Ellbogen auf das breite Fensterbrett und sah in den Hof hinunter. Wieder hatte sich eine lange Nacht langsam dahingeschleppt. Der Regen hatte nachgelassen, ein wässeriger Sonnenaufgang vergoldete die Kamine. Unten zogen die Arbeiter die Jacken aus und legten einen gewaltigen Baumstamm zurecht, um ihn zu Schiffsplanken zu zersägen.

Auch heute wieder, wie seit vielen Tagen, sah Alvey den Männern dort unten mit einem Gefühl traumhafter Unwirklichkeit zu. Wer ist dieses *Ich,* das beobachtet, wie sie den Baumstamm rollen? Existiere ich? Wie komme ich hierher nach Newcastle, in diese dunkle Stube? Newcastle? Wo ist diese Stadt? Habe ich das Leben auf Birkland Hall geträumt? Oder jenes in New Bedford? Welches Leben war die Illusion? Oder ist alles nur Illusion?

Mutter würde sagen: Nimm dich zusammen, Kind.

Plötzlich überwältigt von all ihren aufgestauten Gefühlen krümmte Alvey sich zusammen, als müsse ihr wortwörtlich das Herz zerreißen, legte den Kopf auf die Arme und weinte mit der leidenschaftlichen Hingabe einer Zehnjährigen um ihre Mutter.

Nach einer langen Weile schluckte sie, wusch sich die Augen, zog sich manierlich an, ordnete ihr Haar und ging zu Mrs. Robson hinunter, um sich zu erkundigen, ob sie eine Karte ins Schaufenster hängen dürfe, auf der sie sich für Klavierstunden und als Französischlehrerin empfehlen wollte. Es wurde höchste Zeit. Das von dem Privatunterricht an der Abbey School ersparte Geld ging zur Neige, das Nadelgeld, das sie von Sir Aydon bekam, hatte sie, da sie kein Anrecht darauf zu haben glaubte, in Birkland zurückgelassen. In New Bedford dürfte sich eine kleine Summe an Zinsen aus Base Hepzies bescheidenem Legat angesammelt haben, dachte sie, ich muß mich bald einmal aufraffen, deswegen nach Amerika zu schreiben.

»Na, heut sehn Sie ja'n bißchen besser aus«, sagte Mrs. Robson. »Hab mir schon Sorgen um Sie gemacht. Hier, nehmen Sie ne warme Semmel, sie sind grad frisch aus dem Ofen.«

Das frische Brot war köstlich, zum ersten Mal seit Wochen hatte Alvey wieder rechtschaffenen Hunger.

Nish und Tot hatten sich, wie neuerdings so oft, im Heuschober verkrochen. In diesem Sommer war die Heuernte durch den regnerischen Juni spät und dürftig gewesen, doch jetzt, Mitte August, war endlich alles eingefahren. Die Kinder waren, wie jedes Jahr, auf den hochbeladenen Pferdefuhrwerken vom Feld gekommen, aber die Freude war ihnen vergällt, weil Alvey nicht dabei war. Wie oft hatten sie ihr davon erzählt und beteuert, daß die Heuernte das Schönste am ganzen Sommer war.

Jetzt war die fast bis zum Dach mit dem federnden, duftenden Heu gefüllte Scheune eine Zuflucht für sie. Sie konnten sich im Heu herumrollen, von den Querbalken springen, Turnübungen machen, Versteck spielen oder einfach lesen und nachdenken. Lumley war verständlicherweise erbost, wenn die Kinder im Heu spielten. »Ihr verderbt dem Vieh das Grünzeug«, sagte er. »Es schmeckt ihnen nicht mehr, wenn ihr darin herumgetobt seid.« Er drohte ihnen, wenn er sie erwischte, mit dem unzeitigen Ende des Rab Artingstall, eines jungen Schäfers aus dem vorigen Jahrhundert, der sich in einer Sturmnacht in einen Heuschober geflüchtet hatte und in den Faulgasen des Grasschnitts ums Leben gekommen war.

»Altweibergeschwätz«, sagte Tot verächtlich. »Und irgendwo *müssen* wir einfach mal ungestört sein.«

Nicht mehr Louisa machte ihnen Kummer – die beachtete sie kaum –, sondern Leutnant Dunnifage, der es sich angelegen sein ließ, ihnen nachzugehen, wenn schlechtes Wetter sie ans Haus fesselte, und sie mit Geographiestunden zu langweilen. »Wo ist Madagaskar?« pflegte er zu krähen. »N-nun l-los doch, K-Kinder, das muß a-aber schneller kommen.« Oder er schleppte sie, wenn der Regen nachließ, auf die Koppel hinaus und zwang sie zu körperlicher Ertüchtigung, wie er es nannte, und militärischem Drill. »Was seid ihr doch für l-lustlose B-bleichgesichter«, sagte er oft. »Auf *meinem* Schiff würdest du nicht als Midshipman ankommen, Tot.«

»Will ich auch gar nicht«, murrte Tot.

Leutnant Dunnifage langweilte sich von Herzen auf Birkland. Er vermochte beim besten Willen nicht einzusehen, warum Louisas Vater nicht endlich einen Betrag für die Mitgift festsetzte und die Geschichte in Ordnung brachte. Wieso mußte der alte Knabe so ein Getue um die Sache machen, statt kurzerhand zu blechen. Jeden Tag murmelte er: »Ja, ich werde morgen darüber nachdenken«, und dann schloß er sich in der Bibliothek ein und ließ sagen, er wolle nicht gestört werden. Sonderbarerweise schien niemand, keine Seele in der Familie oder auf dem Gut, Louisas Gatten die Wertschätzung entgegenzubringen, die diesem nach seiner eigenen bescheidenen Meinung zustand, ja, manchmal hatte er den Eindruck, daß es an dieser Wertschätzung ganz und gar fehlte. Zuweilen sehnte er sich sogar nach der harten Zucht von Kapitän Middlemass zurück, wenngleich auch der ihm nicht sonderlich gewogen gewesen war, doch in der Schiffshierarchie hatte der Leutnant wenigstens seinen festen Platz gehabt und wußte, woran er war. Hier aber blieb ihm nichts, als die Kinder zu behelligen.

Zum Glück hatte er ihr Versteck im Schober noch nicht entdeckt. Das Heu lag so hoch, daß die Tür, die auf den Stallvorplatz hinausging, blockiert war. Die Kinder kletterten durch die Ladeluke hinein, nachdem sie die acht Fuß hohe Mauer erklettert hatten, die große, griffige Spalten zwischen den Steinen aufwies, an denen Hände und Füße Halt fanden. Waren sie erst einmal drin, waren sie ziemlich sicher, sofern sie so leise sprachen, daß man sie von draußen nicht hörte. In einer praktischen Mauernische bewahrten sie ein paar Bücher, grüne Äpfel und eine Flasche Wasser auf, denn der Staub im Heu machte durstig.

Nish fürchtete insgeheim, Surtees oder Lumley könnten irgendwann einmal die Luke zuriegeln, ohne zu wissen, daß die Kinder im Schober waren, und sie so zu Gefangenen machen, aber Tot meinte, sie könnten immer noch durch ein schmales Fenster in den Obstgarten entkommen. Allerdings ging es von diesem Fenster aus zwanzig Fuß in die Tiefe, da der Boden steil abfiel.

»Du könntest durch, du bist kleiner«, sagte er großzügig. »Und dann läufst du nach vorn und läßt mich raus.«

»Und wenn ich mir nun ein Bein breche?«

»Wie kommst du auf so was? Jetzt sei still, ich lese *Marmion.*«

Nish war ganz einverstanden damit, nicht reden zu müssen. Sie schrieb eine Geschichte, in der die eigensinnige Tochter eines Lords die Flucht ergreift, um zur See zu gehen, und einen Prinzen rettet, den ein Usurpator auf eine einsame Insel verbannt hat. Ihre Erzählung war stark vom *Sturm* beeinflußt, dem letzten Werk, das Alvey ihnen vorgelesen hatte.

Hin und wieder stieß Nish einen tiefen Seufzer aus.

»Ich wünschte, Emmy wäre hier.«

»Sag doch nicht immer so was, sie ist nun mal nicht hier«, fuhr ihr Bruder sie an.

»Das Ende von meiner Geschichte weiß ich schon, aber der Anfang ist so langweilig, und die Mitte will und will mir nicht gelingen.«

»Dann schreib eben was anderes«, sagte er ohne Mitgefühl.

»Emmy kann einem so schön helfen, wenn man steckengeblieben ist.«

»Emmy ist nicht hier.« Er hatte unvorsichtig laut gesprochen.

Draußen auf dem Stallvorplatz hörten sie die näselnde Stimme von Leutnant Dunnifage.

»S-seid ihr das, K-kinder? Hab ich eure Stimmen gehört? Doch, ich täusche mich nicht. Kommt raus, wo v-versteckt ihr euch? Los jetzt, ich habe euch ganz deutlich vernommen.«

Nish und Tot schoben sich tiefer ins Heu. Sie hörten, wie der Leutnant einige Schritte machte, dann wieder seine Stimme:

»W-wissen Sie, wo die K-kinder abgeblieben sind, Surtees? Es ist höchste Zeit für ihre Aufgaben.«

Würde Surtees sie verraten? Nein, er sagte ausdruckslos: »Ne, daß weiß ich nich, Herr. Die können überall stecken ...« Doch da klapperten Louisas rasche, resolute Schritte über den kopfsteingepflasterten Weg. »Die Kinder sind höchstwahrscheinlich in der Scheune, Mr. Dunnifage«, sagte sie ungeduldig. »Mein Bruder James hat viele Stunden dort zugebracht, als er so alt war wie sie.

Weshalb Sie freilich meinen, sich unbedingt mit ihnen abgeben zu müssen, ist mir nicht recht verständlich ...«

Schwere Schritte bewegten sich zielbewußt wieder in Richtung Heuschober.

In Mrs. Robsons Fenster hingen etliche Karten, auf denen Flötenunterricht, möblierte Zimmer oder eine Lehre als Damenschneiderin angeboten wurden. Die Plazierung in diesem gut besuchten Geschäft war äußerst günstig. Alveys Karte hing noch keine fünf Tage dort, als sich zu ihrer Überraschung und Erleichterung bereits vier Schüler gemeldet hatten: Ein junger Mann, der Klavierstunden haben wollte, eine alte Dame, der sie geschichtliche Werke in französischer Sprache vorlesen sollte, und zwei kleine Mädchen, Töchter eines Ratsherrn, bei denen sie für Spaziergänge und französische Konversation eingestellt wurde. Aus den Einnahmen konnte sie die Miete bei Mrs. Robson bestreiten und behielt noch etwas für Lebensmittel und sonstige notwendige Dinge übrig. Damit konnte sie sich schlecht und recht durchschlagen, ohne auf fremde Hilfe angewiesen zu sein.

Die Ratsherrentöchterlein, Edith und Jemima, waren verwöhnte, dumme kleine Geschöpfe mit schrillen Stimmchen. Angesichts ihrer Ignoranz und Lernunwilligkeit wußte Alvey im Nachhinein den Eifer von Nish und Tot, ihre Aufmerksamkeit und rasche Auffassungsgabe und ihren Wissensdurst nur noch mehr zu schätzen. Was man ihnen beibrachte, hatten sie gierig aufgepickt wie hungrige Vögel. Die Grainger-Töchter hingegen interessierten sich eigentlich nur für die Rüschenkleidchen, die ihre Mutter ihnen in endloser Folge schneidern ließ. Ihnen ein paar französische Sätze einzutrichtern war Schwerarbeit, schwerer als der Bau des Römerwalls, dachte Alvey, und ebenso langwierig. Doch war es recht angenehm, mit ihnen durch Newcastle zu streifen. Das Wetter hatte sich gebessert. Der August war trokken, zwar sonnenlos, aber so milde, daß die Spaziergänge ein Vergnügen waren. Allmählich entdeckte Alvey auch einige gute Seiten an der Stadt. Sie war zwar unleugbar schwarz und schmutzig, aber architektonisch nicht ohne Reiz und dank des Hafens, des Bergbaus und der Werften voller Leben und Wohlstand. Kohle und Industrie aber waren, wie Alvey feststellte, nicht das Einzige, was sie zu bieten hatte. Der Sandgate-Bezirk freilich wimmelte von betrunkenen Matrosen und Arbeitern, deren unflätige Bemerkungen man glücklicherweise so gut wie gar nicht verstehen konnte, aber daneben gab es römische Torbogen zu besichtigen und römische Ausgrabungen. Newcastle steckte voller Geschichte. Es gab Torwege, Treppchen und lockende kleine Durchgänge, ansehnliche neue Häuser in georgianischem Stil, eine Burgruine, die zu Entdeckungsreisen einlud, schöne Geschäfte und Theater, und bis aufs Land war es gar nicht weit.

Manchmal spazierte Alvey mit Edith und Jemima nach Jesmond Dene, wo der sprudelnde Bach, das Gras und die Bäume eine quälende Sehnsucht nach dem Hungry Water in ihr weckten, doch am liebsten ging sie zum Tyne hinunter, sah sehnsüchtig an den breiten belebten Ufern entlang nach Westen und überlegte, welche Wassertropfen wohl von Birkland gekommen und unter der Brücke von Hexham hindurchgeflossen waren.

Am Samstag nahm sie manchmal einen Pferdebus bis zum Stadtrand und ging am Hadrianswall entlang, der hier beinah seinen östlichsten Punkt erreicht hatte.

Die gutherzige Mrs. Robson fragte Alvey häufig, wie es ihr ergangen war, und drängte ihr ein Rosinenbrötchen oder ein Stück Gewürzkuchen auf, wenn sie durch den Laden kam. »Himmel, Kind, Sie sind ja noch immer dünn wie ne Bohnenstange und weiß wie'n Tuch ...« und behielt ihre Untermieterin sorglich im Auge. Doch woran es Alvey hauptsächlich mangelte, war nicht Nahrung, sondern Gedankenaustausch. Sir Aydons barsche, von gesundem Menschenverstand geprägten Bemerkungen, die verschlungenen und doch so prägnanten Kommentare, die Tot und

Nish zum Leben abgaben, die gewitzten Anmerkungen der Dienerschaft, die unvermutet kraftvollen, hellsichtigen Ausbrüche der alten Mrs. Winship – das alles vermißte sie sehr.

Wie mag es ihnen ergehen, fragte sich Alvey noch immer bekümmert an die zehnmal am Tag. Wie hat wohl Louisa den Fall dargestellt? Wie haben sie meine Abreise und ihre Ankunft aufgenommen? Was hat sich abgespielt? Haben sie sich mit Louisa abgefunden und mich ganz und gar vergessen? Sind sie sehr böse? Was hat Sir Aydon gesagt? Ist Louisa noch da? Wann hat sie Leutnant Dunnifage der Familie vorgestellt? Und hat sie gestanden, daß er ihr Ehemann ist? Was hat Sir Aydon wohl zu *ihm* gesagt? Hat Lady Winship sich gefreut, ihre echte Tochter zu sehen ... war sie überrascht? Hat sie den Rollentausch überhaupt bemerkt? Hat Louisa womöglich ihre Mutter dazu bringen können, ihre freiwillige Gefangenschaft aufzugeben?

Wie sehr wünschte ich mir, dort in meinem Zimmer am Schreibtisch zu sitzen, der Stille lauschend, in die gleich das Getrappel der Kinderfüße auf der Treppe dringen wird und das Hallen des Gongs, der uns zum Frühstück ruft ...

Es ist, dachte Alvey, als läse man ein spannendes Buch und nähme das Schlußkapitel in Angriff – nur um festzustellen, daß jemand die letzten hundert Seiten herausgeschnitten hat.

Mitte August reiste die Familie Grainger für drei Wochen an die See, nach Alnmouth. Alvey hatte eigentlich auf ein wenig mehr Muße in ihrer Abwesenheit gehofft, doch bot sich gerade jetzt eine zusätzliche Aufgabe, die Übersetzung französischer Korrespondenz für eine Draht- und Nagelfabrik, die viel Ware nach Brüssel und Gent exportierte. Die Abstecher in den gewerbetreibenden Teil der Stadt machten ihr Freude, und sie hatte mehrere Tage in der Woche Beschäftigung, doch die Ausflüge mit den kleinen Mädchen fehlten ihr, und sie ging ein- oder zweimal allein zum Römerwall. Wenn sie in nordwestlicher Richtung nach Whittington und Capheaton blickte, sah sie im Geiste die Heide blühen, ein feuriges Pflaumenrot unter den schweren grauen Wolken, das dem Auge beinahe weh tat. Die Glut auf den Bergen um Birkland war bei ihrer Ankunft gerade am Erlöschen gewesen. Grün oder braun sind mir die Berge lieber, dachte sie. Aber wozu diese Überlegung? Ich werde jene Berge nie wiedersehen.

Als die Graingers Anfang September zurückkamen, freute sie sich ehrlich über das Wiedersehen mit den Kindern und ließ sich geduldig erzählen, wie sie die Sanddünen hinuntergerollt waren und Weißfische und Makrelen geangelt hatten.

»Und wie heißt ›Boot‹ auf französisch, Edith?«

»Ach, das dumme Französisch hab ich inzwischen ganz vergessen, Miss Clement.«

Eines Nachmittags, nachdem Alvey ihnen mit größter Mühe hatte einprägen können, daß *la canne* »der Stock« heißt und *la bague* »der Ring« und die Mädchen heimgebracht hatte, um sie wieder ihrer liebenden Mama zuzuführen, fand sie die Dame des Hauses wie üblich beim Tee in ihrem zum Ersticken mit Vorhängen und Falbeln, Rüschen und Volants vollgehängten Salon.

»Da sind ja meine Engelchen. Seid ihr schön spazierengegangen? Kommt, setzt euch und trinkt euren Tee. Besten Dank, Miss ... äh ... Sagt jetzt brav auf Wiedersehen, Kinder, *au revoir, mademoiselle, merci bien.* Habt ihr heute nachmittag viele französische Vokabeln gelernt? Das ist fein. Bringt eure Tassen her. Ich habe noch nicht eingegossen, weil ich so vertieft in diesen unterhaltsamen neuen Roman war, den euer lieber Papa mir von Thurstan mitgebracht hat.« Mrs. Grainger hob ein gefällig in rotes Leder gebundenes Buch mit Goldschnitt und seidenem Lesezeichen hoch. »Der lockere Lord Love. Wirklich überaus amüsant. Wenn ihr ein bißchen älter seid, meine Süßen, dürft ihr es lesen. Sobald ihr lange Wörter versteht.«

»Grundgütiger«, stieß Alvey hervor. »Ich meine ... ich bitte sehr um Verzeihung ... aber dürfte ich wohl einen Blick auf dieses Buch werfen, Ma'am?«

»Nun ja ... wenn Sie wünschen, Miss Clement ...« erwiderte Mrs. Grainger steif und in deutlich verweisendem Ton ob der Freiheit, die sich das Kindermädchen herausnahm. Sie legte einen Bogen Schreibpapier um das Buch, ehe sie es recht widerstrebend Alvey reichte, die sofort die Titelseite aufschlug:

Der lockere Lord Love. Von einer Dame. In drei Bänden. Preis: Eine Guinea. Verlag Seward & Co., Pleasaunce, Edinburgh.

Mit zitternden Händen blätterte sie eine Seite weiter und las den ersten Satz. *Ihren* ersten Satz.

»Aber das ist doch ... das ist ja ... mein Buch. Das ... ja, das übersteigt doch wirklich alle Begriffe ...«

»Ihr Buch, Miss Clement? Was soll das heißen? Mr. Grainger hat es heute nachmittag in der Buchhandlung für mich gekauft.«

»Ja. Nein. Ich meine nicht, daß es mir gehört, Mrs. Grainger, sondern daß ich es geschrieben habe.«

»*Sie*, Miss Clement, hätten dieses Buch geschrieben?« wiederholte Mrs. Grainger ungläubig. Dann fügte sie hinzu, als wolle sie, menschenfreundlich, wie sie war, Alvey Gelegenheit geben, diese Behauptung zu widerrufen: »Sehen Sie, das ist denn doch zu unwahrscheinlich. Befinden Sie sich da nicht vielleicht im Irrtum, Miss Clement? Nur wenige Leute sind gescheit genug, ein Buch zu schreiben, das dann auch noch veröffentlicht wird – besonders ein so amüsantes Werk wie dieses ...«

Alvey hatte es hastig durchgeblättert und faßte sich wieder. »Nein, ein Irrtum ist ausgeschlossen. Ich danke Ihnen, Mrs. Grainger, daß Sie mir gestattet haben, einen Blick darauf zu werfen. Adieu, Edith, adieu, Jemima, wir sehen uns am Donnerstag. Und vergeßt eure Vokabeln bis dahin nicht.« Sie gab Mrs. Grainger das Buch zurück und ging.

Doch sie kehrte nicht sogleich zu Mrs. Robson zurück, sondern begab sich in aller Eile zu Thurstan's, der führenden Buchhandlung von Newcastle, die sich in bester Lage am Bigg Market befand. Und dort erblickte sie auf einem großen runden Tisch vor dem Geschäft einen ganzen rotgoldenen Stapel von lockeren Lords. Vor Erregung zitternd erbat sich Alvey ein Exemplar, zahlte ihre einundzwanzig Shilling und ließ sich das dreibändige Werk einwickeln. Dann zog sie sich mit heftig klopfendem Herzen in ihre Dachstube zurück, um sich daran zu weiden. Wie schön es sich gedruckt liest, dachte sie. Was ist es doch für ein herrlicher Schnickschnack. Und welchen Spaß hatte ich beim Schreiben ...

Morgen mußte sie Erkundigungen einziehen. Sie würde sofort an Seward & Co. schreiben und um Auskunft bitten, warum man sich nicht mit ihr in Verbindung gesetzt, ihr nichts gezahlt hatte. Für heute aber war sie es zufrieden, in ihrem stickigen Stübchen barfuß auf den nackten Dielenbrettern zu sitzen und verzückt ihr Werk zu betrachten. Und als sie endlich auf Mrs. Robsons klumpiger Matratze lag, konnte sie lange nicht einschlafen, sondern dachte immer wieder: »Ich bin Schriftstellerin. Ein richtiges Buch von mir ist erschienen. Ich bin Schriftstellerin!«

Am nächsten Morgen setzte sie sich sogleich hin, um zwei Briefe zu schreiben, einen an Mr. Allgood, in dem sie ihm ihre Adresse in Newcastle mitteilte, »wohin ich mich familiärer Differenzen halber begeben habe und jetzt unter dem Namen Miss Clement lebe«, einen zweiten, in recht indigniertem Ton gehaltenen, an den Verleger Seward, in dem sie anfragte, warum ihr Buch veröffentlicht worden war, ohne daß man den Anstand besessen hatte, ihr diese Absicht kundzutun oder ihr ein Honorar anzubieten.

Im Lauf der folgenden Woche hatte sie auf beide Schreiben eine Antwort erhalten.

Mr. Allgood schrieb:

»Meine liebe Miss Clement!
Ich bin überglücklich und sehr erleichtert, daß Sie sich wohlbehalten in Newcastle befinden, denn hier bei uns sind wilde Gerüchte

über geheimnisvolle Duplikationen und Vertauschungen im Umlauf, und man hat mir glaubhaft versichert, eine zweite *Miss Louisa Winship, der ersten zum Verwechseln ähnlich, residiere jetzt auf Birkland Hall. Welche von den zweien befugt ist, sich dort aufzuhalten, wage ich nicht zu beurteilen, doch welche der beiden mit meiner Loyalität rechnen darf, darüber gibt es keinen Zweifel, und an die Verfasserin des* Lockeren Lord Love *richte ich diese Zeilen.*

Mit großer Bestürzung erfuhr ich von meinem Vetter Jamie, daß es zu einer Unterbrechung der Verbindung kam. Während der Schneestürme im Februar ist offenbar eine Postkutsche von der Great North Road abgekommen, viele Briefe wurden vernichtet oder in alle Winde zerstreut und haben ihre Empfänger nie erreicht. Es ist anzunehmen, daß darunter auch sein Schreiben an Sie war, in dem er Ihnen einen Honorarvorschlag für Ihr Buch machte.«

Vielleicht habe ich James Unrecht getan, dachte Alvey, vielleicht hat er seiner Großmutter ja doch geschrieben, und auch dieser Brief ist verlorengegangen. So etwas kommt ja hin und wieder vor...

»Kurzum«, fuhr Mr. Allgood fort, *»mein Vetter war entzückt von Ihrem Manuskript und hat, ohne einen Tag Zeit zu verlieren, den Druck in die Wege geleitet. So eilig hatte er es, dem Publikum das Werk vorzustellen, daß er, nachdem er nicht sogleich eine Antwort von Ihnen erhielt, es unterließ, auf Ihre Erlaubnis zur Veröffentlichung zu warten. Er teilt mir überdies mit, daß die erste Subskription bereits vor Erscheinen überzeichnet war und eine zweite Ausgabe in Vorbereitung ist. Doch dazu wird er Ihnen noch selbst schreiben. Er war so freundlich, mir ein Exemplar des Romans zu schicken, und Hauptzweck meines Briefes ist es, Ihnen zu sagen, wieviel Freude und Kurzweil er mir bereitet hat. Es war mir dabei,*

wenn ich so sagen darf, als tanzte ich an einem warmen Maitag über eine Wiese voller Tausendschönchen.«

Grundgütiger, dachte Alvey und versuchte, sich Mr. Allgood bei solchem Tun vorzustellen.

»Ich hoffe sehr, Sie früher oder später in Hexham zu sehen, wo sich eine Widmung in sein Exemplar von Ihnen erbittet Ihr ergebener Bewunderer usw. usw.

Cyril Allgood

James Seward schrieb:

»Verehrte Miss Clement,
zu meiner allergrößten Freude erhielt ich über meinen Vetter Allgood endlich Ihre neue Adresse und beeile mich, Ihnen zu schreiben und mich in aller Form bei Ihnen zu entschuldigen. Wie ich höre, hat mein erster Brief, den ich im Februar an Sie richtete und in dem ich ein Honorar für Ihren Roman nannte, Sie nicht erreicht. Selbstverständlich hätte ich erneut an Sie schreiben müssen, nahm aber an, Sie seien vielleicht auf Reisen und würden später antworten. Als Entschuldigung dafür, daß ich die Veröffentlichung sogleich und ohne weitere Beratung in die Wege leitete, muß mein dringender Wunsch gelten, dieses bezaubernde Werk unverzüglich der Leserschaft vorzustellen, ein Wunsch, der aufs erfreulichste seine Rechtfertigung darin fand, daß die erste Ausgabe bereits ausverkauft und eine zweite in Vorbereitung ist. Ich hoffe sogar noch auf eine dritte und vierte. Meine Abrechnung ist beigefügt, und ich erlaube mir, Ihnen hiermit meine Zahlungsanweisung über 221 Pfund, 6 Shilling und Fourpence zu überreichen, den Betrag, den ich Ihnen (sofern Sie mit meinen Bedingungen einverstanden sind) im Augenblick schuldig bin.

Ich brauche Ihnen kaum zu versichern, Miss Clement, daß ich dem nächsten Erzeugnis aus Ihrer Feder mit hoffnungsvollster, zuversichtlichster Ungeduld entgegensehe. Vielleicht eine Fortsetzung, eine Weiterführung der Eskapaden des lockeren Lords? Wie ich höre, steht bereits eine Bühnenfassung des Stoffes für Covent Garden in Rede, mit Kean in der Titelrolle. Mr. Siddons hat sich schon ans Werk gemacht und hofft, seine Frau zu einer Rückkehr auf die Bühne bewegen zu können. Eine Fortsetzung käme daher in einem überaus günstigen Moment an die Öffentlichkeit...«

Allmächtiger, dachte Alvey benommen, mein Glück ist gemacht. Sie las die Abrechnung: »Kommission für den Verfasser: 10%. 2000 verkaufte Exemplare *Der lockere Lord Love* 21 Shilling. Zu zahlen an Verfasser: 221.6.4 Pfund.«

Allein davon könnte ich bei einiger Sparsamkeit ein Jahr leben. Aber er schreibt, daß eine zweite Ausgabe in Vorbereitung ist, vielleicht sogar noch eine dritte und vierte. Und eine Bühnenfassung... Wie mag die Aufteilung der Profite bei einer Dramatisierung aussehen?

Das Leben zeigte plötzlich ein erstaunlich gewandeltes Gesicht. Noch immer war die Sehnsucht nach Birkland sehr, sehr groß, aber immerhin hatte sie nun genug Stoff zum Nachdenken; hoffnungsvolle, in die Zukunft gerichtete Gedanken beschäftigten sie, neue Pläne, neue Aussichten.

Mr. Allgood hatte seinem Brief zwei weitere Schreiben beigefügt. Das eine war der verloren geglaubte Brief Louisas, er war wohl über eine andere Route aus Madagaskar gekommen und erst nach seiner Absenderin eingetroffen. Darin schilderte sie ihr Eheglück mit Leutnant Dunnifage und tat ihre Absicht kund, umgehend in die Heimat zurückzukehren, um ihre Mitgift einzufordern und »um Papa Gelegenheit zu geben, die Bekanntschaft meines Gatten zu machen, damit er sich mit eigenen Augen von dem teilnehmenden Zartgefühl und der liebenswürdigen Sympathie überzeugen kann, die meinen geliebten Ehegenossen auszeichnen.«

Das mag nun Ansichtssache sein, dachte Alvey, die sich keine sehr günstige Meinung von Leutnant Dunnifage gebildet hatte.

»Sie werden gewiß nach Erhalt dieses Schreibens den Wunsch haben, sich ein anderes Domizil zu suchen, in das Sie sich bei (oder vorzugsweise *vor*) unserer Ankunft auf Birkland begeben können, damit es nicht zu peinlichen Gegenüberstellungen kommt. Ich überlasse die Regelung Ihnen.

Ihre usw. Louisa Winship Dunnifage.«

Der zweite Brief war von Isa und kam aus Durham. Sie schrieb:

»Liebste Alvey,
wir sind zur Zeit bei Major Fenways Onkel, dem Bischof, zu Gast, in dessen Haus wir mit der schmeichelhaftesten Liebenswürdigkeit behandelt und den interessantesten und gewinnendsten Persönlichkeiten der hiesigen Gesellschaft vorgestellt werden. Mit anderen Worten, wir haben es sehr behaglich. Ich brauche Dir wohl nicht zu sagen, liebe Alvey, wie sehr es mich danach verlangt, diese letzte Phase unserer Reise hinter mich zu bringen und endlich nach Tinnis zu kommen. Zwar ist es nicht Birkland – leider! –, aber zum mindesten bin ich dann wieder in meinem geliebten Northumberland. Es gibt so viel, was ich Dir erzählen, und sicherlich noch mehr, was ich von Dir erfahren möchte. Wie geht es meinem Vater? Und hat sich die arme Mama von der grausamen Zerstörung ihres Gartens erholt? Und was hört man von James und seinem Freund? Ich bin ganz versessen darauf, Dich zu sehen, und hoffe, auf einen Tag hinüberreiten zu können, sobald wir uns bei den Chibburns etabliert haben. Mit vielen lieben Grüßen

Deine Isa.«

Diesen Brief las Alvey mit entschieden schmerzlichen Gefühlen. Wie würde mich ein Wiedersehen mit Isa freuen, dachte sie. Isa ist mir eine treue Freundin geworden, mehr Freunde habe ich eigentlich nicht im Leben. Bis auf Guy Fenway vielleicht ...?

Seit sie wußte, daß ein Buch von ihr erschienen war, hatte Alvey das Gefühl, ein anderer Mensch zu sein. Ich bin erwachsen geworden, dachte sie, und gedachte voller Staunen des unglücklichen Wesens, das Tag für Tag am Fenster gekauert und nicht die Kraft gehabt hatte, sich bis zur nächsten Ecke zu schleppen. Auch die Anfälle peinigender Kindheitserinnerungen wurden seltener. Der Gedanke freilich, wie stolz und froh ihre Mutter über diesen sichtbaren, greifbaren Erfolgsbeweis gewesen wäre, machte sie sehr, sehr traurig. Im Grunde ihres Herzens aber war Alvey überzeugt davon, daß Sarah tot war. »Ich muß also für sie stolz sein, denn meinen Erfolg verdanke ich allein ihrer Unterweisung in meinen frühen Jahren und ihrem Beispiel beharrlichen Fleißes. Ihr gebührt die Ehre, und ich habe durchaus keinen Grund dazu, die Nase hoch zu tragen.«

Sie trug die Nase nicht hoch, aber das neu gewonnene Selbstbewußtsein veranlaßte sie, lange und gründlich über ihre Beziehung zu der Familie auf Birkland nachzudenken.

Ich habe ihnen sehr wohl helfen können, das weiß ich jetzt. Und ich denke, das wäre mir auch weiterhin möglich. Doch ohne Einladung kann ich nicht nach Birkland zurück. Ganz gewiß nicht, solange Louisa und ihr Mann dort residieren. Wie schön wäre es, wenn sich einer von ihnen meldete – und sei es auch nur, damit ich erfahre, wie man über mich denkt.

Ich werde Isa einen Brief nach Tinnis Hall schreiben, beschloß sie. Gewiß sind sie und Meg inzwischen dort eingetroffen. Das wird das beste sein.

Sie führte ihre Absicht unverzüglich aus, doch war noch keine Antwort gekommen, als sie mit den kleinen Graingers ihren nächsten lehrreichen Streifzug unternahm. Bei der Rückkehr von ihrer Promenade, auf der sie mit erheblicher Mühe ihren beiden Schützlingen die Sätze »Je ne sais quoi« und »Je ne sais pas« beigebracht hatte, forderte Mrs. Grainger sie auf, den Tee mit ihr zu nehmen, und Alvey stellte mit einiger Belustigung fest, daß sich ihr Status im Laufe der letzten Woche grundlegend gewandelt hatte. Sie wurde (wie Isa von den Chibburns) mit der schmeichelhaftesten Liebenswürdigkeit bewillkommnet. Offenbar war ihr Anspruch, den lockeren Lord Love verfaßt zu haben, geprüft und für richtig befunden worden, und Mr. Grainger, der wenig später aus seinem Amt kam, gratulierte ihr zu diesem Erfolg.

»Ihr Buch ist in aller Munde, Miss Clement, in der ganzen Stadt spricht man davon, ja, im ganzen Land, wie man hört. Bei Gott, ja... Einen richtigen Goldesel haben Sie da im Haus, alles, was recht ist. Es ist wirklich recht spaßiges Zeug, das muß man sagen. Ich staune, daß eine Frau etwas so Launiges zustandebringen konnte.« Er war ein rotgesichtiger, recht aufgeblasener Mensch mit selbstzufriedener Miene; jetzt musterte er Alvey überrascht und voller Respekt.

»Ich danke Ihnen, Sir.«

»Und wir würden uns freuen, wenn Sie zu einer Abendgesellschaft kommen würden, die meine liebe Frau nächste Woche gibt, Miss Clement. Am Samstagabend, eine Abendgesellschaft mit Wein und einem kleinen Imbiß. Die Creme der hiesigen Gesellschaft ist eingeladen. Sie dürfen sich also recht hübsch herausputzen...« fügte er an und musterte mit einiger Geringschätzung das graue Kleid, das nach Alveys Meinung ein durchaus passender Anzug für ihre Streifzüge mit Miss Edith und Miss Jemima war.

»Vielen Dank«, sagte sie zögernd. »Es ist sehr liebenswürdig, aber –«

»Kein Wenn und Aber, wenn ich bitten darf, davon wollen wir nichts hören, nicht wahr, Mrs. Grainger? Also abgemacht, ja? Und... ähem...«

Es erwies sich, daß Alvey ihrem vom Publikum so günstig aufgenommenen Roman eine ansehnliche Erhöhung des Entgelts zu danken hatte, der ihr für ihren Französischunterricht gezahlt wurde; er würde in Zukunft mehr als das Doppelte der bisherigen Summe betragen. Vielleicht fürchtete Mrs. Grainger, Alvey könne nach näherer Bekanntschaft mit der Creme der hiesigen Gesellschaft versehentlich da oder dort fallenlassen, wie bescheiden der Lohn gewesen war, den man ihr bisher für ihre Dienste gezahlt hatte.

Nicht ohne Bangen sah Alvey der Abendgesellschaft der Graingers entgegen, aber sie sollte keine Gelegenheit mehr haben, dort zu erscheinen. Als sie am Tag vorher von der alten Mrs. Morley zurückkam, der sie Fénelon vorgelesen hatte, erfuhr sie, daß Herrenbesuch für sie da war.

»Ein wirklich feiner, gebildeter Gentleman«, sagte Mrs. Robson mit runden Augen. »Er hinkt ein bißchen, da wollt ich ihm die vielen Stufen zu Ihnen rauf nicht zumuten. Er ist im Vorderzimmer. Winship heißt er.«

James! Alveys Herz hämmerte so heftig, daß sie auf halbem Weg die Treppe hinauf stehenbleiben und ausruhen mußte. Mit zitternder Hand griff sie nach der Klinke von Mrs. Robsons Wohnzimmertür.

Der Gentleman, der im Vorderzimmer wartete, war nicht James, sondern sein Vater.

Wortlos kam er auf sie zu und drückte sie an sich. Dann hielt er sie auf Armeslänge von sich weg und schalt sie aus.

»Böses, böses Mädchen. Wie konntest du uns so einen Streich spielen? Hexe! Biest! Wie kannst du es überhaupt wagen, mir noch ins Gesicht zu sehen? So ein empörendes ... abscheuliches ... schamloses ... intolerables ...«

»Hör auf, hör auf. Ich verdiene es ja, ich weiß. Ich verdiene alles, was du sagst ...«

Alvey weinte mit lustvoller Hingabe, die Tränen rannen ihr in Strömen über die Wangen. »Ich verdiene deinen Unmut«, schluchzte sie. »Aber es war wirklich Louisa, die sich den Plan ausgedacht und in die Wege geleitet hat. Hätte sie nicht darauf bestanden, hätte ich nie –«

»Davon rede ich nicht, du dummes Ding. Ich rede davon, daß

du auf diese unsinnige, überspannte Weise weggelaufen bist und uns alleingelassen hast. Wie konntest du nur? Bloß weil Louisa zurückgekommen war? Als ob ich um sie etwas gäbe ...«

»Aber sie ist noch da, nicht wahr?«

»Gewiß ist sie da, samt ihrem Hanswurst von Ehemann. Freilich ist sie da. Aber sie ist die längste Zeit dagewesen, nachdem ich dich wiedergefunden habe, dafür werde ich sorgen. Weshalb hast du dich nur von ihr überreden lassen, das Feld zu räumen?«

Ja, warum? Wie konnte sie ihm klarmachen, daß es für sie damals keine andere Lösung gegeben hatte?

»Jetzt pack deine Siebensachen«, sagte er, »und mach dich bereit, mit mir zurückzufahren. Fang gleich mit dem Packen an.«

»Aber bedenke doch ... Nachdem alle wissen, daß ich eine Betrügerin bin, daß ich kein Recht habe, auf Birkland zu sein, wie könnte ich ...«

»Wie könntest du?« donnerte er. »Ich befehle es dir, und damit basta. Ich bin der Herr im Haus, verdammt! Überdies wissen offenbar außer mir und Charlotte alle schon seit Monaten, daß du die Falsche bist, und scherten sich keinen Deut darum. Nein, du mußt mitkommen«, fuhr er mit veränderter Stimme fort, »weil meine Mutter unpäßlich ist ... Ich sage dir gleich warum, es ist wieder einmal etwas Schlimmes passiert ... es geht ihr sehr schlecht. Das Atmen fällt ihr schwer, und sie fragt nach dir. Wenn du also eine gute Christin bist – woran ich nicht zweifele –, wirst du zurückkommen. Davon abgesehen, daß es den Kindern fast das Herz gebrochen hat ...«

»Der Abschied von ihnen war das Schwerste, was ich je erlebt habe«, gestand Alvey.

»Dann mach kein Trara und pack brav deine Sachen. Ich bin im Castle Hotel, mußte den Pferden eine kleine Rast gönnen. Habe das Dinner auf sechs bestellt. Wenn wir danach gleich aufbrechen, sind wir bei Sonnenaufgang daheim. Ich erwarte dich, sobald du mit dem Packen fertig bist.«

Alvey saß kaum bei Tisch, als sie schon besorgt fragte: »Du hast erwähnt, daß zu Hause ... in Birkland, meine ich ... wieder etwas Schlimmes passiert ist. Bitte spanne mich nicht auf die Folter.« Sie blickte ihn aufmerksam an, er sah sehr müde und elend aus. »Ist es ... hat es etwas mit Lady Winship zu tun?«

»Wie? Nein, nein. Charlotte ist unverändert, es geht nicht besser, aber zum Glück auch nicht schlechter. Nein, es handelt sich um Tot.«

»Um *Tot*?« Alveys Herzschlag stockte. »Was ... was ist mit ihm?«

»Tja ...« Sir Aydon zerkrümelte mit finster gerunzelter Stirn ein Brötchen. »Mache mir große Vorwürfe deswegen. Hätte in der Sache von Louisas Mitgift früher etwas unternehmen sollen. Aber um ehrlich zu sein: Als du fort warst, hatte mich eine Lethargie erfaßt, ich war sehr verdrießlich ...«

»Es tut mir schrecklich leid ...«

»Ist auch nicht mehr als recht und billig, mein Mädchen. Da saßen wir nun auf dem trockenen, konnten uns nur mit Louisa trösten, die ungefähr so tröstlich ist wie der Prophet Jeremias – wenn ich's recht bedenke, ist mir der noch lieber – und mit ihrem Mann, diesem infernalischen Langweiler. Teiggesichtiger, stotternder Tölpel. Ihn Abend für Abend meinen Portwein schlucken zu sehen war schier mehr, als der Mensch ertragen kann. Warum, magst du fragen, hab ich die beiden dann nicht zum Teufel gejagt? Tja ... in gewisser Weise ... Ich weiß selbst nicht recht ...«

Alvey konnte es sich in etwa denken. Louisa und ihr Mann mit ihrer unerschütterlichen Selbstzufriedenheit, mit ihrer unerbittlichen Entschlossenheit, die eigenen Ziele durchzusetzen, waren starke negative Kräfte. Sie konnte sich die lähmende Wirkung ihrer Anwesenheit auf den Haushalt lebhaft vorstellen und hatte viel Verständnis dafür, daß Sir Aydon aus Protest renitent geworden war.

»Ich habe alles gehen lassen, wie es wollte, und habe Trübsal geblasen«, gestand er. »Ich weiß, ich hätte der Person ihre Morgengabe aushändigen, ihr eine Strafpredigt halten und sie ihres Weges schicken sollen – mehr hat sie nicht verdient nach diesem trefflichen Plan, den sie ausgeheckt hatte. Freilich hat sie recht hübsch darzustellen gewußt, daß es allein deine Idee gewesen sei, aber daß das ein Ammenmärchen war, hab ich gewußt, sobald sie den Mund aufmachte. Und das hab ich ihr auch gesagt. Schließlich kannte ich euch ja beide gut genug. Nein, es ging mir einfach wider den Strich, so einfach mit ihrer Mitgift herauszurücken, und ich hab's immer wieder aufgeschoben. Sie hat uns diesen traurigen Streich gespielt, dachte ich mir, nun soll sie ruhig ein Weilchen auf Birkland herumsitzen und sich in Geduld fassen. Sie braucht sich nicht einzubilden, daß sie einfach daherkommen und eine große Konfusion anrichten kann, um quietschfidel wieder abzuziehen, nachdem sie bekommen hat, was sie wollte ...«

»Das hätte ich mir wohl auch gesagt«, meinte Alvey.

»Hast Verständnis für mich, ja? Braves Mädchen. Dachte mir's gleich. Aber es hat zu nichts Gutem geführt. Dieser unglückselige Ehetölpel lief herum, wußte nicht, was er mit seiner Zeit anfangen sollte, und hat prompt ein Unglück angerichtet.«

»O Himmel, was kann er angestellt haben?« fragte Alvey, von schlimmen Vorahnungen erfüllt.

»Erst einmal hat er den Kindern das Leben zur Hölle gemacht, das hat mir Nish hinterher erzählt. Ist ständig hinter ihnen hergejagt unter dem Vorwand, ihnen Unterricht zu geben, in Navigation und dergleichen. Hat sie drangsaliert und geplagt und sie zu Freiübungen gezwungen, und besonders an dem Jungen hat er ständig herumgemäkelt, ihn einen Weichling und einen Milchbart gescholten, ein richtiges Baby.«

»So ein abscheulicher Mensch.« Alvey krampfte die Hände zusammen. »Ich mochte ihn vom ersten Augenblick an nicht leiden, und ich hatte recht damit. Armer Tot. Und was geschah dann?«

»Dieser verrückte Alte, der Amos Herdman ... du weißt, wen ich meine?«

»Ja, Annies Vater. Die Kinder haben Angst vor ihm. Der Mann, der den Schaden in Lady Winships Garten angerichtet hat.«

»Ja, so heißt es. Und er hat weitere Drohungen geäußert, aber nie etwas Bestimmtes.«

»Amos Herdman also ... Was war mit ihm?«

»Eines Tages kam er an der Koppel vorbei, als Dunnifage die Kinder Wettrennen veranstalten ließ oder irgendwas in der Art, und beschimpfte sie über die Mauer hinweg, und Tot nahm sich das zu Herzen und wurde ganz bleich. Hatte doch dieser Dunnifage nichts Besseres zu tun, als ihn zu verhöhnen und als armseligen kleinen Feigling zu schmähen, der Angst vor einem alten Mann habe. Und dann hat er noch was über dich gesagt, daß dein Unterricht nur für Mädchen tauge ...«

»So ein Ungeheuer. Und dann?«

»Tot verschwand und ward den ganzen Tag nicht mehr gesehen. Das war gestern. Abends kommt Nish zu mir, in Tränen aufgelöst, und sagt, Tot habe Dunnifage zeigen wollen, daß er kein Feigling ist, und sei deshalb zu der Hütte hinaufgegangen, wo der Alte den Sommer über haust, in die Höhle des Löwen gewissermaßen.

Nish hatte so etwas geahnt, Tot wollte nicht, daß sie ihn begleitete, aber sie folgte ihm in einiger Entfernung.

Er ging zur Tür, so hat sie es mir erzählt, und rief etwas. Der Alte sei nicht in seiner Hütte gewesen, sagt Nish, aber ganz in der Nähe. Sie sah, wie er sich rücklings an Tot heranschlich und ihm mit einer Keule auf den Kopf schlug. Und dann hat er ihn in seine Hütte geschleppt. Nish lief zur Tür und rief und klopfte aus Leibeskräften, aber die Tür war verriegelt, und der Alte kümmerte sich nicht um sie. Da ist sie nach Hause gerannt, so schnell sie konnte.«

»Wie schrecklich. Das arme Kind. Und wie ging es weiter?«

»Ich schickte die Männer aus dem Haus hin, allesamt, Stridge und Blackett und Carey ... sie schrien und drohten die Tür aufzubrechen, aber Amos sagte, wenn sie das täten, würde er dem Jungen die Kehle durchschneiden.«

»O nein. Und dann?«

»Dann bekam meine Mutter ihren Anfall. Duddy, diese dumme Trine, hat nicht dichtgehalten, die alte Dame wurde blau im Gesicht, wir dachten, ihr letztes Stündlein hätte geschlagen. Surtees ist wie der Teufel nach dem Doktor geritten, er wußte, daß Cunningham in unserer Gegend war, zu einem Krankenbesuch bei der alten Lady Burnacres ... er ist auch gleich gekommen ... ließ sie zur Ader, und sie kam wieder zu Bewußtsein. Sie hat nach dir gefragt. Und da fuhr ich los, um dich zu holen«, sagte Sir Aydon schlicht. »Mrs. Slaley gab mir deine Adresse, sie hat, wie's scheint, von Anfang an Bescheid gewußt.«

»Aber was ist mit Tot?«

»Der ist noch in der Hütte des Alten ... soweit ich weiß ... und unsere Leute stehen draußen. Wenn sie sich nicht inzwischen den Zugang erzwungen haben ... Hoffentlich ...«

Alvey sah ihn einigermaßen fassungslos an. »Soll das heißen ... daß du weggefahren bist, ohne den Ausgang zu kennen ... daß Tot noch in der Gewalt dieses Wahnsinnigen ist? ... Warum sitzen wir noch hier herum? Fahren wir, sofort! Wie konntest du es ertragen, dich loszureißen ...«

»Für meine Mutter ging es ja auch um Leben und Tod«, sagte er unglücklich. »Und – wen hätte ich schicken sollen? Versteh doch ... Da oben bei der Hütte des Alten sind genug Leute ... Lumley hat die Oberaufsicht ... ich hätte da auch nichts machen können ...«

Dennoch war ihr klar, wie schwer es ihm gefallen sein mußte, Birkland zu verlassen.

»Fahren wir, bitte fahren wir! Ich könnte keinen Bissen mehr herunterbringen ...«

Sie schob den halbvollen Teller beiseite.

»Je nun, wir mußten die Pferde füttern und tränken«, sagte Sir Aydon, »aber es ist mir schon recht, wenn wir jetzt aufbrechen.«

»Is ja man schön, daß Sie wieder da sind, Miss Emmy«, sagte Archie und verstaute Alveys Koffer im Kutschkasten.

»Ich möchte wohl wissen, ob ich irgend jemanden auf Birkland je dazu bringen werde, meinen wirklichen Namen zu benutzen«, sagte Alvey halblaut, während sie Newcastle in westlicher Richtung verließen. »Vielleicht sollte ich es bei Emmy belassen.«

Es war belanglos, aber es lenkte Sir Aydon ab, der bei der kleinsten Gesprächspause in verbissenes Schweigen verfiel und mit den Fingern ruhelos auf den Gurt trommelte.

»Wie heißt du wirklich?« fragte er, und als sie es ihm sagte: »Alvey, Alvey ... Hm, wenn ich nicht irre, hat es da Vettern dieses Namens auf meines Vaters Seite gegeben, vor einem halben Jahrhundert oder mehr ... dadurch erklärt sich wohl auch die erstaunliche Ähnlichkeit.«

»Das tröstet mich ein bißchen. So bin ich doch nicht ganz und gar ein Außenseiter.«

»Natürlich gehörst du irgendwie zur Familie, das sieht ja jeder Narr. Erzähl mir von deinen Eltern.«

Sie erzählte – sehr viel leichter und geläufiger als damals bei Guy –, und er hörte staunend zu und sagte, es sei das verteufeltste Ding, das er in seinem ganzen Leben gehört habe. »Und da sind sie noch? In dieser infernalischen Siedlung ... wie heißt sie doch gleich ... Simony, Sanctimony ...«

»Unison. Ja, soweit ich weiß, sind sie noch dort, wenn sie noch am Leben sind. Hätten sie die Gemeinschaft verlassen, hätte sich meine Mutter bestimmt mit mir in Verbindung gesetzt.«

»Aber wie sollte sie dich denn finden?«

»Ich habe bei einer Bank in New Bedford meine Adresse hinterlegt.«

»Tja, Kind, das war ja nun wirklich verwünschtes Pech für dich, aber für uns war es ein Glück, soviel steht fest. Jetzt darfst du nie mehr davonlaufen.«

»Nun ja, wir werden sehen. Wenn ... wenn ...« Sie unterbrach sich und setzte neu an. »Ich will gern bleiben, bis die Kinder ein wenig älter sind. Aber dann, später ... Nehmen wir an, James heiratet und bringt eine Frau ins Haus ...«

»Ich dachte schon daran, daß es eigentlich eine recht gelegene Lösung wäre, wenn du James heiraten würdest.«

Sein wehmütiger Ton gab ihr einen leisen Stich, aber sie erwiderte fest: »Nein, daraus kann leider nichts werden. James zieht ... zieht Frauen anderer Art vor. Sicher führt er früher oder später eine bezaubernde Braut heim, und du wirst sie sehr lieb haben, genauso lieb wie deine eigenen Töchter.«

»Das hat nicht viel zu sagen. Komisch, hab mir nie viel aus meinen Töchtern gemacht«, knurrte er. »Isa ist ja gut und recht in ihrer Art, aber Parthie und Louisa sind beide Brechmittel. Und Meg ist eine Egoistin von reinstem Wasser ...«

»Nish ist so lieb.«

»Na ja, sie macht sich allmählich. Die einzige, für die ich eine kleine Schwäche hatte, ist gestorben, ehe du kamst, du hast sie nicht kennengelernt. Maria hieß sie, sah aus wie meine Schwester, die auch schon tot ist ... Seltsam, als du nach Birkland kamst, am ersten Abend ... da dachte ich einen Augenblick, du wärst sie ... kann mich noch gut erinnern ...«

Auch Alvey hatte diesen eigentümlichen Moment noch lebhaft in Erinnerung.

»Wie lange das zurückzuliegen scheint.«

Sie sprachen über Lady Winship. »Hat sich ihr Zustand inzwischen gebessert? Hat es ihr geholfen, die echte Louisa wieder im Haus zu haben?«

»Nicht im mindesten – weshalb auch? Charlotte hat nie was für Louisa, dieses starrsinnige, bigotte Frauenzimmer, übrig gehabt.

Sie ist übrigens im Augenblick nicht zu Hause, macht einen Besuch bei ihren Schwestern in Tinnis. Nein, Charlotte wähnt sich noch in Ungnade, die Ärmste. Seit sie erfahren hat, wie es sich mit Sim Whittington verhielt, ist sie freundlicher zu mir, aber sie schwört noch immer, daß sie, wenn die Leute glauben, sie habe Klein Geordie umgebracht, bis ans Ende ihrer Tage da oben bleiben will.«

Beklommen fragte Alvey: »Glaubst *du*, daß sie diese schreckliche Tat begangen hat?«

Er überlegte einen Augenblick, dann erwiderte er: »Nein. Nein, das glaube ich nicht. Ich hab mal an so was gedacht, das gebe ich zu... Damals, als ich selber so elend war... Aber nein, ich kann nicht glauben, daß Charlotte zu einer solchen Tat fähig wäre. Wohlgemerkt, eine besonders warmherzige Frau ist sie nicht, immer zu weit weg mit ihren Gedanken, ständig mit diesem Garten zugange. Aber sie ist weder schlecht noch gehässig. Nein, ich denke es mir so, daß sie vielleicht frühmorgens am Teich war... sah den Jungen darin liegen... versuchte, ihn herauszuholen... bekam es mit der Angst zu tun und ließ ihn drin, als sie merkte, daß sie ohnehin zu spät kam...«

»Aber wie kann man sie nur dazu bewegen, wieder ein normales Leben aufzunehmen?«

»Hatte gehofft, der Sommer würde sie rauslocken«, sagte er rauh. »Aber damit war's nichts. Vielleicht, wenn du es versuchen würdest...«

»Bisher hat das nichts gefruchtet.«

Sie sprachen von Tot, in stillschweigender Übereinkunft die derzeitige Krise außer acht lassend, davon ausgehend, daß sie ein gutes Ende nehmen würde, nehmen müsse.

»Der Junge ist wie umgewandelt«, sagte Sir Aydon. »Tritt mir so viel offener und ganz furchtlos entgegen... Ein Jammer, dieses Gebrechen.«

»Major Fenway meint, es könne sich verwachsen. Doch auch

wenn das nicht der Fall ist, so tut es doch seiner Intelligenz keinen Abbruch. Wir wissen von etlichen großen Männern in der Weltgeschichte, die Epileptiker waren.«

Sir Aydon zuckte ein wenig bei dem Wort, doch er sagte: »Das Internat wäre wohl zu viel für ihn, wie?«

»Was hältst du von einem Hauslehrer? Man müßte nach einem verständigen, regsamen jungen Mann Ausschau halten. Später dann könnte Tot ein Studium beginnen und käme an der Hochschule mit Gleichgestellten zusammen...«

»Es ist schon wunderlich, daß meine Söhne beide solche Bücherwürmer sind.«

»Aber Tot ist den ganzen Tag draußen in der freien Natur!«

»Du weißt schon, wie ich es meine.«

Während die Kutsche in schnellem Tempo heimwärts rollte, wandte sich die Unterhaltung verstärkt dem Gut zu. Man muß ihn von dem ablenken, was ihn zu Hause erwarten mag, dachte Alvey, und zu Fragen der Gutsverwaltung läßt er sich immer gern ins Gespräch ziehen.

»Wenn du etliche deiner Weizenfelder zu Schafweiden machtest, wie Lumley vorschlägt... der Weizenpreis, sagt er, ist von hundertzwanzig Shilling vor drei Jahren auf dreiundfünfzig Shilling Sixpence gefallen... mit Weizen ist kein Geld mehr zu verdienen...«

»Oho, gehörst du zur Whig-Opposition?«

»Nein, ich bin Amerikanerin. Von englischer Politik verstehe ich nichts. Aber ich kann durchaus den Nutzen eines Vorschlags erkennen, wenn ich mit der Nase darauf gestoßen werde.«

Jetzt mußte er doch lachen. »Amerikanerin? Bei Gott, das ist wohl wahr. Ich sehe schon, früher oder später wird mir doch nichts anders übrigbleiben, als mich von dir und Lumley überreden zu lassen.«

»In hundert Jahren, sagt Lumley, wird man in Northumberland weit und breit nur Schafe sehen.«

»Vielleicht würde es den alten Herdman friedlicher stimmen, wenn ich Schafe dazukaufte«, murmelte er.

»Aber... aber wirst du ihn nicht verhaften, in Gewahrsam nehmen lassen? Nach dem, was er jetzt angestellt hat?«

»Warten wir es ab«, erwiderte er bedrückt. »Warten wir ab, was er letztendlich anstellen wird. Sieh, da sind die Cheviots, wir sind fast daheim. Der Morgen zieht herauf.«

Dies war eine Heimkehr ganz besonderer Art. Man hatte sie gerufen, man brauchte sie, und so konnte sich Alvey, auch wenn sie nicht in diese Familie hineingeboren war, eines herzlichen Empfangs sicherer sein als vorher. Trotz der großen Sorge, die sie erfüllte, erfaßte sie ein starkes Glücksgefühl, als sie den letzten Hang hinunterrollten. Aufmerksam um sich blickend erkannte sie die Zeichen des sich neigenden Sommers, die verblassende Heide, die zinnoberroten Früchte der Eberesche, Hagebutten und wilde Stiefmütterchen und Flockenblumen.

Die Namen hatte sie alle von Nish und Tot gelernt.

Amble trat mit ernstem Gesicht an die Kutsche heran.

»Wie steht es?« fragte Sir Aydon. »Meine Mutter... ist sie...«

»Die alte Dame weilt gottlob noch unter den Lebenden, Sir. Aber es geht ihr nicht gut...«

»Und Master Tot?«

»Da ist die Lage unverändert, Sir. Die Männer sind noch droben, aber der alte Teufel läßt sich nicht rauslocken, man müßte denn Feuer an seine Hütte legen. 's ist fein, Sie wieder daheim zu haben, Miss Emmy«, sagte er herzlich. Alvey brannten Tränen in den Augen bei dieser Begrüßung, die, wie sie fand, unter diesen traurigen Umständen unverdient freundlich war. Dieses Gefühl verstärkte sich noch, als Mrs. Slaley mit wehenden Haubenbändern aus dem Haus stürzte und sie an ihre füllige Brust drückte.

»Nee, Miss Emmy, Mädchen, das is mal ne Freude! Daß Sie wieder da sind ...«

In diese Szene platzte Louisa, die auf Phantom um die Hausecke geritten kam. Als sie Alvey erblickte, war sie äußerst unangenehm berührt. Sie war offenbar gerade erst aus Tinnis Hall zurückgekommen und wußte noch nichts von dem Ungemach, das ihren Vater veranlaßt hatte, nach Newcastle zu reisen.

»*Miss Clement*! Darf ich fragen, was Sie hier zu suchen haben?«

In knappen Worten erzählte ihr Vater, was der alte Amos mit Tot angestellt hatte.

»Ich werde mit dem Alten sprechen«, verkündete Louisa. »Ich werde ihm das Evangelium vor Augen stellen und ihn zur Vernunft bringen. Sehr bald wird er dann mit sich reden lassen.«

»Larifari«, fuhr Sir Aydon ungeduldig auf. »Was um Himmels willen versprichst du dir davon? Damit machst du alles nur noch schlimmer.«

Und Amble sagte halblaut: »Schöne Worte machen den Kohl nicht fett, Mädchen.«

Nish trat unter die Tür. Als sie Alvey sah, verzog sie keine Miene und wandte sich wortlos ab, um wieder ins Haus zu gehen. Doch da kam Stridge aus dem Wäldchen gerannt und rief: »Man schnell, kommt schnell, er hat Surtees abgestochen, mit nem furchtbar großen Messer, und er schleppt Master Tot den Berg rauf und sagt, er will ihn vom Pike Force schmeißen. Der Kerl is wie en toller Köter.«

»Hol meine Pistolen, Amble, bring sie mir nach.« Sir Aydon schickte sich an, Stridge nachzulaufen, dann fiel ihm Alvey ein.

»Ich gehe zur Großmutter«, sagte sie rasch.

»Ja, das ist brav. Ich muß hin, muß sehen, was ich tun kann ...«

Alvey nickte und schluckte mühsam, dann betrat sie das Haus. Dabei kam sie dicht an Nish vorbei, die noch immer unentschlossen auf der Schwelle stand. Alvey berührte ihre Hand. »Kommst du mit mir zu deiner Großmutter?«

Doch Nish nahm zornig ihre Hand fort. »Nein. Ich hasse dich. Du bist weggegangen und hast uns allein gelassen. Jetzt siehst du, was dabei herausgekommen ist. Ich hasse dich.«

»Es tut mir leid«, sagte Alvey hilflos, dann stieg sie zum Zimmer der alten Dame hinauf. Es hätte keinen Sinn gehabt, wenn ich mit Sir Aydon zum Pike Force gegangen wäre, dachte sie, ich wäre nur im Wege gewesen. Und schließlich hat man mich ja wegen Mrs. Winship zurückgeholt...

Duddy saß am Bett der alten Dame. Zum ersten Mal sah Alvey die Zofe nicht mit einer Flickarbeit, ihre Hände lagen müßig im Schoß, ihr Gesicht war hager und vergrämt, es sah aus wie ein grauer Stein auf dem Moor. Fröstelnd erinnerte sich Alvey der schroffen Felsen des Pike Force.

»Da sind Sie ja wieder, Miss Emmy«, sagte Duddy tonlos.

»Wie geht es ihr?«

»Schlecht. Glaub nicht, daß sie durchkommt.«

Die alte Dame atmete langsam, mühselig, rasselnd. Lange stand jeder Atemzug in dem stillen Raum.

»Soll ich mich ein Weilchen zu ihr setzen?«

»Meinswegen«, sagte Duddy ungnädig. Sie stand einen Augenblick herum, als wüßte sie nicht recht, was sie mit sich anfangen sollte, dann ging sie hinaus. Alvey setzte sich und betrachtete die von Kissenbergen gestützte stille Gestalt. Sie nahm eine der kalten Hände und begann sie sanft zu streicheln und zu kneten, wie die Kinder es getan hatten.

Eine halbe Stunde verging. Alvey hatte das Gefühl, daß sie zu dritt im Zimmer waren – sie selbst, die Kranke und etwas Schattenhaftes, Gewaltiges, das allmählich die alte Frau niederrang; wie ein großer, vielfach verzweigter Wald, der wächst und wächst und Luft und Licht verschlingt, saugte dieses Etwas das Leben aus dem alten Körper. Wenn ich nur dagegen ankämpfen könnte, dachte

Alvey. Ich wünschte, ich könnte beten. Aber kein gewöhnliches Bittgebet... Nein, es will einfach nicht gehen.

Unvermutet öffneten sich die alten Augen und sahen sie gerade an.

»Wie geht es dir, Großmama?« fragte Alvey leise.

In den Augen der alten Dame blitzte der Zorn.

»Was glaubst du? Gar nicht gut. Dumme Frage. Hätte dich für gescheiter gehalten.« Die Worte kamen kurzatmig und stoßweise.

»Ich freue mich, daß du zumindest Kraft genug hast, mit mir zu zanken.«

»Hättest... nicht fortgehen... dürfen...« artikulierten die blutleeren Lippen.

»Nein, es tut mir sehr leid. Aber was sollte ich machen? Louisa war wieder da, und für uns beide war nicht Platz im Haus.«

»Intolerables Geschöpf. Und ihr Mann erst... dieser Tölpel. Hanswurst, Hampelmann... dumm wie Bohnenstroh...!«

Alvey fing an zu lachen. »Ach, Großmutter, ich liebe dich...«

In Mrs. Winships Gesicht zuckte es. »Hast eine komische Art, es zu zeigen... Fortzulaufen wie in einer Drury-Lane-Komödie...«

»Ich verspreche, daß ich jetzt hierbleibe. Bis... bis...«

»Bis?« In den blanken, kurzsichtigen Augen stand leiser Spott. »Bis ich unter der Erde bin? Um dann wieder das Weite zu suchen? Was ist mit Tot? Haben sie ihn von diesem Wahnsinnigen losgebracht?«

Alvey holte zittrig Luft. »Nein, noch nicht.«

»Was geht dort vor?«

»Sir Aydon ist droben.« Alvey sagte nichts von dem Wasserfall.

»Nun, wenn all diese Narren es nicht vermögen, dem tollen Kerl meinen Enkel zu entreißen...«

»Du darfst dich nicht überanstrengen. Allein das Warten kostet viel Kraft.«

»Das weißt du schon, so jung du bist?«

Schweigend warteten sie weiter. Einmal fragte Mrs. Winship: »Wo bist du gewesen ... die ganze Zeit?«

»In Newcastle. Ich habe Französischstunden gegeben.«

Sie hörte ein Schnaufen ... vielleicht ein Lachen? Doch die alte Dame mußte mit ihren Kräften haushalten, und im Grunde interessierte sie sich nicht für Newcastle. Ich will sie nicht ablenken, dachte Alvey, sie braucht all ihre Energien für dieses eine ...

Viel später, als sich die Dämmerung in den Zimmerecken zu sammeln begann, schob sich Nish durch die Tür und trat lautlos an das Bett heran. Alvey gegenüber ließ sie sich in die Knie sinken, vergrub ihr Gesicht in der Decke und legte die Hand der Großmutter an ihre Wange. So verharrte sie reglos, als habe sich all ihre Willenskraft erschöpft.

Mit der anderen Hand tätschelte Mrs. Winship ihren Kopf. »Nun, nun«, sagte die tiefe, heisere Stimme. »Gräm dich nicht, Kind. Nicht immer kommt es zum Schlimmsten. Und wenn es dazu kommt, müssen wir es zu tragen wissen.«

Nach einer weiteren kleinen Ewigkeit hörten sie unten Stimmen, Türenschlagen, Bewegung.

»Irgend etwas ist geschehen«, sagte die alte Dame.

»Soll ich nachschauen?«

»Bleib, wo du bist. Irgend jemand kommt schon herauf und sagt mir Bescheid ... Das ist ein Vorteil ...« – wieder das undefinierbare Schnaufen – »... wenn man im Sterben liegt. Endlich wird man mit der gebührenden Rücksichtnahme behandelt.«

Die Tür ging auf. Herein kam Tot, eine Kerze in der Hand.

»Wer ist da? Wer kam herein? Ich kann nichts erkennen. Näher heran mit dir!«

»Es ist Tot«, sagte Nish fassungslos. »Bist du es wirklich? Nicht dein Geist?«

»Ich bin es wirklich«, sagte Tot. Seine Stimme klang müde, aber irgendwie erstaunlich erwachsen, dachte Alvey. Fast belustigt. »Und nicht mein Geist.«

»Was ist passiert?« wollte die alte Dame wissen. »Hat der tolle Kerl dich laufenlassen?«

»Louisa hat ihm aus der Bibel vorgelesen und ihm gepredigt. Alle möglichen Sachen aus der Bibel hat sie gelesen ... aus den Propheten und der Offenbarung und aus Hiob ... sie konnte gar kein Ende finden ... und dann hat er angefangen zu weinen und hat gesagt, er ist ein armer alter Mann. Und dann hat er mich einfach laufenlassen.«

»Wie löblich von Louisa«, sagte Alvey matt. »Sie hat wirklich recht daran getan, Missionarin zu werden.«

»Du wirst doch nicht sterben, Großmutter?« sagte Tot.

»Bald«, versetzte sie. »Aber jetzt noch nicht. Das ist denn doch zu interessant.«

17

Erstaunlicherweise machte Louisa gar nicht viel Wesens von ihrer Tat. Ihr liebender Gatte Leutnant Dunnifage hingegen ging stolzgeschwellt umher, ganz so, dachte Alvey, als habe er die Rettungsaktion ins Werk gesetzt, während er in Wirklichkeit gar nicht mitgekommen war, sondern in der Bibliothek von Birkland Hall gesessen und Sherry getrunken hatte.

Und es war Louisa, die sich dafür verwandte, den alten Herdman laufenzulassen, ihn nicht wegen Entführung, tätlicher Beleidigung, Landfriedensbruch und Sachbeschädigung zu belangen. Oder wegen Mord.

»Er ist ein reuiger Sünder«, beteuerte sie immer wieder. »Du kannst doch nicht einen Menschen deportieren lassen, der seine Sünden ehrlich bereut, Papa.«

»Und ob ich kann. Der mörderische alte Schurke.«

Denn der alte Herdman hatte sowohl Louisa als auch Tot in den langen sechsunddreißig Stunden, die jener in der Schäferhütte verbracht hatte, gestanden, daß er Klein Geordie im Löwenteich ertränkt hatte.

»Er hat gesagt, daß er mich auch ertränken wird, immer wieder. Daß er alle Winship-Söhne ertränken wird, bis keiner dieses Namens im ganzen Land mehr übrig ist. Es wär ein Jammer, daß James nicht in Waterloo geblieben ist, hat er gesagt.«

»Geordie war doch gar kein Winship, sein Vater war Sim Whittingham.«

»Aber Annie hatte herumerzählt, er sei James' Kind. Der alte Amos hat gesagt, daß es unserer Familie recht geschähe, wenn ihr alles genommen würde. Er hat mir auch erzählt, daß er Mamas Garten kurz und klein geschlagen hat.«

»Hattest du keine Angst?«

»Doch«, sagte Tot abwägend. »Als ich zu mir kam und merkte, daß ich gefesselt in seiner Hütte saß. Wenn er mir nicht mit irgend etwas über den Kopf geschlagen hätte, hätt er mich nie da hineingebracht. Ja, da hab ich schon Angst gehabt. Aber er war nicht die ganze Zeit richtig verrückt. Er hat erzählt, wie es gewesen ist, als er ein kleiner Junge war. Manchmal war er ganz vernünftig. Ich hab ihm das Gedicht aufgesagt von dem Assyrer, der wie der Wolf über die Herde kommt, das hat ihm gefallen. Da hätt ich weggekonnt, nur hatte er mir die Hände hinter dem Rücken zusammengebunden. Er ist in der Hütte hin- und hergelaufen und hat geschrien: ›Schimmernd von Purpur und goldener Pracht ...‹ Und dann, als er die Männer draußen rufen hörte, ist er wieder wild geworden und hat sein Messer gezogen. Ich hab gedacht, er würde mir die Kehle durchschneiden. Wie geht's dem armen Surtees?«

»Nur eine Fleischwunde an den Rippen«, sagte Alvey. »Die ist schnell wieder heil.«

Sie mußte unwillkürlich lächeln, wenn sie daran dachte, daß Tot dem wirren Alten mit Byron gekommen war. Ein Prachtkerl, dachte sie stolz. Sir Aydon fing ihren Blick auf und lächelte ebenfalls.

»Na ja, vielleicht laß ich bei dem armen Kerl wirklich Gnade vor Recht ergehen. Wenn sein Bruder in Riding Mill verspricht, sich um ihn zu kümmern ... Was meinst du, Charlotte?«

»Ja, das wird wohl das beste sein«, sagte Lady Winship matt. »Es muß einmal ein Ende haben mit Bitternis und Zerstörung.«

»Also eins muß man dir lassen, Louisa«, erklärte ihr Vater, »du hast deine Sache gut gemacht, sehr gut sogar. Hätte ich dir gar nicht zugetraut.«

Louisa lächelte gefaßt und selbstzufrieden.

Zu Alveys nicht geringer Erleichterung reisten Leutnant Dunnifage und seine Frau am nächsten Tag ab. Der Leutnant betrachtete Alvey, wenn er denn genötigt war, von ihr Notiz zu nehmen, auf ganz sonderbare Weise, voller Mißbilligung, ja, fast mit Widerwillen, als bemühe er sich nach Kräften, sie ganz aus seinem Blickfeld verschwinden zu lassen. Es muß in der Tat recht unerfreulich sein zu wissen, daß die eigene Ehefrau eine Doppelgängerin besitzt, dachte Alvey, daß man das Pech hatte, nicht ein Unikat zu erwerben, sondern die Hälfte eines Pärchens, und daß sie jenes schändliche Komplott ausheckte; all das muß den Wert der gewählten Ware mindern.

Doch war es den beiden schließlich gelungen, Louisas Vater die Mitgift in voller Höhe zu entlocken.

»Sie haben sich's am Ende doch verdient«, sagte Sir Aydon. »Zuerst, das gebe ich zu, wollte ich ihr nur die Hälfte zubilligen, wie ich's für Parthie im Sinn hatte. Doch dann, als Louisa sich in der Geschichte mit dem alten Herdman so wacker gehalten hat, dachte ich mir: Gut, soll sie alles haben. Aber das ist der letzte Penny, den du von mir siehst, liebes Kind, habe ich gesagt, bilde dir nicht ein, du könntest mir mit Schmeichelei und Schöntun Geld für deine Mission abluchsen. Ich halte nichts von solchen Dingen. Eine anständige Unterkunft, das ist alles, was ein Matrose braucht, nicht so eine vermaledeite Mission.«

»Dem Himmel sei Dank, daß sie weg sind«, sagte die alte Mrs. Winship. »Ich hätte nicht in Ruhe und Frieden sterben können mit diesem Lackaffen und dieser heiligmäßigen Louisa im Haus. Jetzt, wo wir wieder unter uns sind, will ich mich davonmachen.«

Und am nächsten Abend war es soweit.

»Trag es Alvey nicht nach«, sagte sie zu Nish, »denn meine Zeit ist gekommen, und ich gehe gern. Du wirst das auch noch begreifen. Später, wenn du an der Reihe bist. Und du sollst meinen Kater Maudge haben. Daß du ihn immer schön bürstest, hörst du? Und sieh zu, daß er viel Hefe bekommt, du weißt, wie gern er die mag.«

»Ja, Großmama.«

»Parthie ist mit meinem besten Paisley-Schal durchgebrannt. Wenn sie zurückkommt – falls sie zurückkommt –, sagt ihr, sie kann ihn behalten. Das ist alles.«

Und Mrs. Winship starb.

Die ganze Familie samt Duddy stand an ihrem Bett, und sie ging so gefaßt hinüber, daß niemand es als trauriges Ereignis empfand. Es war nur wie ein Schlußpunkt, das Ende einer Epoche.

Und trotzdem, dachte Alvey, sie wird mir schrecklich fehlen. Charlotte ist kein Ersatz, besonders jetzt, da sie die Neuplanung ihres Gartens in Angriff genommen hat.

»Was höre ich da? Mr. Thropton ist wieder im Pfarrhaus?« sagte Sir Aydon zu Amble, als die Familie am nächsten Tag beim Frühstück saß.

»Ja, Sir. Es heißt, daß er gestern zurückgekommen ist. Aber er hat wohl Angst, Sie aufzusuchen.«

»Wieso? Heraus mit der Sprache!«

»Die arme Miss Parthie –«

»Was ist mit der armen Miss Parthie?«

»Sie ist auf der Hochzeitsreise verschieden, Sir. Wir haben es eben erst erfahren. Sie bekam ein leichtes Fieber und starb in Greenlaw, vor zwei Monaten. Mr. Thropton ist die ganze Zeit weggeblieben.«

»Grundgütiger, was für... aber gleichviel. Der unglückselige Mensch«, sagte Sir Aydon schließlich barsch. »Wie kann er es wagen, mir je wieder unter die Augen zu treten?«

Alle waren überrascht und betroffen, aber großer Kummer wollte sich nicht einstellen.

»Es ist nicht wie bei Großmama«, erklärte Nish.

»Wo mag er sie begraben haben?« meinte Tot.

»Am besten gehe ich selbst einmal zu dem armen Teufel«, meinte Sir Aydon. »Unter diesen Umständen kann ich ihn kaum bitten herzukommen, um die Vorbereitungen zur Beerdigung meiner Mutter zu besprechen.«

Da hatte er freilich Mr. Thropton unterschätzt, der sich kurz nach dem Frühstück im Herrenhaus einstellte. Mit rotem Gesicht und passender Trauermiene, die schwarzen Handschuhe hin und her wendend – Alvey fragte sich, ob er wohl stets einen Vorrat davon mitführte oder ob er sie unterwegs erstanden hatte – erschien er, kaum daß der Tisch abgeräumt war.

»Ah, mein lieber – mir jetzt doppelt lieber – Sir Aydon... Wir müssen trachten, einander in unserem Kummer Stütze und Stab zu sein. Ich spreche, Sir Aydon, nicht nur als Ihr geistlicher Beistand, sondern als Ihr Sohn und – wenn ich das sagen darf – als Enkel der verehrten Dame, die uns verließ...«

»Nein, das dürfen Sie nicht sagen«, schnauzte Sir Aydon. »Mrs. Winship hätte Ihnen hübsch die Leviten gelesen, wenn Sie versucht hätten, Großmutter zu ihr zu sagen. Und ebensowenig betrachte ich Sie als meinen Sohn. Auf Ehre, ich staune über Ihre Unverfrorenheit, Sir.«

Mr. Thropton machte große Augen. Er schien ehrlich bekümmert und überrascht zu sein. »Sie setzen mich in Erstaunen, Sir

Aydon. Aber ich halte Ihnen Ihren Gram zugute, wurden Ihnen doch Ihre geliebte Tochter und Ihre verehrte Frau Mutter mit einem einzigen schweren Schlag entrissen ... Ich selbst klage nicht. Der Herr hat mich gezüchtigt, und so weiß ich denn, daß er mich liebt. Ich weiß es wohl, und ich frohlocke ob seiner Züchtigung. Ich bin, das darf ich wohl behaupten, glücklicher denn je zuvor.« Man sah es ihm an. Sein Fischmaul lächelte milde, während es sich öffnete und schloß, als schnappe es Plankton aus der Luft. Alvey überlegte ein wenig boshaft, ob Parthie in der kurzen Zeit schon eine so schwere Heimsuchung für ihn geworden war. Er fuhr fort: »Meine geliebte Parthenope hat mich verlassen, aber ich weiß, sie ist in einer besseren Welt, wo sie sich für mich verwenden wird. Und ich bin überglücklich ob dieses Zeichens, mit dem mein lieber Vater im Himmel mir Seine Fürsorge bezeugt. Er gehet vor und hinter mir, Er wachet zu jeder Zeit über mir und vergisset meiner nie. Die schwere Prüfung gemahnt mich an Seine große Liebe ...«

Aus Parthies Sicht scheint er die Sache überhaupt nicht zu betrachten, dachte Alvey. Und sie beschloß, seine Worte bei nächster Gelegenheit in ihrem Notizbuch festzuhalten.

Nur – zu welchem Zweck?

Sir Aydon sah aus, als stünde er kurz vor einer Explosion, aber er beherrschte sich. »Hm, was das anbetrifft ... Aber was nützt es, darüber zu reden. Meine Tochter ist in Greenlaw beerdigt, wie ich höre?«

»Ach ja, Sir, so ist es. Ein entsprechender Grabstein ist in Arbeit, von bescheidener Größe, ihrer geringen Zahl an Lebensjahren entsprechend.«

Und ich wette, ich weiß, wer ihn bezahlen wird, dachte Alvey.

Die Vorbereitungen für die Bestattung der alten Dame wurden besprochen und in die Wege geleitet, dann richtete Mr. Thropton die vorquellenden Augen auf Alvey und sagte:

»Ich konstatiere mit Sorge, Sir Aydon, daß Sie noch eine Person unter Ihrem Dach beherbergen, die, wie mir aufgrund unanfechtbarer, von meiner lieben hingeschiedenen Frau gelieferten Beweise bekannt ist, nicht den Schatten eines Rechts hat, hier zu sein, Ihr Brot zu essen, aus Ihrem Glase zu trinken ...«

Jetzt war es mit Sir Aydons Selbstbeherrschung endgültig vorbei. »Alle Teufel, Sir! Unterlassen Sie es endlich, mir zu predigen wie ein hergelaufener Sektenredner! Ich beherberge unter meinem Dach, wen ich will. Und Emmy trinkt nicht aus meinem Glas, sondern aus dem ihren, und so soll sie es auch weiterhin halten. Ich wünsche Ihnen einen guten Tag, Mr. Thropton.«

Zornrot stapfte er aus dem Frühstückszimmer, indes Mr. Thropton mit verzeihendem Augenaufschlag gen Himmel sah und dann Alvey und die Kinder mit teilnehmenden Blicken bedachte, als bedaure er die Tatsache, daß für sie keine Hoffnung auf Rettung vor dem ewigen Höllenfeuer bestand. Dann zog er sich würdevoll zurück.

»Wenn er glaubt, daß er mir je einen Penny von Parthies Mitgift entlocken kann, befindet er sich in einem beklagenswerten Irrtum«, sagte Sir Aydon beim Dinner.

In der folgenden Woche wurde die alte Mrs. Winship zu Grabe getragen. Zu der Beerdigung kamen James und Major Fenway aus Edingburgh und Isa aus Tinnis Hall. Megs Niederkunft stand so kurz bevor, daß sie sich die Fahrt nicht mehr zutrauen mochte.

Alvey freute sich sehr über das Wiedersehen mit Isa und vermerkte mit Interesse, daß sie zwar im Grunde unverändert war – die runden Schultern, die schlechte Haltung, die Kurzsichtigkeit, die Unordnung, all dies war geblieben –, sich aber auf ihren Reisen einen Hauch von Distinktion zugelegt hatte. Die unordentliche Kleidung war von erlesener Qualität und vorzüglichem Schnitt, das Haar nachlässig, aber modisch frisiert, und wenn Isa in die Ferne zu blicken wünschte, balancierte sie ein Schildpattlorgnon auf der Adlernase, die sie von ihrer Großmutter geerbt hatte, und spähte mit einer gänzlich unbeabsichtigten, aber dennoch äußerst wirksamen Miene abwesender Arroganz durch die Gläser.

Sie begrüßte Alvey mit großer Herzlichkeit.

»Wie ich mich freue, dich zu sehen! Ich war sehr niedergeschlagen, als ich hörte, du hättest Birkland verlassen, und dein Brief aus Newcastle hat mich sehr glücklich gemacht. Ich muß dir tausenderlei erzählen. Und zum Glück kann ich eine ganze Woche bleiben, Louisa hat sich in Tinnis Hall einquartiert.« Sie stieß einen leisen Schnauflaut aus, der an ihre Großmutter erinnerte. »Offenbar ist Liverpool keine sehr angenehme Stadt. Bis Leutnant Dunnifage seiner Angetrauten eine passende Bleibe bieten kann, zieht Louisa es deshalb vor, die Gastfreundschaft der Chibburns in Anspruch zu nehmen. Doch jetzt zu dir. Arme Großmutter, es tut mir leid, daß ich sie nicht noch einmal wiedergesehen habe, obschon sie mich stets in Angst und Schrecken versetzt hat. Und Parthie! Eine schöne Geschichte, das muß ich schon sagen. Sie verlangte immer so sehnlich danach, älter zu werden und die Vorrechte Erwachsener zu genießen, und schau, was dabei herausgekommen ist. Ich hoffe nur, daß die Hochzeitsreise angenehm war, daß Mr. Thropton sie verwöhnt und ihr die eine oder andere Freude gemacht hat.«

»Das bezweifele ich sehr«, sagte Alvey, die an Parthies Hochzeitsreise nur voll schmerzlicher Trauer und mit quälend schlechtem Gewissen denken konnte – in schauerlichem Wetter, ohne jede Bequemlichkeit, an der Seite dieses abstoßenden Mannes, in zweit- oder drittklassigen Landgasthöfen logierend, ohne weiblichen Rat, weibliche Hilfe. Parthie, für die es selbstverständlich gewesen war, sich verwöhnen zu lassen, sich jeden Wunsch zu erfüllen ... Die Phantasie versagte sich den Einzelheiten. »Das arme Ding«, sagte Alvey. »Ich bereue es jetzt bitter, daß ich mir nicht größere Mühe gegeben habe, mich ihrer anzunehmen. Hätte ich gewußt, daß ihr unangenehmes Wesen sich aus ihrer Krankheit erklärte ... daß ihre Lebensspanne so kurz bemessen sein würde ...«

»Nur weil ein Mensch kein Glück im Leben hat«, sagte Isa entschieden, »können wir uns nicht zwingen, ihn zu lieben.« Und wie so oft war Alvey beeindruckt von diesem nüchtern-gesunden Menschenverstand, gegen den ihre schuldbewußten Selbstzweifel wenig mehr waren als falsche Sentimentalität.

James, von seinem Vater davon in Kenntnis gesetzt, daß Alvey nicht seine Schwester, ja, überhaupt nicht mit der Familie verwandt war, schien am ersten Tag von dieser grotesken Situation tief betroffen und schien ihr völlig hilflos gegenüberzustehen. Er betrachtete Alvey, wie man einen Basilisken betrachten mag, der einen mit Blindheit schlagen kann, wenn man ihn ärgert.

Alvey ertrug das vierundzwanzig Stunden lang geduldig, doch dann nutzte sie einen Augenblick, da sie allein im Salon waren, und sagte: »Komm, Bruder James. Du kannst mich nicht in alle Ewigkeit behandeln, als sei ich ein Ungeheuer. Meinst du nicht, es wäre die beste Lösung, so zu tun, als seien wir wirklich Bruder und Schwester?«

»Mag sein«, brummelte er, aber es klang keinesfalls überzeugt.

Alvey musterte ihn betrübt. Sie sah seine Schönheit, die sie immer noch zu bezaubern, ja, zu blenden vermochte. Doch sie begriff auch, daß ihre Liebe zu James eine Art Fata Morgana gewesen war, in der sich all das konzentriert hatte, was sie für das Haus, die Landschaft, die Familie empfand. Was sie wahrgenommen hatte, war ein Trugbild, das flirrend und strahlend hoch in der Luft schwebte, ohne den Boden zu berühren. Um das lebendige Menschengeschöpf unten auf der Erde war es ganz anders bestellt. Das war ein durchaus gutherziger, fleißiger, kluger junger Mann, der Mut, ja, vielleicht auf seine Art auch Ideale besaß, der aber andererseits recht seicht sein mochte, recht schwerfällig, wenn es um menschliche Beziehungen ging. Seinem Vater nicht unähnlich, aber mit weniger Erfahrung. Und ganz, ganz anders als das Bild, das sie von ihm im Kopf gehabt hatte.

»Nun, gleichviel«, sagte sie freundlich. »Ich freue mich sehr, daß du so gut mit deinem Kunstbein zurechtkommst...«, was er mit einem gereizt-verlegenen Lächeln quittierte.

Dabei hätte ich so gern über viele Dinge mit ihm gesprochen, dachte sie bekümmert. Über den Schrecken und die Nutzlosigkeit des Krieges, denn darüber denken wir gewiß ähnlich. Und über das, was er als Arzt erhofft und erstrebt. Doch daraus wird jetzt nichts. In seinen Augen bin ich unwiderruflich ein intrigantes Frauenzimmer, so etwas wie eine Schwester, nur ärger, und auf gar keinen Fall die Art von Frau, mit der er etwas zu schaffen haben möchte.

Als die Beerdigung vorbei war, sagte Guy Fenway zu Alvey:

»Ich habe noch kaum mit Ihnen sprechen können. Machen wir einen Gang über die Terrasse? Oder dürfen wir uns weiter hinauswagen?«

»Isa wäre gewiß gern bereit, mit Ihnen einen längeren Spaziergang zu unternehmen, sie brennt darauf, ihre alten Lieblingsplätze aufzusuchen. Ich habe dies und das im Haus zu besorgen, aber eine halbe Stunde gehe ich gern mit Ihnen über die Terrasse.«

»So sind Sie also weggelaufen«, sagte er, als sie nebeneinander hergehend in das grünende Tal blickten, »und haben sich zurücklocken lassen. War das klug?«

»Das Weglaufen oder das Wiederkommen?«

»Das Wiederkommen.«

»Aber das mußte ich doch. Die Kinder brauchten mich, hier ging alles drunter und drüber... und die alte Dame... und Sir Aydon...«

»Kann sich darum jetzt nicht Isa kümmern? Schließlich ist sie hier geboren.«

»Sie ist mit ihren Gedanken nie bei der Sache; darin schlägt sie ganz ihrer Mutter nach.«

»Aber begreifen Sie denn nicht«, stieß Guy ungeduldig hervor, »daß Sie in die Falle gegangen sind? Louisa ist entkommen, dafür sitzen Sie jetzt hier fest und haben sich im Netz des Familienlebens gefangen.«

»Aber ich habe soviel Freude daran.«

»Sie werden nie zu Ihrer eigenen Arbeit kommen, man wird ein Aschenputtel aus Ihnen machen.«

»Aber ich habe ja gearbeitet –«

»Heiraten Sie mich«, unterbrach er sie, ohne auf das zu hören, was sie sagte. »Liebe, liebste Alvey, heiraten Sie mich und kommen Sie mit mir nach Indien. Lassen Sie all dies hinter sich. In Haiderabad, als meine Frau, werden Sie ein ganz anderes, interessanteres, erfüllteres Leben –«

»Nach *Indien*?« Sie war völlig fassungslos, sie hätte nicht bestürzter sein können, wenn man ihr anempfohlen hätte, den Herzog von Wellington zu heiraten und sich nach Patagonien zu verfügen. »Sie heiraten, Guy?«

»Ich liebe Sie«, sagte er steif. »Es mag Ihrer Aufmerksamkeit entgangen sein –«

Wenn sie es recht bedachte, hatte sie wohl bemerkt, daß er Gefallen an ihrer Gesellschaft zu finden schien. Aber Liebe? Rasch sagte sie: »Es tut mir leid, Major Fenway, wirklich. Ich ... ich weiß die mir zugedachte Ehre sehr zu schätzen, aber ... nein, es ist ausgeschlossen, kommt nicht in Frage. Es tut mir wirklich leid, von Herzen leid ... Sie sind ein guter, wertvoller, ein kluger Mensch ... ich weiß sehr wohl zu schätzen, was Sie mir zu bieten haben ...«

Nach Indien gehen, da mir eben erst all dies neu geschenkt wurde?

»Was um aller Welt sollte ich in Indien anfangen?«

»Als meine Frau gäbe es vieles ... Aber Sie können mich nicht abweisen. Ich liebe Sie.«

»Sie werden lernen müssen, ohne mich auszukommen.« Wie

ich gelernt habe, ohne James zu leben, dachte sie. »Wahrscheinlich bin ich in Wirklichkeit ganz anders, als Sie meinen«, fügte sie tröstend hinzu. »Das geht uns wohl mit allen Menschen so ...«

»Wenn es Ihnen um Ihre Schriftstellerei zu tun ist – die könnten Sie ebensogut in Indien betreiben. Viele Damen führen ein Tagebuch, habe ich mir sagen lassen. Muße gäbe es genug ... Hier, bei den ständigen Störungen, würden Sie ohnehin nicht viel zustandebringen.«

»Aber ich habe etwas zustandegebracht. Ein Buch von mir ist erschienen.«

»Das ist das erste, was ich höre. Niemand hat mir etwas davon gesagt.«

»Hier weiß es auch niemand, es kam unter einem Pseudonym heraus.«

»In der Tat? Und unter welchem Titel?« fragte er in ungläubigem Ton.

»*Der lockere Lord Love.*«

»Was wollen Sie mir da weismachen, liebes Kind? Dieses Buch können unmöglich Sie geschrieben haben. Ich habe davon gehört, ja, ich habe es sogar gelesen. Was können Sie – so, wie Sie gestellt sind – von solchen Dingen wissen?«

»Ich habe sie mir ausgedacht.«

»Sie wollen doch nicht allen Ernstes behaupten, Sie hätten den *Lockeren Lord Love* geschrieben?«

»Das habe ich Ihnen gerade eröffnet.«

»Aber das Buch war ... ist ... ein ungeheurer Erfolg. Alle Welt liest es ... in Edinburgh ... im ganzen Land ...«

»Ja, ich weiß«, bestätigte Alvey fröhlich. »Ich glaube, ich werde mein Glück damit machen. Eine Bühnenfassung soll in Covent Garden aufgeführt werden.«

Jetzt wandte er sich um und sah sie fast indigniert an.

»*Sie* haben den *Lockeren Lord* geschrieben?«

»Gar so erstaunt brauchen Sie nun auch wieder nicht zu sein«, sagte Alvey ein wenig gekränkt.

Denn sie spürte, daß sich seine Haltung ihr gegenüber fast unmerklich gewandelt hatte. Die Kunde freute ihn nicht recht, sie hatte ihn getroffen. Vielleicht war er sogar schon ein wenig erleichtert, daß sie seinen Antrag ausgeschlagen hatte. Denn was war das für eine Ehefrau, die er bei seinen Regimentskameraden hätte einführen müssen?

»Eine solche Überraschung ist mir meiner Lebtag noch nicht begegnet«, sagte er schließlich gepreßt. »Und ich gestehe, daß mir nicht ganz einleuchten will, wie Sie auf Birkland Hall weiterhin solche Geschichten schreiben wollen. Hier, in dieser ländlichen Umgebung, in dieser Abgeschiedenheit...«

Alvey zögerte, dann sagte sie: »Dennoch habe ich mein Buch hier geschrieben.«

»Wie kommen Sie dazu, solche Sachen zu Papier zu bringen?«

»Ach, ich weiß nicht... Sie kommen einfach aus mir heraus.«

Sie sah auf die Uhr an ihrem Gürtel. »Es tut mir leid, aber ich muß Sie jetzt verlassen, wir haben einige Gäste zum Dinner, und ich muß mich mit Mrs. Slaley beraten. Sie finden Isa im Salon...«

»Nein danke«, sagte er. »Ich habe nicht den Wunsch, mit Isa zu sprechen.« Mit langen Schritten ging er über den Stallvorplatz davon.

Als die Trauergäste fort waren und man wieder im gewohnten Kreis beisammensaß, sagte Isa zu Alvey: »Du brennst gewiß darauf, wieder an deine Arbeit zu gehen. Ich habe es, seit ich wieder hier bin, nicht ein einziges Mal erlebt, daß du dich in dein Zimmer zurückgezogen hast. Sag mir nur, welche Anweisungen ich Mrs. Slaley geben soll, dann will ich das gern für dich besorgen.«

»Danke, das ist sehr lieb von dir. Aber ich weiß noch nicht

genau, wovon mein neues Buch handeln soll, und ich habe festgestellt, daß es mich nicht weiterbringt, am Schreibtisch zu sitzen und an der Feder zu kauen.«

»Ein Buch hast du also beendet?«

»Ja, es ist fertig, es ist sogar erschienen.« Alvey kam dieses Gespräch nachgerade nur zu bekannt vor. »Es heißt *Der lockere Lord Love*.«

»Es ist sicher sehr gut«, sagte Isa freundlich. »Du weißt ja, ich lese selten Romane – Biographien und Memoiren sind mir lieber. Und dann waren wir ja auch auf Reisen ... Hat man es günstig aufgenommen?«

»Ja.«

»Und nun willst du ein neues Buch schreiben. Worüber?«

Ich sagte dir doch gerade ...

»Ich habe mich noch nicht entschieden«, versetzte Alvey.

Und das war ihr Problem. Denn trotz Mr. Sewards ermutigender Zeilen hegte sie den traurigen Verdacht, daß dem lockeren Lord keine Fortsetzung beschieden sein würde. Dieses extravagante Geschöpf war fix und fertig ausstaffiert ihrer Phantasie entsprungen und war, wenn nicht ein Einzelkind, so doch das einzige seiner Art; es würde keinen Nachfolger geben.

»Wenn ich noch einen Roman schreibe«, sagte sie zögernd, »müßte er vermutlich von ganz anderer Art sein. Vielleicht erzähle ich die Geschichte einer Familie – einer Familie wie der eurigen.«

Denn wie konnte sie die papiernen Abenteuer eines neuen Lord Love schildern, da sie in den vergangenen Monaten damit beschäftigt gewesen war, sich tappend und tastend – wie jemand, der sich aus dem Dunkel zum Licht vorfühlt – unter räumlich-realen Figuren zurechtzufinden? Figuren, von denen sie so viele, wie ihr nach und nach aufging, nie richtig gesehen oder begriffen hatte.

Eine solche Geschichte erforderte eine ganz andere Schreibweise – eine, die sie nie gelernt hatte. Es bedeutete, daß sie noch einmal ganz von vorn würde anfangen müssen.

»Einer Familie wie der unsrigen?« wiederholte Isa verwundert. »Aber das wäre doch ganz uninteressant. Unsere Familie ist nichts Besonderes, sie ist wie jede andere.«

»Wenn man genau hinsieht, haben wohl alle Familien ihre Besonderheiten.«

Isa seufzte. »Also ich finde die unsere entschieden langweilig. Hat übrigens Major Fenway jemals mit dir über mich gesprochen? Er ist ein so kluger, interessanter Mann. Und auch sehr liebenswürdig, finde ich.« Sie sah hoffnungsvoll auf. »Ich habe mich manchmal gefragt, was er von mir denkt.« Blinkte eine Träne in den kurzsichtigen Augen? »Hoffentlich läßt er sich wieder einmal auf Birkland sehen«, sagte sie schlicht.

»Nein, er hat nicht von dir gesprochen, leider«, sagte Alvey rasch. »Aber das hat nichts zu bedeuten.«

Sie brachte es nicht fertig, die Hoffnung in Isas Augen auszulöschen. Noch nicht. A liebt B, dachte sie. B liebt C. Welch traurige Geometrie. Sie fügte an: »Aber du würdest dich wohl kaum entschließen können, nach Indien zu gehen, nicht wahr? In einem halben Jahr reist er dorthin.«

»Nein, das stimmt«, seufzte Isa. »Wenn du mich nicht mehr brauchst, hole ich meinen Skizzenblock. Falls jemand nach mir fragt, ich bin auf dem Blinkbonny Height ...«

Alvey machte sich auf die Suche nach den Kindern und fand sie bereit zu einem neuen Abenteuer.

»Wollt ihr euer Inselreich vergrößern?«

»Nein, wir haben eine Wildnis entdeckt. Ein Stück Land, das anscheinend niemandem gehört ...«

»Wie ein Dreieck geformt ...« ergänzte Nish eifrig.

»In einem Knick des Hungry Water, mit Brombeergestrüpp und Stachelginster und Schwarzdorn zugewuchert, wir wollen ein

Labyrinth daraus machen, mit überwachsenen Gängen. Es wird viele, viele Wochen dauern«, sagte Tot zufrieden.

»Kann ich mitkommen?«

»Noch nicht, es wäre zu stachlig für dich. Wenn alles fertig ist, laden wir dich zur Besichtigung ein«, sagte Nish freundlich, und dann stoben die beiden davon, mit Proviantpaketen versehen, die Mrs. Slaley ihnen zurechtgemacht hatte.

Alvey sah ihnen kurz nach, dann ging sie auf ihr Zimmer und öffnete den Fensterflügel weit. Die vergangene Nacht hatte das erste herbstliche Unwetter gebracht, mit heftigem Wind und Regen. Noch lauter klang der rauschende Gruß des Flusses zu ihr herauf, und sie hörte das gedämpfte, verschwörerische Gezwitscher der herbstlichen Vogelwelt, den Chor von Kiebitz, Schwarzkehlchen, Wasseramsel, Turmfalke und Brachvogel, in den ein Fasan droben zwischen den Fichten einstimmte.

Jetzt muß ich wählen, dachte sie, und es ist eine unsäglich schwere Wahl, vor die ich gestellt bin: die Wahl zwischen meiner Phantasie und der wirklichen Welt.

Joan Aiken
Das Mädchen aus Paris

Roman. Aus dem Englischen von
Nikolaus Stingl. detebe 21322

Wohin sie geht, zieht Ellen Paget Liebhaber an: den ambivalenten Professor Bosschère in Brüssel, den unberechenbar-eigenwilligen Comte de la Ferté in Paris, ihren Stiefbruder Bénédict. Ihre gebieterische Patin, Lady Morningquest, bereitet einer zarten Romanze ein rasches Ende und schickt Ellen nach Paris, wo sie die Gesellschafterin der Comtesse de la Ferté und die Gouvernante ihrer unzähmbaren kleinen Tochter Menispe wird. Die Episode endet in einem tragischen Skandal, vor dem Ellen ins heimatliche Petworth fliehen muß. Auch hier kommt es zur Tragödie, jedoch nicht für unsere Heldin…

»Wieder einer der bestrickenden, aufregenden Romane, die Joan Aiken seit zwanzig Jahren zu einem Publikumsliebling machen.«
Publishers Weekly, New York

»Als ihr Krimi *Die Kristallkrähe* erschien, verglichen die Kritiker sie mit Patricia Highsmith, Celia Fremlin und Margaret Millar. Wenn eine Bezeichnung auf sie paßt, dann wäre das: Storyteller, Geschichtenerzählerin.« *Titel, München*

»Der fesselnde Roman macht die gesellschaftlichen Verhältnisse jener Zeit lebendig und setzt den Anfängen der Frauenemanzipation ein unterhaltendes Denkmal.« *Brigitte, Hamburg*

Joan Aiken im Diogenes Verlag

Du bist Ich
Die Geschichte einer Täuschung. Aus dem Englischen
von Renate Orth-Guttmann
Leinen

Die Kristallkrähe
Roman. Deutsch von Helmut Degner
detebe 20138

Das Mädchen aus Paris
Roman. Deutsch von Nikolaus Stingl
detebe 21322

Der eingerahmte Sonnenuntergang
Roman. Deutsch von Karin Polz
detebe 21413

Tote reden nicht vom Wetter
Roman. Deutsch von Nikolaus Stingl
detebe 21477

Ärger mit Produkt X
Roman. Deutsch von Karin Polz
detebe 21538

Haß beginnt daheim
Roman. Deutsch von Nikolaus Stingl
detebe 21686

Der letzte Satz
Roman. Deutsch von Edith Walter
detebe 21743

Für Kinder:

Das letzte Stück vom Regenbogen
Deutsch von Matthias Müller. Mit zahlreichen
Illustrationen von Margaret Walty
Ein Diogenes Kinderbuch